UMA SOMBRA NA BRASA

JENNIFER L. ARMENTROUT

UMA SOMBRA NA BRASA

Tradução
Flavia de Lavor

1ª edição

— Galera —

RIO DE JANEIRO
2023

CAPA
Capa adaptada do design original de Hang Lee

REVISÃO
Mauro Borges/ Neuza Costa

TÍTULO ORIGINAL
A Shadow in the Ember

CIP-BRASIL. CATALOGAÇÃO NA PUBLICAÇÃO
SINDICATO NACIONAL DOS EDITORES DE LIVROS, RJ

A76s Armentrout, Jennifer L.
      Uma sombra na brasa / Jennifer L. Armentrout ; tradução Flavia de Lavor. – 1. ed. – Rio de Janeiro : Galera Record, 2023.

Tradução de: A shadow in the ember
ISBN 978-65-5981-230-1

1. Ficção americana. I. Lavor, Flavia de. II. Título.

22-80082   CDD: 813
            CDU: 82-3(73)

Meri Gleice Rodrigues de Souza – Bibliotecária – CRB-7/6439

A Shadow in the Ember © 2021 by Jennifer L. Armentrout
Direitos de tradução mediante acordo com Taryn Fagerness Agency e Sandra Bruna Agencia Literaria, SL.
Todos os direitos reservados.

Proibida a reprodução, no todo ou em parte, através de quaisquer meios.
Os direitos morais da autora foram assegurados.

Texto revisado segundo o Acordo Ortográfico da Língua Portuguesa de 1990.

Direitos exclusivos de publicação em língua portuguesa somente para o Brasil adquiridos pela
EDITORA GALERA RECORD LTDA.
Rua Argentina, 120 – Rio de Janeiro, RJ – 20921–380 – Tel.: (21) 2585-2000, que se reserva a propriedade literária desta tradução.

Impresso no Brasil

ISBN 978-65-59-81230-1

Seja um leitor preferencial Record.
Cadastre-se e receba informações sobre nossos lançamentos e nossas promoções.

Atendimento e venda direta ao leitor:
sac@record.com.br

Dedicado a você, leitor.

Prólogo

— Você não vai nos decepcionar hoje, Sera. — As palavras vieram de algum lugar em meio às sombras do aposento. — Você não vai decepcionar Lasania.

— Não. — Entrelacei as mãos para deter o tremor persistente e respirei fundo. Prendi o fôlego e observei meu reflexo no espelho encostado na parede. Não havia motivos para ficar nervosa. Soltei o ar lentamente. — Não vou desapontá-la.

Respirei fundo outra vez, de maneira comedida, mal reconhecendo a pessoa que me encarava de volta. Mesmo sob a luz fraca e bruxuleante dos inúmeros candelabros espalhados pelo pequeno aposento, eu podia ver que minha pele estava tão corada que quase não conseguia distinguir as sardas salpicadas nas bochechas e nariz. Certas pessoas chamariam o rubor de viço, mas o verde dos meus olhos estava muito luminoso, ardente demais.

Como meu coração continuava acelerado, prendi a respiração novamente, como Sir Holland me ensinou a fazer quando parecia que eu não conseguia respirar — quando não conseguia controlar o que estava acontecendo comigo ou ao meu redor. *Inspire, devagar e com firmeza. Prenda até sentir seu coração desacelerar. Expire. Prenda...*

Não funcionou como de costume.

Meus cabelos tinham sido escovados até que o couro cabeludo começasse a arder. Ainda formigava. O cabelo louro-claro estava meio puxado para cima e preso de forma que os cachos caíssem pelas minhas costas. A pele do meu pescoço e ombros também estava corada, e imaginei que fosse do banho perfumado que fui obrigada a tomar horas antes. Talvez fosse por isso que achava tão difícil respirar. A água estava tão perfumada de óleos que temia agora cheirar a alguém que tivesse se afogado em jasmim e anis-doce.

Continuei perfeitamente imóvel e respirei profunda e lentamente. Fui cuidada quase até morrer de dor após o banho. Tive os pelos arrancados com pinça e cera de todos os lugares, e só o que aliviou a ardência foi o bálsamo esfregado nas minhas pernas, braços e aparentemente em todo o resto. Prendi a respiração mais uma vez, resistindo à vontade de desviar o olhar do meu rosto. Já sabia o que veria, o que era, bem, praticamente *tudo*.

O vestido — se é que podia ser chamado de vestido — era feito de um chiffon transparente e nada mais. As mangas, que tinham pouco mais do que alguns centímetros, repousavam sobre meus braços, e o tecido fino cor de marfim havia sido drapeado e enrolado frouxamente ao redor do meu corpo, com a cauda tocando o chão. Odiei aquele vestido, o banho e a preparação que veio depois disso, embora entendesse o propósito.

Eu deveria atrair, seduzir.

Um farfalhar de saias se aproximou, e exalei lentamente. O rosto da minha mãe surgiu no espelho. Não éramos nada parecidas. Eu me parecia com meu pai. Sabia disso porque olhei tantas vezes para o único retrato que restava dele até perceber que também tinha sardas e um queixo tão protuberante quanto o meu. Nossos olhos também eram iguais — não apenas a cor, mas a mesma inclinação nos cantos externos. Era por causa daquele quadro, escondido nos aposentos privados da minha mãe, que conhecia o rosto do meu pai.

Os olhos castanho-escuros da minha mãe encontraram os meus no espelho por um breve instante e em seguida ela caminhou ao meu redor, com a coroa de folhas douradas na cabeça brilhando sob a luz das velas. Ela me estudou, procurando por um fio de cabelo fora do lugar, por um defeito ou sinal de que eu não era a noiva habilmente preparada nos mínimos detalhes.

O prêmio prometido duzentos anos antes de eu nascer.

Minha garganta ficou ainda mais seca, mas não me atrevi a pedir água. Uma tinta rosada havia sido aplicada nos meus lábios, dando-lhes um acabamento úmido. Se eu os estragasse, minha mãe não ficaria nada satisfeita.

Examinei seu rosto enquanto ela ajeitava as mangas do vestido. As rugas finas nos cantos dos olhos pareciam mais profundas do que no dia anterior. A tensão clareava a pele ao redor de seus lábios. Como sempre, suas feições eram indecifráveis, e eu não sabia muito bem o que procurava. Tristeza? Alívio? Amor? O tilintar das correntinhas de ouro fez meu coração bater ainda mais forte.

Vislumbrei o véu branco que alguém entregou a ela, o que me fez pensar no lobo branco que havia visto à beira do lago anos atrás, quando estava pegando pedras por algum motivo bizarro que não conseguia lembrar agora. Considerando seu magnífico tamanho, imaginei que ele fosse um dos raros lobos kiyou que às vezes vagavam pelos Olmos Sombrios que cercavam os terrenos do Castelo Wayfair. Encarei a criatura, temendo ser dilacerada. Mas tudo o que ele fez antes de se afastar foi olhar para a pilha de pedras nos meus braços como se eu fosse uma criança idiota.

Minha mãe colocou o Véu da Escolhida sobre minha cabeça. O tecido frágil pairava em torno dos meus ombros e então se assentava de modo que apenas meus lábios e queixo ficassem visíveis, com a cauda caindo pelas minhas costas. Mal conseguia enxergar por trás do tecido fino quando as correntinhas foram colocadas acima dele para mantê-lo no lugar. Aquele véu não era tão grosso quanto o que eu costumava usar sempre que estava perto de Sir Holland ou de alguém que não fosse da minha família, e também não cobria completamente meu rosto.

Você pode não ser a Escolhida, mas nasceu nesse plano, envolta no véu dos Primordiais. Uma Donzela como os Destinos prometeram. E deverá deixar esse plano tocada pela vida e pela morte, Odetta, minha velha ama, dissera certa vez.

Mas, por outro lado, eu me parecia com os Escolhidos — os terceiros filhos e filhas nascidos em um manto e destinados a servir ao Primordial da Vida em sua Corte. Passei a vida inteira escondida atrás de um véu e, mesmo tendo nascido em um manto e sido tratada como a maioria dos Escolhidos de muitas maneiras, eu também era a Donzela. O que eles estavam destinados a se tornar após a Ascensão era a maior honra que poderia ser concedida a um mortal em qualquer reino. Haveria celebrações em todo o reino em preparação para a noite do Ritual, durante o qual eles Ascenderiam e entrariam no plano do Iliseu para servir aos Primordiais e deuses. Meu destino era o segredo mais bem guardado de toda Lasania. Não haveria festas e banquetes. Hoje à noite, no meu aniversário de dezessete anos, eu me tornaria a Consorte do Primordial da Morte.

Senti um nó na garganta. Por que eu estava tão apreensiva? Estava pronta para isso. Pronta para cumprir o acordo. Para ir até o fim com o que nasci destinada a fazer. Precisava estar.

Uma parte de mim imaginou se os Escolhidos ficavam nervosos na noite do Ritual. Imagino que sim. Qualquer um ficaria nervoso na presença de um deus menor, ainda mais de um Primordial — seres tão poderosos que se tornaram fundamentais para a própria estrutura da nossa existência. Ou talvez ficassem simplesmente emocionados por finalmente cumprirem seu destino. Já os vi rindo e gargalhando durante o Ritual, com apenas a metade inferior do rosto visível, nitidamente ansiosos para começar um novo capítulo em suas vidas.

Eu não estava nem rindo, nem gargalhando.

Inspire. Prenda. Expire. Prenda.

Minha mãe se inclinou sobre mim e disse:

— Você está pronta, Princesa Seraphena.

Seraphena. Era tão raro ouvir meu nome completo, e eu nunca o tinha ouvido acompanhado do título oficial. Foi como se um interruptor tivesse sido acionado. Em um instante, o estrondo do meu coração parou e a pressão diminuiu no meu peito. Minhas mãos se firmaram.

— Sim, eu estou.

Através do véu, vi a Rainha Calliphe sorrir, ou pelo menos mover os lábios. Jamais a vi sorrir *de verdade* para mim, não como sorria para meus meios-irmãos ou para o marido. Mas apesar de ter me carregado no ventre durante nove meses e me trazido ao mundo, jamais fui dela. Jamais fui a Princesa do povo.

Sempre pertenci ao Primordial da Morte.

A Rainha me deu mais uma olhada, afastou um cacho que havia caído sobre meu ombro e saiu do cômodo sem dizer mais nada. A porta se fechou atrás dela, e todos os sentidos que eu havia aperfeiçoado ao longo dos anos se intensificaram.

O silêncio no aposento durou apenas alguns segundos.

— Irmãzinha — veio a voz. — Você está tão imóvel quanto uma das estátuas dos deuses no jardim.

Irmã? Repuxei o lábio de nojo mal disfarçado. Ele não era meu irmão — nem de sangue, nem por laços afetivos, embora fosse filho do homem com quem minha mãe se casou logo após a morte do meu pai. Não tinha nem uma gota de sangue da linhagem Mierel, mas, como o povo de Lasania não sabia do meu nascimento, ele se tornou o herdeiro. Em breve ele seria Rei, e eu podia apostar que o povo de Lasania enfrentaria uma nova crise mesmo depois que eu cumprisse o acordo.

Mas por causa de sua reivindicação ao trono, ele era um dos poucos que sabiam a verdade sobre o Rei Roderick — o primeiro Rei da linhagem Mierel e meu ancestral —, cuja escolha desesperada para salvar seu povo não apenas selou meu destino, mas também condenou as futuras gerações do reino que pretendia proteger.

— Você deve estar nervosa. — Tavius estava mais perto. — Sei que a Princesa Kayleigh está. Ela está preocupada com a nossa noite de núpcias.

Tirei as mãos da cintura e olhei para ele em silêncio.

— Prometi a ela que seria gentil.

Tavius parou diante de mim. Com cabelos castanho-claros e olhos azuis, era considerado bonito por muitas pessoas, e aposto que a princesa de Irelone pensara o mesmo ao conhecê-lo, acreditando que não havia nenhuma garota tão sortuda quanto ela. Duvidava muito que ainda se sentisse assim. Observei Tavius me rodear como um dos enormes falcões prateados que muitas vezes avistava acima das árvores dos Olmos Sombrios.

— Duvido que receba a mesma promessa *dele*. — Mesmo através do véu, pude ver seu sorriso malicioso. *Senti* seu olhar. — Sabe o que dizem sobre ele, por que nunca foi pintado nem teve o rosto esculpido em pedra. — Tavius abaixou a voz, enchendo-a de uma simpatia fingida. — Dizem que é monstruoso, que sua pele é coberta pelas mesmas escamas das bestas que o protegem. Que tem presas no lugar dos dentes. Você deve estar apavorada com o que precisa fazer.

Não sabia se o Primordial da Morte era coberto de escamas ou não, mas todos eles — tanto deuses quanto Primordiais — tinham caninos afiados e alongados. Presas afiadas o bastante para perfurar a carne.

— Você acha que o beijo de sangue vai lhe dar um prazer enorme como certas pessoas dizem? — provocou. — Ou causar uma dor terrível quando ele cravar os dentes na sua pele intocada? — Ele engrossou a voz. — Provavelmente a última opção.

Eu o detestava mais do que aquele vestido.

Tavius voltou a andar, me rodeando e tamborilando o dedo no queixo. Senti a pele arrepiada, mas permaneci imóvel.

— Por outro lado, você foi treinada para levar isso até o fim, não foi? Para se tornar sua fraqueza, fazê-lo se apaixonar e depois acabar com ele. — Ele parou diante de mim outra vez. — Sei a respeito do tempo que passou sob a tutela das Amantes de Jade. Então talvez não esteja nervosa — prosseguiu. — Talvez você mal possa esperar para *servir*... — Ele ergueu a mão na minha direção.

Peguei seu pulso, cravando os dedos nos tendões. O corpo inteiro de Tavius estremeceu, e ele praguejou.

— Se tocar em mim, vou quebrar todos os ossos da sua mão — alertei. — E então vou garantir que a Princesa não tenha nenhum motivo para temer a noite de núpcias ou *qualquer* noite que esteja condenada a passar ao seu lado.

Tavius retesou o braço e olhou de cara feia para mim.

— Você tem tanta sorte — rosnou ele. — E não faz a menor ideia.

— Não, Tavius. — Eu o empurrei para trás, um lembrete de que meu treinamento não consistia apenas no tempo passado com as Amantes. Ele tropeçou, mas recuperou o equilíbrio antes de esbarrar no espelho. — É você quem tem.

Ele bufou e esfregou o pulso, mas não disse nada quando me postei ali novamente. Havia falado a verdade. Poderia quebrar seu pescoço antes mesmo que ele tivesse a chance de erguer a mão contra mim. Por causa do meu destino, eu era mais bem treinada do que a maioria dos Guardas Reais que o protegiam. Ainda assim, ele era tão arrogante e mimado a ponto de tentar fazer alguma coisa.

Eu até que esperava que ele fizesse.

Tavius deu um passo adiante, e eu comecei a sorrir.

Uma batida na porta o impediu de seguir em frente com qualquer ideia idiota que tivesse lhe ocorrido. Ele abaixou as mãos e gritou:

— O que foi?

A voz nervosa da dama de confiança da minha mãe cruzou a porta.

— Os Sacerdotes esperam que ele chegue em breve.

Tavius me lançou um sorriso zombeteiro quando passou por mim. Dei meia-volta.

— É hora de você se tornar útil pela primeira vez na vida — provocou.

Ele abriu a porta e saiu lentamente, sabendo que eu não responderia na frente de Lady Kala. Qualquer coisa que eu fizesse na frente dela seria relatada à minha mãe. E ela, por algum motivo esquecido pelos deuses, se importava com Tavius como se ele fosse digno de tal afeição. Esperei até que desaparecesse por um dos muitos corredores escuros e sinuosos do Templo das Sombras, localizado nos arredores do Bairro dos Jardins, no sopé dos Penhascos da Tristeza. Os corredores eram tão numerosos como os túneis ali embaixo, conectando todos os Templos na Carsodônia, a capital, ao Castelo Wayfair.

Lembrei-me da mortal Sotoria, de quem os íngremes penhascos receberam o nome. A lenda diz que ela estava colhendo flores ali quando caiu do precipício depois de ter sido assustada por um deus.

Talvez não fosse o momento mais oportuno para pensar nela.

Levantei as saias diáfanas do vestido, me virei e caminhei descalça pelo chão frio.

Lady Kala parecia um borrão no corredor, mas percebi que ela rapidamente virou a cabeça para o outro lado.

— Venha — chamou, começando a andar antes de parar. — Consegue enxergar com esse véu?

— Um pouco — admiti.

Ela estendeu a mão para trás e passou o braço pelo meu. O contato inesperado me fez estremecer, e de repente fiquei grata pelo véu. Como qualquer um dos Escolhidos, minha pele não deveria tocar a de outra pessoa a menos que tivesse alguma relação com os preparativos. Era bastante revelador que Lady Kala tivesse tocado em mim.

Ela me guiou pelos corredores tortuosos e intermináveis, cheios de portas e numerosas arandelas de velas incandescentes. Estava começando a me perguntar se Lady Kala estava perdida quando a silhueta sombria de duas figuras silenciosas vestidas de preto surgiu por trás de um par de portas.

Sacerdotes das Sombras.

Eles haviam levado o voto de silêncio para outro nível, tendo costurado os lábios. Sempre imaginei como os sacerdotes comiam ou bebiam. Levando em conta os corpos fantasmagóricos e emaciados sob as vestes pretas, o método que usavam não estava funcionando muito bem.

Reprimi um tremor quando cada um dos Sacerdotes abriu uma porta, revelando uma grande câmara circular iluminada por centenas de velas. Um terceiro Sacerdote apareceu de repente e tomou o lugar de Lady Kala. Seus dedos ossudos não tocaram minha pele, mas pressionaram o meio das minhas costas. O contato ainda me incomodava e fez eu querer me afastar, mas sabia que não deveria recuar da frieza daqueles dedos, que se infiltrava pela fina camada de tecido. Forcei-me a respirar fundo e olhei para as gravuras entalhadas na pedra lisa: um círculo com uma linha no centro. O símbolo preenchia cada ladrilho de pedra. Nunca tinha visto aquilo e não sabia muito bem o que significava. Ergui o olhar para o amplo estrado diante de mim.

O Sacerdote me levou pelo corredor, e voltei a sentir uma pressão no peito. Não olhei para os bancos vazios. Se eu fosse realmente a Escolhida, aqueles bancos estariam cheios da nobreza do mais alto escalão e as ruas lá fora, repletas de vivas e aplausos. O silêncio da sala gelou nas minhas veias.

Só havia um trono antes, feito da mesma pedra que o Templo. A pedra das sombras tinha a cor da hora mais escura da noite e era um material maravilhoso, que podia ser polido até refletir qualquer fonte de luz e amolado até virar uma lâmina afiada o bastante para perfurar carne e osso. O trono era lustroso, absorvendo o brilho da luz das velas até que a pedra parecesse estar repleta de fogo escuro. O espaldar havia sido esculpido no formato de uma lua crescente.

A forma exata da marca de nascença que eu carregava logo acima da omoplata esquerda. O sinal revelador de que, mesmo antes de nascer, minha vida nunca fora minha.

Hoje à noite, havia dois tronos.

Quando eles me conduziram para o estrado e me ajudaram a subir os degraus, desejei imensamente ter pedido aquele copo de água. Fui levada até o segundo trono, sentada ali e então deixada sozinha.

Pousei as mãos no apoio do trono e examinei os bancos ali embaixo. Não havia sequer uma alma presente de toda Lasania. Ninguém sabia que suas vidas e a vida de seus filhos dependiam daquela noite e do que eu precisava fazer. Se descobrissem que Roderick Mierel — aquele que as histórias de Lasania chamavam de Rei Dourado — não havia passado dia e noite nos campos com o povo, cavando e raspando as terras devastadas pela guerra até que revelassem um solo limpo e fértil, que não havia semeado a terra ao lado dos súditos, construindo o reino com sangue, suor e lágrimas... Se soubessem que as canções e poemas escritos sobre ele haviam sido baseados em uma fábula, o que restava da Dinastia Mierel certamente ruiria.

Alguém fechou as portas, e meu olhar seguiu até os fundos da câmara, onde distingui as silhuetas obscuras da minha mãe e de Tavius sob a luz das velas. Havia uma terceira figura ao lado deles. O Rei Ernald. Minha meia-irmã, a Princesa Ezmeria — Ezra — estava ao lado do pai e do irmão, e eu não precisava ver sua expressão para saber que odiava todos os aspectos daquele acordo. Sir Holland não estava presente. Gostaria de ter me despedido dele, embora não esperasse que estivesse ali. Sua presença suscitaria muitas perguntas entre os Sacerdotes das Sombras. Revelaria demais.

Que eu não era o farol da pureza Real, mas sim o lobo vestido como cordeiro sacrificial.

Não cumpriria simplesmente o acordo que o Rei Roderick havia feito: eu acabaria com ele antes que destruísse meu reino.

Determinação aqueceu meu peito como acontecia sempre que usava meu dom. Aquele era meu destino. Meu objetivo. O que eu faria era maior do que eu. Era por Lasania.

Então fiquei sentada ali, com os tornozelos cruzados recatadamente sob o vestido e as mãos relaxadas nos braços do trono enquanto esperava.

E esperava mais um pouco.

Os segundos se transformaram em minutos. Não sabia quanto tempo havia se passado, mas senti um nó de desconforto no estômago. Ele havia sido convocado ao *seu* Templo. Não deveria... não deveria estar ali?

Minhas palmas começaram a suar conforme o nó crescia, subindo até o peito. A pressão aumentou.

E se ele não aparecer? Mas por que não o faria? Era o acordo dele.

Quando o Rei Roderick se desesperou o suficiente a ponto de fazer *qualquer coisa* para recuperar suas terras devastadas pela guerra e salvar aqueles que estavam morrendo de fome depois de sofrer tantas perdas, imagino que esperava que um deus menor respondesse à sua convocação — o que era muito mais comum para aqueles que tinham coragem de fazer algo do tipo. Mas foi um Primordial quem respondeu ao Rei Dourado.

E quando atendeu o pedido do Rei Roderick, esse foi o prêmio que o Primordial da Morte pediu em troca: a primogênita da linhagem Mierel como sua Consorte.

O Primordial precisava vir.

Mas e se ele não viesse? Meu coração disparou enquanto eu fechava os dedos em torno da pedra gelada do trono.

Inspire. Prenda. Expire. Prenda.

Se ele não chegasse, tudo estaria perdido. Tudo o que ele havia concedido ao Rei Roderick continuaria a ser desfeito. Se não viesse me reivindicar e eu não cumprisse o acordo, acabaria condenando o reino a uma morte lenta graças à Devastação. Aquilo começou no meu nascimento, com um pequeno pedaço de terra em um pomar. Maçãs verdes caíram de árvores que começaram a perder suas folhas. A terra ficou cinza e a grama, junto com as raízes das macieiras, morreu. Então a Devastação se espalhou, consumindo todo o pomar lentamente. Ao longo do tempo, ela arruinou várias fazendas. Nenhuma colheita podia ser semeada no solo e sobreviver depois que fosse contaminada pela Devastação.

E não estava afetando apenas a terra. Mudou o clima também, tornando os verões mais quentes e secos, e os invernos mais frios e imprevisíveis.

O povo de Lasania não fazia ideia de que a Devastação era um relógio em contagem regressiva. Era a data de validade do acordo que o Rei Dourado havia feito e que começou com o meu nascimento. Havia uma boa chance de que o Rei Dourado não tivesse percebido que a barganha iria expirar, não importava o que acontecesse. Esse conhecimento foi adquirido décadas após o acordo ter sido selado. Se eu falhasse, o reino iria...

Começou com um ruído baixo, como o barulho distante de carroças e carruagens passando pelas ruas de paralelepípedo da Carsodônia. Mas o som aumentou até que pude senti-lo no trono onde estava sentada — e em meus ossos.

O estrondo cessou e as velas, *todas elas*, se apagaram, mergulhando a câmara na mais profunda escuridão. Uma brisa com cheiro de terra soprou as bordas do véu ao redor do meu rosto e a bainha do meu vestido.

Em uma onda, chamas faiscaram das velas, subindo em direção ao teto inclinado. Fixei o olhar no corredor central, onde o próprio ar se abriu, cuspindo uma luz branca e crepitante.

Uma névoa saiu da fenda, lambendo o assoalho de pedra e deslizando em direção aos bancos. Um calafrio percorreu toda minha pele em resposta. Algumas pessoas chamavam a névoa de Magia Primordial. Era o éter, a essência potente que criou o plano mortal e o Iliseu e que corria nas veias de um deus, dando até mesmo aos menores e desconhecidos um poder inimaginável.

Pisquei os olhos. Foi tudo o que fiz. Em um *piscar de olhos* o espaço na frente do estrado não estava mais vazio. Havia um homem ali, vestido com capa e capuz, e cercado por fios vibrantes e agitados de sombras profundas entremeadas a faixas prateadas e luminosas. Não me permiti pensar no que Tavius havia dito sobre ele. *Não podia*. Em vez disso, tentei enxergar através das sombras esfumaçadas. Tudo o que pude ver foi que ele era incrivelmente alto. Mesmo de onde estava, percebi que se ergueria acima de mim — e eu não era baixa, de forma alguma. Pelo contrário: tinha quase a mesma altura de Tavius. Contudo, ele era um Primordial, e, nas histórias escritas a seu respeito, eles costumavam ser chamados de gigantes entre os mortais.

Parecia ter ombros largos. Pelo menos foi o que pensei que fosse aquela massa de escuridão profunda e espessa que tinha a forma de... *asas*. Ele inclinou a cabeça encapuzada para trás.

Esqueci os exercícios de respiração na mesma hora. Não conseguia ver o rosto dele, mas senti a intensidade do seu olhar me atravessar e, por um breve instante de pânico, temi que soubesse que não havia passado dezessete anos me preparando para me tornar sua Consorte. Que minha tutela foi além disso. E que o encanto e *submissão* que me ensinaram não passavam de outro véu que eu usava.

Por um momento, meu coração parou enquanto me sentava no trono destinado à Consorte das Terras Sombrias, uma das Cortes do Iliseu. Olhei para o Primordial da Morte e pela primeira vez na vida senti verdadeiro terror.

Os Primordiais não conseguiam ler os pensamentos dos mortais. Lá no fundo, onde ainda restava um pouquinho de inteligência, eu sabia disso. Não havia nenhum motivo para que ele suspeitasse que eu fosse outra coisa além do que parecia ser. Mesmo que tivesse me visto crescer ao longo dos anos ou se espiões tivessem sido enviados a Lasania, minha identidade, ascendência e linhagem haviam sido ocultas. Ninguém sabia que *existia* uma princesa de sangue Mierel. Tudo o que fiz foi realizado em calculado sigilo, desde o treinamento com Sir Holland até o tempo passado com as Amantes de Jade.

Não havia como ele saber que, nos duzentos anos que levei para nascer, o conhecimento sobre como matar um Primordial tinha sido obtido.

Amor.

Eles tinham uma fraqueza letal que os tornava vulneráveis ao ponto de poderem ser mortos: o amor.

Faça-o se apaixonar, torne-se sua fraqueza e acabe com ele. Aquele era meu destino.

Controlando meu coração acelerado, relembrei as horas passadas com minha mãe aprendendo o que seria esperado de mim enquanto Consorte: como me mover, falar e agir em sua presença. Como me tornar o que ele desejava. Estava pronta para isso, estivesse ele ou não coberto da cabeça aos pés pelas escamas das bestas aladas que protegiam os Primordiais.

Relaxei os dedos, desacelerei a respiração e permiti que meus lábios se curvassem em um sorriso tímido e inocente. Fiquei de pé sob o brilho da luz das velas com as pernas dormentes. Entrelacei as mãos frouxamente sobre a cintura para que nada ficasse escondido dele, assim como minha mãe havia me instruído. Comecei a me ajoelhar como de costume ao cumprimentar um Primordial.

A agitação do ar foi o único aviso que recebi de que o Primordial havia se movido.

O choque silenciou o suspiro de surpresa antes que chegasse aos meus lábios. De repente, ele estava diante de mim. Havia pouco mais do que meros centímetros entre nós. A luz rodopiante ondulava o ar ao meu redor. Ele parecia *frio*, como os invernos ao norte e a leste dali. Como os invernos em Lasania se tornavam a cada ano que passava.

Não sei ao certo se continuava respirando enquanto olhava para o vazio onde seu rosto deveria estar. O Primordial da Morte se aproximou e um dos fios de sombra roçou na pele nua do meu braço. Arfei ao sentir o toque gélido. Ele inclinou a cabeça e todos os músculos do meu corpo se retesaram. Não sei se foi por causa da sua presença ou do instinto inato que nos dizia para não correr, não fazer movimentos bruscos na presença de um predador.

— Você — disse ele, com uma voz de fumaça e sombras e cheia de tudo o que havia depois que alguém dava seu último suspiro. — Eu não preciso de uma Consorte.

Meu corpo inteiro estremeceu, e eu sussurrei:

— O quê?

O Primordial recuou, com as sombras se retraindo ao seu redor. Ele sacudiu a cabeça. O que ele quis dizer com aquilo?

Dei um passo à frente.

— O quê...? — perguntei outra vez.

O vento soprou novamente, às minhas costas dessa vez, lançando a câmara na escuridão conforme as velas se apagavam. O estrondo foi mais fraco do que antes, mas não ousei me mexer, sem fazer ideia de onde ele estava. Não sabia nem onde era a beira do estrado. O cheiro de terra desapareceu e as chamas retornaram lentamente para as velas, brilhando fracamente.

O Primordial não estava mais na minha frente.

Tênues fios de éter surgiram da abertura agora selada no assoalho. Ele havia desaparecido.

O Primordial da Morte havia partido sem me levar, e, numa parte profunda e oculta dentro de mim, o alívio brotou, esvaindo-se em seguida. Ele não havia cumprido o acordo.

— O que... o que aconteceu? — A voz da minha mãe me alcançou, e, quando olhei para cima, vi que ela estava diante de mim. — O que aconteceu?

— Eu... eu não sei. — Pânico cravou suas garras em mim quando me virei para encará-la, envolvendo o corpo com os braços. — Eu não entendo.

Seus olhos estavam arregalados e espelhavam a tempestade que se formava dentro de mim enquanto sussurrava:

— Ele falou com você?

— Ele disse... — Tentei engolir, mas senti um nó na garganta. Os cantos da minha visão ficaram brancos. Nenhum exercício de respiração poderia desfazer a sensação alarmante que se instalou em mim. — Não entendo. Eu fiz tudo...

A dor ardente do tapa da minha mãe foi como um choque.

Não estava esperando por isso. Sequer havia me preparado para que ela fizesse algo do tipo. Pressionei a mão trêmula na bochecha, parada ali, perplexa e sem conseguir compreender o que *havia* acontecido, o que *estava* acontecendo.

Os olhos escuros dela estavam ainda mais arregalados agora, sua pele de uma palidez assustadora.

— O que você fez? — Ela levou a mão de encontro ao peito. — O que você fez, Sera?

Eu não havia feito nada. Só o que haviam me ensinado. Mas não consegui lhe dizer isso. Não consegui dizer nada. As palavras me escaparam como se algo tivesse se despedaçado dentro de mim, murchado.

— *Você* — minha mãe sibilou. Embora sua voz não fosse feita de fumaça e sombras, era igualmente definitiva. Seus olhos cintilaram. — Você falhou conosco. E agora tudo, *tudo*, está perdido.

Capítulo 1

Três anos depois...

O Lorde do Arquipélago de Vodina desfilou pelo centro do Salão Principal do Castelo Wayfair, com a batida suave e firme das botas polidas ecoando o tamborilar silencioso dos meus dedos na coxa. Era bonito de um jeito rústico, com a pele bronzeada pelo sol e os braços definidos por empunhar a pesada espada que carregava no quadril. O sorriso no rosto de Lorde Claus, a inclinação arrogante de sua cabeça loura e o saco de estopa que carregava me disseram tudo que eu precisava saber sobre como aquilo iria se desenrolar, mas nenhum dos presentes se mexeu ou deu um pio.

Não os Guardas Reais postados em uma fileira rígida diante do estrado, elegantemente adornados. Estavam ridículos. Uma franja dourada caía dos ombros volumosos dos coletes cor de ameixa, combinando com as calças. Os casacos de lapela e calças grossas eram muito pesados para o verão quente da Carsodônia e não permitiam movimentos flexíveis como a túnica e os calções simples que os guardas e soldados de baixa patente usavam. O uniforme evocava um *privilégio* que não havia sido conquistado com as espadas guardadas nas bainhas incrustadas de osso e pedra.

Não houve nenhuma movimentação no estrado onde a Rainha e o Rei de Lasania estavam sentados em seus tronos de diamante e citrino, observando o Lorde que se aproximava. As coroas de folhas douradas em suas cabeças brilhavam sob a luz das velas e, enquanto os olhos do meu padrasto exibiam um brilho febril de esperança, os da minha mãe não expressavam absolutamente nada. De pé ao lado do Rei, o herdeiro do reino parecia estar em algum lugar entre quase adormecido e entediado com a responsabilidade que exigia sua presença. Conhecendo Tavius, sei que ele preferiria ter bebido pelo menos três canecas de cerveja a essa altura da noite e estar entre as pernas de uma mulher.

A Rainha Calliphe quebrou o silêncio tenso, sua voz nítida no ar quente e pesado repleto do cheiro de rosas:

— Não esperava que você respondesse à proposta que nosso Conselheiro fez à sua Coroa. — Seu tom era inconfundível. A presença do Lorde do Arquipélago de Vodina era um insulto. Ele não era da Realeza, e suas ações eram óbvias: ele não se importava. — Você fala em nome do seu Rei e da sua Rainha?

Lorde Claus parou a alguns metros da Guarda Real com o olhar inabalável fixo para cima. Não respondeu enquanto desviava o olhar do estrado para as alcovas com colunas. Ao meu lado, Sir Holland, um cavaleiro da Guarda Real, ficou tenso e segurou a espada na cintura com firmeza quando o escrutínio do Lorde passou por mim e então voltou.

Devolvi seu olhar, um ato pelo qual certamente seria repreendida mais tarde, mas poucas pessoas em todo o reino sabiam que eu era a última descendente da linhagem Mierel, uma Princesa. E sabiam ainda menos que eu era a Donzela prometida ao Primordial da Morte. Aquele Lorde presunçoso sequer sabia que a única razão pela qual estava aqui era porque eu havia falhado com Lasania.

Embora estivesse entre as sombras, o escrutínio compenetrado e lento de Lorde Claus foi como uma carícia suada, demorando-se na pele nua dos meus braços e no decote do corpete antes de alcançar meus olhos. Ele franziu os lábios e me soprou um beijo.

Arqueei a sobrancelha. O sorriso dele sumiu.

A Rainha Calliphe notou o alvo de sua atenção e se retesou.

— Você fala em nome da sua Coroa? — repetiu.

— Sim. — Lorde Claus voltou sua atenção para o estrado.

— E tem uma resposta? — perguntou a Rainha enquanto uma mancha cor de ferrugem se espalhava pelo fundo do saco de estopa. — Sua Coroa aceita nossa lealdade em troca de ajuda?

Dois anos de colheitas. Mal dava para complementar as perdas da fazenda para a Devastação.

— Aqui está sua resposta. — Lorde Claus lançou o saco à frente.

Ele atingiu o mármore com um baque estranhamente *úmido* antes de rolar pelo ladrilho. Algo redondo saiu do saco, deixando para trás um rastro de respingos de *sangue*. Cabelos castanhos. Uma tez medonhamente pálida. Faixas irregulares de pele. Osso decepado.

A cabeça de Lorde Sarros, Conselheiro da Rainha e do Rei de Lasania, ricocheteou na bota de um Guarda Real.

— Bons deuses! — exclamou Tavius, dando um passo para trás.

— Essa é nossa resposta à sua oferta medíocre de lealdade. — Lorde Claus recuou um passo, levando a mão ao punho da espada.

— Hmm — resmungou Sir Holland enquanto vários Guardas Reais pegavam suas armas. — Por essa eu não esperava.

Olhei em sua direção, captando o que imaginei ser um indício de divertimento mórbido nos traços de sua pele negra.

— Já chega! — ordenou o Rei Ernald, levantando a mão. A Guarda Real parou.

— Por *essa* eu esperava — acrescentou Sir Holland baixinho.

Cerrei o maxilar para não fazer algo incrivelmente inapropriado. Concentrei-me na minha mãe. Não havia sequer um lampejo de emoção no rosto da Rainha sentada ali, com o pescoço tenso e o queixo erguido.

— Um simples *não* teria bastado — declarou.

— Mas teria o mesmo impacto? — retrucou Lorde Claus, com aquele sorrisinho voltando aos lábios. — A lealdade de um reino falido não vale um dia de colheita. — Ele olhou para a alcova e continuou recuando. — Mas se você acrescentar aquela belezinha ali ao acordo, posso ser convencido a fazer um apelo à Coroa de Vodina em seu nome.

O Rei segurou o apoio para braços do trono com força enquanto a Rainha Calliphe dizia:

— Minha aia não faz parte do acordo.

Tal como minha mãe, não demonstrei nenhuma emoção. Nada. Aia. Criada. Não filha.

— Que pena. — Lorde Claus subiu a pequena escada até a entrada do Salão Principal. Com a mão no punho da espada, sua reverência elaborada era tão zombeteira quanto o que se derramou de seus lábios bem delineados. — Benditos sejam em nome dos Primordiais.

O silêncio respondeu a ele, que deu meia-volta e saiu do Salão Principal. Sua risada se infiltrou no corredor de modo tão inebriante e enjoativo quanto as rosas.

A Rainha Calliphe inclinou o corpo para a frente e olhou na direção da alcova. Seu olhar encontrou o meu, e uma estranha mistura de emoções me invadiu. Amor. Esperança. Desespero. Raiva. Não me lembrava da última vez que ela havia me encarado, mas o fez agora, o que me deixou ainda mais apreensiva.

— Mostre a ele a belezinha que você é — ordenou, e Sir Holland praguejou baixinho. — Mostre a todos os Lordes do Arquipélago de Vodina.

Um sentimento de tristeza quase sufocante se instalou na minha garganta, mas bloqueei-o antes que pudesse se reproduzir e assumir vida própria. Bloqueei tudo conforme soltava o ar lentamente. Como nas incontáveis vezes anteriores, o vazio penetrou minha pele. Concordei com a cabeça, acolhendo o vazio que tomava conta dos meus músculos e penetrava meus ossos. Deixei que o vazio invadisse meus pensamentos até que não me lembrasse mais de quem era. Até que ficasse como aqueles pobres espíritos perdidos que vagavam pelos Olmos Sombrios. Um receptáculo vazio outra vez cheio de propósito. Era como vestir o Véu dos Escolhidos. Então assenti e saí dali sem dizer uma palavra sequer.

— Você deveria tê-la dado ao Lorde — comentou Tavius. — Ao menos assim ela nos faria algum bem.

Ignorei os comentários cáusticos do Príncipe e passei rapidamente pelas alcovas, com as saias do vestido farfalhando ao redor dos saltos baixos das botas ao sair do Salão Principal.

O corredor estava estranhamente quieto. Estendi a mão e levantei o capuz preso à gola do vestido. Coloquei-o no lugar, um gesto condicionado mais pelo hábito do que por qualquer coisa. A maioria das pessoas que trabalhava no Castelo Wayfair me conhecia simplesmente como a Rainha me chamara: uma aia. Para a maioria fora do castelo, minhas feições eram as de uma desconhecida, tal como quando usava o véu de Escolhida.

Passei pelas enormes flâmulas cor de malva que adornavam as paredes. Elas ondularam, sopradas pela brisa quente que entrava pelas janelas abertas. No centro de cada flâmula, o Brasão Real dourado reluzia sob a luz do lampião.

Uma coroa de folhas douradas com uma espada no meio.

O brasão deveria representar força e liderança. Para mim, parecia que alguém havia sido apunhalado no crânio. Não era possível que eu fosse a única a pensar nisso.

Passei pelos Guardas Reais nos portões que davam para o muro voltado para o Mar de Stroud, onde sabia que o navio estaria esperando para retornar ao Arquipélago de Vodina. Passei pelos estábulos, atravessei o pátio e saí pelo portão pequeno e estreito, raramente usado, pois levava a uma trilha menos percorrida através dos penhascos com vista para a Cidade Baixa — uma seção lotada de armazéns e antros que atendia aos estivadores e marinheiros.

Sob o luar, segui pelo caminho íngreme, ziguezagueando em direção às velas vermelho-escuras que avistei acima dos navios atarracados e quadrados com o brasão de Vodina. Uma serpente marinha de quatro cabeças.

Deuses! Como eu detestava cobras! Tivessem uma ou quatro cabeças.

Considerando o que Lorde Sarros havia dito antes do infeliz incidente de ter a cabeça arrancada, uma pequena tripulação viajava com Lorde Claus: outros três Lordes.

O cheiro salgado de maresia preencheu o ar e umedeceu minha pele quando cheguei ao nível do solo e entrei em um dos becos entre os prédios escuros e silenciosos. As solas das minhas botas não faziam barulho contra o chão de pedra rachada. Andei em direção à beirada de um prédio na esquina do navio de Vodina, com a bainha do vestido esvoaçando silenciosamente ao meu redor. Anos de treinamento intensivo com Sir Holland garantiram que meus passos fossem leves e meus movimentos, precisos. O quase silêncio com que eu era capaz de me mover era um dos motivos pelos quais alguns dos empregados mais antigos temiam que eu não fosse de carne e osso, mas algum tipo de fantasma. Às vezes, parecia que eu não passava do vislumbre de um espectro, não totalmente encarnada.

Hoje era uma dessas noites.

A cerca de três metros das docas, parei e esperei. Marinheiros e trabalhadores passaram diante da entrada do beco, alguns correndo e outros já tropeçando. Deslizei a mão pela fenda do vestido na altura da coxa, fechando os dedos em torno do cabo da adaga. O ferro se aqueceu ao meu toque, tornando-se parte de mim. Senti a ponta da lâmina logo acima da bainha. Pedra das sombras. Adagas de pedra das sombras eram raras no plano mortal.

Uma porta se abriu na rua. Risos roucos escaparam, seguidos por risadas estridentes. Olhei para a frente, imóvel nas sombras enquanto pensava na minha mãe, na minha *família*. Eles já deviam ter ido para o salão de banquetes, onde compartilhariam comida e conversa, fingindo que o Lorde do Arquipélago de Vodina não havia acabado de devolver seu Conselheiro sem o corpo. Fingindo que isso não era mais um sinal de que o reino estava à beira de um colapso. Eu nunca, nem sequer uma vez, havia jantado com eles. Nem mesmo antes de falhar. Aquilo não me incomodava antes. Ao menos não com frequência, porque eu havia sido *Escolhida*. Tinha um objetivo.

Eu não preciso de uma Consorte.

As coisas ficaram difíceis depois disso. Mas quando fiz dezoito anos? Fui mais uma vez velada e envolta naquela mortalha transparente de vestido e levada para o Templo das Sombras enquanto eles invocavam o Primordial da Morte.

Ele não apareceu.

As coisas ficaram ainda mais difíceis quando fiz dezenove. E então, há seis meses, quando fiz vinte anos e fiquei sentada no trono com aqueles malditos véu e vestido pela terceira vez? Eles o convocaram novamente e, mesmo assim, ele não veio. Foi então que tudo mudou. Não sabia o que era *difícil* até o momento.

Antes, eles sempre mandavam as refeições para o meu quarto: café da manhã, um pequeno almoço e depois o jantar. Após a primeira convocação, isso mudou. Começaram a pular as entregas. Menos comida era enviada. Mas depois da última convocação, eles passaram a não mandar mais nada para os meus aposentos. Eu precisava saquear a cozinha durante o curto período de tempo em que poderia encontrar alguma comida que valesse a pena ser consumida. Mas podia lidar com isso, assim como com a falta de outros itens de necessidade básica e de roupas novas para substituir as velhas. Muitas pessoas em Lasania tinham ainda menos do que eu. A pior parte era que minha mãe quase não havia falado comigo nos últimos três anos. Ela mal olhava para mim, a não ser em noites como aquela, quando queria enviar uma mensagem. Havia semanas em que eu sequer a via e, embora sempre tivesse sido distante, ainda passava algum tempo com ela antes. Ela acompanhava meu treinamento e até almoçava comigo de vez em quando. E também havia Tavius, que agora se comportava sabendo que haveria pouca ou nenhuma consequência para suas ações. As horas em que não estava treinando com Sir Holland, que acreditava que o Primordial ainda viria me reivindicar — porque nunca contei a ninguém o que ele havia me dito, nem mesmo à minha meia-irmã Ezra —, e ficava sozinha sem ninguém com quem passar o tempo eram longas e lentas.

Mas hoje à noite, ela havia olhado para mim. Havia falado comigo. E era *isso* que ela queria.

Senti um gosto amargo se formar na boca quando uma silhueta familiar apareceu na entrada do beco. Reconheci o corte da túnica vermelho-escura e o brilho dos cabelos louros ao luar.

As batidas do meu coração eram firmes e lentas conforme eu abaixava o capuz, saindo das sombras e me postando sob a luz do lampião.

— Lorde Claus — chamei.

Ele parou, virando-se para a entrada do beco e inclinou a cabeça. E não sei se senti alívio, dor ou coisa nenhuma quando ele perguntou:

— Aia?

— Sim.

— Ora, ora — disse ele lentamente, entrando no beco. — Aquela maldita Rainha mudou de ideia? — Cada passo na minha direção era seguro, sem pressa e à vontade. — Ou você gostou de mim? — Ele endireitou o corpo. — E se decidiu por si mesma?

Esperei até que ele estivesse a alguns metros de mim, bem longe da rua. Por outro lado, naquela área da Carsodônia, alguém poderia muito bem gritar e ninguém piscaria o olho.

— Algo do tipo.

— Algo do tipo? — O ar sibilou entre seus dentes enquanto ele baixava os olhos mais uma vez para a curva dos meus seios acima do corpete transparente. — Aposto que sabe muito sobre certas coisas, não é?

Não sabia o que ele queria dizer com aquilo e nem me importava.

— A Rainha ficou bastante aborrecida com sua resposta.

— Aposto que sim. — Sua risada áspera se esvaiu. Finalmente o Lorde olhou para meu rosto e parou à minha frente. — Espero que não tenha vindo até aqui e esperado por mim só para me dizer isso.

— Não. Vim entregar uma mensagem.

— A mensagem está aqui embaixo? — Lorde Claus perguntou, enfiando o dedo na fenda do meu vestido. — Aposto que é gostosa, quente e... — Ele puxou o tecido fino, revelando a bainha na minha coxa.

— A mensagem não é apertada nem molhada ou qualquer outra palavra grosseira que estava prestes a sair da sua boca. — Desembainhei a adaga.

O olhar dele disparou para o meu, e seus olhos se arregalaram de surpresa.

— Só pode ser uma piada.

— A única piada aqui é você achar que sobreviveria a esta noite. — Fiz uma pausa. — E que caiu tão avidamente numa armadilha.

A raiva eliminou a surpresa, manchando e distorcendo suas feições. Homens e seus egos frágeis. Eram tão fáceis de manipular.

Lorde Claus deu um soco pesado na minha direção, exatamente como eu sabia que faria, e me esquivei debaixo do seu braço, levantando-me rapidamente atrás dele. Dei um chute, plantando o pé no meio das suas costas. Ele cambaleou para a frente, grunhindo enquanto tentava se equilibrar. Em seguida, desembainhou a espada e a brandiu em um arco amplo, me forçando a dar um passo para trás. Era um dos benefícios de usar uma arma maior como uma espada: forçava o oponente a se afastar e se manter atento, arriscando a vida e os membros para se aproximar. Mas era mais pesada, e só uns poucos conseguiam empunhá-la graciosamente.

Lorde Claus não era um deles. Nem eu.

— Sabe o que vou fazer? — Ele avançou na minha direção.

— Deixe-me adivinhar: aposto que é algo repulsivo que tem a ver com seu pau e depois com sua espada.

Ele deu um passo em falso.

— Sabia.

Apressei-me sob seu ataque, mirando para baixo e chutando, golpeando-o na cintura. O impacto o fez recuar, mas ele logo recuperou o equilíbrio e deu uma cotovelada que teria me acertado se eu não tivesse me abaixado. Girou o corpo e brandiu a espada enquanto eu me esquivava para a esquerda. A lâmina se enterrou na parede. Pequenas nuvens de pó voaram pelos ares, e me virei para trás, segurando-o pelo braço.

O Lorde puxou a espada enquanto eu me virava e batia com o cotovelo perto do seu rosto, praguejando quando teve a cabeça jogada para trás. Ele arrancou a espada e se virou na minha direção. O sangue escorria do seu nariz. O homem me atacou, mas fintou para a direita, girando o corpo e erguendo a espada no alto.

Avancei e peguei os cabelos dele com força, puxando-o para trás de uma vez só. O movimento o pegou desprevenido, e ele perdeu o equilíbrio e começou a cair. Havia um bom motivo para eu manter os cabelos trançados e enfiados sob o capuz.

Com a mão livre, agarrei seu braço que empunhava a espada e bati com o cotovelo em seu pulso. Então dei uma rasteira nele, que soltou a espada com um suspiro.

Inspire.

A espada caiu com um baque pesado no chão, e eu abaixei a adaga de pedra das sombras. A lâmina era leve, mas tinha dois gumes, com ambos os lados afiados. *Prenda.* O vazio dentro de mim começou a rachar, permitindo que o peso breve e sufocante de antes se instalasse na minha garganta mais uma vez. *Sou um monstro*, sussurrou uma voz na minha cabeça.

— Sua vadia idiota...

Expire. Forcei-me a agir. Golpeei logo, puxando a cabeça dele para cima enquanto o acertava com a adaga. A ponta da lâmina perfurou a parte de trás do seu pescoço, partindo a coluna vertebral e, então, a conexão com o cérebro.

Lorde Claus estremeceu uma vez, e foi só. Não houve mais nem um pio. Nem sequer um suspiro. Uma decapitação interna era rápida, não muito sangrenta e *quase* indolor.

Expirei com dificuldade, soltei a adaga e abaixei sua cabeça pendente no chão do beco.

Levantei-me, limpei a lâmina na lateral do vestido e a embainhei. Ao me virar, vi a espada caída de Claus. O calor se acumulou nas minhas mãos, com meu dom pressionando a pele. Fechei os punhos, desejando que o calor fosse embora. Passei por cima do Lorde do Arquipélago de Vodina, peguei a espada e comecei a trabalhar na mensagem que deixaria minha mãe orgulhosa.

*

Enquanto saltava do navio para as docas, só pensava no meu lago, situado nas profundezas dos Olmos Sombrios.

Estava decididamente *pegajosa* quando cortei a corda que ancorava o navio de Vodina à costa. A correnteza era sempre forte no Mar de Stroud. Em poucos minutos, o navio já estava se afastando. Levaria dias, talvez semanas, mas os Lordes do Arquipélago de Vodina voltariam para casa.

Mas não inteiros.

Afastei-me das águas brilhantes e respirei fundo. Cheirava a sangue e fumaça inebriante de Cavalo Branco, um pó viciante derivado de uma flor silvestre cor de ônix encontrada nos prados do Arquipélago de Vodina e muitas vezes transportado pelos mercadores. Os Lordes estavam se entregando à fumaça, e o cheiro devia estar provocando a dor incômoda nas minhas têmporas. As dores de cabeça não eram muito frequentes, tendo iniciado no ano passado, mas haviam se tornado cada vez mais comuns. Estava começando a imaginar se não se tornariam como as de que minha mãe sofria e que a faziam se retirar para seus aposentos privados por horas, às vezes dias, a fio. Parecia apropriado que uma das raras coisas que tínhamos em comum fosse a dor.

Pelo menos o tecido escuro do vestido escondia parte dos vestígios das minhas atividades noturnas, mas o sangue manchava meus braços e mãos, já começando a secar. Olhei para o navio à deriva e lamentei por quem embarcasse ali.

Tinha acabado de sair das docas quando ouvi um grito áspero que terminou em um gemido, e uma risadinha rouca atraiu meu olhar para um dos navios ali por perto. Distingui a silhueta de duas pessoas sob o brilho dos postes de luz. Uma delas estava quase toda curvada sobre a amurada do navio com a outra pressionada contra suas costas. Levando em conta o modo como se moviam, elas estavam tão perto quanto duas pessoas poderiam estar.

Meu olhar seguiu para onde outras pessoas espiavam na frente de um antro do outro lado da rua. Eu não era a única que assistia à cena.

Minha nossa.

Em muitas partes da Carsodônia, as pessoas ficariam horrorizadas com o comportamento daqueles dois no convés. Mas na Cidade Baixa, qualquer um poderia ser tão abertamente impróprio quanto desejasse. Não era o único lugar onde a devassidão era bem-vinda.

Repuxei um canto dos lábios para cima, mas o sorriso logo desapareceu quando uma dor profunda e penetrante atravessou meu peito. O vazio se abriu, e olhei para mim mesma, um pouco enojada com a visão do sangue seco nos braços. Não precisava ir para o lago. Na verdade, não precisava fazer nada depois de ter feito o que minha mãe queria. Eu era praticamente livre. Era uma das pequenas bênçãos de falhar: não estava mais enclausurada, proibida de sair dos arredores do Castelo Wayfair ou dos Olmos Sombrios. Outra bênção era a constatação de que minha *pureza* não era mais uma mercadoria, parte do pacote lindamente elaborado. Uma inocente com o toque de uma sedutora. Sorri outra vez. Ninguém sabia que o Primordial da Morte não viria me reivindicar, mas eu sim. E não havia nenhum motivo para guardar o que sequer seria valorizado.

Olhei de novo para o casal no navio. Um dos homens imprensava o outro junto à amurada, movendo-se ferozmente, seus quadris mergulhando com uma força bastante impressionante. E, de acordo com os sons que emitiam, de forma bastante prazerosa.

Meus pensamentos imediatamente se voltaram para a Luxe.

Certa vez, Sir Holland lamentou a falta de interação com meus pais, alegando que eu me tornara propensa a grandes atos de impulsividade e imprudência nos últimos três anos. E disse isso sem saber nem da metade das minhas decisões mais insensatas. Não sei se a falta de atenção da minha mãe e do meu padrasto tinha alguma consequência, mas não podia discutir com a percepção do cavaleiro.

Eu era impulsiva.

E também muito curiosa.

E foi por isso que levei quase dois dos últimos três anos criando coragem para explorar coisas proibidas a mim enquanto Donzela. Para experimentar o que havia lido naqueles livros impróprios guardados no Ateneu da cidade, em prateleiras altas demais para que dedos pequenos e mentes curiosas pudessem alcançar. Para encontrar um jeito de parar de me sentir sempre tão vazia.

— Ai, deuses! — ecoou um grito agudo de êxtase do convés do navio.

As Amantes de Jade tinham banheiros onde eu poderia me limpar do sangue. Elas dispunham de muitas coisas a oferecer, até mesmo para mim.

Decidida, levantei o capuz e atravessei a rua rapidamente, seguindo até a Ponte Dourada. Nos últimos três anos, descobri inúmeros atalhos e aquela era a maneira mais rápida de atravessar o Rio Nye, que separava o Bairro dos Jardins de outros bairros menos afortunados, como a Travessia dos Chalés. Ali, apenas uma ou duas famílias ocupavam mansões recém-pintadas e grandes casas geminadas, onde seus habitantes gastavam dinheiro em itens de luxo, comiam e bebiam em pátios cheios de rosas e fingiam que Lasania não estava agonizando. Do outro lado do Rio Nye, as pessoas não conseguiam esquecer nem por um segundo que o reino estava condenado, e só tinha o gostinho de uma vida mais fácil quem cruzava o Nye para trabalhar nas mansões.

Pensando no banho e nas outras atividades que me aguardavam, corri pelos becos e vielas e finalmente subi o morro íngreme, avistando a ponte. Postes de iluminação a gás ladeavam a Ponte Dourada, lançando um brilho amarelado sobre os jacarandás que se estendiam ao longo da margem do rio. Antes de cruzar o Nye, entrei em uma das trilhas encobertas que conectavam os cantos do bairro.

Trepadeiras cheias de flores de ervilha-de-cheiro roxas e brancas cobriam as laterais e os topos dos caramanchões, espalhando-se de uma para a outra e formando túneis compridos. Uma réstia de luar iluminava o caminho.

Não deixei a mente divagar. Recusei-me a pensar nos Lordes. Caso contrário, teria que pensar nos outros nove que vieram antes deles, o que me levaria de volta à noite em que falhei. E então teria que pensar que ninguém jamais ficaria tão próximo de mim como aqueles dois no navio caso soubessem quem eu era e o que havia me tornado. Só me permiti pensar em limpar o sangue e o cheiro de fumaça. Em passar o tempo em um lugar onde poderia esquecer e me tornar outra pessoa.

Um grito estridente me deteve. Não sei se já havia me afastado demais, mas aquilo não tinha nada a ver com os gritos que vinham do convés do navio.

Virei-me na direção da origem do som, encontrei a saída mais próxima e disparei do interior dos túneis de trepadeira para uma rua estranhamente silenciosa. Examinando os prédios escuros, vi a ponte de pedra iluminada que unia os dois lados do Bairro dos Jardins e soube exatamente onde estava.

Na Luxe.

A viela estreita não recebeu aquele apelido por causa das residências imponentes, mas pelas coisas escondidas nos jardins exuberantes. Os estabelecimentos com portas e venezianas pretas que prometiam... bem, todos os tipos de esplendor e, ironicamente, exatamente para onde eu estava indo.

Não esperava que a Luxe estivesse tão sossegada àquela hora da noite. Os jardins estavam quase sempre cheios de gente. Senti um calafrio enquanto caminhava pela calçada de pedra, me mantendo perto das sebes que ocultavam os jardins.

De repente, um homem surgiu no caminho alguns metros à frente. Dei um passo para trás. Tudo o que consegui distinguir sob a luz do poste era que ele usava calça de cor clara e que sua camisa branca estava para fora do cós. Ele passou por mim sem nem perceber que eu estava ali. Virei-me para trás e o vi desaparecer noite adentro.

Ouvi o som novamente, dessa vez mais curto e rouco. Lentamente, eu me virei e avancei devagar, passando por um sobrado onde as cortinas esvoaçavam das janelas, agitadas pela brisa quente. Deslizei a mão pela fenda do vestido até alcançar a adaga.

— Faça — soou a voz rouca, quebrando o silêncio. — Eu jamais...

Um clarão de luz brilhante e prateada incidiu sobre a calçada e viela vazias quando cheguei à esquina da casa. O que é...?

Disse a mim mesma que era melhor cuidar da minha vida, mas fiz exatamente o contrário e espiei pela lateral da construção.

Entreabri os lábios, mas não dei nem um pio — só porque era mais inteligente do que isso. Ainda assim, teria sido melhor ter cuidado da minha vida.

No pátio da casa escura ao lado havia um homem ajoelhado, com os braços estendidos e o corpo curvado para trás em um ângulo improvável. Os tendões do pescoço estavam salientes e sua pele parecia iluminada por dentro. Uma luz esbranquiçada enchia as veias do rosto dele e o interior do pescoço, descendo até o peito e abdômen.

De pé diante dele havia uma... uma *deusa*. Sob o luar, seu vestido azul-claro era quase tão transparente quanto meu vestido de noiva. Tinha um decote profundo e era apertado na cintura e nos quadris, terminando em uma poça de tecido reluzente em torno dos seus pés. Um broche de safira cintilante prendia o tecido diáfano sobre o ombro. A pele dela era da cor do marfim. Seus cabelos eram brilhosos e pretos como azeviche.

Ver um deus ou deusa na capital não era exatamente uma surpresa. Eles costumavam viajar para o plano mortal, geralmente por tédio ou pela necessidade de fazer negócios em nome do Primordial a quem serviam, que raramente, ou nunca, ia até ali.

De acordo com o que aprendi sobre o Iliseu, sua hierarquia era semelhante à do plano mortal. Em vez de reinos, cada Primordial reinava sobre uma Corte e, no lugar de títulos nobres, eles tinham deuses que respondiam às suas Cortes. Dez Primordiais possuíam Cortes no Iliseu. Eles governavam tudo o que existia entre o céu e o mar, do amor ao nascimento, da guerra à paz, da vida e, sim, até a morte.

Mas o que me chocou foi que aquela deusa estava com a mão na testa do homem. Era *ela* a origem da luz branca em suas veias.

A boca do homem se abriu, mas nenhum som surgiu de sua garganta, somente luz prateada. Ela se derramou de sua boca e olhos, estalando e crepitando conforme subia em direção ao céu, ultrapassando a altura da casa.

Bons deuses! Era éter, a essência dos deuses e Primordiais. Nunca tinha visto ninguém o usar assim antes nem achava que fosse preciso matar um mortal daquele jeito. Não havia necessidade.

A deusa abaixou a mão e o éter desapareceu, lançando o pátio mais uma vez na escuridão e réstia de luar. O homem... Ele não fez nenhum barulho quando tombou para a frente. A deusa saiu do caminho, deixando-o cair sobre a grama com o rosto inclinado para baixo enquanto olhava a própria mão, franzindo os lábios de nojo.

Sabia que o homem estava morto. E sabia que o éter havia feito aquilo, mesmo que não soubesse que era possível usá-lo daquela forma. O calor se acumulou sob a minha pele, e precisei me esforçar ao máximo para me conter.

A deusa virou a cabeça na direção da porta aberta da casa. Um deus saiu dali, com a pele do mesmo tom perolado e o cabelo, quase tão compridos quanto os dela, caindo pelas costas como noite em forma líquida. Carregava algo nas mãos enquanto descia os degraus, algo pequeno e pálido, sem vida e...

Congelei de horror, mesmo no calor do verão da Carsodônia. O deus carregava um... um bebê pelos pés. Bile subiu tão rápido que entupiu minha garganta.

Precisava sair dali e começar a cuidar da minha vida. Era melhor que a deusa ou o deus não reparassem em mim. Eu não tinha nada a ver com o pesadelo que estava acontecendo ali. Não precisava ver mais nada além do que já tinha visto.

O deus *atirou* a criança até que ela caísse ao lado do mortal à beira do vestido cintilante da deusa.

Nada disso me dizia respeito. Nada do que os deuses decidiam fazer dizia respeito a *qualquer* mortal. Todos sabíamos que, embora os deuses pudessem ser benevolentes e generosos, muitos poderiam se tornar cruéis e violentos quando ofendidos. Todos os mortais aprendiam isso desde criança. O homem pode ter feito algo para despertar a ira dos dois, mas aquele serzinho era só *um bebê*, um inocente que o deus havia descartado como lixo.

Ainda assim, a última coisa que eu deveria fazer era fechar os dedos em torno do punho da adaga de pedra das sombras — uma lâmina que poderia muito bem matar um deus. Mas o horror havia dado lugar a uma fúria incandescente. Já não estava mais vazia e oca. Estava cheia, transbordando de uma raiva sombria. Não acreditava que fosse capaz de derrotar os dois, mas estava confiante de que conseguiria golpeá-lo antes de finalmente me reencontrar com o Primordial da Morte. Não duvidava nem por um segundo que minha vida fosse acabar naquela noite.

E uma parte pequena e escondida de mim, nascida no momento em que a bofetada da minha mãe ardeu na minha bochecha, deixou de se *importar* se eu estava viva ou morta.

Saí de trás da construção.

O único aviso foi a agitação do ar ao meu redor, uma brisa que tinha cheiro de algo limpo e cítrico.

A mão de alguém apertou minha boca e um choque inesperado se apoderou de mim no instante em que um braço se fechou ao meu redor, prendendo meus braços ao lado do corpo. A surpresa do contato — o choque de alguém me tocando, *tocando* a minha pele com a sua — me custou a fração de segundo que eu tinha para me desvencilhar. Contorci-me contra um peito firme como uma muralha.

— Eu não daria nem um pio se fosse você.

Capítulo 2

O aviso veio de uma voz masculina, sussurrado no meu ouvido enquanto me levantava do chão. Fiquei atônita. Fui erguida do pátio com uma facilidade impressionante, como se não passasse de uma criança pequena. E eu não era pequena nem em altura, nem em peso, mas o homem também era extraordinariamente rápido. Em um piscar de olhos, ele me levou até um dos túneis de trepadeira ali perto.

— Não sei muito bem o que você pretendia fazer lá atrás — anunciou. O alarme soou dentro de mim, tão nítido e alto quanto os sinos que tocavam todas as manhãs no Templo do Sol. — Mas posso garantir que teria sido desastroso para você.

No instante em que me soltasse, as coisas seriam *desastrosas* para ele.

Meu coração batia acelerado enquanto eu tentava me libertar. O braço em volta da minha cintura apertou ainda mais quando ele entrou no túnel, onde apenas uma réstia de luar se infiltrava entre as trepadeiras densas e as flores docemente perfumadas. Estiquei os dedos e tentei alcançar o cabo da adaga enquanto virava a cabeça para o lado, tentando desalojar a mão dele. Não tive sucesso em nenhuma das duas tentativas.

Uma frustração repleta de pânico me invadiu. Não estava acostumada a ser tratada daquele jeito fora do treinamento ou da luta. Nem mesmo durante o tempo passado no Jade. A sensação da mão dele sobre minha boca, dos seus dedos encostados em minha bochecha e de ser segurada com tanta força — ou *apenas* de ser segurada — era quase tão esmagadora quanto a percepção de que eu estava *presa*.

Dobrei as pernas para cima e chutei o ar. Repeti isso diversas vezes, balançando as pernas para a frente e para trás até que os músculos do meu abdômen começaram a protestar.

— E o que quer que esteja pretendendo fazer agora... — continuou ele, completamente imóvel; meus movimentos não o deslocaram nem um centímetro. Parecia quase *entediado*. — Também não vai acabar bem para você.

Respirei pesadamente contra a mão dele, relaxando o corpo a fim de ganhar tempo para *pensar*. O homem era forte, capaz de sustentar meu peso morto com facilidade. Não conseguiria me libertar lutando como um animal selvagem.

Seja esperta, Sera. Pense. Concentrei-me nele para tentar medir sua altura. O peito pressionado contra as minhas costas era largo, rígido e... frio, assim como a mão na minha boca. Lembrava-me de como minha pele ficava depois de entrar no lago. Mudei de posição, levantando a perna para passar o pé pela perna dele até encontrar o joelho.

— Pensando bem... — A voz dele era grave, com um sotaque decadente, conforme eu deslizava o pé pela lateral de sua perna. Havia algo estranho em sua voz. Tinha uma cadência sombria que me soava familiar. — Estou muito interessado no que está tentando fazer.

Estreitei os olhos quando a fúria corroeu o pânico. Encontrei a curva do joelho dele e puxei a perna para cima para ganhar espaço suficiente para desferir um chute brutal...

Ele deu uma risada sombria, desviando-se do meu chute.

— Não, muito obrigado.

O som abafado que emiti contra a palma da mão dele era da mais pura e irrestrita fúria.

Aquela risada sombria como a meia-noite soou de novo, dessa vez mais baixa, mas eu a senti em cada centímetro das costas e quadris.

— Você é uma coisinha geniosa, não é?

Coisinha? Geniosa?

Eu não era nem pequena, nem uma *coisa*, mas estava me sentindo *bastante* geniosa.

— E também um tanto ingrata — acrescentou ele, com o hálito frio na minha bochecha. *Na minha bochecha!* Senti o ar preso na garganta. O capuz havia deslizado para trás durante a luta e não cobria mais meu rosto como de costume. — Eles a teriam matado antes que tivesse a chance de fazer qualquer coisa insensata que passasse pela sua cabeça. Salvei sua vida e você está tentando me *chutar*?

Fechei as mãos em punho e virei a cabeça novamente. De repente, ele se retesou contra mim, o corpo estalando de tensão.

— Só isso, Madis? — uma voz de fora do túnel ecoou, distante e feminina.

— Sim, Cressa — foi a resposta, falada em uma voz grave e cheia de poder.

Era o deus e a deusa. Fiquei completamente imóvel recostada em meu captor.

— Por enquanto. — Aborrecimento escorria das duas palavras ditas por aquela tal de Cressa.

— Já devemos estar perto — observou Madis.

Houve um momento de silêncio, e então Cressa disse:

— Taric, você sabe o que fazer com eles.

— É claro — respondeu o outro.

— Já que estamos aqui, podemos muito bem nos divertir — comentou Madis.

Se divertir?

Depois de ter acabado de matar um bebê?

— Tanto faz — murmurou a deusa, e então fez-se silêncio.

Três deuses. *Taric. Madis. Cressa.* Repeti os nomes várias vezes conforme o silêncio caía à nossa volta. Não os conhecia nem sabia a qual Corte pertenciam, mas não me esqueceria de seus nomes.

O homem que me segurava mudou de posição e senti novamente seu hálito na bochecha.

— Se eu tirar a mão, você promete que não vai fazer nenhuma tolice, como gritar?

Assenti contra o peito dele. Gritar nunca esteve na minha lista de prioridades.

Ele hesitou.

— Tenho a impressão de que vou me arrepender — resmungou com um suspiro que me fez cerrar os dentes. — Mas acho que vou acrescentar isso à lista cada vez maior de coisas das quais acabo me arrependendo.

Tirando a mão da minha boca, ele a moveu apenas o suficiente para que seus dedos se fechassem em volta do meu queixo. Respirei fundo enquanto tentava ignorar a sensação da sua pele gelada contra a minha. Esperei que me soltasse.

Ele não o fez.

— Você ia atrás daqueles deuses — afirmou depois de um momento. — No que estava pensando?

Era uma boa pergunta, já que os mortais eram proibidos de interferir nas ações dos deuses. Fazer isso era considerado um insulto contra o Primordial ao qual serviam. Mas eu tinha uma resposta.

— Eles mataram um bebê.

Ele permaneceu calado por um momento.

— Isso não é da sua conta.

Fiquei tensa ao ouvir suas palavras.

— O assassinato de uma criança inocente deveria ser da conta de todo mundo.

— É o que você acha — rebateu, e franzi o cenho. — Mas não é verdade. Você percebeu o que eles eram assim que os viu. Sabe muito bem o que deveria ter feito.

Sabia mesmo, mas não me importava.

— Também acha que devemos deixar os corpos ali?

— Duvido que eles os tenham deixado — comentou casualmente.

Sempre que matavam um mortal, os deuses deixavam os corpos para trás, geralmente para servir de aviso. Se não o fizeram, então para onde os levaram? E por quê? Por que haviam feito isso? Será que havia mais alguém naquela casa?

Endireitei a cabeça. A mão dele me acompanhou.

— Não vai me soltar? — indaguei em voz baixa.

— Não sei — admitiu. — Não tenho certeza se estou pronto para o que quer que esteja prestes a fazer.

Olhei as trepadeiras escuras acima de mim.

— Me solte.

— Para que volte correndo pra lá e acabe morta? — retrucou ele.

— Isso não é da *sua* conta.

— Você está certa. — Ele fez uma pausa. — E também está errada. Mas como salvar sua vida *ainda* está interferindo nos meus planos noturnos, quero ter certeza de que minhas ações generosas e benevolentes valham o que perdi vindo em seu auxílio.

Mal podia acreditar no que estava ouvindo.

— Não pedi sua ajuda.

— E ainda assim você a tem.

— Solte-me, e então pode voltar aos seus planos noturnos tão importantes que aparentemente não envolvem ter a decência de se importar com assassinatos sem sentido — rebati.

— Há algumas coisas que você precisa entender — começou ele lentamente, deslizando o polegar ao longo do meu queixo e me fazendo retesar o corpo ao sentir a carícia inesperada e desconhecida. — Você não faz a menor ideia de quais *eram* meus planos para esta noite, mas *eram* muito importantes. Além disso, não sabe com o que me importo ou deixo de me importar.

Fiz uma careta.

— Devo agradecer?

— Mas você tem razão a respeito de uma coisa — prosseguiu, como se eu não tivesse dito nada. — Não há um único osso decente em todo o meu corpo. Então, não, eu não tenho essa coisa que você chama de *decência*.

— Bem, isso é algo de que você provavelmente se orgulha.

— E me orgulho mesmo — afirmou. — Mas vou fingir ser decente agora e soltá-la. No entanto, se você tentar correr de volta pra lá, eu vou te alcançar. Você não é mais rápida do que eu, e isso só vai me deixar irritado.

Sua insistência em impedir a mim, uma completa estranha, de ser morta me parecia uma coisa bastante decente de se fazer. Mas eu é que não ia comentar isso.

— E pareço me importar se o deixo irritado? — retruquei.

— Tenho a impressão de que não. Mas espero que tenha encontrado o mínimo de bom senso dentro de si mesma e decidido usá-lo.

Meu corpo inteiro ardeu de raiva.

— Que grosseria.

— Seja como for, você entendeu? — questionou.

— E se eu disser que não? Você vai ficar aqui e me prender a noite toda? — disparei.

— Já que meus planos foram cancelados, tenho todo o tempo do mundo.

— Você só pode estar brincando — rosnei.

— Na verdade, não.

Meu corpo inteiro tremia de vontade de socá-lo. Com força.

— Entendo.

— Ótimo. Para ser sincero, meus braços estavam ficando cansados.

Espere aí. Ele estava insinuando que eu era...?

Ele me soltou e, deuses, como era *alto*. Devia haver uns trinta centímetros entre o chão e meus pés, considerando a força com que aterrissei. Tropecei para a frente, e ele me segurou pelos braços, me firmando. Outro ato *decente* pelo qual não fiquei nem um pouco agradecida.

Desvencilhei-me e me virei para ele enquanto pegava a adaga.

— Agora, sim, você só pode estar de brincadeira. — O homem suspirou, avançando na minha direção.

Ele se moveu tão rápido quanto um raio, pegando meu pulso antes que eu conseguisse desembainhar a lâmina. Arfei.

Vestido de preto, o homem parecia envolto em sombras. Ele me puxou de encontro ao peito enquanto nos girava, forçando-me a ficar de costas. Em questão de segundos ele me prendeu novamente, dessa vez entre o muro coberto de trepadeiras e o próprio corpo.

— Caramba. — Inclinei-me para trás, levantando a perna direita.

— Podemos não fazer isto? — Ele mudou de posição ao mesmo tempo em que enfiava a coxa entre as minhas e segurava meu pulso, juntando minhas duas mãos.

Lutei, usando cada grama de força que tinha conforme ele levantava minhas mãos, esticando meus braços acima da cabeça e então prendendo meus pulsos contra o muro. Flores se soltaram, chovendo sobre nós dois. Puxei a outra perna. Só precisava de espaço...

— Vou tomar isso como um não — concluiu ele e então se inclinou, pressionando o corpo contra o meu.

Fiquei paralisada, o ar preso na garganta. Não havia nenhuma parte do meu corpo que não estivesse em contato com ele. Pernas. Quadris. Abdômen. Seios. Podia sentir seus quadris contra meu abdômen, o abdômen e a parte inferior do peito dele contra meus seios, a pele dele através da roupa, fria como o primeiro toque do outono. Meus sentidos estavam caóticos quando forcei o ar para dentro dos pulmões, sentindo um cheiro fresco e cítrico. Não consegui nem sentir o aroma de ervilhas-de-cheiro por trás do cheiro dele. Ninguém, nem mesmo Sir Holland ou alguém com quem lutei e que sabia o que eu era, havia ficado assim tão perto de mim.

Não o vi mover a outra mão, mas a senti deslizar atrás da minha cabeça, segurando-a firmemente entre mim e o muro.

— Você precisa entender uma coisa. — O sussurro dele estava novamente repleto de escuridão. — Embora não esteja sugerindo que você *não* tente lutar comigo, já que vai fazer o que achar que precisa, é melhor saber que não vai ganhar de mim. Nunca.

Havia uma convicção em suas palavras que deixou minhas mãos trêmulas. Inclinei a cabeça para trás e olhei para cima... e um pouco mais para cima. Ele era uns trinta centímetros mais alto do que eu, talvez tão alto quanto o Primordial da Morte. Senti um arrepio de inquietação na nuca. A maior parte do seu rosto estava oculta nas sombras e eu só conseguia distinguir o contorno rígido do seu maxilar. Mas quando ele inclinou a cabeça sob uma réstia de luar, eu o vi.

Ele era... Ele era absolutamente e sem dúvida nenhuma o homem mais *deslumbrante* que já vi na minha vida. E eu já tinha visto homens lindos antes. Alguns em Lasania e outros de reinos a leste. Alguns tinham traços mais delicados e simétricos do que aquele que me segurava contra o muro, mas nenhum dos outros era tão perfeito, tão sensual quanto ele. Mesmo à luz da lua, sua pele reluzia em um tom claro de marrom. As maçãs do rosto eram altas e amplas, o nariz reto como uma lâmina e a boca... a boca era carnuda e larga. Tinha o tipo de rosto que um artista adoraria moldar com argila ou desenhar com carvão. Mas também havia certa frieza em suas feições. Como se os próprios Primordiais tivessem criado os ângulos e planos e esquecido de acrescentar o calor da humanidade.

Observei seus olhos. Prateados.

Olhos que tinham um tom de prata incrível e luminoso, tão brilhante quanto a própria lua. Lindos. Foi tudo em que consegui pensar a princípio, e então vi a luz atrás de suas pupilas, os fios de *éter*.

— Você é um *deus* — sussurrei.

Ele não disse nada enquanto o instinto disparava dentro de mim, me incitando a me render ou fugir, e fazer uma dessas coisas bem rápido. Foi um alerta, uma percepção que me dizia que eu estava a meros *centímetros* de um dos predadores mais perigosos de qualquer plano.

Mas eu... eu não conseguia entender como ele parecia ser poucos anos mais velho do que eu, entre as idades de Ezra e Tavius. Certamente não era o caso. Deveria ter séculos de idade. Por outro lado, exceto pela noite em que ia me casar, nunca estive tão perto de um ser do Iliseu antes. A aparência jovem dele me deixou desconcertada.

Foi então que me dei conta de que havia tentado chutar um deus, várias vezes. *Apunhalar* um deus. E ele... ele não acabou comigo.

Sequer me machucou. Tudo o que fez foi me impedir de me machucar. E, bem, agora ele estava me encurralando ali. Ainda assim, poderia ter feito coisa muito pior.

Será que isso significava que ele era da Corte das Terras Sombrias e respondia ao Primordial da Morte? Senti um nó no estômago. Não fazia ideia se algum dos deuses que serviam ao Primordial da Morte sabia a meu respeito, já que um acordo firmado entre um mortal e um deus era conhecido apenas por ambas as partes. Só que aquele era diferente. Era bem possível que todos os deuses das Terras Sombrias soubessem que o Primordial tinha uma Consorte que não reivindicara, apesar de ter feito uma barganha.

Cabelos volumosos e ondulados caíram nas bochechas do deus quando ele inclinou a cabeça. Seu olhar enfeitiçou o meu, e eu não conseguia desviar os olhos — nem mesmo se o próprio Primordial da Morte surgisse ao nosso lado. Não quando os fios de éter começaram a rodopiar em suas pupilas prateadas.

Senti um nó na garganta, mas era surreal ter alguém olhando tão atentamente para meu rosto. Depois de dezessete anos usando o Véu dos Escolhidos, não estava acostumada com aquilo. Ser vista me deixava vulnerável, e era por isso que preferia deixar o rosto oculto sob um capuz sempre que não estava perto da minha mãe, que agora preferia que meu rosto ficasse à mostra como um lembrete do meu fracasso. Por mais tolo e sem sentido que fosse, uma sensação de admiração tomou conta de mim.

— Cacete — murmurou ele.

Senti uma palpitação no peito. Ele sabia quem eu era? Se sim, como? Sempre fui tão protegida. Nem mesmo os Sacerdotes das Sombras tinham visto meu rosto quando sabiam quem eu era.

— O que foi?

Seu olhar estudou minhas feições tão intensamente que cada sarda no meu nariz e bochecha começou a formigar. Ele fechou os olhos por um instante e, perto como estávamos um do outro, vi como seus cílios eram volumosos.

— Todo mortal sabe que não deve interferir nos assuntos de um deus.

Engoli em seco, sentindo toda a admiração desmoronar.

— Sei disso. Mas...

— Eles mataram um inocente — interrompeu ele, olhando para a entrada do túnel de trepadeira. — Ainda assim, você sabe o que deve ou não fazer.

Fechei os dedos impotentemente sob o domínio dele. Sabia que não deveria retrucar, apenas agradecer pela ajuda — ajuda que não pedi —, e então ficar o mais longe possível dele. Mas não foi o que fiz. Era como se eu não tivesse controle sobre minha própria boca. Talvez fosse a imprudência da qual Sir Holland se queixava sempre que podia. Ou então aquela pequena parte de mim que havia parado de se importar.

— Você não deveria estar mais preocupado por eles terem matado uma criança inocente do que com o que eu estava prestes a fazer? — indaguei. — Ou não se importa com isso porque é um deus?

Os olhos dele brilharam ainda mais. Pavor brotou na boca do meu estômago e uma gota de medo se instaurou em meu sangue. Mortais não discutiam com deuses. Eu também sabia disso.

— Aqueles três vão pagar pelo que fizeram. Pode ter certeza disso.

Um calafrio irrompeu na minha pele, embora ele não tivesse notado meu comportamento insensato. Falou simplesmente como se tivesse poder e autoridade para fazê-lo. Como se *quisesse* cuidar do assunto pessoalmente.

Ele voltou a atenção para a rua outra vez, e então seu olhar encontrou o meu.

— Eles estão vindo — alertou.

Antes que eu pudesse dizer uma palavra, ele abaixou meus braços e me soltou. Não tive tempo para aproveitar a liberdade. O deus agarrou meus quadris e me levantou do chão, deslizando a mão na pele *nua* da minha coxa esquerda. Em seguida, engachou minha perna em volta da cintura. Fui tomada pelo choque. O que é...?

— Passe a outra perna ao meu redor — ordenou ele baixinho ao lado da minha cabeça. — Não vai querer que eles a vejam.

Não sei se foi por aquele tom de voz sinistro ou porque fiquei desnorteada com seu aperto, com seu toque, mas obedeci. Passei a perna direita em volta da cintura dele e puxei a frente da sua camisa, suspeitando que *ele* também não quisesse ser visto pelos outros.

— Se você tentar alguma coisa... — adverti.

Ele inclinou a cabeça, e respirei assustada quando senti seus lábios se curvarem em um sorriso na minha bochecha. Eram tão frios quanto o restante do corpo.

— Você vai fazer o quê? — sussurrou ele. — Tentar pegar a arma na sua coxa outra vez?

— Sim.

— Mesmo sabendo que não seria rápida o bastante para desferir um golpe?

Segurei a camisa dele com força.

— *Sim*.

Ele riu baixinho, e eu senti sua risada dos quadris até os seios.

— Quieta.

Ele havia acabado de me mandar *calar a boca*? Meu corpo inteiro ficou tão retesado quanto a corda de um arco. A ponte do nariz dele deslizou sobre a curva da minha bochecha, e fiquei tensa por um motivo completamente diferente. Seus lábios estavam perto dos meus, roçando o canto da minha boca. Um turbilhão de sensações me invadiu, uma mistura selvagem de incredulidade, raiva e algo semelhante à *expectativa*, como eu sentia quando entrava no Jade. Não estava entendendo. Aquilo era diferente. Eu não conhecia aquele homem. Não importava que muitos mortais quisessem trocar de lugar comigo, já que éramos atraídos pelos deuses como as rosas que florescem à noite o são pela lua. Alguém como ele era perigoso. Era um predador, não importava o quanto fosse bonito ou benevolente.

Mas era tão raro que alguém se aproximasse tanto de mim e permitisse que sua pele encontrasse a minha, me tocasse... Aqueles que fizeram isso também eram desconhecidos. Exceto que, quando me tocavam, eu não era eu mesma. Era tão anônima quanto eles quando os deixava me levar para alcovas sombrias ou atrás de portas fechadas em quartos onde as coisas não estavam destinadas a durar. Onde usava um véu mesmo que meu rosto estivesse à mostra.

Mas me senti como *eu mesma* naquele momento. Como não me sentia há anos.

— Me beije — ordenou ele.

A raiva explodiu dentro de mim. Odiava que me dissessem o que fazer. E, para ser sincera, fazia muito tempo que eu era assim. Talvez tenha sido por isso que fui rejeitada. Mas a *exigência* dele fazia sentido. Seria muito estranho ficarmos ali daquele jeito, simplesmente olhando um para o outro.

Então eu o beijei. Um deus.

O contato da minha boca contra a dele me deixou ansiosa como quando eu me aproximava da beira dos Penhascos da Tristeza. Os lábios dele *eram* frios, mas, de certa forma, macios e firmes, uma justaposição estranhamente atraente conforme se moviam contra os meus. Era a única coisa nele que se movia: a boca. A mão na minha coxa esquerda e no meu quadril continuou parada. Ele estava imóvel, e não sei por que fiz aquilo. Pode ter sido por causa da minha *impulsividade*. Pela irritação por estar naquela situação. Ou porque ele estava muito *quieto*. E, para ser sincera, pode ter sido por causa da possibilidade de que ele fosse das Terras Sombrias e servisse ao Primordial que havia acabado com todas as chances que eu tinha de salvar meu reino. Eram os motivos errados, mas não me importei.

Puxei seu lábio inferior entre os dentes e mordi. Não com força suficiente para sangrar, mas seu corpo inteiro estremeceu, e ele não permaneceu parado.

O deus investiu sobre mim com a cabeça inclinada, aprofundando o beijo. Não havia mais nada suave a respeito de sua boca. Ele separou meus lábios com um golpe feroz da língua, e um arrepio invadiu meu corpo quando senti um toque afiado no lábio inferior. Seus dentes. *Presas*. Ai, deuses! Havia me esquecido disso. Medo correu em minhas veias, pois eu sabia como eram afiadas. Sabia o que um deus era capaz de fazer com elas. Mas algo mais entrou no meu sangue: uma emoção perversa, decadente e inebriante enquanto passava a língua sobre a dele. Ele tinha o gosto de algo amadeirado e defumado, como uísque. Um som surgiu do fundo de sua garganta, fazendo meu coração disparar.

Ele fechou a mão na minha coxa, com os dedos pressionando minha pele e se tornando uma marca gélida que deixou minha carne em brasas. Senti um arrepio selvagem quando ele tirou a mão do meu quadril e a colocou entre o muro e a parte de trás da minha cabeça. Seus dedos se enrolaram nos meus cabelos, certamente soltando os grampos que prendiam a trança. Não me importei nem um pouco com isso quando ele puxou minha cabeça para trás e... me beijou como se não fosse deixar nenhuma parte da minha boca inexplorada. Como se estivesse esperando há séculos para fazer isso. Sabia que era um pensamento tolo e vaidoso, mas retribuí o beijo, esquecendo completamente por que estávamos fazendo aquilo e vagamente consciente do som de passos e da risada grave de um intruso, do deus.

Será que todos os beijos de deuses eram tão perigosamente inebriantes quanto aquele? O *pouco* de bom senso que eu tinha me alertava para me preocupar. E se o Primordial viesse atrás de mim? E se mudasse de ideia e eu tivesse beijado um dos seus deuses? Eu deveria me importar, mas em vez disso beijei o deus ainda mais profundamente, pois me recusava a pensar naquele maldito Primordial. Aproveitei o momento.

Aquilo era puro caos, como quando eu mergulhava no lago e ficava submersa até que meus pulmões começassem a arder e meu coração disparasse, simplesmente para ver até quando conseguia suportar.

E sentia isso agora, a necessidade de ver até onde conseguiria ir com aquilo. Deslizei as mãos pela camisa dele, sobre o peito. Senti as pontas do seu cabelo nos dedos. Afundei as mãos nas mechas sedosas e o puxei para perto de mim. Inclinei os quadris contra o dele. O deus elevou a mão na minha coxa para a curva da minha bunda. A roupa íntima fina não fazia muita barreira contra a pressão da sua mão.

Apertando a carne ali, soltei um suspiro conforme o deus deslizava a língua sobre a minha. Em seguida, ele puxou meu lábio inferior entre os dentes e mordeu. Dei um gritinho com o choque de prazer e dor que percorreu meu corpo. Ele passou a língua pelos meus lábios, aliviando a ardência da mordida.

Então sua boca se foi. Ele encostou a testa na minha e, por alguns segundos, não houve nada além de silêncio entre nós. Nada além do meu coração acelerado e da sua respiração superficial enquanto levava a mão de volta para o meu quadril. Outro momento se passou, e então ele me colocou no chão. Tive de me forçar a abrir os dedos e soltar seus cabelos. Levei as mãos ao peito dele outra vez.

Sob minha mão, o coração dele batia tão rápido quanto o meu.

Abri os olhos com o passar dos segundos. Ele continuou ali, com a testa encostada na minha e uma das mãos formando um escudo entre a minha cabeça e o muro.

— Você — murmurou ele, com a voz rouca e sensual. — Você foi bastante convincente.

— Você também — concordei, um pouco sem fôlego.

— Sei disso. Eu sei fingir muito bem.

Fingir? *Fingir* o quê? Se divertir? Me beijar? Estreitei os olhos e o empurrei para longe.

Dando um passo para trás, ele riu baixinho enquanto passava a mão pela cabeça, afastando os cabelos do rosto.

Afastei-me do muro, voltando a atenção para o caminho escuro, mas não vi nada sob a réstia de luar. Levei o dedo aos lábios ainda latejantes, depois o retirei, olhei para baixo e vi uma mancha escura na ponta do dedo. Ele...

Ele tirou sangue de mim.

Levantei a cabeça.

— Você...

O deus se aproximou de mim, fechando a mão em volta do meu pulso. Ele levantou meu braço e, antes que eu pudesse me perguntar o que estava prestes a fazer, fechou a boca sobre meu dedo e chupou. Senti o puxão forte da maneira mais vergonhosa, até o âmago do meu ser, em uma onda de calor quente e úmido.

Bons deuses!

Lentamente, ele tirou a boca do meu dedo e ergueu o olhar, sustentando o meu.

— Desculpe, eu deveria ter explicado melhor. Sou muito bom em fingir gostar de coisas que não gosto, mas não estava fingindo quando tive sua língua na boca.

Fiquei ali enquanto ele soltava meu pulso, sem saber o que dizer por vários segundos.

— É... é muito inapropriado tirar meu sangue — eu me ouvi dizer — quando eu sequer sei seu nome.

— Essa foi a única coisa inapropriada que acabou de acontecer?

— Bem, não. Aconteceu muita coisa inapropriada neste momento.

Ele deu outra risada, um som forte como chocolate amargo. Olhei para ele. Talvez estivesse enganada a respeito de a quem ele servia ou então ele não sabia quem eu era. Se soubesse, duvido que teria me beijado. Comecei a perguntar se ele sabia quem eu era, mas me detive, percebendo que era melhor tomar cuidado caso ele não soubesse.

— Por que você me impediu de ir atrás daqueles deuses? — perguntei, fechando a mão e o dedo que estava na boca dele.

Ele franziu o cenho.

— Preciso de outro motivo além de impedir que alguém seja morto?

— Normalmente eu diria que não. Mas você é um deus, e me disse que não havia um único osso decente no seu corpo.

E me encarou.

— Só porque não sou mortal não significa que eu saia por aí matando pessoas ou permitindo que sejam mortas.

Lancei um olhar penetrante na direção da entrada do túnel.

Ele inclinou o queixo, e notei suas feições angulosas sob a luz prateada.

— Não sou como eles — explicou, em um tom de voz baixo e mortalmente suave.

Minha nuca ficou arrepiada e lutei contra a vontade de me afastar.

— Acho que tenho sorte então.

O deus me deu uma olhada rápida.

— Não sei se você tem tanta sorte assim.

Retesei as costas. O que ele queria dizer com aquilo?

— E talvez eu até tenha um osso decente no corpo — acrescentou, dando de ombros.

Olhei para ele e demorei um pouco para me concentrar no que era importante, que não era a quantidade de ossos decentes em seu corpo.

— O deus que acabou de passar... Ele não conseguiu sentir sua presença?

Ele balançou a cabeça.

— Não.

Aquele deus devia ser muito poderoso. Já havia lido que só os mais fortes eram capazes de ocultar sua presença dos outros, assim como um Primordial. Tive a impressão de que minhas suspeitas estavam certas. Ele não queria simplesmente me esconder, queria esconder a si mesmo também.

Ele começou a se afastar de mim.

— É melhor você ir pra casa.

— Você vai? — retruquei, irritada com a rapidez e facilidade com que me dispensou.

O olhar que me lançou foi de incredulidade. Mortais não questionavam os deuses, muito menos de forma indelicada. Senti os músculos retesados enquanto me preparava para sua raiva ou censura.

Em vez disso, um sorriso lento surgiu nos lábios dele. De pé ao luar, percebi que ao sorrir suas feições se suavizavam, tornando-se quase calorosas.

— Não.

Ele não entrou em detalhes, e tudo bem, eu não precisava saber. Já estava na hora de me afastar daquele deus antes de me irritar ainda mais.

Ou pior, fazer outra coisa impulsiva.

Além disso, eu tinha planos, planos que já haviam mudado.

— Bem, isso foi... interessante. — Passei por ele e caminhei na direção da entrada. Quase pude sentir seu olhar penetrante nas minhas costas. — Tenha uma boa-noite.

— Você vai pra casa?
— Não.
— Aonde você vai?

Não respondi. Deus ou não, não era da sua conta, e eu não ia ficar ali só para que ele mandasse para casa de novo. Ainda assim, parecia... estranho me afastar dele. Era estranho como parecia *errado*, o que não fazia o menor sentido. Ele era um deus. Eu era uma Donzela fracassada. Ele me impediu de fazer algo precipitado. Nós nos beijamos por necessidade, e foi *agradável*. Tudo bem, foi mais do que isso, e eu temia passar o resto da vida inevitavelmente comparando cada beijo com aquele, mas nada disso explicava a sensação bizarra que eu tinha de que não deveria me afastar dele.

Mas me afastei mesmo assim.

Afastei-me do deus, deixando-o no túnel sombrio, e não olhei para trás. Nem sequer uma vez.

Capítulo 3

Uma vez fora do túnel e banhada sob a luz do poste de rua, puxei o capuz e me forcei a continuar andando, mesmo que a estranha sensação de erro persistisse. Não tinha cabeça para sequer começar a entender por que me sentia assim. Quando virei à direita, imaginei que pudesse refletir sobre isso mais tarde enquanto tentasse adormecer.

Respirei fundo. Aproximando-me da esquina da casa, percebi que já não cheirava mais a Cavalo Branco e sangue, mas à ervilha-de-cheiro e ao perfume fresco e cítrico do deus.

Reprimi um gemido quando avistei o pátio da casa e me preparei para o caso de não terem levado os corpos dali. Deixei que o vazio retornasse, de modo que eu fosse para um lugar onde nada pudesse me assustar ou afetar.

Mas sob o brilho pálido da lua, vi que o pátio estava vazio.

Com a pele arrepiada, passei pelo portão aberto e desci a passarela de pedra, onde um trecho do chão atraiu meu olhar. Parei. A área onde o homem mortal havia se ajoelhado estava chamuscada como se um fogo tivesse sido aceso ali. Nada de sangue nem de roupas. Apenas grama queimada.

— Você vai entrar ali?

Virei-me ao ouvir a voz do deus, com a mão já no punho da adaga.

— Deuses! — exclamei, com o coração acelerado por vê-lo ali, com o capuz da túnica, preta e sem mangas, para cima, lançando uma sombra sobre seu rosto. Sequer o tinha ouvido me seguir.

— Peço desculpas — falou, inclinando a cabeça de leve. Vi então que usava uma faixa prateada em volta do bíceps direito. — Por assustá-la.

Estreitei os olhos. Ele não parecia nem um pouco arrependido. Para falar a verdade, ele parecia *divertido*. Isso me irritou, mas o que mais me irritou foi a palpitação que senti no peito, seguida por um zumbido de calor e *adequação*.

Talvez a sensação fosse resultado do meu estômago vazio. Fazia mais sentido.

Enquanto se aproximava, me dei conta de sua altura outra vez, o que fez eu me sentir *delicada* — e não gostei nada disso. Ele virou a cabeça encapuzada para onde eu estava olhando.

— Quando Cressa usou o éter e ele tocou no chão, foi isso que aconteceu — explicou, abaixando-se para passar a mão sobre a grama. Uma cinza fuliginosa manchou sua mão enquanto ele olhava para a porta aberta da casa. — Você ia entrar ali.

— Sim.

— Por quê?

Cruzei os braços.

— Queria ver se conseguia descobrir algum motivo para eles terem feito o que fizeram.

— Eu também.

O deus se levantou, limpando a mão na calça escura.

— Você não sabe? — Eu o estudei, finalmente compreendendo. Aquele deus não havia aparecido do nada. Já devia estar na calçada antes que eu passasse por ela ou ao menos ali por perto. — Você estava de olho neles, não estava?

— Estava *seguindo* os dois. — Ele pronunciou a palavra bem devagar. — Antes de decidir não deixar que você fosse morta, algo pelo qual ainda não me agradeceu.

Ignorei a última parte.

— Por que você os estava seguindo?

— Vi os dois perambulando pelo plano mortal e quis verificar o que estavam fazendo.

Não tinha certeza se ele estava falando a verdade. Parecia muita coincidência ter decidido segui-los na noite em que mataram um mortal e um bebê.

O deus se virou para mim.

— Imagino que se eu a aconselhar a ir para casa você vai fazer exatamente o contrário outra vez.

— E imagino que você não vai gostar da minha resposta se aconselhar uma coisa dessas novamente — rebati.

Uma risada suave veio de dentro do capuz sombrio.

— Não sei, não. Talvez até goste — comentou. Franzi o cenho quando ele começou a avançar. — Podemos muito bem investigar juntos.

Juntos.

Uma palavra tão comum, mas ao mesmo tempo estranha.

O deus já estava nos degraus do sobrado. Para que alguém tão alto e grande fosse tão silencioso só podia ser resultado de uma magia divina. Evitando a área carbonizada na grama, juntei-me rapidamente a ele.

Nenhum de nós disse nada quando entramos na casa silenciosa. Havia uma porta de cada lado do pequeno hall de entrada e um lance de escadas que levava ao segundo andar. O deus foi para a esquerda e entrou no que parecia ser uma sala de estar, enquanto eu segui direto e subi as escadas. Só os rangidos dos meus passos quebravam o silêncio sinistro da casa. Uma lamparina a gás ardia debilmente no topo da escada em cima de uma mesinha. Havia dois quartos, um deles mobiliado com cama de solteiro, escrivaninha e armário. Após uma inspeção mais minuciosa, encontrei calças dobradas e camisas penduradas do tamanho de alguém da estatura de um mortal. Não havia nada digno de nota na sala de banho. Saí dali e fui até o quarto no final do corredor. Empurrei a porta. Havia outra lamparina acesa ao lado de uma cama arrumada. O berço ao pé da cama deixou meu estômago revirado.

O véu que eu imaginava usar não estava tão bem colocado quanto pensava.

Entrei no quarto lentamente. Havia um pequeno cobertor no berço. Estendi a mão e toquei no tecido macio. Nunca pensei em ter filhos. Enquanto Donzela, não era um *desejo* que pudesse ser realizado depois que crescesse e ficasse mais velha. Nunca foi parte do plano, pois mesmo que tivesse sido bem-sucedida e conseguisse fazer o Primordial da Morte se apaixonar por mim, uma mortal e um Primordial não poderiam ter filhos.

Mas um bebê era genuinamente inocente e contava com todos ao seu redor, incluindo os deuses, para mantê-lo a salvo. Matar um bebê era imperdoável. Senti uma ardência nos olhos. Se tivesse um filho ou se algum descendente meu tivesse sido ferido, eu incendiaria os dois planos só para poder esfolar quem os tivesse machucado.

Inspire. Prendi a respiração até conter a agitação no estômago, até que não sentisse mais nada. Assim que o fiz, exalei longa e lentamente e me afastei do berço e do minúsculo cobertor ali dentro.

Voltei o olhar para um divã verde-escuro. Alguém havia colocado um embrulho de seda cor de marfim no encosto. Fui até o armário e abri as portas. Havia vestidos pendurados ao lado de túnicas de cores vivas e roupas íntimas dobradas e colocadas nas prateleiras entre outras peças, mas havia espaço mais do que suficiente para as roupas que estavam no armário ao lado.

Será que havia mais alguém naquela casa? Talvez a mãe? Ou ela não estava em casa?

— Onde está a...?

— Lá embaixo.

— Deuses! — arfei, quase morrendo de susto quando me virei para o deus encostado no batente da porta, com os braços cruzados sobre o peito largo e o capuz da túnica ainda levantado. — Como você consegue ser tão silencioso?

Melhor ainda, há quanto tempo ele estava parado ali?

— É um talento — respondeu ele.

— Você poderia anunciar sua chegada às pessoas — reclamei.

— É, poderia.

Olhei para ele de cara feia, mesmo que ele não pudesse ver meu rosto.

— Se está procurando a dona desses vestidos, imagino que seja quem encontrei lá embaixo, perto da porta da cozinha — sugeriu ele. — Bem, encontrei uma área carbonizada no chão e um chinelo solitário, de qualquer modo.

Voltei-me para o armário.

— Acho que o homem que vi e a mulher não dividiam o quarto — falei, apontando para o guarda-roupa. Uma ideia me ocorreu. — Há algum escritório na casa?

— Parece que sim, à direita do vestíbulo.

— Você encontrou alguma coisa? — Passei por ele, ciente de como ele descruzou os braços e se virou, me seguindo daquele seu jeito silencioso.

— Só dei uma olhada por alto — respondeu quando cheguei ao topo da escada. — Primeiro queria ter certeza de que a casa estava vazia. — Ele fez uma pausa. — Ao contrário de certas pessoas. E por *certas pessoas*, quero dizer você.

Revirei os olhos conforme os degraus rangiam sob meus pés. O deus me seguiu tão de perto que minhas costas formigavam, mas seus passos não faziam barulho enquanto eu parecia um rebanho de gado descendo as escadas.

— O que teria feito se descobrisse que a casa não estava vazia? — perguntou ele quando chegamos ao primeiro andar.

— Teria ficado feliz ao saber que pelo menos alguém havia sobrevivido — respondi, seguindo na direção do escritório. O luar entrava pela janela, iluminando o pequeno aposento.

— É mesmo?

Olhei por cima do ombro enquanto contornava a escrivaninha. O deus foi examinar as estantes praticamente vazias embutidas nas paredes.

— Você não?

Inspecionei a mesa. A superfície estava vazia, exceto por um abajur.

— Acho difícil ficar feliz quando seu filho e alguém com quem você dividia a casa estão mortos — observou ele, abrindo a gaveta central. Nada além de penas e potes de tinta fechados.

Fechei-a e passei para a gaveta mais funda da direita.

— Você provavelmente tem razão. Ela deve estar no Vale — arrisquei, falando sobre o território dentro das Terras Sombrias onde aqueles que mereciam paz após a morte passavam a eternidade no paraíso.

— Isso se eles foram pra lá — murmurou ele, parando para pegar uma pequena caixa de madeira da estante.

Meu coração disparou. Ele achava que os mortais poderiam ter ido para o Abismo, onde todos os seres que possuíam alma, tanto deuses quanto mortais, pagavam pelas más ações que haviam cometido enquanto estavam vivos? Não havia como o bebê ter ido para lá. Mas e os adultos? Bem, durante a vida eles poderiam ter feito várias coisas dignas de uma eternidade de horror.

Pensei nos Lordes do Arquipélago de Vodina. Horror com o qual eu provavelmente teria que me confrontar quando chegasse minha hora.

Balancei a cabeça, fechando a gaveta e passando para a de baixo, onde encontrei um livro grosso encadernado em couro. Tirei-o dali e coloquei em cima da mesa. Desatando rapidamente o cordão, abri a capa e vi rabiscos nas páginas e vários pedaços de pergaminho dobrados e soltos. Achei o que estava procurando no segundo pedaço de papel que desdobrei.

Acendi o abajur e dei uma olhada rápida no documento. Era uma escritura da casa entre a Coroa, a srta. Galen Kazin e o sr. Magus Kazin, filhos de Hermes e Junia Kazin.

— Encontrou alguma coisa?

Como sempre, o deus se aproximou sem fazer barulho.

— É a escritura da propriedade. Eles eram irmãos. Isso se eram eles as pessoas que moravam aqui. — O que significava que, se Galen Kazin era a mãe da criança, não era casada. Entre as classes trabalhadoras, aquilo não era raro nem considerado vergonhoso. Mas para comprar uma casa no Bairro dos Jardins era preciso ser descendente da nobreza ou ter enriquecido através dos negócios. Era menos comum encontrar mães solteiras ali. — Queria saber onde o pai está.

— Quem sabe se o homem lá fora não era o pai? Talvez não fosse o irmão dela. — Ele fez uma pausa. — Ou talvez fosse as duas coisas.

Franzi os lábios. Mesmo que fosse o caso, não era motivo para que os deuses matassem os dois e o bebê. Considerando o que li sobre deuses e Primordiais, duvidava muito que eles ficariam chocados com isso.

Não havia mais nada no escritório que indicasse qualquer motivo para os deuses os terem matado, embora não soubesse muito bem o que poderia responder a essa questão. Um diário que relatasse seus delitos?

— Você está frustrada.

Ergui o olhar para o deus, parado à janela com vista para o pátio, de costas para mim.

— É tão óbvio assim?

— Não foi uma busca inútil. Sabemos que os dois deviam ser irmãos e que ela era mãe solteira. Temos os nomes dos pais.

— Verdade. — Mas o que isso nos dizia? Fechei o livro, amarrando novamente o cordão. — Tenho uma pergunta.

— É mesmo?

Confirmei com a cabeça.

— Pode parecer uma coisa ofensiva de se perguntar...

O deus flutuou na minha direção. Era assim que ele se movia, como se seus pés não tocassem o chão. Ele parou do outro lado da mesa.

— Desconfio que isso não vai te impedir.

Quase abri outro sorriso.

— Por que você está tão curioso sobre esses deuses matarem mortais? E não estou insinuando que não se importe. Embora você tenha me dito que não era decente...

— Com a exceção de um osso — corrigiu ele, com um tom de voz divertido.

— Sim, com essa exceção.

Ele ficou calado por um bom tempo, e senti seu olhar mesmo sem poder vê-lo.

— Vou fazer a mesma pergunta: Por que *você* se importa? Você os conhecia?

Cruzei os braços de novo.

— Por que eu me importo? Além do fato de que eles mataram um bebê?

Ele concordou com a cabeça.

— Não, eu não os conhecia. — Dei um suspiro e examinei o escritório, vendo livros que nunca mais seriam lidos e bugigangas cujo valor não seria mais apreciado. — Quando um deus mata um mortal é devido a alguma ofensa — comecei. Essa era a parte complicada a respeito dos deuses: eram eles que decidiam o que justificava uma consequência, o que era uma ofensa, o que era punível e qual seria a punição. — E vocês gostam de usar essas coisas como exemplo.

Ele inclinou a cabeça.

— Alguns de nós gostam.

— Serve para mandar uma mensagem aos demais. A ofensa é notoriamente conhecida — prossegui. — Deuses não matam no meio da noite e pegam o corpo sem deixar nada para trás. É como se eles não quisessem ser descobertos. E, bem, *isso* não é normal.

— Você tem razão. — Ele passou o dedo pela borda da mesa enquanto caminhava, e o deslizar silencioso chamou minha atenção. — É por isso que estou tão interessado. Não é a primeira vez que matam assim.

Tirei os olhos de suas mãos.

— Não é?

Ele negou com a cabeça.

— No mês passado eles mataram pelo menos outros quatro mortais desse jeito. Levaram alguns dos corpos com eles, e uns poucos foram deixados para trás. Mas sem uma única pista do motivo.

Vasculhei a memória para ver se me lembrava de ter ouvido alguma coisa sobre desaparecimentos misteriosos ou mortes estranhas, mas não encontrei nada.

— Agora já foram sete mortais. — Ele passou o dedo pelo globo de vidro do abajur. — A maioria estava na segunda e terceira décadas de vida. Duas mulheres. Quatro homens. E o bebê. Até onde sei, nunca haviam matado alguém tão jovem quanto a criança desta noite. A única coisa em comum é que todos são de Lasania — explicou, enrolando o dedo na corrente de contas. Com um clique, apagou o abajur, devolvendo o aposento à luz da lua. — Um deles era alguém que a maioria das pessoas consideraria amigo.

Por essa eu não esperava. Não que deuses não pudessem fazer amizade com mortais. Alguns tinham até se apaixonado por eles, mas não muitos. A maioria sentia apenas luxúria, mas amizades poderiam *muito bem* acontecer.

— Você está surpresa — observou ele.

Franzi o cenho, imaginando como teria percebido.

— Acho que me surpreende que deuses possam ficar perturbados com a morte de um mortal quando vão viver mais do que nós, não importa o que aconteça. E sei que isso é errado — acrescentei rapidamente. — Um amigo assassinado que por acaso é mortal ainda é um amigo.

— Sim.

E deveria ser difícil perder um. Eu não tinha muitos amigos. Na verdade, sem contar Ezra e Sir Holland, eu não tinha *nenhum*. Ainda assim, imaginava que perder um amigo deveria ser como perder uma parte de si mesmo. Senti o vazio começar a me deixar com dor no peito. Não tentei trazê-lo de volta. Não havia mais motivo para isso.

— Sinto muito pelo seu amigo.

Em um piscar de olhos ele contornou a mesa e ficou a poucos centímetros de mim. A vontade de dar um passo para trás surgiu ao mesmo tempo que o desejo de dar um passo à frente. Permaneci onde estava, recusando-me a tomar qualquer atitude.

— Eu também — concordou ele depois de um momento.

Examinei as sombras dentro do seu capuz, incapaz de distinguir um único traço.

— Mas você... Você sabia o que eles estavam fazendo. Foi por isso que os seguiu. Então por que não os impediu?

— Eles chegaram antes de mim. — O dedo dele voltou para a mesa, arrastando-se pela quina. — Quando os encontrei já era tarde demais. Pretendia capturar pelo menos um dos dois. Para *conversar*. Mas infelizmente meus planos mudaram.

Meu coração se agitou pesadamente conforme esticava o pescoço para encará-lo.

— Como disse antes, não pedi para você intervir. — Olhei para a mão dele, para o dedo comprido deslizando sobre a superfície lisa da mesa. — Foi você quem *decidiu* mudar de planos.

— Acho que sim. — Ele inclinou a cabeça, e me perguntei quanto do meu rosto podia ser visto agora. Um arrepio de percepção percorreu minha pele. Fiquei imaginando se ele ia... — Para ser sincero, estou bastante irritado com essa decisão. Se eu tivesse deixado você seguir em frente, certamente teria acabado morta, mas eu teria realizado o que me propus a fazer.

Não sabia muito bem como responder a isso.

— Como disse antes, acho que tenho sorte.

— E como *eu* disse antes — rebateu ele, substituindo o toque distraído na mesa por um aperto forte que empalideceu os nós de seus dedos. Descruzei os braços com os sentidos alertas enquanto minha pulsação acelerava. — Será que tem mesmo?

A mesma reação me invadiu. Retesei o corpo quando aquela percepção aguçada desapareceu. Um longo momento de silêncio se fez, durante o qual ele levantou a mão e abaixou o capuz. Quando seu rosto estava escondido, sentia a intensidade de seu olhar. Agora eu o via.

— Sei que está curiosa sobre o motivo pelo qual aqueles deuses fizeram isso, mas, quando sair desta casa, precisa deixar isso de lado. Não é da sua conta.

A ordem dele tocou todas as cordas erradas em mim. O pouco de controle que tinha sobre a minha própria vida era só *meu*. Senti o pescoço enrijecer conforme sustentava seu olhar.

— Só eu posso determinar o que é da minha conta ou não. O que faço ou deixo de fazer não é da conta de ninguém. Nem mesmo de um deus.

— Você acredita mesmo nisso? — perguntou ele, com aquela voz suave demais, do tipo que me dava nos nervos.

— Sim. — Estendi a mão lentamente na direção da adaga. Ele não havia demonstrado nenhuma má intenção em relação a mim, mas eu não correria esse risco.

— Você está errada.

Meus dedos roçaram no punho da adaga.

— Talvez esteja, mas não muda o fato de que você não pode me dizer o que fazer.

— Também está errada a respeito disso — retrucou ele.

Eu estava totalmente errada. Na verdade, ninguém superava o poder de um deus. Nem mesmo a Realeza. A autoridade das Coroas mortais era mais aparência do que qualquer coisa. O verdadeiro poder estava nas mãos dos Primordiais e deuses. E todos os Primordiais, todos os deuses, respondiam ao Rei dos Deuses: o Primordial da Vida.

Mas não significava que eu tinha que gostar disso ou do jeito predatório como ele me olhava.

— Se está tentando me intimidar ou me assustar para que eu obedeça, pode parar. Não está funcionando. Não me assusto facilmente.

— Você deveria temer muitas coisas.

— Não tenho medo de nada, e isso inclui você.

Em um segundo ele estava a alguns centímetros de distância. No seguinte, pairava sobre mim, com a mão no meu queixo. A surpresa provocada pela rapidez com que ele se movia não era nada em comparação com o choque de energia que se seguiu e irrompeu na minha pele com o contato de sua mão. Foi mais forte, mais intenso agora.

Sua pele estava muito fria quando ele inclinou minha cabeça para trás. Não enterrou os dedos em mim nem me apertou com força dessa vez. Só ficou *ali*, frio, e ainda assim me queimando como uma marca de gelo.

— E agora? — perguntou ele. — Está com medo?

Embora seu toque não fosse firme, achei difícil de engolir com o coração tremulando como um pássaro engaiolado.

— Não — forcei-me a dizer. — Estou mais para irritada mesmo.

Um segundo de silêncio se passou, e então ele disse:

— Você está mentindo.

E estava mesmo. Mais ou menos. Um deus havia colocado suas mãos em mim. Como eu não ficaria com medo? Mas de um jeito estranho e inexplicável, não estava *apavorada*. Talvez fosse a raiva. Talvez fosse o choque pelo que eu tinha visto hoje à noite, a sensação inquietante do seu toque ou o fato de que, se ele quisesse me machucar, já o teria feito uma dúzia de vezes. Talvez fosse aquela parte de mim que não se importava com as consequências.

— Um pouco — admiti, e então me movi. Bem rápido. Desembainhei a adaga e a encostei no pescoço dele. — *Você* está com medo?

Somente seus olhos se moveram, voltando-se para o punho da adaga.

— Pedra das sombras? Uma arma peculiar para um mortal possuir. Como conseguiu uma dessas?

Não podia dizer a verdade, que ela havia sido localizada por um ancestral que descobriu o que uma adaga de pedra das sombras era capaz de fazer a um deus, e até mesmo a um Primordial enfraquecido. Então menti:

— Era do meu meio-irmão.

O deus arqueou uma sobrancelha escura.

— Eu meio que a peguei emprestada.

— Emprestada?

— Nos últimos dois anos — acrescentei.

— Parece que você a roubou.

Não disse nada.

Ele me encarou.

— Você sabe por que uma adaga dessas é rara no plano mortal?

— Sim — admiti, mesmo sabendo que teria sido mais sensato fingir ignorância. Mas a necessidade de mostrar a ele que eu não era uma mortal indefesa que poderia ser intimidada foi mais forte do que a sabedoria.

— Então você sabe que a pedra é bastante tóxica para a carne de um mortal? — perguntou, e é óbvio que eu sabia disso. Se entrasse em contato com o sangue de um mortal, a adaga o mataria lentamente, mesmo que ele não fosse ferido. — E sabe o que vai acontecer se tentar usar essa lâmina contra mim?

— Você sabe? — perguntei, com o coração disparado. O brilho branco incandescente pulsou atrás de suas pupilas e se misturou ao prateado em faixas finas e radiantes. Aquilo me lembrou de como o éter havia se derramado e crepitado no ar ao redor do Primordial da Morte.

— Sei. E aposto que você também. Mas tentaria mesmo assim. — Ele voltou o olhar para a adaga pressionada contra sua pele. — É estranho que saber isso me faça pensar na sua língua na minha boca?

Meu corpo inteiro se aqueceu ao mesmo tempo em que franzi o cenho.

— Sim, um pouco...

O deus se moveu tão rápido que não consegui acompanhar seus movimentos. Ele me pegou pelo pulso e torceu, girando meu corpo. Em um piscar de olhos, já tinha a adaga encostada no meu abdômen. A outra mão dele sequer saiu do meu pescoço.

— Isso foi injusto — arfei.

— E você, *liessa*, é muito corajosa. — Ele deslizou o polegar pela curva do meu queixo. — Mas às vezes alguém pode ser corajoso demais. — A suavidade sombria de suas palavras me envolveu. — Ao ponto de beirar a tolice. E sabe o que descobri sobre aqueles tolamente corajosos? Há sempre um motivo pelo qual muitas vezes correm para saudar a morte em vez de ter a sabedoria de fugir dela. Qual é o seu? — quis saber. — O que sufoca esse medo e a leva a correr tão avidamente em direção à morte?

A pergunta me deixou desconcertada, com o coração acelerado. Era isso que estava fazendo? Correndo avidamente em direção à morte? Quase tive vontade de rir, mas pensei naquela parte não tão oculta dentro de mim que simplesmente não se importava, que se sobrepunha a qualquer constrangimento e bom senso.

— Eu... eu não sei.

— Não? — A palavra reverberou dele.

— Quando fico nervosa, eu divago. E quando me sinto ameaçada ou me dizem o que fazer, fico com raiva — murmurei. — Já me disseram mais de uma vez que minha boca vai acabar me metendo em encrenca e que é melhor eu tomar cuidado.

— Vejo que você levou esse conselho a sério — observou ele. — Enfrentar uma ameaça sempre com raiva não é a escolha mais sábia.

— Como agora?

O deus não disse nada enquanto continuava me segurando contra o peito, passando o polegar lentamente para a frente e para trás. Com a força que tinha, nem precisaria usar o éter, apenas torcer meu pulso bastaria.

Foi então que me dei conta de que poderia ter acabado com qualquer boa vontade que aquele deus tivesse em relação a mim.

Senti a boca seca, e o medo do que estava por vir se instalou pesadamente no meu peito. Eu estava à beira da morte.

— Você pode ir logo com isso.

— Ir logo com o quê, exatamente?

— Me matar — respondi, as palavras se embolando na minha língua.

Sua cabeça inclinou ligeiramente. Quando voltou a falar, seu hálito roçou na minha bochecha.

— Matar você?

— Sim. — Minha pele estava inexplicavelmente retesada.

Ele recuou a cabeça o suficiente para que eu pudesse ver que havia arqueado a sobrancelha.

— Matar você sequer passou pela minha cabeça.

— Sério?

— Sério.

A surpresa me invadiu.

— Por que não?

O deus ficou em silêncio por um momento.

— Você está realmente me perguntando por que não pensei em matá-la?

— Você é um deus — salientei, sem saber se ele estava sendo sincero ou só brincando comigo.

— E isso é razão suficiente?

— Não é? Eu o ameacei. Apontei uma adaga pra você.

— Mais de uma vez — observou ele.

— E fui grosseira.
— Muito.
— Ninguém fala ou se comporta com um deus de tal maneira.
— Normalmente, não — concordou ele. — De qualquer modo, acho que não estou a fim de matar hoje à noite.

Procurei em seu tom de voz algum indício de dissimulação enquanto olhava pela janela.

— Se você não vai me matar, então é melhor me soltar.
— Vai tentar me apunhalar?
— Eu ... espero que não.
— Você *espera*?
— Se você tentar me dizer o que fazer ou me agarrar de novo, é bem provável que eu perca essa esperança — avisei.

Uma risada silenciosa retumbou dele e através de mim.

— Pelo menos você é sincera.
— Pelo menos isso — murmurei, tentando não notar a pressão fria dele nas minhas costas, a sensação do seu corpo. Isso não me assustou ou sequer me incomodou. O que me fez pensar no que havia de errado comigo, porque eu estava me esforçando muito para não relaxar os músculos das costas e pescoço contra ele.

Sua mão escorregou do meu queixo, e eu girei o corpo imediatamente. Ele recuou e, num piscar de olhos, estava do outro lado da mesa.

— Tenha cuidado — alertou, levantando o capuz e lançando o rosto na escuridão. — Vou ficar de olho.

Capítulo 4

Puxei o ar de modo lento e uniforme na escuridão. A tensão se acumulou nos meus músculos.

— Agora — veio a ordem.

Girei o corpo e atirei a lâmina, ouvindo o baque suave um segundo depois. Ansiosa para ver onde a lâmina havia caído, comecei a alcançar a venda quando senti a pressão fria do aço sob o pescoço. Fiquei imóvel.

— E agora? — soou aquela voz baixa.

— Choro e imploro pela minha vida? — sugeri.

Uma risada silenciosa me respondeu.

— Isso só funcionaria se a pessoa não tivesse intenção de matá-la.

— Que pena — murmurei.

Então entrei em ação.

Agarrei o pulso da mão que empunhava a lâmina e torci o braço para longe de mim conforme avançava. Um gemido agudo trouxe um sorriso selvagem aos meus lábios. Pressionei os dedos nos tendões, bem no lugar *certo*. O braço inteiro se contraiu quando os dedos se abriram por reflexo e o cabo da espada curta caiu na minha mão. Abaixei-me e dei um chute, acertando uma perna. Um corpo pesado caiu no chão com um grunhido.

Apontei a espada para o corpo caído conforme estendia a mão e puxava a venda para baixo.

— Foi uma resposta adequada?

Sir Braylon Holland estava esparramado no chão de pedra da torre oeste.

— Bastante.

Abri um sorriso, jogando a trança grossa de cabelo por cima do ombro.

Gemendo baixinho, Sir Holland rolou o corpo até ficar de pé. Nascido pelo menos duas décadas antes de mim, ele parecia bem mais jovem, já que não havia sequer uma ruga em sua pele negra. Certa vez eu o ouvi dizer a um dos guardas, que perguntou se ele havia convocado um deus em troca da juventude eterna, que seu segredo era beber um quinto de uísque todas as noites.

Aposto que estaria morto se bebesse tanto assim.

— Mas sua mira está ruim — ressaltou, espanando o pó da calça preta. Sem o detestável uniforme dourado e cor de ameixa da Guarda Real, ele se parecia com qualquer outro guarda. Nunca o tinha visto tão elegante. — E precisando de muita prática.

Franzi o cenho e olhei para o boneco apoiado na parede. O pobre coitado já tinha visto dias melhores. Algodão e palha vazavam de inúmeras facadas. Sua camisa de linho foi substituída muitas vezes ao longo dos anos. Eu havia roubado a última do quarto de Tavius, e ela estava pendurada em frangalhos nos ombros de madeira. A cabeça de estopa, recheada de palha e trapos, pendia tristemente para o lado.

A luz do sol entrava pela janela estreita, refletindo no cabo da adaga de ferro que se projetava do peito do boneco.

— Como minha mira pode estar ruim? — indaguei, passando a mão pela testa suada. O verão estava se tornando insuportável. Na semana passada, um casal de idosos foi encontrado morto por insolação em seu minúsculo apartamento na Travessia dos Chalés. Não foram os primeiros, e temia que não fossem os últimos. — Você me disse para mirar no peito dele. Eu acertei no peito.

— Disse para mirar no coração. Corações ficam do lado direito do corpo, Sera?

Franzi os lábios.

— Você acha mesmo que alguém continuaria vivo depois de ser atingido por uma lâmina em qualquer um dos lados do peito? Porque eu posso te garantir que não continuaria.

O olhar que ele me lançou só podia ser descrito como indiferente, pois ele tirou a espada da minha mão e seguiu na direção do boneco. Era um olhar ao qual já estava bastante acostumada, infelizmente.

Sir Holland segurou a adaga e a tirou dali.

— A pessoa não se recuperaria de tal ferimento, mas não seria uma morte rápida nem honrosa, e traria desonra a você.

— E por que deveria me importar em dar uma morte honrosa a alguém que acabou de tentar me matar? — retruquei, pensando que era uma pergunta incrivelmente válida.

— Por vários motivos, Sera. Preciso listá-los pra você?

— Não.

— Que pena. Adoro me ouvir listando coisas — lamentou ele, e eu gemi. — Você, minha cara, tem uma vida perigosa.

— Não por escolha própria — murmurei.

Ele arqueou a sobrancelha de modo irônico.

— Você não é protegida como a Princesa Ezmeria — observou ele ao cruzar para a parede em frente à pequena janela, onde numerosas armas eram armazenadas. Colocou a espada ao lado de outras mais pesadas e compridas. — Nenhum Guarda Real é designado para vigiar seus aposentos ou ficar de olho em você enquanto anda à solta pela capital.

— Eu não *ando à solta* pela capital.

O olhar que ele me lançou dessa vez me dizia que sabia do que estava falando.

— Muitas pessoas podem não perceber quem você é — continuou, como se eu não tivesse dito nada. — Mas isso não significa que não haja alguns por aí que ouviram rumores da sua existência e descobriram que você não é uma aia, mas, sim, que tem o sangue dos Mierel nas veias. Basta que um deles diga a alguém que acredite poder usá-la como um meio de obter o que deseja.

Cerrei o maxilar. Houve duas pessoas nos últimos três anos que, de algum modo, descobriram que eu era, na verdade, uma Princesa e tentaram me sequestrar. Não deu muito certo para eles, mas o sangue deles não estava nas minhas mãos. Estava nas de Tavius, que eu acreditava fortemente estar por trás do boato.

— Além disso, é só uma questão de tempo até que a Coroa do Arquipélago de Vodina descubra o que aconteceu com seus Lordes. Eles vão tentar cercar a cidade. — O Cavaleiro me encarou. — Você será mais um corpo no caminho até à Coroa.

Eu já era só mais um corpo por ali, um que era ignorado na maior parte do tempo. Mas que seja...

— E depois tem o herdeiro — afirmou Sir Holland categoricamente — que continua furioso com o que aconteceu nos estábulos na semana passada.

— É, bem, eu ainda estou furiosa com ele por chicotear aquele cavalo por causa de sua própria tolice e falta de habilidade — rebati. — Toda vez que o vejo, tenho vontade da dar outro soco nele.

— Embora seu comportamento em relação ao animal fosse abominável, deixar roxo o olho do herdeiro de Lasania e depois ameaçar usar o chicote da mesma maneira que ele fez não foi a escolha mais sábia.

— Mas foi a mais *satisfatória* — disse, sorrindo.

Ele ignorou meu comentário.

— O Príncipe já deveria ter assumido o trono a essa altura. Se a Princesa Kayleigh não tivesse ficado *doente* e voltado para Irelone, ele já o teria feito. — Sir Holland olhou por cima do ombro para mim, seus olhos cor de nogueira fixos nos meus enquanto eu tirava rapidamente o sorriso do rosto. — Algo com o qual tenho certeza de que você não está envolvida.

— A Princesa Kayleigh *está* muito doente e teve que voltar para casa para receber cuidados. Tavius poderia muito bem ter escolhido outra noiva. Mas ele é preguiçoso demais para assumir o trono e ter outras, você sabe, *responsabilidades* além de ser um porco bêbado e devasso. Então vai adiar o casamento pelo tempo que puder.

— E suponho que a poção que você comprou não teve nada a ver com a doença da Princesa Kayleigh, que deixou sua pele pálida e o estômago sensível?

Mantive o rosto impassível.

— Não faço ideia do que você está falando.

— Você é uma péssima mentirosa.

Mentiras, ecoou uma voz sombria nos meus pensamentos. Eu a ignorei desesperadamente como fiz nas últimas duas semanas, desde a noite em que estive no escritório do sobrado.

— Aliás, como você sabe disso?

— Sei mais do que pensa, Sera.

Senti um nó no estômago. Será que ele estava falando sobre quando eu *andava à solta* pela capital? Ou seja, na Luxe? Deuses! Espero que não. Sir Holland não era exatamente uma figura paterna, mas, ainda assim, só de pensar que ele sabia sobre o tempo que eu passava lá me dava vontade de vomitar.

Não podia nem pensar nisso, então tirei aquela ideia da cabeça.

— Posso lidar com Tavius.

— Por pouco — respondeu ele, e me retesei. — E só porque é mais rápida do que ele. Um dia ele vai dar sorte. Você não será rápida o bastante. — As feições de Sir Holland se suavizaram. — Não digo isso para ser cruel, mas, até que você vá embora daqui, ele será uma ameaça.

Sabia que ele não estava sendo cruel. Sir Holland jamais era. Estava apenas dizendo a verdade. Mas só havia uma maneira de deixar Lasania: morta. Suspirei pesadamente.

— O que isso tem a ver com uma morte honrosa ou rápida?

— Bem, além do fato de que um mortal moribundo ainda pode empunhar uma arma, um inimigo raramente é um rival por escolha própria — afirmou. — Eles geralmente se tornam inimigos por escolhas de outras pessoas ou por situações sobre as quais tinham pouco controle. Imaginei que você, de todas as pessoas, seria mais empática com relação a isso.

Sabia que ele não estava falando sobre os Lordes do Arquipélago de Vodina, mas daqueles que ficaram desesperados por causa de situações tão fora de seu controle que se viram fazendo coisas que jamais considerariam. Mortais que se tornaram o pesadelo de outra pessoa porque era a única maneira de sobreviver.

Senti a vergonha arder na nuca e passei o peso de um pé para o outro, desconfortável.

Sir Holland avaliou meu rosto.

— O que está acontecendo com você, Sera? Você tem andado estranha nos últimos dias. Alguma coisa errada?

— Alguma coisa errada...? — Parei de falar. Havia muita coisa errada, começando pelo motivo pelo qual Sir Holland ainda se encontrava comigo diariamente para treinar. Não era só para me manter preparada caso eu precisasse me defender ou se a Rainha decidisse que minha habilidade poderia ser usada para desferir um golpe pessoal.

Sir Holland agia como se eu ainda fosse parte crucial da sobrevivência de Lasania, como se o Primordial da Morte ainda viesse me reivindicar. Não tive coragem de contar a ele o que o Primordial havia me dito. Eu achava... Achava que ele precisava acreditar que existia esperança, pois nada tinha impedido a Devastação de se espalhar. A única maneira de fazermos isso era matando o Primordial.

E a Devastação estava piorando. Houve algumas chuvas no último mês, mas nada substancial. Antes disso, as tempestades trouxeram pedaços de gelo, que esmagaram e cortaram a vegetação ao atingir o chão. As pessoas estavam preocupadas que as plantações de milho produzissem apenas metade da colheita em relação à temporada passada.

Por quanto tempo Lasania poderia continuar assim?

Também havia os irmãos Kazin, que foram assassinados. O bebê e a falta de respostas sobre o motivo de terem sido mortos.

Voltei ao bairro no dia seguinte para perguntar sobre a família Kazin. Descobri que seus pais haviam falecido um ano antes. Ninguém tinha nada de ruim a dizer sobre eles ou os irmãos. Galen foi descrita como sendo bonita e tímida, alguém que frequentemente era vista passeando pelos jardins de manhã cedo com o bebê. E ninguém sabia quem era o pai da criança, mas acreditava-se que era algum vagabundo que a abandonou depois de descobrir que ela estava grávida. Magus foi descrito como paquerador, mas leal e amigável. Soube que era um guarda da Carsodônia. Não de alta patente como um Guarda Real ou Cavaleiro Real, mas um defensor da cidade. Fiquei imaginando se já o tinha visto. Se havia passado por ele nos corredores de Wayfair. Ele era mais um dentre milhares, um nome sem rosto. E existia o conhecimento de que outros quatro mortais também tinham sido mortos.

Vou ficar de olho.

Senti um arrepio na nuca. Também havia *ele*. O deus cujo nome eu não sabia. Levei uma semana para aceitar que tinha realmente ameaçado um deus. *E* beijado um. *Gostado* de ser beijada por ele. Mas o que não conseguia entender era a lembrança persistente de *adequação* que senti em sua presença. A sensação continuava não fazendo sentido, mas eu não conseguia deixar de me perguntar se ele me observava quando caminhava pelas ruas da Carsodônia. E uma parte incrivelmente idiota, imprudente e perturbada de mim esperava cruzar com ele outra vez. Queria saber por que ele havia me beijado. Existiam outras maneiras de nos esconder e disfarçar, como sair de perto dos outros deuses, por exemplo.

Olhei para a porta fechada.

— Não sei. Só estou com um humor estranho.

Sir Holland se aproximou e me entregou a adaga.

— Tem certeza de que é só isso?

Concordei com a cabeça.

— Não acredito em você.

— Sir Holland...

— Não acredito mesmo — insistiu ele. — Sabe por que ainda treinamos todos os dias?

Segurei a adaga com força quando tudo o que queria dizer começou a borbulhar dentro de mim.

— Sinceramente? Não sei por que fazemos isso.

Ele arqueou as sobrancelhas.

— Foi uma pergunta retórica, Sera.

— Pois não deveria — disparei. — Qual é o objetivo?

Choque tomou conta do rosto dele.

— O objetivo? A vida...

— De todos em Lasania depende de eu acabar com a Devastação — interrompi. — Sei disso. Vivo isso desde que nasci. E é só nisso que consigo pensar toda vez que vejo a Devastação se espalhando pelas fazendas. Todo dia que não chove e o sol queima as colheitas, e sempre que me lembro do que o inverno pode trazer eu penso na vida de todos. — Respirei fundo, mas não prendi o fôlego como ele havia me ensinado. Não existia espaço para ar nos meus pulmões. — Penso nisso sempre que alguém toma um dos nossos navios ou há boatos sobre outro cerco. Tudo em que penso quando tento dormir, comer ou fazer *qualquer coisa* é que eu era a Donzela e fui considerada indigna pelo Primordial da Morte.

— Você não é indigna. Não é uma maldição nem nada do tipo. Você carrega a chama da vida dentro de você. A *esperança*. A possibilidade de um *futuro* — afirmou. — Você não sabe o que o Primordial da Morte pensa.

— Como ele não acharia isso? — devolvi.

Sir Holland balançou a cabeça.

— O que está acontecendo com a Devastação não é culpa sua.

Quase ri de tamanho absurdo. Algumas pessoas acreditavam que os Primordiais estavam com raiva e que a Devastação era um sinal de sua ira. Isso levou os Templos a ficarem cheios de fiéis e a culpa foi lançada em tudo, desde casamentos fracassados até falsas divindades. Eles estavam perto da verdade sem perceberem que outros acreditavam que a culpa deveria ser atribuída à Coroa. Que nada havia sido feito para conter a piora do clima e do solo. E também estavam certos: a Coroa havia colocado todos os ovos em uma única cesta, e essa cesta era eu. Agora a Coroa havia começado a estocar mercadorias que podiam ser desidratadas ou enlatadas e decretado que colheitas mais resistentes fossem plantadas. Tentaram estabelecer alianças e, embora nenhuma tenha acabado tão mal quanto a do Arquipélago de Vodina, nenhum reino queria ser sobrecarregado com outro que não podia alimentar seus habitantes.

Era possível contar nos dedos de uma das mãos quantas pessoas sabiam que Lasania estava condenada. O acordo que o Rei Roderick havia feito tinha prazo de validade. Não fui apenas prometida a um Primordial: meu nascimento foi um sinal de que o acordo havia chegado ao fim. E mesmo que o Primordial da Morte tivesse me levado, Lasania continuaria em seu caminho para a destruição.

Passei o dedo pela lâmina. Um deus podia ser morto se seu cérebro ou coração fosse destruído pela pedra das sombras, e paralisado por ela se a lâmina fosse deixada em seu corpo. Mas um Primordial era diferente. Destruir seu coração ou cérebro o machucaria, mas não o mataria. Ele ficaria mais fraco, mas não a ponto de se tornar vulnerável à pedra das sombras.

Mas eles *poderiam* ser mortos. Por amor.

Faça-o se apaixonar, torne-se sua fraqueza e acabe com ele. Aquele era meu destino.

Foi isso que passei a vida inteira me preparando para fazer. Tornei-me hábil com a adaga, a espada e o arco, e era capaz de me defender em uma luta corporal. Fui instruída sobre como me comportar de modo atraente para o Primordial depois que ele viesse me reivindicar, e as Amantes de Jade me ensinaram que a arma mais perigosa não era violenta. Estava pronta para fazê-lo se apaixonar por mim. Tornar-me sua fraqueza e então matá-lo.

Era a única maneira de salvar Lasania.

Qualquer acordo feito entre um deus ou Primordial e um mortal terminava em favor de quem tivesse recebido a bênção após a morte daquele que respondeu à convocação. No nosso caso, isso significava que todas as coisas que haviam acontecido para restaurar Lasania há duzentos anos retornariam e permaneceriam até o final dos tempos. Foi essa informação que minha família descobriu no decorrer dos anos antes de eu nascer.

Mas ele não me reivindicou, então esse conhecimento tinha se mostrado inútil até agora. De alguma forma eu tinha estragado tudo. O Primordial olhou para mim e talvez tenha visto o que existia por dentro, o que eu tentava esconder.

Pensei no que minha velha ama, Odetta, havia me dito quando perguntei se ela achava que minha mãe tinha orgulho de ter uma Donzela como filha.

Odetta segurou meu queixo com dedos frios e nodosos e disse: *Criança, os Destinos sabem que você foi tocada pela vida e pela morte, criando algo que não deveria existir. Como ela poderia ter outra coisa além de medo?*

Sequer deveria ter feito aquela pergunta, mas era só uma criança e queria saber se minha mãe tinha orgulho de mim.

E Odetta foi a pessoa errada para perguntar. Os deuses a amam, mas ela era tão contundente quanto a parte de trás de uma faca. E rabugenta. Sempre foi. Mas nunca me tratou de forma diferente do que tratava as outras pessoas.

O que ela me disse não fez muito sentido na época, mas às vezes me perguntava se ela estava falando do meu *dom*. Será que o Primordial da Morte o sentira, de algum modo? E isso importava agora?

Eu falhei.

— Como a culpa não é minha? — indaguei, e então girei o corpo na direção do boneco antes de atirar a adaga.

A lâmina acertou seu peito, bem no lugar onde o coração estaria localizado.

Sir Holland olhou para o boneco.

— Viu só? Você sabe onde fica o coração. Por que não fez isso antes?

Virei-me para ele.

— Estava vendada antes.

— E daí?

— E daí? — repeti. — Aliás, por que estou treinando vendada? Alguém espera que eu perca a visão em breve?

— Espero que não — respondeu ele secamente. — O exercício a ajuda a aprimorar os outros sentidos. Você sabe disso. E sabe o que mais deveria saber?

— Seja o que for, tenho certeza de que você vai me dizer. — Joguei a trança por cima do ombro com raiva.

— Não é culpa sua — repetiu ele.

Senti um nó na garganta ao ouvir seu tom de voz. Era a mesma gentileza que usou quando eu tinha sete anos e chorei até ficar com dor de cabeça porque fui forçada a ficar para trás quando todos os outros foram à fazenda. A mesma compaixão que demonstrou quando eu tinha onze anos e torci o tornozelo depois de cair de mau jeito, e quando tinha quinze anos e fiquei arrasada por não ter me desviado do seu ataque a tempo. Bondade estava presente quando fui enviada pela primeira vez para as Amantes de Jade nos meses anteriores ao meu aniversário de dezessete anos e não queria ir. Sir Holland e minha meia-irmã, Ezra, eram as únicas pessoas que me tratavam como uma pessoa de verdade, e não uma cura, uma solução que não funcionou.

Forcei o ar a passar pelo nó em brasas.

— É, seria bom que alguém dissesse isso à Rainha.

— Sua mãe é... — Sir Holland passou a mão pelo cabelo raspado. — Ela é uma mulher difícil. Não concordamos em muitas coisas em relação a você. Acho que sabe disso. Mas a história está se repetindo, e ela está vendo seu povo sofrer.

— Então talvez ela devesse invocar um deus e pedir que ele acabasse com o sofrimento — sugeri.

— Você não está falando sério.

Abri a boca, mas então suspirei. Não era comum que alguém estivesse desesperado ou fosse tolo o bastante para ir até um dos Templos, mas já aconteceu. Tinha ouvido algumas histórias.

Certa vez, Orlano, um cozinheiro do castelo, nos contou sobre um vizinho de infância que invocou um deus, desejando a mão da filha de um proprietário de terras que se recusou a aceitar seu pedido de casamento.

O deus lhe concedeu exatamente o que ele havia pedido: a mão da filha do proprietário.

Senti o estômago revirado enquanto caminhava até o boneco. Que tipo de deus faria uma coisa dessas? Que tipo mataria um bebê?

— Você se acha indigna? — perguntou Sir Holland, baixinho.

Abalada pela pergunta, olhei para a frente, mas não vi nenhum dos sacos de estopa.

— O Primordial da Morte exigiu uma Consorte em troca da concessão do pedido de Roderick. Ele veio e partiu sem mim, sem o que pediu. E não voltou desde então. — Virei-me para ele. — O que *você* acha?

— Talvez ele tenha achado que você não estava pronta.

— Pronta para quê? Como ele poderia saber se uma Consorte estava pronta ou não?

Sir Holland balançou a cabeça.

— Talvez ele quisesse que você fosse mais velha. Nem todo mundo acha que alguém é madura ou está *pronta* para se casar aos dezessete ou dezoito anos...

— Ou dezenove? Vinte? Todo mundo está praticamente casado ou prestes a se casar aos dezenove anos — afirmei.

— Tavius não é casado. Nem a Princesa Ezmeria. Nem eu — observou ele.

— Tavius não é casado porque a Princesa Kayleigh adoeceu e ele é muito preguiçoso para ascender ao trono e, você sabe, ter outras responsabilidades além de ser um porco bêbado e devasso. Então vai adiar o casamento pelo tempo que puder. E Ezra tem outros planos. Já você... — Franzi a testa. — Por que você *não* é casado?

Sir Holland deu de ombros.

— Nunca tive vontade de me casar. — Ele me observou por um momento. — Acho que ele virá atrás de você — prosseguiu. — É por isso que ainda treino você. Não perdi a esperança, Princesa.

Dei uma risada.

— Não me chame assim.

— De quê?

— Princesa — murmurei. — Não sou uma Princesa.

— Não é? — Ele cruzou os braços e voltou à postura habitual de quando não estava tentando me derrubar ou me ferir com todo tipo de coisas afiadas e feitas para apunhalar alguém. — Então o que você é?

O que eu sou?

Olhei para minhas mãos. Era uma boa pergunta. Eu até podia ter sangue Real, mas só fui reconhecida como tal três vezes na vida. Certamente não era tratada como tal. Toda minha vida foi voltada para me tornar uma...

— Uma assassina?

— Uma guerreira — corrigiu ele.

— Uma isca?

A expressão dele era tão insípida quanto o resto de pão que consegui pegar na cozinha de manhã.

— Você não é a isca. Você é a armadilha.

E talvez não tivesse me tornado nada além de uma arma de carne e osso.

O que mais eu poderia ser? *O que mais há por baixo disso?*, refleti enquanto brincava com a venda pendurada ao redor do pescoço. Não havia tempo para lazer ou entretenimento. Nenhuma habilidade desenvolvida que não fosse manusear uma adaga ou um arco e me comportar de modo gracioso. Não considerava ninguém como confidente, nem mesmo Ezra ou Sir Holland. Enquanto crescia, só tive uma ama. Nem mesmo uma dama de companhia me era permitida, por medo de que ela se tornasse uma má influência para mim. Não que eu precisasse de companhia o tempo todo, mas teria sido bom. Tudo o que eu tinha que não envolvia *isso* era o meu lago, e não sabia muito bem se isso contava, já que, bem... era só um lago.

Suspirei, perturbada. Não gostava de pensar nisso, em nada disso. Na verdade, não gostava de pensar e ponto final. Porque quando pensava, eu me sentia como uma pessoa de verdade. E quando não conseguia mais conter os pensamentos, eu me detinha naquela pequena faísca de alívio que senti quando o Primordial me rejeitou. Então chafurdava em vergonha e egoísmo. Nessas ocasiões, usava as poções de dormir que os Curandeiros preparavam para minha mãe. Uma vez, enquanto Sir Holland lidava com algo relacionado à Guarda Real e Ezra estava no campo visitando uma amiga, dormi por quase dois dias. Ninguém foi ver se eu estava bem. E quando acordei, olhei para o frasco e pensei que seria muito fácil beber tudo. Senti as mãos úmidas como ficavam toda vez que pensava nisso e as limpei na calça. Também não gostava de pensar naquele dia, sobre como aquele frasco havia se tornado um tipo diferente de fantasma, daqueles que assombravam os Olmos Sombrios e recusavam-se a entrar nas Terras Sombrias.

— Vamos lá — disse Sir Holland, me afastando dos meus pensamentos. — Coloque a venda de novo e continue até acertar o alvo.

Dei um suspiro e puxei a venda para cima. Sir Holland refez o nó para que ela ficasse no lugar. Permiti que meu mundo caísse na escuridão, porque o que mais eu tinha para fazer? Onde mais tinha que estar?

Ele me virou na direção do boneco, e então o senti dar um passo para trás. Enquanto firmava a mão, pensei no que havia me dito. *Uma guerreira*. Sir Holland podia até ter razão, mas eu também era mais uma coisa:

Uma mártir.

Porque se o Primordial viesse atrás de mim, não importava se eu tivesse sucesso ou não, o resultado seria o mesmo.

Eu não sobreviveria.

*

Senti uma pontada de dor de cabeça e subi a escada estreita depois de terminar o treino com Sir Holland. A luz do sol lutava para penetrar na escuridão conforme eu pisava nos degraus às vezes escorregadios até o andar de baixo. Passei para a ala leste de Wayfair e entrei em um corredor ainda mais escuro. Caminhei até o último quartinho no final do corredor silencioso. A porta estava entreaberta, e eu a abri.

A luz das velas tremeluziu em uma mesinha ao lado da cama estreita, lançando um brilho suave sobre a silhueta no colchão. Entrei na ponta dos pés e fui até o banquinho ao lado da cama. Estremeci quando a madeira rangeu sob meu peso, mas a silhueta na cama não se mexeu.

Odetta vinha dormindo muito ultimamente, parecendo cada vez mais longe dali. Já estava envelhecendo quando nasci e agora... Agora seu tempo estava chegando ao fim. Mais cedo ou mais tarde ela ia deixar esse plano e partir para as Terras Sombrias, onde passaria a eternidade no Vale.

Senti um aperto diferente no peito quando vi os fios de cabelos grisalhos ainda incrivelmente grossos e as mãos tortas e cheias de manchas senis em cima de um cobertor que seria grosso demais para outra pessoa, dada a brisa quente que entrava pela janela e soprava as pás do ventilador de teto. Ajeitei a beirada do cobertor ao redor dela.

Quando Odetta soube que o Primordial não havia me levado, ela olhou para mim com olhos remelentos e disse: *A morte não quer nada com a vida. Não é nenhuma surpresa.*

Na época não entendi muito bem o que ela quis dizer. Quase nunca a entendia, mas sua resposta não foi nenhum choque. Nunca fui mimada por Odetta. Ela também nunca foi particularmente amorosa, mas agia mais como uma mãe para mim do que a minha própria. E em breve ela partiria. Mesmo agora, ela estava tão quieta.

Quieta demais.

Perdi o fôlego enquanto olhava para seu peito frágil. Não consegui detectar nenhum movimento. Meu coração disparou. Sua pele estava pálida, mas não achei que tivesse assumido o brilho ceroso da morte.

— Odetta? — Minha voz soou áspera aos meus ouvidos.

Não houve resposta. Levantei-me, chamando o nome dela mais uma vez enquanto o pânico brotava no meu peito. Será que ela havia... ela havia morrido?

Não estou pronta.

Estendi a mão para ela, me detendo antes que minha pele tocasse a sua. Reprimi um suspiro entrecortado. Não estava pronta para que ela se fosse. Nem hoje, nem amanhã. O calor correu para minha mão enquanto meus dedos pairavam centímetros acima dos dela...

— *Não* — resmungou Odetta. — Não se atreva.

Meu olhar disparou para o rosto dela. Seus olhos estavam entreabertos, só o suficiente para que eu pudesse ver que o azul outrora vibrante havia embotado.

— Eu não ia fazer nada.

— Posso já estar com um pé no Vale, mas não perdi o juízo. — A respiração dela estava fraca e superficial. — Nem a visão.

Olhei para minha mão, pairando tão perto de sua pele. Levei-a até o peito, com o coração ainda acelerado.

— Acho que está vendo coisas, Odetta.

Uma risada seca e cortada soou de seus lábios.

— *Seraphena* — disse ela, me assustando. Só Odetta me chamava pelo nome completo. — Olhe para mim.

Enfiei as mãos entre os joelhos e olhei para ela, sem me lembrar de uma época em que seu rosto não ostentasse as rugas profundas da idade.

— O que foi?

— Não banque a inocente comigo, garota. Sei o que estava tramando — resmungou. A negação veio até meus lábios, mas ela não quis nem ouvir. — O que foi que eu disse a você? Anos atrás? Você se esqueceu? O que foi que eu disse? — repetiu ela.

Senti-me como uma criança sentada em um banquinho e mudei de posição, desconfortável.

— Para nunca mais fazer isso.

— E o que você acha que aconteceria se tivesse feito isso? Você teve sorte quando era criança, garota. Não terá sorte outra vez. Vai acabar despertando a ira do Primordial para si.

Concordei com a cabeça, mesmo tendo tido sorte mais de uma vez desde que eu era criança e pegara Butters. Meu dom nunca chamou a atenção do Primordial da Morte. E eu...

Eu não sabia o que estava prestes a fazer.

Abalada, tirei as mãos dos joelhos e olhei para elas. Pareciam normais agora. Assim como tudo em mim. Dei um suspiro entrecortado.

— Pensei que tivesse partido...

— E eu vou partir, Seraphena. Em breve — alertou Odetta, atraindo meu olhar mais uma vez para o seu. Era imaginação minha ou ela parecia ainda menor debaixo daquele cobertor? Mais magra. — Já vivi tempo demais. Estou pronta.

Mordi o lábio assim que começou a tremer e assenti.

Os olhos dela podiam estar embotados, mas ainda tinham o poder de sustentar meu olhar.

— Eu sei — falei, entrelaçando as mãos e mantendo-as firmes sobre o colo.

Ela olhou para mim através das pálpebras entreabertas.

— Há algum motivo para você estar aqui, além de me incomodar?

— Queria ver como você estava. — E era verdade, mas havia outro motivo. Uma pergunta. Uma pergunta que não saía da minha cabeça há um bom tempo. — E queria te perguntar uma coisa, se você estiver disposta.

— Não vou fazer nada além de ficar deitada aqui esperando que vá embora — resmungou ela.

Sorri ao ouvir isso, mas o sorriso sumiu dos meus lábios assim que senti um embrulho no estômago.

— Você me disse uma coisa muito tempo atrás, e eu queria saber o que significa. — Puxei o ar de leve. — Você me disse que fui tocada pela morte e pela vida. O que isso significa? Ser tocada por ambas?

Odetta deu uma risada rouca.

— Depois de todos esses anos, *agora* é que você pergunta?

Assenti com a cabeça.

— Há algum motivo para você me perguntar isso agora?

— Na verdade, não. — Dei de ombros. — É só algo que sempre quis saber.

— E você pensou em me perguntar antes que eu batesse as botas?

Franzi o cenho.

— Não... — Ela arqueou as sobrancelhas brancas e espessas até o meio da testa. Dei um suspiro. — Bom... Talvez.

Odetta deu uma risada seca e áspera, mas seus olhos brilharam com uma nitidez que apagava grande parte do embotamento.

— Detesto desapontá-la, criança, mas não posso responder à sua pergunta. Foi o que os Destinos disseram no dia do seu nascimento. Só eles podem dizer o que isso significa.

Capítulo 5

Na manhã seguinte, reprimi um bocejo ao entrar na sala, silenciosa e iluminada por velas, pela porta normalmente usada pelos criados. Meus passos foram um pouco lentos quando atravessei o silêncio da sala de estar da Rainha. Entre a irritante dor de cabeça que ainda não havia passado e a tentativa de descobrir a vaga não resposta de Odetta à minha pergunta, eu não havia dormido bem na noite anterior.

Nem sei por que tentei entender o que Odetta quis dizer com aquilo. Não era a primeira vez que ela falava comigo em enigmas. E, para ser sincera, na maioria das vezes eu achava que ela simplesmente floreava o que dizia. Como os Destinos, os Arae, alegando que a vida e a morte haviam me tocado no meu nascimento. Como Odetta poderia saber disso? Não havia como.

Balancei a cabeça, passando pelos sofás de pelúcia cor de marfim com passos silenciosos sobre o tapete grosso. Fui até os fundos do aposento comprido e estreito no segundo andar, onde dois candelabros ardiam. Não me lembro de nenhum momento em que aquelas velas não estivessem acesas.

Na sala silenciosa e com cheiro de rosas, olhei para a pintura do Rei Lamont Mierel e aproveitei para absorver sua imagem, sabendo que minha mãe estaria no café da manhã a essa hora. Era seguro olhar para ele agora.

Meu pai.

Senti um aperto no peito, uma pressão que imaginei ser de tristeza, mas não sabia muito bem como poderia chorar por alguém que nunca conheci.

Ele morreu logo depois que nasci, após pular da torre leste de Wayfair. Nunca me disseram por quê. Ninguém falava sobre isso. Mas muitas vezes eu ficava imaginando se meu nascimento, o lembrete do que seu antepassado fizera, o havia levado a isso.

Engoli em seco ao ver sua imagem capturada com tantos detalhes. Era como se ele estivesse diante de mim em vestes brancas e cor de ameixa e com a coroa de folhas douradas repousando sobre os cabelos da cor do mais rico vinho tinto.

Os cabelos caíam em ondas soltas nos ombros, enquanto os meus eram, bem, uma bagunça de cachos apertados e soltos e nós que se embaraçavam até os quadris. Nossas sobrancelhas tinham o mesmo formato, arqueando-se de uma maneira que dava a impressão de que eu estava questionando ou julgando alguma coisa. A curva de nossas bocas era idêntica, mas de alguma forma a dele havia sido pintada com os cantos repuxados em um sorriso suave enquanto que, de acordo com a Rainha — em mais de uma ocasião —, eu parecia *taciturna*. Ele tinha um punhado de sardas na ponta do nariz, mas parecia que alguém havia mergulhado um pincel em tinta marrom e espalhado pequenas manchas marrons por todo o meu rosto. Seus olhos tinham o tom de verde-musgo como os meus, mas o modo como foram pintados sempre me impressionava.

Não havia luz em seu olhar, nenhum vislumbre de vida ou alegria oculta para combinar com o sorriso nos lábios dele. Seus olhos eram *assombrados*, e eu não sabia como um artista era capaz de captar tal emoção com tinta, mas era evidente que havia conseguido.

Olhar para aqueles olhos era difícil.

Olhar para ele era difícil. Ele tinha traços mais masculinos e muito mais refinados do que eu, mas nós tínhamos tanta coisa em comum que costumava pensar, muito antes de ter falhado, se era por isso que minha mãe tinha dificuldade de olhar para mim por muito tempo. Porque eu sabia que ela o amara e que grande parte dela ainda o amava, mesmo que tivesse encontrado espaço em seu coração para nutrir sentimentos ternos pelo Rei Ernald. Era por isso que aquelas velas nunca eram apagadas. Era por isso que o Rei Ernald nunca entrava naquela sala de estar e porque, quando as enxaquecas acometiam minha mãe, ela se refugiava ali, e não nos aposentos que dividia com o marido. Era por isso que ela passava horas ali dentro, sozinha com aquele quadro de Lamont.

Muitas vezes eu me perguntava se eles eram corações gêmeos, algo descrito em poemas e canções. Duas metades de um todo. Dizia-se que o toque entre os dois era carregado de energia e que suas almas se reconheciam. Dizia-se até que podiam andar nos sonhos um do outro e que a perda de um deles era irreparável.

Se os corações gêmeos não fossem apenas uma lenda, então eu acreditava que era isso que meus pais haviam sido um para o outro.

Senti um peso no peito, frio e dolorido. Às vezes eu me perguntava se minha mãe me culpava por sua morte. Se ele tivesse tido um filho, quem sabe se ainda não estaria vivo? Em vez disso ele se foi, e eu não me importava com o que os Sacerdotes do Primordial da Vida acreditassem ou alegassem. Ele tinha que estar no Vale, encontrando a paz que não havia sido capaz de alcançar em vida.

No centro do frio dolorido, havia uma faísca de calor: raiva. Mais um motivo pelo qual era tão difícil olhar para ele. Não queria ficar com raiva porque parecia errado me sentir assim, mas ele havia me deixado antes mesmo de eu ter tido a chance de conhecê-lo.

As portas da sala de estar rangeram de repente, e senti um frio na barriga. Girei o corpo sabendo que não havia como chegar à porta dos criados a tempo. Qualquer esperança de que fosse uma das Damas de Companhia da minha mãe desapareceu quando ouvi sua voz. Uma tempestade de emoções me inundou. Medo de como ela reagiria ao me encontrar ali. Esperança de que ela não se importasse com minha presença. Amargura que me dizia que eu era uma tola por me agarrar a essa esperança. Retesei-me quando a Rainha de Lasania entrou, uma força de saias lilás esvoaçantes e joias reluzentes. Atrás dela, estavam Lady Kala e uma costureira, a última segurando um vestido.

Não pude deixar de encarar minha mãe. Não a via desde a noite em que os Lordes do Arquipélago de Vodina rejeitaram a oferta de lealdade. Ela estava diferente? As rugas nos cantos de seus olhos pareciam mais profundas. Também parecia mais magra, e fiquei imaginando se era o vestido ou se ela andava sem apetite. Se estivesse doente...

— Muito obrigada por terminar o vestido... — Minha mãe se deteve, com o pente de joias amarelas que prendia seus cachos no lugar brilhando sob a luz do abajur. Ela me encarou, arregalando os olhos ligeiramente e depois estreitando-os. Endireitei os ombros e me preparei. — O que está fazendo aqui? — indagou.

Abri a boca, mas perdi a habilidade de formar palavras conforme ela avançava, deixando Lady Kala e a costureira na porta.

Ela parou a alguns metros de distância, com o peito ofegante. A tensão contornou os lábios da Rainha quando ela deu as costas para mim.

— Sinto muito, Andreia — falou, dirigindo-se à costureira. *Andreia*. Pensei tê-la reconhecido. Seu sobrenome era Joanis. Ela tinha uma loja de roupas na Colina das Pedras frequentada por muitos nobres e mulheres. — Sei que seu tempo é precioso. Não sabia que minha aia estaria aqui.

Aia.

Lady Kala olhou para baixo e a costureira balançou a cabeça.

— Está tudo bem, Vossa Graça. Vou seguir em frente e me preparar.

Voltei a atenção da minha mãe para a costureira. Andreia tinha sombras escuras sob os olhos e fios de cabelos castanhos escapavam do coque em sua nuca. Podia apostar que havia passado várias noites acordada terminando a futilidade de seda marfim e pérolas que carregava nas mãos. Um músculo se contraiu no canto da minha boca quando pensei em quantas moedas aquele vestido deve ter custado. Os serviços de Andreia não eram baratos. Enquanto isso milhares de pessoas estavam morrendo de fome.

Mas minha mãe precisava de um vestido novo que poderia alimentar dezenas de famílias ou todo o orfanato por meses, se não mais.

— Não sei por que está aqui — advertiu a Rainha baixinho, tendo se aproximado de mim daquele seu jeito estranho e silencioso enquanto eu observava a costureira pendurar o vestido em um gancho na parede. — Mas, sinceramente, nesse momento eu não me importo.

Olhei para ela, sem nem me dar ao trabalho de procurar qualquer brilho de afeto em seu rosto. Aquele vislumbre de esperança já havia desaparecido há muito tempo.

— Não esperava que você estivesse aqui.

— Por algum motivo, sinto que você está mentindo e só está aqui para ser inconveniente. — As rugas nos cantos de seus olhos estavam muito mais perceptíveis agora que ela também observava Andreia vasculhar a bolsa que havia trazido. — Afinal de contas, tenho certeza de que a costureira está imaginando por que há uma aia vestida como uma cavalariça em um dos meus aposentos particulares. Essa possível catástrofe tem seu nome escrito por toda parte, pois era seu desejo que isso acontecesse.

Olhei para ela, dividida entre a incredulidade e o divertimento.

— Se tivesse a capacidade de fazer com que as coisas acontecessem, não seria isso.

— Não, suponho que tenha razão — comentou ela em um tom de voz frio e monótono que nunca a ouvi usar com mais ninguém. — Você usaria esse dom para algo muito mais letal.

Senti a pele em brasas quando a insinuação me acertou em cheio. Tive certeza de que ela estava horrorizada com o que me tornei. Não podia culpá-la. A percepção de que a filha primogênita assassinava pessoas regularmente devia assombrá-la. Só que era muitas vezes sob suas próprias ordens.

Disse a mim mesma para não responder. Não valia a pena. Mas eu raramente ouvia a voz da razão.

— Sou apenas capaz de fazer o que se espera de mim.

— E, ainda assim, está aqui ao meu lado, tendo falhado com o que se esperava de você — respondeu ela calmamente. — Enquanto nosso povo continua passando fome e morrendo.

Senti a nuca arrepiada e me forcei a abaixar a voz.

— Você se importa com o povo?

A Rainha observou Andreia em silêncio por alguns segundos.

— É só neles que penso.

Uma risada baixa e áspera escapou dos meus lábios, e ela olhou para mim, mas acho que nem me viu.

— Qual é a graça? — perguntou ela.

— Você é a graça — sussurrei, e a pele sob o olho direito dela se contraiu. — Se você se importa com o povo faminto, então por que não pega o dinheiro gasto em mais um vestido e dá a quem precisa?

Ela enrijeceu os ombros.

— Não seria preciso manter as aparências e gastar dinheiro em mais um vestido se você tivesse cumprido seu dever, não é? Sem Devastação, sem fome.

Suas palavras caíram sobre mim como se fossem feitas dos inúmeros alfinetes afiados que se projetavam da bola de tecido que Andreia havia colocado em cima de uma mesa ali perto.

— Em vez disso, sou chamada de Rainha Mendiga por reinos que já rezaram por uma aliança com Lasania. — Minha mãe lançou um olhar sobre mim. — Então, por favor, vá procurar outra área dessa vasta propriedade para assombrar.

— Então acho que vou vagar pela floresta e me juntar aos espíritos que rondam por lá — murmurei.

A Rainha Calliphe apertou a boca até que seus lábios perdessem a cor.

— Se é o que prefere...

A apatia em sua voz, o total desdém, era pior do que se tivesse me dado um tapa na cara. A raiva ardeu meus olhos e se enraizou dentro de mim, soltando minha língua como havia feito tantas vezes antes.

Nem sempre fui assim. Passei a maior parte da vida fazendo o que me diziam, raramente recusando algum pedido ou ordem. Era quieta, andava sussurrando pelos corredores de Wayfair, tão focada em atrair a atenção — e talvez até mesmo a afeição — da Rainha. Mas tudo havia acabado três anos atrás. Parei de segurar a língua. Parei de tentar. Parei de me importar.

Talvez essa fosse a resposta para a pergunta que aquele maldito deus havia feito. O motivo pelo qual eu corria tão avidamente em direção à morte.

— Sabe, se implorar por uma aliança é tão degradante pra você, então por que não faz a mesma coisa que o Rei Dourado? — salientei, mantendo a voz mal acima de um sussurro. — Assim você vai poder continuar parada enquanto os outros limpam toda a bagunça.

Ela olhou de volta para mim.

— Qualquer dia desses, sua boca vai te arranjar um problema que você não vai conseguir resolver.

— E você não ficaria feliz com isso? — desafiei, ciente de como Lady Kala e a costureira tentavam nos ignorar.

O olhar dela ficou gélido.

— Saia — ordenou ela. — Agora.

Cheia de raiva e de uma emoção ainda mais pesada e sufocante que me recusei a reconhecer, fiz uma reverência excessivamente elaborada. Minha mãe inflou as narinas conforme olhava para mim.

— Seu desejo é uma ordem, Vossa Graça — falei, levantando-me e atravessando a sala.

— Feche a porta atrás de si para que não haja mais interrupções inconsequentes — exigiu a Rainha Calliphe.

Apertei os olhos e fechei a porta sem bater, um feito que exigiu toda minha força de vontade, pois me lembrei de que as palavras dela não podiam mais me atingir. No corredor, respirei fundo e prendi o fôlego até que meus pulmões começassem a arder e os olhos, a lacrimejar. Até que pequenas rajadas brancas de luz surgissem atrás das minhas pálpebras. Só então soltei o ar. Foi a única coisa que me impediu de pegar a maçaneta da porta e bater nela sem parar.

Só abri os olhos depois de ter certeza de que podia confiar nas minhas ações. Havia dois Guardas Reais diante dos aposentos da minha mãe.

Deuses! Eles pareciam ridículos de uniforme, como dois pavões inchados.

Os homens olhavam para a frente de modo impassível, embora eu tivesse ficado na frente deles por um bom tempo de olhos fechados e prendendo a respiração. Imaginei que isso nem seria registrado na escala de coisas estranhas que eles já me viram fazer.

A ardência nos olhos e o nó na garganta ainda estavam presentes quando comecei a andar, esfregando a parte de trás do ombro esquerdo, onde a marca de nascença em forma de lua crescente latejava. Deveria ser por causa das inúmeras arandelas que iluminavam o corredor. Não tinha nada a ver com minha mãe. Era impossível que ela tivesse algum efeito sobre mim. Não quando usava sua decepção por mim como uma segunda pele.

*

O ar ameno da noite soprou a bainha do meu casaco, jogando-o sobre meus joelhos enquanto eu pegava um atalho pelos Jardins Primordiais cheios de vegetação que ocupavam vários acres ao redor da muralha. Em seguida, atravessei a ponte do castelo, passando pelas inúmeras carruagens adornadas por joias que entravam e saíam de Wayfair enquanto o rio corria lá embaixo. Puxei o capuz do casaco para cima e passei pelo bairro conhecido como Queda Leste, onde ficava uma das duas Cidadelas Reais, bem como os dormitórios onde os guardas treinavam e viviam. A outra Cidadela Real, a maior, estava localizada nos arredores da Carsodônia, de frente para as Planícies dos Salgueiros, e era onde a maior parte do exército de Lasania treinava.

Não tinha nenhum destino em mente enquanto passava pelos túneis de trepadeira da Luxe, erguendo o olhar para a direita para não ver o que estava bem diante de mim, mas incapaz de me conter.

O Templo das Sombras ficava no sopé dos Penhascos da Tristeza, atrás de um muro grosso de pedra que circundava toda a estrutura. Não importava quantas vezes meus passos me levassem para perto do Templo, eu não conseguia me acostumar com a beleza imponente dos pináculos retorcidos que se erguiam quase tão altos quanto os próprios penhascos, das torres delgadas e das paredes lisas e pretas feitas de pedra das sombras polida. A construção parecia atrair as estrelas do céu, capturando-as na pedra de ônix. O Templo inteiro brilhava como se centenas de velas tivessem sido acesas e dispostas por toda a parte.

Não consegui reprimir o arrepio quando olhei para o lado e me forcei a continuar andando. Eu tentava não chegar nem perto do Templo das Sombras. Quatro vezes nos últimos três anos era mais do que suficiente. A última coisa que precisava fazer hoje à noite era pensar no que poderia ter feito o Primordial da Morte mudar de ideia.

Fui tomada pela inquietação depois que fui visitar uma Odetta adormecida e muito quieta. A ideia de enfrentar uma longa noite vendo sombras no teto me fez sair de Wayfair.

Não queria ficar sozinha, mas também não queria ficar perto de ninguém.

Então caminhei como costumava fazer nas noites em que o zumbido de energia tornava o sono impossível — noites que estavam se tornando cada vez mais frequentes nos últimos meses. O cheiro de chuva pairava forte no ar. Ainda era muito cedo para que o burburinho de conversas e o tilintar de taças extravagantes tomassem conta dos pátios à luz de velas. As calçadas eram um mar de vestidos e camisas pesados demais para o calor. Não me misturei a eles enquanto caminhava. Andei por ali despercebida, um fantasma entre os vivos. Ou pelo menos foi assim que me senti conforme cruzava uma segunda ponte bem menos grandiosa que conectava as margens do Rio Nye. Uma névoa fina começou a cair, umedecendo minha pele. Entrei no bairro montanhoso conhecido como Colina das Pedras. A névoa aliviou um pouco do calor, mas eu esperava que as nuvens espessas que rolavam da água fossem um prenúncio de chuvas mais pesadas.

O Templo de Phanos, o Primordial do Céu, do Mar, da Terra e do Vento, ficava no cume da Colina das Pedras, com suas grossas colunas enevoadas pela garoa. Era para onde estava indo, percebi.

Gostava de lá. Não era tão alto quanto os Penhascos da Tristeza, mas eu podia ver toda a capital dos degraus do Templo.

As pessoas ainda circulavam, aglomerando-se nas ruas estreitas e colinas íngremes, embora a maioria das lojas já tivesse fechado. Olhei para os números das casas iluminadas por tochas, casas estreitas de único andar com pavilhões na cobertura.

Senti uma ardência súbita no peito pressionando minha pele. Meus passos vacilaram na colina absurdamente íngreme. O calor latejante desceu pelos meus braços. Respirei fundo, com o coração batendo forte.

Aquela sensação...

Sabia o que significava, a que reagia. À morte.

Morte recente.

Forcei o ar para dentro e para fora dos pulmões de modo lento e uniforme, dei meia-volta e comecei a subir a colina novamente. Continuei avançando conforme afastava e reprimia o calor. Era como se eu não tivesse controle. O dom dentro de mim me levou adiante, embora eu soubesse que não faria nada quando encontrasse sua origem. Ainda assim, continuei.

Menos de um quarteirão adiante, eu o vi.

O deus com cabelos compridos da cor do céu noturno. Ele caminhava pelo outro lado da rua, com os braços nus pálidos sob o luar.

Madis.

Esse era o nome dele.

Fui até um beco estreito e pressionei o corpo contra o muro de uma casa, ainda quente de sol. Enfiei a mão nas dobras do casaco, fechando os dedos em torno do punho da adaga, e mordi o interior da bochecha enquanto observava o deus, observando o bebê que ele havia descartado como se fosse lixo.

Madis passou sob um poste de luz, mas se deteve quando um cachorro latiu nas proximidades, e então se voltou para o outro lado da rua. Ele inclinou a cabeça para o lado. O cachorro havia parado de latir, mas parecia que ele tinha ouvido outra coisa. Comecei a puxar a adaga.

O que você está fazendo?

A voz que sussurrava na minha cabeça era uma mistura da minha e da voz do deus de olhos prateados. Eu podia atacar Madis. Sabia que sim. Mas e depois? Com toda certeza uma mortal que matasse um deus não passaria despercebida. A fúria que sentia pelo que ele havia feito com a criança me levava a não me importar com a parte das *consequências*.

O que sufoca esse medo e a leva a correr tão avidamente em direção à morte?

As palavras do deus de olhos prateados me assombraram enquanto eu ficava parada ali, perdendo tempo. Madis começou a caminhar na direção dos becos sombrios entre as casas, movendo-se rapidamente. Praguejei baixinho e me afastei da parede. Segurei o cabo da adaga com força e o segui. Parei assim que cheguei à calçada, olhando para a direção de onde ele viera enquanto pensava no formigamento que agora já havia passado.

Suspeitei que a sensação tivesse alguma coisa a ver com ele.

— Merda — murmurei, olhando para a passarela escura e depois para trás.

Comecei a andar de novo, parando perto do final da rua. Um pouco de calor voltou quando me deparei com uma construção sem pátio. A porta da frente ficava bem na calçada. A luz suave das velas tremeluzia atrás das janelas de treliça na lateral da casa térrea de estuque. Os dosséis brancos do teto estavam fechados, oferecendo um pouco de privacidade ao terreno.

Havia um candeeiro a gás sob o número da casa e uma placa que dizia Joanis Designs.

Senti um calafrio. Não podia ser a costureira que levara o vestido de seda e pérolas para minha mãe. Era coincidência demais que eu estivesse ali sem nenhum motivo e que o deus Madis a tivesse machucado.

Entrei em ação antes que pudesse me conter e virei a maçaneta da porta da frente. Destrancada. Resisti ao impulso de abri-la com um chute, mesmo que me fizesse sentir bem. Em vez disso, empurrei-a para dentro *calmamente*.

O cheiro de *carne queimada* alcançou meu nariz assim que entrei no pequeno vestíbulo, e a comida que havia comido antes pesou no meu estômago. Passei por vasos de plantas frondosas em um canto da parede. Existiam grandes carretéis de tecido e manequins de vestuário nas sombras. Segurei a adaga com firmeza e avancei devagar, entrando em um corredor estreito e escuro onde outra porta estava entreaberta. Conhecia a disposição daquele tipo de casa. Os cômodos eram empilhados e a cozinha geralmente ficava na parte de trás da casa, distante das áreas comuns. Os quartos ficavam no meio e a sala de estar, na frente, onde vi a luz das velas das janelas na lateral da casa.

Em silêncio, abri a porta que separava o escritório, usado para negócios, do resto da casa. Dei uma olhada rápida nas cadeiras e sofá vazios de cor clara e no lampião a gás aceso em cima de uma mesinha de chá. Uma taça havia caído, derramando um líquido vermelho sobre a mesa de carvalho e um livro entreaberto. No chão, um pé esguio e pálido apareceu diante do sofá. Entrei no aposento, respirando fundo. Existia outro cheiro ali. Um cheiro mais fresco do que aquele maldito cheiro de queimado. Era familiar, mas não consegui identificá-lo enquanto contornava o sofá.

Bons deuses!

Deitada de costas jazia o que restava da srta. Andreia Joanis. Os braços dela estavam dispostos sobre um corpete de chitão lilás como se alguém os tivesse dobrado. Uma das pernas estava dobrada, com o joelho pressionado contra a mesinha de chá. Veias escuras manchavam a pele de seus braços, pescoço e bochechas. A boca estava aberta como se estivesse gritando, e sua carne estava chamuscada e carbonizada. Assim como a área ao redor dos...

Andreia não tinha olhos.

Eles haviam sido queimados, com a pele ao redor carbonizada em um padrão estranho, parecido com *asas*.

A ligeira agitação do ar atrás de mim foi o único aviso que tive. O instinto assumiu o controle, me dizendo que, se ainda havia alguém naquela casa que tivesse se movido tão silenciosamente assim, não era um bom presságio. Virei-me, empunhando a adaga...

Uma mão fria se fechou em torno do meu pulso conforme eu girava o corpo, brandindo a mão direita junto com a adaga. A lâmina encontrou resistência e a pedra das sombras, tão afiada e letal, perfurou a carne e afundou no peito *dele* no mesmo instante em que um onda de energia dançou sobre minha pele e eu me dei conta de quem havia me agarrado.

Quem eu havia acabado de apunhalar no peito. No coração.

Bons deuses!

Ergui o olhar de onde a minha mão e o punho da adaga estavam nivelados a um peito envolto em tecido preto e me deparei com olhos arregalados entremeados a fios rodopiantes de éter.

Os olhos do deus de olhos prateados.

Capítulo 6

Meu coração palpitou e então bateu acelerado. Senti o ar preso na garganta enquanto o observava abaixar lentamente o olhar para o peito, para a adaga que enterrei profundamente nele. O choque deixou meu corpo inteiro dormente. Sequer senti a mão dele ainda em volta do meu pulso esquerdo. Não senti nada além de incredulidade e o mais violento e absoluto pavor.

Pedra das sombras era capaz de matar um deus que fosse apunhalado no coração, e eu havia errado a mira por menos de um centímetro, se tanto. Lá no fundo eu sabia que ele ia sobreviver ao ferimento, mas deve ter *doído*.

Olhos de mercúrio me encararam novamente. Os fios de éter chicoteavam por suas íris, e logo soube que ele iria me matar. Não tinha como não o fazer. Senti um aperto no peito quando ele soltou meu pulso e recuou um passo lentamente, desvencilhando-se de mim. O sangue escorregadio revestiu a lâmina, escuro e *cintilante* sob a luz do lampião — nada como o sangue mortal. Olhei para minha adaga, me preparando enquanto recuava vários passos.

— Mais uma vez você entrou em uma casa sem checar se estava mesmo sozinha — disse o deus, e meu olhar voou para o dele. O éter rodopiava ainda mais selvagemente em seus olhos. — Foi incrivelmente imprudente. Nunca mais faça isso.

Entreabri os lábios e soltei o ar bruscamente.

— Eu... eu acabei de te apunhalar no peito e é *isso* que você tem a dizer?

— Não, eu já ia chegar a este ponto — Ele inclinou a cabeça para o lado e seus cabelos escuros caíram sobre o rosto. — Você me apunhalou.

— Apunhalei. — Dei mais um passo para trás, com a garganta seca demais para conseguir engolir.

— No peito — acrescentou ele. A frente da sua túnica estava rasgada, mas não havia nenhuma mancha de sangue. Nada. Se não fosse pela mancha na lâmina, eu não teria acreditado que havia feito aquilo. — *Quase* no coração.

Senti as mãos trêmulas.

— Bem, parece que não teve muito impacto em você. — O que já era aterrorizante por si só.

— Doeu — rosnou ele, endireitando a cabeça. — Bastante.

— Desculpe?

Ele inclinou o queixo.

— Você não está arrependida.

Na verdade, eu até que estava. Mais ou menos.

— Você me agarrou.

— Você apunhala todo mundo que te agarra?

— Sim! — exclamei. — Ainda mais quando estou numa casa com um cadáver e alguém me agarra por trás sem nenhum aviso!

— Não estou pronto para falar sobre o motivo de você estar nessa casa com um cadáver — observou ele, e franzi o cenho. — Mas, primeiro, você não parece arrependida.

— Eu estava, digo, *estou* arrependida, mas não teria te apunhalado se você não tivesse me agarrado.

— É sério que você está me culpando? — perguntou ele, incrédulo.

— Você me agarrou — repeti. — Sem aviso.

— Talvez você devesse olhar antes de sair apunhalando as pessoas — rebateu. — Ou isso nunca lhe ocorreu?

— E já lhe ocorreu se anunciar para não ser apunhalado? — retruquei.

O deus se moveu depressa. Não tive chance de fazer nada. De repente, ele estava na minha frente, segurando a adaga pela *lâmina*. Ele a arrancou da minha mão. Um segundo depois, uma energia prateada crepitou em seus dedos. A luz ardeu e pulsou, engolindo a lâmina e o punho. A pedra das sombras e o cabo de ferro se desfizeram com seu toque.

Fiquei boquiaberta.

Ele abriu a mão, e a luz do lampião iluminou as cinzas do que restava da minha adaga conforme elas caíam no chão.

— Você destruiu a minha adaga! — exclamei.

— Destruí — afirmou, imitando meu jeito de falar.

Fiquei parada ali por um bom tempo, perplexa. Não conseguia nem pensar nos anos que minha família manteve aquela adaga a salvo, à minha espera.

— Como se atreve?!

— Como me atrevo? Você não acha que talvez eu não queira ser apunhalado outra vez?

— Você não teria que se preocupar com isso se simplesmente dissesse *olá*! — gritei.

— Mas e se por acaso eu a assustar? — desafiou ele. — É bem provável que você me apunhale mesmo assim.

Fechei as mãos em punhos.

— Agora eu realmente quero apunhalar você de novo.

— Com o quê? — Ele inclinou o queixo mais uma vez, com os olhos parecendo uma tempestade rodopiante. — Com as próprias mãos? Estou meio inclinado a deixar que tente.

Respirei fundo ao ouvir seu tom de voz quase zombeteiro. Ele estava se divertindo com aquilo. Mas o deus havia destruído minha adaga favorita. Perdi o pouco de controle que tinha.

— Talvez eu arrume outra lâmina de pedra das sombras e, em vez de mirar no seu coração, vou apontar para sua garganta Um deus pode sobreviver sem cabeça? Não vejo a hora de descobrir.

Ele arqueou a sobrancelha.

— Acho que você está mesmo falando sério.

Abri um sorriso largo, a mesma expressão que eu havia feito para minha mãe mais cedo.

— Quem sabe?

O choque estampou o rosto dele, arregalando seus olhos agitados.

— Você realmente se atreve a me ameaçar? Mesmo agora?

— Não é uma ameaça — respondi. — É uma promessa.

Ele recuou. Reconheci imediatamente que talvez tenha deixado meu temperamento levar a melhor sobre mim e me esquecido *do que* ele era.

Uma onda de energia reverberou pela sala, lambendo minha pele. A sensação era gélida, deixando um rastro de arrepios para trás enquanto chacoalhava os quadros nas paredes.

Mal conseguia respirar, mas me mantive firme em vez de ceder ao instinto de correr sem olhar para trás e fugir daquela casa e daquele ser com um poder incompreensível. Ergui o queixo, trêmula.

— Eu deveria ficar impressionada?

O deus ficou imóvel enquanto a luz pulsava intensamente. Senti todos os músculos do corpo retesados.

Talvez minha mãe tenha sido assustadoramente profética em relação à minha boca?

Ele deu uma risada baixa e gutural. Não o vi levantar a mão, mas senti a pressão fria do seu dedo na bochecha. Meu coração vacilou enquanto tentava me preparar para a dor do éter me queimando por dentro, como aconteceu com os irmãos Kazin e a pobre mulher ali no chão.

Mas não veio dor nenhuma.

Tudo o que senti foram as pontas ásperas de seus dedos percorrendo minha bochecha e parando no canto dos meus lábios.

— O que assusta você, *liessa*? — perguntou ele, e eu pensei ter ouvido uma *pontada* de aprovação em sua voz. — Já que eu não a assusto?

Liessa. Era a segunda vez que ele me chamava assim e eu queria saber o significado da palavra. Mas agora não parecia ser a hora mais oportuna para perguntar.

— Eu... eu estou com medo — admiti, porque quem não estaria?

A luz intensa e prateada desapareceu dos olhos dele.

— Apenas em nível superficial. Não é o tipo de medo que molda um mortal, muda quem ele é e orienta as escolhas que faz — observou ele, deslizando o polegar pelo meu queixo e roçando na parte de baixo do meu lábio. Seu toque era sólido, uma marca gélida que provocou uma onda de apreensão e de algo mais forte em mim. Algo parecido com *finalidade*, como a mesma sensação de *adequação* que senti antes. Havia algo muito errado comigo porque isso não fazia o menor sentido. — Você pode sentir terror, mas não está aterrorizada. E há um reino de diferença entre as duas coisas.

— Como... Como você sabe? — perguntei, com o coração disparado enquanto ele esticava os dedos pelo meu queixo e bochecha. Não sei se meu coração batia tão rápido porque ele estava me tocando ou pela delicadeza com que o fazia. Sua mão roçou na curva do meu pescoço e eu fiquei imaginando se ele podia sentir como minha pulsação estava acelerada. — Você é o Deus dos Pensamentos e das Emoções?

Ele deu outra risada rouca enquanto seus dedos escorregavam sob meu capuz, movendo-se sob a trança pendurada na minha nuca.

— Você — falou, movendo o polegar lentamente pela lateral do meu pescoço. Havia algo peculiar no jeito como disse isso. — Você é encrenca.

Mordi o interior da bochecha quando outra onda de arrepios pulsou em mim, estabelecendo-se em lugares muito indecentes e me fazendo questionar o quanto eu era imprudente.

E tive a impressão de que era bastante.

Pois o intenso redemoinho de formigamento na minha pele era completamente irracional. Ele nem parecia mortal naquele momento.

— Na verdade, não — sussurrei.

— Mentira.

Estudei as feições rígidas e brutalmente marcantes do rosto dele.

— Você não está furioso comigo?

— Estou definitivamente incomodado — respondeu ele, e eu poderia pensar em dezenas de adjetivos melhores para descrever o estado da minha raiva se alguém *quase* me apunhalasse no coração. — Como disse antes, doeu. Por um momento.

Só por um momento?

— Tenho a impressão de que sua próxima pergunta é se tenho certeza de que não vou te matar — prosseguiu, e seria mentira se dissesse que não estava pensando nisso. — Não vou dizer que isso não passou pela minha cabeça quando senti a lâmina perfurando minha pele. — Seu polegar passou lentamente pelo meu pulso.

— O que te impediu?

— Muitas coisas. — Ele inclinou a cabeça levemente, e senti seu hálito fresco na curva do pescoço. — Embora eu esteja questionando minha sanidade mental, levando em conta que você voltou a me ameaçar quase de imediato.

Permaneci calada, ouvindo o instinto pela primeira vez.

— Estou surpreso — admitiu ele, repuxando os lábios em um sorriso. — Achei que teria uma resposta na ponta da língua.

— Estou tentando ter bom senso e ficar um pouco calada.

— E como está se saindo?

— Não muito bem, para ser sincera.

O deus riu baixinho e então tirou a mão do meu rosto.

— Por que está aqui?

A rápida mudança nele e no assunto me deixou confusa por um instante, e quase afundei contra a parede quando ele se virou para o corpo. Por que eu estava ali? Virei-me para a mulher no chão. Ah, sim, assassinato. Deuses!

— Eu estava andando... — Cruzei os braços na cintura, sabendo que não podia dizer toda a verdade para ele. — Quando vi aquele deus do outro dia sair dessa casa e achei melhor dar uma olhada.

— Você o viu sair, mas não me viu entrar? — questionou ele.

Droga.

— Não.

Ele olhou para mim por cima do ombro.

— Por que achou melhor dar uma olhada?

Retesei-me.

— Por que não? As pessoas não deveriam ficar preocupadas quando veem deuses assassinos saindo das residências dos mortais?

Ele arqueou a sobrancelha.

— Os mortais não deveriam ficar mais preocupados com sua própria segurança?

Calei a boca.

O deus se afastou e, sem seu olhar penetrante em mim, aproveitei para observá-lo de verdade. Estava vestido como da última vez que o vi: calça escura e túnica preta com capuz e sem mangas. Deuses! Ele era ainda mais alto do que eu me lembrava. Havia também tiras de couro no peito e na parte superior das costas, prendendo uma espécie de espada ao seu corpo. O punho, inclinado para baixo e para o lado, era de fácil acesso. Não me lembrava de tê-lo visto com uma quando o encontrei antes.

Por que um deus precisaria de uma espada quando tinha o poder do éter na ponta dos dedos?

Passei o peso de um pé para o outro.

— Ela foi morta como os irmãos Kazin, não foi? É por isso que você está aqui.

— Fui alertado de que um deles havia entrado no plano mortal — respondeu, contornando o corpo da srta. Joanis. Quer dizer que alguém sabia que ele estava no encalço dos deuses responsáveis pelas mortes. — Cheguei o mais rápido que pude. Madis foi preguiçoso dessa vez deixando-a aqui. Estava procurando alguma pista de quem ela era quando você chegou, entrou e não se preocupou em verificar o resto da casa.

Revirei os olhos.

— Você está falando de quando deixou de se anunciar?

Ele olhou para mim por cima do ombro.

— Ora, você acha que alguém que tivesse alguma má intenção em relação a você teria se anunciado?

— Não. Mas acho que alguém que não tivesse o faria — respondi. — Os outros acabariam com uma adaga no peito. — Repuxei os cantos dos lábios para baixo. — Isso se eu tivesse uma adaga.

— Você talvez ainda tivesse uma adaga se não saísse por aí apunhalando as pessoas.

Na verdade, eu ainda tinha uma. Enfiada na bota. Não de pedra das sombras, mas uma lâmina fina de ferro. Porém isso não vinha ao caso.

— Eu não saio por aí apunhalando as pessoas. — Normalmente. — E você me deve uma adaga de pedra das sombras.

— Devo?

Assenti.

— Sim, deve.

— Aliás, como foi que seu meio-irmão encontrou uma arma dessas?

Demorei um pouco para me lembrar da mentira que havia lhe contado.

— Alguém a deu a ele de presente de aniversário. Não sei quem nem por quê. Meu meio-irmão nunca demonstrou interesse em armas.

— Você sabe que é proibido aos mortais que empunhem adagas de pedra das sombras.

Sabia, sim, mas encolhi os ombros.

Ele repuxou um canto dos lábios para cima e então desviou o olhar.

— Você deixou pra lá o que viu na casa dos Kazin, como pedi?

Enrijeci a coluna.

— Não me lembro de você ter pedido. Foi mais uma ordem. Mas, não, não deixei.

— Eu sei.

— Você ficou de olho?

Olhos de prata derretida se fixaram nos meus.

— Talvez.

— Isso é muito esquisito.

Ele encolheu os ombros largos.

— Eu avisei que ficaria. Achei melhor ficar de olho em você. Para ter certeza de que você não se meteria em *mais* problemas.

— Não preciso que faça isso.

— Eu não disse que precisava. — Ele inclinou a cabeça enquanto olhava para mim.

— Então o que está dizendo?

— Que eu *quis* — respondeu, parecendo surpreso com a própria admissão.

Abri a boca, mas a fechei sem dizer nada. Como poderia responder a isso?

— O que você descobriu? — perguntou ele depois de um momento.

Foi preciso algum esforço para ordenar meus pensamentos.

— Se você estava de olho, então já deve saber.

Um ligeiro sorriso voltou aos seus lábios.

— Imagino que tenha descoberto que ninguém tinha nada de ruim a dizer sobre aqueles mortais.

— Em outras palavras, você já sabe que não descobri muita coisa — admiti. — Houve mais mortes? Além dessa agora?

Ele negou com a cabeça.

— Você a conhece?

— Eu sei quem ela *é*. Uma costureira. Andreia Joanis. — Eu me aproximei. — Ela é muito talentosa. Muito requisitada. Ou era. — Estremeci de leve. — Para falar a verdade, eu a vi mais cedo.

Ele lançou um olhar penetrante na minha direção.

— É mesmo?

Assenti, olhando para o corpo.

— Sim. Foi só por alguns instantes. Ela estava levando um vestido para a minha mãe — admiti, considerando a informação irrelevante. — Que coincidência mais estranha, não?

— Nem me diga — murmurou o deus.

Quando olhei para ele, vi que me observava daquele jeito intenso que parecia capaz de enxergar tudo que eu não estava dizendo.

— Você descobriu alguma coisa que indicasse o motivo de Madis ter feito isso?

O deus negou com a cabeça.

— Nada.

— Mas acredita que ela morreu pelo mesmo motivo que os outros?

— Acredito. — Ele passou a mão pela cabeça, afastando os cabelos do rosto. Fiz menção de falar, mas me detive.

— Por que tenho a impressão de que você quer perguntar alguma coisa?

Ele voltou a franzir o cenho.

— Você é um deus. Como pode não saber o que os outros deuses estão tramando?

— Só porque alguém é um deus não significa que tenha algum conhecimento inerente das idas e vindas dos outros deuses ou dos motivos por trás de suas ações — explicou. — Nem um Primordial teria.

— Não era isso que eu estava sugerindo — salientei. — Só quis dizer que já que você parece ser bastante...

— Obrigado.

Lancei a ele um olhar inexpressivo.

— Já que você parece ser bastante poderoso, não poderia exigir saber o que eles estão fazendo?

— Não é assim que funciona. — Ele se inclinou na minha direção. — Há coisas que os deuses e Primordiais podem fazer e outras, não.

A curiosidade despertou dentro de mim.

— Está dizendo que nem mesmo um Primordial pode fazer o que quiser?

— Não foi isso que eu disse. — Ele inclinou a cabeça. — Um Primordial pode fazer o que bem quiser.

Joguei as mãos para cima.

— Se essa não é a afirmação mais contraditória que já ouvi em toda minha vida, então não sei o que é.

— O que estou dizendo é que um Primordial ou deus pode fazer o que quiser — explicou. — Mas toda causa tem um efeito. Há sempre consequências para cada ação, mesmo que não me afetem diretamente.

Bem, aquela era uma explicação absurdamente vaga que fazia algum sentido. Olhei para a costureira e me lembrei de uma coisa. Quando um mortal morria, acreditava-se que o corpo deveria ser queimado para que sua alma fosse liberada e pudesse entrar nas Terras Sombrias. Não sabia se o que havia acontecido com os irmãos Kazin contava como uma pira mortuária.

— As almas das pessoas que morrem como os Kazin vão para as Terras Sombrias?

O deus continuou calado por um bom tempo.

— Não. Eles simplesmente deixam de existir.

— Ai, meus deuses! — Levei a mão à boca.

Os olhos dele encontraram os meus.

— É um destino cruel, ainda pior do que ser condenado ao Abismo. Lá pelo menos você é *alguma coisa*.

— Eu nem consigo imaginar como deve ser simplesmente deixar de existir. — Estremeci, esperando que ele não notasse. — Isso é...

— Algo que só o mais vil deveria enfrentar — concluiu por mim.

Assenti conforme observava a sala de estar, as almofadas azuis e cor-de-rosa, as pequeninas estátuas de pedra de criaturas marinhas que diziam viver na costa do Iliseu e todos os bibelôs que faziam parte da vida de Andreia Joanis. Parte de quem ela era e de quem nunca mais voltaria a ser.

Pigarreei, procurando desesperadamente por outra coisa em que pensar.

— A que Corte você pertence?

Ele arqueou a sobrancelha outra vez.

— Quero dizer, você é das Terras Sombrias?

O deus me estudou por um momento e então confirmou com a cabeça. Fiquei tensa, embora não estivesse surpresa. Ele continuou me observando.

— Há mais uma coisa que você quer perguntar.

Havia, sim. Queria perguntar se ele sabia quem eu era, se foi por isso que nossos caminhos se cruzaram duas vezes de um jeito tão estranho. Talvez ele não soubesse sobre o acordo e ainda assim saber que eu era a futura Consorte do Primordial a quem servia. Mas se não soubesse, seria arriscado. Aquele deus poderia contar ao Primordial que eu possuía uma adaga de pedra das sombras e não tinha medo de usá-la.

Sendo assim, passei para uma coisa sobre a qual sempre tive curiosidade, algo que teria perguntado ao próprio Primordial se tivesse a oportunidade. Como o deus era das Terras Sombrias, era bem provável que soubesse me responder.

— Todas as almas são julgadas após a morte?

— Não há tempo para isso — respondeu. — Quando alguém morre e entra nas Terras Sombrias, recebe mais uma vez a forma física. A maioria passa pelos Pilares de Asphodel, que os guia até onde a alma deve ir. Os guardas de lá garantem que isso aconteça.

— Você disse a *maioria*. E quanto aos outros?

— Alguns casos especiais devem ser julgados pessoalmente. — Ele me lançou um olhar penetrante. — Aqueles que precisam ser vistos para determinarmos qual será seu destino.

— Como? — Eu me aproximei dele.

— Após a morte, a alma é exposta. Desnudada. Não há carne para mascarar suas ações — explicou. — O valor de alguém pode ser lido após a morte

— E quanto à alma agora? Quero dizer, quando alguém está vivo.

Ele balançou a cabeça.

— Alguns podem saber de coisas só de olhar para um mortal ou outro deus, mas a alma de alguém não é uma delas.

Fiz uma pausa quando senti o leve cheiro cítrico dele.

— Que coisas?

Um sorrisinho surgiu nos lábios dele.

— Que curiosa — murmurou ele, estudando meu rosto e se demorando na minha boca. Senti um calor correr nas veias, algo que me parecia completamente inapropriado, já que agora eu sabia com certeza a qual Corte ele servia. Mas ele olhava para mim como se estivesse fascinado pelo formato da minha boca.

Como se quisesse sentir o gosto dos meus lábios outra vez.

Uma onda arrepiante de expectativa se apoderou de mim, e eu sabia que, se ele fizesse isso, eu não o impediria.

Seria uma péssima decisão da minha parte. Talvez até mesmo da dele. Mas eu costumava fazer más escolhas.

O deus desviou os olhos de mim, e não sei se fiquei decepcionada ou aliviada. Ele passou os dentes sobre o lábio inferior e suas presas ficaram visíveis. Foi definitivamente decepção o que senti.

De repente senti uma sensação estranha bem no meio do peito, onde o calor costumava se acumular em reação à morte. O peso se desenrolou dentro de mim, como um cobertor áspero e sufocante. Farejei o ar, franzindo a testa ao sentir um cheiro estranho de lilases. Lilases podres. Aquilo me lembrava de algo que eu não conseguia identificar no momento, mas me virei na direção do corpo de forma inconsciente.

Espere um pouco.

Dei mais um passo.

— Você mexeu nas pernas dela?

— Por que eu faria isso?

A inquietação correu pelas minhas veias.

— Quando entrei, uma das pernas dela estava dobrada na altura do joelho, encostada na mesa. Agora as duas estão esticadas.

— Não toquei nela — afirmou enquanto eu erguia o olhar para o rosto dela. A pele carbonizada em forma de asas em suas bochechas e testa parecia ter desbotado um pouco. — Talvez você...

O barulho de uma respiração e o estalo de pulmões se expandindo silenciaram o deus. Olhei para o peito dela assim que o corpete do seu vestido subiu. Fiquei paralisada, atônita.

— Mas que...? — murmurou o deus.

Andreia Joanis se sentou, escancarando a boca e repuxando os lábios chamuscados para exibir quatro caninos compridos, dois na parte de cima da boca e dois na parte de baixo. Presas.

— ... *porra* é essa? — concluiu ele.

— Isso não é normal, é? — sussurrei.

— Qual parte? As presas ou o fato de ela estar morta e, ainda assim, sentada aqui?

Andreia virou a cabeça em sua direção, parecendo olhar para ele com olhos que já não estavam mais ali.

— Não acho que ela esteja morta — falei. — Não mais.

— Não — rosnou o deus, me causando arrepios. — Ela ainda está morta.

— Tem certeza? — Reprimi um suspiro quando a costureira virou a cabeça na minha direção. — Acho que ela está olhando pra mim. Não tenho certeza. Ela não tem olhos. — Por instinto, estendi a mão para a coxa, mas não encontrei nada ali. Comecei a me virar para o deus. — Gostaria muito de ter minha adaga...

Um sibilo veio de Andreia — o tipo de som que nenhum mortal deveria ser capaz de produzir — e ficou mais alto e grave, transformando-se em um rosnado penetrante que me deixou toda arrepiada.

Andreia se levantou com um salto, um movimento tão inexplicavelmente ágil que recuei por reflexo. Em seguida, ela começou a avançar de punhos fechados.

O deus foi tão rápido quanto ela, colocando-se diante de mim conforme desembainhava uma espada curta. A lâmina reluzia como ônix polido sob a luz das velas. Pedra das sombras. Ele avançou e deu um chute na cintura da costureira, que voou para trás sobre a mesinha de chá.

Andreia caiu no chão e rolou o corpo até ficar agachada. Levantou-se e partiu para cima de nós outra vez. Comecei a pegar a lâmina na minha bota quando o deus revidou o ataque, enterrando a espada de pedra das sombras no peito dela.

O corpo da Andreia estremeceu quando ela estendeu a mão, tentando agarrá-lo. Pequenas fissuras semelhantes a teias de aranha surgiram em suas mãos e então subiram pelos braços, espalhando-se pelo pescoço e bochechas.

O deus puxou a espada de pedra das sombras e deu um passo para o lado, concentrado em Andreia. As fissuras ficaram tão profundas quanto rachaduras, e suas pernas cederam sob seu peso. Ela tombou com força no chão, toda encolhida.

Fiquei parada ali, boquiaberta. Partes do seu corpo pareceram murchar como se ela não passasse de uma casca seca.

— O que foi isso que acabei de ver?

— Não faço ideia.

Ele deu um passo à frente, hesitante, e cutucou o pé de Andreia. A pele e os ossos se transformaram em cinzas, logo seguidos pelo restante do corpo.

Em questão de segundos não restava nada da mulher além do vestido e de suas cinzas.

Pisquei os olhos.

— Isso foi diferente.

O deus olhou para mim.

— É, realmente.

— E você não faz ideia do que acabou de acontecer? Como se isso nunca tivesse acontecido antes?

Olhos cor de aço encontraram os meus.

— Nunca ouvi falar de algo do tipo acontecendo antes.

Como um deus das Terras Sombrias, imaginei que ele soubesse a respeito de mortais ressuscitando.

— O que acha que havia de errado com ela? Quer dizer, por que ela agiu dessa forma?

— Não sei. — Ele embainhou a espada. — Mas acho que Madis não a matou simplesmente. Ele fez alguma coisa. Não sei o quê. — Um músculo pulsou em seu maxilar. — Se eu fosse você, não contaria a ninguém o que viu aqui.

Concordei com a cabeça. Como se alguém fosse acreditar em mim se eu contasse.

— Tenho que ir — anunciou, olhando para o vestido coberto de cinzas e depois para mim. — Você também deveria ir embora, *liessa*.

Não queria passar nem mais um segundo naquela casa, mas uma centena de perguntas explodiram na minha cabeça. A menos importante de todas foi a que saiu da minha boca:

— O que significa *liessa*?

O deus não respondeu pelo que me pareceu uma eternidade e então disse:

— A palavra significa coisas diferentes para pessoas diferentes. — O éter pulsou em seus olhos, girando mais uma vez em meio ao prateado. — Mas sempre significa algo belo e poderoso.

Capítulo 7

No dia seguinte eu estava novamente escondida na torre leste e com os olhos vendados.

Deslizei a lâmina de ferro entre os dedos e respirei profundamente enquanto tentava não pensar em como o deus havia destruído minha adaga na noite anterior. Por sorte eu nunca treinava com ela. Não queria nem imaginar como Sir Holland reagiria quando descobrisse que eu havia perdido uma arma daquelas. Ou com a notícia de que eu a usara para apunhalar um deus no peito. Não achou que ele iria reagir com tanta calma assim.

Em retrospecto, podia entender por que o deus a havia destruído. Afinal de contas, eu o havia *apunhalado*. Mas estava furiosa mesmo assim. Ela tinha mais de um século e, se me restava alguma esperança de cumprir meu dever — se me fosse dada uma oportunidade —, então precisava de uma lâmina de pedra das sombras.

Também tentei não pensar sobre o que tinha visto, o que havia acontecido com Andreia. A imagem dela sentada e depois saltando como um animal selvagem não saiu da minha cabeça a noite inteira. Não conseguia nem imaginar o que fizeram com ela, mas esperava que o deus descobrisse.

Algo belo e poderoso.

As palavras dele me pegaram desprevenida. Mas em minha defesa, ele havia me chamado de um nome que significava algo belo e poderoso mesmo depois de eu tê-lo apunhalado. Aquilo me parecia ainda mais inexplicável do que o que havia acontecido com Andreia.

Liessa. Não podia acreditar que havia feito aquela pergunta em vez de uma centena de outras mais importantes.

Por exemplo: qual era o nome dele?

— Agora — ordenou Sir Holland.

Girei o corpo e atirei a lâmina, soltando o ar assim que a arma fez um baque ao acertar o peito do boneco. Aquilo durou um bom tempo até que eu não consegui mais *não* falar sobre o que tinha visto no dia anterior.

Depois de atirar a lâmina, puxei a venda para baixo.

— Posso te perguntar uma coisa?

— Claro — respondeu ele, seguindo na direção do boneco.

— Você já ouviu falar de uma...? — Demorei um pouco para descobrir como perguntar o que queria saber sem revelar muita coisa. — Uma pessoa morta que voltou à vida?

Sir Holland parou e se virou para mim.

— Não era esse tipo de pergunta que eu estava esperando.

— Eu sei. — Brinquei com a bainha da camisa de algodão.

O cavaleiro franziu o cenho.

— Por que está me fazendo uma pergunta dessas?

Forcei um dar de ombros.

— Foi algo que ouvi falar da última vez que saí. Disseram ter visto alguém voltar à vida com presas como um deus, só que... diferente. A pessoa tinha presas nos dentes superiores e inferiores.

Sir Holland arqueou as sobrancelhas.

— Nunca ouvi falar de nada parecido antes. Se quem disse isso estava falando a verdade, então me parece uma abominação.

— Sim — murmurei.

Ele me estudou.

— Onde foi que você ouviu isso?

Antes que pudesse inventar uma mentira convincente, uma batida soou na porta da torre. Sir Holland tirou a lâmina do boneco e me olhou por cima do ombro enquanto caminhava em direção à porta. Dei de ombros.

— Quem é? — perguntou, escondendo a lâmina atrás das costas.

— Sou eu — respondeu uma voz abafada. — Ezra. Estou procurando por Sera. — Houve uma pausa durante a qual Sir Holland encostou a testa na porta. — Sei que ela está aí. E sei que você sabe que eu sei que ela está aí.

Um sorriso surgiu em meus lábios, mas logo sumiu. Só consegui pensar em um motivo que teria atraído Ezra até à torre para me procurar. Olhei de relance para as inúmeras facadas que perfuravam o peito do boneco e pensei em todas as coisas *letais* que havia feito nos últimos três anos.

Sir Holland olhou para mim de cara feia.

— Você não devia ter revelado a Ezra onde treina. — Ele brandiu a lâmina no ar. — Ela pode ter sido seguida até aqui.

— Não foi de propósito — repliquei, imaginando quem no castelo já não suspeitava de quem eu era e poderia tê-la seguido.

— Tem certeza? — indagou Sir Holland.

— Só pra você saber, eu consigo te ouvir — a voz abafada de Ezra atravessou a porta. — E Sera está falando a verdade. Eu simplesmente a segui pelo castelo certa manhã. E como não sou desatenta, descobri que é aqui que ela passa boa parte dos seus dias.

— Como se você não soubesse que estava sendo seguida — Sir Holland retrucou.

Dei de ombros. É claro que sabia que ela estava me seguindo, mas, como Ezra continuou sendo gentil comigo depois que eu falhei, não tentei despistá-la. Além disso, ela já sabia que eu treinava. Sir Holland só estava sendo dramático.

— Não fui seguida — anunciou Ezra do outro lado da porta. — Mas imagino que, quanto mais tempo eu ficar aqui falando com uma porta, mais atenção vou chamar.

— Deixe-a entrar, por favor — pedi. — Ela só viria aqui se precisasse.

— Como se eu tivesse escolha. — Sir Holland destrancou a fechadura e abriu a porta.

A Princesa Ezmeria estava no topo da escadaria estreita, com os cabelos castanho-claros presos em um coque na nuca. Embora estivesse sufocante na torre e provavelmente não muito melhor lá fora, ela usava um colete curto listrado de preto por cima do vestido cor de marfim e creme feito do mesmo algodão leve. Ezra sempre parecia imune ao calor e à umidade.

— Obrigada. — Ela sorriu conforme cumprimentava um exasperado Sir Holland. Suas feições eram parecidas com as de Tavius, mas os olhos castanhos eram penetrantes e o maxilar tinha uma rigidez teimosa que faltava ao irmão. — É muito bom vê-lo, Sir Holland.

O cavaleiro a estudou com um olhar da mais absoluta impassividade.

— É bom vê-la, Vossa Graça.

— Do que precisa? — perguntei enquanto pegava a lâmina de ferro de Sir Holland e a guardava na bainha.

— De muitas coisas — respondeu. — Um daqueles bolinhos de chocolate que Orlano faz quando está de bom humor seria ótimo. Acompanhado de chá gelado. Um bom livro que não seja de drama, o que me leva à questão: por que os curadores do Ateneu da cidade acham que queremos ler coisas que só nos deprimem? — perguntou ela, balançando o corpo para trás em seus sapatos de salto alto enquanto Sir Holland esfregava a testa. — Também preciso que a seca termine... Ah, e de paz entre os reinos. — Ezra abriu um sorriso largo enquanto lançava um olhar divertido para Sir Holland. — Mas, no momento, as Damas da Misericórdia e eu precisamos da sua ajuda, Sera.

Sir Holland abaixou a mão, franzindo o cenho enquanto olhava para mim.

— Por que as damas do orfanato precisam de você?

— Por sua habilidade de *pegar* o excesso de comida na cozinha sem que ninguém perceba — respondeu Ezra calmamente. — Com o aumento de órfãos, suas despensas ficaram drasticamente vazias.

Fiquei ligeiramente tensa. A suspeita turvou as feições de Sir Holland. Minha habilidade de fazer o que Ezra dissera vinha sendo útil com bastante frequência. Muitas vezes eu levava para os Penhascos da Tristeza qualquer sobra de comida que conseguia pegar na cozinha, onde a velha fortaleza havia sido convertida no maior orfanato da Carsodônia. Por maior que fosse, o orfanato estava lotado de órfãos por morte ou abandono de pais que não podiam ou não queriam mais cuidar deles. Só que Ezra nunca havia me procurado por causa disso antes. Virei-me para ele.

— Vejo você amanhã de manhã?

Sir Holland estreitou os olhos, mas assentiu. Não me demorei para não lhe dar tempo de começar a fazer perguntas.

— Tenha um bom-dia, Sir Holland — saudou Ezra enquanto abria caminho para que eu saísse da torre.

A poeira dançava nos raios de sol que penetravam as fendas nas paredes da torre conforme descíamos para o terceiro andar, onde meu quarto ficava localizado em meio a uma fileira de cômodos vazios. Não falamos até entrarmos no corredor estreito. Ezra se virou para mim, mantendo a voz baixa, embora fosse muito improvável que houvesse alguém ali por perto para nos ouvir.

— É melhor trocar de roupa. — Ela olhou de relance para a túnica solta que eu usava. — Vista algo um pouco mais adequado para o lugar aonde vamos.

Inclinei a cabeça para o lado.

— Com o que exatamente eu vou te ajudar?

— Bem... — Ezra inclinou o queixo na direção do meu, se aproximando de mim, mas não a ponto de me tocar. Fingi não notar como ela se certificava de que sua pele não entrasse em contato com a minha. — Recebi uma carta de Lady Sunders sobre uma criança, uma menina chamada Ellie, que acabou de ficar sob sua tutela, cortesia de uma das Amantes de Jade.

Fiz uma careta de surpresa.

— O que uma menina estava fazendo com as Amantes? — A única razão pela qual Jade se dispôs a discutir comigo as coisas envolvidas no ato da sedução foi porque acreditava que eu tinha muito mais de dezesseis anos. Mesmo assim, com o véu escondendo meu rosto, vi que ela estava desconfiada, ainda que os outros se casassem com essa idade. — Não é do feitio delas...

— Não, não é. Uma das mulheres que trabalha para elas encontrou a pobre menina em um beco. Estava com o olho roxo, entre inúmeros ferimentos, além de desnutrida. Ellie já está se recuperando — acrescentou Ezra rapidamente. — Lady Sunders diz que a mãe da criança morreu há muitos anos e seu pai perdeu a fonte de renda. Ela acredita que o pai da menina trabalhava em uma das fazendas atingidas pela Devastação.

— Lamento ouvir isso — murmurei porque senti que precisava dizer alguma coisa, mesmo que não houvesse nada a ser dito.

— Se eu fosse você, não sentiria muita pena do pai. Parece que ele gostava mais de gastar dinheiro com bebidas do que com comida muito antes de perder o emprego como coletor. — Ezra franziu os lábios. — Lady Sunders tem a impressão de que a morte da mãe pode não ter sido natural, mas auxiliada pelos punhos pesados do pai.

— Que adorável — resmunguei.

— E piora — adverte, e eu não podia imaginar como. — Em dado momento, o pai entrou no negócio de vender momentos íntimos...

— Prostituição? — insinuei.

— Sim, é um modo de dizer, quando a pessoa está realmente *disposta* a vender suas partes íntimas em troca de dinheiro, proteção, abrigo ou o que quer que seja. Mas ele era do tipo que *obrigava* os outros a fazer isso — corrigiu ela. E, sim, Ezra estava certa. Piorou. — É por isso que as Amantes de Jade não estão nada felizes com esse homem. Como você sabe, elas não gostam desse tipo de cafetão.

Não, as cortesãs não gostavam que ninguém fosse forçado a entrar no negócio no qual elas haviam entrado por livre e espontânea vontade.

— A menina que foi entregue a Lady Sunders tem um irmão mais novo que ainda está com o pai. O menino está em uma situação muito precária, sendo obrigado a cometer todo tipo de roubo para manter o copo do pai sempre cheio. Ela teme que ele esteja sendo obrigado a concordar com outras coisas impronunciáveis em troca de comida e abrigo, assim como a filha.

Respirei fundo, perturbada, mas infelizmente não surpresa. Tanto Ezra quanto eu já tínhamos visto aquilo antes. As dificuldades podiam despertar o pior lado das pessoas que lutavam para sobreviver, forçando-as a fazer coisas que jamais considerariam. No entanto, havia aqueles que sempre possuíram uma escuridão dentro de si e que eram predadores muito antes de enfrentarem adversidades.

— Lady Sunders me perguntou se a minha *amiga* que possui certos *talentos* — continuou ela, olhando fixamente para a lâmina embainhada — não poderia nos ajudar a tirar a criança de lá.

Em outras palavras, o tipo de habilidade que Sir Holland passou anos aprimorando por um motivo completamente diferente.

— E por que é necessário que eu vista algo mais *atraente*?

— Sabe o pai? O nome dele é Nor. Lady Sunders acha que é diminutivo de Norbert.

— *Norbert*? — repeti, pestanejando. — Certo.

— De qualquer modo, Nor faz negócios na Travessia dos Chalés — explicou Ezra. A Travessia dos Chalés era um dos distritos entre o Rio Nye e o Bairro dos Jardins. Perto da margem, aquele bairro da Carsodônia estava cheio de casas empilhadas com pouco espaço entre elas. Eram armazéns, bares, antros de jogos e outros estabelecimentos nem de longe tão resplandecentes quanto aqueles encontrados nos Jardins. A maioria das pessoas que chamava a Travessia dos Chalés de lar estava apenas tentando sobreviver. Mas também havia pessoas como Nor, capazes de infestar o bairro com tanta facilidade quanto a Devastação fazia com a terra.

— Ele tem mantido o filho por perto, já que não pode mais pôr as mãos na filha — prosseguiu. — A única maneira de entrar no prédio é se ele achar que você está procurando um certo tipo de emprego.

— Maravilha — murmurei.

— Eu mesma faria isso, mas...

— Não. Não faria, não — retruquei. Ezra tinha uma mente brilhante, mas não sabia se defender. Além disso, ela era uma Princesa de verdade, mesmo que muitas vezes se envolvesse com coisas que uma Princesa não deveria se envolver. — Me dê alguns minutos.

Ezra assentiu, e me virei na direção do meu quarto.

— Ah, e vista algo com que você não se importe de ficar ensanguentado.

Parei e olhei para ela por cima do ombro.

— Não há nenhum motivo para sujar minhas roupas de sangue. Vou buscar uma criança. Só isso.

Ela abriu um sorriso de leve e arqueou as sobrancelhas.

— Claro. É só isso que vai acontecer.

Capítulo 8

A carruagem preta e simples sacolejou pelas ruas irregulares de paralelepípedos. Foi assim que me dei conta de que havíamos chegado à Travessia dos Chalés.

Sentada à minha frente, Ezra franziu o cenho ao olhar para o banco do condutor onde Lady Marisol Faber dirigia, encapuzada e irreconhecível. Imaginei que deveria estar sufocando naquele calor esquecido pelos deuses.

Pelo menos eu estava, e comecei a abanar a mão na frente do rosto. Tive vontade de soltar a capa leve com capuz e jogá-la para o lado. Havia fios de cabelo grudados no meu pescoço.

Não sei há quanto tempo Marisol auxiliava Ezra em seus muitos esforços para ajudar as pessoas em perigo na Carsodônia. As duas eram amigas desde que o pai de Ezra se casou com minha mãe e ela veio morar aqui. Mas não me envolvi no que elas faziam até três anos atrás. Só descobri o que Ezra estava fazendo quando a vi na velha fortaleza, entregando um saco de batatas que Orlano havia deixado para que eu fizesse o que bem entendesse. Quando nos vimos, fingimos não nos reconhecer. Naquela noite, esperei até que Ezra voltasse do passeio pelo jardim. Foi então que descobri por que ela passava tanto tempo fora de Wayfair.

Olhei para minha meia-irmã, estudando-a. Não havia nem uma gota de suor em seu semblante. Impossível.

— Como você não está com calor? — perguntei.

Ezra se afastou da janela.

— Acho que o clima está ameno — observou, franzindo a testa conforme olhava para mim. — Esse seu vestido é... Bem, acho que vai servir.

Não precisei baixar o olhar para saber que ela encarava a delicada renda branca do corpete decotado e *muito* justo do vestido de seda. Se meus peitos continuassem dentro do vestido durante toda a aventura, seria um milagre.

— Acho que era de Lady Kala. — O que explicava por que as botas estavam completamente visíveis, já que a bainha só chegava às minhas panturrilhas. — Não havia muitas opções.

— Ah, sim. Suponho que não. — Ezra franziu a testa conforme olhava novamente pela janela. Um momento se passou. — Você precisa de vestidos? — perguntou, olhando de volta para mim. — Tenho alguns que são mais confortáveis de usar.

Eu me retesei, sentindo as bochechas corarem.

— Não, não é necessário.

— Tem certeza? — Ela se aproximou de mim. — Meus vestidos não vão colocá-la em risco de estourar as costuras no peito.

— Tenho outros vestidos mais bonitos — respondi, o que não era exatamente uma mentira. — Mas esse foi o único que pensei que seria atraente.

Ezra se recostou no assento.

— Acho que a parte atraente é a quantidade limitada de tempo que você tem antes que seus seios pulem pra fora.

Bufei.

Seu sorriso foi breve. O olhar que me lançou me deixou mais desconfortável do que a oferta dos vestidos. Não era de pena, mas tristeza, e ela parecia estar prestes a falar, mas não conseguiu encontrar as palavras certas. Ezra sempre sabia o que dizer, mas nunca falava da maldição. A pergunta chegou à ponta da minha língua. Queria perguntar se ela ainda acreditava que o Primordial da Morte viria me reivindicar, mas me contive. Sua resposta não me tranquilizaria, pois eu já sabia a verdade.

Em vez disso, perguntei:

— Como foi que você saiu do castelo sem que nenhum Guarda Real a seguisse?

Ela repuxou um canto dos lábios.

— Tenho meus truques.

Comecei a perguntar sobre esses truques quando a carruagem desacelerou. Olhei pela janela. Uma massa de pessoas se apressava ao longo da rua lotada, seguindo em direção às pequenas lojas e becos escuros e sinuosos sob escadas de metal frágeis anexadas a edifícios estreitos de vários andares. Muitos deles, desbotados para um tom fosco de amarelo e marrom-escuro, estavam empilhados lado a lado. De algum modo, os proprietários conseguiam amontoar vinte quartos — ou mais — naqueles prédios sem eletricidade e, em alguns casos, até mesmo sem encanamento. Era irresponsabilidade permitir que alguém morasse naqueles apartamentos, mas as pessoas estariam na rua sem eles. Não havia outras opções.

— A terra que foi arruinada pela Devastação ainda pode ser usada para construção, certo? — perguntei. Ezra confirmou com a cabeça. — Não entendo por que novas casas não estão sendo construídas nas fazendas. Pequenas, mas pelo menos seriam lugares onde ninguém teria que arriscar a própria vida subindo escadas que podem ceder a qualquer momento.

— Mas o que vai acontecer com os fazendeiros depois que cuidarmos da Devastação? — retrucou ela.

Bem, eu havia respondido à minha própria pergunta, não é? Se ela acreditava que a Devastação iria desaparecer, então ainda devia ter alguma esperança de que eu conseguiria cumprir meu dever.

— E se não acontecer? — devolvi.

Ezra sabia o que eu queria dizer.

— O pai de Mari está determinado a descobrir a causa. Você e eu sabemos que ele não vai conseguir, mas sua mente é brilhante. Se alguém puder descobrir uma maneira natural de acabar com isso, esse alguém é Lorde Faber.

Torcia para que estivesse certa, e não só para aliviar um pouco da culpa que sentia.

— Os fazendeiros não poderiam se tornar proprietários então? Ganhando sua renda com o aluguel das casas?

— Poderiam. — Ela franziu o nariz. — Mas ainda há a questão da origem dos materiais de construção.

E ali estava a falha na minha ideia. Os depósitos de rocha dos Picos Elísios usados para construir grande parte dos edifícios eram minerados e pagos por empresários ou proprietários de terras. A pedra tinha um custo, assim como a mão de obra necessária para construir as casas. A Coroa deveria pagar por isso, mas seus cofres já não eram tão abundantes como antes, pois compravam cada vez mais comida e bens de outros reinos.

E, no entanto, ainda havia o suficiente para um vestido novo para a Rainha.

— A casa de Nor tem persianas vermelhas nas janelas. Acredito que fica à nossa direita — informou Ezra enquanto a carruagem parava. — Ele está no primeiro andar, no andar inteiro. Seus *escritórios* ficam lá dentro.

Assenti, estendendo a mão para a porta da carruagem.

— Você sabe o nome do filho?

Ezra olhou para baixo enquanto tirava a carta enrolada da manga do casaco e a abria.

— O nome dele é Nate. — O olhar dela encontrou o meu. — Muito menos confuso do que Nor.

— Concordo. — Levantei o capuz da capa. Embora fosse improvável que houvesse muitos envolvidos naquele evento, a palidez do meu cabelo era notável, e eu preferia não correr o risco de que alguém me reconhecesse no caso de as coisas acabarem mal. — Fique aqui.

— É claro. — Ela fez uma pausa. — Tome cuidado.

— Sempre — murmurei, entreabrindo a porta o suficiente para que o barulho da rua entrasse e eu saísse. Recusando-me a pensar no líquido em que havia pisado, já que não podia ser o que caía do céu, fui até a frente da carruagem. — Marisol? — sussurrei. Ela virou a cabeça encapuzada na minha direção. A Lady sabia exatamente quem eu era, mas, assim como Ezra, o tratamento que me dispensava sempre que a via era o mesmo de antes da maldição. Não éramos próximas de forma alguma, mas ela não era cruel e não agia como se tivesse medo de mim. — Certifique-se de que Ezra fique na carruagem.

Marisol olhou para as ruas já cheias.

— Vou dirigir por aí para evitar que ela faça alguma tolice.

— Perfeito. — Virei-me, pisando na calçada de pedra rachada em meio à multidão.

Sabendo que era melhor não respirar fundo demais nem ficar em qualquer lugar por muito tempo, esperei apenas até que a carruagem se afastasse do meio-fio antes de seguir para a direita, me afastando dos pombos que faziam festa na imundície. Passei por homens e mulheres voltando ou a caminho do trabalho. Alguns usavam capas como a minha para proteger o rosto do sol ou para não serem reconhecidos. Foram neles que fiquei de olho. Outros saíam aos tropeços dos bares, com as blusas e túnicas manchadas de cerveja e sabe-se lá mais o quê. Vendedores gritavam de quase todos os prédios, vendendo ostras questionáveis, bolinhos amassados e espetinhos de cereja. Mantive os braços ao lado do corpo, ignorando os olhares persistentes e comentários obscenos de homens bêbados encostados na fachada dos prédios.

A Travessia dos Chalés era um dos únicos lugares em toda a Carsodônia onde nem o Templo do Sol — às vezes chamado de Templo da Vida —, nem o Templo das Sombras eram visíveis. Era quase como se o bairro estivesse fora do alcance das autoridades, onde a vida e a morte não podiam ser administradas por nenhum Primordial.

— A Coroa não se importa se estamos perdendo nossos empregos, casas, famílias e futuro! — A voz de uma mulher se elevou acima do barulho da multidão. — Eles vão dormir de barriga cheia enquanto nós passamos fome! Estamos morrendo, e eles não estão fazendo nada a respeito da Devastação!

Procurei pela origem das palavras. Mais à frente, onde a carruagem de Ezra havia desaparecido no mar de transportes e carroças semelhantes, a estrada se dividia em uma bifurcação. No centro havia um dos menores locais de adoração da Carsodônia. O Templo de Keella, a Deusa do Renascimento, era uma construção atarracada e redonda feita de calcário branco e granito. As crianças corriam descalças pela colunata, entrando e saindo de trás das colunas. Aproximei-me e vi que a mulher estava vestida de branco, parada no meio dos amplos degraus do Templo enquanto gritava para o pequeno grupo de pessoas reunidas diante dela.

— A era do Rei Dourado passou e o fim do renascimento está próximo — bradou ela. Acenos e gritos de concordância foram ouvidos em resposta. — Nós sabemos disso. A Coroa sabe disso! — Ela examinou a multidão e levantou a cabeça, olhando além deles, olhando além da rua, para mim. Congelei, perdendo o fôlego. — Não há nenhum Mierel no trono — afirmou. Fiquei toda arrepiada enquanto olhava para a mulher de cabelos escuros. — Nem agora, nem nunca mais.

Alguém esbarrou no meu ombro, me assustando. Desviei o olhar da mulher enquanto a pessoa resmungava. Pestanejei e me forcei a seguir adiante. Olhei para o Templo. A mulher estava concentrada no grupo à sua frente, agora falando sobre os deuses e como eles não continuariam a ignorar a luta do povo. Era impossível que tivesse me visto na calçada ou saber quem eu era, mesmo que eu estivesse sem o capuz.

Ainda assim, o desconforto me dominou e foi uma luta afastar os pensamentos sobre a mulher quando passei por um beco onde várias outras penduravam roupas em cordas amarradas entre dois prédios.

A um quarteirão do Templo de Keella, vi um prédio alto que já foi de um tom de marfim, mas que agora estava manchado com uma cor cinza empoeirada. Persianas vermelhas cobriam as janelas. Só então consegui deixar de lado a mulher nos degraus do Templo.

Apertei o passo, contornando um homem idoso cujo andar torto não era facilitado pela bengala de madeira em que se apoiava pesadamente. Em seguida diminuí o ritmo. Havia um homem parado sob a varanda abobadada dos apartamentos. Instintivamente, percebi que era Nor.

Pode ter sido pelo modo como estava encostado na pedra manchada, com o canto da boca repuxado em um sorriso enquanto olhava para as pessoas na calçada. Pode ter sido a caneca que segurava na mão enorme, com os nós dos dedos abertos em um tom raivoso de vermelho. Talvez fosse a camisa azul berrante que deixara aberta no pescoço para formar um decote em V que exibia os pelos no peito. Ou pode ter sido a mulher de cabelos louros que estava ao lado dele. Não pelo vestido decotado ou o espartilho preto incrivelmente apertado sob os seios, nem pelas fendas nas saias do vestido que expunham a liga que circundava sua coxa como um anel de sangue. Mas por causa do lábio inferior inchado e do olho roxo mal disfarçado com maquiagem.

O olhar da mulher se voltou para mim. Seus olhos estavam vazios, mas ela se retesou quando me aproximei.

— Com licença? — chamei.

Nor virou a cabeça lentamente na minha direção enquanto levava a caneca à boca, com os cabelos escuros penteados para trás de um rosto que pode ter sido bonito em algum momento. Sua pele agora parecia avermelhada e suas feições eram angulosas demais. Ele passou o olhar injetado sobre mim, mesmo que não pudesse ver muito sob a capa e o capuz.

— Sim?

— Estou aqui para ver um homem chamado Nor. — Mantive a voz baixa e suave, insegura quando entrei no papel de outra pessoa.

O homem tomou outro gole da caneca. O líquido brilhou nos lábios e na barba por fazer sob seu queixo.

— Por que está procurando esse homem? — Ele riu de modo presunçoso, como se tivesse dito algo inteligente.

Lancei um olhar à mulher. Ela tremeu nervosamente ao lado dele enquanto encarava a rua.

— Ouvi dizer que ele poderia me ajudar a encontrar emprego.

— É mesmo? — Nor abaixou a caneca, estreitando os olhos. — Quem foi que disse isso, garota?

— O homem do bar nessa mesma rua. — Olhei por cima do ombro e depois pisei na varanda. Estendi a mão, levantando o capuz. — Quando perguntei se ele estava contratando ou sabia de alguém, ele disse que talvez você estivesse.

Nor soltou um assobio baixo enquanto avaliava meu rosto.

— Estou sempre contratando, garota, mas não procuro coisinhas bonitas como você para varrer o chão e servir bebidas. Procuro, Molly?

A mulher ao seu lado balançou a cabeça.

— Não.

Ele se virou bruscamente para ela.

— Não *o quê?*

A pele já pálida de Molly ficou ainda mais branca.

— Não, senhor.

— Isso, boa garota. — Nor estendeu a mão, beliscando-a. Ele riu quando ela gritou, e a raiva no meu sangue cresceu até zumbir.

— Eu sei — falei, estendendo a mão para brincar com o botão da capa. O movimento separou as dobras de tecido, expondo a parte superior do meu vestido. — Sei qual é o tipo de trabalho. — Levei os dedos até os cordões. — Esperava que pudéssemos falar em particular e chegar a um acordo.

— Um acordo? — Nor voltou a atenção para mim, com os olhos escuros iluminados. — Que os deuses sejam bons pra você, garota. — Seu olhar seguiu meus dedos sobre as curvas acima da renda como se estivessem levando-o para a próxima caneca cheia. — Como disse antes, estou sempre contratando, mas não contrato qualquer garota.

Duvidava seriamente disso.

Nor desencostou os quadris da parede primeiro, passando a mão pelo cabelo oleoso.

— Preciso ter certeza de que vale a pena contratar você.

— É claro. — Sorri para ele.

— Que os deuses sejam bons pra mim — murmurou ele, lambendo o lábio inferior. Moedas tilintaram da bolsa presa ao seu quadril quando ele se virou. — Então entre no meu escritório particular para que possamos chegar a um acordo.

Molly se virou para mim, entreabrindo os lábios deformados como se quisesse falar alguma coisa. Seus olhos sem expressão encontraram os meus, e ela balançou a cabeça de leve. Tudo que pude fazer foi sorrir para ela enquanto entrava na alcova. Ela fechou a boca, estremecendo, e então voltou a se concentrar na rua quando Nor abriu a porta com a mão carnuda.

A mão que eu não tinha a menor dúvida de que havia deixado aqueles hematomas no rosto de Molly.

Nor segurou a porta aberta para mim, curvando-se e estendendo o braço. O líquido espirrou na borda da caneca, salpicando o piso de madeira já pegajoso. Entrei. O cheiro de suor e o aroma pesado e doce da fumaça de Cavalo Branco pairavam no ar do cômodo iluminado por velas. Olhei ao redor rapidamente, examinando os sofás cobertos com um pano escuro. Existiam vários cachimbos em cima de uma mesinha de centro cheia de canecas vazias. O pó branco cobria quase toda a superfície. Surpreendentemente havia uma escrivaninha. As chamas tremeluziam debilmente do lampião a gás no canto, com uma faísca ou duas de pedaços de papel e mais canecas.

A porta se fechou atrás de mim. A volta da fechadura fez um clique suave. Tirei os olhos da mesa.

— Garoto — rosnou Nor. — Sei que está aqui.

A criança saiu de trás da escrivaninha como se fosse um dos espíritos dos Olmos Sombrios, silenciosa e pálida. Ele era *muito* novo. Não devia ter mais de cinco ou seis anos de idade. Seus cabelos escuros caíam sobre as bochechas emaciadas. A única cor ali era do hematoma arroxeado na curva do queixo. Os olhos grandes e redondos do menino eram quase tão vazios quanto os de Molly.

Cravei os dedos na renda, rasgando-a.

— Aí está você. — Nor passou cambaleando por mim e colocou a caneca em cima do pergaminho. — Ocupe-se em outro lugar — ordenou ele. — Tenho negócios a tratar aqui.

O menino correu em volta da mesa, seguindo para a porta sem olhar nem uma vez na minha direção. Se ele saísse...

— Ali não, garoto. Você sabe o que deve fazer. — Nor estalou os dedos e apontou para um corredor estreito e escuro. — Vá para a cama enquanto ainda há alguma vazia e não fuja como fez da última vez.

A criança deu meia-volta com uma velocidade surpreendente, desaparecendo pelo corredor. Uma porta se fechou. Torcia para que o menino ficasse ali, mas não poderia culpá-lo se não o fizesse. O que significava que eu não tinha muito tempo para chegar até ele.

— Malditas crianças — murmurou Nor. — Você tem filhos?

— Não.

— É, não achei mesmo que tivesse. Tenho dois. Ou tinha. — Ele riu enquanto arrastava o que parecia ser uma cadeira.

— Tinha? — questionei.

— Sim, minha menina se meteu em alguma encrenca, imagino. Aposto que foi por causa daquela maldita boca. Ela nunca aprendeu a usá-la direito. Igualzinha à mãe. — Ele deu outra risada áspera e úmida. — Quantos anos você tem?

Virei-me para Nor, ajeitando a capa de modo que as metades ficassem sobre meus ombros.

— Isso importa?

Seus olhos se fixaram na única parte *atraente* do vestido.

— Não, garota. Não. — Nor se sentou na cadeira, abrindo as pernas. — Você parece nova. Aposto que era o brinquedinho de luxo de algum Lorde. Ele se cansou de você?

— Eu era. — Abaixei o queixo e sorri timidamente. — Mas a esposa dele...

Nor deu uma risada de desdém.

— Não precisa se preocupar com nenhuma esposa por aqui. — Em seguida, olhou para mim e deslizou a mão abaixo da cintura. — Você é mesmo uma garota bonita.

Fiquei parada ali, não agindo mais como outra pessoa, mas me transformando em *nada*. Ninguém. Não mais algo belo e poderoso. Era como vestir aquele véu enquanto ele vomitava vulgaridade e decadência. Já não era mais eu. Tornei-me uma criatura que foi preparada para ser submissa e moldável. Alguém que poderia ser transformada no que o Primordial da Morte desejasse e pelo que ele pudesse se apaixonar. Uma criada. Uma esposa. Um corpo quente e macio. Uma assassina. E aquele projeto nojento de homem olhava para mim como se pudesse me tornar uma de suas *garotas*.

— Não fique nervosa. — Nor deu um tapinha no joelho. — Eu faço os melhores acordos quando tenho uma garota bonita no colo.

— Não estou nervosa. — E não estava mesmo. Não sentia nada além de nojo e raiva, e esses sentimentos nem eram profundos a ponto de acelerarem meu batimento cardíaco. Acho que só os senti porque achava que deveria sentir alguma coisa, já que sabia como aquilo ia acabar.

Fui até Nor, fazendo uma anotação mental para esfregar as solas das botas enquanto subia no seu colo e me sentava lentamente em cima dele.

— Caramba. — Nor agarrou meu quadril e o apertou com força. Estremeci, não com o desconforto, mas com o contato. Não era nada parecido com aquelas longas noites quando eu procurava afugentar a solidão. Nem como quando aquele deus me tocou. — Você não está nervosa.

— Não.

— Acho que vou gostar de você, garota. — Ele levantou a outra mão, recostando a cabeça na cadeira. Aqueles nós dos dedos quebrados roçaram na minha bochecha antes de agarrarem a trança que eu havia torcido em um coque. Senti uma ardência no couro cabeludo quando ele puxou minha cabeça para trás. Fechei os olhos sem lutar contra o seu toque. — Agora, garota...

Se ele me chamasse de garota mais uma vez...

— É bom me mostrar logo por que devo deixar você me dar — disse ele, com o hálito quente no meu pescoço — em vez de simplesmente tomar, e mantê-la só pra mim até me cansar. Só então vou deixar que você ganhe algum dinheiro em troca desse seu rostinho bonito. Talvez eu faça isso de qualquer maneira, então é melhor me impressionar.

Abri os olhos e coloquei a mão no ombro dele. Lutei contra a ardência no cabelo puxado e inclinei o queixo até que seus olhos escuros e remelentos encontrassem os meus. O rosto de Nor estava ainda mais vermelho, de luxúria ou talvez de raiva. Não achei que aquele homem soubesse a diferença entre as duas coisas.

— Eu vou impressioná-lo.

— Confiante, né? — Ele lambeu os lábios novamente. — Gosto disso, garota.

Abri um sorriso.

Estiquei o corpo para que aquela parte *atraente* fosse tudo em que ele pudesse se concentrar e movi os quadris para a frente, puxando a perna direita para cima. Não pensei no som que ele fez, no que senti embaixo de mim nem no seu cheiro quando enfiei a mão livre no cano da bota. Tudo o que precisava fazer era nocauteá-lo, o que não seria difícil. Estava bastante ciente de que permiti que as coisas chegassem àquele ponto. Poderia tê-lo incapacitado no momento em que descobri onde a criança estava, mas não o fiz, e acho isso bastante revelador. Também supunha que deveria ficar preocupada com isso enquanto fechava os dedos em torno do punho da lâmina de ferro e ela pressionava a palma da minha mão incólume. Mas aquele homem era um abusador. Podia apostar que era coisa ainda pior, e que Lady Sunders estava certa sobre sua esposa. Sabia que aquele homem que estendia a mão para a braguilha da calça era como os deuses que mataram os mortais. Tirei a lâmina da bota.

— Vai começar a trabalhar? — perguntou Nor, e eu senti uma língua molhada na pele do pescoço, algo em que nunca mais pensaria. — Ou vou ter que te mostrar como se faz?

Pensando bem, duvidava muito que fosse me preocupar com minhas ações.

Inclinei-me para trás, e ele soltou meu cabelo.

— Estou pronta para começar a trabalhar.

Os olhos esbugalhados dele ainda estavam fixos na curva dos meus seios.

— Então vá em frente.

Foi o que fiz.

Brandi a adaga em um arco e vi seus olhos se arregalarem de choque. A ponta afiada da lâmina cortou sua garganta, e eu saltei para longe do jato de sangue quente. Fui rápida, mas ainda senti o esguicho no peito.

Merda.

Nor se levantou, tropeçando e agarrando a garganta dilacerada. Sangue se derramou sobre suas mãos e entre os dedos. Ele abriu a boca, mas só um gorgolejo saiu dali. Seus olhos frios e em pânico se fixaram nos meus enquanto ele cambaleava para a frente, estendendo a mão manchada de sangue. Dei um passo para o lado com cuidado. Um segundo depois, seu corpo caiu no chão sujo com um baque carnudo e um tinido.

Ciente da poça de sangue que se espalhava, juntei as saias e me agachei. Espasmos percorriam todo o corpo dele. Limpei a lâmina em sua camisa e, em seguida, guardei-a na bota.

— Que o Primordial da Morte não tenha piedade da sua

alma. — Comecei a me levantar e então parei. Estendi a mão para o quadril dele, segurando a bolsinha de moedas. Soltei-a dali. — Obrigada por isso.

De pé, olhei para ele por alguns segundos enquanto desejava que o calor se reunisse nas minhas mãos, uma reação instintiva à morte. Olhei para a forma imóvel, ignorando o conhecimento indesejado de que poderia desfazer aquilo.

Não o faria.

Não faria nem mesmo se pudesse me permitir.

Afastei-me, contornei a mesa e entrei no corredor. Havia apenas dois quartos. Uma porta havia sido deixada entreaberta. O cômodo estava lotado de uma parede a outra de catres cobertos com lençóis sujos. Virei-me para a outra porta.

— Nate? — sussurrei. — Você está aí?

Não houve resposta, mas ouvi o toque suave de pés contra o chão.

— Vim aqui para levá-lo até sua irmã. — Abotoei a capa. — Ellie está nos Penhascos com uma boa senhora que tem cuidado dela.

Um segundo de silêncio se passou, e então uma voz baixa declarou:

— Ellie não é o nome completo dela. É um apelido. Qual é o nome dela?

Droga.

Balancei a cabeça, em parte aliviada que a criança não confiasse em qualquer um. Ellie. Pode ser a abreviação de quê? Elizabeth? Ethel? Elena?

— Eleanor? — arrisquei, fechando os olhos com força.

Houve um longo momento de silêncio e, em seguida, ele perguntou:

— Ellie está bem mesmo?

Abri um dos olhos. Talvez os deuses fossem mesmo bons comigo.

— Sim. Ela está, sim. E eu quero levá-lo até ela, mas temos que ir embora.

— E o papai?

Mordi o lábio e olhei por cima do ombro para a sala onde o pai dele sangrava até a morte. Voltei-me para a porta.

— O papai teve que tirar um cochilo. — Um *cochilo*? Estremeci.

— Ele vai ficar bravo quando acordar e não me encontrar — Nate murmurou de trás da porta. — Vai me dar outro olho roxo ou coisa pior.

É, bom, ele não ia dar um olho roxo a mais ninguém.

— Ele não virá atrás de você. Prometo. As Damas da Misericórdia vão mantê-lo a salvo. Assim como estão mantendo Ellie.

Não ouvi nada do outro lado da porta, e havia uma boa chance de eu ter que chutá-la. Não queria traumatizar ainda mais a criança, mas... Dei um passo para trás.

A porta se abriu e um rosto desamparado apareceu ali.

— Quero ver minha irmã.

O alívio tomou conta de mim. Sorri para o garotinho — um sorriso de verdade, não aquele que me ensinaram. Ofereci a mão a ele.

— Então vamos ver sua irmã.

Nate mordiscou o lábio e olhou da minha mão para o meu rosto. Em seguida, tomou uma decisão e colocou a mão na minha. O contato da sua pele quente me abalou, mas me forcei a superar e fechei a mão em torno da dele.

Eu o conduzi para fora do corredor e passei direto pela sala da frente, sem deixar que ele olhasse para a escrivaninha. Destranquei a porta e o levei até a varanda.

Molly ainda estava ali, brincando com os cordões do espartilho. Ela se virou, arqueando as sobrancelhas enquanto olhava do menino para mim. Seus olhos fundos me encararam.

Coloquei a bolsinha de moedas na mão dela.

— Se eu fosse você, não ficaria aqui fora por muito tempo — sussurrei enquanto Nate me puxava pelo braço. — Entendeu?

Os olhos de Molly dispararam para a porta fechada atrás de mim.

— Eu... eu entendi. — Seus dedos finos se curvaram ao redor da bolsa.

— Ótimo.

Saí da alcova para a luz do sol brilhante e não olhei para trás nem sequer uma vez enquanto levava o menino para longe dali.

— Vejo que eu tinha razão — observou Ezra no momento em que me sentei diante dela na carruagem depois de colocar o menino ao lado de Marisol.

— Sobre o quê?

Ezra apontou o dedo para o meu peito. Olhei para baixo e vi as manchas escuras espalhadas pelas sardas ali. Dei um suspiro.

— Você o matou?

Alisei as saias do vestido e cruzei os tornozelos.

— Acho que ele escorregou e caiu em cima da minha lâmina.

— Foi a garganta dele que caiu em cima da sua lâmina?

— Que estranho, não?

— Muito estranho. — Ezra inclinou a cabeça para o lado enquanto me encarava. — Isso acontece com bastante frequência ao seu redor.

— Infelizmente. — Franzi a testa para minha meia-irmã. — Homens com punhos descuidados deviam prestar mais atenção por onde andam.

Um ligeiro sorriso surgiu no rosto de Ezra.

— Sabe, você me assusta um pouco.

Virei-me para a janela da carruagem conforme descíamos a rua ensolarada.

— Eu sei.

Capítulo 9

A luz do sol fluía através dos olmos cheios de galhos conforme eu caminhava pela floresta na direção do lago. O que eu havia feito a Nor ameaçava assombrar cada passo meu. Eu não sentia nada, mas ao mesmo tempo sentia *alguma coisa*.

Algo de que não gostava.

Algo em que não queria pensar.

Imaginei o sorriso de alívio no rosto de Nate, como era largo e contagiante quando viu a irmã esperando por ele no orfanato nos Penhascos da Tristeza. Tentei usar isso para substituir a imagem dos olhos chocados e arregalados de seu pai. Pensei na alegre corrida que o menino fez em direção à irmã. Fiquei olhando pela janela da carruagem em vez de me debruçar sobre a total falta de remorso que sentia por tirar a vida de um homem. Ou pelo menos tentei.

Meu estômago revirou quando passei pelas flores silvestres com cheiro de almíscar que cresciam em arbustos densos na base dos olmos. *O que há de errado com você?* Minha voz ecoava na cabeça sem parar. Devia haver algo de errado, não? Senti as mãos úmidas e passei cuidadosamente sobre os galhos caídos e as rochas afiadas escondidas sob a folhagem, tão ocultas quanto o rastro de morte que eu estava deixando para trás.

Algo belo e poderoso...

Eu não me sentia nada disso.

Dois mortais vieram atrás de mim desde a noite em que falhei, depois de descobrirem minha identidade e pensando em usar a informação para obter o que quisessem. Houve mais três, incluindo Nor, que encontraram a morte na ponta da minha lâmina. Nenhum deles era gente decente. Eram todos tão indignos quanto eu. Abusadores. Assassinos. Estupradores. A morte os teria encontrado mais cedo ou mais tarde. Cinco morreram nas minhas mãos por ordem da minha mãe, isso sem contar os Lordes do Arquipélago de Vodina. Catorze. Eu havia tirado catorze vidas.

O que há de errado com você?

Senti o estômago revirar outra vez e dei um suspiro entrecortado. Pouca luz do sol penetrava tão profundamente na floresta e estava um pouco mais fresco ali, mas minha pele estava pegajosa como o piso de madeira naquela sala. Viscosa de suor e sangue. Fiquei meio tentada a tirar a capa e o vestido. Podia fazer isso. Sabia que mais ninguém entraria na floresta. Todos tinham medo dos Olmos Sombrios, até mesmo Sir Holland. Mas continuei vestida, pois andar nua ou de combinação pela floresta parecia estranho até para mim.

Um súbito farfalhar nos arbustos me deteve no meio do caminho. O som tinha vindo de trás de mim. Dei meia-volta e observei as árvores. Não havia apenas espíritos nos Olmos Sombrios. Ursos e grandes gatos das cavernas também habitavam a floresta. Assim como jarratos, que cresciam até ficar de tamanhos inimagináveis, porcos selvagens e...

Uma mancha marrom e vermelha explodiu na folhagem logo adiante, me assustando. Tropecei e me encostei contra o tronco do olmo mais próximo, com o coração aos pulos pela visão do pelo avermelhado surgindo em meio as árvores. Por um momento, não pude acreditar no que estava vendo

Era um *lobo kiyou*.

Eles eram a maior raça de lobos em todos os reinos. Costumava ouvir seus uivos na floresta e, às vezes, até de dentro do castelo. Mas só havia visto um de perto quando eu tinha a metade do tamanho que tenho agora. O lobo branco.

Todos os músculos do meu corpo se retesaram. Não ousei dar um pio nem respirar fundo. Os lobos kiyou eram notoriamente ferozes, tão selvagens quanto belos, e não exatamente amigáveis. Se alguém se aproximasse deles acabava pagando caro por isso, e eu rezava para que ele não tivesse me visto. Que não estivesse com fome. Porque eu nem havia tentado pegar a lâmina. Não tinha como eu matar um lobo. Um rato do tamanho de um javali? Sim, isso eu poderia apunhalar o dia inteiro.

O lobo correu sobre uma rocha coberta de musgo, chutando terra solta e pedregulhos com as patas robustas. Deu vários saltos surpreendentes para além de onde eu estava, aparentemente sem ter me notado ali. Permaneci imóvel enquanto o lobo começava a saltar de novo, mas perdi o fôlego quando ele tropeçou. As pernas do lobo cederam sob seu peso, e ele caiu de lado com um estrondo.

Então vi o que havia causado a queda da criatura.

Senti um aperto no coração com a visão. Havia uma flecha cravada em seu peito, que subia e descia com uma respiração irregular e superficial. Seu pelo não era marrom-avermelhado. Aquilo era sangue. Muito sangue.

O lobo tentou se equilibrar, mas não conseguiu firmar as pernas debaixo de si. Olhei na direção de onde ele havia vindo. Wayfair. O lobo deve ter chegado muito perto dos limites da floresta e sido visto por um dos arqueiros posicionados na muralha interna. A raiva retorceu o nó de tristeza que pesava no meu peito. Por que atirar em uma criatura dessas quando estavam empoleirados em segurança lá no alto? Ainda que o lobo estivesse perseguindo alguém, não via necessidade. Eles poderiam ter feito um barulho ou atingido o chão perto do lobo. Não precisavam fazer isso.

Olhei de volta para o lobo. *Por favor, fique bem. Por favor, fique bem.* Repeti as palavras várias vezes, mesmo sabendo que o pobre animal não estava nada bem. Ainda assim, minha esperança infantil era poderosa.

O lobo parou de tentar se levantar, e sua respiração se tornou mais difícil e irregular à medida que eu me afastava da árvore. Estremeci quando um galho quebrou sob meu peso, mas o lobo sequer se mexeu ou notou. Ele mal respirava.

Só podia estar tendo um lapso de sanidade conforme avançava devagar. O animal estava ferido, mas mesmo uma criatura moribunda podia atacar e causar estragos. E ele estava definitivamente morrendo. O branco dos olhos do lobo estava nítido demais. Seus olhos castanhos não acompanhavam meus movimentos. O peito não se mexia. O lobo kiyou estava imóvel.

Totalmente imóvel.

Assim como o peito daquele homem horrível quando arranquei a bolsinha de moedas. Assim como o peito de Odetta toda vez que ia ver como ela estava.

Inclinei-me para a frente e olhei para o animal. Sangue escorria da sua boca aberta enquanto as lágrimas ardiam nos meus olhos. Eu não chorava. Não havia chorado desde a noite em que falhei. Mas tinha um fraco por animais. Bem, exceto pelos jarratos. Animais não julgavam. Não se importavam com mérito. Eles não *decidiam* usar ou magoar os outros. Eles apenas *viviam* e esperavam que os deixássemos em paz ou os amássemos. Só isso.

Já estava ajoelhada ao lado do lobo antes mesmo de me dar conta de que havia me movido e alcançado o animal. Parei antes que minha pele tocasse seu pelo, reprimindo um suspiro trêmulo. As palavras da minha mãe, de muito tempo atrás, ecoaram na minha mente. *Nunca mais faça isso. Você entendeu? Nunca mais faça isso.* Olhei em volta, sem ver nada na floresta escura. Sabia que estava sozinha. Sempre estava sozinha naquela floresta.

Meu coração disparou quando afastei a voz da minha mãe da cabeça e segurei na haste da flecha. Ninguém saberia. Minhas mãos voltaram a se aquecer como quando o coração de Nor bateu pela última vez, mas agora não ignorei nem desejei que a sensação se dissipasse. Eu a acolhi. Eu a invoquei.

— Sinto muito — sussurrei, puxando a flecha. O som que ela fez revirou meu estômago, assim como o cheiro de ferro no ar.

O lobo não demonstrou nenhuma reação enquanto o sangue vazava lentamente, um sinal evidente de que o coração havia parado de bater. Não hesitei nem um segundo.

Fiz o que havia feito no celeiro quando tinha seis anos e percebi que Butters, nosso velho gato, havia morrido. A mesma coisa que fiz só algumas vezes desde que descobri do que era capaz.

Afundei a mão no pelo encharcado de sangue. O centro do meu peito vibrava e o fluxo vertiginoso inundou minhas veias até se espalhar em minha pele. O calor desceu pelos meus braços, lembrando-me da sensação de estar muito perto de uma fogueira, e deslizou entre os meus dedos.

Eu apenas *desejei* que o lobo vivesse.

Foi o que havia feito com Butters enquanto segurava o gato nos braços. Foi o que havia feito aquelas poucas vezes antes. Qualquer ferida ou lesão que os tivesse levado simplesmente desaparecia. Parecia inacreditável, mas era o meu *dom*. Ele permitia que eu sentisse que uma morte havia acabado de ocorrer, como aconteceu com Andreia. Também trazia os mortos de volta à vida, mas não do jeito que havia acontecido com ela. Graças aos Primordiais e aos deuses.

Meu coração bateu uma, duas e depois três vezes. O peito do lobo kiyou se ergueu de repente sob minha mão. Afastei-me e caí sentada.

O calor pulsou e então se dissipou das minhas mãos enquanto o lobo kiyou se levantava, revirando os olhos descontroladamente até que pousassem em mim. Fiquei imóvel mais uma vez, de mãos para cima conforme o lobo olhava para mim de orelha em pé. Ele deu um passo vacilante na minha direção.

Por favor, não arranque minha mão. Por favor, não arranque minha mão. Precisava dela para muitas coisas, tipo comer, me vestir, manusear armas...

As orelhas do lobo se empertigaram enquanto ele farejava a mão limpa de sangue. O medo tomou conta de mim. Ai, deuses! Ele ia arrancar minha mão e eu não teria ninguém para culpar além de...

O lobo lambeu a palma da minha mão e depois se virou, correndo com pernas firmes antes de desaparecer rapidamente nas sombras entre os olmos. Não me mexi por um minuto inteiro.

— De nada — sussurrei, quase afundando em uma poça de alívio no chão.

Com o coração acelerado, olhei para minhas mãos. O sangue que manchava as palmas estava escuro contra a pele. Limpei o que pude na grama fresca ao meu lado.

Jamais usei meu dom com um animal que não tinha visto morrer nem com um mortal, embora tivesse chegado perto disso com Odetta. Se ela não estivesse viva...

Teria infringido minha regra.

Eu acreditava que todos os seres vivos tinham almas. Os animais eram uma coisa, mas os mortais eram completamente diferentes. Trazer de volta um mortal me parecia impensável. Era... Parecia uma linha que não podia ser descruzada, e havia muito poder nisso, na decisão de intervir ou não. Era o tipo de poder e escolha que não queria para mim.

Ninguém sabia como eu havia obtido tal dom ou por que havia sido marcada com a morte antes mesmo de nascer. Não fazia o menor sentido que eu possuísse uma habilidade que me conectasse ao Primordial da Vida, a Kolis. Teria ele, de alguma forma, tomado conhecimento do acordo e me transmitido o dom? Era a isso que Odetta se referia quando afirmou que os Arae disseram que fui tocada tanto pela vida quanto pela morte? Ele era o Rei dos Deuses, afinal de contas. Era de se imaginar que não havia muita coisa que ele *não* soubesse.

Ergui as palmas das mãos mais uma vez. Quando entrei no celeiro com Ezra, não sabia que Tavius havia nos seguido. Quando ele viu o que eu havia feito, correu direto para a Rainha, que temia que usar tal dom enfurecesse o Primordial da Morte.

Talvez ela tivesse razão.

Talvez fosse por isso que o Primordial da Morte decidiu que não precisava mais de uma Consorte.

Afinal de contas, eu possuía a habilidade de roubar almas dele.

Parecia haver muitos motivos...

Pensei em quando Sir Holland se sentou comigo depois do incidente com Butters e explicou que eu não havia feito nada de errado ao trazer o gato de volta à vida, que não era algo a temer. Ele me ajudou a entender, aos seis anos, por que eu precisava ser cuidadosa.

O que você pode fazer é um dom, um dom maravilhoso que faz parte de quem você é, dissera ele, ajoelhado para me olhar nos olhos. *Mas pode se tornar perigoso se os outros descobrirem que você pode trazer de volta seus entes queridos. Pode enfurecer os deuses e os Primordiais o fato de você decidir quem deve ou não voltar à vida. É um dom transmitido pelo Rei dos Deuses que deve ser mantido em segredo e usado somente quando você estiver pronta para se tornar quem está destinada a ser. Até lá, você não é uma Primordial. Aja como uma, e os Primordiais podem pensar que você é.*

Sir Holland foi o único a se referir a isso como um dom.

E o que ele disse fazia sentido. Bem, pelo menos a parte sobre ser um perigo em potencial. As pessoas fariam qualquer coisa para trazer seus entes queridos de volta à vida. Quem sabe quantas não iam aos Templos do Sol para pedir isso? Mas seu pedido nunca era concedido.

Agora a parte sobre eu usar o dom somente quando estivesse pronta para me tornar quem estava destinada a ser não fazia muito sentido. Imaginei que estivesse falando de quando eu cumprisse meu dever. Não fazia ideia.

Fechei os olhos e repousei as mãos sobre o colo conforme sentia um calor inebriante no peito. Já senti aquilo antes quando usei o dom. Usei-o poucas vezes. Uma vez com um vira-lata atropelado por uma carruagem e outra com um coelho machucado. Nada tão grande como um lobo kiyou.

O calor que invadia meu sangue era mais forte dessa vez, e achei que tinha a ver com o tamanho do lobo. A sensação me fazia lembrar de como um gole de uísque parecia desabrochar no peito e depois se espalhar para a barriga. A tensão diminuiu nos meus ombros e pescoço.

Era uma sensação estranha saber que havia tirado uma vida e depois devolvido outra em poucas horas.

Meus pensamentos se voltaram para aquele bebezinho. Se tivesse a oportunidade, será que eu tentaria usar meu dom? Será que infringiria minha regra?

Sim.

Eu o faria.

Não sei quanto tempo fiquei ali sentada enquanto a noite caía ao meu redor, mas foi o lamento distante e triste de um espírito que me afastou dos meus devaneios. Fiquei toda arrepiada enquanto olhava para as sombras densas entre as árvores. Levantei-me, grata pelo lamento não ter vindo do meu lago. Contanto que os espíritos me deixassem em paz, eles não me incomodavam. Comecei a andar, esperando que o lobo não chegasse perto da muralha de novo. A probabilidade de eu estar por perto da próxima vez não era muito alta.

Adentrei ainda mais na floresta, puxando os grampos do cabelo e desfazendo a trança para que o comprimento pesado caísse sobre meus ombros e costas. Finalmente vi, através dos olmos estreitos logo adiante, a superfície reluzente do meu lago. À noite, a água límpida parecia captar as estrelas, refletindo sua luz.

Andando cuidadosamente pelas rochas cobertas de musgo, escorreguei pelo aglomerado de árvores e dei um suspiro suave quando a grama deu lugar ao barro sob meus pés, e então vi o lago.

O volume de água era grande, alimentado pelas nascentes frescas oriundas de algum lugar nas profundezas dos Picos Elísios. À minha esquerda, a uns quatro metros de distância, a água caía dos penhascos como uma cortina pesada. Mais longe, onde era fundo demais para mim, a água parecia imóvel de maneira sobrenatural. A beleza sombria daqueles bosques e lago sempre me encantou. Era tão tranquilo. Ali, com o assobio do vento entre as árvores e a correnteza da água da cachoeira, eu me sentia em *casa*.

Não conseguia explicar. Sabia que parecia ridículo me sentir em casa na margem de um lago, mas ficava mais confortável ali do que jamais estive entre as paredes de Wayfair ou nas ruas da Carsodônia.

O luar brilhante se derramava sobre o lago e as volumosas rochas de calcário que pontilhavam a costa. Coloquei as presilhas em uma das pedras, tirei a lâmina da bota e a coloquei ao lado dos grampos de cabelo. Depois tirei o vestido manchado de sangue rapidamente, deixando-o cair ali. Livrei-me da combinação, da roupa de baixo e das botas, imaginando se conseguiria chegar ao meu quarto só de combinação sem ser vista. A ideia de vestir a roupa pegajosa e cheirando a fumaça de Cavalo Branco me fez franzir o nariz. Era pouco provável que eu conseguisse passar despercebida pelos Guardas Reais de vigia na entrada, ainda mais depois do que aconteceu hoje à noite. O Rei e a Rainha certamente ficariam sabendo da minha chegada escandalosa. Meu sorriso se alargou quando pensei no horror estampado no rosto da minha mãe.

Só isso já quase fazia valer a pena o risco de ser descoberta.

O comprimento muito longo dos meus cabelos roçava na curva da cintura e caía sobre meus seios enquanto eu colocava a combinação ao lado dos grampos e da adaga. Já estava na hora de cortá-los. Estava ficando doloroso desembaraçar os inúmeros nós que se formavam ao primeiro sopro de ar.

Afastei os cachos do rosto e segui em frente. Sabia a localização exata do banco rochoso que havia se tornado um conjunto de degraus de barro, sentindo uma expectativa inebriante no sangue.

Encontrei o degrau sob a luz da lua. O primeiro toque da água gelada era sempre um choque, dando um susto no meu organismo. Como a idiota que muitas vezes provei ser, uma vez pulei no lago durante um dia particularmente quente e quase me afoguei quando meus pulmões e corpo travaram.

Nunca mais faria *aquilo* de novo.

Desci lentamente para o chão plano do poço reluzente, mordendo o lábio. A água lambia minhas panturrilhas e se espalhava por mim em pequenas ondas que eram levadas pela correnteza suave. Prendi a respiração quando a água chegou às minhas coxas e novamente quando beijou uma pele muito mais sensível. Segui adiante, soltando o ar conforme meu corpo se ajustava à temperatura a cada passo que eu dava.

Quando a água brincou com meus mamilos, a tensão já havia começado a se esvair dos meus músculos.

Respirei fundo e mergulhei. A água fria desceu na pele ainda quente do meu rosto e ergueu os fios do meu cabelo enquanto eu afundava. Fiquei ali, de olhos bem fechados, esfregando as mãos e o rosto antes de emergir. E fiquei um pouco mais, deixando que a água limpasse mais do que o mau cheiro e o suor. Só voltei à superfície quando meus pulmões começaram a arder. Afastei o cabelo grudado das bochechas e avancei com cuidado.

A água alcançava um pouco acima da minha cintura onde eu estava, mas havia depressões que vinham do nada e pareciam sem fundo, então tive cuidado. Não tinha medo da água, mas não sabia nadar e não fazia a menor ideia de qual era a profundidade no centro do lago nem na área perto da cachoeira. Queria tanto explorar o local, mas só conseguia entrar uns três metros no lago antes que a água começasse a subir acima da minha cabeça.

Suspirando, inclinei a cabeça para trás e fechei os olhos. Talvez fosse o som da água corrente ou o isolamento do lago, mas minha mente sempre ficava abençoadamente vazia ali. Não pensei em tudo o que havia feito nem na minha mãe. Não pensei na Devastação e de quantas barrigas mais ela roubaria comida. Não pensei em como havia tido a chance de detê-la e falhara. Não pensei sobre o homem cuja vida havia tirado hoje nem nos que vieram antes dele ou sobre o que havia acontecido com os Kazin e Andreia Joanis. Não imaginei o que aconteceria quando Tavius assumisse o trono. Não pensei no maldito deus de olhos prateados que tinha a pele fria, mas que deixava meu peito acalorado.

Eu simplesmente existia na água fria, nem aqui, nem lá ou em qualquer lugar, e parecia um livramento. Liberdade. Embalada e talvez até um pouco encantada, a estranha e espinhosa sensação de percepção veio como um choque repentino.

A água grudou nos meus cílios quando abri os olhos. Fiquei com a pele toda arrepiada conforme afundava até que a água chegasse aos meus ombros. Estendi a mão para a adaga, mas meus dedos só encontraram a pele nua.

Merda.

Havia deixado a lâmina de ferro na rocha, o que era lamentável, pois eu conhecia aquela sensação. Era bastante reconhecível, embora difícil de explicar, e deixou meu pulso acelerado.

Eu não estava sozinha.

Estava sendo *observada*.

Capítulo 10

Não entendia o sentido inerente que me alertava para o fato de que não estava sozinha, mas sabia que deveria confiar nele.

Agachada na água, observei as margens escuras ao meu redor e rapidamente olhei por cima do ombro. Não vi nada, mas não significava que não houvesse ninguém ali. O luar não penetrava nas sombras densas que se agarravam a grandes faixas da costa e mais para trás entre as árvores que iam até os penhascos.

Ninguém nunca vinha até ali, mas a sensação persistia, pressionando meus ombros nus. Eu sabia que não era imaginação. Havia alguém ali, me observando, mas por quanto tempo? Os últimos minutos? Ou desde o momento em que me despi e entrei *lentamente* no lago, nua como no dia em que nasci? Raiva tomou conta de mim de modo tão feroz que fiquei surpresa que a água não começasse a ferver ao meu redor.

Alguém deve ter superado o medo da floresta e me seguido. O mesmo instinto me alertava de que isso não era um bom sinal.

Meus músculos ficaram tensos quando gritei:

— Sei que está aí. Apareça.

A única resposta que recebi foi o barulho da correnteza. Não ouvi pássaros noturnos cantando uns para os outros nem o zumbido constante e baixo dos insetos. Isso desde que entrei na floresta. Um calafrio percorreu minha pele e senti um nó na garganta.

— Apareça agora!

Silêncio.

Meu olhar saltou por cima da cachoeira e voltou para a queda-d'água branca sob o luar. Havia uma sombra mais escura atrás da cachoeira, um volume que não deveria estar ali.

E aquela *silhueta* alta estava avançando, atravessando a queda-d'água. Senti o estômago embrulhado como quando instiguei um cavalo a correr rápido demais.

Um momento depois, uma voz grave e suave veio de dentro da cachoeira:

— Já que você pediu tão gentilmente.

Aquela voz...

A silhueta ficou muito distinta sob a luz da lua. Ombros largos irromperam da água, e então eu o vi conforme ele saía para a piscina ao luar.

Parei de respirar. Meu coração deve ter parado de bater. Era o deus.

Nada nele parecia real. Ele ficou parado ali com a água batendo nas rochas atrás de si. Mais arrepios se espalharam pela minha pele enquanto eu olhava para ele em estado de choque.

— Estou aqui — declarou. — E agora?

A pergunta me tirou do estupor.

— O que está fazendo aqui?

A água se agitou ao seu redor quando ele emergiu e ajeitou o cabelo para trás, com o jato lambendo os contornos definidos do peito. Olhei para o seu rosto. Ele parecia estar me estudando.

— O que parece que estou fazendo?

A resposta *blasé* provocou aquela parte imprudente dentro de mim. Não importava que o beijo de mentira nos túneis de trepadeira tivesse se tornado muito real ou que ele não tivesse me agredido quando eu o apunhalei no peito — algo que deixaria a maioria das pessoas furiosa ou morta. Não importava que ele fosse um deus poderoso que não parava de invadir meus pensamentos desde a última vez que o vi. Ele estava me *observando* quando eu estava mais vulnerável.

— Parece que você não deveria estar aqui.

Ele inclinou a cabeça de leve e uma mecha de cabelo escuro escorregou sobre a linha rígida do seu maxilar.

— E por que eu não teria permissão?

— Porque é propriedade privada. — Por que eu sentia que já tínhamos estabelecido isso antes?

— É mesmo? — perguntou ele, divertido. — Não tenho conhecimento de nenhum território proibido a um deus.

— Imagino que haja muitas áreas proibidas a qualquer um, até mesmo a um deus.

— E se eu te dissesse que não?

Senti um nó no estômago.

— Eu ficaria muito irritada por saber disso.

Ele deu uma risada baixa.

— Que destemida.

O bom senso me dizia que eu deveria sentir um pouco de medo, mas tudo que eu sentia era raiva.

— Nada disso responde a minha pergunta sobre o que você está fazendo aqui.

— Suponho que não. — Ele levantou o braço de novo, aquele com o bracelete prateado, para afastar outra mecha de cabelo que havia escorregado em seu queixo. — Eu estava por perto e, como estava extremamente quente, pensei em dar um mergulho e me refrescar.

A raiva expulsou qualquer vestígio de medo e sabedoria em potencial.

— E espiar jovens mulheres?

— Espiar jovens mulheres? — Havia uma pontada de incredulidade em seu tom de voz. — Que jovens mulheres espiei hoje à noite?

— A que está diante de você.

— A que está nua diante de mim?

— Obrigada pelo lembrete desnecessário. Mas, sim, a que você seguiu até ao lago.

— Segui?

— Há algum eco aqui? — indaguei.

— Desculpa...

— Você não me parece arrependido — vociferei.

Ele deu uma risada suave e quase inaudível.

— Deixe-me reformular a frase. Não sei como a segui até esse lago para espiar você se já estava aqui antes. Confie em mim...

— Não vai rolar.

Uma nuvem encobriu a lua quando ele inclinou o queixo, lançando seu rosto na escuridão.

— *Confie em mim* quando digo que não esperava que você estivesse aqui.

Lá no fundo, onde ainda era racional, sabia que ele estava falando a verdade. Não fiquei submersa por muito tempo para que nem mesmo um deus pudesse se despir e então entrar no lago e na cachoeira sem que eu percebesse. Ele já devia estar ali antes. Mas, para ser sincera, eu não dava a mínima.

Aquele era o *meu* lago.

— Eu estava cuidando da minha vida — continuou. — Reservando um tempo para aproveitar essa bela noite.

— Em um lago que não pertence a você — murmurei, não me importando se nenhum lugar fosse realmente proibido a um deus.

— Mergulhei e nadei para além da cachoeira. É muito bonito ali, aliás — prosseguiu, obstinado. — Consegue imaginar, por um instante, a minha surpresa quando, alguns segundos depois, uma mortal jovem e muito exigente apareceu da escuridão e começou a tirar a roupa? O que eu deveria ter feito?

Senti o rosto corar.

— Não ficar me observando?

— Eu não fiquei. — Ele fez uma pausa. — Pelo menos, não de propósito.

— Não de propósito? — repeti, incrédula. — Como se assim fosse menos inapropriado.

Aquele sorrisinho surgiu nos lábios dele outra vez.

— Você tem razão, mas, como *não* foi de propósito, aposto que é muito menos inapropriado do que seria se *tivesse* sido intencional.

— Não. — Balancei a cabeça. — Não, não é.

— Seja como for — falou, enfatizando a expressão com um ar tão petulante que minha mãe teria ficado impressionada. — Fiquei bastante chocado, pois não era o que eu esperava.

— Chocado ou não, você podia ter se anunciado. — Não era possível que eu precisasse explicar aquilo. — Não sei qual é o costume no Iliseu, mas aqui seria a coisa mais educada e menos inapropriada a se fazer.

— É verdade, mas tudo aconteceu rápido demais. Desde o momento da sua chegada e, infelizmente, a breve revelação de *muitas* partes inomináveis, até quando você decidiu desfrutar do lago. Foi uma questão de segundos — ponderou ele. — Mas fico feliz por estarmos de acordo sobre minhas ações serem menos inapropriadas. Vou dormir melhor essa noite.

— O quê? Nós não estamos de acordo. Eu... — Espera. *Infelizmente, a breve revelação de partes inomináveis?*

Estreitei os olhos.

— Ainda assim, você podia ter dito alguma coisa para que eu não ficasse parada ali...

— Como uma deusa feita de prata e luar, erguendo-se das profundezas do lago mais escuro? — concluiu ele.

Calei a boca. Como uma... uma deusa? Feita de prata e luar? Aquilo me parecia incrivelmente... Nem sei como aquilo me parecia ou por que meu estômago parecia revirar de novo. O que ele disse era ridículo, porque ele conhecia deusas de verdade.

— Só pra você saber, eu considerei me anunciar, ainda mais depois de ontem à noite. Os Destinos sabem que não quero ser apunhalado outra vez.

Queria muito apunhalá-lo outra vez.

— Mas então pensei que isso só levaria a um constrangimento desnecessário para todos os envolvidos — continuou ele, me tirando do meu estupor momentâneo. — Imaginei que você iria embora sem se dar conta de nada e que esse encontro inusitado, embora muito interessante, não precisaria acontecer. Não achei que fosse perceber que eu estava aqui.

— Não importa quais eram suas intenções, ainda assim você deveria ter dito alguma coisa. — Comecei a me endireitar e então lembrei que não era uma boa ideia. — Não tenho a intenção de ofendê-lo com o que estou prestes a dizer...

— Tenho certeza de que você não quer me ofender de jeito nenhum — entoou ele. — Assim como não quis me ofender quando me apunhalou.

Ignorei o rugido na voz dele *e* o lembrete do que eu havia feito.

— Mas você deveria ir embora.

— Lá vai você, sempre tão exigente. Enquanto isso, ignora o que te pedi. — Ele inclinou a cabeça para trás e uma réstia de luar beijou sua bochecha. — É muito diferente.

Senti a pulsação acelerada.

— O quê? Uma mortal que não se acovarda diante de você nem implora por um favor?

— Alguns imploram por muito mais do que um favor. — A voz dele era como fumaça, uma carícia sombria. E aquela voz alimentava a mesma estranha sensação de calor e familiaridade. — Mas você não é do tipo que se acovarda. Duvido que seja do tipo que implora.

— Não, não sou — garanti.

— É uma pena.

— Talvez pra você.

— Talvez — concordou ele e então avançou.

— O que você está fazendo? — indaguei, tensa.

Ele parou perto o bastante de mim para que eu visse uma sobrancelha arqueada.

— Se devo ir embora como você *exigiu* tão gentilmente, tenho que seguir em frente.

Meu maxilar estava começando a doer com a força com que eu o contraía.

— Você não pode sair pela outra margem?

— Receio que o lago seja muito fundo naquelas áreas para isso. E ainda há um penhasco do outro lado.

Eu o encarei.

— Você é um deus. Não pode fazer algo... divino? — gaguejei. — Tipo sair do lago com a força do pensamento?

— Sair do lago com a força do pensamento? — repetiu ele lentamente, com aquele sorrisinho fazendo outra aparição. — Não é assim que funciona. — A lua saiu de trás das nuvens, banhando-o mais uma vez na luz perolada. — Devo ficar ou ir embora?

Olhei para ele de cara feia.

— Vá embora.

— Como quiser, bela dama. — Ele curvou a cabeça ligeiramente e então seguiu em frente.

Olhei para ele atentamente. A água desceu sob seu peito, exibindo os contornos dos músculos definidos do abdômen. Sabia que deveria desviar os olhos. Se continuasse a olhar para *lá*, eu seria tão inapropriada quanto ele. Mas seu corpo era muito interessante, e eu estava curiosa porque, bem...

Eu não tinha um motivo bom ou apropriado para ficar olhando para ele.

Sabia como ele era forte, então o fato de que seu corpo representava sua força não era nenhuma surpresa. Apesar do frescor da água, o calor se espalhou de forma constante na minha pele que aquelas linhas grossas no interior de seus quadris se tornaram visíveis, uma sombra preta que seguia as reentrâncias ali, descendo e seguindo em direção ao seu...

— Ai, meus deuses! — gritei. — Pare!

Ele parou a um centímetro da água, revelando coisa *demais*.

— Sim? — perguntou ele.

— Você está pelado — constatei.

Um segundo de silêncio se passou.

— Você só percebeu isso agora?

— Não!

— Então deve saber que vou continuar pelado até pegar as roupas que você nem viu na *sua* pressa para se despir.

O ar que respirei queimou meus pulmões.

— Se isso a deixa desconfortável, sugiro que feche os olhos ou os mantenha longe das *minhas* partes inomináveis. — Ele fez uma pausa. — A menos que queira que eu fique?

— Não quero que você fique.

— Por que acho que isso é mentira?

— Não é.

— Outra mentira.

Estremeci ao ouvir o tom quase decadente da sua voz, mas consegui manter os olhos em seu rosto conforme ele avançava.

Mais ou menos. Meu olhar voltou a descer, mas para aquelas estranhas linhas pretas. Estava perto o bastante para que eu pudesse ver que elas desciam pela lateral do seu corpo, mas não eram sólidas. Em vez disso, algumas marcas ou formas menores seguiam o padrão de uma linha reta. Será que continuavam nas costas dele? Fui tomada pela curiosidade. O que eram aquelas formas?

Não pergunte. Fique de boca fechada. Não pergunte. Não...

— Isso é tinta? — deixei escapar, me odiando por perguntar e continuar a falar. — Do tipo que entra na pele com o auxílio de uma agulha?

Ele parou.

— É... algo do tipo.

Não sabia se os deuses e Primordiais tinham um processo diferente em relação à tatuagem.

— Doeu?

— Só até parar de doer — respondeu, e ergui o olhar. Havia uma ligeira curva em seus lábios: o mais tênue dos sorrisos. Mas, como antes, teve um efeito surpreendente, aquecendo a frieza das suas feições. — Você está familiarizada com tatuagens?

Concordei com a cabeça.

— Já vi algumas nos marinheiros. Principalmente nas costas e braços.

Outra mecha de cabelo escorregou sobre a bochecha dele.

— Você já viu as costas nuas de muitos marinheiros?

Não muitos, mas não era da conta dele.

— E daí se vi?

— Realmente. E daí? — O ligeiro sorriso permaneceu nos lábios dele. — Só torna tudo muito mais... interessante.

Fiquei tensa a ponto de quase se tornar doloroso.

— Não vejo como.

— Posso explicar — ofereceu ele.

— Não é necessário.
— Tem certeza?
— Sim.
— Estou com tempo.
— Mas eu não. Só vá embora — repeti, a frustração com ele, o dia e o fato de que ele estava ali no meu lago e que aquele lugar *nunca* mais seria o mesmo vindo à tona. — Mas não se aproxime mais de mim. Se fizer isso, não vai gostar nada do que vai acontecer.

O deus ficou tão imóvel que eu nem sabia se ele ainda estava respirando. E a água... Eu podia jurar que a água ao seu redor havia parado de ondular preguiçosamente. Meu coração palpitou.

— Ah, não? — perguntou ele baixinho.

Senti o corpo todo arrepiado.

— Não.

— O que você vai fazer, bela dama? — O luar beijou a maçã do seu rosto quando ele inclinou a cabeça mais uma vez. — Você não tem uma adaga de pedra das sombras para me ameaçar.

— Não preciso de uma adaga — respondi, com a voz trêmula. — E não sou uma dama.

Ele endireitou a cabeça.

— Não, imagino que não, levando em conta que está nua em um lago com um homem desconhecido, cujos lábios mordeu assim que o conheceu. Além de já ter visto as costas nuas de muitos marinheiros. Eu só estava sendo educado.

Repuxei os lábios ao ouvir o suposto insulto. Sabia que era melhor ignorar e ficar de boca fechada, mas não foi o que fiz. Já não ficava calada havia três anos, e minha incapacidade de ficar quieta havia aumentado e se tornado uma doença incurável. Do tipo que provocava mais imprudências e perigos.

— O que eu sou é uma *Princesa* que está nua em um lago com um homem desconhecido e que já viu as costas nuas de outros — retruquei, revelando uma informação proibida. — E você, a cada segundo que passa, se aproxima ainda mais de não ter a capacidade de ver as partes inomináveis de mais ninguém.

Por um bom tempo, ele ficou olhando para mim com uma expressão ilegível no rosto. Meu coração começou a disparar de inquietação.

O deus começou a rir. Inclinou a cabeça para trás e *riu*, longa e efusivamente. E sua risada era... Bem, era um som agradável. Grave e rouco.

E também muito irritante.

— Não sei o que você acha tão engraçado — disparei.

— Você — respondeu ele entre risos.

— Eu?

— Sim. — Ele inclinou a cabeça e me lançou um olhar penetrante, embora eu não conseguisse ver seus olhos. — Você me diverte.

Se havia algum tipo de interruptor dentro de mim que controlava minha raiva e impulsos, ele o encontrava com uma precisão infalível.

E então o acionava toda vez que nossos caminhos se cruzavam.

Eu podia ser um monte de coisas, mas *não* era a fonte de divertimento de ninguém. Nem mesmo de um deus.

Com a fúria pulsando nas veias, levantei-me completamente.

— Duvido que você me ache tão divertida quando estiver ofegando por um último suspiro.

Ele ficou imóvel novamente e... Bons deuses! A água que escorria por seu peito *congelou*. As gotas pararam de cair.

— Eu já estou ofegando — sussurrou ele, com a voz mais rouca e grave.

A confusão se infiltrou em meio à raiva. Será que ele tinha algum problema respiratório? Os deuses podiam ter problemas de saúde? Nesse caso, duvidava muito que aquela água fria fosse fazer bem para seus pulmões. Não que eu me importasse com a condição dos pulmões dele. Nem sabia por que estava pensando em sua saúde.

Uma brisa quente levantou os fios do meu cabelo molhado e soprou a pele gelada dos meus ombros nus e...

Ah.

A água só chegava até a minha cintura ali.

— Caso esteja se perguntando — a voz dele era um beijo na minha pele —, esse sou eu olhando pra você *de propósito*.

Comecei a descer, buscando a proteção da água, mas me contive. Não iria me encolher ou me acovardar diante de nada nem de ninguém.

— Pervertido.

— Culpado.

— Continue olhando — rosnei. — E eu vou arrancar seus olhos com os dedos se for preciso.

Ele deu outra risada curta, dessa vez cheia de surpresa.

— Ainda destemida, *Vossa Graça*?

Eu me irritei com o modo como ele usou o título Real como se fosse algo bobo e irrelevante. Ainda mais frustrante foi o fato de que deve ter sido a primeira pessoa a se referir a mim daquele jeito.

— Ainda não tenho medo de você — respondi, olhando de relance para baixo. Senti um pouco de alívio quando vi vários fios pálidos de cabelo grudados nos meus seios. Eles não escondiam o bastante, mas era melhor do que nada.

— Bem, eu tenho um pouco de medo de você — admitiu, de algum modo mais perto, embora não parecesse ter se movido.

Ele não estava nem a meio metro de mim agora, e um calor gélido irradiava do seu corpo, pressionando minha carne. A proximidade aumentava a sensibilidade de cada centímetro da minha pele. — Você quer arrancar meus olhos com as unhas.

Ouvi-lo dizer o que eu havia ameaçado fazer me pareceu ridículo.

— Nós dois sabemos que é impossível arrancar seus olhos com as unhas.

— E, ainda assim, levando em conta o pouco contato que tivemos, sei que você tentaria fazê-lo, embora saiba que não iria conseguir.

Não podia negar.

— Bem, se você está tão preocupado com a possibilidade de eu tentar, é melhor tomar cuidado para onde olha.

— Estou tomando bastante cuidado, por mais difícil que seja, dada a sedução abundante que me incita a ser menos cuidadoso.

— Aposto que você diz isso para todas as mulheres que aborda.

— Só para aquelas que eu ficaria instigado a deixar que tentassem arrancar meus olhos com as unhas.

— Isso sequer faz sentido. — Puxei o ar e recuei pela água, passando o braço sobre o peito.

Ele me observou, mas seu olhar não era nada parecido com o de Nor. Havia curiosidade ali.

— É uma coisa incrível de ver.

— O quê?

— Os momentos em que você subitamente se lembra do que eu sou. É outra tentativa de usar o bom senso?

Ergui o queixo de leve.

— Infelizmente.

— E não está se saindo bem de novo?

— Não exatamente.

Ele deu uma gargalhada, e o som foi tão agradável quanto sua risada. Queria que não fosse, pois me fez querer ouvi-la de novo, o que me parecia uma necessidade tola.

— Por que acha que precisa se calar agora?

Dei uma olhada na margem.

— É bem provável que eu diga algo que o faça se esquecer daquele único osso decente em seu corpo.

Ele puxou o lábio inferior entre os dentes e, por alguma razão insensata, minha atenção foi completamente atraída para isso.

— Não acho que seja essa a reação que precise se preocupar em me causar.

— Que tipo de...? — Parei de falar assim que entendi o que ele havia dito. Senti uma pontada aguda no baixo-ventre que não gostei nem um pouco por uma infinidade de motivos.

— Eu sei. Isso foi inapropriado da minha parte.

— Demais — murmurei, pensando que minha resposta também era inapropriada, considerando a situação.

— Você é surpreendentemente franca.

— Não sei como você poderia esperar alguma coisa quando nós nem nos conhecemos.

— Acho que a conheço o suficiente — ponderou.

— Sequer sei seu nome — observei.

— Algumas pessoas me chamam de Ash.

— Ash? — repeti, e ele assentiu. Havia algo familiar no nome. — É a abreviação de alguma coisa?

— É a abreviação de muitas coisas. — De repente, ele virou a cabeça na direção da margem. Um momento se passou. — Aliás, pensei que você já tivesse aprendido depois do nosso último encontro. Não tenho o hábito de punir os mortais por falarem o que pensam. — Ele lançou um olhar para mim. — Na maior parte das vezes.

Ameaçar arrancar os olhos dele com as unhas e apunhalá-lo no peito não eram bons exemplos de liberdade de expressão, mas não partilhei esse pensamento.

— E eu não abordei você. Posso ser um monte de coisas... — Ele seguiu em frente depois de dar o aviso. — Mas não sou *isso*.

Abri a boca, mas não soube o que dizer quando ele se aproximou da parte mais rasa do lago. Fiquei encarando. Que os deuses me ajudassem, mas não conseguia tirar os olhos de Ash conforme ele subia os degraus de barro até a margem. Não foi sua bunda que chamou a minha atenção. Embora tenha reparado isso também. Não deveria. Aliás, deveria ter me virado logo, pois isso me tornava uma bela de uma hipócrita — ser inapropriado era uma via de mão dupla. Mas não o fiz. O que vi da bunda dele era tão bem-feito como todo o resto que eu não deveria ter visto.

Mas era da tinta estampada por toda a extensão das costas dele, da curva do traseiro até as pontas dos cabelos, que eu não conseguia desviar o olhar. No meio das suas costas havia um redemoinho circular e retorcido que crescia e se ramificava para formar os grossos cordões que tinha visto fluir em volta da cintura até o interior dos quadris. Não havia luz suficiente para que eu conseguisse distinguir o que compunha o desenho do redemoinho, mas nunca tinha visto nenhum marinheiro com uma tatuagem daquelas. Mais uma vez, a curiosidade despertou dentro de mim.

— Que tipo de tatuagem é essa?

— Do tipo que é gravada com tinta na pele. — Ele começou a se virar para mim, e rapidamente olhei para o outro lado. — É melhor você se vestir. Não vou olhar. Prometo.

Eu o espiei e descobri que ele havia se afastado do lago e segurava o que parecia ser uma calça preta que não vi quando cheguei. Olhei para a minha pilha de roupas. Não podia ficar ali para sempre, interrogando-o.

Corri pela água, com os olhos fixos em seus ombros conforme ele se inclinava para se vestir. Alcancei a margem, peguei a combinação e a puxei sobre a cabeça. Ela só cobria uns cinco centímetros das minhas coxas, mas era a opção mais rápida, e a última coisa que eu queria era espremer os seios no corpete do maldito vestido na frente dele.

Peguei a lâmina embainhada.

— Espero que não pretenda fazer nenhuma tolice com essa lâmina.

Virei-me para o deus, e minha irritação só aumentou quando vi que ele ainda estava de costas para mim. Era evidente que ele não estava nem um pouco preocupado com o que eu faria com a adaga.

— Não fui eu quem fez ameaças, então espero que não.

Foi só então que ele me encarou, com um sorriso estampado nos lábios bem-feitos. Ele ficou ali, com a calça desabotoada e sem camisa. Tinha certeza de que poderia ter terminado de se vestir. Seus dedos abotoaram a braguilha da calça rapidamente.

— É melhor desembainhar a lâmina.

Arqueei as sobrancelhas ao ouvir o pedido inesperado.

— Quer que eu use essa aqui em você também?

Ele riu de novo.

— Você é sempre tão violenta assim?

— Não.

— Não sei se acredito nisso. Mas, não, não quero que a use em mim — respondeu ele. — Não estamos sozinhos.

Os galhos frondosos se agitaram, sacudidos por uma súbita rajada de vento forte. Segurei a adaga com força enquanto olhava para cima. Os galhos pararam de se mexer, mas ouvi um som, um gemido baixo que vinha das profundezas da floresta.

Ash se inclinou mais uma vez e pegou uma bainha. Em seguida, segurou um punho de prata e retirou a espada curta que o vi usar antes.

Ver a arma me lembrou do que pensei quando ele a usou na primeira vez.

— Por que você tem uma espada?

Ele olhou para mim.

— E por que não teria?

— Você é um deus. Realmente precisa de uma?

Ash me encarou.

— Há muitas coisas que posso fazer e experimentar — afirmou. Algo no tom de voz e na intensidade do seu olhar aqueceu minha pele ainda mais. — Coisas que tenho certeza de que você acharia tão interessantes como eu acho sua bravura.

Puxei o ar nervosamente quando suas palavras me fizeram pensar naqueles malditos livros no Ateneu. Os livros *ilustrados*.

— Mas só porque posso fazer algo, não significa que eu deva — concluiu, me afastando dos meus pensamentos rebeldes.

Olhei para a fileira de árvores sombrias e depois de volta para ele. Um deus com limitações?

Interessante.

— Estamos prestes a ter companhia — avisou, e eu pestanejei. — Não acredito que sejam tão divertidos como você acha que eu sou.

— Não acho você divertido — murmurei, uma mentira tola que o deus nem se deu ao trabalho de questionar. Quem não seria entretido por um deus ou Primordial, mesmo que fosse tão irritante quanto ele? — Esses bosques são assombrados. O que ouvimos podem ser só espíritos.

— Tem certeza disso?

— Sim. Eles gostam de gemer e fazer todo tipo de barulho desagradável. — Fiz uma careta para ele. — Você não deveria saber disso, já que é das Terras Sombrias?

Ash olhou fixamente para a floresta.

— Não são espíritos.

— Ninguém entra nessa floresta — argumentei. — Só podem ser espíritos.

— Eu entrei aqui — salientou ele.

— Mas você é um deus.

— E o que a faz pensar que o que está vindo é do plano mortal?

Parei de me mexer, sentindo o estômago despencar.

— Tenho uma pergunta pra você. Seus espíritos são de carne e osso? Os que assombram esses bosques? — indagou ele.

Olhei para cima. Tudo que vi foi a escuridão em meio aos olmos.

— Não. — Virei-me para ele. — É claro que não.

Ash ergueu a espada, apontando a lâmina para as árvores.

— Então como você chamaria essas coisas?

— Que coisas? — Inclinei-me para a frente, apertando os olhos. Havia apenas sombras, mas então vi algo saindo da escuridão entre os olmos, uma figura envolta em preto. Um pesadelo.

Capítulo 11

Eles *quase* pareciam mortais, mas, se o foram antes, já não eram mais.

A pele tinha a palidez cerosa da morte, o couro cabeludo era calvo, os olhos pareciam buracos negros sem fundo e as bocas eram muito estranhas. Suas bocas eram excessivamente esticadas nas bochechas, como se alguém tivesse entalhado um sorriso largo demais ali. Além disso, parecia *costurada* como as dos Sacerdotes das Sombras.

Desembainhei a lâmina.

— O que são eles? — sussurrei, contando rapidamente seis criaturas.

— Definitivamente não são espíritos rebeldes.

Lentamente, olhei para ele.

— Não, sério?

Ele repuxou um canto dos lábios para cima.

— São conhecidos como Germes — explicou. — Esse tipo é chamado de Caçadores.

Esse tipo? Havia mais daquelas coisas? Nunca havia ouvido falar de tal criatura.

— Por que será que estão aqui?

— Devem estar procurando alguma coisa.

— Como o quê? — perguntei.

Ash me olhou de relance.

— Essa é uma ótima pergunta.

Meu coração batia erraticamente contra as costelas enquanto os Caçadores ficavam parados ali, olhando para nós — ou pelo menos foi o que pensei. Não dava para ter certeza com aqueles buracos no lugar dos olhos. Senti o estômago revirar quando a vontade de fugir me invadiu.

Mas eu não fugia de *nada* desde que era criança, e não começaria agora.

Um gemido sobrenatural soou pelos ares mais uma vez, e as árvores estremeceram em resposta. Os Caçadores se moveram em uníssono, avançando em formação de V.

Ash atacou antes que eu tivesse a chance de responder, cravando a espada pelas costas de um e passando pelo peito de outro, derrubando dois com um só golpe. As criaturas não deram nem um pio, seus corpos simplesmente se contorceram.

— Deuses! — murmurei.

Ele olhou para mim por cima do ombro enquanto soltava a espada.

— Impressionada?

— Não — menti, dando um passo para trás quando as duas criaturas recém-empaladas desabaram sobre si mesmas. Era como se tivessem perdido toda a umidade com um estalar de dedos. Eles murcharam em questão de segundos e depois se despedaçaram em uma fina camada de cinzas, que desapareceu antes de cair no chão.

— É melhor você ir pra casa. — Ash avançou, com a espada ao lado do corpo. — Isso não lhe diz respeito.

As criaturas restantes seguiram em frente, estendendo a mão na direção das costas. Eles desembainharam espadas com lâminas de pedra das sombras.

Ash se moveu com a graça fluida de um guerreiro, com uma habilidade que eu duvidava que a maioria dos mortais pudesse adquirir com anos de treinamento. Girando o corpo, ele brandiu a espada em arco, cortando o pescoço de uma das criaturas.

Não houve jato de sangue nem cheiro de ferro empesteando o ar, só o cheiro de lilases podres. O cheiro me fez lembrar de alguma coisa. Não daquela pobre costureira, mas...

Uma das criaturas brandiu a espada, e Ash se contorceu, revidando o golpe. As lâminas ressoaram com uma força que deve ter abalado os dois.

Ash riu enquanto olhava para o Caçador.

— Muito bem. Mas você já deveria saber que precisaria se esforçar mais. — Ele empurrou a criatura para trás, mas a coisa rapidamente recuperou o equilíbrio e atacou no instante em que outro avançava.

Dessa vez eu realmente deveria fazer o que ele me pediu, mas não poderia ficar parada ali nem deixar que ele fosse apunhalado pelas costas. Os Caçadores tinham lâminas de pedra das sombras. Se sua mira fosse um pouco melhor do que a minha, eles poderiam matá-lo.

Deslizei os pés descalços sobre a grama úmida e avancei, movendo a adaga das mãos para outra sem hesitar. O Caçador mirou, preparando-se para cravar a espada nas costas de Ash. Não fazia ideia se ferro seria capaz de ferir aquela criatura, então bati com o punho da lâmina na parte detrás do seu crânio. O estalo do ferro contra o osso me deixou enjoada quando a criatura cambaleou para trás, abaixando a espada.

Mas não caiu como o esperado. E eu bati nele com força suficiente para colocar a coisa para dormir pelo resto da noite — ou semana. Perplexa, eu o vi se virar para mim. Ele inclinou a cabeça para o lado, e um gemido baixo chegou aos meus ouvidos, vindo da garganta e da boca selada da coisa.

Ele veio na minha direção.

— Merda — sussurrei, pulando para trás enquanto ele balançava a espada.

— Eu não te disse para ir pra casa? — disparou Ash. — Que isso não lhe diz respeito?

— Disse, sim. — Abaixei-me sob o braço da criatura.

— Tenho tudo sob controle. — Ash atravessou a espada pela cintura de outro Caçador. — Como pode ver.

— Então acho que devia ter deixado que ele o apunhalasse pelas costas, não? — Peguei o braço da criatura e torci, afastando-o de mim. — Um obrigado teria sido suficiente.

— Eu teria agradecido. — Ash se virou, enterrando a espada no peito de outra criatura. O cheiro de lilases podres me atingiu no rosto. — Se houvesse motivo para isso.

— Você é muito ingrato.

— Bem, de ingratidão você entende, né? — retrucou Ash.

Outro Caçador veio até mim, com a arma para baixo. Dei um chute, atingindo-o no abdômen enquanto olhava a espada que ele empunhava.

— Pensando bem, obrigado por fazer isso — concedeu o deus, e olhei de relance para ele. Prendi a respiração quando senti um nó inexplicável e um tanto idiota no estômago e exalei quando vi a intensidade no seu olhar.

Havia *definitivamente* algo *muito* errado comigo.

— Por favor, continue lutando só de... bem, o que quer que você chame essa peça de roupa minúscula — ofereceu ele. — É uma distração? Sim. Mas da melhor maneira possível.

— Pervertido — rosnei, avançando quando a criatura ergueu a espada.

Ash girou o corpo na minha direção.

— O que você está...?

Bati com a lâmina da adaga no pulso do Caçador. A criatura imediatamente abriu a mão, soltando a espada. Ela caiu no chão, e eu logo me abaixei para recuperá-la. Levantei-me e olhei para cima, segurando a espada em uma das mãos e a adaga na outra. Abri um sorriso largo para ele.

Ash deu uma risada curta.

— Bem, então continue. — Ele se virou para a outra criatura. — Corte a cabeça ou perfure o coração. É a única maneira de matá-los.

— Bom saber. — Avancei na direção da criatura. A ferida aberta no pulso do Caçador já havia começado a se fechar quando a criatura sorriu. Ou pelo menos tentou. Ele repuxou o corte costurado da boca como se estivesse prestes a sorrir.

Os pontos se partiram e sua boca se abriu. Tendões grossos saíram do buraco aberto.

Serpentes.

Bons deuses! O horror travou todos os músculos do meu corpo e fez meu coração disparar. Cobras eram a única coisa que me deixava apavorada quase ao ponto de perder a sanidade. Não conseguia controlar. E serpentes dentro da *boca*? Aí já era um novo pesadelo.

As serpentes se remexiam e sibilavam, saindo da boca do Caçador que seguia na minha direção. Não havia tempo para me esquivar de qualquer ferimento horrível que aquela coisa pudesse infligir ou, pior ainda, de ser tocada por uma das serpentes. Se isso acontecesse, eu certamente morreria. Meu coração pararia de bater na mesma hora.

Ergui a espada e enterrei a lâmina no peito do Caçador. A criatura recuou, e as serpentes ficaram flácidas antes que ele começasse a murchar, encolhendo e desabando sobre si mesmo até que não restasse mais nada ali.

— Você está bem? — indagou Ash, vindo até mim. — Alguma das serpentes te picou?

A espada que eu empunhava desabou em cinzas, me assustando.

— Não. Nenhuma delas me picou.

— Você está bem? — repetiu ele, parando.

Assenti com a cabeça.

— Tem certeza? — perguntou Ash, e desviei os olhos do chão para olhar para ele. Algo em suas feições havia se suavizado. — Você não parece estar tão bem assim.

— Eu... — Algo macio e seco tocou no meu pé. Olhei para baixo e vi um corpo comprido e fino *deslizando* pela grama. — Cobra! — gritei, com o sangue gelado nas veias conforme apontava para o chão. — Cobra!

— Estou vendo. — Ash ergueu a espada. — Afaste-se dela. Sua picada é venenosa.

Mal podia esperar para dar o fora dali.

Dei um passo para trás e pisei em um pedaço liso de rocha exposta, perdendo o equilíbrio. Caí com vontade, atordoada demais para deter a queda.

Uma pontada de dor súbita e lancinante reverberou na parte de trás do meu crânio, e então não senti mais nada.

*

Puxei o ar de leve e depois respirei fundo. Um aroma tentador, fresco e cítrico provocou minhas narinas.

Ash.

Pisquei até abrir os olhos.

As feições dele estavam embaçadas a princípio, mas pouco a pouco as linhas e ângulos marcantes se tornaram mais distintos. Seu rosto estava acima do meu, com mechas grossas de cabelo caídas para a frente, sobre as bochechas. Concentrei-me no sulco do queixo dele, vendo agora que definitivamente não era uma ocorrência natural. O que poderia deixar uma cicatriz em um deus? Passei o olhar para sua boca, para os lábios muito bem-feitos. Ele era...

— Você é lindo — sussurrei.

Ash arregalou os olhos ligeiramente, e então abaixou levemente os cílios grossos.

— Obrigado.

Uma série de palavras detalhando exatamente o quanto eu o achava bonito subiu até a ponta da minha língua conforme a névoa se dissipava dos meus pensamentos.

Eu realmente havia dito ao deus que ele era lindo? É, havia, sim.

Deuses!

As Amantes de Jade haviam me dito que os homens gostavam de elogios, mas não acredito que estivessem falando do meu rompante inocente. Não que eu precisasse seduzir aquele deus. Era melhor fingir que aquilo não havia acontecido. Olhei por cima do ombro dele para o céu coberto de estrelas. Ainda estávamos à beira do lago, e eu estava deitada na grama. Mais ou menos. Minha cabeça estava elevada, repousada na *coxa* dele. Tudo, menos meu coração, se acalmou. O órgão começou a trotar como um cavalo selvagem.

— Mas tenho de admitir — disse ele, atraindo meus olhos de volta para si — que estou preocupado que você tenha batido a cabeça com mais força do que pensei. Foi a primeira coisa gentil que me disse.

— Talvez eu tenha perdido algum parafuso. — Quase sentia como se tivesse perdido, pois uma parte de mim ainda não conseguia acreditar que ele estava mesmo ali. — Onde está minha lâmina?

— Do seu lado, à sua direita, e ao alcance da mão.

Virei a cabeça. Pude distinguir a forma da lâmina cinza-
-escura na grama. Comecei a me sentar.

Ash colocou a mão no meu ombro, ao lado da alça fina da combinação, e um turbilhão suave de energia reverberou pelo meu braço.

— É melhor continuar deitada mais um pouco — recomendou. — Você não ficou desmaiada por muito tempo, mas, se sofreu alguma concussão, vai desmaiar de novo caso se mova rápido demais.

O que ele aconselhou fazia sentido. Certa vez, levei uma pancada feia na cabeça durante o treinamento e fui nocauteada. O Curandeiro Dirks fez a mesma recomendação, então não me movi.

Não tinha absolutamente nada a ver com o jeito como meu corpo inteiro estava concentrado no peso da mão dele e na frieza da sua pele. Os dedos eram a única parte dele que tocavam na pele nua do meu ombro, mas parecia... *mais*, o que era tolice. Mas às vezes eu me perguntava se era realmente digna de ser tocada.

Franzi o cenho.

— Por que ainda está aqui?

— Você se machucou.

— E daí?

A expressão dele mudou. Seu olhar se aguçou e os lábios se estreitaram.

— Você não deve mesmo pensar muito bem de mim se acha que eu a deixaria aqui.

Não foi só porque ele era um deus — bem, isso me surpreendeu um pouco —, mas eu podia contar em uma das mãos quantas pessoas teriam ficado. Mudei de posição, desconfortável com a verdade.

Um momento se passou.

— Como você está? Sua cabeça está doendo ou você se sente mal?

— Não. Estou sentindo uma dorzinha de leve, só isso. — Desviei o olhar do dele. — Não consigo acreditar que eu... eu me nocauteei sozinha.

— Bem, acho que você não fez tudo sozinha. A serpente desempenhou um papel importante nisso.

Estremeci, fechando os olhos.

— Odeio cobras.

— Jamais teria adivinhado — comentou ele secamente. — Elas fizeram algo horrível pra você no passado? Além de manter a população de pragas a distância?

Abri os olhos ao ouvir o tom zombeteiro na voz dele.

— Elas *deslizam*.

— Só isso?

— Não. Elas deslizam e são rápidas, mesmo que não tenham membros. Você nunca sabe onde estão até quase pisar nelas. — Fiquei agitada. — E seus olhos são redondos e frios. Serpentes não são confiáveis.

Ash repuxou um canto dos lábios.

— Aposto que elas se sentem da mesma maneira em relação a você.

— Ótimo. Então é melhor que fiquem longe de mim.

O sorrisinho permaneceu no rosto dele.

— Embora aquelas cobras não tivessem nada de normal.

A imagem do Caçador ressurgiu na minha cabeça e a bile borbulhou no meu estômago.

— Nunca vi nada parecido antes.

— A maioria das pessoas não viu.

Pensei no cheiro de lilases podres.

— Foi isso que aconteceu com Andreia? Ela se tornou uma... *Germe*?

— Não — respondeu ele. — Ainda não sei o que aconteceu com ela.

— Mas eles já foram mortais, certo? — Eu tinha muitas perguntas. — Como acabaram assim? Por que as serpentes? Por que suas bocas foram costuradas como as dos Sacerdotes?

— Há dois tipos de Germes. Aqueles eram mortais que invocaram um deus. Eles se ofereceram para a servidão eterna em troca de uma necessidade ou desejo. Depois que morreram, se transformaram naquilo.

Engoli em seco, enjoada. Será que algum mortal ainda se ofereceria se soubesse que aquele seria o resultado? Imagino que dependa do quanto estavam desesperados para conseguir aquilo de que precisavam.

— Por que as bocas costuradas? E os olhos?

— Supostamente é feito para que sejam leais apenas ao deus ou Primordial a quem servem.

— Quer dizer que os Sacerdotes são Germes? — perguntei. Se eles não estavam mais vivos, isso explicava como sobreviviam com a boca costurada. Também explicava sua estranheza inata.

Ash assentiu com a cabeça.

— Os Primordiais costuram os lábios dos Sacerdotes?

A pele em torno da sua boca se esticou.

— O que acontece com eles depois de morrerem foi estabelecido muito tempo atrás. Já é esperado.

Esperado ou não, parecia absurdamente cruel fazer uma coisa dessas.

— Já as serpentes — continuou ele, arrancando-me dos meus devaneios — substituíram suas entranhas.

Sinceramente, não consegui falar nada por um bom tempo.

— Não sei nem o que dizer sobre isso.

— Não há nada a ser dito. — Ash relaxou na rocha enquanto olhava além de mim para o lago.

Arregalei os olhos.

— Nem sei se quero saber, mas os Sacerdotes dos Templos têm cobras dentro do corpo?

Seus lábios se contraíram como se ele estivesse reprimindo um sorriso.

— Tenho de concordar com você que é melhor não saber a resposta para isso.

— Ai, deuses! — gemi, estremecendo. — Você disse que há dois tipos de Germes?

— Aqueles que se ofereceram em servidão eterna são conhecidos como Caçadores e Rastreadores. Seu propósito geralmente é localizar e recuperar coisas. Há outras classes de Germes, dezenas, na verdade, mas essas são as principais. — Os dedos de Ash se moveram sobre minha clavícula em um círculo lento e distraído, me assustando. — E há aqueles que entram na servidão como uma forma de expiar seus pecados em vez de serem condenados ao Abismo.

— Então para eles não é eterno? — perguntei conforme minha atenção se voltava para o toque. A ponta do polegar dele era áspera, e imaginei que fosse calejada por anos de manuseio da espada, como a minha mão já estava se tornando. Embora, como um deus, eu me perguntasse com que frequência ele precisava empunhá-la. Ash podia ter usado o éter para acabar com o que quer que Andreia tenha se tornado, mas optou por uma lâmina.

— Não. Para eles é por um determinado período. Eles são conhecidos como Sentinelas e, de certa forma, são soldados. Os Sacerdotes se enquadram nesse grupo. Eles são mais humanos que o primeiro grupo no sentido de que têm seus próprios pensamentos.

— O que acontece se eles virarem cinzas como os Caçadores?

— Para aqueles que estão expiando seus pecados, depende de quanto tempo estão em serviço. Eles podem retornar ao Primordial ou deus a quem servem ou decidir ir para o Abismo. Já os caçadores voltam para o Abismo.

Olhei para seu rosto. Ash ainda estava olhando para o lago. Será que percebia o que estava fazendo? Tocando em mim de modo tão casual?

Não conseguia nem lembrar da última vez que fui tocada daquele jeito. Aqueles com quem estive na Luxe não me tocavam assim, apesar de me desejarem. Talvez ele não soubesse disso, mas eu sabia, e, se ainda havia alguma centelha de esperança dentro de mim em relação ao cumprimento do meu dever, era melhor aumentar a distância entre nós.

Mas não me mexi.

Fiquei ali, com a cabeça na coxa dele, deixando que seu polegar traçasse o círculo distraído. O toque me deixou completamente hipnotizada. E eu gostei.

E por que não poderia gostar? Não era mais a Donzela. Já havia decidido nos últimos três anos que me permitiria desfrutar de tudo que era proibido antes.

Limpei a garganta.

— Você disse que os Caçadores deviam estar procurando alguma coisa, não?

— É o único motivo pelo qual estariam no plano mortal. — Ash ficou calado por um momento. — Podem estar procurando por mim.

Refleti a respeito.

— Por que eles estariam procurando por você?

O olhar dele encontrou o meu.

— Tenho muitos inimigos.

Minha pulsação disparou.

— O que você fez?

— Por que acha que fiz alguma coisa? — retrucou ele. — Talvez eu tenha despertado a ira dos outros por recusar suas exigências ou por ter me envolvido em seus assuntos. É um tanto preconceituoso da sua parte supor que fiz algo de errado.

Franzi o cenho e pensei no que os deuses que ele havia seguido fizeram.

— Detesto ter de admitir isto, mas você tem razão.

— Doeu muito em você admitir isso?

— Sim — confessei. Seu olhar deixou o meu, mas o polegar continuou em movimento. Como ele poderia não perceber o que estava fazendo? Ele tinha que saber, certo? O dedo estava preso ao seu corpo. Abri a boca...

— Você está prestes a me perguntar se tem algo a ver com os deuses que eu estava seguindo. — Havia uma certa ironia em seu tom de voz.

Fiz uma careta.

— Não.

Seu olhar voltou para mim e ele arqueou a sobrancelha.

Revirei os olhos e dei um suspiro.

— Tudo bem. Eu estava. É porque você está tentando descobrir por que eles estão matando mortais?

Ash deu uma risada suave.

— Pode ser, mas não é sempre que fico no plano mortal por muito tempo, *liessa* — respondeu, e meu coração pulou dentro do meu peito em resposta ao apelido. — Isso por si só provocaria o interesse dos outros, algo que acho extremamente irritante. Mas recusei e não permiti muitas coisas. Não sei se conseguiria escolher apenas um motivo. Quando os Caçadores não voltarem imediatamente, eles saberão que, de fato, me encontraram.

— Parece bastante imprudente os deuses passarem seu tempo tentando provocar um ao outro.

— Você ficaria surpresa — murmurou. E estava mesmo.

Ash voltou a me encarar.

— Reparou que você não é uma deusa e ainda assim se arriscou a fazer mais do que apenas me irritar?

Apertei os lábios e olhei para o outro lado do lago.

— Bem — comecei, prolongando a palavra —, tenho o mau hábito de tomar péssimas decisões.

Ele riu, e foi uma risada profunda, que provocou os cantos dos meus lábios. Eu o ignorei.

— Isso te incomoda? — Ash quis saber.

— O quê? — perguntei, sem saber ao certo do que ele estava falando.

Os olhos dele encontraram os meus.

— Eu tocar em você.

Bem, aquilo respondia a minha pergunta não formulada. Ele sabia exatamente o que seus dedos estavam fazendo.

— Eu... — Aquilo não me incomodava nem um pouco. O toque parecia maravilhosamente reconfortante, como se eu pertencesse a algo ou alguém. Não me dei conta de que estava sorrindo até notar que Ash havia entreaberto os lábios e estava olhando para mim daquele jeito intenso que pesava no meu estômago. — Não me incomoda. É uma sensação nova.

— Uma sensação nova? — Aquele sorrisinho voltou ao rosto dele. — Um toque assim? — Seus dedos então se moveram, não só o polegar. Ele os deslizou pelo meu braço, seguindo na direção da palma da minha mão, e um rastro suave de arrepios se seguiu. — É diferente pra você?

— É, sim.

A expressão dele mudou, assumindo um ligeiro ar de perplexidade. Ocorreu-me que tocar casualmente no braço de alguém não deveria ser uma sensação única para a maioria das pessoas.

Fiquei ainda mais constrangida e desviei o olhar para o céu.

— Quer dizer, está tudo bem. Não me incomoda.

Ash não respondeu, mas seu polegar continuou seguindo lentamente para cima e para baixo. A sensação da sua pele contra a minha era diferente, e não tinha nada a ver com o fato de que ele era um deus.

Deitada ali, tentando esquecer o constrangimento, não pude deixar de me perguntar quantos anos ele tinha. Pelo que entendi, os Primordiais e deuses envelheciam como os mortais até cerca de dezoito ou vinte anos, e então seu envelhecimento diminuía consideravelmente. Ele não parecia ser mais velho que Ezra ou Tavius, que havia acabado de completar 22 anos. Os deuses costumavam ser mais jovens que os Primordiais.

— Quantos anos você tem?

Ash tinha voltado a encarar o lago.

— Sou mais velho do que pareço e provavelmente mais jovem do que pensa.

Franzi o cenho.

— Isso não é bem uma resposta.

— Eu sei.

— E?

— Faz diferença? — argumentou Ash. — Se eu tenho um século ou mil anos de idade? De qualquer forma eu vivi mais do que qualquer pessoa que você conhece. Minha expectativa de vida continuaria sendo incompreensível pra você ou qualquer mortal.

Bem, acho que ele tinha razão mais uma vez, de certo modo. Quantos anos o deus tinha vivido não importava quando ainda pareceria só alguns anos mais velho do que eu dali a cem anos.

Não sei o que teria acontecido se eu tivesse me tornado a Consorte do Primordial. Meu envelhecimento teria parado graças a algum tipo de Magia Primordial? Nunca havia pensado nisso, pois não importava quando teria morrido. Só importava se conseguiria ou não cumprir meu dever.

Tirei essa ideia da cabeça, não querendo pensar em nada disso. Não no momento.

Ash olhou para mim com os olhos de um tom de mercúrio rodopiando enquanto inclinava o queixo.

— E se eu te contasse um segredo?

— Um segredo?

Ele confirmou com a cabeça.

— Do tipo que você não poderia contar pra mais ninguém.

— Do tipo que você teria que me matar se eu contasse?

Ele repuxou um canto dos lábios para cima.

— Do tipo que eu ficaria muito desapontado se você contasse.

Os fios de éter que se agitavam lentamente nos olhos dele atraíram meu olhar.

— Mesmo que o bom senso me diga que é melhor não saber que segredo é esse, agora estou muito curiosa.

Ash deu uma risada baixa enquanto deslizava o polegar pela curva do meu ombro.

— Nem tudo que está escrito nas suas histórias sobre os deuses, os Primordiais e o Iliseu é verdade. A idade de alguns Primordiais a deixaria chocada.

— Porque são muito velhos?

— Porque são muito jovens em comparação — corrigiu. — Os Primordiais que você conhece agora nem sempre ocuparam tais posições de poder.

— Ah, não? — sussurrei.

Ash balançou a cabeça.

— Alguns deuses caminham por ambos os planos há muito mais tempo que os Primordiais.

Se já não estivesse deitada, eu teria desmaiado. O que ele disse parecia inacreditável. Além disso, Ash tinha razão, eu não fazia a menor ideia de quantos anos tinha o Primordial da Morte. Ele, assim como Kolis, o Primordial da Vida, nunca havia sido retratado em pinturas.

— Tenho tantas perguntas — confessei.

— Posso imaginar. — O olhar dele cintilou sobre meu rosto. — Mas tenho certeza de que as perguntas que você tem não podem ser respondidas agora.

Agora não? Quer dizer que haveria um mais tarde? Uma onda de expectativa surgiu em mim antes que eu pudesse detê-la.

Nunca tive um *mais tarde* pelo qual esperar.

O calor agradável que seu toque havia provocado esfriou, e de repente precisei de espaço. Sentei-me e, dessa vez, ele não me impediu. Sua mão escorregou do meu braço, deixando um rastro de sensibilidade para trás. Estendi a mão, cutucando a parte de trás da cabeça com cuidado. Não senti nenhum corte ali, o que era ótimo, e também não estava dolorido.

Baixei os olhos para mim mesma e quase engasguei. Onde a combinação cor de marfim encontrava a pele úmida, o tecido já quase translúcido havia ficado ainda mais transparente. Podia ver a auréola da pele mais rosada dos meus seios e os mamilos entumecidos pela água fria...

— Tem certeza de que está bem?

— Sim. — Olhei para Ash, esperando que ele não pudesse ver o rubor que eu sentia se espalhando pelas minhas bochechas. Ele estava encostado na pedra que havia me derrubado, com as pernas esticadas e cruzadas frouxamente nos tornozelos. Ainda sem camisa. Será que não havia trazido uma?

Os olhos dele estavam sombreados enquanto me observava.

— Matar a criatura perturbou você?

— Não. — Não sabia nem por que estávamos tendo aquela conversa. O que o fez pensar que aquilo me incomodava?

— Só para o caso de *ter* te perturbado — continuou —, saiba que eles não eram mortais.

— Eu sei. — Puxei a bainha da combinação, que havia subido pela minha coxa enquanto eu me mexia. — Mas só porque algo não é mortal não significa que seja certo matar — acrescentei, percebendo como era engraçado aquilo vindo da minha boca.

— Por mais admirável que seja sua afirmação, você não me entendeu. — Ele inclinou o braço para trás na pedra, e a contração e o alongamento do músculo esguio foram uma bela distração. — Ou esqueceu do que eu disse. Os Caçadores não estavam mais vivos.

— Eu me lembro do que disse, mas eles ainda eram *alguma coisa*. Andavam e respiravam...

— Eles não respiram — interrompeu ele, olhando para mim. Seus olhos pareciam poças de luar. — Não comem nem bebem. Não dormem nem sonham. Eles são a forma dada aos mortos para servir a qualquer necessidade que o deus tenha.

Estremeci ligeiramente com aquela descrição.

— Talvez você simplesmente tenha pouca consideração por matar — retruquei, reconhecendo para mim mesma a hipocrisia do que estava dizendo, levando em conta quantas vidas havia tirado nos últimos três anos.

— Matar não é algo pelo qual se deva ter pouca consideração — ponderou. — Deve sempre afetá-lo, não importa quantas vezes você o faça. Deve sempre deixar uma marca. E se isso não acontecer, então eu ficaria bastante preocupado com tal indivíduo.

Queria ficar aliviada ao ouvir isso. Alguém — mortal, deus ou Primordial — que fosse capaz de matar quase sem pensar a respeito era aterrorizante.

E era por isso que Ezra tinha um certo medo de mim.

Só que eu pensava nisso. Depois do fato. Às vezes.

— Então você já matou muitas pessoas? — perguntei.

Ele arqueou a sobrancelha.

— Isso me parece ser uma suposição e pergunta incrivelmente pessoais e um tanto inapropriadas.

— Ora, espionar minhas partes *inomináveis* é um ato incrivelmente pessoal e inapropriado, então minha pergunta ou suposição não podem ser mais ofensivas do que isso.

Um sorriso suave voltou aos lábios dele.

— Não estava espionando você, e aposto que já sabe disso. Você, por outro lado, estava me observando. Bem abertamente, devo acrescentar, enquanto eu saía do lago.

A pele do meu pescoço ficou em brasas.

— Não estava, não.

— Você mente tão bem — murmurou ele, e que os deuses me ajudassem, mas era uma mentira.

Recostei-me na pedra, cruzando os braços.

— Por que está aqui? Você podia ter ido embora assim que percebeu que eu estava bem.

— Eu podia ter ido embora, mas, como disse antes, seria uma grosseria deixar alguém inconsciente no chão — retrucou ele.

— Bem, eu não tenho sorte de você ser um pervertido educado?

Ash deu uma risada baixa e esfumaçada.

— Por que *você* não foi embora, *liessa*?

Capítulo 12

Bem...
 Merda.
 Soltei o ar ruidosamente.
 — Boa pergunta.
 — Ou desnecessária — observou ele.
 — Como assim?
 Ash se aproximou de mim, e aquele seu cheiro fresco e cítrico me envolveu.
 — Porque nós dois sabemos muito bem por que ficamos aqui. Eu te interesso. Você me interessa. Então aqui estamos nós.
 As negações surgiram na ponta da minha língua, mas até eu podia antecipar como soariam fracas se tentasse dar voz a elas.
 O que eu *estava* fazendo ali? Com ele?
 Senti o estômago agitado quando olhei para a boca de Ash e rapidamente desviei o olhar. Ficar ali não tinha nada a ver com a boca dele, pelo amor dos deuses! Meu coração palpitou mesmo assim. Estava ali porque quando conseguiria falar tão abertamente com um deus de bom temperamento? Quando conseguia falar tão abertamente com alguém? Todas as conversas eram sempre obscurecidas pelo fato de que eu havia falhado com o reino.
 Mas ele era um *deus*. E mesmo que não fosse, eu não podia dizer que o conhecia lá muito bem. Eu mal estava vestida, e Ash

me deixava alerta, porque agora eu era capaz de me ver fazendo algo incrivelmente impulsivo e imprudente o bastante para explodir na minha cara.

Olhei para Ash. Ele puxou o lábio inferior entre os dentes enquanto me observava. Meu coração disparou, e tudo em que consegui pensar foi que o dia havia sido muito estranho.

— Por que você está tão interessado a ponto de ficar aqui? — perguntei.

Ash arqueou as sobrancelhas escuras.

— Por que não estaria?

— Por que um mortal seria de interesse para alguém do Iliseu?

Ele inclinou a cabeça.

— Estou começando a achar que você não sabe muito sobre nós.

Dei de ombros.

Uma brisa soprou uma mecha do seu cabelo, jogando-a no rosto dele.

— Consideramos os mortais seres muito interessantes. O modo como vocês decidem viver, as regras que criam para governar e às vezes limitar a si mesmos. A intensidade com que vocês vivem, amam e odeiam. Os mortais são especialmente interessantes para nós. — Ele encolheu o ombro. — E quanto a você? Você me interessa porque parece haver pouco tempo entre o que se passa na sua cabeça e o que sai da sua boca. E pouca consideração pelas consequências.

Franzi o cenho.

— Não sei se isso é um elogio.

Ele deu uma risadinha.

— Mas é.

— Vou ter que acreditar em você então.

O sorrisinho suave surgiu novamente, e foi só o que ele disse por um bom tempo.

— Você me perguntou antes se já matei muitas pessoas — recomeçou ele, me surpreendendo. — Só quando foi preciso. Foram muitas? Tenho certeza de que para alguns, sim. Para outros? Não foi nada demais. Mas não gostei de fazer isso. — Sua voz estava pesada. — Nem sequer uma vez.

Embora sua resposta tenha me pegado desprevenida, era evidente que ele não gostava de falar daquilo. Mudei de posição, pressionando os joelhos.

— Desculpa.

— Um pedido de desculpas?

— Eu não devia ter feito essa pergunta. Não é da minha conta.

Ash me encarou.

— O que foi?

— Você é absolutamente contraditória — observou ele. Seu olhar encontrou o meu e depois se desviou. Um bom tempo se passou. O silêncio não foi desconfortável, talvez porque eu já estivesse acostumada com isso. — Lembro-me da primeira vez que precisei matar alguém. Lembro-me da sensação da espada na minha mão, como parecia pesar o dobro. Ainda posso ver a expressão em seu rosto. Jamais me esquecerei do que ele disse. "Vá em frente." Essas foram suas palavras. "Vá em frente."

Apertei os joelhos com mais força.

— Nenhuma morte foi fácil, mas aquela? — Ele abriu e fechou a mão como se estivesse tentando fazer o sangue circular em dedos dormentes. — Aquela deixou a marca mais profunda. Ele era meu amigo.

Levei a mão ao peito.

— Você matou seu amigo?

— Foi necessário. — Ash olhou para o lago. — Não é uma desculpa ou justificativa. Era algo que precisava ser feito.

Não conseguia entender como ele podia fazer isso, mas eu precisava.

— Por que foi necessário? O que teria acontecido se não o fizesse?

Um músculo pulsou no maxilar dele.

— Dezenas de pessoas, se não mais, teriam morrido se eu não o tivesse matado.

— Ah — murmurei, me sentindo um tanto enjoada. Será que o amigo dele estava machucando pessoas, forçando sua intervenção? Nesse caso eu podia entender. *Vá em frente*. Será que o amigo sabia que precisava ser detido? Não perguntei se foi esse o caso. Eu queria, a pergunta praticamente ardendo na minha língua. Mas não me pareceu certo. Assim como não me pareceu certo saber que ele havia sido forçado a fazer isso e também havia perdido outro amigo para aqueles três deuses. — Lamento que tenha precisado matá-lo.

Ash se virou para mim com um olhar perscrutante.

— Eu... — Ele ficou calado por alguns segundos. — Obrigado.

— De nada. — Juntei o cabelo úmido e comecei a torcê-lo, desejando poder compartilhar algo tão íntimo assim, mas não sabia como me sentir confortável o suficiente para isso. A única coisa que me veio à cabeça e infelizmente saiu dos meus lábios foi totalmente ridícula. — Eu odeio vestidos.

Houve um momento de silêncio.

— O quê?

Talvez eu precisasse ter os *meus* lábios costurados.

— Eu só acho os vestidos... incômodos. — E também detestava que minhas coxas ficassem roçando uma na outra, mas *não* ia discutir isso com ele.

Ash me observou. Ser o foco daqueles olhos de aço era enervante.

— Imagino que sejam mesmo.

Concordei, sentindo o rosto corar enquanto olhava para as águas ondulando suavemente no lago. Sabia que não devia dizer nada, ainda mais a um deus que servia a um Primordial, mas nunca tinha falado sobre o que havia feito com ninguém. Nem mesmo com Sir Holland. E não havia percebido até aquele momento o peso daquelas palavras não ditas.

Mas não consegui pronunciá-las. Eram reveladoras demais, um fardo muito pesado.

Olhei para o lago e tentei mudar de assunto.

— Você descobriu mais alguma coisa sobre o motivo de aqueles deuses estarem matando mortais?

— Infelizmente, não. É difícil seguir aqueles três. — Ash suspirou. — E não posso bisbilhotar muito sem atrair atenção indesejada. Caso contrário, não vou descobrir por que estão fazendo isso.

— Qual era o nome do seu amigo, aquele que Cressa e os outros mataram? — perguntei.

— Lathan — respondeu. — Acho que você teria gostado dele. Lathan também não me dava ouvidos.

Um sorriso repuxou meus lábios, mas desapareceu rapidamente.

— O corpo dele foi deixado para trás ou ele foi...?

— O corpo dele foi deixado para trás, com a alma intacta. Ele não se tornou a mesma coisa que aquela mulher ontem à noite.

— Ah — sussurrei, vendo a luz da lua sobre as águas escuras.

— Isso não torna sua morte mais fácil, mas pelo menos ele não foi destruído.

Ash ficou calado por um bom tempo.

— Sabe do que você me lembra?

Olhei para ele de novo, e seu olhar capturou o meu. Calor atingiu minha pele mais uma vez, penetrando minhas veias. Não houve nenhum constrangimento. Aquilo era diferente, um tipo de calor mais lânguido e sensual.

— Estou com medo de perguntar.

Ele ficou em silêncio por um momento.

— Havia uma flor que costumava crescer nas Terras Sombrias.

Todo o meu ser se concentrou nele. Onde ele morava... Ash estava falando sobre o Iliseu.

Uma das coisas pelas quais eu ansiava como Consorte era a chance de ver aquele plano. Não poderia ouvir com mais atenção nem se eu tentasse.

— Suas pétalas eram da cor do sangue ao luar e permaneciam fechadas até que alguém se aproximasse. Quando abriam, as flores pareciam incrivelmente delicadas, como se fossem se despetalar com o vento mais suave, mas cresciam de modo selvagem e feroz em qualquer lugar em que houvesse um grão de terra. Cresciam até entre as fissuras de uma rocha, e eram incrivelmente imprevisíveis.

Eu o lembrava de uma flor delicada e bonita? Não sei muito bem que parte de mim poderia ser considerada delicada. A unha?

— Como flores podem ser imprevisíveis?

— Porque eram bastante temperamentais.

Dei uma gargalhada. Os fios brancos pulsaram atrás da pupila dele mais uma vez, agitando-se lentamente. Seu olhar se voltou para o lago.

— É essa parte que o faz se lembrar delas?

— Possivelmente.

— Fiquei curiosa para saber como uma flor pode ser temperamental, ainda mais uma tão delicada.

— A questão é que elas só pareciam ser delicadas. — Ele estava mais perto agora, e havia o braço da rocha. — Na verdade, eram bastante resistentes e letais.

— Letais?

Ele confirmou com a cabeça.

— Quando se abriam, revelavam o miolo, e nesse miolo havia vários espinhos cheios de uma toxina bastante venenosa. Dependendo do seu humor, elas os liberavam. Um espinho era capaz de derrubar um deus por uma semana.

— Parece ser uma flor incrível. — E ligeiramente horripilante. — Não sei se é um elogio saber que eu o lembro de uma planta assassina.

— Se já as tivesse visto, saberia que é.

Sorri, lisonjeada apesar de tudo, e imaginei que não devia ser difícil me elogiar.

— Agora sou eu que tenho uma pergunta pra você — anunciou ele.

— Pode perguntar.

— Por que você está aqui no lago? Imagino que uma Princesa tenha acesso a uma grande banheira cheia de água quente.

Fiquei tensa, tendo esquecido que, em minha fúria, havia revelado ser uma Princesa.

— Eu gosto daqui. É...

— Tranquilo? — Ash concluiu por mim, e assenti. — A não ser pelos Caçadores — acrescentou ele. — Com que frequência você vem aqui?

— Sempre que posso — admiti, avaliando seu perfil. Era tudo tão estranho. Ele. Eu. Nós dois. Aquela conversa. Como eu me sentia à vontade perto dele. Tudo.

— Você não se preocupa que alguém possa encontrá-la aqui?

Balancei a cabeça.

— Você é a primeira pessoa que já vi nessa floresta. Quer dizer, o primeiro deus. Isso sem contar os espíritos, mas eles nunca se aproximam do lago.

— E ninguém sabe o que você faz aqui?

— Imagino que alguns guardas saibam que nado no lago, pois já me viram voltar de cabelo molhado.

Ele franziu o cenho.

— Acho difícil de acreditar que nenhum deles tenha seguido você.

— Já falei que as pessoas têm medo desses bosques.

— E o que sei dos homens mortais é que muitos deles superam qualquer medo quando se dão conta de que uma bela mulher pode ser pega numa posição comprometedora. Ainda mais uma Princesa.

— Bela? — Eu ri de novo, balançando a cabeça.

Ele me lançou um olhar de soslaio.

— Por favor, não espere que eu acredite que você desconhece a própria beleza. Você não me parece tímida, e eu fiquei bastante impressionado com você até agora.

— Não é o que estou dizendo. Mas, obrigada, vou conseguir dormir descansada sabendo que você ficou impressionado comigo — retruquei.

— Bem, não fiquei muito impressionado quando te disse para ir pra casa e você continuou aqui.

Eu o encarei.

— Mas então você deu um chute no Caçador, e eu... Bem, eu senti alguma coisa, isso é fato.

Estreitei os olhos.

— Não posso dizer que fiquei impressionado quando você pareceu estar prestes a abraçar o Caçador — continuou ele. — Mas então você o desarmou. Foi impressionante...

— Já pode parar.

— Tem certeza? — O sorriso zombeteiro havia voltado aos lábios dele.

— Sim — respondi. — Não sei por que ainda estou sentada aqui conversando com você.

— Talvez se sinta em dívida comigo porque cuidei de você enquanto estava inconsciente

— Só fiquei inconsciente por alguns minutos. Até parece que você ficou de vigília por horas a fio.

— Eu sou muito importante. Esses minutos foram como horas pra mim.

— Não gosto de você — disparei.

Os olhos dele se voltaram para os meus, e o sorriso permaneceu em seus lábios.

— Mas aí é que está: você gosta, sim. É por isso que ainda está aqui e não ameaça mais arrancar meus olhos com as unhas.

Calei a boca. Ash me deu uma piscadela.

— Ainda posso arrancar seus olhos — adverti.

— Acho que não. — Ele mordeu o lábio inferior, atraindo minha atenção mais uma vez. — Além de saber que não terá sucesso, você me disse que eu era lindo, e arrancar meus olhos estragaria isso, não?

Senti as bochechas corarem, mas não sei se foi por causa do lembrete do que eu havia dito ou do brilho em seus lábios.

— Sofri uma lesão na cabeça pouco antes de dizer isso.

Ele deu uma risada quase inaudível.

Torci o cabelo mais uma vez e me concentrei nas ondulações que se espalhavam pelo lago. Já devia ser tarde e sabia que era melhor ir para casa, mas estava relutante em voltar para a vida longe do lago.

— Como são as Terras Sombrias?

— Muito parecidas com esses bosques — afirmou. Quando olhei para Ash, ele estava olhando para as árvores salpicadas de luar.

— Sério?

— Você está surpresa — constatou, e eu realmente estava.

— Só não imaginei que as Terras Sombrias fossem bonitas.

— As Terras Sombrias são compostas por três lugares diferentes — explicou, e me sobressaltei quando senti seus dedos roçarem nos meus. Um arrepio dançou nos nós dos meus dedos conforme virava a cabeça na direção dele. Ash soltou meus dedos do cabelo com delicadeza. — Posso?

Pareci perder a capacidade de falar e apenas assenti, embora não soubesse muito bem para que ele estava pedindo permissão. Fiquei em silêncio enquanto ele puxava uma mecha do meu cabelo, esticando-o até que o cacho ficasse reto.

— Há o Abismo, que é o que todos imaginam quando pensam nas Terras Sombrias: poços de fogo e tormento sem fim — continuou ele, olhando para a mecha do meu cabelo. — Mas também existe o Vale, que é o paraíso para os dignos.

— Como é o Vale?

O olhar dele se ergueu para o meu, inquisitivo. Um momento se passou.

— Isso eu não posso revelar.

— Ah. — Desapontada, baixei os olhos para os dedos longos que seguravam minha mão.

— O que há no Vale não pode ser compartilhado com ninguém, seja mortal ou deus. Nem mesmo os Primordiais podem entrar lá — acrescentou. — Mas o resto das Terras Sombrias é como uma porta de entrada, uma aldeia antes da cidade. É bonito à sua própria maneira, mas já foi uma das regiões mais magníficas de todo o Iliseu.

Já foi?

— O que aconteceu com ela?

— Morte — afirmou categoricamente.

Um calafrio tomou conta de mim.

— Como é o resto do Iliseu?

— O céu é de um tom de azul que você jamais veria nesse plano, as águas são límpidas e a grama, exuberante e vibrante — respondeu ele. — Exceto quando é noite. As horas de escuridão são breves em Dalos.

Perdi o fôlego.

Dalos. A Cidade dos Deuses, onde residem Kolis, o Primordial da Vida, e sua Corte.

— É verdade que os prédios alcançam as nuvens lá?

— Muitos as ultrapassam — revelou ele e, por um momento, tentei imaginar como deveria ser, mas não consegui.

Fiquei quieta enquanto o observava brincar com a mecha do meu cabelo, meio espantada que um deus estivesse sentado ao meu lado, brincando com meu cabelo e me provocando.

— Você já não deveria estar em casa a essa hora, segura e respeitosamente enfiada na cama? — perguntou.

— Provavelmente.

O olhar de Ash cintilou sobre meu rosto.

— Então os outros devem estar à sua procura.

Dei uma risada enquanto desviava o olhar do dele.

— Não, não estão.

— É mesmo? — A dúvida turvou a voz dele. — Porque acreditam que você já está onde deveria?

Concordei com a cabeça.

— Sou muito hábil em ir e vir sem ninguém notar.

— Por que isso não me surpreende?

Abri um sorriso.

— Isso é um sorriso? — Ele se inclinou, olhando para mim com atenção demais para ser sério. — É, sim. Você já me agraciou com três deles. Acalme-se, meu coração.

Balancei a cabeça e revirei os olhos.

— Não deve ser preciso muita coisa para acalmar seu coração.

— Parece que é preciso uma Princesa mortal — declarou ele. — Aquela que vaga pela floresta assombrada na calada da noite e nada gloriosamente nua no lago.

Decidi ignorar a parte do *gloriosamente nua*.

— É comum que os deuses se sentem e conversem com os mortais depois de espioná-los?

Ash emitiu aquele som de novo, uma risada grave e sombria, enquanto deslizava o polegar pelos meus cabelos. Posso jurar que senti o toque na minha espinha.

— Os Primordiais e deuses fazem todo tipo de coisa com os mortais depois de cruzarem o caminho com eles sem querer.

Minha mente pegou a experiência que tive com *todo tipo de coisa* e brincou divertida e inapropriadamente com isso.

O olhar dele saltou do meu cabelo, com olhos de prata derretida.

— Especialmente com aqueles que tivemos o prazer de vislumbrar todas as partes *inomináveis*.

— Podemos fingir que isso não aconteceu?

O sorriso dele se alargou.

— Você vai mesmo fingir que não?

Não.

— Sim.

Os ombros de Ash se ergueram em uma risada silenciosa.

— Os outros são tão...? — Parei de falar.

— O quê?

Foi difícil pensar na palavra certa.

— Os outros são tão gentis quanto você?

— Gentil? — Ele inclinou a cabeça. — Eu não sou gentil, *liessa*.

O jeito que ele disse *liessa* foi *indecente*.

— Você reagiu de modo muito mais gentil às coisas que a maioria das pessoas teria reagido com crueldade e sem hesitação.

— Você está falando de quando me apunhalou? — apontou Ash. — No peito?

Dei um suspiro.

— Sim. Entre outras coisas. Vai me dizer que você só tem um osso gentil para acompanhar aquele osso decente?

— Diria que tenho um único osso decente e gentil no corpo quando se trata de você, *liessa*.

Fiquei com dificuldade de respirar.

— Por quê?

Os olhos prateados dele encontraram os meus mais uma vez, com os fios de éter imóveis.

— Não sei. — Ele deu uma risada curta e surpresa, franzindo o cenho. — Não preciso saber. Nada mudaria a partir de agora, não importa se eu a deixasse ao acordar ou se ficasse mais tempo aqui. Não sei. E é uma experiência interessante.

O que Ash disse não me ofendeu, pois não teria acreditado se ele tivesse uma lista de razões para ser tão estranho comigo. Ele era um deus. Se viveu centenas de anos ou até mais, tudo o que eu sabia caberia na palma de sua mão. Ele era puro poder em forma física, e deveria haver inúmeros seres no Iliseu que eram muito mais, bem... *qualquer coisa* que eu. Havia mortais muito mais intrigantes e dignos daquele seu osso decente e gentil. E eu não estava sendo crítica demais comigo mesma. Era a verdade. Eu era especial por causa do que meu antepassado havia feito e por ter nascido em uma mortalha e recebido um dom de algum modo e por algum motivo. Não por causa de algo que tivesse feito. A única parte compreensível era que ele não entendia por que estávamos sentados ali.

— Mas há algo que sei.

A curiosidade tomou conta de mim.

— O quê?

— Quero te beijar, mesmo que não haja nenhum motivo para fazer isso além de querer. — A intensidade do olhar dele atraiu o meu. — Até ousaria dizer que *preciso* te beijar.

Uma vibração selvagem começou no meu peito e logo se espalhou, assim como a flor letal da qual eu o fazia se lembrar.

Será que eu queria beijá-lo?

Lembrei-me de quando nos beijamos na noite em que encontrei os três deuses pela primeira vez, e a ondulação acentuada e rápida no meu baixo-ventre me disse que sim, eu queria beijá-lo. Estava atraída por ele em um nível visceral que não era ofuscado por como ele podia se tornar irritante de uma hora para a outra nem pelo fato de que era um deus — um deus que servia ao Primordial da Morte. Ambas as coisas deveriam acabar com qualquer atração que eu sentisse, principalmente a última, mas eu não podia negar que ele era a causa dos meus lampejos de calor que não tinham nada a ver com constrangimento.

Nada mais parecia real. Desde o momento em que curei o lobo kiyou até agora. Era como se eu tivesse entrado em um mundo diferente, onde não precisava me tornar outra pessoa. Um mundo onde eu era *querida* em vez de desprezada, *desejada* em vez de detestada. Um mundo onde eu era só eu, e não a Donzela fracassada ou suposta Consorte.

Sabia que não deveria fazer isso. Assim como não devia ter reunido coragem para entrar no Jade e vivenciar o prazer físico nos meus próprios termos e só por mim. Não fazia ideia do que o Primordial pensaria se viesse me reivindicar e percebesse que eu realmente não era mais a Donzela — isso se ele sequer percebesse. Também sabia que havia um risco maior envolvido com Ash porque ele não era um deus de outra Corte.

Mas eu queria *sentir*. Queria ser *alguém*. Queria ser beijada de novo. Por ele.

E me recusava a deixar que quem eu deveria ser, quem acabei me tornando ou qualquer pensamento sobre o Primordial da Morte me impedissem de *querer*.

Meu coração bateu vertiginosamente rápido.

— Então me beije.

Capítulo 13

O sorriso que surgiu no rosto de Ash não era leve nem sutil. Era largo e cheio de sensualidade. Tive um breve vislumbre dos seus dentes, das *presas* ligeiramente alongadas e afiadas.

Agora que conseguia vê-las, percebi que não eram do tamanho de um dedo como Tavius havia me dito, mas sabia que mesmo assim eram capazes de rasgar minha pele com uma facilidade surpreendente. A visão era mais um lembrete do que Ash era, trazendo à tona uma mistura arrepiante de medo e excitação vergonhosa.

Então ele se moveu, diminuindo a distância entre nós. Todas as células do meu corpo ficaram tensas de expectativa conforme aquele cheiro amadeirado e cítrico me rodeava.

— Acho que nunca quis tanto ouvir a palavra *sim* quanto agora — admitiu, roçando a ponta do nariz no meu. O arrepio que percorreu meu corpo não teve nada a ver com o toque frio da sua pele. — Jamais.

Em seguida, os lábios dele encontraram os meus, e o primeiro toque foi simplesmente isso. Um *toque*. Mas ainda assim foi um choque no meu corpo, como no momento em que entrei na água. Seus lábios eram frios contra os meus, e a pressão deles era suave como cetim sobre aço. Ele inclinou a cabeça ligeiramente, e eu não pensei mais em seus lábios. Não pensei em mais nada.

A pressão do beijo se intensificou, e ele puxou meu lábio inferior com as presas afiadas. Arfei, com o corpo inteiro trêmulo.

Senti a risada ofegante dele nos lábios.

— Gosto desse som. Bastante.

— Gostei disso — sussurrei. — Bastante.

— Mas isso, *liessa*, mal foi um beijo.

Meu sangue pulsou quando ele acomodou a mão na minha nuca. *Liessa. Algo belo e poderoso.* Agora eu me sentia assim.

A boca de Ash tocou na minha mais uma vez, e o beijo não foi nada parecido com o toque suave de antes. Foi mais forte, e a sensação da ponta da língua dele contra o canto dos meus lábios fez meu coração disparar. Abri a boca para ele, e o beijo não foi só profundo. O movimento da sua língua contra a minha era uma exploração que tinha gosto de mel e gelo, e ele me beijou como se sentisse a mesma curiosidade frenética que me impelia. De saber como era me sentir querida, desejada, apreciada. Ou apenas *sentir*. Sabia que era ridículo. Não achava que os deuses tivessem a mesma curiosidade, mas a intensidade do beijo dele ultrapassou a necessidade de saber quando ele enfiou a mão nos meus cabelos e espalmou a outra na minha bochecha. O beijo se *tornou* todas essas coisas. Não sabia que um beijo poderia ser daquele jeito.

Levei as mãos até os ombros dele, precisando sentir mais, e ele estremeceu sob meu toque. Sua pele estava fria, e não sabia como ele podia se sentir assim quando eu estava em brasas. Eu o puxei, querendo-o mais perto de mim, levemente preocupada por não estar apreensiva com aquele desejo. Uma parte distante e ainda funcional da minha mente sabia que eu deveria estar mais preocupada, pois estava me sentindo maravilhosamente impulsiva e gloriosamente imprudente.

Mas ele estava mais perto, e era só com isso que queria me preocupar. Seu corpo largo empurrou o meu para baixo, e não houve nem um segundo de hesitação antes que minhas costas encontrassem a grama. O peso da parte superior do corpo dele e a frieza da sua pele nua, infiltrando-se através da combinação fina conforme seu peito pressionava o meu, foi um choque decadente e inebriante para os meus sentidos.

O som retumbante que veio dele dançou sobre a minha pele, meus seios e ainda mais para baixo. Ash parecia estar tão afetado quanto eu, e isso me deixou vertiginosamente tonta por saber que ele — um *deus* — poderia reagir com tanta intensidade.

Com as mãos ligeiramente trêmulas, passei os dedos em seus cabelos e depois na pele onde a tatuagem se estendia até a nuca. Ash tirou a mão dos meus cabelos enquanto a minha viajava sobre os músculos tensos que revestiam sua coluna. Os dedos dele deslizaram por toda a extensão do meu braço, do topo da mão até o ombro, e depois novamente para baixo. Sua mão passou pela lateral do meu seio e depois desceu até minha cintura. Dei um gemido suave ao mesmo tempo em que arqueava as costas, um som que eu só havia ouvido nas áreas sombrias do jardim ou nas salas com cortinas pesadas do Jade.

Ele pousou a mão no meu quadril, e o toque ficou mais pesado assim que afastou a boca da minha.

— O beijo foi satisfatório?

Meus olhos se abriram, encontrando os dele.

— Deu pro gasto.

Ele deu uma risada baixa e gutural.

— Você é difícil de impressionar, não é?

— Na verdade, não — respondi, embora estivesse bastante impressionada.

— Ai, essa doeu. — A mão dele apertou meu quadril. — Então acho que vou ter de mudar isso.

Aquilo, a provocação, era uma novidade emocionante. Como quando descobri uma nova passagem no Bairro dos Jardins, mas muito melhor. Gostei. Bastante. Evocava algo dentro de mim, algo espontâneo e livre.

— Acho que sim.

Mas fui eu que fiz a mudança.

Minha boca buscou a dele, e a forma como nossos lábios se encontraram foi feroz e exigente, desencadeando uma profusão de sensações selvagens e ofegantes dentro de mim, às quais me entreguei avidamente. Fiquei maravilhosamente perdida nelas. Nele. A sensação dos seus lábios frios. O toque da sua língua contra a minha e a mordida inesperada das presas. O gosto de mel e o cheiro exuberante. E soube que era o tipo de beijo sobre os quais eu lia nos livros. Beijos que nunca experimentei no Jade quando tentava aliviar a inquietação dentro mim. Porque eu poderia fazer aquilo por horas a fio sem me cansar. Sabia disso porque queria *mais*. A mão dele apertou meu quadril e continuou descendo. Senti uma tensão perversa de expectativa lá em baixo e bem dentro de mim.

A mão de Ash escorregou até a bainha da combinação, e então a pele áspera da sua palma roçou na pele nua da minha perna. Naquele momento pensei que nunca havia ficado tão feliz por não estar de calça.

Seus lábios se moveram contra os meus quando ele passou a mão pela extensão da minha perna, sob a combinação. Reagi sem pensar, dobrando a perna em um pedido silencioso para que ele continuasse a exploração. Todo o meu corpo ficou tenso quando a mão dele roçou na minha coxa nua. Senti um latejar numa parte bastante *inominável*, aquela a poucos centímetros da sua mão.

Mas então ele parou.

Ash interrompeu o beijo, respirando com dificuldade como eu, e isso me abalou. Um deus estava igualmente afetado.

— Isso vai... — Ele engoliu em seco, olhando para baixo entre nós dois. — Deuses!

Cada parte de mim se concentrou onde as pontas dos dedos dele roçavam a curva inferior do meu traseiro. Olhei para baixo, seguindo seu olhar. O corpete solto da minha combinação havia caído, expondo apenas meus mamilos entumecidos. Seu olhar recaiu para onde a bainha da minha combinação tinha se amontoado em torno do seu antebraço, puxada para cima dos meus quadris. O contraste da nossa pele, mesmo sob o luar, era uma visão surpreendentemente íntima. Assim como as áreas sombrias agora expostas ao ar ameno da noite e a ele.

Olhei para Ash, trêmula. Suas feições haviam se aguçado, tornando-se rígidas. E havia uma certa urgência e *fome* em seus lábios entreabertos. Tive um vislumbre das presas, e outro estremecimento percorreu meu corpo. Fiquei imaginando se deveria tentar me proteger do seu olhar, se ele esperava isso de mim. Mas se o fizesse, ficaria desapontado. Queria que ele olhasse para mim como se quisesse me devorar.

E pensei que talvez quisesse ser devorada.

Senti a intensidade do seu olhar quando Ash ergueu os olhos. Ele inclinou a cabeça, reivindicando minha boca. Seu beijo foi exigente, puxando meu lábio inferior com as presas afiadas. Entreguei-me a ele, abrindo a boca. O beijo se aprofundou, e sua língua deslizou sobre a minha, capturando meu gemido ofegante. O gosto dele, o cheiro... Tudo dele invadiu meus sentidos, me incendiando por dentro. Uma urgência dolorosa se instalou no meu âmago, bem perto de onde a mão dele estava na minha perna. Seu polegar se moveu ao longo da dobra da minha coxa, provocando uma pulsação latejante pelo meu corpo enquanto sua boca deixava a minha e descia pela lateral do meu pescoço. Ele se deteve no meu pulso, deslizando a língua quente e úmida contra a minha pele. Em seguida, Ash inclinou a cabeça, e eu senti o arranhar afiado e inesperado das suas presas.

Arqueei o corpo inteiro enquanto dizia o nome dele com uma expiração suave:

— *Ash.*

Com a mente cheia de desejo, demorei um pouco para perceber que ele havia parado de se mover. Abri os olhos.

— Eu disse algo errado?

Ele balançou a cabeça de leve.

— Não. É só que... — Ele beijou o lugar que havia mordido. — Nunca ouvi meu nome pronunciado dessa maneira antes. É uma sensação estranha.

Deslizei as mãos pelos braços dele, imaginando como isso seria possível.

— É uma sensação ruim?

— Não, não é — respondeu ele, parecendo surpreso com a confissão. Não sabia o que pensar sobre isso.

Mas então fiquei completamente perdida outra vez quando seus lábios recomeçaram a se mover, deixando pequenos beijos quentes no meu pescoço e sobre a clavícula. Ele desceu cada vez mais até que seu queixo roçasse na curva dos meus seios. Afundei os dedos na pele esticada dos braços dele conforme seu hálito frio dançava sobre a saliência de carne.

— Sabe de uma coisa? — perguntou ele.

— O quê? — Olhei para o topo da sua cabeça escura, com o coração acelerado.

— Pode me chamar do que quiser.

Dei uma risadinha suave.

— Não sei se você está falando sério.

— Estou. — Ele virou a cabeça e levantou os cílios. Olhos prateados e rodopiantes se fixaram nos meus. — De *qualquer coisa.*

Não consegui tirar os olhos dele. Seu olhar prendeu o meu enquanto ele fechava os lábios sobre meu seio, abocanhando a pele sensível. Arfei quando senti o choque do frio contra o calor da minha carne. Outra pulsação latejante disparou através de mim quando seus cabelos caíram para a frente, deslizando sobre a minha pele.

Ele se afastou, me deixando sem fôlego, e beijou o espaço entre os meus seios.

— Não quero que esse aqui fique solitário.

Sorri e encostei a cabeça na grama úmida.

— Foi o único osso gentil e decente no seu corpo que te disse para fazer isso?

— Talvez. — Ele passou a língua pelo outro mamilo e puxou o bico latejante com a boca, roçando a ponta da presa sobre ele. Dei mais um gritinho. — Mas — continuou ele, deslizando a língua sobre a carne ardente —, acho que são os ossos perversos e indecentes do meu corpo que orientam a minha consideração.

Mordi o lábio conforme ele fechava a boca sobre a pele ali mais uma vez. A sensação dele era tão pervertida, e então seu polegar se moveu ao longo da minha coxa em círculos lentos e enlouquecedores outra vez, chegando muito perto daquele latejar constante de urgência. Esperei ansiosamente, imaginando se ele iria me *tocar*. Esperando que ele o fizesse. Eu precisava dele, mas seu polegar e dedos se aproximavam e se afastavam, mais perto e depois mais longe, enquanto sua boca, lábios e dentes provocavam meus seios.

A urgência, a maravilha e o fogo intenso que ele acendeu dentro de mim inundou cada parte do meu corpo com um calor líquido. A paciência, que nunca foi o meu forte, falhou.

Deslizei a mão pelos músculos tensos do braço dele até chegar à mão sobre a minha coxa. O polegar errante de Ash parou, e ele abriu os dedos, roçando na umidade acumulada entre as minhas pernas. Passei os dedos por cima dos dele.

Ele levantou a cabeça, e eu abri os olhos para encontrá-lo olhando para mim de um jeito incisivo e faminto que provocou outra onda de arrepios por todo o meu corpo.

— O que você quer de mim, *liessa*?

Algo belo e poderoso. Era isso que eu queria.

Ele entreabriu os lábios, revelando as pontas das presas.

— Mostre pra mim.

Com os olhos fixos em Ash e o coração batendo forte, deslizei a mão dele da minha coxa para onde eu latejava. Meus quadris estremeceram com o toque frio na minha pele quente e úmida.

Fios radiantes de éter açoitavam o prateado dos olhos dele.

— *Mostre pra mim* — repetiu ele com a voz rouca enquanto deslizava o dedo em meu âmago. — Mostre para mim o que gosta, e eu darei a você.

Mal conseguia respirar enquanto moldava minha mão à dele. Nunca havia feito nada disso antes. Mas parecia tão natural. Tão certo. E, ainda assim, tão sedutoramente escandaloso. Movi seu polegar com o meu, traçando círculos ao redor do feixe de nervos. O ar que consegui respirar ficou preso nos meus pulmões.

— Isso é tudo? — perguntou ele, com a voz sombria e pecaminosa. Ash moveu o polegar debaixo do meu. — Ou há algo mais que você precise, *liessa*? Que você goste? Mostre pra mim.

Era como se a voz dele carregasse uma persuasão à qual eu tinha que obedecer. Mas eu estava no controle quando pressionei um dos seus dedos compridos contra a minha suavidade, no calor e umidade ali. Arfei quando senti o dedo frio abrindo espaço dentro de mim antes de se afundar lenta e completamente.

O olhar de Ash deixou o meu e desceu para nossas mãos unidas. Seu peito se ergueu bruscamente enquanto ele me observava — enquanto ele *nos* observava mover seu dedo, penetrando cada vez mais fundo. E continuou observando conforme eu erguia os quadris, me esfregando contra seus dedos e mão. Ele não desviou o olhar nem mesmo piscou quando enfiei mais um dedo ali, ganhando cada vez mais espaço. Acho que ele sequer respirava. Acho que nós dois paramos de respirar quando os dedos dele me preencheram por completo, esticando minha carne até que eu senti uma pontada de desconforto seguida por uma onda de prazer agudo.

— Você está... — Ele respirou fundo, tirando os dedos de mim antes de acompanhar a elevação dos meus quadris com os olhos agitados. — Tão quente. Tão macia e quente. E molhada. — Ele estremeceu, engrossando a voz quando voltou a enfiar os dedos enquanto os meus se agarravam ao seu pulso. — Você se parece com a seda e a luz do sol. Linda. — Ele passou os dentes sobre o lábio inferior, e eu achei suas presas mais compridas e afiadas conforme arqueava as costas na grama e me esfregava na mão dele. Havia algo no ato de observá-lo, de nos observar, que era chocante. Eu me sentia completamente excitada. Estiquei os nervos até que parecessem que iam explodir. — Isso, *liessa*, foda a minha mão.

As palavras dele queimaram minha pele, me deixando em brasas. Joguei a cabeça para trás e fechei os olhos. O sangue pulsava enquanto eu me balançava e remexia os quadris contra ele. A tensão aumentou, crescendo cada vez mais.

Ele se deitou em cima de mim, peito contra peito, e fechou a boca sobre a minha mais uma vez. O jeito como ele me beijou foi tão selvagem quanto as sensações fervilhando dentro de mim. Afundei a outra mão em seus cabelos conforme fazia o que ele havia exigido com uma entrega selvagem. Tudo que podia ouvir era o som dos nossos beijos e as estocadas úmidas dos dedos dele. Tudo que podia sentir era ele e aquela tensão, cada vez maior, que se instalava no fundo do meu âmago. Meu corpo ficou tenso como uma corda de arco, e então tudo se desfez.

Sua boca capturou meu grito quando gozei e o êxtase veio em espasmos devastadores, açoitando e inundando de prazer todos os nervos, veias e membros do meu corpo. Foi chocante, ondas e mais ondas da mais inebriante sensação.

Foi só depois que soltei seu pulso que ele tirou lentamente os dedos de dentro de mim e a boca da minha.

— Linda — sussurrou ele nos meus lábios inchados, e eu abri os olhos.

— Eu... — As palavras me faltaram quando ele levantou aqueles dois dedos brilhantes e pervertidos. Seus olhos luminosos se fixaram nos meus enquanto ele enfiava os dedos na boca. Arqueei o corpo como se sua boca chupasse minha carne, não a dele.

Nunca havia visto algo tão sem-vergonha em toda a minha vida.

Ash sorriu em torno dos dedos, tirando-os lentamente da boca.

— Você tem gosto de sol.

Meu coração palpitou.

— Qual... qual é o gosto do sol?

O sorriso em seus lábios era malicioso.

— O seu.

A boca de Ash voltou para a minha. Pode ter sido por causa das palavras dele, do meu gosto em seus lábios ou do modo como eu ainda conseguia sentir seus dedos dentro de mim. Pode ter sido todas essas coisas. O que quer que fosse, alimentou a necessidade de retribuir o que ele havia me dado, compartilhar o prazer. Deslizei a mão entre nós, encontrando o membro grosso e duro contra o tecido macio da sua calça. Outra onda de prazer percorreu meu corpo quando o senti. Seu corpo inteiro vibrou, assim como o meu com o primeiro toque dele.

Ash emitiu aquele ruído sombrio e delicioso outra vez quando estendeu a mão entre nós, fechando-a sobre a minha. Ele pressionou minha palma, trêmulo.

— Isso... isso vai virar algo mais do que beijos e carícias.

— É mesmo? — Nunca tinha ouvido minha voz soar tão aveludada assim. Nunca havia sentido meu coração bater como agora conforme outro turbilhão de expectativa se agitava dentro de mim. — Quero fazer o que você fez por mim.

Ele tensionou o maxilar enquanto eu o apalpava sobre a calça.

— Você não faz ideia de quanto quero isso.

— Eu também quero — sussurrei no espaço entre nossas bocas.

— Não é sua mão que quero em volta do meu pau. É *você*. Apertada, molhada e quente — ofegou ele, e eu senti um calafrio conforme o segurava com mais força. Ele gemeu. — E se continuar me tocando assim, é isso que vai acontecer. Vou penetrá-la, e não serão meus dedos que você vai foder. — Ele inclinou a cabeça de novo, roçando os lábios nos meus. — Acho que você sabe disso.

Eu sabia.

Deuses, como eu sabia!

Engoli em seco, passando a mão trêmula sobre seu peito rígido. Minha cabeça estava a mil, numa batalha entre impulsividade e cautela, imprudência e sabedoria. Já tínhamos ido longe demais. Uma parte dele estivera *dentro* de mim. Ele provara meu gosto. Havia inúmeros motivos pelos quais eu deveria prestar atenção à segunda opção, e apenas alguns para a primeira. Mas esses falavam mais alto e de modo incessante.

Eu não queria que isso, o que quer que fosse, acabasse. Não queria voltar à realidade em que sabia que nunca mais sentiria *aquilo*. Essa selvageria extravagante. Essa conexão com o meu corpo. Com o corpo dele. Essa veracidade. Nenhuma esperança moribunda de cumprir meu dever, de pegar algo assim — belo e poderoso — e usá-lo para matar. Nenhuma necessidade de ser outra pessoa além de mim mesma.

Então ignorei a cautela e a sabedoria.

— Eu sei o que vai acontecer.

Os lábios dele se curvaram em um sorriso contra os meus.

— Você é uma Princesa.

— E daí? Você é um deus.

Ash deu uma risada, o som parecendo uma fumaça densa e pesada nas minhas veias.

— Você não deveria ser seduzida no chão de uma floresta.

— E se eu não fosse uma Princesa? — retruquei, afastando minha mão dele. — Seria aceitável iniciar tal sedução?

Outra risada baixa brincou com meus lábios conforme ele passava a mão pela curva da minha coxa.

— Ninguém deveria ser seduzido no chão de uma floresta. Ainda mais quando vai acabar sentindo o gosto amargo do arrependimento mais tarde.

— Como sabe se vou me arrepender ou não?

— Você vai, sim. — Os lábios dele tocaram no canto dos meus.

Ocorreu-me então que ele deveria estar falando da consequência que muitas vezes acompanhava uma boa sedução: um filho. Relaxei, aliviada por ele ser capaz de pensar em algo assim quando o pensamento sequer havia passado pela minha cabeça. Uma criança nascida de uma mortal e um deus era algo extremamente raro, tanto que nunca conheci nenhuma.

— Isso pode ser evitado — sussurrei, me referindo a uma erva que eu sabia que as mulheres podiam tomar, antes ou depois, para impedir tais coisas. — Existe uma...

— Eu sei — interrompeu ele. — Para sua surpresa, não era disso que eu estava falando.

Fiz uma careta.

— Então do que *você* acha que vou me arrepender? Ou acha que não conheço meus próprios desejos e necessidades?

— Você parece ser uma pessoa que sabe *exatamente* o que quer e precisa — replicou ele. — Mas isso não é sensato.

— Então o que você está fazendo? — disparei, empurrando o peito dele de leve.

— Tentando não iniciar tal sedução. — Ele levou a mão até minha bunda, onde seus dedos apertaram a carne.

Uma pulsação latejante de percepção se espalhou pelo meu corpo.

— Caso não saiba, você tem um jeito estranho de não se envolver em sedução.

— Eu sei — respondeu ele. — Deve ser porque não tenho muita experiência com tudo que a sedução implica.

Fiquei surpresa. Abri a boca para perguntar se ele queria dizer o que eu achava que queria — pois certamente, enquanto deus, não poderia ser aquilo —, mas os lábios dele encontraram os meus mais uma vez. E os beijos... Os beijos *dele* eram muito desconcertantes. Seus lábios se moveram contra os meus de modo lento e intoxicante, como se ele estivesse sorvendo minha boca. Parece que levou horas, embora eu saiba que foram apenas poucos minutos. Não foi tempo suficiente, e depois os beijos ficaram ainda mais brandos e suaves. Não houve nenhuma mordida inesperada das presas e, com cada varredura dos lábios e movimento da língua, eu sabia que não iríamos mais longe do que isso.

E apesar de o ter desafiado e do seu autocontrole irritante e surpreendente, aquilo... aquilo chegar ao fim *era* bom. Era a coisa mais sensata a fazer, pois esquecer o jeito que ele me beijava, o prazer que havia me dado e como eu me sentia agora já seria difícil demais. Qualquer coisa além disso seria impossível.

Os lábios dele puxaram os meus bem devagar, me deixando em meio a um torpor agradável enquanto ele levantava a cabeça. Abri os olhos e encontrei-o examinando os olmos.

Demorou um pouco para que a preocupação me alcançasse.

— Você ouviu alguma coisa?

— Não como antes. — Ele olhou para mim enquanto deslizava a mão pela minha perna e depois a afastava. — Se eu continuasse aqui acho que ficaria obcecado em tentar contar quantas sardas você tem.

O que ele disse pesou no meu coração, e respirei fundo. Eu *não* precisava sentir isso.

— Mas tenho que ir.

Assenti, me forçando a soltar os ombros dele e sem saber como minhas mãos tinham ido até ali.

— Já deveria ter ido embora — acrescentou ele. — Não esperava ficar aqui hoje à noite.

Ignorei a pontada de decepção que senti na boca do estômago.

— Acho que essa noite foi completamente inesperada.

— Concordo — respondeu ele, tocando na minha bochecha. O gesto me surpreendeu. Ele pegou um cacho, puxou-o até ficar reto e depois o enrolou lentamente em volta do dedo. Ash olhou para a mecha de cabelo, alisando o polegar sobre ela. — Você vai voltar pra casa agora e ir para uma cama muito mais confortável do que o chão da floresta?

Concordei com a cabeça.

Mas ele não saiu de cima de mim, com o peso ainda agradável de um jeito intoxicante. Enquanto ele parecia momentaneamente absorto em meu cabelo, aproveitei a oportunidade. Na verdade, agarrei-a. Olhei para a testa dele e a linha orgulhosa do nariz, as maçãs do rosto angulosas e os lábios surpreendentemente macios. Examinei o contorno do seu queixo e a cicatriz leve ali. Gravei esses detalhes na memória como havia feito com a sensação da sua pele na minha e como meus lábios ainda formigavam com o toque dos dele.

Dei um suspiro suave.

— Se você for embora, vai ter que soltar meu cabelo.

— É verdade — murmurou ele, desenrolando o dedo do cacho, mas não o soltou. Em vez disso, colocou a mecha atrás da minha orelha com uma delicadeza que decidi que também *não* poderia me lembrar.

Em seguida ele inclinou a cabeça e deu um beijo na minha testa — outra coisa que eu faria questão de esquecer. Então se levantou com a mesma graça de quando enfrentou aquelas criaturas.

Sentei rapidamente, certificando-me de que a combinação cobrisse todos as partes inomináveis da melhor maneira possível. Olhei para ele de relance, meu olhar vagando para onde podia jurar que ainda via a rigidez da sua excitação. Ele ficou em silêncio e então vestiu a camisa. A luz da lua reluziu no bracelete prateado ao redor do seu bíceps quando ele começou a calçar as botas. As últimas coisas que pegou foram a bainha e a espada.

Ash me encarou, e pude sentir seu olhar como se fosse um toque físico na minha bochecha, nos meus seios e então ao longo da minha perna nua. Um calor seguiu aquele olhar, algo que eu suspeitava que voltaria para me provocar durante as noites insones.

Ele olhou de volta para a floresta.

— Não espere muito tempo para voltar — aconselhou.

Arqueei as sobrancelhas e reprimi a réplica que deixava minha língua afiada. Não sei se a ordem vinha de um lugar de suposta autoridade ou de preocupação, e também não era algo a que eu estivesse acostumada. Não era comum que alguém me dissesse o que fazer além de me expulsar de um lugar, principalmente nos últimos três anos.

Ele deu um passo na minha direção e então parou, com os cabelos caindo no rosto e o queixo de encontro ao ombro.

— Eu... — Ele parecia não saber como continuar.

— Foi bom conversar com você — afirmei, sendo realmente sincera. Ash ficou completamente imóvel e em silêncio, e eu senti as bochechas corarem. — Embora você tenha me espionado — acrescentei rapidamente. — De um jeito muito inapropriado.

Um ligeiro sorriso surgiu em seu rosto. Ele não mostrou os dentes, mas suas feições ficaram mais calorosas.

— Foi bom conversar com você. De verdade — declarou ele, e meu coração bobo palpitou dentro do peito. — Tome cuidado.

— Você também — consegui dizer.

Ash ficou ali por um instante antes de se virar, seus passos mal fazendo barulho conforme se afastava. O sorriso sumiu do meu rosto enquanto eu o via partir até que não conseguisse mais vê-lo em meio às sombras densas. Senti uma dor estranha no peito. Uma sensação de perda que não tinha nada a ver com aonde os beijos levaram ou deixaram de levar nem com a ausência de contato. Foi como encontrar um amigo e então perdê-lo imediatamente. Foi assim que me senti. Nossa conversa foi sobre coisas que só compartilhamos com amigos. As outras coisas... Bem, acho que amigos não compartilham *aquilo*.

Mas foi uma perda, de certa forma, pois não achei que o veria outra vez. Imaginei que, se ele continuasse de olho em mim, eu não perceberia, assim como antes. Que talvez ele tenha se dado conta de que aquilo já havia ido longe demais. Pensei nisso porque ele não perguntou meu nome.

Eu ainda era uma estranha para ele.

Balancei a cabeça e me levantei, encontrando meu vestido sob o luar. Ao vesti-lo, ouvi um som que estivera estranhamente ausente.

Os pássaros.

Eles chamavam uns aos outros, cantando suas canções conforme a vida se agitava mais uma vez na floresta.

Capítulo 14

— Houve uma confusão ontem à noite na Travessia dos Chalés. Começou como um protesto contra a Coroa e o pouco que está sendo feito para conter a Devastação, mas a reação dos guardas transformou o protesto em confusão. — Sentada ao pé da minha cama, Ezra passou a mão pelo rosto. Ela apareceu pouco depois que o café da manhã foi servido, aparentando ter dormido ainda menos do que eu. Havia olheiras sob seus olhos. — Seis pessoas foram mortas. Bem menos do que o previsto, por mais terrível que pareça. Mas muitas ficaram feridas. O fogo destruiu algumas casas e lojas. Alguns disseram que foram os guardas que o iniciaram.

— Não estava sabendo. — Torci o cabelo distraidamente em uma trança grossa, afundando ainda mais nas almofadas verde-esmeralda desbotadas da cadeira colocada diante da janela. A vista dava para os Olmos Sombrios, um lugar que parecia outro mundo agora. — Deixa eu adivinhar: os guardas estavam agindo sob as ordens da Coroa?

— Estavam — confirmou ela, ficando em silêncio enquanto olhava ao redor do meu quarto. Seu olhar vagou sobre o armário estreito, a única peça de mobília além da cadeira em que eu estava sentada, da cama e do baú. Os livros estavam empilhados na parede, pois não havia estantes para exibi-los. Eu não tinha bugigangas ou carrinhos de serviço, quadros de Maia, a Primordial do Amor, da Beleza e da Fertilidade, nem de Keella. Ou sofás exuberantes com assentos amplos. Não era nada parecido com os aposentos dela ou de Tavius. Aquilo costumava me afetar, as discrepâncias, mesmo quando eu era a Donzela. Agora eu já havia me acostumado. — Mas não é como se eles não tivessem autonomia ou controle sobre as próprias ações — continuou Ezra. — Havia outras maneiras de lidar com o problema.

Aquele não foi o primeiro protesto a se tornar violento. Na maioria das vezes, era a contenção que sempre agravava o problema. Às vezes, era o povo, mas não podia culpá-los quando era óbvio que eles sentiam que manifestações pacíficas não chamavam a atenção da Coroa, e quando muitos de seus familiares e amigos estavam desempregados e famintos.

— Os guardas podiam ter lidado com isso de outro jeito. — Vi os topos dos olmos se balançarem. Em algum lugar além das árvores, o lago esperava por mim. Senti o estômago se agitar. Até mesmo pensar nisso parecia diferente agora, e não sabia muito bem se predizia algo bom ou ruim ou coisa nenhuma. — Mas acho que eles não se importam o suficiente para tentar abrandar a situação e devem ter ateado fogo como forma de punição ou para fazer com que os manifestantes parecessem culpados.

— Infelizmente tenho que concordar. — Ela fez uma pausa. — Fiquei surpresa que ainda não soubesse o que aconteceu nem estivesse no meio da confusão.

Quase perdi o fôlego quando puxei o ar e torci o cabelo ainda mais forte. Dois olhos prateados e luminosos surgiram na minha mente. Senti outro movimento de torção, dessa vez no baixo-ventre. Como poderia explicar o que estava fazendo ontem à noite? Ou até mesmo falar sobre isso quando pensava logo na sensação da pele de Ash na minha? Nos seus lábios, seus dedos...

Mostre pra mim.

Limpei a garganta.

— Estava no lago e perdi a noção do tempo — falei, oferecendo uma meia-verdade. Se contasse algo sobre ontem à noite, mesmo os detalhes menos íntimos, ela faria perguntas, o que seria compreensível. Eu até contaria, mas não queria falar sobre Ash nem nada do que ele havia compartilhado comigo. Parecia irreal demais. Se começasse a falar sobre isso, surgiriam pequenos buracos que despedaçariam toda a lembrança.

Soltei o cabelo.

— A Coroa ou o herdeiro saíram para falar com o povo ontem à noite? Tentar acalmá-los? Ouvir suas preocupações?

Ezra deu uma risada seca.

— É uma pergunta séria? — Ela balançou a cabeça enquanto brincava com a renda na gola do vestido azul-claro. — Tavius se escondeu no quarto. Ainda está escondido, tendo tomado o café da manhã lá. E o Rei pretende se dirigir ao povo em algum momento, para assegurar-lhes de que tudo o que pode ser feito já está sendo feito.

— Que oportuno da parte dele.

Ezra bufou.

Descansei o rosto no encosto da cadeira e estudei minha meia-irmã, prestando atenção nas olheiras sob seus olhos. Sem precisar dizer nada, eu sabia que ela estava lá fora na noite passada com o povo para ajudar como podia. Assim como sempre estivera, dia após dia.

— É você quem deveria ser a herdeira — observei. — Você seria uma governante muito melhor do que Tavius.

Ela arqueou as sobrancelhas.

— Qualquer um seria um governante melhor do que Tavius.

— Verdade — concordei baixinho. — Mas você seria uma governante melhor porque realmente se importa com o povo.

Ezra deu um breve sorriso.

— Você também se importa.

Como poderia não me importar se era meu destino deter as coisas que estavam acontecendo com o povo? Reprimi um suspiro.

— Você sabe o que vai acontecer enquanto a Devastação continua a se espalhar. Como acha que Tavius vai lidar com isso?

O sorriso sumiu dos lábios dela.

— Só podemos esperar que esse dia não chegue tão cedo ou que ele se case com alguém muito mais... — Ela franziu a testa enquanto procurava a palavra certa.

Uma palavra mais gentil do que as que saíram da minha boca.

— Muito mais inteligente? Compassiva? Empática? Corajosa? Solidária?

— Sim, todas essas coisas. — Ela riu enquanto me observava. — Você está bem?

— Estou — Franzi o cenho. — Por que pergunta?

— Não sei. — Ela continuou me encarando. — Parece distraída. Pode chamar de intuição familiar. — Familiar? Às vezes eu esquecia que éramos da mesma família. Resisti à vontade de me contorcer na cadeira.

— Acho que sua intuição familiar está meio enferrujada.

— Talvez. — Ela se recostou, com o sorriso voltando aos lábios mas sem alcançar os olhos. — Vou até a Travessia dos Chalés para saber como vão os reparos nas lojas e casas danificadas e depois vou ver se os Curandeiros precisam de ajuda para lidar com os feridos. Quer se juntar a mim?

O fato de ela ter perguntado aqueceu meu coração.

— Obrigada — respondi, descruzando as pernas da cadeira. — Mas vou ver se há sobras na cozinha e depois visitar os Couper. Sei que tanto Penn quanto Amarys estão tentando arrumar trabalho já que suas terras estão completamente devastadas agora.

Ezra assentiu lentamente.

— Sabe o que eu acho? — perguntou. — Você é a Rainha que o povo de Lasania precisa.

Dei uma risada grave e alta, embora a voz dela soasse tão solene como sempre. Era algo que jamais poderia nem iria acontecer. Continuei rindo disso depois que Ezra saiu, e vesti uma saia marrom simples e uma blusa branca feita de um tecido fino de algodão. Sabia que o calor seria intenso hoje e não queria vestir calças. Trancei rapidamente o cabelo, embainhei uma pequena faca de lâmina serrilhada e afiada dentro da bota e a adaga de ferro na coxa e segui até a torre oeste. O sol da manhã se esforçava para penetrar na torre conforme eu descia os degraus às vezes escorregadios até os andares inferiores. Saí para um dos corredores menos movimentados. Tornou-se um hábito circular pelos corredores vazios. Havia menos chance de me tornar o foco dos olhares curiosos de novos empregados que ainda não sabiam quem eu era, e mais fácil evitar o modo como os mais antigos se comportavam como haviam sido ensinados — agir como se não tivessem me visto. Como se eu não passasse de um espírito errante.

O cheiro persistente de carne frita permeou o ar assim que entrei na cozinha. Os empregados corriam entre as estações de trabalho, limpando ou preparando a comida para o dia. Virei para a direita, na direção de um homem enorme que estava cortando um pedaço de carne como se ela tivesse feito um insulto cruel a ele e a toda sua linhagem.

O que significava que ele mal me tolerava.

— Tem alguma coisa pra mim? — perguntei.

— Nada adequado nem mesmo para as bocas mais famintas — respondeu Orlano rispidamente, sem sequer parar no meio do golpe de faca.

Olhei ao redor, estreitando os olhos para as cestas de batatas e verduras empilhadas perto dos alqueires de maçãs.

— Tem certeza?

— Tudo que sei que você está de olho é para esta noite. Teremos convidados importantes. — O cutelo desceu com um golpe úmido. — Então não fuja com nada disso. As bocas necessitadas vão ter que se arranjar sozinhas.

— Elas já estão se arranjando sozinhas — resmunguei, imaginando que convidados viriam. Demorei um pouco para me lembrar de que logo haveria um Ritual. — E continuam necessitadas.

— Não é problema meu. — Ele passou a mão na frente do avental. — Nem seu.

— Tem certeza? — Estremeci quando as tiras de carne que ele jogou em uma tigela aterrissaram com um baque úmido. — Talvez seja problema do Rei e da Rainha.

O cutelo congelou no ar quando ele virou a cabeça na minha direção. Ele estreitou os olhos escuros sob as sobrancelhas grisalhas.

— Não diga essas coisas perto de mim quando até as malditas panelas e frigideiras têm olhos e ouvidos. Parece até que sou insubstituível.

Não sei se Orlano suspeitava de quem eu era, mas às vezes, como agora, imaginava que ele podia saber que eu era a Escolhida fracassada *e* a Princesa.

— O Rei Ernald adora seus doces e como você cozinha o assado — comentei. — Você deve ser a pessoa mais insubstituível em todo o castelo, incluindo a Rainha.

O orgulho ficou estampado em seu rosto, embora ele bufasse.

— Dê logo o fora daqui. Preciso que aquelas garotas lá atrás descasquem as maçãs em vez de observar você e rezar.

Repuxei os cantos dos lábios para baixo quando olhei para os alqueires. Duas empregadas jovens de blusas brancas engomadas a ponto de ficarem de pé sozinhas observavam o cozinheiro e a mim nervosamente. Os descascadores estavam parados em suas mãos, ao contrário dos lábios. Bom, elas pareciam mesmo estar rezando. Só os deuses sabiam que boatos tinham ouvido para levá-las a isso.

— Tudo bem. — Desencostei da bancada.

— Ao lado do forno há maçãs e batatas machucadas que estão perto de estragar. — Orlano voltou para o pedaço de carne. — Pode ficar com elas.

— Você é o melhor, sabia?! — exclamei. — Obrigada.

O rosto dele ficou vermelho.

— Dê o fora daqui.

Ri baixinho e me afastei dele. Transferi a comida para um saco de estopa e então segui na direção das enormes portas arredondadas. Fiz questão de passar pelos alqueires e pelas duas empregadas.

Diminuí o ritmo e olhei para elas.

— Cuidado com o que rezam. Um deus ou Primordial pode atender suas preces.

Uma delas deixou cair o descascador.

— Garota! — gritou Orlano.

Dei uma piscadela para as duas mulheres e me retirei da cozinha antes que ele me expulsasse dali. O bom humor não durou muito tempo quando saí para o sol da manhã e vi a atividade nos estábulos.

Merda.

Nobres de distritos fora da Carsodônia *já* haviam começado a chegar para o Ritual, suas carruagens um mar de escudos familiares. A última coisa que a Coroa precisava fazer era dar um banquete para famílias de todo o reino que não tinham problemas em se alimentar. Aquilo não pegaria bem com o povo.

Toda a comida que seria preparada nos próximos dias poderia ir para os necessitados. Mas então a Coroa não seria capaz de manter a farsa de estabilidade que estava rachando e apresentando sinais de ruptura. Nenhum vestido elegante ou festa extravagante seria capaz de esconder isso.

*

Subi a colina poeirenta com o saco de maçãs e batatas desproporcionalmente pesado nos braços, embora restasse menos da metade. A falta de sono fez com que cada passo parecesse vinte, mas ainda assim, apesar de *tudo*, sorri de leve quando os enormes carvalhos que ladeavam a estrada de terra bloquearam o brilho do sol da manhã.

A noite passada parecia surreal, como um sonho febril, o que seria mais plausível do que passar algumas horas à beira do lago, conversando com um deus das Terras Sombrias, sendo *tocada* por ele. Recebendo prazer dele.

Suor salpicava minha testa quando estendi a mão, puxando o capuz da blusa para proteger o rosto do sol. *Ash*. Senti um frio na barriga. Pensar em seus beijos e toques não ajudava a esfriar minha pele já superaquecida, mas era muito melhor do que ponderar sobre o estado do reino ou qualquer uma das inúmeras coisas sobre as quais eu não podia fazer nada para mudar. Isso só fazia eu me sentir inútil e culpada. Mas aqueles beijos, o jeito como ele me tocou e o que disse faziam eu me sentir alegre, devassa e uma dúzia de coisas diferentes e desconcertantes. E não existia nem um pingo de arrependimento. Eu desfrutei *completamente* e criei uma infinidade de lembranças que ficariam comigo por muito tempo.

Mas *havia* uma pontada de tristeza por ter acabado. E com o passar dos dias eu sabia que as lembranças não seriam mais tão vívidas. Elas se tornariam um sonho desbotado. Mas não deixei que isso me afetasse. Caso contrário, eu as estragaria, e me recusava a deixar que isso acontecesse. Já tinha poucas lembranças boas na cabeça.

O que Ash me disse sobre não ter muita experiência quando se tratava de sedução voltou a me deixar obcecada, e eu já havia pensado bastante sobre aquilo. Será que ele estava mesmo insinuando que não tinha muita ou nenhuma experiência quando se tratava de intimidade? Parecia impossível. Ele era um deus que deveria ter, no mínimo, centenas de anos. E era muito bom com beijos e toques para alguém que não tinha experiência. Mas...

Ele me *pediu* para mostrar o que eu queria, do que gostava. E eu mostrei.

Importava se eu tivesse me deitado com mais pessoas do que ele? Ou se ele não tivesse se deitado com ninguém? Não. Isso só me deixava curiosa sobre Ash, sobre seu passado e o que ele fazia quando não estava caçando deuses ou de olho em mim. Será que ele nunca havia encontrado ninguém por quem se sentisse atraído? Ou pelo menos atraído o suficiente para passar um tempo? Alguém por quem ele tivesse se apaixonado ou mesmo amado? E, nesse caso, como eu poderia ser a primeira? Devia haver outras mulheres que eram muito mais... bem, mais *tudo*. Começando com, tipo, todas as deusas.

Exceto por Cressa.

Os pensamentos sobre Ash ficaram em segundo plano quando o sol me banhou com sua luz e eu vi o que me aguardava.

A Devastação tinha se espalhado.

Comecei a andar mais devagar quando olhei para as árvores à direita, e senti um nó no estômago. Os galhos dos jacarandás costumavam ser repletos de flores roxas em forma de trompete. Agora eles cobriam o chão, com as flores amarronzadas de pétalas enroladas. Com galhos nus, não havia como confundir o estranho tom acinzentado da Devastação que agora se agarrava aos galhos e tronco da árvore como se fosse musgo.

Os agricultores tentaram fazer o que acreditavam que o Rei Roderick havia feito: passaram dia e noite, semanas e meses, cavando e raspando, mas a Devastação era profunda. E debaixo dela existia um tipo de solo duro e rochoso sem os nutrientes necessários para o cultivo das plantações.

Uma frieza inundou meu peito conforme encarava a Devastação. A propagação estava definitivamente acelerando. Mesmo que o Primordial da Morte viesse me reivindicar agora, não sabia se conseguiria fazê-lo se apaixonar por mim a tempo.

Lasania não tinha anos a perder.

Aproximei-me, afastando uma flor morta com a bota até ver o que já sabia que veria: a própria terra havia estragado, tornando-se cinza.

— Deuses — sussurrei, olhando para o solo arruinado. *Inspire.* O fôlego que tomei ficou preso quando o cheiro da Devastação chegou às minhas narinas. Não era um cheiro exatamente desagradável. Mas me fez lembrar de...

De lilases podres.

O cheiro dos Caçadores. O mesmo cheiro que tomou o ar antes que Andreia Joanis se sentasse, morta, mas ainda em movimento.

Não estava imaginando coisas. A Devastação tinha o mesmo cheiro.

Olhei de volta para a cidade. Através das árvores que restavam, o Templo das Sombras reluzia sombriamente sob a luz do sol. No centro, o Templo do Sol brilhava intensamente. Era quase doloroso observá-los. Mais atrás, o Castelo Wayfair erguia-se no alto da colina e, além das torres cor de marfim, o Mar de Stroud cintilava em um tom de azul-escuro. Quanto tempo levaria até que a Devastação alcançasse as fazendas pelas quais passei e a cidade mais além? O que aconteceria se chegasse aos Olmos Sombrios e então até o mar?

*

Quando cheguei à fazenda Massey, vi que atrás da casa de pedra e dos estábulos agora vazios restava apenas um acre de terra imaculada. Pior ainda, o cinza da Devastação estava perigosamente perto das cabeças de repolho ainda não prontas para colheita.

Segurei o saco de encontro ao peito, resistindo à vontade de passar correndo pela casa dos Massey e me distanciar da catástrofe iminente. Mas não fazia sentido. Meu destino era muito pior do que aquele.

O rangido das dobradiças atraiu meu olhar para a casa. A sra. Massey saiu, com uma cesta entrelaçada na mão. No momento em que me viu ela acenou para mim.

Mudei a carga para o outro braço e retribuí o gesto, inundada pela culpa. A sra. Massey não fazia a menor ideia de que eu podia ter impedido a devastação de sua fazenda. Se fizesse, duvidava muito que viesse me cumprimentar. Era bem provável que tentasse bater na minha cabeça com aquela cesta.

— Bom dia — gritei.

— Bom dia. — Ela desceu pela pedra rachada do passadiço. A terra nos joelhos da calça me dizia que ela já havia começado a trabalhar no que restava da fazenda, ao passo que o sr. Massey deve ter ido à cidade. Aquela gente costumava acordar antes de qualquer um e ir dormir depois de todos os outros.

Tavius costumava se referir a eles como classe baixa. Só alguém incapaz de governar pensaria na espinha dorsal do reino desse jeito, mas o herdeiro do trono era um babaca. Ele tinha pouco respeito por quem colocava comida em seu prato, e eu não ficaria surpresa se os sentimentos fossem mútuos. Se ainda não fossem, era questão de tempo até que eles compartilhassem da mesma opinião.

— O que a traz aqui? — perguntou a sra. Massey. — Foi a Coroa que te enviou?

Ela achava que eu trabalhava no castelo, acreditando que a Coroa oferecia a comida que eu levava. Nunca lhe dei nenhum motivo para pensar o contrário.

— Queria ver se os Couper estão bem. Não sei se eles ficaram sabendo do que aconteceu ontem à noite na Travessia dos Chalés. Com os danos em alguns dos prédios, aposto que será necessária uma mão de obra extra para os reparos.

A sra. Massey assentiu.

— Uma coisa horrível. — Ela descansou a cesta no quadril arredondado enquanto olhava para a cidade. — Mas suponho que o próximo Ritual vá nos trazer alguma alegria.

Concordei com a cabeça.

— Tenho certeza que vai.

— Sabe, nunca fui a um Ritual. E você?

— Não tive a oportunidade — falei. Seria arriscado aparecer lá, ainda mais quando a Coroa estivesse presente. Mas tinha curiosidade em saber o que acontecia. — Aposto que é chato.

A pele do rosto queimado de sol da sra. Massey se enrugou quando ela deu uma risada.

— Você não deveria dizer isso.

Abri um sorriso, mas meu humor desapareceu quando olhei para os campos cinzentos.

— A Devastação se espalhou mais desde a última vez que estive aqui.

— Sim. — Ela afastou um cacho rebelde que escapou da renda do gorro branco que usava. — Parece estar se alastrando mais rápido. Acho que teremos de fazer a colheita antes de os vegetais estarem maduros. É nossa única opção no momento, já que a contenção de madeira que Williamson construiu não a deteve como esperávamos. — Ela deu um curto aceno de cabeça, e então um sorriso pálido surgiu em seu rosto. — Estou contente que nosso filho tenha arranjado trabalho nos navios. Williamson fica triste, sabe? Que seu filho não seguirá seus passos como ele fez com o pai. Mas não há futuro aqui.

Segurei o saco com força quando senti um aperto no peito, desejando saber o que dizer, desejando que *houvesse* algo a dizer. Desejando ter sido considerada digna.

— Desculpe. — A sra. Massey riu nervosamente, limpando a garganta. — Nada disso é da sua conta.

— Não, tudo bem — tranquilizei. — Não precisa se desculpar.

Ela soltou o ar bruscamente enquanto olhava para a fazenda arruinada.

— Você disse que vai visitar os Couper?

Confirmei com a cabeça, olhando para o que agora me parecia um saco triste de comida. Já havia parado em outras três casas antes de ir até ali.

— Você precisa de alguma coisa? Tenho maçãs e batatas. Não há muito, mas...

— Obrigada. É uma oferta gentil e muito apreciada — interrompeu, empertigando a coluna e apertando a boca.

Passei o peso de um pé para o outro, me dando conta de que poderia tê-la ofendido com minha oferta. Muitos da classe trabalhadora eram pessoas orgulhosas, não habituadas nem desejosas do que às vezes viam como esmolas.

— Não quis insinuar que você esteja passando por necessidade.

— Eu sei. — A pressão da sua boca se suavizou um pouco.

— E não serei orgulhosa a ponto de não aceitar tal generosidade quando esse dia chegar. Felizmente ainda não estamos lá. Os Couper podem se beneficiar muito mais do que nós. Faz tempo que eles não conseguem cultivar nada, nem batata ou feijão.

Olhei adiante para onde a colina curta e ondulante escondia a casa dos Couper de vista.

— Você acha que Penn já encontrou outra fonte de renda?

— Amarys estava me dizendo um dia desses que eles tentaram — respondeu, com o olhar fixo na mesma direção. — Mas com os coletores indo para outras fazendas e lojas da cidade, não há nada disponível. Acho que decidiram esperar. Tomara que não seja muito tarde para Penn ver se alguma loja precisa de ajuda.

Havia uma boa chance de Penn arranjar trabalho temporário e que algum bem viesse do que havia acontecido na Travessia dos Chalés ontem à noite. Quis perguntar o que os Massey fariam quando sua propriedade ficasse como a dos Couper. Será que se agarrariam às suas terras, acreditando que voltariam a ser férteis? Ou deixariam a casa e os acres cultivados pela família durante séculos? Os Massey eram mais velhos que os Couper, mas a idade não era o problema. Outras fontes de renda não eram muito abundantes.

Algo precisava ser feito agora, independente da maldição. Não era a primeira vez que eu pensava nisso. Não era nem mesmo a centésima.

Voltei-me para a sra. Massey, me despedi e segui em direção à casa dos Couper. As batatas e maçãs não durariam muito, mas já era alguma coisa, e eu tinha certeza de que amanhã conseguiria arranjar mais do que seria capaz de carregar. Grande parte da comida que estava sendo preparada agora não seria tocada pelos convidados.

As árvores mortas haviam caído há muito tempo e sido removidas, mas ainda era chocante chegar à colina e não ver nada além do que parecia ser uma fina camada de cinzas.

No momento em que a casa dos Couper apareceu, esperei ouvir a risada infantil da filha e os gritinhos felizes do filho, os dois jovens demais para entender o que estava acontecendo ao seu redor. Mas o único som que ouvi foi da grama morta estalando sob minhas botas. Quando me aproximei da casa, vi que a porta da frente estava entreaberta.

Fui até a varanda.

— Penn? — chamei, abrindo a porta com o quadril. — Amarys?

Não houve resposta.

Talvez estivessem no celeiro. Eles ainda tinham um punhado de galinhas, pelo menos quando estive ali algumas semanas antes. Ou poderiam estar na cidade. Talvez Penn já tivesse pensado em procurar as companhias de navegação. Pensando em deixar as maçãs e batatas na cozinha, empurrei a porta até o fim.

O cheiro me atingiu imediatamente.

Não foi o cheiro da Devastação que fez meu coração disparar dentro do peito. Aquele cheiro era mais denso e revirou meu estômago, me lembrando de carne estragada.

Vasculhei a cozinha. Havia velas em cima da mesa vazia, queimadas até o fim. As lanternas a gás na lareira já haviam se apagado há muito tempo. A sala de estar, uma coleção de cadeiras e sofás gastos, também estava vazia. Bolinhas e bonecas de pano estavam empilhadas ordenadamente em uma cesta no corredor curto que levava aos quartos.

Olhei para a porta, afundando os dedos na estopa áspera.

Não. Não. Não.

Meus passos se tornaram lentos como se eu estivesse andando pela água, mas me levaram adiante enquanto uma voz na minha cabeça sussurrava e então gritava para que eu parasse. Fiquei toda arrepiada quando entrei no corredor e o cheiro me sufocou.

Não. Não. Não.

A porta da direita estava fechada, mas a da esquerda, não. Havia um zumbido, um zunido baixo que deveria ter reconhecido, mas não consegui no momento. Olhei para dentro do quarto.

O que restava do saco de maçãs e batatas escorregou dos meus dedos subitamente dormentes. Nem o ouvi cair no chão.

O zumbido vinha de *centenas* de moscas. O cheiro era de...

Os Couper estavam deitados na cama. Penn e a esposa, Amarys. No meio dos dois, estavam os filhos. Donovan e... e o pequeno Mattie. Ao lado de Penn havia um frasco vazio, do tipo que os Curandeiros costumavam usar para misturar remédios. Imaginei que eles dividiram a cama assim muitas vezes no passado, lendo histórias para os filhos ou aproveitando o tempo juntos.

Mas eles não estavam dormindo. Eu sabia disso. Sabia que a única vida naquele quarto era das malditas moscas. Sabia que, além dos insetos, não existia mais vida naquela casa há um bom tempo. E foi por isso que meu dom não me alertou sobre o que eu estava prestes a encontrar. Não havia nada que eu ou alguém, mortal ou deus, pudesse fazer no momento. Já era tarde demais.

Eles estavam mortos.

Capítulo 15

Eu tremia enquanto caminhava pelo saguão principal de Wayfair, passando pelas flâmulas reais e arandelas folheadas a ouro acesas apesar de toda a luz do dia que entrava pelas janelas. Os empregados iam e vinham em um fluxo constante, correndo da cozinha para o Salão Principal. Carregavam vasos de rosas noturnas atualmente fechadas, toalhas de mesa passadas e copos impecavelmente limpos. Enquanto avançava, eu não *conseguia* acreditar que o andar inteiro do Castelo Wayfair tivesse cheiro de carne assada e bolo enquanto os Couper jaziam mortos na cama, aquele frasco vazio como prova do que Penn e Amarys acreditavam ser sua única opção. Eles escolheram uma morte rápida em vez de longa e prolongada. Enquanto isso, havia comida suficiente sendo preparada agora para alimentá-los por um mês.

Tive vontade de derrubar as flâmulas e arandelas, rasgar as toalhas e quebrar os copos. Segurei minha saia empoeirada e subi as escadas de calcário largas e polidas até o segundo andar, onde sabia que encontraria meu padrasto. As salas de recepção no nível inferior, alinhadas ao salão de banquetes, só eram usadas para reuniões com convidados. Eu já havia procurado ali, e as duas salas estavam vazias.

Cheguei ao patamar e segui para a ala oeste do castelo. Assim que alcancei o corredor, vi vários homens do lado de fora dos aposentos particulares do meu padrasto. Os Guardas Reais vestiam seus uniformes ridículos e olhavam para a frente, com as mãos apoiadas nas espadas que eu duvidava muito que já tivessem empunhado em batalha.

Nenhum deles olhou para mim quando me aproximei.

— Preciso ver o Rei.

O Guarda Real que bloqueava a porta nem pestanejou, mas continuou olhando para a frente. Ele não fez qualquer menção de se afastar.

Minha paciência se esgotou no momento em que vi o que aconteceu com a família Couper. Aproximei-me do guarda, perto o bastante para ver os músculos em seu maxilar.

— Ou você se afasta, ou vou empurrá-lo.

Aquilo chamou a atenção do homem mais velho. Seu olhar se voltou para mim, com as rugas nos cantos dos olhos ficando mais profundas.

— E, por favor, sinta-se à vontade para duvidar que eu cumpra essa ameaça, pois adoraria provar como você está errado — garanti.

O rosto do homem corou e seus dedos ficaram brancos com a força com que segurava a espada.

Inclinei a cabeça para o lado, arqueando a sobrancelha. Se ele se atrevesse a levantar o punho um único centímetro, eu quebraria todos os ossos da sua maldita mão ou morreria tentando.

— Afaste-se, Pike — ordenou outro Guarda Real.

Pike parecia preferir enfiar a cara numa panela de água fervente, mas deu um passo para o lado. Ele não abriu a porta como faria com outra pessoa. O flagrante desrespeito não foi nenhuma surpresa, mas não me importei nem um pouco conforme segurava a pesada maçaneta dourada e empurrava a porta.

O aroma inebriante de tabaco para cachimbo me cercou no momento em que entrei na sala ensolarada. Raios de luz se refletiam nas estatuetas de vidro soprado que revestiam as prateleiras.

Algumas estatuetas eram de deuses e Primordiais. Outras eram de animais, edifícios, carruagens e árvores. O Rei as colecionava desde que eu conseguia me lembrar. Encontrei-o sentado atrás da pesada mesa de ferro em uma extremidade da sala circular.

As costas do Rei Ernald estavam voltadas para as janelas e a sacada em que ele se postara na noite anterior. Ele sempre me pareceu maior do que a própria vida, alto e com o peito largo, risonho e sorridente. Mas não era tão atemporal quanto minha mãe. O cabelo castanho nas têmporas começava a ficar grisalho, e as rugas nos cantos dos olhos e na testa estavam se aprofundando.

Naquele momento, não havia nada especial sobre ele.

A surpresa cintilou brevemente no rosto do Rei de Lasania assim que ele olhou para a porta. Suas feições logo se suavizaram para a máscara de impassividade que costumava usar na minha presença. As risadas e sorrisos sempre desapareciam quando ele sabia que eu estava por perto.

Lá no fundo, acho que tinha medo de mim, mesmo antes de eu ter sido considerada indigna.

Meu padrasto não estava sozinho. Percebi isso no momento em que entrei no escritório e vi a nuca do meu meio-irmão. Tavius estava sentado no sofá no centro da sala, olhando distraidamente uma tigela de tâmaras.

Fora isso, a sala estava vazia.

— Sera. — O tom de voz do Rei era monótono. — O que está fazendo aqui?

Nada de afeição ou carinho. Sua pergunta era uma exigência, não um pedido. No passado, aquilo me doía. Depois que fui considerada indigna, não senti mais nada. Mas hoje fui tomada pela raiva. Se ele não sabia por que eu estava ali, então não fazia ideia de que eu havia passado as últimas horas vendo os primeiros guardas que encontrei enterrarem os Couper.

— Os Couper estão mortos — anunciei.

— Quem? — perguntou meu meio-irmão.

Retesei as costas.

— Fazendeiros cujas terras foram infestadas pela Devastação.

— Você está falando da Devastação que não conseguiu deter? — corrigiu Tavius, pegando uma tâmara. Eu o ignorei.

— Você ao menos sabe quem eles são?

— Eu sei quem eles eram — respondeu meu padrasto, colocando o cachimbo em uma bandeja de cristal. — Fui notificado de suas mortes não mais do que uma hora atrás. É lamentável.

— É mais do que lamentável.

— Tem razão — concordou o Rei, e estreitei os olhos, pois tinha bom senso suficiente para saber o que esperar dele. — O que eles decidiram fazer é trágico. Aquelas crianças...

— O que eles acharam que *precisavam* fazer, você quer dizer. — Cruzei os braços para não pegar uma das suas preciosas estatuetas e jogá-la no chão. — O trágico é que eles acharam que não havia outra opção.

Meu padrasto franziu o cenho e se moveu para a frente na cadeira.

— Sempre há outras opções.

— Deveria haver, mas quando você está vendo seus filhos... — Minha respiração ficou presa e queimou nos pulmões conforme as risadinhas do pequeno Mattie ecoavam nos meus ouvidos. — Não concordo com o que fizeram, mas eles foram levados ao extremo.

— Se as coisas estavam tão ruins para eles, então por que não procuraram outro emprego? — vomitou Tavius, como se fosse o primeiro a pensar nisso. — Seria uma escolha muito melhor.

— E que emprego conseguiriam arranjar? — indaguei. — Você acha que uma pessoa pode simplesmente entrar numa loja, comércio ou navio e arranjar emprego? Ainda mais depois de passar a vida inteira aperfeiçoando um único ofício?

— Então talvez eles devessem ter aprendido outro ofício no momento em que o *seu* fracasso arruinou as terras *deles* — sugeriu Tavius.

— Quantos ofícios *você* decidiu aprender e dominar a ponto de poder exigir um emprego? — desafiei.

Tavius não respondeu.

Exatamente. A única habilidade que ele dominava era a de ser um babaca.

— Acho que seu meio-irmão está tentando dizer a mesma coisa que eu disse — argumentou o Rei, colocando as mãos sobre a mesa. — Sempre há escolhas. Eles escolheram errado.

— Você está falando como se eles não tivessem razão. Eles já estavam morrendo. De fome!

— E decidiram tirar suas vidas e a dos filhos em vez de fazer todo o possível para alimentá-los. — O Rei se levantou da cadeira em um floreio de seda preta adornada com tons de ameixa. — O que você queria que eu fizesse para mudar o resultado? Não tenho controle sobre a Devastação. Não posso curar a terra. Você sabe disso.

Não podia acreditar que ele estivesse fazendo aquela pergunta.

— Você poderia tê-los alimentado. Garantir que tivessem comida até que pudessem cultivar suas plantações novamente ou arranjar emprego.

— E ele deveria fazer isso por todas as famílias que não conseguem mais cultivar suas terras? — intrometeu-se Tavius.

Com as mãos em punhos, virei-me para onde ele estava sentado. Não havia uma partícula de sujeira na bota de couro apoiada na superfície dura do pufe. Ele inclinou a cabeça na minha direção, sem um único cacho caindo na testa. O olho roxo que dei a ele sumiu rápido demais. Suas feições estavam perfeitas. No entanto, todos os belos atributos pareciam errados no rosto de Tavius.

— Sim — respondi. — E não só pelos fazendeiros. Você já deveria saber disso, já que é o herdeiro do trono.

Ele comprimiu os lábios já finos em uma linha reta.

— São os coletores que dependem dos campos para alimentar os filhos. São os donos de lojas que lutam toda semana para comprar alimentos porque os preços subiram. — Olhei para ele. — Você ao menos sabe por que os preços aumentaram tanto?

A tensão sumiu do rosto dele.

— Eu sei por quê. Por sua causa. — Ele sorriu, colocando uma tâmara na boca. Duvidava muito que soubesse. — Diga-me, *irmã*. Como você acha que poderíamos sustentar todas as famílias?

Nojo embrulhou meu estômago.

— Poderíamos racionar. Dar-lhes um pouco da comida daqui, começando com as tâmaras nessa tigela.

Tavius sorriu e depois mordeu outro pedaço da fruta.

Voltei-me para o Rei.

— Há comida suficiente aqui, dentro dessas paredes, para alimentar centenas de famílias durante um mês.

— E depois? — perguntou meu padrasto, erguendo as mãos com as palmas para cima. — O que faremos depois de um mês, Sera?

— Até parece que vamos ficar sem comida. Há outras fazendas...

— Que já estão sendo levadas ao limite para compensar as terras que não podem mais produzir — interrompeu ele. — Onde traçamos a linha? Quem decidimos alimentar ou não?

Como você disse, não são só os fazendeiros, mas também os coletores e muitos outros. Mas há pessoas que não podem ou não querem se virar sozinhas que virão até nós com as mãos estendidas e a boca aberta. Se tentarmos alimentá-los, vamos todos morrer de fome.

Respirei fundo, o que não adiantou de nada para acalmar meu temperamento.

— Duvido muito que alguém preferisse não se virar sozinho e morrer de fome.

O Rei deu uma risada enquanto voltava a se sentar.

— Você ficaria surpresa — afirmou, pegando um cálice incrustado de rubis.

— Deve haver algo que possamos fazer — insisti.

— Bem, eu tenho uma ideia — anunciou Tavius, e eu nem me dei ao trabalho de olhar para ele. — Essa coisa de racionamento de que você fala? Poderíamos começar tomando a comida gasta com os mais inúteis dentro dessas paredes.

— Ah, deixa-me adivinhar. Você está falando de mim. — Olhei por cima do ombro para ele. Tavius arqueou a sobrancelha. — Pelo menos eu percebo o quanto sou inútil. — Abri um sorriso quando o dele sumiu do rosto. — Ao contrário de certas pessoas aqui nessa sala.

O olhar presunçoso de Tavius desapareceu completamente, apagado pelo calor da fúria.

— Como se atreve a falar comigo assim?

— Não há nada de atrevido em falar a verdade — retruquei.

Tavius se levantou rapidamente e eu o encarei.

— Sabe qual é o seu problema?

— Você? — provoquei, sem me importar com a infantilidade daquilo.

Ele estreitou os olhos até virarem duas lascas finas.

— Eu? A ironia seria engraçada se não fosse tão patética. O problema é você. Sempre foi você.

— Tavius — advertiu o pai dele.

Meu meio-irmão deu um passo na minha direção.

— Você falhou com aquela família. Eles estão mortos por sua causa, não minha.

Retesei-me quando as palavras me atingiram, mas não deixei transparecer, e sustentei seu olhar.

— Então mais pessoas vão morrer por causa do meu fracasso, a menos que a Coroa faça alguma coisa. O que você vai fazer quando assumir o trono? Deixar que *seu* povo morra enquanto fica sentado no castelo comendo tâmaras?

— Ah. — Ele deu uma risada dura e áspera. — Não vejo a hora de assumir o trono.

Bufei.

— É mesmo? Porque assumir o trono vai exigir que você faça alguma coisa além de ficar sentado o dia todo e bebendo a noite inteira.

Ele inflou as narinas.

— Qualquer dia desses, Sera. Eu te juro...

Algo sombrio e oleoso se abriu no meu peito, bem onde o calor do meu dom costumava se acender. A sensação era escorregadia e fria, serpenteando por mim enquanto eu encarava meu meio-irmão.

— O quê? Você está sugerindo que vai fazer alguma coisa? Logo você? Já se esqueceu daquele olho roxo? — Sorri quando ele estreitou os olhos. — Posso relembrá-lo, se quiser.

Ele deu um passo à frente.

— Sua vadi...

— Já chega, Tavius. — A voz do meu padrasto retumbou pela sala, me sobressaltando. — *Chega* — rosnou ele quando meu meio-irmão recomeçou a falar. — Deixe-nos, Tavius. Agora.

Surpresa que meu padrasto não estivesse me expulsando da sala, não prestei atenção quando Tavius se virou de volta para a mesa.

— Aqui, minha querida *irmã*. — Ele pegou a tigela de tâmaras. — Pode racionar isso entre os necessitados. — Em seguida atirou a tigela em cima de mim.

As tâmaras voaram pelos ares. A cerâmica dura rachou no braço que levantei, em vez de no meu rosto. Uma pontada de dor percorreu o osso. Respirei fundo quando a tigela caiu no chão, estilhaçando no piso de mármore.

Com o braço ardendo, segui na direção dele.

— Seu filho da...

— Já chega! Vocês dois! — O Rei bateu com as mãos na mesa. Um segundo depois, as portas se abriram. Os dois Guardas Reais entraram com as mãos nas espadas. — Sera, fique onde está. Não dê nem um passo na direção do seu meio-irmão. É uma ordem. Se me desobedecer, vai passar o resto da semana trancada em seus aposentos. Posso garantir.

A raiva se apoderou de mim como um incêndio, ardendo meus olhos. Forcei-me a ficar quieta, mesmo querendo pegar aquela tigela quebrada e bater na cabeça de Tavius com ela. Mas o Rei cumpriria a ameaça. Ele me deixaria trancada no quarto, e eu acabaria perdendo a cabeça se ele fizesse isso.

— E você, meu filho — continuou meu padrasto. Tavius se deteve de olhos arregalados ao ouvir o trovão na voz do Rei. — Não quero vê-lo pelo resto do dia. Se o vir, você terá outra coisa além de uma tigela no meio da cara. Entendeu?

Tavius assentiu com a cabeça e então se virou sem dizer mais nada, passando pelos Guardas Reais. O Rei fez um gesto para eles, que saíram da sala fechando a porta silenciosamente atrás de si.

O silêncio nos envolveu.

E então:

— Você está bem?

A pergunta suave me deixou um tanto confusa, mas então olhei para baixo. Meu braço latejante já tinha um tom brilhante de vermelho. Ficaria com um belo hematoma.

— Estou. — Olhei para a tigela quebrada. — Mas estaria melhor se você não tivesse me impedido.

— Tenho certeza que sim, mas, se eu não a tivesse impedido, você o teria machucado gravemente.

Dei meia-volta bem devagar.

O Rei pegou o cálice e bebeu todo o conteúdo em um só gole.

— Você teria acabado com a raça do seu meio-irmão.

O que ele disse não deveria parecer um elogio, mas suas palavras me envolveram como um cobertor quente.

— Tavius nunca mais vai fazer isso — acrescentou, passando a mão pela cabeça e apertando a parte de trás do pescoço. — Esse comportamento não é do seu feitio. Ele é genioso, sim. Mas não é de fazer algo do tipo. Ele está preocupado.

Não tinha tanta certeza assim. Tavius sempre teve um traço cruel, e minha mãe e meu padrasto ou não viam, ou preferiam não ver.

— Com o que ele se preocupa tanto?

— Com a mesma coisa que a atormenta — respondeu ele. — Ele só não se expressa tão bem quanto você.

Não acreditava nem um pouco que Tavius se preocupasse com as pessoas que não conseguiam se alimentar. No máximo ele se preocupava com a forma que isso o afetaria algum dia.

— Sinto muito que tenha visto aquela cena hoje de manhã — prosseguiu. Mais uma vez, fiquei em silêncio, surpresa. — Sei que foi você quem os encontrou. — Ele se inclinou para trás, apoiando a mão no braço da cadeira. — Ninguém deveria testemunhar algo assim.

Pestanejei, demorando um pouco para superar mais palavras inesperadas.

— Talvez não. — Pigarreei. — Mas acho que certas pessoas *precisam* ver para realmente entender como as coisas estão ficando sérias.

— Eu sei que é sério, Sera. E isso sem ver nada. — O olhar dele encontrou o meu.

Dei um passo na direção da mesa dele, com as mãos entrelaçadas.

— Algo precisa ser feito.

— E será.

— O quê? — perguntei, suspeitando que ele acreditava que eu ainda desempenhava um papel importante para deter a Devastação.

O olhar dele se voltou para uma das muitas prateleiras e bugigangas de vidro ali.

— Só precisamos de tempo. — Havia um cansaço na voz do Rei quando ele se recostou na cadeira, assim como um peso. — Só precisamos esperar, e a Devastação será corrigida. Tudo será corrigido a tempo.

*

Ao sair do escritório do meu padrasto, tive a mesma sensação de quando um pesadelo perdurava horas depois de acordar e eu precisava me lembrar que o horror que senti enquanto dormia não era real.

Era um tipo de ansiedade. Quando saí das escadas e fui para o salão de banquetes, mantive a cabeça baixa, evitando os muitos criados e a forma como me ignoravam. Não sei o que o Rei achava que ia mudar. Nós precisávamos de ação, não de uma esperança imprudente.

Entrei no salão de banquetes esfregando o braço dolorido. Precisava me trocar e depois encontrar Sir Holland. Não havia dúvidas de que me atrasaria para o treinamento. Não sei se...

— *Por favor.*

Parei no meio do caminho e me virei, examinando o espaço. A sala comprida e ampla estava vazia, e as alcovas que levavam às salas de reunião também pareciam vazias. Olhei para o mezanino do segundo andar. Não havia ninguém no parapeito de pedra.

— Por favor — ouvi o sussurro novamente, da esquerda. Virei-me para a alcova à luz de velas e para a porta interna fechada. — Por favor. Alguém...

Entrando na área escura, apertei a mão contra a maçaneta da porta e prendi a respiração como se isso fosse me ajudar a ouvir melhor. Por um longo segundo, não ouvi nada.

— Por favor — o lamento baixo veio mais uma vez. — Me ajude.

Alguém estava em apuros. O pior tipo de pensamento passou pela minha cabeça. Quando aquelas salas não estavam em uso, ninguém as verificava. Todo tipo de coisa horrível poderia acontecer ali dentro. Pensei em alguns dos Guardas Reais e nas criadas mais jovens e bonitas. Meu sangue esquentou de raiva quando girei a maçaneta. Lá no fundo, achei estranho que a porta se abrisse tão facilmente. Atos hediondos costumavam ser realizados atrás de portas trancadas. Ainda assim, alguém poderia ter caído enquanto limpava um dos candelabros detestáveis que pendiam do teto de todos os aposentos. Um dos empregados havia sofrido uma morte agonizantemente lenta dessa maneira alguns anos atrás.

Entrei na sala iluminada somente por algumas arandelas e vi uma garota de cabelos escuros ajoelhada ao lado da mesinha de centro baixa, disposta entre dois sofás compridos.

— Você está bem? — perguntei, correndo para a frente.

A menina olhou para cima, e eu a reconheci de imediato. Era uma das jovens que estavam rezando na cozinha. Ela não respondeu.

— Você está bem? — repeti, começando a me ajoelhar quando notei que não havia nenhum vinco na sua blusa branca engomada. Ela estava pálida, com os olhos azul-claros arregalados, mas nem um só fio de cabelo havia se soltado do coque na nuca, e sua touca de renda não estava torta.

Os olhos da criada dispararam por cima do meu ombro para algo atrás de mim.

Todos os músculos do meu corpo se retesaram quando ouvi o baque das botas suavizado pelo tapete de pelúcia.

A porta se fechou.

E então eu a ouvi ser trancada.

O olhar da garota se voltou para o meu, e seus lábios tremeram.

— Sinto muito — sussurrou ela.

Merda! Era uma armadilha.

Capítulo 16

Senti um formigamento na nuca. Virei a cabeça ligeiramente para a esquerda e vi duas pernas com calça escura junto à porta. Já deveria saber que era melhor não entrar despreparada em um cômodo qualquer, mesmo em Wayfair.

Não aprendi essa lição uma ou dez vezes nos últimos três anos?

— Eu não tive escolha — sussurrou a criada. — É verdade, eu...

— Já chega — vociferou uma voz masculina, e a criada ficou imediatamente em silêncio.

A voz dele veio da direita. Ou o que vi perto da porta tinha se mexido, ou havia dois homens na sala. A irritação percorreu minhas veias e enfiei a mão direita dentro da bota. Não estava tendo um dia lá muito bom, o que era uma droga depois das horas maravilhosas que passei à beira do lago. Os Couper estavam mortos. Meu braço ainda latejava. Sir Holland ficaria aborrecido porque agora eu certamente perderia o treinamento, e a única saia bonita que eu tinha e que não me fazia querer rasgá-la estava prestes a ser arruinada.

Afinal, eu sabia como aquilo ia acabar: comigo toda ensanguentada.

E com alguém morto.

— Sei o que estão pensando — falei, levantando-me devagar e tirando a faca da bota. Era tão pequena que, quando a segurei com o polegar e mantive a mão aberta, parecia não estar segurando nada. Olhei de relance para a esquerda de novo, e o par de pernas ainda estava ali. — Vocês ouviram algum boato. Que eu sou amaldiçoada. Que se me matarem vão acabar com a Devastação. Não é assim que funciona. Ou então ficaram sabendo quem eu sou e acham que podem me usar para obter o que querem. Também não vai rolar.

— Nós não estamos pensando em nada — respondeu o homem à esquerda. — Além do dinheiro que vai encher nossos bolsos. O suficiente para não fazermos perguntas.

Aquilo era novidade.

Mudei a faca de posição, girando a lâmina fina entre os dedos. *Matar não é algo pelo qual se deva ter pouca consideração.* Ash tinha razão. Forcei-me a inspirar lentamente e a prender a respiração conforme olhava por cima do ombro para a direita depois de ouvir um sussurro ríspido. Vi tudo preto e senti um nó no estômago. Calça preta. Braços musculosos. Um toque de brocado roxo sobre o peito largo.

Eles eram *guardas*.

Senti uma palpitação no peito, mas não podia deixar que o nervosismo me dominasse. Bloqueei os pensamentos e sentimentos e me tornei a coisa que esteve no *escritório* de Nor. Aquela criatura vazia e moldável. Uma tela em branco pronta para me tornar o que quer que o Primordial da Morte desejasse ou ser usada do modo que minha mãe achasse conveniente. Às vezes ficava imaginando o que o Primordial faria de mim, mas continuava vazia conforme escorregava o cabo da faca entre os dedos. Soltei o ar bem devagar e me virei para a direita. Mas não foi para lá que mirei. Inclinei o braço para trás e deixei que a faca voasse pelos ares.

Percebi que havia acertado quando ouvi um gemido e a criada soltou um grito assustado. Não tive tempo para saber se o treinamento de olhos vendados de Sir Holland valeu a pena quando outro guarda me atacou, de espada em punho.

Ele era jovem. Não devia ser muito mais velho do que eu, e pensei nas *marcas* que Ash me dissera que cada morte deixava para trás.

Chutei o guarda, plantando o pé em seu peito. A saia escorregou pela minha perna quando ele tropeçou para trás. Abaixei a mão, dando uma olhada rápida pela sala enquanto desembainhava a lâmina de ferro. Havia me enganado sobre quantos homens estavam ali. Eram três, todos jovens.

Bem, provavelmente só dois dali a alguns segundos. Sir Holland ficaria desapontado. Minha mira não havia sido certeira. A faca atingiu o guarda no pescoço. Sangue escorreu por seus braços, manchando a túnica. Ele cambaleou para a frente, caindo em cima do sofá. A criada recuou quando outro homem correu na minha direção.

O guarda brandiu a espada e eu me esquivei sob seu braço, aparecendo bem no caminho do terceiro agressor. Ele desembainhou uma lâmina mais curta. Praguejei baixinho e agarrei seu braço. Girei o corpo, arrastando-o comigo. Ao soltar, dei uma cotovelada em suas costas. O ato abalou o osso e a carne já doloridos, fazendo com que eu respirasse fundo enquanto o empurrava com força. O grito do guarda terminou abruptamente em um suspiro ofegante.

Virei-me e vi que a lâmina do parceiro havia empalado o homem.

— Merda — rosnou o guarda, empurrando o outro para o lado. Ele caiu de joelhos e então de bruços, batendo na mesa baixa. O vaso de lírios virou. A água se derramou e pétalas brancas e delicadas caíram no tapete.

— Não foi culpa minha — falei, dando um passo para trás. A garota recuou até a parede e parecia estar rezando de novo. — Foi tudo culpa sua.

Ele passou a lâmina para a outra mão.

— Assim sobra mais dinheiro pra mim.

O último guarda avançou. Ele foi rápido, bloqueando minha facada. Girou o corpo antes que eu pudesse atacar outra vez. Olhei para a porta trancada. Não tinha como chegar lá e abri-la a tempo.

— Quem pagou a vocês? — perguntei.

Ele me rodeou lentamente, com os olhos estreitados.

— Não importa.

Talvez não. Já tinha minhas suspeitas. Girei o corpo, brandindo a lâmina. O guarda deu um soco no meu braço, bem na contusão. Gritei. O choque de dor reverberou em mim. Minha mão se abriu por reflexo. A adaga caiu, atingindo o tapete sem fazer barulho.

O guarda riu baixinho.

— Por um momento até comecei a ficar preocupado.

— É, bem, não pare ainda. — Virei-me e apanhei a primeira coisa em que pude pôr as mãos.

Acabou sendo uma almofada bordada.

— O que você vai fazer com isso? — perguntou ele. — Me sufocar?

— Pode ser. — Joguei a almofada surpreendentemente pesada bem em seu rosto. Ele recuou.

— Mas que...?

Girei o corpo e dei um chute para cima, atingindo a almofada e o rosto dele. O homem grunhiu, cambaleando para trás. Peguei a lâmina que havia caído no chão e me levantei. Segurei a mão do guarda que empunhava a adaga e a empurrei para baixo enquanto enterrava a lâmina de ferro na almofada. Ele soltou um uivo de dor conforme as penas manchadas de sangue voavam pelos ares e largou a espada quando estendeu a mão na minha direção. Puxei a lâmina, ignorando desesperadamente o som suave e úmido de sucção e os gritos estridentes.

Cravei a lâmina no peito dele outra vez, bem no coração. A adaga perfurou o brocado pesado e ossos, afundando-se ali como se seu corpo fosse feito de algodão doce. Seus gritos cessaram. Soltei a lâmina e dei um passo para o lado quando as pernas do guarda cederam sob seu peso. Ele caiu no chão, se contorcendo. Uma poça vermelha se espalhou pelo tapete marfim juntando-se à outra mancha mais escura.

— Deuses — balbuciei, olhando para a criada encostada na parede. — Acho que esse tapete vai precisar de mais de uma lavagem.

Ela assentiu lentamente, de olhos arregalados. Seus lábios se moveram por alguns segundos sem emitir som nenhum.

— Eu não queria fazer isso. Eles me abordaram ali fora. Disseram que precisavam da minha ajuda. — Suas palavras saíram entre soluços entrecortados. — Não sabia pra quê, até que me trouxeram aqui. Achei que fossem...

— Você sabe quem deveria pagá-los? — interrompi.

— N-não — respondeu ela, balançando a cabeça. — Eu juro. Não faço ideia. — Lágrimas brotaram nos olhos dela. — Nem sei quem você é. Pensei que fosse uma aia.

Reprimi um suspiro enquanto olhava para os três guardas, mas sem me demorar em seus rostos para evitar reconhecer algum deles e permitir que deixassem uma *marca* para trás. Quem será que os procurou com dinheiro suficiente para convencê-los a matar uma pessoa que ou era empregada, ou protegida pela Coroa?

Só havia uma pessoa capaz de fazer isso sabendo que não haveria consequências. Tavius.

Senti o estômago revirar. Será que ele poderia mesmo estar envolvido? Franzi os lábios. Eu realmente estava me fazendo essa pergunta? É claro que poderia. Mas será que conseguiria ter feito isso no curto espaço de tempo depois que deixou o escritório do pai? Ou já havia planejado isso antes? Lembrei-me de suas provocações e segurei a adaga com força. Será que ele tinha tanto dinheiro assim ou estava disposto a desembolsar tal quantia?

Um baque alto soou perto da porta. Virei-me assim que uma voz masculina falou do outro lado:

— Deixe-me tentar.

Antes que eu pudesse me adiantar e destrancar a porta, vi a maçaneta girar e *continuar* girando.

O metal rangeu e então estalou quando as engrenagens cederam.

Bons deuses!

Dei um passo para trás quando a porta se abriu e vários Guardas Reais entraram na sala.

Eles pararam de supetão, mas foi o homem parado na porta que chamou minha atenção.

Nunca o tinha visto antes.

Nunca tinha visto *nada* parecido com ele antes.

Ele era alto e tudo nele reluzia em dourado: os cabelos, a pele, a elaborada pintura facial. Um brilho dourado se esgueirava por sua testa e descia pelas bochechas em um desenho que se assemelhava a asas. E seus olhos eram de um tom de azul tão claro que quase se misturavam com a fraca aura do éter atrás das pupilas.

Percebi imediatamente que ele era um deus, mas não foi isso que me deixou perturbada. A pintura facial me lembrou da pele carbonizada no rosto da costureira.

Aquele olhar pálido se voltou para onde eu estava, ainda respirando pesadamente, e recaiu nos corpos atrás de mim, terminando na criada, encostada na parede como se tentasse se fundir a ela. Passei a mão com a adaga para trás do corpo.

O deus abriu um sorriso.

Minha mãe apareceu atrás dele, com o rosto empalidecendo e combinando com o tom de marfim e creme do vestido.

De repente desejei que *eu* pudesse me fundir à parede.

— Eu os encontrei assim — menti, olhando para a criada. — Não foi?

Ela assentiu enfaticamente, e eu me virei para eles. O olhar pálido do deus ardia no meu, com os fios de éter bem mais fracos do que os de Ash. O que um deus estava fazendo ali no castelo? Engoli em seco, querendo dar um passo para trás enquanto ele continuava me encarando.

O sorriso dele se alargou.

— Que coisa horrível de se encontrar.

Olhei de relance para minha mãe. Nem por um segundo pensei que ela acreditaria no que eu alegara, mas ela não diria nada. Não na frente de um deus.

A expressão da Rainha se suavizou.

— Sim — concordou ela, com o peito subindo bruscamente. — Uma coisa verdadeiramente horrível.

*

— Você acha mesmo que Tavius teve alguma coisa a ver com o ataque? — sussurrou Ezra enquanto pendurávamos lençóis recém-lavados nos varais de náilon no pátio da casa do Curandeiro Dirks, na tarde do dia seguinte.

Havia aceitado a oferta anterior de Ezra para ajudar os feridos durante os protestos. Bem, eu meio que a ouvi dando instruções ao condutor da carruagem e a segui até o Bairro dos Jardins, onde os feridos mais graves estavam sendo tratados. Mas logo ficou evidente que Dirks precisava do máximo de ajuda possível. Quase uma dúzia de macas e catres estavam enfileirados na sala da frente de sua residência, abrigando aqueles que haviam sido machucados. Ferimentos precisavam ser limpos; roupas de cama, lavadas antes de espalhar infecção; feridos, persuadidos a comer e beber. O Curandeiro Dirks não me dirigiu sequer uma palavra além de apontar para as cestas de roupa de cama que precisavam ser penduradas para secar. Não sei se o velho sabia quem eu era. Ele nunca perguntou nada ao longo dos anos quando Sir Holland me levava até ali para tratar os ferimentos causados durante o treinamento. Se suspeitava de alguma coisa, jamais disse nada. Ezra finalmente se juntou a mim. Era a primeira oportunidade que tínhamos de falar sobre o que aconteceu ontem.

— Acho que ele é o responsável, sim. — Olhei para os vários Guardas Reais posicionados no portão de ferro que dava para o pátio enquanto pegava um dos lençóis úmidos da cesta. — Quem mais teria o dinheiro? — Passei o lençol pelo varal e o estiquei. — Ou a coragem de se arriscar a recrutar guardas?

— Não que esteja tentando defender meu irmão, mas nem eu acho que ele seja tão idiota a ponto de matar a única pessoa capaz de deter a Devastação — comentou Ezra.

— Então você está dando a ele muito mais crédito do que sou capaz. — Levantei o capuz da blusa mais para me proteger do brilho do sol do que para ocultar minha identidade.

— E a garota? — perguntou Ezra, curvando-se para pegar a última roupa de cama. Ela a sacudiu, e o cheiro adstringente irritou meu nariz. — Acha mesmo que ela não teve nada a ver com isso?

— Não sei. — Peguei a outra ponta do lençol e a ajudei a passá-lo pela corda. — Ela estava assustada, mas não sei se foi porque eu estava na sala ou porque foi forçada a entrar ali.

Ezra passou um dos lençóis para o lado enquanto se aproximava, juntando-se a mim.

— Seja como for, é melhor transferi-la para fora de Wayfair, só por precaução.

— Para onde ela iria? — perguntei. — Se você disser alguma coisa é bem provável que ela perca o emprego.

— Se ela participou do ataque, acha que deveria continuar trabalhando na mesma casa onde você mora? — observou ela enquanto endireitava o minúsculo laço branco no corpete do vestido azul-claro.

— Mas se ela não fez nada, então ficará desempregada. — Peguei a cesta. — Além de punirmos uma vítima, ela acabaria culpando a mim e à maldição, o que é a última coisa de que preciso.

Ezra deu um suspiro.

— Você tem razão, mas deveria ao menos mencionar isso a Sir Holland. Ele pode verificar seus antecedentes para ver se ela não é uma ameaça. — Ezra franziu o cenho e olhou dos Guardas Reais para mim. — Só não tenho certeza de que Tavius tenha participado do ataque. E você sabe que não estou dizendo isso porque não acredito que ele seja capaz de algo assim. Tavius quase não tem dinheiro sobrando — prosseguiu. — Sei disso porque ele está sempre tentando pegar emprestado comigo. Ele gasta tudo o que tem com a senhorita Anneka.

— Senhorita Anneka? — Fiz uma careta, segurando a cesta de vime de encontro ao peito enquanto me virava para o Templo das Sombras, que se erguia no sopé dos Penhascos da Tristeza. As torres de pedra das sombras refletiam a luz do sol como se repelissem a própria vida.

— É a recém-viúva de um comerciante — explicou, arqueando as sobrancelhas. — Os dois têm um caso bastante sórdido. Estou surpresa que você não saiba disso.

— Tento não pensar em Tavius e bloquear qualquer coisa sobre ele — falei, imaginando se era possível que a viúva tivesse dado o dinheiro a Tavius. Dei um suspiro. — Não acredito que isso tenha acontecido logo quando a Rainha estava voltando do jardim. Ela não ficou nada satisfeita.

— Ela passou boa parte do jantar de ontem se lamentando pelo tapete arruinado — comentou Ezra, e eu revirei os olhos. — Parece que foi importado de algum lugar do leste e segundo ela era "absolutamente insubstituível".

Aparentemente minha vida não era.

Minha mãe não me disse uma palavra depois que saí da sala. Não foi me perguntar se eu estava ferida como Sir Holland fez. Nem o Rei.

— O que houve com seu braço? — indagou Ezra, estreitando os olhos. — Aconteceu alguma coisa quando você lutou contra os guardas?

— Não exatamente, embora eu tenha certeza de que não ajudou muito. É cortesia do *Príncipe* Tavius — respondi e então contei a ela o que havia acontecido.

Ezra cerrou o maxilar enquanto avaliava meu braço.

— Sabe, sempre tive dificuldade em acreditar que as pessoas sejam inerentemente más — revelou, erguendo o olhar para o meu. — Mesmo depois de tudo o que vi enquanto ajudava os habitantes da cidade. Os erros são cometidos ou por escolha, ou pelas circunstâncias. Nunca por natureza. Mas às vezes olho para meu irmão e acredito que talvez ele seja mau. Talvez ele tenha nascido assim.

— Bem — murmurei —, não posso dizer que discordo de você. Só gostaria que mais pessoas se dessem conta disso.

— Eu também. — Ezra se aproximou o bastante para que, se uma de nós se mexesse, seu braço tocasse no meu. — Aliás, sabe o deus que você viu com a Rainha ontem? — perguntou ela, e logo me lembrei da máscara facial pintada de dourado. — Eu a ouvi falando a respeito dele com meu pai depois do jantar. Seu nome é Callum. — Ela inclinou o queixo. — Ele é da Corte de Dalos.

Meu estômago se agitou.

— Ele é da Corte do Primordial da Vida?

Ezra confirmou com a cabeça.

— Imagino que tenha algo a ver com o próximo Ritual.

Fazia sentido, mas eu não me lembrava de um deus da Corte de Dalos já ter vindo ao castelo antes.

Começamos a percorrer o caminho sinuoso que passava pelos numerosos vasos elevados cheios de ervas medicinais.

— Vamos ver com o que mais podemos ajudar o Curandeiro Dirks — sugeriu Ezra, e assenti. — Depois tenho que ir pra casa. Meu pai pediu para falar com Lorde Faber. Não sei muito bem por quê, mas Mari foi forçada a se juntar ao pai e, de alguma forma, fui incluída na conversa.

Fiquei imaginando sobre o que o Rei queria falar com Lorde Faber e segui Ezra até as portas acortinadas.

— Ei.

Olhei por cima do ombro na direção da voz quando Ezra parou na minha frente. Olhei além dos Guardas Reais e do pátio para...

Um homem louro estava de pé ao lado da carruagem de Ezra, esfregando o focinho de um dos cavalos. Era alto e magro, com as feições angulosas — olhos, bochechas e queixo. Vestia uma túnica preta sem mangas e enfeitada com brocado prateado, e botas pretas e polidas que alcançavam os joelhos. Havia algo estranho no modo como ele estava postado ali, algo que me deixou toda arrepiada. Demorei um pouco para perceber que o brilho do sol não parecia tocá-lo, que ele — e somente ele — estava nas sombras.

Meu coração disparou quando me virei para Ezra e a vi tentando olhar atrás de mim.

— Já volto.

— Quem é aquele? — perguntou enquanto os Guardas Reais olhavam para o homem com o que suspeitava ser o mesmo desconforto que eu sentia.

— Não sei. Se descobrir, te conto depois. — Reprimi um sorriso quando ela me lançou um olhar impaciente. — Prometo.

— Acho bom — murmurou, as saias do vestido farfalhando com a rapidez com que se virou.

Alerta, mantive a mão direita perto da lâmina embainhada na coxa. Ao passar pelos Guardas Reais, desacelerei os passos perto do estranho que havia voltado a acariciar o cavalo.

— Quem é você? — perguntei.

Ele se virou para mim, e vi seus olhos. Eram de um tom intenso de âmbar, e eu estava perto o suficiente para ver o brilho do éter atrás das pupilas.

Aquele desconhecido era um deus.

Por reflexo, coloquei a mão sobre o coração e comecei a me ajoelhar em um gesto de respeito reservado apenas para um deus ou Primordial. Algo que só então me dei conta de que nunca havia feito por Ash.

— Vossa Alteza.

— Por favor, não faça isso — pediu ele. Fiquei paralisada por um segundo e então me endireitei. — Meu nome é Ector.

Abri a boca.

— Não me importo com seu nome — interrompeu ele, e me calei. Só ia dizer *olá*. — Deve estar imaginando por que estou aqui.

Estava mesmo.

— Se sim, temos isso em comum — continuou ele, inclinando a cabeça. Várias mechas de cabelos louros caíram em sua testa. — Também estou me perguntando isso, mas sei que é melhor não questionar e apenas fazer o que me mandam.

Arqueei as sobrancelhas, confusa.

Ector deu uma última coçadinha no cavalo e então se virou completamente para mim. Foi então que percebi que ele tinha algo na outra mão. Uma caixa estreita de madeira feita de bétula clara.

— Recebi ordens para lhe dar isso.

Olhei para a caixa.

— De quem?

— Acho que você não ouviu a parte sobre saber que é melhor não fazer perguntas. Já deveria *saber* disso. — Ele me ofereceu a caixa. — Pegue.

Peguei a caixa, mas só porque... o que mais poderia fazer? Olhei para ela, virando-a lentamente nas mãos, e depois ergui o olhar. O deus chamado Ector já havia seguido na direção da rua.

Tudo bem, então.

Curiosa e um tanto desconfiada, passei para as sombras do prédio ao lado. Estaria mentindo se dissesse que não fiquei com um pouco de medo do que poderia haver numa caixa entregue a mim por um deus aleatório. Encontrei a abertura da tampa e a levantei.

Arfei quando um tremor de choque percorreu meu corpo. A caixa balançou na minha mão. Eu me firmei, sem conseguir acreditar no que estava vendo.

Aninhada no veludo cor de creme havia uma adaga. Mas não uma adaga qualquer.

Repuxei os cantos dos lábios e um sorriso tomou conta do meu rosto conforme eu tirava a lâmina do seu ninho macio. A adaga era uma criação magnífica, uma obra de arte. O punho era feito de um material liso, branco e surpreendentemente leve. Algum tipo de pedra? O pomo do punho era esculpido no formato de uma lua crescente. Segurei o cabo e puxei a adaga. Deuses! A adaga era delicada, mas forte.

Bela e poderosa.

A lâmina em si tinha uns vinte centímetros de comprimento e a forma de uma ampulheta estreita, letalmente afiada em ambos os lados. Alguém havia gravado um desenho elaborado na adaga: uma cauda pontiaguda na lâmina, o corpo musculoso e coberto de escamas e a cabeça de um dragão entalhados no punho, com as poderosas mandíbulas abertas e cuspindo fogo.

A adaga era feita de pedra das sombras.

A lâmina preta e polida ficou embaçada. Pisquei os olhos para conter as lágrimas e engoli em seco, ainda sentindo um nó na garganta. A emoção não tinha nada a ver com a pedra das sombras. Nem sequer com quem eu sabia que deveria ter me dado a adaga. É só que...

Eu nunca havia recebido um presente em toda a minha vida.

Nem durante os Rituais, quando presentes costumavam ser trocados entre familiares e amigos, nem no meu aniversário.

Mas ganhei um presente agora, um presente lindo, útil e completamente inesperado. E foi um *deus* que me deu.

Ash.

Capítulo 17

Odetta entrou o Vale nas primeiras horas da manhã seguinte.

Só descobri isso porque quando fui ver como ela estava antes de treinar com Sir Holland, encontrei uma criada em seu quarto, tirando os lençóis de sua cama.

E percebi o que havia acontecido antes mesmo de falar, antes de perguntar onde Odetta estava. O súbito aperto no peito e o nó na garganta me disseram que o momento em que ela me avisou que estava se aproximando já havia chegado e passado.

Não fui para a torre. Em vez disso, segui para a Colina das Pedras, onde sabia que ela tinha parentes ainda vivos, chegando assim que o velório começou. Fiquei imaginando se era por isso que muitas vezes eu me encontrava naquele bairro e passava um tempo no Templo de Phanos — já que pensava em Odetta como família e era por isso que o lugar me atraía.

Fiquei atrás do pequeno grupo de enlutados, surpresa quando senti a presença de alguém vindo para ficar ao meu lado. Eram Sir Holland e Ezra. Nenhum dos dois disse nada quando a pira sobre a qual Odetta havia sido colocada foi erguida, com o corpo esguio, envolto em linho, à vista. Eles permaneceram em silêncio ao meu lado, sua presença diminuindo um pouco da pressão no meu peito.

Não chorei quando as tochas foram trazidas e colocadas na madeira embebida em óleo. Não porque não pudesse, mas porque sabia que Odetta não gostaria que eu chorasse. Ela me disse que eu tinha de estar preparada. Sendo assim, estava tão preparada quanto poderia estar enquanto as chamas rastejavam lentamente sobre a madeira, agitadas pela brisa salgada que vinha do mar, até que não conseguisse mais ver o linho branco atrás do fogo.

Virei-me e saí, sabendo que não restava mais nada da mulher rabugenta naquele plano. Ela havia entrado nas Terras Sombrias, passando pelos Pilares de Asphodel sobre os quais Ash me contara. Caminhei pela costa, confiante de que Odetta havia sido bem recebida no Vale e já deveria estar reclamando de alguma coisa.

*

Acordei na manhã anterior ao Ritual com uma dor de cabeça lancinante que não passava, não importava quanta água eu me obrigasse a beber durante toda a manhã.

O treinamento foi pura tortura, pois a enxaqueca conseguiu se espalhar até virar uma dor que se instalou no meu maxilar e me deixou enjoada. O calor sufocante da sala da torre também não ajudou.

Sir Holland andou ao meu redor, com o suor brilhando na pele escura da testa. Segui-o cansadamente. Ele me atacou, e eu deveria ter bloqueado o chute com facilidade, mas meus movimentos estavam lentos, e seu pé descalço atingiu minha canela. Uma respiração dolorida saiu dos meus pulmões enquanto eu mancava para trás em uma perna só.

— Você está bem? — indagou Sir Holland.

— Sim. — Inclinei-me e esfreguei a canela.

— Tem certeza? — Ele veio até mim, passando o dorso da mão sobre a testa. — Você andou descuidada a tarde toda.

— Eu me sinto descuidada — murmurei, me endireitando.

A preocupação enrugou o rosto de Sir Holland enquanto ele me avaliava.

— Você parece um pouco pálida. — Ele colocou as mãos na cintura. — O que está acontecendo? É por causa de Odetta?

Neguei com a cabeça conforme a tristeza se apoderava de mim. Fazia dois dias que Odetta falecera, e eu me peguei indo até seu andar para ver como ela estava pelo menos uma dezena de vezes antes de me dar conta de que não havia motivo para isso.

— Só estou com uma dor de cabeça forte e meu estômago está meio ruim.

— Seu maxilar está doendo?

Franzi o cenho.

— Como você sabe?

— Porque você está esfregando o rosto — observou ele.

Ah, eu estava mesmo. Parei de fazer isso.

— Está doendo um pouco, sim — admiti. — Pode ser que eu tenha ficado doente ou esteja com um dente inflamado.

— Pode ser — murmurou ele, e franzi ainda mais a testa. — Vá em frente e tire o resto do dia de folga. Descanse um pouco.

Normalmente eu teria protestado e treinado com qualquer desconforto que sentisse, mas tudo que queria fazer era me sentar. Ou deitar.

— Acho que vou fazer isso.

Sir Holland assentiu e, depois de um aceno desajeitado, me virei para a porta.

Ele gritou:

— Vou levar algo pra você que acho que vai ajudar.

— Não quero uma poção para dormir — retruquei, chegando à porta.

— Não é isso.

A dor latejante e corrosiva na boca do estômago se intensificou no instante em que voltei para meus aposentos. Mal consegui tirar a roupa e vestir a camisa de um velho que havia sido abandonada na lavanderia. Grande como era, a bainha alcançava meus joelhos. Não era tão leve quanto minha camisola, mas só tive forças para isso.

Uma batida soou na porta do meu quarto um pouco depois. Era Sir Holland e, como prometido, ele trazia uma caneca e uma bolsinha.

— O que é isso? — perguntei quando ele me entregou os itens e olhei para o líquido escuro e fumegante.

— Um pouco de casta, camomila, erva-doce, salgueiro e hortelã-pimenta — respondeu ele, permanecendo à porta. — Vai ajudar.

Cheirei o líquido, arqueando as sobrancelhas enquanto me sentava ao pé da cama. O cheiro era doce, mentolado e terroso.

— Tem um cheiro peculiar.

— Tem mesmo. Mas você precisa beber tudo, e bem rápido. Não vai querer que a poção esfrie mais do que já esfriou.

Concordei com a cabeça, tomando um longo gole. Não tinha um gosto ruim, mas também não era muito fácil de engolir.

Sir Holland se sentou na beira da cama, com o olhar fixo nos raios de sol que entravam pela pequena janela.

— Sabe no que estava pensando? Na conversa que tivemos um tempo atrás na qual te perguntei o que você era.

— É. — Franzi a testa. — Você me disse que eu era uma guerreira.

Ele assentiu, sorrindo de leve.

— Sim, eu disse. Estive pensando sobre isso. Sobre quem você me lembra.

Fiquei meio com medo de ouvir a resposta.

— Quem?

— Sotoria.

Demorei um pouco para lembrar quem era.

— A garota que ficou tão assustada com um deus que caiu dos Penhascos da Tristeza? — Não sabia se a história de Sotoria era mito ou verdade, mas fiquei meio ofendida. — O que o faz pensar que eu me atiraria de um penhasco?

— Sotoria não era fraca, Sera. Ela se assustar com o deus foi só uma parte da sua história.

— A outra parte não era sobre ela estar morta?

O divertimento ficou estampado em seu rosto.

— A história da jovem donzela não terminou com sua morte. Sabe, aquele que acabou por causar a morte de Sotoria acreditava estar apaixonado por ela.

— Corrija-me se eu estiver errada — falei, aliviada por sentir a dor de cabeça já diminuindo —, mas ele só a viu colhendo flores. Não falou com ela nem nada. Então como ele pensava estar apaixonado por ela?

Sir Holland deu de ombros.

— Ele a viu e se apaixonou.

Revirei os olhos.

— Era nisso que ele acreditava, mas foi mais como se tivesse ficado obcecado.

— Você quer dizer depois de ter falado com ela?

Ele negou com a cabeça.

Dei uma risada sufocada.

— Desculpe. Não sei como é possível ficar obcecado por alguém só por vê-la *colher flores*. Quer dizer, amor à primeira vista? Talvez eu até pudesse acreditar nisso se eles ao menos tivessem conversado um com o outro. — Franzi a testa, pensando melhor. — E mesmo assim eu assumiria que tivessem sentido atração, não amor.

O cavaleiro sorriu, esticando a perna.

— Bem, ele ficou obcecado em trazê-la de volta à vida e ficar com ela.

Perdi o fôlego. Nunca havia ouvido aquela parte da lenda.

— É mesmo?

— Ele foi avisado de que não seria correto. Que sua alma havia passado para o Vale e que ela estava em paz. Mas ele encontrou uma maneira.

— Deuses! — Fechei os olhos, ao mesmo tempo triste e horrorizada. Se ela existia de verdade, então sua vida já havia sido tirada. Saber que sua paz também fora usurpada me deixou enojada. Era uma violação inconcebível.

— Sotoria voltou à vida e não ficou grata por isso. Estava assustada e infeliz. O responsável não conseguia entender por que ela estava tão taciturna. Nada do que ele tentara a fez se sentir melhor ou amá-lo. — Um bom tempo se passou. — Ninguém sabe quanto tempo Sotoria viveu sua segunda vida, mas ela acabou morrendo. Alguns dizem que morreu de fome de propósito, mas outros dizem que começou a *viver* outra vez, para lutar contra seu captor apesar de quão poderoso ele era. Ela era forte, Sera. O tipo de guerreira que lutava contra a dor de perder a vida em tão tenra idade. Mesmo com a perda da paz e do controle, não importava como as probabilidades estivessem contra ela. É por isso que você me faz lembrar dela.

— Ah — sussurrei, terminando de beber o chá. — Bem, isso é gentil da sua parte — comentei, esperando que a história de Sotoria fosse só uma lenda antiga.

— Terminou?

— Sim.

— Ótimo. O chá pode deixá-la um pouco sonolenta, mas não como uma poção para dormir — explicou ele, se levantando. — Há uma porção extra na bolsa, caso precise de mais. Apenas certifique--se de colocar as ervas em água fervente por cerca de vinte minutos.

— Obrigada — falei, achando difícil pronunciar as palavras.
— Sem problemas. — Ele foi até a porta e então parou. — Vai ficar tudo bem, Sera. Descanse um pouco.

Assim que Sir Holland saiu, fiz o que ele me disse para fazer. Fechei os olhos. O tamborilar na cabeça e a agitação no estômago haviam sumido quase completamente e, como Sir Holland me avisou, a poção me deixou cansada — ou ao menos relaxada o suficiente para adormecer.

Não sei muito bem quando caí no sono, mas algum tempo depois não senti mais dor — nem nas têmporas, nem no maxilar — e meu estômago parecia firme o suficiente para eu vestir uma calça e pegar algo para comer.

Não sei como Sir Holland havia encontrado aquela poção, mas foi um milagre, e eu poderia abraçá-lo na próxima vez que o visse.

Com a barriga cheia, eu me sentia quase normal. Entrei na sala de banho para escovar os dentes e me inclinei sobre a pequena bacia para enxaguar a boca. Quando coloquei o jarro na prateleira estreita acima da bacia, olhei para baixo.

— Mas que...? — sussurrei, olhando para as listras vermelhas no meio da pasta espumosa. Sangue.

*

Sabia muito pouco sobre o Escolhido, se era homem ou mulher, mas a curiosidade ou a inquietação me levaram ao Templo do Sol na tarde do Ritual.

Nobres, comerciantes abastados e proprietários de terras já enchiam o Templo, mas, vestida como estava — com o vestido rosa-claro que usava nas raras ocasiões em que minha mãe queria que eu fosse vista —, fui reconhecida como uma das aias da Rainha. Passei facilmente pela multidão enquanto as pessoas subiam os largos degraus. Como todo o pátio, o Templo foi construído com fragmentos de diamante e pedra calcária. A luz do sol se derramava nas paredes e torres, refletindo nas partículas de diamante. Duas enormes tochas se projetavam dos pilares no topo da escadaria. Chamas prateadas tremeluziam suavemente na brisa quente. Os pelos da minha nuca se arrepiaram enquanto eu avançava, atravessando a multidão para entrar no salão principal do Templo do Sol. O corredor era comprido e estreito, cheio de portas fechadas, e dava para imaginar o farfalhar de mantos atrás delas. Estremeci assim que pensei no que Ash dissera haver nas entranhas dos Sacerdotes.

Deuses! Era a última coisa em que precisava pensar. Quando cheguei à entrada do cômodo — a câmara principal do Templo —, a luz do sol entrava pelo teto de vidro, riscando os pisos de marfim e ouro. Minha nuca continuou arrepiada sob o capuz transparente do vestido quando entrei no cômodo. Apenas algumas dúzias das centenas de candelabros dispostos ao longo das paredes haviam sido acesas. Não era sempre que eu entrava no Templo do Sol ou em qualquer outro templo, mas o recinto tinha uma energia singular, que revestia o próprio ar que eu respirava e muitas vezes estalava na minha pele, lembrando-me da onda de energia que senti quando minha pele encostou na de Ash.

Os bancos já estavam lotados, e, quando cheguei a uma das alcovas cercadas por colunas, abaixei o capuz. Mantê-lo sobre a cabeça no Templo do Sol não apenas seria visto como um ato de grande desrespeito, como também chamaria muita atenção.

Parei perto do brilho dourado de uma coluna e olhei para o estrado. Havia peônias brancas espalhadas pelo assoalho e ao pé do trono construído com os mesmos fragmentos de diamante e pedra calcária usados para construir o Templo. O encosto do trono havia sido esculpido em formato de sol, absorvendo os poderosos raios que fluíam do teto. Dois Sacerdotes do Sol ladeavam o trono, com os mantos brancos imaculados. Pareciam tão esqueléticos quanto os Sacerdotes das Sombras enquanto olhavam para a multidão.

Desviei o olhar e procurei pelo brilho das coroas nos primeiros bancos, encontrando rapidamente a Rainha e o Rei. Estavam sentados na frente e à direita do estrado. Franzi os lábios quando vi as minúsculas pérolas no vestido da minha mãe brilharem sob a luz do sol.

Acho que ela teve sorte que a costureira já tivesse terminado o vestido.

Cruzei os braços e me virei para onde Ezra estava sentada, tensa, ao lado do irmão. Ela mal parecia respirar. Imaginei que tivesse que se esforçar ao máximo para permanecer ali. Tavius estava sentado do jeito esparramado que só um homem era capaz, com as pernas bem abertas, ocupando pelo menos dois espaços.

Que babaca.

Procurei por Sir Holland entre os Guardas Reais a postos na alcova mais perto da família, mas não o vi.

Senti a pele desconfortavelmente quente conforme olhava para a multidão, imaginando se alguma das pessoas ali sabia o que havia acontecido com os Couper — o que certamente aconteceu com outras famílias e estava acontecendo naquele exato momento enquanto estavam sentados nos bancos, muito provavelmente pensando no banquete e no bom vinho com que celebrariam mais tarde. Será que sequer se importavam?

Meu maxilar trincou. Talvez não estivesse sendo justa. Muitos deles se importavam. A riqueza e a nobreza não tornavam uma pessoa automaticamente indiferente às necessidades dos outros. Eu sabia que a Lady Rosalynn, que agora olhava para o estrado, muitas vezes mandava comida para as crianças sob os cuidados das Damas da Misericórdia. Lorde Malvon Faber, pai de Marisol, abriu sua casa em mais de uma ocasião para abrigar outras pessoas quando o fogo ou a chuva danificaram suas residências. O Lorde Caryl Gavlen, que estava sentado atrás da Coroa com a filha, ainda pagava os coletores, embora eles não tivessem conseguido trabalhar a mesma quantidade de terra.

Muitos dos presentes se importavam, provavelmente até mais do que eu sabia, mas bastava que um punhado de outros não se importassem. Bastava um futuro Rei mais preocupado em caçar por prazer e correr atrás de um rabo de saia do que alimentar o próprio povo para que todo o bom trabalho dos outros fosse desfeito.

O brilho das pérolas no cabelo de Ezra chamou minha atenção. Olhei para as pequenas gemas redondas. Eram bonitas, mas eu não usava joias além das correntes de ouro que costumavam prender meu véu no lugar. Ninguém nunca me deu uma. Nenhum anel, colar, grampo de cabelo ou broche. Também jamais comprei nada para mim com o dinheiro que encontrei nas minhas andanças pela cidade. Nunca procurei possuir joias porque não achava que fossem para mim. Parecia bobo, mas, quando Ezra ou minha mãe usavam coisas tão brilhantes e bonitas, pareciam feitas para elas. Assim como quase todas as mulheres e muitos dos homens presentes hoje à noite.

Minha mãe se virou para Ezra em resposta a algo que ela disse. A Rainha sorriu, e perdi o fôlego. Era um sorriso lindo, e eu não conseguia me lembrar de ela já ter dirigido a mim um sorriso desses.

Ela sorria para Ezra daquele jeito, mas não para mim. Não para sua própria filha.

Engoli em seco na esperança de aliviar o nó na garganta, mas tudo que consegui foi quase me engasgar. Minha mãe riu, e senti sua risada em todos os ossos do corpo. Eu nunca a fiz rir. Por que deveria? Eu era a Donzela fracassada, e Ezra, uma Princesa.

Deuses! Eu realmente estava com ciúmes. Depois de todos esses anos. Como era possível? Tive vontade de rir, mas por um breve instante quis ser Ezra.

Queria ser aquela sentada ali, digna da família que me cercava. Bem, de todos menos Tavius, mas Ezra *contava*. E eu queria isso.

Um pensamento estranho me ocorreu, algo que eu havia parado de imaginar muitos anos atrás. Como minha vida seria diferente se meu antepassado não tivesse concordado com um preço tão ultrajante? Se eu não tivesse nascido numa mortalha, uma Donzela prometida ao Primordial da Morte? Meus aniversários seriam comemorados com bolos e doces? Meu primeiro presente teria sido uma boneca ou alguma bugiganga adorável? Haveria abraços calorosos e noites passadas fofocando no salão de chá? Eu me sentaria ao lado da minha mãe durante os Rituais? Talvez ao lado do meu pai? Será que a minha mãe ficaria orgulhosa de mim em vez de desapontada? Em vez de perturbada com o que me tornei?

As perguntas me abandonaram quando as pesadas cortinas brancas adornadas com símbolos dourados do sol atrás do trono se agitaram e então se abriram. Recuperei o autocontrole quando um Sacerdote do Sol trouxe o Escolhido. Era do sexo masculino e vestia uma calça larga branca e colete. O Véu do Escolhido ocultava tudo, exceto o queixo e a boca. Sua pele havia sido pintada de ouro, me lembrando a de Callum.

A conversa virou um sussurro quando o Escolhido foi colocado no trono. Uma coroa de peônias e alguma outra flor frágil foi então adicionada ao véu. O Sacerdote do Sol se posicionou atrás do trono, e em seguida mais três Sacerdotes se ajoelharam.

As chamas se acenderam nas velas apagadas, e fui tomada por uma ligeira percepção. Reconheci a sensação. Era semelhante à que senti no lago. Eu estava sendo observada.

Tensa, olhei para os bancos da frente e senti um nó no estômago quando meu olhar colidiu com o de Tavius. Ele repuxou os lábios em um sorriso, e resisti ao impulso de lhe mostrar o dedo do meio, algo que imaginei que seria visto como altamente inapropriado no Templo da Vida.

Vi Tavius se inclinar para a frente, se aproximando da minha mãe. Seus ombros pálidos e cobertos de seda se retesaram. *Desgraçado.* Fiquei tensa quando a Rainha virou a cabeça. Tive vontade de voltar para as sombras, mas não havia para onde ir. Cerrei o maxilar quando senti seu olhar pousar sobre mim.

Eu ia levar uma bronca daquelas.

Sabia que não deveria ter vindo, e, se me demorasse, só deixaria a Rainha ainda mais irritada. Comecei a me virar quando uma rajada de ar quente passou pela câmara, agitando as chamas. Parei de andar quando um silêncio percorreu a multidão. Aquele vento trazia um cheiro de...

A energia deixou o ar carregado, crepitando na minha pele e naqueles ao meu redor. Meu olhar disparou para o corredor central quando o espaço pareceu se deformar e vibrar. Sabendo o que estava por vir, olhei para o estrado elevado na direção do homem sentado de mãos entrelaçadas e tornozelos cruzados. Havia um sorriso enorme em seu rosto. Ele não estava nervoso com a Ascensão. Estava radiante, com o corpo tenso de expectativa conforme toda aquela Energia Primordial aumentava. Um trovão ecoou pelo cômodo dourado e aplausos irromperam lá fora. As chamas rugiram das centenas de velas, estendendo-se na direção do teto de vidro enquanto o plano se abria com um estrondo. Uma fina camada de éter se derramou, escorregando no piso de fragmentos de diamante e pedra calcária. Uma massa de luz prateada e pulsante surgiu no corredor, girando e vibrando ao redor da silhueta de um homem alto.

Ao meu redor, corpos se moviam, ajoelhando-se e pressionando a mão contra o peito. À medida que os fios sinuosos e giratórios de luz prateada diminuíram, entrei em ação, ajoelhando-me e levando a mão ao peito também.

Olhei para o centro do corredor como todos os outros faziam. Era a primeira vez que via Kolis, o Primordial da Vida. Ele também reluzia em dourado, assim como o deus Callum. Era alto e de ombros largos. Suas roupas eram brancas e brilhavam com traços de ouro. Minha atenção se voltou para o bracelete dourado ao redor do seu bíceps forte.

O Escolhido se levantou do trono cerimonial e se ajoelhou, curvando a cabeça velada. Kolis era um borrão de branco, dourado e fios crepitantes de éter conforme subia no estrado, sua força agitando a bainha do véu do Escolhido. Seu enorme corpo bloqueou minha visão do Escolhido quando ele levantou o véu, expondo o rosto do homem só para si mesmo.

Não sei se ele falou com o Escolhido. Não sei se o coração de mais alguém estava tão acelerado quanto o meu ou se eles sentiam a Energia Primordial descer sobre seus pescoços como eu sentia, tornando quase impossível manter a cabeça erguida. Nem se ficaram nauseados quando Kolis se endireitou novamente e falou com uma voz que fez minhas entranhas tremerem:

— Você, Escolhido, é digno.

Mãos bateram no chão do Templo ao meu redor. As batidas estrondosas ecoaram daqueles que se aglomeravam nas ruas do lado de fora do Templo do Sol e por toda a Carsodônia. Mas eu vacilei, sem conseguir mexer a mão. *Digno*. A palavra revirou minhas entranhas quando o Primordial se virou para a plateia. Senti um aperto no peito, e o Templo pareceu estremecer sob a força de centenas de palmas. O rosto do Primordial...

Era muito brilhante e doloroso demais para olhar pelo tempo que levaria até distinguir grande parte de suas feições. Ele examinou lentamente os bancos e alcovas. Seu olhar parou, junto com o meu coração, e meus olhos começaram a lacrimejar e arder. Senti a pele toda arrepiada e minha respiração ficou presa na garganta.

O Primordial da Vida olhou diretamente para a alcova onde eu estava ajoelhada e não consegui mais ficar de olhos abertos. A umidade se acumulou nos meus olhos semicerrados, mas ainda podia sentir o olhar dele, tão quente quanto o próprio sol. Tão quente quanto o dom que pulsava no meu peito.

*

Ao cair da noite do Ritual, comecei a sentir uma leve dor no maxilar outra vez. Nada como antes, mas fiquei inquieta. Caminhei sem rumo pelos Jardins Primordiais sem me sentir disposta a sair de Wayfair, embora o Salão Principal estivesse repleto de nobres e outros convidados celebrando o Ritual. Tinha conseguido evitar minha mãe, algo que seria bem mais difícil quando os convidados fossem embora. Ela certamente me convocaria.

Suspirei, voltando a pensar no Templo do Sol e no Primordial da Vida. Senti um arrepio na nuca quando parei em frente às rosas que floresciam durante a noite perto da entrada dos jardins. Elas se arrastavam pelo chão e sobre a grande bacia da fonte aquática. A atenção de Kolis em mim só podia ser imaginação. A alcova onde eu estava ajoelhada estivera lotada de pessoas, mas então me lembrei do meu dom e de sua origem. Deve ter vindo dele.

Um assobio alto e penetrante me fez erguer a cabeça na direção do porto. Uma chuva de faíscas brancas irrompeu no céu sobre a baía do Mar de Stroud. Outro assobio agudo de fogos de artifício ecoou, dessa vez explodindo em deslumbrantes faíscas vermelhas.

Atraída pelos fogos, saí dos Jardins Primordiais e entrei na passarela coberta. Os penhascos seriam o ponto de observação perfeito. Talvez eu fosse até o lago depois. Não voltei desde a noite em que Ash esteve lá. Não sei se era porque temia que o lago não parecesse mais...

— *Sera* — ouvi um sussurro.

Parei, virando para a esquerda.

— Ezra? O que você está fazendo aqui em vez de...? — As palavras morreram na minha garganta quando dei uma boa olhada na minha meia-irmã sob a luz fraca da passarela. Suas feições estavam pálidas e tensas, e...

Senti o estômago revirar quando vi as manchas vermelho-escuras em seu corpete. Havia até manchas marrom-avermelhadas no verde do vestido.

— Você está ferida? Alguém te machucou? — Tudo em mim ficou calmo e vazio. Faria coisas horríveis com qualquer um que se atrevesse a tocar nela. — Quem preciso machucar?

Ezra sequer pestanejou ao ouvir minha pergunta.

— Estou bem. Não estou ferida. O sangue não é meu, mas preciso da sua ajuda.

Senti um pouco de alívio conforme olhava para ela.

— De quem é esse sangue em você? — perguntei, estudando seu olhar sob o brilho suave dos lampiões a gás. Estreitei os olhos. — Você precisa de ajuda para enterrar um corpo?

— Bons deuses! Espero que você esteja brincando.

Não estava.

— Embora seja a você que eu recorreria se precisasse de ajuda para enterrar um corpo — emendou ela. — Sei que seria muito habilidosa em tal empreendimento e que levaria o segredo para o túmulo.

Bem, não parecia ser um atributo do qual alguém devesse se orgulhar. Mas não era nenhuma mentira.

— Mas não é nem uma coisa, nem outra. Preciso da sua

ajuda, Sera. Desesperadamente. — Ela entrelaçou as mãos. — Algo terrível aconteceu, e você é a única pessoa que pode ajudar.

Por um motivo completamente diferente, a inquietação me invadiu novamente quando olhei para a passarela. Estava vazia. Por enquanto.

— Ezra...

— É a Mari. Você se lembra dela, certo? Ela...

— Sim, eu me lembro da sua amiga de *infância* de quem você *ainda* é amiga e que acabei de ver hoje cedo no Templo — interrompi, imaginando se Ezra havia mentido e batido a cabeça. — O que aconteceu com ela?

— Outra criança precisava da nossa ajuda. Não era para ser perigoso. A garota estava morando na rua perto do Três Pedras. Você conhece o lugar?

— Sim. — Eu a estudei. O bar ficava na Cidade Baixa. — O que aconteceu lá?

— Foi tudo muito confuso. Nós deveríamos buscá-la, e, com todos celebrando o Ritual, essa noite era nossa melhor chance. Era só isso — informou Ezra, com uma voz baixa e abafada assim que começou a andar, não me dando outra opção a não ser segui-la. Ela saiu da passarela e passou para o pátio bem cuidado na direção dos estábulos enquanto mais fogos de artifício explodiam sobre o mar, lançando uma sombra azul em seu rosto. — E nós a encontramos imediatamente. Ela estava um pouco desgrenhada, suja e despenteada — divagou, uma característica que compartilhávamos quando nervosas, mesmo que não tivéssemos nem uma gota de sangue em comum. — E tão assustada, Sera.

— O que aconteceu? — repeti.

— Eu realmente não sei. Tudo pareceu acontecer em questão de segundos — respondeu ela quando viramos a esquina e os estábulos surgiram à vista, iluminados por inúmeras lanternas a óleo. Logo avistei a carruagem sem identificação que Ezra usava para tais fins. Fora estacionada ao lado da entrada dos estábulos, sob as sombras da parede interna. Senti um calafrio apesar do calor no ar.

Diminuí o ritmo, mas Ezra andou ainda mais rápido.

— Algum tipo de discussão começou entre os homens no bar e foi levada pra fora. Alguém atirou uma caneca e isso assustou a garotinha. Ela correu de volta para o covil, para o... o beco onde estava morando e... — Ezra respirou fundo quando nos aproximamos da carruagem silenciosa. Estendeu a mão para a porta enquanto faíscas brancas iluminavam o céu atrás da parede.

Todos os meus pensamentos sobre fugir a bordo de um navio desapareceram. A luz fraca de uma lamparina a óleo se derramou da carruagem quando Ezra abriu a porta.

— Os homens começaram a brigar do lado de fora, e Mari foi pega no meio da confusão quando correu atrás da garotinha. Acho que eles pensaram que ela fosse um homem. Ela vestia uma capa, sabe? — Ezra entrou, segurando a porta aberta para mim. — Ela foi derrubada e bateu com a cabeça em um dos prédios ou na estrada. Não sei, mas...

A primeira coisa que vi foram as pernas esbeltas envoltas em uma calça preta, joelhos dobrados e mãos frouxas sobre o colo. Em seguida, uma blusa bege desabotoada e amassada sob a túnica sem mangas, manchada de sangue nos ombros e na gola. Ergui o olhar para o rosto de Mari. Sangue manchava a pele negra da sua testa. Os olhos que eu lembrava serem de um preto penetrante estavam semicerrados. Seus lábios estavam entreabertos como se ela estivesse puxando o ar. Mas nenhuma respiração entrava nos pulmões da mulher apoiada no banco, encostada na parede da carruagem.

Olhei para Ezra conforme ela se agachava e pegava um pano ensanguentado.

— Ela está morta — disse a ela.

— Eu sei. — Ezra olhou para mim. — Acho que ela... — Ela respirou fundo demais. — Eu ia levá-la até o Curandeiro, mas ela... ela partiu pouco antes de eu te encontrar. Não está morta há muito tempo.

Retesei o corpo.

— Ezra...

Os olhos dela encontraram os meus.

— Ela não precisa continuar morta, Sera.

Capítulo 18

— Não esqueci o que você fez quando éramos crianças — acrescentou Ezra, com o peito ofegante. — Quando aquele seu gato feio...

— O nome dele era Butters — interrompi. — E ele não era feio.

Ezra arqueou as sobrancelhas.

— Ele parecia ter saído das profundezas das Terras Sombrias.

— Não precisa ofender a memória de Butters desse jeito. Ele era só... — O gato malhado surgiu na minha mente, com a metade da orelha faltando e o pelo irregular. — Ele era só diferente.

— Diferente ou não, você trouxe *Butters* de volta à vida quando ele tomou aquele veneno. Você tocou nele e o gato ressuscitou.

— Só para morrer menos de uma hora depois.

— Mas não foi por sua causa — lembrou-me Ezra. — A segunda morte dele não teve nada a ver com isso.

Será que não?

Tentei não pensar naquela noite, no que aconteceu quando Tavius foi até minha mãe para contar a ela o que me viu fazer. A Rainha, sempre amorosa, perdeu a cabeça de imediato. Tudo bem, eu até entendo que descobrir que a filha havia trazido um gato morto de volta à vida deveria ser bastante perturbador, mas o suficiente para que ela tivesse ordenado que o gato fosse capturado e...?

Fechei os olhos e só os reabri quando Ezra disse:
— Você pode ajudá-la.
Balancei a cabeça lentamente. Marisol sempre foi gentil comigo. Ela era uma boa pessoa.
— Butters era um gato...
— Você fez isso desde então? — desafiou Ezra. — Devolveu a vida a alguma pobre criatura? Tenho certeza que sim, então não minta pra mim. Você sempre teve um fraco por animais. É impossível que não tenha feito isso novamente.

Pensei no lobo kiyou.
— Já tentou com uma pessoa? — perguntou Ezra.
Imediatamente Odetta substituiu o lobo. Era o que eu estava prestes a fazer quando ela abriu os olhos, mas eu havia entrado em pânico. Não estava raciocinando naquele momento. Mas agora estava.
— Ezra... — Detestava a ideia de recusar um pedido de Ezra. Ela era minha família. Do tipo que ia além de pais compartilhados e até mesmo de laços de sangue. Em mais de uma ocasião ela esteve presente para me proteger dos comentários sarcásticos de Tavius quando eu era a Donzela e não podia responder. Era sempre Ezra quem ficava perto de mim nos raros momentos em que todos nos reuníamos, como ontem à noite, para que eu não parecesse tão constrangida quanto me sentia. Ela me via como alguém, e não como uma *coisa*. Mas ressuscitar uma pessoa?
— Ainda não tentei com um mortal — respondi.
— Mas você pode ao menos tentar agora, Sera. Por favor? Não há mal nenhum em tentar — insistiu. — Se não der certo, então eu saberei... Pelo menos saberei que tentamos de tudo. Mas e se der? Você terá usado o seu dom para ajudar alguém merecedor. — Ela enxugou o sangue no pescoço de Marisol com cuidado. — Se der certo, vou garantir que ela não perceba o quanto estava ferida. Ninguém além de você e eu precisa saber a verdade.

Senti um aperto no peito quando olhei para Marisol. A palidez acinzentada da morte ainda não havia se instalado em seu rosto. Os animais que eu havia trazido de volta à vida ficaram todos normais depois, vivendo até que o destino ou a velhice os levassem mais uma vez. Mas devia ser diferente com pessoas.

— Por favor — implorou Ezra, e senti uma pontada no peito. — Por favor, ajude Mari. Não posso... Você não entende. — Sua voz falhou conforme ela se concentrava em Mari. — Não posso perdê-la.

Minha respiração ficou presa na garganta quando olhei para as duas. As coisas começaram a se encaixar. Elas eram amigas desde a infância até a idade adulta. Marisol permaneceu solteira e Ezra não demonstrou nenhum interesse além da cortesia em nenhum dos seus numerosos pretendentes. Acho que havia acabado de descobrir por quê.

— Você a ama, Ezra? — sussurrei.

O olhar da minha meia-irmã se ergueu para o meu, mas não houve nenhuma hesitação.

— Sim. Eu a amo muito.

Amor.

Fiquei imaginando como seria me importar com alguém tão profunda e completamente a ponto de estar disposta a fazer qualquer coisa por ela. Nunca senti nada além de curiosidade passageira e luxúria, e só os deuses sabiam como tentei sentir mais — querer mais e aproveitar tudo. Mas nada parecido despertou em mim por aqueles que conheci no Bairro dos Jardins.

Não fazia ideia de como era ter esse tipo de amor dentro de si. Será que era tão emocionante quanto eu acreditava que fosse? Ou aterrorizante? Ou as duas coisas? O que eu sabia é que devia ser milagroso. E que não podia deixar que Ezra perdesse isso.

Praguejei baixinho e me inclinei para a frente.

— Não sei se vai dar certo.

— Eu sei. — Os olhos dela encontraram os meus. — Eu não pediria isso a você, mas...

— Você a ama e faria qualquer coisa por ela. — Ajoelhei-me diante das pernas de Marisol sem conseguir acreditar que ia mesmo fazer aquilo.

— Sim — murmurou ela.

Estendi o braço e pousei a mão sobre a de Marisol. Sua pele já parecia diferente devido à ausência de sangue correndo em suas veias. Ignorei a sensação conforme fechava os dedos em volta dos dela e fazia o que havia feito antes. Não exigia concentração ou técnica. O calor se derramou nas minhas mãos, fazendo-as formigar. Olhei para o rosto de Mari e simplesmente *desejei* que ela estivesse viva.

Mas não houve nenhum sinal de vida em Marisol.

Estiquei-me, colocando a outra mão em sua bochecha. *Viva.* Ela deveria viver. Como Ezra, ela estava ajudando o povo de Lasania. Ela era boa. *Viva.*

Alguma coisa aconteceu quando mais fogos de artifício explodiram ao longe, com meu toque.

Arfei. Ou talvez tenha sido Ezra. Pode ter sido nós duas assim que vimos o brilho esbranquiçado saindo por *baixo* da minha pele e pela extensão dos meus dedos.

— Não me lembro de isso ter acontecido com Butters — sussurrou Ezra.

— Não... não aconteceu. — Assisti de olhos arregalados conforme o brilho prateado pulsava, escorrendo sobre a pele de Marisol. A luz... Aquilo era éter. A coisa que supostamente alimentava meu dom. Nunca tinha visto aquilo saindo de mim antes.

Mas, mesmo assim, não aconteceu nada.

A tristeza por Ezra e Marisol começou a tomar conta de mim e o calor diminuiu nas minhas mãos, juntamente com o brilho tênue.

— Sinto muito, Ezra, mas...

Os dedos de Marisol se contraíram contra os meus. Em seguida a mão dela estremeceu. Seu braço inteiro se contraiu.

— Deu certo — disse Ezra, com a voz rouca, e então mais alto: — Deu certo?

Meu olhar voltou para o rosto de Marisol. Podia jurar que um tom quente já havia retornado à sua pele, mas era difícil ter certeza sob a luz do lampião. Não me atrevi a falar e, nos cantos mais distantes da minha mente, pensei na costureira. E se ela voltasse daquele jeito?

Devia ter pensado nisso antes.

As pálpebras de Marisol piscaram quando seu peito se ergueu em uma respiração profunda que terminou em uma tosse entrecortada, sacudindo seu corpo inteiro. Foi então que vi os dentes dela. Nada de presas, graças aos deuses.

Deu certo.

Bons deuses! Deu certo mesmo.

Ao soltar os dedos dela, inclinei-me para trás e encarei minhas mãos. Perdi o equilíbrio, caindo sentada enquanto Ezra apertava o ombro de Marisol.

Deu *certo*.

Uma súbita lufada de ar frio tocou a pele úmida do meu pescoço, me fazendo erguer a cabeça. Um arrepio percorreu minha espinha. Deslizei a mão pelo cabelo e apertei a nuca, mas não senti nada além de pele.

— Respire fundo. — Ezra olhou de relance para mim com os olhos brilhantes antes de voltar a atenção para Marisol. — Como você está?

— Meio tonta. Minha cabeça está doendo como se tivesse sido pisoteada por cavalos. — Marisol franziu o cenho, virando-se para Ezra. — Mas fora isso estou bem. Um pouco confusa, mas... Nós pegamos a garota? Ela está bem...?

Ezra apertou as bochechas de Marisol e a beijou, silenciando o que quer que ela estivesse prestes a dizer. E não foi um beijinho de amiga.

Acho que aquilo desfazia qualquer dúvida que eu pudesse ter sobre o relacionamento das duas, pois era o tipo de beijo sobre o qual havia lido nos livros. O tipo de beijo que troquei com Ash.

Quando elas se separaram, havia um sorriso atordoado no rosto de Marisol.

— Tenho a... a estranha sensação de que posso ter feito algo incrivelmente insensato.

Ezra deu uma risada rouca.

— Você? Fazer algo insensato? Não dessa vez. — Ela deslizou os polegares sobre as bochechas de Marisol. — Você foi derrubada. Bateu com a cabeça.

— Bati? — Mari pressionou a palma da mão sobre a têmpora. — Não me lembro de cair. — Ela abaixou a mão. — Sera? — Uma careta enrugou sua testa. — O que você está fazendo aqui?

— Ezra achou que você tivesse morrido — respondi. — Então a trouxe aqui para que eu pudesse ajudar a enterrá-la.

— O quê? — murmurou ela, olhando para Ezra.

Minha meia-irmã riu, esfregando a mão de Marisol distraidamente entre as suas.

— Ela está só provocando. Eu estava levando você para o Curandeiro da família quando a encontrei. Certo, Sera?

— Certo. — Minhas mãos tremiam, então as escondi debaixo das pernas. — Mas você está bem, então é melhor eu ir.

— Tá bom. — Marisol sorriu de leve para mim. — Obrigada por não me enterrar viva.

Pestanejei conforme me levantava.

— De nada.

— Aliás, você está muito bonita — observou Marisol, olhando para mim. — Linda, na verdade. O sobretudo. A cor fica bem em você.

— Obrigada — sussurrei, tendo esquecido que havia trocado de roupa mais cedo. Virei-me e saí pela porta da carruagem enquanto fogos de artifício brancos explodiam no céu.

Ezra me seguiu sob o clarão de luz.

— Já volto.

— Não estou planejando ir a lugar nenhum. — Marisol se inclinou para trás enquanto olhava para si mesma. — Deuses! Estou imunda! Em que foi que bati com a cabeça? Um monte de lama...?

Saltei e andei alguns metros antes de parar, com a bainha do sobretudo se agitando em torno dos joelhos. Uma inquietação tomou conta de mim enquanto Ezra saía, fechando a porta atrás de si.

— Achei que não fosse dar certo — comecei.

Ezra diminuiu a distância entre nós e fez menção de me tocar, mas se deteve.

— Queria te abraçar, mas o sangue estragaria seu sobretudo. — Foi uma frase que jamais esperei ouvir de Ezra. — E fica mesmo muito bonito em você. — Ela respirou fundo. — Obrigada. Deuses, Sera! Obrigada. Não sei como poderei retribuir o favor.

— Não precisa retribuir. Bem, você pode garantir que ela jamais saiba a verdade. — Não fazia ideia do que Marisol pensaria se soubesse. Será que ficaria agradecida? Ou confusa? Talvez com medo? Zangada?

— Vou garantir que ela jamais descubra — jurou ela, e um momento se passou. — Você não faz ideia, não é?

— Não faço ideia de quê?

— De que o que acabou de fazer não é nada além de uma bênção. — Ela parecia querer me sacudir. — *Você* é uma bênção, Sera. Não importa o que os outros digam ou acreditem, você é uma bênção. Sempre foi. Precisa acreditar nisso.

Senti as bochechas corarem e comecei a brincar com os botões do casaco leve.
— Minhas mãos são especiais às vezes. Só isso.
— Não são suas mãos. Não é nem mesmo o seu dom, e é isso que é: um dom, não um fracasso. Você não é um fracasso.

Minha respiração entrecortada não ajudou em nada a aliviar a súbita ardência nos olhos. Continuei brincando com o botão. O que ela disse...

Não achei que ela pudesse entender o quanto aquelas palavras significavam para mim. E acho que não podia reconhecer isso, pois seria como reconhecer o quanto todas as outras palavras me *magoavam*.

— Sera — sussurrou Ezra.

Pigarreei.

— É melhor levá-la para ser examinada pelo Curandeiro. Talvez não hoje à noite — sugeri, mudando de assunto. — Caso ainda haja algum sinal da gravidade do ferimento. Mas ela deveria ser examinada.

— Vou garantir que seja.

Assenti e então olhei para ela.

— O seu pai ou a Rainha sabem a respeito dela? De vocês duas?

Ezra tossiu uma risada.

— É claro que não! Se soubessem, o casamento seria planejado antes mesmo de haver um noivado.

Franzi os lábios ao mesmo tempo em que descruzava os braços.

— E seria tão ruim assim? Você a ama.

— E eu acho que ela me ama. — Ela inclinou o queixo, abrindo um sorrisinho. — Mas ainda é novidade. Quer dizer, nós nos conhecemos a vida inteira, mas não é como se soubéssemos o que significávamos uma para a outra todo esse tempo.

Ou que tivéssemos nos dado conta disso. Não quero a Coroa envolvida na nossa relação.

— Entendo. — Esfreguei a nuca. — É melhor você voltar pra lá.

— Já vou. — Ela hesitou. — Por que não se junta a nós? Enquanto nos limpamos, posso pedir que mandem comida para meus aposentos.

— Obrigada, mas acho que vou para a cama em breve. — Vi Ezra engolir em seco. — É melhor você voltar pra Marisol.

Ela assentiu e começou a se virar, mas então se deteve. Cruzou a curta distância entre nós e passou os braços ao meu redor.

Retesei o corpo a princípio, chocada. Ezra estava tocando em mim. Estava me *abraçando*, e por alguns segundos não soube como reagir. Meus sentidos entraram em choque quando levantei os braços e os passei ao redor dela, retribuindo o gesto mecanicamente. O abraço parecia desajeitado e estranho... e então *maravilhoso*.

Ezra me abraçou — me apertou com força — e depois soltou.

— Eu te amo, Sera.

Emocionada, eu a vi dar um passo para trás e abrir um sorriso trêmulo. Fiquei ali enquanto ela se virava e voltava para a carruagem. Não respirei até que ela já estivesse lá dentro.

Engoli em seco, fechando os olhos por um instante.

— Eu também te amo — sussurrei.

Virei-me lentamente e corri pelo pátio, para longe da minha meia-irmã e da carruagem, longe da primeira vez que alguém havia me *abraçado*. E longe do beijo frio que sentia na nuca, do pavor que estava pouco a pouco substituindo todo o calor, se instalando como uma pedra no meu peito e me avisando que eu havia passado dos limites.

Eu havia feito o que Odetta me alertara a não fazer. Agido como uma Primordial.

Capítulo 19

Deu certo.

Não conseguia nem começar a compreender o que havia feito. Tinha trazido uma mortal de volta à *vida*. Não sei se nunca havia acreditado que meu dom fosse funcionar em um mortal ou se era porque eu não achava que faria isso. E o brilho prateado? Aquilo era novidade. Será que foi porque usei o dom em um mortal? Realmente não sei. Fiquei deitada na cama por horas a fio, incapaz de desligar os pensamentos e ir dormir, embora a pressão fria na nuca tivesse sumido há muito tempo.

Ninguém jamais saberia, a não ser por Ezra. Marisol não ia descobrir a verdade, e o alerta de Odetta nunca se concretizaria.

Estava tudo bem.

Nada tinha mudado. A alma de Marisol ainda não tinha entrado nas Terras Sombrias, então não era como se *ele*, o Primordial da Morte, soubesse. Só tinha feito aquilo uma vez e jamais faria de novo, então era melhor parar de pensar nisso.

O céu noturno já havia começado a dar lugar ao cinza do amanhecer quando finalmente adormeci. Virei de um lado para o outro na cama estreita, com a camisola fina me pinicando no calor abafado do quarto, o travesseiro muito plano e depois muito cheio. Sonhei com lobos e serpentes me perseguindo. Sonhei em perseguir um homem de cabelos escuros que não olhava para mim, não importava quantas vezes eu o chamasse. E toda vez que acordava, eu jurava ter ouvido a voz de Odetta no meu ouvido.

Não sei o que finalmente me arrancou do sono agitado, mas, quando abri os olhos, minha cabeça sequer estava no travesseiro, e o brilho do sol do fim da manhã estava forte. Pestanejei, surpresa por ter conseguido dormir até tão tarde. Não havia planejado isso, mas fiquei aliviada ao descobrir que a dor de cabeça havia diminuído quando me virei de costas.

Tavius estava encostado na porta fechada do meu quarto, com os braços cruzados sobre o peito.

Olhei para ele pelo que me pareceu uma eternidade, sem ter certeza se estava mesmo vendo-o ali. Não havia nenhum motivo para ele estar no meu quarto. Nenhum mesmo. Eu só podia estar tendo um pesadelo.

— Que gentileza da sua parte finalmente acordar — disse Tavius.

Saí do meu estupor, me levantando de supetão.

— O que você está fazendo no meu quarto?

— Preciso de um motivo? Eu sou o Príncipe. Posso ir aonde quiser — respondeu ele, e depois riu como se tivesse dito algo engraçado.

Estudei-o conforme encostava o pé descalço no piso de pedra. Tavius estava com os cabelos despenteados e o rosto corado sob a sombra do queixo não barbeado. A camisa branca que usava estava desabotoada e amassada, assim como a calça branca larga. Parecia que ainda não havia ido para a cama. Voltei a olhar para seu rosto. Os olhos deles estavam *brilhantes*.

— Está bêbado? — perguntei. — Foi por isso que errou o caminho do seu quarto?

— Sei muito bem onde estou. — Tavius descruzou os braços e se afastou da porta. — Nós dois precisamos ter uma conversinha.

Os vestígios do sono desapareceram de imediato. Meu olhar pairou sobre ele mais uma vez à procura de alguma arma. Não encontrei nada.

— Não há nada para conversar — rebati, passando a mão pelo colchão fino até abaixo do travesseiro, onde, durante os últimos três anos, passei a guardar a adaga enquanto dormia. — A menos que você esteja aqui para expressar remorso por ter sido a causa da morte de três jovens guardas.

Tavius franziu a testa para mim.

— Não faço ideia do que você está falando.

— Vai mesmo fingir que não teve nada a ver com os guardas que me atacaram? — Baixei o outro pé no chão enquanto me movia em direção à cabeceira da cama.

— Ah, você está falando deles.

— Sim, os guardas que contratou para arriscar suas vidas em troca de um dinheiro que você não tem.

Ele deu uma risada de escárnio.

— Você tem muita autoestima se acredita que eu desperdiçaria um centavo em qualquer coisa relacionada a você.

— Se era para ser um insulto, você ainda tem que melhorar muito — retruquei, deslizando os dedos sob o travesseiro.

— É apenas a verdade, irmãzinha.

— Não me chame de *irmã* — sibilei. — *Isso* é um insulto.

Ele respirou fundo, inflando as narinas enquanto jogava a cabeça para trás.

— Você vai falar comigo com respeito.

Dei uma risada áspera.

— Não, não vou. O que *vou* fazer é dar a você a chance de sair desse quarto com o corpo e o ego intactos.

Um músculo latejou na têmpora dele, e eu me preparei para uma explosão de raiva. Em vez disso, ele riu baixinho, e a inquietação tomou conta de mim.

— Você está tão tagarela agora, *irmã*. Devo admitir que preferia sua versão mansa e submissa.

— É mesmo? — Estiquei os dedos sob o travesseiro, mas não encontrei *nada*. Olhei para o travesseiro com o estômago embrulhado.

— O que foi, irmã? — perguntou Tavius, e meu olhar disparou em sua direção. Ele estendeu a mão na direção das costas. — Perdeu alguma coisa?

A incredulidade se assomou quando ele puxou a adaga de pedra das sombras de trás de si. O desconforto se enraizou no meu peito.

— Como você conseguiu isso?

— Você estava dormindo. Nem sentiu quando a tirei de baixo do travesseiro — respondeu ele. — Que lugar mais cafona para guardar uma arma dessas. — Ele sorriu. — Seria mais seguro debaixo do colchão.

Há quanto tempo ele estava no meu quarto? A bile subiu pela minha garganta quando tirei a mão de baixo do travesseiro e segurei na beira do colchão. Não havia como Tavius ser silencioso ou furtivo o suficiente para fazer isso. Eu devia estar dormindo muito mais profundamente do que imaginava. Forcei-me a respirar fundo e devagar. Ele podia até estar com minha adaga, mas era só isso que tinha.

— Sobre o que você quer conversar, Tavius? — perguntei, medindo a distância entre nós em cerca de dois metros.

— Que insolente — sussurrou ele, com as bochechas ainda mais coradas. Ele atirou a adaga no armário de repente, me sobressaltando. O punho branco reverberou com o impacto. Odiei que ele tivesse me surpreendido. E odiei ver seu sorriso se alargando.

Aposto que estava muito orgulhoso do que havia feito com a adaga. E também podia apostar que ele era arrogante demais para perceber que havia aberto mão da única chance que tinha de se proteger, por mais insignificante que fosse.

— É melhor você sair do meu quarto — avisei, firmando os pés no chão.

— E é melhor você mudar de atitude, ainda mais depois do que aconteceu.

O que aconteceu?

— Por que assisti ao Ritual? — Os músculos das minhas pernas se contraíram conforme eu ficava de pé. — Devo mesmo ser punida por uma ofensa tão horrível?

— Foi uma baita façanha se atrever a aparecer daquele jeito. Mas... — Ele engoliu em seco quando baixou o olhar. A camisola mal chegava aos meus joelhos. Sua perversão o distraiu.

E lhe custaria caro.

Disparei para a frente, não na direção dele, mas da adaga. Parecia ser a escolha inteligente, embora não fosse a que eu queria. O instinto exigia que eu fosse até Tavius e o colocasse para fora, mas sabia que qualquer dano que infligisse a ele seria retribuído com juros. Foi por isso que escolhi a adaga, achando que poderia ameaçá-lo a sair dali.

E essa escolha *me* custou caro.

Tavius se moveu mais rápido do que eu esperava. Em um piscar de olhos percebi que o havia subestimado. Ele colidiu contra mim, segurando meus braços ao lado do corpo.

— Nada disso — advertiu ele.

Tavius girou o corpo tão bruscamente que minhas pernas se ergueram do chão. Ele empurrou com força, forçando-nos a avançar. Comecei a chutá-lo, mas não acertei nada. Em seguida, ele se virou mais uma vez, e o quarto esparso girou descontroladamente. Vi a cama de relance antes que ele me jogasse de barriga para baixo em cima do colchão, que não era muito macio. O impacto roubou o ar dos meus pulmões e provocou uma pontada de dor no meu abdômen. Comecei a virar, mas ele se colocou sobre mim, prendendo minhas pernas e tronco sob o peso do próprio corpo, e meus braços sob a pressão de nós dois.

Eu estava presa.

— Você pode até ter recebido treinamento, mas no final das contas não passa de uma mulher fraca. — Ele me empurrou para baixo. — Que finalmente vai me ouvir.

Eu estava presa.

— Saia de cima de mim! — gritei de encontro ao colchão.

O cotovelo dele pressionou a parte de trás da minha cabeça, forçando meu rosto sobre a cama. Puxei o ar e senti o cheiro do lençol que a cobria. O pânico explodiu dentro de mim como um animal selvagem enquanto eu me debatia, mas não consegui me mover mais do que alguns centímetros. Gritei contra o colchão, o som preso e abafado. Meu coração disparou, não conseguia respirar. Nem mesmo quando virei a cabeça de lado para não cheirar mais o lençol. Ainda assim não conseguia puxar o ar para os pulmões.

— Você vai começar a me respeitar agora. Quer saber por quê? — Seu hálito fétido, cheio de cerveja velha e licor, fustigou minha bochecha. — Pergunte-me, *irmã*. Pergunte-me por quê.

— Por quê? — disparei, ofegando conforme o cotovelo dele pressionava o ponto abaixo do meu pescoço, disparando uma rajada de dor pela minha coluna. A fúria se apoderou de mim, chocando-se com o pânico cada vez maior. Não conseguia respirar, e a sensação do peso dele era insuportável. Gritei de novo, e ele empurrou o antebraço na parte de trás da minha cabeça, enfiando meu rosto de volta no colchão. Meu coração pareceu se chocar contra o peito. Bons deuses! Eu o mataria. Arrancaria seus olhos com os dedos e depois cortaria suas mãos e seu...

Ele encostou a boca no meu ouvido.

— Porque agora eu sou Rei. — Meu coração bateu descompassado, incrédulo. — Sim — arfou ele, agarrando um punhado de cabelo. Ele levantou minha cabeça, e inalei o ar com vontade. — Você ouviu direito. Eu sou Rei.

— Como? Seu pai...

— Morreu no meio da noite. Durante o sono. — Tavius puxou minha cabeça para trás. Uma dor ardente irrompeu no meu couro cabeludo, e a pressão desceu por minha coluna conforme ele segurava minha cabeça e pescoço em um ângulo impossível. — Os Curandeiros disseram que foi alguma coisa no coração.

Não conseguia acreditar no que estava ouvindo. Nada disso fazia sentido. Mas se ele estivesse falando a verdade...?

Como estava Ezra? Como estava minha mãe?

— Então assumi o trono, apesar de toda a bebedeira e de ficar correndo atrás de um rabo de saia. O que acha disso?

O que eu achava disso?

— O destino deve ter senso de humor — consegui dizer.

— Vadia idiota. — A saliva pingou na minha bochecha enquanto ele continuava a puxar. Bons deuses! Ele ia acabar quebrando meu pescoço. — Acho que não entende o que isso significa pra você. Meu pai a deixava fazer o que bem entendesse, apesar de ter falhado conosco. Deixava-a falar com as pessoas como quisesse. Falar comigo do jeito que fala. Já chega.

— Seu ego é tão frágil assim? — disparei.

Tavius enfiou meu rosto de volta no colchão. O alívio que senti da pressão saindo do meu pescoço e coluna foi substituído pelo pânico sufocante. Voltei a me debater assim que consegui respirar um pouco.

— Mas as coisas vão mudar. Você não terá mais proteção nem a ajuda do seu cavaleiro.

Parei de me mexer. Parei de lutar conforme assimilava as palavras dele em meio ao pânico.

Tavius segurou meu cabelo com força.

— Sir Holland foi transferido hoje de manhã. Estava no navio que partiu para o Arquipélago de Vodina. Vai supervisionar pessoalmente um tratado de paz entre nosso reino e o deles.

Um nó se instalou na minha garganta. Sir Holland foi enviado para Vodina? Depois do que fizemos com seus Lordes? Depois do que *eu* fiz? Era uma sentença de morte. Isso se Tavius estivesse falando a verdade. Não podia acreditar que Sir Holland tivesse ido embora sem se despedir de mim. Ele teria arranjado tempo. A menos que não tivesse tido oportunidade. Senti um aperto no peito.

— Ele está vivo? — murmurei.

— Deve estar, por enquanto — respondeu Tavius, e eu não sabia muito bem se poderia acreditar nele. Mas será que poderia me permitir duvidar da sua verdade? — Mas e quanto a você? Acho que vai desejar estar a caminho de Vodina com ele.

Senti os olhos arderem enquanto tentava desesperadamente controlar as emoções. O Rei Ernald estava morto. Não era próxima do homem, mas o conhecia durante toda a vida. E quanto a Ezra? A minha mãe? Sir Holland? E o povo de Lasania? Aquilo não podia estar acontecendo.

— Não sou como meu pai — continuou Tavius. — Nem como sua mãe. Não acredito nem por um segundo que o Primordial virá atrás de você. Ele percebeu que você é inútil. Ele a rejeitou. Você não vai salvar o reino.

As palavras dele me atingiram em cheio.

— E você vai?

— Sim.

Eu quase ri.

— Como?

— Você vai ver — prometeu ele. — Mas, primeiro, há algo que precisa entender. Posso fazer o que quiser com você agora.

Ninguém iria intervir e me impedir ou, sejamos francos, se importar com isso. — Ele inclinou minha cabeça para o lado outra vez. — Você não está mais tão tagarela agora, não é? — Tavius deu uma risada. — Sim, está na hora de repensar sua atitude.

— Por quê? Por que você me odeia? — perguntei, mesmo dizendo a mim mesma que não me importava. — Você é assim comigo desde que me conheceu.

— Por quê? — Ele riu. — Você é realmente tão obtusa assim?

Fiquei surpresa por ele saber o significado da palavra.

— Acho que sim.

— Você era a Donzela, destinada a pertencer ao Primordial da Morte — explicou ele. — Você falhou nisso, mas não muda quem é de verdade, *Princesa* Seraphena, a última da linhagem Mierel. — Meu coração palpitou quando a compreensão me invadiu junto com uma boa dose de incredulidade.

— Você... Você teme que eu tente reivindicar o trono.

— Você poderia fazer isso — sussurrou ele. — Muitos não acreditariam em você. Duvido que tivesse o apoio até da própria mãe. Mas uma quantidade suficiente de pessoas estaria disposta a acreditar em você, a acreditar em qualquer um que afirmasse ser um Mierel.

Todos esses anos presumi que Tavius tivesse pouco ou nenhum interesse em assumir a Coroa. Jamais imaginei que meu direito ao trono fosse a razão para seu comportamento odioso. Estava errada, muito errada.

— Tenho uma pergunta pra você, irmã. O que quer que eu faça agora?

Morra.

De uma morte longa, lenta e dolorosa.

— Quer que eu saia de cima de você? — provocou ele. — Então me diga.

Eu não disse nada.

Tavius enfiou os dedos no meu cabelo e puxou minha cabeça com tanta força que a dor disparou pela minha coluna.

— Diga com respeito, Sera.

Todo meu ser se rebelou, mas me forcei a abrir a boca. Forcei as palavras a saírem.

— Saia de cima de mim, Tavius.

— Não. Não é assim. Você sabe disso.

Eu o odiava. Deuses, *como* o odiava!

— Por favor.

Ele estalou a língua baixinho, visivelmente gostando daquilo.

— É assim: "Você poderia, por favor, sair de cima de mim, Rei Tavius?"

Abri os olhos e me concentrei nos raios de luz que entravam pela pequena janela.

— Você não é meu Rei nem nunca será.

Tavius ficou parado em cima de mim e então me soltou, afastando-se de repente. Virei-me de costas de imediato, respirando pesadamente.

Ele sorriu enquanto dava um passo para trás.

— Deuses! Eu esperava que você respondesse desse jeito. Sabe o que acabou de fazer?

Olhei de cara feia para ele, com o maxilar doendo.

— Você fez uma declaração de traição. — Com o brilho febril de volta aos olhos, Tavius pegou o cabo da minha adaga e a soltou do armário. Um naco de madeira voou pelos ares. Ele enfiou a adaga no cinto e bradou uma palavra: — *Guardas*.

Eu me levantei com um salto enquanto a porta se abria e dois Guardas Reais entravam. Mas não foram eles que provocaram um calafrio de pavor na minha espinha, e sim aquele que ficou no corredor. Era Pike, o Guarda Real que estava na porta do escritório do meu padrasto no dia em que encontrei os Couper, e o que estava nas mãos dele.

Um arco.

Apontado para o meu peito.

Tudo em mim desacelerou quando olhei para a ponta afiada da flecha, firme nas mãos de Pike.

— Lute contra eles e acho que sabe exatamente o que vai acontecer — disse Tavius. Não conseguia tirar os olhos da ponta afiada.

Eu era rápida, mas não mais rápida do que uma flecha. O olhar ansioso no rosto de Pike me dizia que ele esperava que eu lutasse. O sorriso no rosto de Tavius também.

E foi naquele instante que percebi que quaisquer que fossem os planos de Tavius, agora ou mais tarde, havia uma boa chance de que ele não esperasse que eu continuasse viva. E também uma grande probabilidade de que ele quisesse que eu rogasse, chorasse ou implorasse a ele.

Eu não lhe daria isso. Não lutaria contra eles. Eles não conseguiriam nada disso de mim.

Endireitei as costas e respirei lenta e profundamente. Não lhes daria *nada*.

As coisas desaceleram dentro de mim, mas parece que haviam acelerado do lado de fora. Os dois guardas me seguraram pelos braços com as mãos enluvadas me levando para fora do quarto. Tavius se dirigiu ao Guarda Real que aguardava no final do corredor, falando baixo demais para que eu pudesse ouvir. O guarda se virou, correndo rapidamente à nossa frente enquanto eu era forçada a descer para o andar principal e levada pelo corredor que os empregados usavam.

Os rostos daqueles por quem passamos eram um borrão. Não sei se olharam para nós, o quanto viram ou em que pensaram conforme os guardas me levavam para o Salão Principal, passando pelas colunas adornadas de arabescos dourados depois que entramos no aposento mais majestoso de Wayfair. Flâmulas mais altas do que muitas das casas na Carsodônia pendiam do teto de vidro em forma de cúpula até o chão, com o Brasão Real dourado brilhando sob a luz das inúmeras lâmpadas a gás e arandelas de velas. Uma parede secundária de colunas circundava o andar principal, criando uma alcova um tanto privada. Também eram adornadas por desenhos dourados, que seguiam pelo piso de mármore e pedra calcária, desciam os amplos degraus da alcova e avançavam como veios de ouro, estendendo-se até o estrado elevado onde estavam os tronos incrustrados de diamante e citrino do Rei e da Rainha.

Estavam vazios agora, mas um deles estava envolto em tecido branco. Pétalas pretas haviam sido espalhadas sobre o pano, um ato cerimonial que representava a morte do Rei. A enorme câmara circular ainda estava uma bagunça devido às celebrações da noite anterior. Os empregados ficaram imóveis assim que entramos, dezenas deles.

— Todos pra fora — ordenou Tavius. — Agora.

Ninguém hesitou. Eles saíram correndo do Salão em uma enxurrada de túnicas e blusas brancas engomadas. Meu olhar avistou uma das criadas. *Ela.* A jovem na sala onde os guardas estiveram à espreita. Estava com os olhos azuis arregalados quando desviou o olhar rapidamente para o chão.

Tavius desceu os degraus largos até o andar principal, e meu olhar o acompanhou para onde ele seguia: na direção da estátua do Primordial da Vida. Detalhes surpreendentes haviam sido dados a Kolis. As cáligas de sola pesada e as placas blindadas que protegiam suas pernas pareciam verdadeiras, assim como a túnica na altura dos joelhos e a cota de malha que cobria seu peito e torso, tudo esculpido no mármore mais alvo. Ele segurava uma lança em uma das mãos e um escudo na outra. O guerreiro, o protetor. O Rei dos Primordiais, dos deuses e mortais. Até os ossos das mãos e os cachos dos cabelos haviam sido captados em detalhes espantosos. Mas seu rosto não passava de uma pedra lisa.

A ausência de traços sempre me deixava perturbada, assim como toda vez que eu via as raras representações do Primordial da Morte.

Tavius olhou para a estátua.

— Vai servir. — Ele se virou para mim com um sorriso malicioso nos lábios. — Um lugar bastante adequado pra você, creio.

Inspire. Não fazia ideia do que ele estava tramando ou qual seria minha punição quando os Guardas Reais me forçaram a descer as escadas. O líquido derramado umedeceu as solas dos meus pés. *Segure.* As pétalas brancas se desfizeram sob meus passos. Olhei para o rosto de pedra de Kolis, lutando contra o tremor nas pernas. Forcei meus músculos a travarem quando ouvi alguém entrar no Salão atrás de mim. *Expire.*

— Ah, que momento perfeito. — Tavius bateu palmas. — Amarrem-na e a coloquem de joelhos.

Inspire. Senti a ponta da flecha me cutucando nas costas. Caí pesadamente de joelhos, aos pés do Rei dos Primordiais. Os Guardas Reais uniram minhas mãos, e aquele que estava no final do corredor do lado de fora do meu quarto surgiu ao meu lado, passando uma corda em volta dos meus pulsos. Não reagi ao puxão apertado contra minha pele enquanto ele passava as amarras ao redor do braço da estátua, forçando meus braços acima da cabeça. *Segure.* Senti os pulmões arderem assim que os guardas se afastaram. Minha respiração não havia sido muito profunda. Exalei levemente. *O que estava acontecendo? O que estava...?* Tavius saiu do meu campo de visão. Virei a cabeça para o lado para ver o que ele estava fazendo.

O ar estalou com um assobio fino, deixando minha pele enregelada. Não. Não, ele não faria isso. Meu coração disparou e puxei as amarras com o estômago revirando. Eu conhecia aquele som. Ouvi-o quando entrei no celeiro na noite em que ele chicoteou o cavalo que o derrubou. Não tinha como...

— Você sempre me fez lembrar de um cavalo selvagem. Teimosa demais. Temperamental demais. Orgulhosa demais apesar dos seus inúmeros fracassos — disse Tavius, com a fala arrastada, aproximando-se de mim. Eu o ouvi arrastando o chicote de couro sobre a palma da mão. — Só há uma maneira de fazer com que um corcel respeite seu mestre. Você tem que domá-lo. — Tavius se ajoelhou ao meu lado. Não havia nada caloroso em seus olhos. Nada de humano. — Assim como você deveria ter sido domada na noite em que falhou com todo o reino. Mas hoje você vai aprender.

Olhei para ele com o coração desacelerando. Já não estava mais ali. Não sentia o azulejo frio sob os joelhos nem a corda áspera e apertada ao redor dos pulsos. Coloquei o véu. Recolhi-me em mim mesma, mas não desapareci. Não era um receptáculo vazio. A tela não estava em branco. Algo sombrio e cruel faiscou dentro de mim, como um golpe violento numa pederneira. Um fogo gélido brotou no meu peito e se derramou por mim, preenchendo todos aqueles lugares ocos. Meu sangue zumbia e meu peito latejava. Senti o gosto das sombras e da morte na garganta conforme aquele fogo gélido ardia dentro de mim. Ergui os olhos para Tavius e repuxei os cantos dos lábios. Ouvi as palavras saírem da minha boca em uma voz rouca:

— Eu vou te matar. — Mal reconheci a voz como minha. — Vou cortar suas mãos e depois arrancar o seu coração do peito antes de atear fogo em você. Vou vê-lo arder nas chamas.

As pupilas de Tavius se dilataram.

— Sua vadia idiota.

Comecei a rir. Nem sei de onde veio a risada, mas me parecia ancestral e infinita. E não era minha. Acho que Tavius também a ouviu. Por um segundo, jurei ter visto medo em seus olhos. Dúvida. Por apenas um segundo, e então seus lábios se curvaram em um sorriso de escárnio.

— Você não vai fazer nada, irmã. Duvido que seja capaz de falar o próprio nome depois que eu acabar com você. Você será domada — jurou ele. — Você vai me respeitar.

— Jamais — sussurrei e depois desviei o olhar, concentrando-me na mão de pedra que segurava o punho da lança.

Segundos se passaram enquanto Tavius permanecia ajoelhado ao meu lado, com o peito ofegante. Fiquei naquele lugar distante onde não havia nada além do fogo gélido nas minhas entranhas, sem deixar lugar para pavor, medo ou qualquer coisa. Quando Tavius se levantou, não senti nada além do beijo da vingança prometida. Quando ele passou para trás de mim, ergui o queixo. Quando jogou minha trança por cima do ombro, expondo minhas costas, não me mexi. Quando o ar estalou de novo, não vacilei.

A dor cortante percorreu minhas costas, dos ombros até a cintura, súbita e intensa. Uma respiração áspera saiu de mim. Era o único som no Salão Principal. Os Guardas Reais permaneceram em silêncio. Tavius não disse nada. Forcei-me a respirar em meio à dor.

O assobio do chicote foi o único aviso. Tentei me preparar, mas não havia como. Nenhum exercício de respiração era capaz de aliviar o que estava por vir. Senti uma dor ardente quando meu corpo foi empurrado para a frente e depois caiu para trás até onde as cordas permitiam. Estremeci, dizendo a mim mesma que podia lidar com aquilo. Tavius não era forte o bastante para rasgar minha pele.

Ele era o mais fraco de nós dois.

A camisola escorregou pelos meus braços, abrindo-se na frente enquanto eu me endireitava devagar. Assim que pudesse, eu cumpriria minha promessa. Cortaria as mãos dele e enfiaria o chicote em sua boca até que ele se engasgasse. Arrancaria seu coração e o veria queimar.

— Olhe só pra você. — Havia uma rouquidão na voz de Tavius. Ele estalou o chicote no azulejo, e meu corpo inteiro se encolheu. Ele riu. — Ainda tão rebelde, mas é só fingimento. Você está com medo. Fragilizada. Quer que eu pare? Você sabe o que dizer.

Virei a cabeça para o lado, vendo-o através das mechas de cabelo que haviam se soltado. Ele estava atrás de mim.

— Tavius — falei entre dentes. — *Por favor...* por favor, *vá se foder.*

Alguém respirou fundo, um dos Guardas Reais. Ouvi botas se arrastando, mas Tavius riu de novo, me xingando. Pude vê-lo levantando o chicote e fechei os olhos.

— O que você está fazendo, pelo amor dos deuses, Tavius? — a voz da minha mãe ecoou de repente pelo Salão Principal. Abri os olhos e vi as duas vestidas com o branco do luto. Ela se engasgou. — Bons deuses!

— Você perdeu a cabeça? — Ezra. Era ela. A dor aguda nas minhas costas desapareceu quando a vi parada ao lado da minha mãe. — Meus deuses! Qual é o seu problema?

— Primeiro, nenhuma das duas se dirigiu a mim do modo apropriado. Mas dado o choque das últimas horas, vou relevar — afirmou Tavius, calmamente, sem se incomodar com a reação delas. — Quanto ao que estou fazendo, é o que já devia ter sido feito... — Ele cambaleou para o lado, arregalando os olhos enquanto olhava para o chão. — Mas que...?

Ezra estava parada nos degraus. Um borrão cor de ameixa e dourado entrou pelas portas abertas do Salão Principal quando os Guardas Reais chegaram e, debaixo de mim, as pétalas vibraram quando o chão começou a *tremer*. Pequenas rachaduras se formaram no azulejo e atravessaram as cáligas esculpidas nos pés de Kolis. Observei as fissuras subirem pelas pernas de pedra. Confusa, levantei a cabeça. O que estava...?

O estrondo de um trovão sacudiu o Salão Principal por inteiro. Alguém gritou. As flautas delicadas deixadas em cima de bandejas e mesas explodiram. Cadeiras tombaram. Mesas se quebraram. Gesso se desprendeu das colunas e paredes conforme as fissuras subiam pelos pilares e atravessavam a cúpula de vidro do teto.

Uma rajada de vento frio passou pelo Salão Principal e o ar ficou carregado de energia.

Fiquei toda arrepiada quando uma névoa fina emergiu das fissuras no chão.

Éter.

Tavius deu um passo para trás quando o espaço entre nós dois começou a *vibrar*. O ar crepitava e sibilava, emanando faíscas prateadas que giravam e açoitavam o ar, assim como o chicote havia feito antes. Em seguida o próprio plano se *abriu*.

Uma escuridão tingida de prata saiu da fenda, espirrando no chão e se erguendo em uma névoa espessa, escura e rodopiante. Em meio à massa pulsante era possível distinguir uma silhueta alta que lançava fios grossos pelo ar, espalhando-se pelo chão e formando uma coluna de sombra após a outra, ocultando todos os outros no Salão. Uma silhueta se formou em cada coluna de sombras conforme elas preenchiam o Salão e se retraíam como se fossem atraídas de volta para *ele*.

Sabia quem estava ali sem sequer ver seu rosto ou quaisquer traços dentro da massa pulsante de breu que, se estendendo para cima e para os lados no formato de enormes asas, bloqueavam toda a luz do sol.

A morte finalmente voltara.

Capítulo 20

Havia apenas dez seres poderosos o bastante para abrir uma passagem entre os planos.
Os Primordiais.
Mas quando as sombras pararam de girar intensamente e a forma de asas se tornou um contorno nebuloso, vi quem estava ali no meio, e não fazia o menor sentido.
Porque era ele. O deus das Terras Sombrias. Ash.
Ele olhou para mim por cima do ombro, com os ângulos marcantes do rosto parecendo um conjunto brutal de linhas rígidas. Encarei-o com o coração batendo forte dentro do peito. Sua pele tinha ficado mais fina, assumindo um brilho prateado. Perdi o fôlego.
Bons deuses!
O prateado de suas íris se infiltrou completamente em seus olhos até que ficassem iridescentes. Eles crepitavam de poder, o tipo de poder capaz de desfazer planos inteiros só com o levantar de um dedo. Uma teia de veias surgiu em sua face, logo se espalhando por seu pescoço e descendo pelos braços sob o bracelete prateado no bíceps direito, viajando ao longo das sombras rodopiantes reunidas sob sua pele. Ele era como a estrela mais brilhante e o céu mais escuro da noite em forma mortal. E era absolutamente lindo nessa forma e completamente aterrorizante.
Fui dominada pela incredulidade, atirando-me direto na negação, porque não era possível. Não podia ter sido *ele* o tempo todo.

— Quem... Quem é você? — gaguejou Tavius.

Lentamente *ele* virou a cabeça na direção do meu meio-irmão.

— Eu sou conhecido como Asher, o Sombrio — respondeu ele, e estremeci. *É a abreviação de alguma coisa?*, eu havia perguntado quando ele me disse seu nome. *É a abreviação de muitas coisas.* — Aquele que é Abençoado. Sou o Guardião das Almas e o Deus Primordial do Povo e dos Términos. — Sua voz ecoou pelo Salão Principal, e um silêncio absoluto lhe respondeu. Eu mal conseguia respirar. — Sou Nyktos, governante das Terras Sombrias, o Primordial da *Morte*.

O chicote escorregou da mão de Tavius, caindo no piso de mármore rachado.

Ezra e minha mãe foram as primeiras a reagir, ajoelhando-se e levando a mão ao peito. Os Guardas Reais que haviam entrado atrás delas seguiram o exemplo. Tavius e os demais guardas ficaram tão paralisados quanto eu.

Nyktos olhou para a direita, para quem demorei a perceber que era o deus que me dera a adaga de pedra das sombras. Ector acenou com a cabeça brevemente antes de se virar para mim.

Quando o Primordial voltou a atenção para aqueles diante de si, Ector se ajoelhou ao meu lado. Havia repulsa em seus olhos cor de âmbar.

— Animais — murmurou ele.

— Isso é um insulto aos animais — outra voz falou, e ergui o olhar para ver o deus postado à esquerda do Primordial. A pele negra retinta do seu queixo estava repuxada conforme ele olhava para minhas costas. — Não há sangue.

— Ele não rompeu a pele — me ouvi sussurrar. — Não é tão habilidoso com o chicote.

Os olhos dele, da cor do ônix polido, se voltaram para os meus. Éter brilhou atrás das pupilas quase indistinguíveis quando um sorriso lento começou a surgiu no seu rosto.

— Parece que não.
— Saion? — Ector tocou cuidadosamente em meus ombros. — Pode se livrar das cordas?
— Com prazer. — O deus fechou os dedos ao redor das amarras. Imediatamente as pontas da corda se desgastaram sob sua mão. Uma onda de energia dançou em volta dos meus pulsos e então a corda se partiu, caindo no chão como cinzas. Comecei a cair para a frente, mas Ector me manteve de pé.

Uma forte sensação de alfinetadas desceu pelos meus braços conforme o sangue voltava para os membros.

— Isso está mesmo acontecendo?
— Infelizmente — murmurou Ector.

Saion bufou enquanto suas mãos substituíam as do outro deus.

— Infelizmente? — Ele me sentou no chão, mas suas mãos continuaram ali, provocando outra onda de energia na minha pele. — Estou prestes a receber minha dose diária de entretenimento.

Ector suspirou enquanto se levantava.

— Tem alguma coisa errada com você.
— Tem alguma coisa errada com todos nós.
— As coisas não vão acabar bem.
— E quando é que acabam? — perguntou Saion.
— Quem? — rosnou o Primordial, atraindo minha atenção de volta para si. A fúria irradiava dele, e nunca o havia ouvido falar assim antes. — Quem foi o responsável?
— Eles — respondeu uma voz baixa e trêmula, a mesma voz assustada que me atraíra até aquela sala para ser atacada.

Encontrei-a junto às portas, de joelhos e com a cabeça levemente erguida.

— Eu os vi no corredor com ela, Vossa Alteza. Três deles estavam com o Príncipe e o quarto se juntou a eles quando... — Ela estremeceu. — Quando fui buscar Sua Graça.

O Primordial ergueu o queixo na direção dos três Guardas Reais e de Pike, que ainda empunhava o arco. Um dos guardas falou com a voz trêmula:

— Pensei que ele só fosse assustá-la. Não sabia...

O Primordial se virou para o guarda, e foi só isso. Ele *olhou* para o homem. O que quer que o Guarda Real estivesse prestes a dizer em sua defesa terminou em um suspiro sufocado. Ele cambaleou para a frente, com o sangue se esvaindo rapidamente do rosto. Jogou a cabeça para trás e repuxou os lábios sobre os dentes em um grito que não saiu da garganta. Estremeci quando pequenas rachaduras apareceram na carne pálida e cerosa do homem — fendas profundas e exangues se abrindo em seu rosto, pescoço e mãos.

O Guarda Real se despedaçou, estilhaçando-se como se fosse feito de vidro até virar um pó fino de cinzas, e então mais nada. Não restou nada dele, nem mesmo as roupas que vestia ou as armas que portava.

De olhos arregalados, encarei o Primordial. Aquele tipo de poder era... inconcebível. Era assustador e impressionante.

— Aqui vamos nós — murmurou Ector.

Meus deuses! Era *disso* que *ele* era capaz. E eu o apunhalara? Na verdade, eu o ameaçara. Várias vezes. Um pensamento muito estranho me ocorreu quando um dos outros Guardas Reais se virou para correr e só deu um passo antes de ficar paralisado, balançando os braços rígidos ao lado do corpo. Por que diabos o Primordial usava uma espada quando podia fazer *isso*? Uma risada bastante imprópria subiu pela minha garganta quando o guarda abriu a boca em um grito silencioso. Rachaduras surgiram em suas bochechas enquanto ele era erguido do chão. Ele *desmoronou* lentamente, da cabeça aos pés, desabando em um jato de poeira.

Ector olhou para mim, arqueando a sobrancelha.

— Desculpe — murmurei. Devia ser por causa da dor nas costas, que diminuía e aumentava. O choque. *Tudo.*

O terceiro guarda caiu de joelhos, implorando. Ele também se despedaçou até não restar mais nada.

— Ele parece irritado — observou Ector por cima da minha cabeça.

— Você... Bem, ele tem andado mal-humorado ultimamente — respondeu Saion, e senti outra risada se formando dentro de mim. — Deixe-o se divertir.

— Não vou morrer desse jeito. — Pike, aquele homem idiota, levantou o arco e disparou.

O Primordial girou o corpo, movendo-se tão rapidamente que não passara de um borrão. Ele pegou a flecha pouco antes de acertar seu peito.

— Essa foi uma jogada ousada — comentou Saion. — Péssima, mas ousada.

— Você disparou uma flecha contra mim? É sério? — O Primordial jogou a flecha de lado. — Não, você não precisa morrer desse jeito.

— Ah, cara — acrescentou Ector com outro suspiro.

De repente o Primordial surgiu diante de Pike. Eu sequer o vi se mexer.

Ele pegou o braço de Pike e o torceu bruscamente. O osso quebrou. O arco caiu no chão, fazendo barulho no azulejo enquanto o Primordial agarrava o homem pelo pescoço.

— Há muitas maneiras de você ser derrotado. Milhares. E estou bem familiarizado com todas elas — afirmou. — Suas opções são infinitas. Algumas são indolores. Outras, rápidas. Essa não será nem uma coisa, nem outra.

A cabeça do Primordial disparou para a frente. Tive um vislumbre de presas e senti um vazio no estômago. Ele rasgou a garganta de Pike, acabando com o curto e abrupto grito de terror do homem. Em seguida, puxou a cabeça dele para trás e forçou-o a abrir a mandíbula enquanto cuspia um bocado do próprio sangue de Pike em sua boca. Meu estômago se revirou de náusea e apoiei a mão no assoalho. O Primordial empurrou Pike para o lado. O mortal caiu no chão, contorcendo-se e colocando a mão em cima do rasgo na garganta. Não consegui desviar o olhar nem mesmo quando ele parou de se mexer e suas mãos cobertas de sangue escorregaram do pescoço.

Ector inclinou a cabeça para o lado.

— Você chama *isso* de mal-humorado?

— Bem... — começou Saion, mas parou de falar.

Em seguida, o Primordial se virou para Tavius.

— Você. — Sua voz era fria como gelo. Ele olhou para baixo e seus lábios manchados de sangue se curvaram em um sorriso. A parte interna da calça de Tavius havia escurecido. — Tão medroso que até mijou nas calças. Você se arrepende de suas ações?

Tavius não disse nada. Não achei que pudesse. Tudo que conseguiu fazer foi acenar com a cabeça desajeitadamente.

— Devia ter pensado nisso antes de pegar o chicote — grunhiu o Primordial — e tocar no que é meu.

No que é meu?

Outra risada fez cócegas na minha garganta. *Agora* ele queria me reivindicar?

Uma corrente de ar se agitou ao meu redor. Pisquei os olhos. Esse foi o tempo que se passou. O local onde Tavius estivera se encontrava vazio. Baixei as sobrancelhas. Um segundo depois, minha mãe gritou. Virei-me, mal sentindo o puxão contra a pele sensível das costas.

O Primordial havia prendido Tavius à estátua de Kolis a vários metros do chão, com o chicote ao redor do pescoço. Sua pele estava mais prateada do que escura agora, mais fina, e as sombras haviam se tornado ainda mais aparentes.

— Eu perguntaria que tipo de mortal você é, mas está óbvio que é apenas um monte de merda patético em forma de homem.

O rosto de Tavius ficou vermelho e arroxeado enquanto ele se engasgava tentando arrancar o chicote do pescoço.

O Primordial inclinou a cabeça e inclinou o queixo. Com a outra mão, pegou na cintura de Tavius e deu um puxão para trás. Ele empunhava a adaga que havia me dado de presente.

— Isso — rosnou Nyktos, prendendo a lâmina a uma das tiras de couro que atravessava seu peito — não lhe pertence.

— Não! Por favor! Ele é meu enteado. — Minha mãe veio correndo, tropeçando na bainha do vestido. — Não sei o que deu nele. Tavius jamais faria isso. Por favor. Eu lhe imploro...

— Implore e reze o quanto quiser. Não significa nada pra mim. — A voz do Primordial tornou-se gutural conforme as asas de sombras se elevavam, agitando o ar mais uma vez. — Ele provou a pouca importância e valor que tem para esse plano.

— Não faça isso — gritou minha mãe, estendendo as mãos. Fechei os olhos com força. Não queria ouvi-la implorar por ele...
— Por favor.

— Ele é um monstro. Sempre foi. — A voz firme de Ezra atravessou a sala, então abri os olhos. Ela continuava ajoelhada. — Nosso... Nosso pai sabia disso. Todo mundo sabe disso. Como você disse, ele é de pouca importância.

— Mas ele é o futuro Rei — minha mãe retrucou enquanto os olhos de Tavius saíam das órbitas e veias se projetavam de sua têmpora. — Ele nunca mais fará uma coisa dessas. Eu lhe prometo.

Encarei minha mãe, ofegante, enquanto ela continuava suplicando pela vida dele. Aquele fogo gélido voltou, dissipando o choque e a incredulidade. Entorpecendo a dor nos meus ombros e na parte superior das costas. Entorpecendo *tudo*. Afastei-me de Saion e me levantei. Fiquei de pé sobre pernas surpreendentemente firmes e sem tirar os olhos da minha mãe, embora ela não tivesse olhado para mim.

— Solte-o — pedi. — Por favor.

— Você está suplicando pela vida dele? — A voz do Primordial mal era reconhecível. O calcário da estátua rachou atrás de Tavius. — Ele te machucou. Ele a forçou a se ajoelhar e chicoteou você.

— Não estou suplicando pela vida dele — respondi, com aquela pulsação gelada e quente se enraizando no meu peito conforme eu me virava para o Primordial.

Um bom tempo se passou, e então o Primordial olhou para mim. Seus olhos... O prateado era radiante, ofuscante, e os fios de éter quase ocultavam as pupilas. O brilho escapava de seus olhos, crepitando e estalando ao redor. A energia deixou o ar carregado e a escuridão continuou a se reunir ao seu redor, vindo de todos os cantos e recônditos do Salão Principal. As sombras também se moviam *sob* a pele dele.

— Como quiser, *liessa*. — O Primordial soltou meu meio-irmão. Tavius caiu de joelhos e então rolou para o lado enquanto arrancava o chicote da garganta, jogando-o de lado e ofegando. O chicote deslizou pelas pétalas e pelo piso rachado, parando diante de mim.

Olhei para baixo.

— Obrigada.

— Não me agradeça por isso — retrucou ele. As sombras voltaram para a pele do Primordial e foram liberadas para os cantos escondidos da sala. O brilho incandescente foi a última coisa a desaparecer. Os olhos dele encontraram os meus. — Não permita que isso deixe uma marca em você. — Em seguida ele se virou para Tavius, ajoelhando-se ao lado dele. — Você não vai morrer pelas minhas mãos, mas terei sua alma por toda a eternidade para fazer o que bem entender. E eu tenho muitas ideias. — Nyktos piscou enquanto dava um tapinha na bochecha do mortal. — Algo pelo que esperar. Para nós dois.

Saion riu baixinho.

— Ele é tão generoso.

— Obrigada — sussurrou minha mãe. — Obrigada pela...

— Cale a boca — rosnou Nyktos enquanto passava por cima do corpo trêmulo de Tavius.

Minha mãe se calou, e eu me virei para ela. *Finalmente* ela olhou para mim. Seus olhos estavam arregalados, vermelhos e inchados, mas não senti *nada* quando olhei para o Primordial. Ele afastou o braço para o lado, revelando o punho de uma espada presa às costas conforme Tavius se endireitava, encostando-se na estátua de Kolis. A vermelhidão havia diminuído em seu rosto quando ele inclinou a cabeça para trás. A marca que o chicote havia deixado em seu pescoço era visível.

Segurei no punho da espada do Primordial e a desembainhei. Ector deu um passo para o lado. A pedra das sombras era mais pesada do que eu estava acostumada, mas era um peso bem-vindo nas minhas mãos quando me virei para meu meio-irmão. Tavius me encarou.

— O que foi que prometi a você? — perguntei.

Seus olhos lacrimejantes se arregalaram de compreensão. Ele ergueu o braço como se pudesse, de algum modo, evitar o que estava por vir.

Golpeei com a espada de pedra das sombras bem no seu antebraço direito. A lâmina não encontrou resistência, cortando suavemente tecido e ossos. Tavius deu um uivo que nunca tinha ouvido da boca de um mortal antes e rastejou contra a estátua, com o sangue espirrando e jorrando por toda parte. Alguém gritou. Deve ter sido minha mãe. E então desci a espada no braço esquerdo dele, logo abaixo do ombro. Seus gritos ecoaram pelo teto de vidro.

Enterrei a espada no peito de Tavius da maneira mais desonrosa, empalando-o na estátua do Primordial da Vida. Ele se debateu e estremeceu, revirando os olhos arregalados enquanto sangue espirrava na minha camisola. Dei um passo em sua direção.

— Acho que é o suficiente — disse o Primordial.

— Não, não é. — Peguei o chicote e avancei, puxando os cabelos de Tavius, agora encharcados de sangue e suor. Empurrei sua cabeça para trás. Seus olhos arregalados e em pânico encontraram os meus quando enfiei o cabo do chicote em sua boca, empurrando-o para baixo com toda a força.

— Tudo bem. — Saion pigarreou. — Preciso admitir que por essa eu não esperava.

A luz logo sumiu dos olhos de Tavius. O calor gélido latejou no meu peito em resposta, mas soltei sua cabeça antes que meu dom pudesse desfazer todo o trabalho duro. Dei um passo para trás, limpando o sangue na camisola. O sangue agora escorria de suas feridas.

Não arranquei seu coração nem ateei fogo nele, mas o que havia feito bastava, e não deixaria nenhuma marca em mim.

Dei mais um passo para trás e olhei ao redor da sala. Minha mãe havia parado de gritar. Os rostos dos demais pareciam um borrão quando olhei para Ezra.

— Assuma o trono — pedi, com a voz rouca, e ela se retesou. — Você é a próxima na linha de sucessão.

Ezra balançou a cabeça.

— O trono pertence a...

— O trono pertence a você — interrompi.

O olhar dela se voltou para a presença atrás de mim e em seguida para onde minha mãe havia caído em uma poça de saias brancas, com a mão sobre o peito enquanto olhava para mim e via o que eu era, o que havia ajudado a moldar.

Um monstro como Tavius, só que de um tipo diferente.

Virei-me para o Primordial, outro que havia ajudado a me transformar naquela coisa, e ergui o olhar para seu rosto. Ele olhou para mim com uma expressão imperturbável conforme o sangue de Tavius escorria pelo chão frio nos meus pés descalços.

Um rugido substituiu o vazio enquanto eu ficava parada ali, olhando para ele. O Primordial da Morte.

Meu futuro marido.

Nyktos.

A chave para deter a lenta e dolorosa destruição do meu reino. De repente a sensação de familiaridade começou a fazer sentido. Já havia ouvido a voz dele antes. *Eu não preciso de uma Consorte.*

O Primordial puxou o ar bruscamente enquanto as emoções jorravam em mim, onda após onda, colidindo com uma maré crescente de tantos sentimentos, que engasguei com eles. Incredulidade, esperança, pavor e raiva. Muita *raiva*.

— *Você* — resmunguei.

— Tirem todos daqui — ordenou o Primordial. — Tirem todos daqui, incluindo vocês.

Os deuses hesitaram.

— Tem certeza? — perguntou Ector.

— *Agora*. — O Primordial não desviou os olhos de mim.

Ouvi os deuses se afastando e reunindo aqueles que ainda estavam vivos. Então Saion perguntou:

— Você tem uísque? Estou a fim de beber uísque.

Um calafrio percorreu meu corpo enquanto o Primordial me encarava. Será que ele... Ele havia acabado de perceber quem eu era? Três anos haviam se passado desde a última vez em que me viu. Muita coisa tinha mudado desde então. A suavidade da juventude desaparecera das minhas feições. Eu estava um pouco mais alta e encorpada, mais rígida, mas não irreconhecível. Pelo visto eu era *esquecível*, ao passo que minha vida inteira era focada nele. E por causa dele os últimos três anos da minha vida haviam sido... Bem, não haviam sido *nada* além de dor, decepção e dever não cumprido.

Concentrei-me inteiramente nele enquanto meu peito subia e descia, ofegante.

Ele inclinou a cabeça novamente, abaixando as sobrancelhas escuras. Seu cabelo castanho-avermelhado caiu no rosto e algo dentro de mim começou a tremer e rachar. Senti o gosto da raiva, uma raiva quente e ácida tão poderosa e avassaladora que minha garganta parecia queimar.

Perdi completamente o controle. Avancei sobre ele, brandindo o punho fechado na cara do Primordial.

Ele arregalou os olhos de surpresa, e esse segundo *quase* lhe custou caro. Meus dedos roçaram em seu queixo quando ele deu um passo para o lado. Nyktos se esquivou e estendeu a mão. Pegou-me pelo pulso e me virou. As colunas do Salão Principal giraram enquanto meus pés descalços escorregavam no sangue. Em um piscar de olhos fiquei com as costas pressionadas contra o peito dele enquanto um braço me prendia em volta da cintura.

— Não era a reação que eu esperava agora — afirmou ele por trás de mim. — Evidentemente.

Um som inumano saiu da minha garganta, um rosnado de fúria conforme eu jogava o braço livre para trás, na direção dos seus cabelos. Foi um movimento indigno, mas não me importei.

— Ah, não, nada disso. — Ele pegou meu outro pulso, levando meus dois braços até a cintura enquanto cruzava os dele sobre meu peito.

Ignorando a dor da pele em carne viva nos ombros, levantei o pé e então o desci com toda a força. Ele saiu do caminho e me levantou para que meu pé não entrasse em contato com o chão duro.

Nyktos nos virou de modo a nos afastar da estátua e de Tavius.

— Você parece zangada comigo.

— Acha mesmo? — Joguei meu peso contra ele, na esperança de desequilibrá-lo.

Ele não se mexeu.

— Vejo que estava certo sobre você ser do tipo que luta mesmo sabendo que não teria sucesso. — Seu queixo roçou no topo da minha cabeça. — É cansativo estar sempre certo.

Atirei a cabeça para trás com um grito. A dor irrompeu no meu crânio quando colidi com alguma parte do rosto dele.

— *Destinos* — grunhiu ele, e um sorriso selvagem surgiu na minha boca. Ele me segurou com força quando inclinou o queixo, pressionando a bochecha fria contra a minha. Em questão de segundos conseguiu prender minha cabeça entre seu peito e a dele. — Já terminou?

— Não — sibilei, esticando os dedos inutilmente. A frustração queimava minha pele, alimentando o calor gélido no meu peito, assim como a constatação de que, mesmo com anos de treinamento, ele ainda havia conseguido me tornar absolutamente inofensiva.

— Pois eu acho que sim. — O hálito fresco dele tocou na minha bochecha.

— Não dou a mínima para o que você acha ou deixa de achar — disparei, tentando me libertar, mas era inútil, e estava começando a *doer*. Não me afastei nem um centímetro. Puxei as duas pernas para cima, mas não adiantou nada. Ele não cedeu.

O Primordial deu um suspiro.

— Ou suponho que você poderia continuar fazendo isso até se cansar.

Firmei os dois pés no chão e o empurrei com toda a força. O Primordial nem se mexeu, mas ficou tenso.

— Sugiro que pare de fazer isso — advertiu ele, com a voz mais grave e rouca. — Além de irritar ainda mais as feridas nas suas costas, não acredito que suas ações estejam provocando o tipo de reação que esteja buscando.

Levou algum tempo até que a tempestade de fogo no meu sangue se dissipasse e eu conseguisse entender o que ele estava dizendo, e para que alguma noção de racionalidade se infiltrasse dento de mim. *Inspire*. Olhei para as rachaduras nas colunas brancas e douradas, respirando fundo. Meu peito subiu, pressionando os braços dele. *Segure*. Pouco a pouco, voltei a mim. Minha bochecha formigava pelo contato com a dele. A camisola era uma barreira ínfima. Minhas costas e quadris latejavam com a sensação do corpo dele contra o meu. Os pelos ásperos de seus braços faziam cócegas na pele sensível do meu peito através do corpete frouxo. Meu coração batia descompassado enquanto eu olhava para a frente, sem conseguir entender a profusão de sensações. O contato pele a pele era demais para mim.

Fechei os olhos. *Expire*. Eu tinha mesmo tentado atacar o Primordial da Morte?

Não queria pensar nisso. Não conseguia pensar no que me aguardava depois do que havia feito com o futuro Rei de Lasania. Tudo em que conseguia pensar era que estava ali com ele, o objeto de mais de uma década de treinamento e preparação. Uma risada estranha subiu pela minha garganta, mas encontrou o silêncio contra meus lábios fechados. Porque não importava o que havia acontecido no Salão Principal nem quem assumisse o trono agora, eu ainda tinha um dever com Lasania.

Eu deveria seduzir Nyktos, não desmembrar pessoas na frente dele e tentar matá-lo. Não antes de fazê-lo se apaixonar por mim. Em minha raiva e incredulidade, eu havia me esquecido de um passo muito importante.

A realidade da situação recaiu sobre mim outra vez conforme a raiva voltava lentamente ao fogo brando dos últimos três anos. E talvez até mais do que isso.

Nyktos.

Um nome conhecido, mas jamais falado por medo de atrair sua atenção ou incitar sua fúria. Um nome em que nunca me permiti pensar. Mas ele finalmente estava aqui. Quantas vezes ao longo dos últimos três anos desejei ter a oportunidade de cumprir meu dever? Inúmeras! Ele finalmente estava aqui. Poderia ser agora.

Poderia ser a oportunidade perfeita.

Não sei como seria possível seduzir alguém e fazê-lo se apaixonar depois de o apunhalar no peito.

Mas sei do que ele estava falando quando disse que minhas ações estavam provocando uma reação que eu não buscava. Já convivi com muitos homens para entender o que ele estava dizendo, e para sentir agora o que estava furiosa demais para perceber quando o empurrei antes: o membro grosso e duro dele estava pressionando minha lombar. Ele havia ficado excitado.

E *continuava* excitado.

Minha mente logo deixou tudo de lado, aproveitando a constatação de que aquilo já era *alguma coisa*. Talvez eu ainda tivesse uma chance, por menor que fosse. A intimidade física era só uma parte da sedução. Todo o resto é que seria quase impossível agora — forjar uma amizade, descobrir do que ele gostava e não gostava para que pudesse me transformar no que ele queria, ganhando sua confiança e depois seu coração.

Senti o estômago revirar. *Transformar-me no que ele queria.* Quando era mais nova, eu não questionava nenhuma parte do meu dever ou de suas implicações. Era jovem na época e não havia nada que quisesse mais do que salvar meu reino.

Agora eu ficava absolutamente irritada com a ideia de me tornar outra pessoa para ganhar o amor de alguém. Se era assim que faria alguém se apaixonar por mim, então acho que não queria ter nada a ver com isso.

Mas não se tratava do que eu queria. Nunca se tratou. Tratava-se dos Nates, das Ellies e de todos as pessoas que continuariam a sofrer. Precisava me lembrar disso.

— Você se esqueceu de respirar? — perguntou o Primordial suavemente. Era bem possível.

Soltei o ar bruscamente e abri os olhos, com os pulmões ardendo e vendo pontinhos brancos no meu campo de visão. Precisava pensar. Ele tinha vindo atrás de mim. Isso deveria significar alguma coisa.

Ele mudou de posição atrás de mim, e o ligeiro movimento fez com que um arrepio de percepção percorresse meu corpo.

Não conseguia pensar com ele me segurando tão de perto.

— Me solta.

— Acho que não.

Reprimi uma réplica que certamente não me ajudaria.

— Por favor?

Uma risada profunda retumbou dele e percorreu meu corpo. Arregalei os olhos com a sensação.

— Você pedindo "por favor" me deixa ainda mais desconfiado quanto a soltá-la.

Abri e fechei as mãos, impotente.

— Você é um Primordial. Não posso machucá-lo.

— Acha que não sinto dor só porque sou um Primordial? — Ele roçou a bochecha na minha, me deixando toda arrepiada. — Se sim, você está enganada.

Baixei os olhos para o chão.

— Eu não poderia machucá-lo gravemente.

— Verdade. — Ele não afrouxou os braços. — Mas não acredito nem por um segundo que isso a impediria de tentar outra vez.

Não impediria mesmo. Só que tentar machucá-lo outra vez não ajudaria em nada a cumprir meu dever.

— Não vou fazer nada. Prometo.

— Isso me parece tão provável quanto um gato das cavernas não arranhar a mão de quem tenta acariciá-lo.

Puxei o ar bruscamente, estremecendo ao sentir seus pelos ásperos de encontro aos meus seios.

— Quer dizer que você está com medo de mim?

— Um pouco.

Dei uma risada áspera e cortante.

— Nyktos, o Primordial da Morte, com medo de uma garota mortal?

Senti o hálito dele no meu queixo.

— Não sou tolo a ponto de subestimar um mortal, seja mulher ou homem. Ainda mais depois do que vi você fazer aqui — disse ele. — E não me chame assim.

Franzi a testa.

— De Nyktos? É seu nome.

— Não é o que sou pra você.

Não sei se deveria ficar ofendida ou não, mas que seja. Chamá-lo de Ash era muito mais fácil do que pronunciar o nome que significava morte.

Ergui o olhar do chão para os braços cruzados sobre meu peito. Sua pele era muito mais escura do que a minha sob a luz do sol, e macia sob a camada de pelos.

— Você não tem escamas no lugar de carne.

— O quê?

A provocação de Tavius ainda ecoava na minha cabeça conforme eu fechava os olhos e perdia o controle de novo, deixando escapar algo diferente da raiva. Foi uma vulnerabilidade que veio do nada.

— Você me rejeitou.

Ele afrouxou os braços.

— E pior ainda, você nem se deu conta de quem eu era, não é? — perguntei sem fingir a rouquidão na voz. Quem me dera fosse só atuação.

Senti uma onda de formigamento quando os braços do Nyktos se afastaram de mim. O ar quente soprou nas minhas costas e ombros.

— Eu sempre soube quem você era.

Abri os olhos e me virei para encará-lo.

— Você sabia?

Seus olhos de mercúrio se fixaram nos meus.

— Eu sabia quem você era quando a impedi de ser morta depois que foi atrás daqueles deuses.

Ele... ele sabia e não havia me dito nada? Ele já sabia e parecia surpreso com a minha raiva?

— Você *sabia* quem eu era e não me disse nada? Você sabia na noite em que encontramos aquele corpo e não mencionou isso? E na noite no lago? — Senti um calafrio. — Você *sabia* e não me disse do que Ash era abreviação?

Ele mordeu o lábio inferior enquanto olhava para o corpo ainda empalado.

— Tenho a sensação de que se responder à sua pergunta com sinceridade você vai acabar voltando atrás na sua promessa.

— Já estou quase lá — vociferei antes de conseguir me conter. Dei um passo à frente, baixando o tom de voz. — *Você* fez um acordo. E *você* não o cumpriu, *Ash*.

Ele cerrou o maxilar enquanto olhava de volta para mim.

— Por que você acha que estou aqui agora?

Capítulo 21

Por que você acha que estou aqui agora?

Abri a boca, mas não consegui dizer nada. O chão pareceu tremer sob meus pés novamente. Levei um bom tempo para compreender o que ele havia dito. O que poderia significar.

— Você está aqui para cumprir o acordo?

— Que escolha temos? — perguntou Ash. — Não posso deixá-la aqui, não depois disso. — Ele apontou para o corpo caído de Tavius. — Princesa ou Consorte, você matou o herdeiro do trono.

Pestanejei.

— Você estava se preparando para matá-lo.

— Sim, eu estava. — Ele olhou para mim. — Mas eu sou um Primordial. As leis mortais sobre matar pedaços de merda não se aplicam a mim. Você desejou a morte dele. — Seus olhos prateados brilharam. — E não duvido nem por um segundo que ele mereceu.

Desejei mesmo. Muitas vezes. Mas...

— Você só vai cumprir o acordo para que eu não seja executada?

— Só percebeu isso agora? — Ele franziu o cenho, incrédulo.

— Espere um pouco. Sim, você só se deu conta disso agora. Você não dá nenhum valor à própria vida?

Nem me dei ao trabalho de responder.

Uma raiva mal contida fervilhou sob sua pele.

— Você o matou acreditando que eu a deixaria sozinha para enfrentar as consequências?

— Desculpe, mas por que eu acreditaria em outra coisa? Você se recusou a cumprir sua parte do acordo.

— Você não faz ideia do que está falando.

Soltei uma risada áspera.

— Sei muito bem do que estou falando. Eu estava pronta para cumprir o acordo que meu antepassado fez. Foi você que se recusou. Mas é... — Parei de falar antes de deixar escapar que sabia que o acordo tinha prazo de validade. Se ele percebesse que eu sabia disso, poderia descobrir que eu sabia muito mais. Forcei-me a pronunciar as palavras seguintes: — Fui eu que paguei por isso.

Ash franziu o cenho.

— Como foi que você pagou por isso, *Princesa*? — desafiou ele, e retesei a coluna. — Você recebeu sua vida de volta, não foi? A liberdade de decidir o que fazer ou não fazer com ela. Algo que já sei que você valoriza muito.

Fiquei boquiaberta, com o coração palpitando e depois disparando dentro do peito.

— Você precisa mesmo me fazer essa pergunta?

Ele virou a cabeça de modo brusco na direção do corpo de Tavius e então se voltou lentamente para mim. O éter rodopiava em seus olhos.

— Como foi que você pagou?

Nada me faria falar com ele sobre a minha vida, arrancar minha pele e expor todos os nervos em carne viva. Do jeito que ele olhava para mim, como se estivesse tentando ler meus pensamentos, talvez eu já tivesse feito isso sem perceber.

— O que a levou a *isso*? — Ele deu um passo à frente, hesitante. — O que eles fizeram com você?

A pergunta se infiltrou na tempestade caótica das minhas emoções. Senti o constrangimento que sempre me acompanhava quando pensava na minha família, e foi uma *bênção*. Era familiar. Reconfortante. Agarrei-me a essa sensação e encontrei as instruções de Sir Holland. Fiz o passo a passo até não me sentir mais envergonhada, como se estivesse prestes a sufocar.

— Impressionante — murmurou Ash.

Olhei para ele.

— O que é impressionante?

— Você.

Cerrei os lábios. Um elogio vazio era a última coisa de que eu precisava.

— Você jamais viria me buscar. — Eu já sabia disso, mas ter a confirmação era completamente diferente. — Não é?

— O que disse três anos atrás não mudou — disparou ele, sem rodeios. — Mas a situação, sim. Vou cumprir o acordo agora e torná-la minha Consorte.

Arqueei as sobrancelhas até o meio da testa.

— Você não poderia parecer menos entusiasmado nem se tentasse.

Ash não disse nada.

Não deveria importar. Tudo que importava era que ele me tornaria sua Consorte. Aquilo me dava uma abertura. Uma chance. Dava ao reino uma chance real, mas minha boca... Deuses! Eu não tinha nenhum controle sobre ela. Além do mais, aquilo era *insultante*.

— E se eu não quiser ser sua Consorte?

— Não importa mais o que queremos ou deixamos de querer, *liessa*. Essas foram as cartas que recebemos — respondeu Ash. — E temos que continuar o jogo com elas. Não vou deixá-la aqui para ser executada.

Afastei-me dele, perplexa.

— E eu deveria agradecer por isso?

Ash deu um sorriso irônico.

— Eu não me atreveria a esperar por sua gratidão. Era inevitável. Estava fadado a acontecer de um jeito ou de outro.

— Porque você causou isso! — Quase gritei. — Foi você que fez o acordo...

— E estou aqui para honrá-lo! — bradou Ash, me assustando. Seus olhos pareciam duas lascas de gelo. — Não há escolha. Não pra você. Não mais. Mesmo que conseguisse escapar da punição pelo que aconteceu aqui, eu a reivindiquei como Consorte na frente dos outros. Isso vai acabar se espalhando e chamando a atenção dos deuses e demais Primordiais. Eles vão ficar curiosos a seu respeito. Podem até vir a acreditar que você exerce uma influência sobre mim. Eles vão usá-la. Quaisquer que sejam as formas pelas quais você pagou nos últimos três anos, elas não serão nada em comparação com o que vão fazer.

Eu tenho muitos inimigos.

Lembro-me perfeitamente de Ash dizendo isso. Um monte de perguntas me veio à mente. Queria saber mais sobre esses inimigos, o que exatamente os tornava adversários. Queria saber por que eles iriam querer influenciá-lo, o que esperavam conseguir do Primordial da Morte. Queria muito saber quem teria coragem de incitar sua raiva. Eu tinha um monte de dúvidas, mas nada disso importava. Nem seus motivos para finalmente decidir cumprir o acordo. Eu havia insultado o ego frágil de Tavius, mas o meu não era melhor.

Podia ser pena ou empatia, luxúria ou uma situação fora do seu controle. O *motivo* por trás disso não importava. A única coisa que importava era Lasania. Desviei o olhar dele e vi Tavius de relance. Fechei os olhos. Por que eu estava discutindo com ele? Aquilo não me ajudaria em nada a ganhar sua afeição e salvar Lasania.

Senti um aperto no peito. *Acabe com ele.* Não consegui impedir. A lembrança de como me senti ao seu lado no lago voltou à minha mente. O modo como ele me fez sorrir, como me fez rir. Como era fácil conversar com ele. O nó se intensificou, assentando em minha garganta. Deixei tudo isso de lado e me forcei a ver os Couper, deitados lado a lado na cama. Agarrei-me a essa imagem enquanto soltava o ar e abria os olhos.

Ash estava me observando. Nenhum de nós disse nada por um bom tempo até que ele falou:

— A escolha acaba hoje. E por isso, eu sinto muito.

Passei os braços em volta da cintura, inquieta por uma infinidade de razões. Ash parecia genuinamente arrependido, e eu não entendia. Estávamos naquela situação por causa do acordo que ele havia feito.

Tudo que eu havia feito e tudo que ainda teria de fazer era por causa de algo que ele tinha decidido.

Eu o vi estender a mão na minha direção e a vontade de fugir dali me atingiu com força.

— Quero me despedir da minha família.

— Não — recusou ele. — Partiremos agora.

A teimosia me invadiu.

— Por que não posso me despedir?

O olhar frio dele sustentou o meu.

— Porque, se eu voltar a ver a mulher que pode até ser sua mãe, é bem provável que a mate por suplicar pela vida daquela merdinha.

Ofeguei, surpresa. Não havia dúvidas sobre a verdade de suas palavras. Ele a *mataria* mesmo, e uma parte sombria e selvagem de mim gostaria de ver isso.

Havia algo muito errado comigo.

— Minha família vai saber que estou com você? — perguntei.

Ash assentiu.

— Eles serão avisados.

Descruzei os braços com a mão trêmula quando a coloquei na dele. Uma onda de energia dançou entre nossas palmas enquanto ele fechava a mão com firmeza ao redor da minha.

Perdi o fôlego quando uma névoa branca se infiltrou pelo chão, tão densa que ocultava as rachaduras no piso. A névoa balançou a bainha da minha camisola. Ash se aproximou de mim e os fios se tornaram mais densos. As coxas dele roçaram nas minhas, e senti o cheiro de frutas cítricas.

Seu olhar sustentou o meu enquanto ele tocava no meu rosto com as pontas dos dedos. A névoa aumentou, subindo pelas minhas pernas e quadris. Por mais que tentasse lutar contra isso, o pânico me invadiu enquanto ela deslizava sobre nossas mãos com uma sensação fria e sedosa.

— Talvez arda um pouco — avisou, com o prateado dos olhos começando a rodopiar e se misturar com a névoa, com o poder. — Lamento por isso também.

Não tive tempo de perguntar o que ele queria dizer com aquilo nem de lutar. A névoa nos engoliu, e senti uma forte ardência da ponta dos pés até os cachos soltos dos cabelos. Uma luz prateada piscou diante dos meus olhos e atrás das pupilas, e então comecei a cair.

*

Voltei a mim com todos os sentidos disparando ao mesmo tempo. Estava em cima de um cavalo, sentada de lado na sela e aninhada contra o corpo rígido e frio de Ash. Minha bochecha repousava no ombro dele, e podia sentir o cheiro de frutas cítricas e ar fresco da montanha. Por um momento quase pude fingir que era um abraço normal. Que o braço forte ao redor da minha cintura, me segurando com tanto cuidado e firmeza, estava ali porque eu era desejada. Estimada.

Mas nunca fui muito boa em fingir. Comecei a me sentar direito.

— Cuidado. — A voz de Ash parecia fumaça nos meus ouvidos conforme ele apertava minha cintura. — Cair de Odin é uma grande queda.

Baixei o olhar e senti o estômago embrulhado. O corcel preto era vários metros mais alto do que qualquer cavalo que já tivesse visto antes. Uma queda certamente causaria ossos quebrados ou coisa pior. Mudei de posição, franzindo a testa quando algo macio deslizou sobre meus braços nus. Uma capa preta havia sido colocada sobre mim.

— Saion encontrou a capa. — Ash respondeu à pergunta não feita. — Não sei onde a encontrou e imagino que seja melhor nem saber. Mas ele achou que você ficaria mais confortável.

Fechei os dedos dormentes nas pontas da capa macia e ergui o olhar para a copa densa de árvores que eu reconheceria em qualquer lugar.

— Estamos nos Olmos Sombrios — falei, sentindo como se a garganta e a boca estivessem cheias de tufos de lã.

— Sim. — Senti o hálito dele no topo da cabeça. — Pensei que você fosse dormir muito mais. Não devia ter despertado até que estivéssemos nas Terras Sombrias.

Foi então que olhei para ele, com o rosto oculto pelas sombras conforme passávamos sob a copa das árvores.

— O que você fez?

— Está falando da névoa? É o éter. Basicamente uma extensão do nosso ser e da nossa vontade. Pode ter certo efeito sobre os mortais se permitirmos. No seu caso, fazendo você dormir — explicou. — Não queria chamar mais atenção desnecessária.

— Que efeito a névoa tem sobre os outros?

— Pode matá-los em questão de segundos se desejarmos.

Engoli em seco e me dei conta de que estava rígida e reta como uma tábua. Pensei em Ezra, Marisol e Sir Holland, onde quer que ele estivesse.

— Você disse que outros deuses poderiam descobrir que tinha ido me buscar. Minha família vai ficar bem?

— Deve ficar, sim — confirmou. — Quando for apresentada como minha Consorte, só os deuses mais tolos iriam atrás da sua família, pois você se tornará uma extensão da minha.

Aquilo não era lá muito reconfortante. *Inspire*. Ezra era inteligente. Minha mãe também.

— Saion e Ector vão avisá-los, isso se já não o fizeram — acrescentou. — E há certas medidas que serão tomadas, por precaução. Proteções que eles deixarão antes de partir.

— Proteções?

— Feitiços alimentados por Magia Primordial que impedirão os deuses de entrar em suas casas. — Ash se remexeu na sela, e um momento se passou. — Vou garantir que estejam seguros, mesmo que não ache que mereçam.

Olhei para ele conforme um sentimento de gratidão tomava conta de mim. Não queria me sentir assim.

— Ezra, minha meia-irmã. Ela é uma boa pessoa. Ela merece.

— Só me resta acreditar em você.

No silêncio que se seguiu, as muitas perguntas que eu tinha voltaram à minha mente enquanto olhava para os Olmos Sombrios.

— Como você sabia o que estava acontecendo? — perguntei, sentindo as bochechas corarem. — Como sabia que devia ir atrás de mim? — *Por que finalmente veio?* Não perguntei isso porque não precisava saber.

Ash não respondeu por um bom tempo.

— Eu sabia que você havia sido machucada.

Franzi a testa enquanto olhava de volta para ele.

— Como? — Foi então que a ideia me ocorreu. — Por causa do acordo?

— Em parte.

Uma sensação espinhosa me invadiu quando ele não elaborou.

— Em parte?

— O acordo nos vinculou, de certo modo. Eu soube quando você nasceu, e, se fosse gravemente ferida ou estivesse perto da morte, eu também saberia.

— Isso é meio assustador.

— Então você vai achar a próxima parte ainda mais assustadora — alertou ele.

— Mal posso esperar para ouvir — murmurei.

O vislumbre de um sorriso surgiu em seu rosto quando ele olhou para mim.

— Seu sangue.

— Meu sangue?

Ele assentiu.

— Eu provei seu sangue, *liessa*. Não foi intencional, mas veio a calhar.

Demorei um pouco para me lembrar da noite no túnel de trepadeiras quando ele mordiscou meu lábio.

— Meu sangue permite que você sinta minhas emoções quando não estou por perto?

O Primordial enrijeceu.

— Só se forem extremas. E o que você sentiu foi extremo.

Virei-me, inquieta. Teria sido a dor? Ou o pânico de quando fui imprensada contra a cama? Ou teria sido aquela coisa ancestral e gélida dentro de mim? Não gostei de saber que ele havia sentido aquilo. E também não gostava daquela posição idiota.

Inclinei-me para trás, levantei a perna direita e a passei sobre o corpo de Odin. O gesto causou uma dor nos meus ombros e na parte superior das costas, lembrando-me de que a pele estava muito sensível ali. O braço de Ash me apertou enquanto eu me contorcia até ficar virada de frente.

— Confortável? — perguntou ele, pronunciando a palavra com ênfase.

— Sim — resmunguei.

Ele deu uma risada.

Agarrei o punho da sela para não me virar e fazer algo imprudente, tipo socar um Primordial que havia transformado um mortal em *pó* só com o olhar, por exemplo.

— Por que estamos na floresta?

— Não podemos ir aonde vamos por uma abertura entre os planos — explicou, e então notei sua mão em meu quadril, seu polegar. Ele o movia como na noite à beira do lago, em círculos lentos e distraídos.

— Fazer isso destruiria um mortal — prosseguiu, conseguindo desviar minha atenção do seu toque. — Teremos que entrar por outro caminho.

O único som que ouvi quando o Primordial ficou em silêncio foi dos cascos de Odin no chão. Nada de canto de pássaros. Assim como na noite no lago, quando não havia sinais de vida. Era como se os animais sentissem o que eu não havia percebido: que a morte estava entre eles.

Depois do que vi, não pensei que pudesse esquecer isso. Mas aquele maldito polegar continuava traçando pequenos círculos sem parar. Mesmo através da capa e da camisola podia sentir a frieza da pele de Ash. Não entendia por que sua pele era tão fria ou como seu toque podia deixar *minha* pele tão cálida. Quente, até.

— Por que sua pele é tão fria?

— Como você acha que é a morte, *liessa*?

Meu coração deu um salto dentro do peito enquanto eu olhava para a frente. Aquele não era o deus Ash que havia me provocado e tocado em mim à beira do lago. Aquele era o Primordial da Morte, que dera início a tudo isso junto com o Rei Dourado. Não podia me esquecer disso.

— Você está surpreendentemente dócil no momento — observou Ash.

Olhei de esguelha para ele.

— Aposto que não vai durar muito.

Outro sorriso tênue surgiu em seu rosto.

— Não pensei que fosse. — Ele guiou o cavalo em torno de um grupo de rochas. — Você ainda está com raiva de mim.

Seria sensato mentir. Dizer que estava tudo perdoado. Foi o que me ensinaram. A ser submissa. Não o desafiar. Tornar-me o que ele desejava. Expressar minha raiva não ajudaria, mas meus pensamentos estavam dispersos demais para que eu conseguisse elaborar um plano, muito menos me comportar como se não estivesse furiosa por ele não ter me dito quem era e por não pretender cumprir o acordo. Como se não estivesse confusa sobre o motivo de ele ter interferido hoje.

— Por quê? — indaguei. — Por que não me disse quem era quando estávamos no lago? Por que mentiu pra mim?

— Não menti. — Ele me encarou. — Algumas pessoas me chamam de Ash. Nunca disse que era um deus nem neguei que fosse um Primordial. Foi você quem supôs isso.

— Uma mentira por omissão ainda é uma mentira — argumentei, completamente ciente de que minha raiva era hipócrita, já que eu também estava omitindo muitas coisas. Como, por exemplo, o que pretendia fazer.

Ash não disse nada.

E isso não ajudou.

— Nós conversamos. *Partilhamos* coisas sobre nós mesmos.

— Senti um ardor subir ao rosto. — Você teve bastante tempo. Devia ter me contado antes que eu...

— Antes que você me pedisse para te beijar? — O hálito dele roçou na minha bochecha, me assustando.

— Não era isso que eu ia dizer.

Era, sim.

Ouvi o som da risada baixa dele.

— Se soubesse quem eu era, ainda ficaria tão interessada?

Virei a cabeça na direção dele e respirei fundo quando senti seu hálito fresco nos lábios. Nossos rostos estavam tão próximos, nossas bocas alinhadas de tal forma que, se qualquer um de nós se movesse um centímetro, elas se encontrariam.

Eu ficaria ainda mais interessada, mas pelos motivos errados. Ou certos. Tanto faz. Olhei para sua boca. Um nervosismo agudo e quente tomou conta de mim. Ele deslizou o polegar no meu quadril, e o calor se espalhou por ali. Aquele calor e nervosismo elétricos me pareceram *certos* antes — bem-vindos e cheios de expectativa e de uma promessa quente e sensual. E ainda pareciam, embora eu não achasse que devessem, pois sabia o que poderia e iria fazer com aquilo, como pretendia usar aquelas sensações.

Virei a cabeça para o outro lado, sentindo um aperto no peito e um nó no estômago. Por alguma razão pensei na primeira noite em que fui levada ao Templo das Sombras. Quando fiquei de molho em um banho perfumado por horas a fio e então tive pelos removidos de lugares que jamais havia cogitado. Foi como se o que era esperado de mim não tivesse se tornado realidade até aquele momento. Nem mesmo o tempo passado com as Amantes de Jade havia me preparado para o fato de que enfraquecer o Primordial exigia uma certa sedução. E foi só depois que tive os pelos arrancados e o bálsamo aplicado para aliviar a dor que me ocorreu que teria de ficar nua com o Primordial da Morte. Sem um vestido de noiva horrível. Sem túnica ou calça. Nem mesmo uma adaga. Não haveria barreiras, e isso me deixou apavorada. Desde então, sempre que eu me permitia ser outra pessoa quando ia à Luxe, nunca ficava completamente nua. E talvez ficar tão exposta assim ainda me aterrorizasse. Mas eu estava nua com ele no lago. E fora dele? Era quase como se estivesse.

Em todo o tempo que passei me preparando para aquele exato momento, o momento em que ele viesse me buscar, jamais pensei que poderia gostar da sedução. Não havia acreditado nas Amantes quando me disseram que eu possivelmente gostaria. Não porque achasse que não sentiria prazer com tal intimidade, mas porque não acreditava que poderia sentir prazer em seduzir o Primordial que teria de matar.

O calor nas minhas veias agora me dizia que era bem provável que eu sentisse. E aquilo só podia ser errado. Pervertido, até. Monstruoso. Mas era em parte culpa dele. Foi ele quem fez o acordo. E sabia que vinha com prazo de validade. Ele não teve nenhuma compaixão pelos mortais que agora sofriam por causa disso. Senti outro aperto no peito quando a superfície cintilante do lago apareceu por entre as árvores e o som de água corrente nos cumprimentou.

Endireitei-me na sela.

— Por que estamos no meu lago?

— Seu lago? — Ele deu outra risada, ainda baixa, mas mais longa dessa vez. — É interessante como você se acha dona desse lago. É pela maneira como se sente aqui? — Odin nos levou até a última fileira de árvores. — Como foi que você descreveu mesmo? Tranquila? — Ele fez uma pausa. — Talvez em casa?

Calei a boca e não disse mais nada enquanto nos aproximávamos da margem.

Ele segurou firme nas rédeas de Odin.

— Você sabe muito bem o que há no leito do lago.

— Pedra das sombras — sussurrei, com o estômago começando a embrulhar.

— Esse é o único lugar no plano mortal onde se encontra uma reserva de pedra das sombras. Há uma boa razão para isso. — O peito dele roçou no meu ombro e braço, e eu fiquei tensa. — Há uma boa razão para os mortais temerem esses bosques. Para os espíritos os assombrarem.

Olhei de relance para a água que jorrava das rochas e as ondulações que cascateavam pelo lago.

— Talvez até haja uma boa razão para que você não tenha medo da floresta — continuou ele. Senti seu hálito na bochecha de novo, e meu coração palpitou e então acelerou dentro do peito. — Para se sentir tão *tranquila* aqui.

— O que quer dizer? — sussurrei.

— Há vários caminhos para se chegar ao Iliseu. Um deles é seguindo para o leste, atravessando as Montanhas Skotos e continuando até onde os mortais acreditam que o mundo deixa de existir. — Ele passou as rédeas de Odin para as minhas mãos dormentes. — Mas demoraria muito para chegarmos lá. Há caminhos mais rápidos através do que você poderia chamar de portais. Só os habitantes do Iliseu sabem como encontrá-los e revelá-los. Como usá-los. Cada portal leva a uma determinada parte do Iliseu. O seu lago é um portal para as Terras Sombrias.

Para *ele*.

Fiquei toda arrepiada enquanto olhava para as águas escuras.

Ash ergueu a mão e tudo ficou imóvel. Congelado. A água que se derramava sobre as rochas parou de correr, suspensa no ar. As ondulações cessaram, e meu coração podia muito bem ter parado de bater também.

Minhas mãos escorregaram da sela quando o lago se dividiu ao meio, com a água se afastando e revelando o leito plano e brilhante de pedra das sombras. Ao luar, uma rachadura apareceu na pedra. Fios de névoa prateada emergiram da fissura e, sem fazer barulho, uma fenda larga e profunda surgiu ali.

Estive naquele lago centenas de vezes ao longo da vida, jogando água e brincando quando criança, me escondendo e esquecendo de tudo. O lago, a água e o terreno ao redor eram como um *lar* para mim. E o tempo todo era *isso* que existia sob a superfície. Era isso o que o *meu* lago era.

Os dedos de Ash roçaram nos meus quando ele incitou Odin a seguir em frente. O cavalo obedeceu ao comando, relinchando baixinho.

— Você tem razão, sabe? Tive bastante tempo no lago para garantir que você soubesse quem eu era. Devia ter te contado. — Ele passou o braço ao redor da minha cintura e me puxou para trás. Não lutei com ele. Fiquei ali encostada em seu peito, com o coração disparado.

Uma névoa branca girou em torno das pernas de Odin conforme ele nos levava na direção do arrebatamento nebuloso. Senti outro calafrio, não sei se provocado pela descida ou pelas palavras do Primordial.

— Mas você falava comigo sem medo. Agia sem medo. Toda vez que eu te via. Você me deixou interessado, e eu não esperava por isso. Não queria isso. Nesse lago, você era apenas Seraphena — prosseguiu, e perdi o fôlego quando ouvi meu nome em seus lábios. Era a primeira vez que ele me chamava assim. — E eu era apenas Ash. Não havia acordo. Nenhuma obrigação aparente. Você ficou porque quis. Eu fiquei porque quis. Você deixou que eu te tocasse porque era isso que queria, não porque achasse que tinha de fazer isso. Talvez eu devesse ter te contado quem eu era, mas estava gostando de estar com você. Não estava preparado para que tudo acabasse.

E então ele me levou para as Terras Sombrias.

Capítulo 22

O que Ash admitiu, a verdade do que dissera, sumiu em meio ao ar que não estava nem quente, nem gelado. Na mais absoluta escuridão que nos engoliu.

Desnorteada e atônita, temi nunca mais voltar a enxergar. Estendi o braço enquanto forçava o corpo contra a barreira inflexível que era o peito de Ash, fazendo com que minhas costas feridas voltassem a doer. Apertei o braço dele. Não conseguia enxergar. Não conseguia ver nada.

Um minúsculo ponto de luz apareceu lá em cima, seguido de outro e mais outro, até que milhares de partículas de luz surgiram no céu.

Estrelas.

Eram estrelas, mas não como as do plano mortal. Eram mais radiantes e luminosas, lançando um brilho prateado muito mais intenso do que o da lua. Examinei os céus à sua procura.

— Onde está a lua? — perguntei com a voz rouca.

— Não há lua — respondeu Ash. — Não é noite.

Franzi o cenho enquanto observava um céu que se assemelhava muito com a noite.

— É dia?

— Não é nem dia, nem noite. — Ele afrouxou o braço ao redor da minha cintura. — Simplesmente é.

Não entendi o que ele quis dizer com aquilo. Odin continuou avançando, cada trote ressoando nos paralelepípedos. Olhei para baixo e vi os fios de névoa que seguiam suavemente pela estrada. Voltei o olhar para o céu. Quanto mais olhava para ele, mais percebia que não se parecia com o céu noturno. Sim, havia estrelas, e elas eram mais brilhantes do que qualquer coisa que eu já tivesse visto antes, mas o céu era mais sombrio do que preto. Mais escuro do que o dia mais tempestuoso e nublado no plano mortal. Lembrava-me dos momentos antes do amanhecer, quando o sol se erguia atrás da lua e afastava a escuridão, mergulhando o mundo em um tom de ferrugem.

— Não há sol? — perguntei, umedecendo os lábios.

— Não nas Terras Sombrias.

Incapaz de compreender que estava mesmo nas Terras Sombrias, não soube o que fazer com o conhecimento de que não havia nem sol, nem lua ali.

— Então como você sabe quando dormir?

— É só dormir quando estiver cansado.

Ash disse aquilo como se dormir fosse simples.

— E o restante do Iliseu?

— O restante do Iliseu se parece como deve parecer — respondeu ele sem rodeios.

Tive vontade de perguntar por que e o que aquilo significava, mas a paisagem árida mudou. Surgiram árvores altas que, à medida que seguíamos, se aproximavam cada vez mais da estrada. Árvores nuas e retorcidas que não passavam de esqueletos. Várias colinas grandes e rochosas pairavam adiante, espalhadas ao longo da estrada que percorríamos.

A incerteza me invadiu, junto com todas as emoções confusas que eu não sabia como descrever. Mas a curiosidade também. A parte de mim que sempre desejou saber como era o Iliseu se agitou. Comecei a me inclinar para a frente, mas me contive e relaxei o corpo contra o dele.

Afastar-se da pessoa era o oposto do que se fazia quando se queria seduzir alguém. Olhei para o braço firme ao meu redor. Apesar de sua pele ser tão fria, o toque dele era agradável.

Um som grave e bufante me fez erguer a cabeça. Uma das colinas *estremeceu* e se levantou. Aquilo não era uma colina.

Fiquei boquiaberta.

Asas se abriram e depois subiram para o céu estrelado. O chão ao nosso redor tremeu, espalhando o que restava da névoa conforme algo grosso e cheio de espinhos percorria a estrada. Meu olhar seguiu a *cauda* sinuosa até a criatura que tinha pelo menos o dobro do tamanho de Odin.

Preto e cinzento sob a luz das estrelas, ele se ergueu sobre quatro patas musculosas enquanto sacudia o corpo imenso, lançando uma camada fina de pó pelos ares. Os espinhos subiam pela cauda e ao longo das escamas nas suas costas — alguns do tamanho do meu punho e outros com vários palmos de comprimento. A criatura girou o corpo bruscamente, mais rápido do que eu jamais teria previsto que algo daquele tamanho pudesse se mover, virando o pescoço comprido e gracioso na nossa direção.

O ar ficou mais rarefeito a cada respiração que eu dava. Engasguei com o grito que ficou preso na garganta quando uma pata enorme pousou no meio da estrada, com garras largas e afiadas. Um momento depois, a cabeça com cristas estava bem na nossa frente, uma cabeça com quase a metade do tamanho de Odin.

Recostei-me em Ash, encarando a criatura: o nariz achatado e largo, a mandíbula ampla, os chifres pontiagudos que se assentavam sobre sua cabeça como uma coroa e os olhos de um tom tão vibrante de vermelho que contrastavam fortemente com a pupila escura como breu, fina e vertical.

Sabia o que era aquilo. Havia lido sobre eles em livros pesados e empoeirados. Sabia para que serviam. Eram os guardiões do Iliseu. Sabia que eles existiam, mas não conseguia acreditar que estava vendo um deles. Não conseguia acreditar que estava cara a cara com um *dragão*.

Um dragão enorme com escamas cinzentas e pretas e um monte de dentes. Ele se aproximou ainda mais, inflando as narinas enquanto parecia farejar o ar, farejar a *gente*.

— Está tudo bem — tranquilizou Ash, e eu me dei conta de que estava apertando o braço dele de novo. — Nektas não vai machucá-la. Ele só está curioso.

Só curioso?

Eu me encolhi quando o hálito quente do dragão soprou os cabelos em volta do meu rosto.

Nektas ronronou suavemente quando aproximou ainda mais a cabeça e depois a inclinou de modo que ficasse poucos centímetros acima da crina de Odin.

— Acho que ele quer que você o acaricie — informou Ash.

— O quê? — sussurrei.

— É sua maneira de saber que você não quer lhe fazer mal — explicou, e fiquei me perguntando como eu poderia ser uma ameaça para aquela criatura. — E permitir isso é sua maneira de demonstrar que não vai machucar você.

— Eu acredito em você... E nele. — Engoli em seco.

O dragão soltou um trinado baixo outra vez.

— Para onde foi toda sua coragem? — provocou Ash.

— Minha coragem acaba quando me deparo com algo que pode me engolir de uma vez só.

O dragão soprou um hálito quente enquanto inclinava a cabeça.

— Nektas ficou magoado por você pensar que ele faria uma coisa dessas — observou Ash. — Além disso, acho que ele não conseguiria engolir você de uma vez só.

Senti a boca seca enquanto encarava a fera. Ele era lindo e aterrorizante, e eu não sabia se algum mortal ainda vivo já tinha visto um deles. Engoli em seco de novo, soltando o braço de Ash bem devagar. Minha respiração ficou presa na garganta quando estendi a mão.

Se ele mordesse minha mão eu ficaria muito desapontada.

Nektas emitiu um som vibrante outra vez. Toquei na carne dele com as pontas dos dedos. Pressionei de leve, surpresa ao descobrir que suas escamas se pareciam com couro. Acariciei seu nariz desajeitadamente. O dragão fez um som bufante, dessa vez muito parecido com uma risada.

Nektas afastou a cabeça, olhou por cima do meu ombro e então se virou. O chão tremeu quando ele se levantou sobre as patas traseiras. Vento soprou ao nosso redor quando ele estendeu para trás as asas poderosas e munidas de garras. O dragão levantou voo com uma velocidade impressionante, subindo rapidamente aos céus.

— Viu só? — Ash segurou as rédeas de Odin com força. — Ele não vai machucar você.

Eu havia tocado em um dragão.

Era só nisso que conseguia pensar.

— Já pode abaixar a mão — avisou com um tom de voz divertido.

Pisquei os olhos e levei a mão até o peito.

— É um dragão — murmurei.

— É um *dragontino* — corrigiu Ash enquanto Nektas voava à nossa frente. — São todos dragontinos.

Todos? Dragontinos? As demais formas também não eram colinas. Elas estremeceram e ergueram suas cabeças em forma de diamante para o céu, acompanhando Nektas. Asas se abriram contra o chão, levantando terra e poeira conforme eles se erguiam, esticando os pescoços. Eram menores do que Nektas, com as escamas de um tom de ônix luminoso sob a luz das estrelas, mas não menos poderosos quando se ergueram sobre as patas traseiras e se lançaram ao céu.

— Você... você tem quatro dragontinos para te proteger? — balbuciei, sentindo um nó no estômago. Não havia me esquecido de quem eram os guardiões dos Primordiais, mas vê-los foi um choque e tanto.

Ash incitou Odin a seguir em frente.

— Sim.

Vi os outros três se juntarem a Nektas, com as asas pairando graciosamente pelo céu.

— E eles têm nomes?

— Orphine, Ehthawn e Crolee — respondeu ele. — Orphine e Ehthawn são gêmeos. Acho que Crolee é um primo distante.

— Você os chama de dragontinos? — perguntei. — O que os diferencia de um dragão?

— Muita coisa.

Esperei-o continuar.

— Por favor, me diga que vai explicar melhor.

— Vou. Só estou pensando em como deixar a explicação menos confusa — respondeu ele, voltando a mover o polegar. — Dragões são criaturas muito antigas. Muito poderosas. Algumas pessoas acreditam que eles existiam em ambos os planos bem antes dos deuses e mortais.

— Eu... eu não sabia disso.

— Não tinha como saber — disse ele. — Há muito tempo, um Primordial bastante poderoso fez amizade com os dragões, apesar de não conseguir se comunicar com eles. Ele queria ouvir suas histórias, e, como era muito jovem na época, era também bastante impulsivo. O Primordial sabia que uma maneira de falar com eles seria concedendo-lhes uma forma divina, uma vida dupla, de modo que pudessem assumir tanto a forma de dragão quanto uma forma divina.

O jovem Primordial de que ele estava falando só podia ser Kolis. Ele era o único Primordial capaz de criar uma forma de vida.

— Eles podem... Eles podem se parecer com a gente?

— Na maioria das vezes — confirmou. Gostaria muito de saber o que isso significava. — Aqueles que escolheram assumir uma vida dupla foram chamados de dragontinos.

— Ainda existem dragões? Do tipo que não se transformam?

— Infelizmente, não. Dragões e dragontinos vivem por um tempo extraordinariamente longo, mas seus ancestrais foram extintos há algum tempo. — Ele moveu o polegar naquele círculo lento e distraído de novo. — Eles não foram os únicos a quem o jovem Primordial deu uma vida dupla.

Pensei nas criaturas que ouvi dizer que viviam no mar ao longo da costa do Iliseu. Tinha tantas outras perguntas, mas elas caíram no esquecimento assim que vi para onde os dragontinos estavam voando.

Uma muralha iluminada por tochas surgiu ao longe, alta como a muralha interna de Wayfair, mas o castelo onde cresci não era nada em comparação com o que ficava no topo de uma colina suave. Uma estrutura enorme e extensa que era tão larga quanto alta. Pináculos e torres se erguiam em direção ao céu e todo o palácio era banhado pelas estrelas, brilhando como se milhares de lâmpadas tivessem sido acesas. Parecia com o Templo das Sombras, mas muito maior.

Havia uma área densamente arborizada atrás dos muros do palácio e, ao longe, até onde a vista alcançava, incontáveis pontos de luz. Uma cidade. Havia uma *cidade*.

Meu coração disparou conforme descíamos a colina. Senti um nó de pavor e expectativa na garganta quando nos aproximamos dos portões. Fiquei dividida entre a apreensão e algo semelhante à curiosidade, só que ainda mais forte.

— Essa... essa é sua casa? — O ar parecia mais rarefeito, e eu não sabia se estava imaginando coisas quando vi os dragontinos rodearem o palácio.

— É conhecida como a Casa de Haides. A muralha que a cerca é chamada de Colina — Ash explicou. — Abrange tanto Haides quanto a cidade de Lethe, seguindo até o Golfo Sombrio.

Logo adiante as árvores ainda cercavam a estrada, mas a muralha se tornou mais visível, assim como o portão. Havia alguma coisa na muralha — várias coisas que não consegui distinguir muito bem. Fizemos uma pequena curva na estrada. A muralha também parecia ser feita de pedra das sombras, mas sua superfície não era tão brilhante ou lisa. Em vez de refletir a luz das estrelas, parecia engolir toda e qualquer luz, o que tornava difícil discernir aquelas formas. Até que o imenso portão de ferro começou a se abrir silenciosamente.

Examinei a muralha e as formas atentamente e comecei a ficar tonta. As formas na parede formavam o desenho de uma cruz. Mal conseguia respirar, embora meu peito arfasse a cada fôlego.

Eram *pessoas*.

Pessoas nuas e empaladas na muralha por uma estaca nas mãos e peito. Suas cabeças pendiam frouxamente, e o fedor de morte empesteava o ar.

A bile subiu pela minha garganta e me segurei firme na sela.

— Por quê? — sussurrei. — Por que essas pessoas estão na muralha?

— São deuses — respondeu Ash, com a voz monótona e fria como as águas do lago. — E servem como um lembrete para todos nós.

— De quê?

— De que a vida de qualquer ser é tão frágil quanto a chama de uma vela: facilmente extinta e apagada.

*

Dois dos dragontinos que rondavam o palácio desceram em ambos os lados do portão, provocando uma rajada de vento, e pousaram em cima da muralha. Nem o tremor do impacto, nem o som grave e retumbante que causaram dissiparam o horror do que eu tinha visto na Colina.

Permaneci em um silêncio perplexo enquanto via homens — homens *e* mulheres — de armadura preta e cinza ao longo da Colina pararem e curvarem a cabeça enquanto Ash passava. Mas mal os notei. Mal notei as inúmeras sacadas e escadas externas em espiral que pareciam conectar todos os andares do palácio até o chão.

Ash tinha deuses empalados em sua muralha.

A crueldade e desumanidade do ato e de suas palavras me deixaram atordoada e confusa quando entramos nos estábulos bem iluminados. Para alguém que havia me dito que toda morte deveria deixar uma marca, suas ações contavam uma história muito diferente.

Um homem se aproximou vindo de uma das baias e fez uma reverência antes de tomar as rédeas de Odin. Se disse alguma coisa, não ouvi. Se olhou para nós, também não vi.

Meu estômago revirou.

Não protestei quando Ash desmontou primeiro e ergueu os braços para me ajudar a descer. Mal senti o toque de sua mão na minha cintura ou a palha macia sob meus pés quando ele me levou lá fora na direção da entrada lateral do castelo, escondida atrás de uma escada.

A porta sem postigo se abriu e nos deparamos com um homem de cabelo acobreado e o mesmo tom de pele rico e quente. Ele olhou para mim com olhos castanho-escuros — olhos que tinham um brilho prateado atrás das pupilas. Um deus. Seus olhos luminosos se viraram para Ash e então de volta para mim.

— Tenho tantas perguntas...

— Aposto que sim — respondeu Ash secamente, olhando para mim. — Esse é Rhain. Ele é um dos meus guardas, assim como Ector e Saion.

Forcei meus lábios a se moverem enquanto olhava para os olhos escuros de Rhain.

— Eu sou...

— Sei quem você é — interrompeu Rhain, me sobressaltando. Ele arqueou a sobrancelha na direção de Ash. — É por isso que tenho tantas perguntas. Mas sei que vou precisar esperar. — Ele fez uma pausa conforme Ash me levava até uma escadaria interior escura. — Theon e Lailah estão lá dentro — acrescentou o deus, baixinho, enquanto nos seguia.

Ash deu um suspiro.

— É claro que estão. — Ele parou de frente para mim no espaço estreito. — Esperava que tivéssemos mais tempo antes que alguém notasse que você estava aqui. Pouquíssimas pessoas sabem a seu respeito. As que está prestes a conhecer não sabem. E aposto que também terão muitas perguntas.

— Com certeza — concordou Rhain.

— Perguntas que ficarão sem resposta — enfatizou Ash, lançando um olhar para o deus. — Você será apresentada como minha Consorte e ponto final. Tudo bem?

Em outra ocasião, eu teria feito um monte de perguntas, mas apenas assenti. Minhas mãos estavam ligeiramente trêmulas quando Ash estendeu o braço por trás de mim e abriu uma segunda porta.

A luz intensa e inesperada me fez recuar um passo. Pisquei até meus olhos se acostumarem. Era tão brilhante quanto os raios do sol e, por um instante, pensei que Ash tivesse começado a brilhar de poder outra vez. Mas não era ele.

Olhei para um lustre cheio de velas de vidro em cascata pendurado no meio da entrada. Não havia chamas, mas as velas tinham um brilho amarelo vivo, assim como as arandelas nas colunas pretas que se estendiam até o segundo andar.

— É a Energia Primordial — explicou Ash, vendo para onde eu estava olhando. — Alimenta a iluminação em todo o palácio e em Lethe.

Desviei o olhar das luzes sem saber o que dizer. Havia duas escadas curvas em ambos os lados do aposento, voltadas uma para a outra. Os corrimões e degraus eram esculpidos em pedra das sombras. Além das escadas e sob uma abóbada larga e pontiaguda, havia uma sala ampla.

— Vamos. — Ash me incitou a seguir em frente e dei um pequeno passo quando duas pessoas saíram da sala e caminharam sob o arco.

O que vi me impediu de dar outro passo e me fez pensar se eu havia fumado Cavalo Branco sem saber.

Havia um homem e uma mulher diante de mim vestidos com o mesmo estilo de roupa de Ash, só que suas túnicas de brocado prateado eram de mangas compridas. O homem usava o cabelo em fileiras bem trançadas ao longo do couro cabeludo e o da mulher era trançado para trás e caía em cascata por trás dos ombros. Eles eram da mesma altura e possuíam a mesma pele negra e olhos dourados e afastados. Suas feições eram quase idênticas. A testa do homem era mais larga e as maças do rosto da mulher, mais angulosas, mas estava evidente que eram gêmeos. Nunca tinha visto gêmeos — nem mesmo gêmeos fraternos —, mas não era para eles que estava olhando.

Havia uma criatura alada preto-arroxeada da altura de um cachorro de tamanho médio ao lado deles, batendo as asas de couro enquanto cutucava a mão da mulher com a cabeça.

Eles se detiveram assim que me viram.

Eu sabia que estava boquiaberta. Não conseguia fechar a boca porque havia um pequeno dragontino entre os dois.

— Olá — cumprimentou a mulher com a fala arrastada enquanto voltava os olhos arregalados para Ash. — Vossa Alteza?

A mão de Ash permaneceu nas minhas costas.

— Theon. Lailah. Esta é Sera. Ela é uma convidada.

— Imaginei que fosse uma convidada — comentou Theon. — Ou pelo menos esperei que você não tivesse decidido começar a seguir a tradição familiar de sequestrar garotas mortais.

Espera aí. *O quê?*

Ash cerrou o maxilar.

— Ao contrário de certas pessoas, nada disso me atrai.

— É uma amiga *especial*? — perguntou Laila.

— Para falar a verdade, sim. Ela é... — Ash pareceu respirar fundo e se preparar. — Ela será minha Consorte.

Os dois nos encararam.

Um bom tempo se passou enquanto o pequeno dragontino balançava a cabeça de um lado para o outro.

— Tenho uma pergunta — anunciou Lailah, coçando o queixo do dragontino. A criatura soltou um ronronar trinado. — Bem, tenho várias perguntas, mas a primeira é: por que sua Consorte parece ter sido atirada do plano mortal para o nosso?

Será que eu estava *tão* desgrenhada assim? Dei uma olhada em mim mesma. A bainha da capa terminava na altura das panturrilhas, expondo meus pés manchados de sangue. Pela abertura na capa, via-se a camisola frouxa no corpo. Nem queria saber como estava meu cabelo ou o que poderia haver no meu rosto.

— Eu não a atirei nesse plano — resmungou Ash. — Houve um incidente antes de chegarmos aqui.

— Que tipo de incidente? — perguntou Rhain, encostado em uma das colunas.

— Um que já não é mais um problema.

O interesse cintilou nos olhos de Lailah.

— Conta logo.

— Talvez mais tarde — respondeu Ash.

O irmão dela levantou a mão.

— Também tenho perguntas.

— E eu não dou a mínima — observou Ash. Rhain tossiu baixinho. — Vocês dois não têm nada para fazer? Se não, aposto que posso arranjar alguns afazeres pra vocês.

— Na verdade, estávamos prestes a levar o pequeno Reaver Bundão aqui para um passeio ao ar livre. — Lailah sorriu quando o dragontino soltou um gritinho em concordância.

— O nome do dragontino é Reaver Bundão? — deixei escapar.

Lailah riu baixinho e me lançou um sorriso rápido.

— O nome dele é Reaver — respondeu ela, e o dragontino pulou sobre as patas traseiras. — Mas gosto de acrescentar o *bundão*. Ele também parece gostar.

— Ah — sussurrei, com os dedos coçando para acariciar o pequeno dragontino. Daquele tamanho ele não era tão assustador quanto Nektas.

— Então por que vocês dois não vão logo fazer isso? — sugeriu Ash.

Theon sorriu e fez uma reverência.

— Como quiser. — Sua irmã se juntou a ele, e os dois seguiram em frente. Ao se aproximar de mim, o deus se curvou mais uma vez e falou, abaixando o tom de voz. — Pisque duas vezes se tiver sido sequestrada.

Lailah abriu um sorriso e lançou a Ash um olhar de esguelha demorado.

— Ou apenas pisque.

Eu *quase* pisquei porque era óbvio que eles estavam provocando Ash, um Primordial que tinha deuses pendurados na muralha do palácio.

— Fora daqui — ordenou Ash, e eu me virei enquanto os dois seguiam em frente, voltando a atenção para o pequeno dragontino empoleirado sobre o ombro de Lailah.

— É um dragontino bebê — falei.

Ash olhou para mim.

— Os dragontinos não saem do ovo do tamanho de Nektas, e Reaver ficaria muito irritado se ouvisse você se referir a ele como um bebê.

— Espero que não, pois seria um ovo gigantesco — retruquei.

— É só que... — Parei de falar, balançando a cabeça e cruzando os braços sobre a cintura. Parecia que minha cabeça ia explodir.

— Ver um dragontino, grande ou pequeno, deve ser um choque e tanto — comentou Rhain, e olhei para ele. Seu cabelo acobreado era uma chama contra a escuridão da coluna. — Imagino que continuará sendo surpreendente por algum tempo.

Acenei com a cabeça, timidamente.

— Acho que sim.

O deus sorriu de leve.

Ash mudou de posição de modo a bloquear metade do corpo de Rhain.

— Por que ainda está aqui? — perguntou para o deus.

— Pensei que, como Saion não estava aqui, eu assumiria a honra de te aborrecer — respondeu Rhain, com o tom de voz monótono.

O Primordial soltou um ruído baixo de advertência. Perdi o fôlego. Rhain devia saber sobre os deuses na Colina, assim como os gêmeos. Será que eles realmente iriam querer irritar Ash?

— Na verdade, tenho um bom motivo para ficar por aqui. Preciso falar com você. — Rhain se desencostou da coluna enquanto eu espiava ao redor de Ash. O rosto dele estava tenso, com as linhas marcadas. — É importante.

E obviamente era algo que ele não queria falar na minha presença, o que era irritante.

Ash assentiu e olhou para mim, prestes a dizer alguma coisa, mas então estreitou os olhos. Ele se moveu rapidamente, fechando a mão sobre meu bíceps. Encolhi-me com o contato. Ele virou meu braço de leve.

— O que causou esse hematoma? Queria perguntar sobre isso mais cedo.

— O quê?

— Esse hematoma. É mais antigo — observou ele, e olhei para meu braço. *Tavius*. Deuses! Tinha me esquecido dele e da tigela de tâmaras. — Como isso aconteceu?

— Esbarrei em alguma coisa.

Puxei o braço da mão dele.

— Você não me parece ser do tipo que esbarra nas coisas.

— Como você sabe? — indaguei, puxando meu braço outra vez.

Ash inclinou o queixo.

— Porque você costuma ser muito segura e precisa em seus movimentos.

— Não significa que eu não tenha momentos de desatenção.

— Sério? — Ele segurou meu braço por mais um momento, mas então me soltou. Passei o braço de volta ao redor da cintura.

— Sério.

— Isso é divertido — comentou Rhain.

Ignorando o deus, o olhar penetrante de Ash permaneceu fixo em mim.

— Você deve ter dado um esbarrão e tanto para causar um hematoma desses.

— Devo ter mesmo — murmurei, olhando nervosamente para o imenso vestíbulo. Não havia estátuas, flâmulas ou quadros. As paredes estavam nuas como o chão, frias e desoladas.

E aquela era para ser a minha casa? Por quanto tempo? O tempo que fosse preciso.

Um cansaço profundo se instalou em mim, e eu me dei conta da dor de cabeça que parecia combinar com o latejar constante nos meus ombros e costas. Não sei se minhas pernas estavam tão fracas já há algum tempo ou se era algo novo. Tive de me esforçar para permanecer de pé.

— Ei. — Os dedos de Ash pressionaram meu queixo, me assustando.

— O que foi?

— Perguntei se você estava com fome. — Ele me observou atentamente. — Não deve ter me ouvido.

Se eu estava com fome? Sei lá. Balancei a cabeça.

Seu olhar estava tão concentrado em mim que fiquei imaginando se ele conseguia enxergar além da superfície.

— Como estão suas costas?

— Bem.

Ele continuou me encarando e então assentiu, enrolando o dedo em torno de um cacho rebelde que havia caído sobre meu rosto antes de colocá-lo para trás da minha orelha com cuidado. O gesto de ternura me fez lembrar do lago, e eu não entendia como seu toque podia ser tão suave quando ele era do tipo que empalava deuses na Colina.

Ash inclinou a cabeça para trás e então se voltou na direção da abóbada.

— Aios?

Virei-me no instante em que uma mulher vinha do outro lado da abóbada. Pestanejei, sentindo que estava tendo mais uma alucinação. Ela era... Bons deuses! Ela era *linda*. Seu rosto era em formato de coração, com os olhos de um tom de citrino luminoso sob os cílios volumosos, lábios carnudos e maças do rosto altas e cheias. Ela atravessou o cômodo, passando algumas mechas de cabelo ruivo para trás da orelha antes de colocar as mãos sobre a parte central de um vestido cinza de mangas compridas ajustado na cintura por uma corrente de prata.

Aios parou diante de nós, curvando-se ligeiramente.

— Sim?

— Você poderia, por favor, levar Sera até seu quarto e garantir que ela tenha comida e um banho preparado? — perguntou Ash.

A vontade de dizer a ele que não precisava falar por mim morreu na ponta da língua. Ash havia pedido "por favor" a alguém que eu presumi ser uma deusa. Mas talvez ela fosse algum tipo de criada. Para muitas pessoas, o uso da expressão era só uma cortesia, mas, por ter crescido em torno dos nobres e ricos, sabia que poucos a usavam. E, para ser sincera, não esperava ouvi-la dos lábios de alguém que empalava deuses na muralha como um alerta macabro.

Mas também nunca teria esperado tal visão de Ash.

— Claro. Será um prazer. — Aios se virou para mim. Ela piscou os olhos e então sua expressão se iluminou. — Sim. Você definitivamente precisa de um banho.

Franzi os lábios, mas, antes que pudesse dizer alguma coisa, ela enganchou o braço no meu. A mesma estranha onda de energia quase ofuscou o jeito casual com que ela tocou em mim.

Aios arqueou as sobrancelhas e olhou de volta para o Primordial.

— Nyktos...

— Eu sei — disse ele, parecendo cansado. Olhei para Ash, querendo descobrir o que Ash *sabia*, mas ele logo disse: — Voltarei a vê-la daqui a pouco. Pode confiar em Aios.

Não confiava em nenhum deles, mas assenti. Quanto mais cedo ficasse sozinha para pensar, melhor. Minha dor de cabeça certamente passaria até lá. Ash permaneceu ali por um momento, com os olhos assumindo um tom de nuvem de tempestade. Ele se virou com o corpo rígido, juntando-se a Rhain. Os dois se dirigiram para a abóbada.

— Venha — insistiu Aios suavemente, me levando para a escada.

A pedra dos degraus era fria sob meus pés conforme subíamos e seguíamos para a esquerda.

— O quarto foi preparado pra você. Bem, já está pronto há algum tempo e é limpo com frequência, só por precaução. Acredito que vai achá-lo bastante agradável — disse ela, e virei a cabeça em sua direção. Aios parecia ter a minha idade, mas sabia que isso poderia ser incrivelmente enganoso. — Tem uma sala de banho e varanda adjacentes. É um quarto muito bonito.

Pensei em várias coisas ao mesmo tempo.

— Como você sabia que eu viria?

Aios desviou os olhos de mim.

— Bem, eu não tinha certeza. Só sabia que havia uma boa chance.

Para me esperar, ela devia ter algum conhecimento da história.

— Você já sabia sobre o acordo?

— Sim, eu sabia — respondeu, abrindo um sorriso luminoso enquanto me levava para um segundo lance de escadas.

— Pode me dizer há quanto tempo sabia que havia uma chance de que eu viesse?

— Alguns anos — informou, como se aquilo não significasse nada. Mas dizia muito.

Seguimos para o quarto andar. De lá, Aios me conduziu em direção a um amplo corredor iluminado por arandelas com globos de vidro fosco. Não havia mais nada nas paredes além disso.

Passamos por um par de portas duplas pintadas de preto com um desenho prateado e rodopiante gravado no centro. Aios parou diante do próximo par de portas, idênticas às únicas outras portas que eu podia ver em todo o corredor.

— Não há mais nenhum quarto nesse andar além daquele pelo qual passamos? — perguntei enquanto ela tirava uma chave do bolso do vestido.

— Há apenas um quarto na outra ala, mas a maioria dos hóspedes fica no segundo ou terceiro andares. — Ela destrancou a porta, e olhei por cima do ombro para as portas do corredor.

— E quanto aos empregados? E você?

Uma expressão de confusão estampou o rosto deslumbrante dela.

— Não sou uma empregada.

— Desculpe. — Pude sentir meu rosto ficando vermelho. — Só presumi...

— Tudo bem. Qualquer um presumiria isso. Não há empregados aqui.

— Bem, agora eu estou confusa — admiti.

Um ligeiro sorriso surgiu nos lábios dela.

— Há alguns de nós que ajudam porque escolhemos ajudar. Nós meio que impusemos nossa assistência a Nyktos — explicou ela, e foi um tanto chocante ouvi-la usar seu nome verdadeiro. — Caso contrário Haides seria uma bagunça e ele nunca comeria nada.

Só consegui encará-la.

— De toda forma, eu costumo ficar por perto durante o dia.
— Ela riu. — Eu sei, não parece ser dia lá fora. Mas você vai ver que o céu tende a escurecer com o passar das horas.

— Espera aí. — Eu precisava entender aquilo. — Você ajuda agindo como se fosse uma empregada por escolha própria, mas não é paga?

— Não precisamos ser pagos. Nyktos provê para quem cuida do funcionamento de Haides. Na verdade — acrescentou, franzindo a testa —, todos que encontrar aqui e em Lethe são bem providos, mesmo que tenham responsabilidades mais oficiais.

— Bem providos? — Repeti as palavras como se fossem de uma língua que não compreendia.

— Abrigo. Comida — explicou, entreabrindo os lábios como se quisesse adicionar mais itens à lista, mas depois mudou de ideia. Seu sorriso vacilou. — Mas para responder à sua outra pergunta, ninguém mais mora aqui.

— Nem mesmo o deus lá embaixo? Rhain?

— Não, ele tem uma casa em Lethe.

— E quanto aos homens e mulheres na muralha, quero dizer, na Colina? E os dragontinos?

— Os guardas? Eles têm seus próprios aposentos, um dormitório entre o palácio e Lethe — informou, segurando a maçaneta. — Os dragontinos também têm suas casas.

Só Ash morava naquele palácio enorme? Era comum que os empregados indispensáveis e alguns guardas morassem dentro da residência principal.

— Por que não mora mais ninguém aqui?

O sorriso de Aios finalmente desapareceu.

— Porque não seria seguro pra ninguém.

Capítulo 23

Senti um calafrio percorrendo minha coluna.

— O que você quer dizer com "não seria seguro"?

— Bem, Nyktos não iria querer que... — Aios arregalou os olhos e se virou para mim. — Desculpe, acabei de perceber como isso soou. — Ela riu, mas havia um certo nervosismo em sua risada. — Sabe, muitas pessoas precisam falar com Sua Alteza e algumas delas podem ser um tanto imprevisíveis. É claro que você está em segurança aqui.

— Estou mesmo? — perguntei, cheia de dúvida.

Aios assentiu enfaticamente.

— Sim. É só que Nyktos gosta de privacidade, e é melhor assim. — Voltando-se para a porta, ela abriu um lado e, em seguida, fez sinal para que eu entrasse antes de desaparecer na escuridão.

Não acreditei nem por um segundo que ela tivesse se expressado mal, mas dei um passo hesitante para dentro conforme a luz surgia de outro lustre de vidro deslumbrante pendurado no meio de um aposento *enorme*.

Um sofá, um divã e duas poltronas do que parecia ser um veludo exuberante cor de creme estavam de um lado da sala. Havia uma pequena mesa circular e baixa no centro da área de estar. Atrás dela, perto de portas fechadas, existiam uma mesa com duas cadeiras de espaldar alto e um vaso transparente cheio de pedrinhas azuis e cinza. Uma espreguiçadeira tinha sido posicionada em frente a uma enorme lareira e parecia ser feita do melhor e mais luxuoso tecido tingido em tom de marfim. Um tapete de pelúcia estava embaixo da espreguiçadeira. Havia até uma cesta cheia de cobertores enrolados.

Virei-me lentamente, atônita ao ver uma cama de dossel que faria a de Ezra parecer de criança. O quarto tinha um armário grande encostado na parede ao lado de uma janela e existiam mais três pares de portas duplas: um depois da área de estar, outro perto da mesa e um terceiro atrás da cama.

— Este é meu quarto? — perguntei.

Aios confirmou com a cabeça enquanto caminhava na direção da mesinha de cabeceira. Ela girou o interruptor de um abajur.

— Sim. Não é adequado? Se não, tenho certeza que...

— Não, é bom. É mais do que bom. — Era inacreditável. Nem os aposentos particulares da minha mãe eram daquele tamanho.

— Perfeito! — Ela passou rapidamente pela cama. — Você vai encontrar um interruptor na parede perto das portas. Ele controla a luz do teto. O resto das luzes pode ser ligado e desligado girando o interruptor. A sala de banho é aqui. Venha dar uma olhada.

Eu a segui, hipnotizada. Aios acionou outro interruptor de parede. A luz inundou o aposento, e pensei que fosse desmaiar.

Minha sala de banho em Wayfair tinha os equipamentos básicos: um vaso sanitário, uma pia e uma pequena banheira de cobre que mal dava para eu me sentar. Só isso. Já essa era extraordinária.

A banheira com pés de garra era grande o suficiente para que dois adultos esticassem pernas e braços. Não havia apenas um, mas dois espelhos de corpo inteiro — um atrás da banheira e outro ao lado da penteadeira. O espaço estava impecável e cheirava a limões.

— O que você acha? É adequado?

Balancei a cabeça e voltei para a sala principal. Dez dos meus antigos aposentos caberiam naquele cômodo e ainda haveria espaço de sobra. Por alguma razão idiota, senti um nó na garganta.

— É mais do que adequado.

— Ótimo. — Aios saiu da sala de banho e parou ao meu lado. Ela inclinou a cabeça. — Você está bem?

— Sim. Sim. — Pigarreei para limpar a garganta.

Ela hesitou por um instante e então seguiu na direção das portas perto da mesa.

— Por aqui você pode acessar a varanda. É bem grande, e há uma área de estar lá fora. Sugiro manter as portas fechadas quando for dormir. A temperatura não muda muito, mas ventos mais frios vêm das montanhas às vezes.

Montanhas?

— Quer que eu acenda a lareira? — ofereceu ela.

— Não, não, obrigada.

— Se mudar de ideia, é só puxar a corda perto da porta e alguém responderá. — Aios amarrou as cortinas da cama, revelando vários cobertores de pele e uma pequena pilha de travesseiros. — O que você gostaria de comer? Dois cozinheiros vêm diariamente. Arik e Valrie são incríveis. Não há nada pequeno ou grande demais para eles.

— Eu... eu não sei — admiti. Pela primeira vez na vida eu não fazia ideia do que queria comer.

Um ligeiro sorriso voltou aos lábios dela.

— Que tal se eu pedir para eles prepararem um prato de sopa e pão?

— Boa ideia.

— Perfeito. Vou mandar trazer água quente para você e... — Ela encostou o dedo indicador nos lábios. — Presumo que não trouxe nenhuma roupa, certo?

— Certo. — Brinquei com a dobra da capa.

— Bem, isso não vai servir. Vou ver o que consigo arranjar para você.

— Obrigada.

— Você precisa de mais alguma coisa agora?

Comecei a dizer que não.

— Espere. Para onde essas portas levam? — Apontei para as portas atrás da área de estar.

— Para os aposentos ao lado — respondeu ela. — O quarto de Nyktos.

Meu coração pareceu saltar para fora do corpo.

— O quarto dele é anexo ao meu?

— Sim.

Fazia sentido. Eu *era* a Consorte dele.

Aios ficou perto da porta, brincando com a corrente do colar.

— Não sei quais circunstâncias levaram à sua chegada, mas não confio em ninguém em nenhum dos planos mais do que em Nyktos nem me sentiria mais segura em outro lugar — afirmou ela, e seu olhar encontrou o meu. Seus olhos estavam *assombrados* de um jeito que me fez lembrar da mulher com Nor. — Achei que deveria saber disso.

Observei-a sair do quarto. Não sei quanto tempo fiquei parada ali. Pode ter sido por um minuto ou cinco. Quando comecei a caminhar em direção às portas fechadas nem sabia muito bem por quê.

Afastei as finas cortinas brancas, abri as portas de vidro e saí. O espaço era grande. Havia uma cadeira larga e funda perto do parapeito junto com um sofá-cama. Não havia escadas sinuosas nem outra maneira de descer dali, exceto por uma longa queda.

Mas a varanda era conectada à do quarto ao lado. Aos aposentos de Ash. Havia uma cadeira parecida na dele, e fiquei imaginando se ele alguma vez já se sentou ali fora.

Fiquei imaginando por que ele havia me colocado no quarto anexo ao seu.

Uma brisa fresca soprou as mechas pálidas do meu cabelo conforme eu passava de uma sala para a outra. Fiquei toda arrepiada. Ergui o olhar lá para fora, pousando as mãos no parapeito. A pedra era lisa e fria. Vi as luzes brilhantes da cidade e, mais além, cúpulas rochosas e penhascos envoltos em névoa. Ou nuvens. Havia mesmo nuvens ali? Olhei para baixo e arfei.

Cor.

Eu vi *cor*.

Além do pátio desbotado, havia árvores. Centenas delas. Milhares de árvores cresciam entre o palácio e as luzes brilhantes de Lethe, e não eram nada parecidas com as que eu tinha visto na estrada a caminho das Terras Sombrias. Seus troncos eram cinzentos, assim como os galhos retorcidos e extensos, mas seus ramos não estavam nus, e sim cheios de folhas em forma de coração.

Folhas da cor de sangue.

*

Aios voltou rapidamente com comida e a primeira peça de roupa que conseguiu arranjar. Era um roupão com cinto feito de chenile ou outro tecido macio que eu nunca tive antes. Ela o pendurou em um dos ganchos dentro da sala de banho.

No final das contas, eu *estava* com fome e consegui devorar a sopa e vários pedaços do pão torrado com alho e manteiga antes que o homem que vi no estábulo chegasse com vários baldes de água fumegante. Ele se apresentou como Baines e não chegou perto o bastante para que eu visse seus olhos, mas presumi que também fosse um deus. Existiam vários jarros de água à espera no chão enquanto Aios jogava na banheira uma espécie de sal efervescente que cheirava a limão e açúcar.

Novamente sozinha, entrei na sala de banho. Aios havia desligado a luz do teto, deixando apenas as arandelas acesas. O brilho suave era mais do que suficiente para me enxergar em um dos espelhos de corpo inteiro.

Não foi à toa que Lailah me perguntou se eu havia sido atirada naquele plano.

Manchas de sangue seco salpicavam meu rosto, misturando-se às sardas, e ambas contrastavam com minha pele clara. Meu cabelo também estava com mechas vermelhas, metade das quais haviam se soltado da trança e agora pendiam emaranhadas. Meus olhos pareciam grandes demais e o verde, muito brilhante. Eu parecia febril.

Ou apavorada.

Não sei se me sentia assim. Ou se sentia qualquer coisa, para falar a verdade. Deixei a capa cair no chão. Franzi os lábios assim que vi minha camisola. Estava mais vermelha do que branca. Não havia como salvá-la. Puxei-a cuidadosamente sobre a cabeça, estremecendo com o movimento. Larguei a peça arruinada e passei a trança e os fios soltos de cabelo sobre o ombro enquanto me virava no espelho.

— Deuses — sibilei quando vi os vergões na parte superior das minhas costas. Tinham um tom intenso de vermelho-rosado e sangue brotava em gotas ao longo de um deles.

Realmente adoraria ter conseguido arrancar o coração de Tavius.

A absoluta falta de remorso que sentia pelo que fiz com meu meio-irmão deveria ter me deixado preocupada enquanto entrava na banheira, mas não aconteceu. Eu faria aquilo de novo, pois nem mesmo a água quase escaldante era capaz de apagar a lembrança sufocante do hálito dele na minha bochecha.

Entrei na banheira funda, sibilando conforme a água com cheiro de limão tocava nas feridas que o chicote havia causado. Fechei os olhos e cerrei os dentes, erguendo os dedos da lateral da banheira e começando a desenrolar a trança. Peguei a barra de sabão, comecei a esfregar na pele e depois fiz o possível para alcançar os vergões nas costas enquanto meus pensamentos repassavam os acontecimentos dos últimos dois dias. Usar meu dom para trazer Marisol de volta à vida parecia ter acontecido em outra vida. E ainda não conseguia acreditar que o Rei Ernald estava morto. O homem era saudável, até onde eu sabia. Esperava que Ezra estivesse bem e que me desse ouvidos. E minha mãe? Ela continuaria sendo Rainha até que Ezra se casasse. Mas devia estar aliviada. E aposto que Ezra também estava, pois sabia que existia uma chance de que a Devastação fosse detida. E eu... Eu queria estar com minha adaga. Ash a havia tomado. Será que a devolveria? Estava tão absorta em meus próprios pensamentos que não percebi que alguém havia entrado no quarto até ouvir passos do lado de fora da porta da sala de banho.

Desarmada, virei-me ligeiramente para ver quem havia entrado enquanto estendia a mão para a lateral da banheira. Meu coração martelou dentro do peito quando vi quem estava ali.

O Primordial.

Ele não disse nada enquanto examinava minhas costas com os olhos prateados brilhando de maneira sobrenatural. Seu peito subiu com uma respiração brusca.

— Mal posso esperar para fazer uma visita àquele maldito no Abismo.

O ar saiu lentamente dos meus pulmões, e coloquei o sabão no pequeno estojo em cima de um banco próximo, deixando minhas mãos caírem na água.

— É lá que ele está?
— Sim.
— Ótimo.
Ash inclinou a cabeça para o lado, e um bom tempo se passou.
— Não queria incomodá-la. Pensei que já tivesse acabado o banho.
Forcei-me a relaxar.
— Não está incomodando.
— Mesmo? — Ele arqueou as sobrancelhas.
— Sim.
— Você está tomando banho — observou ele. — Não está preocupada que eu espie suas *partes inomináveis*?
Dei uma risada seca.
— Você viu muito mais no lago do que pode ver agora.
— É verdade. — Ele semicerrou os olhos e passou os dentes sobre o lábio inferior. — Trouxe algo para ajudar com as feridas em suas costas. — Ele fez uma pausa enquanto erguia a mão para revelar um frasco com um creme branco. — Vai aliviar a dor e garantir que não deixem cicatrizes.
— Obrigada — murmurei, as palavras soando estranhas na minha língua. Não as pronunciava com frequência. Não havia motivo para isso.
Ash não disse nada, mas continuou onde estava. Também manteve os olhos de mim, e eu não sabia muito bem se era a água ou seu olhar que fazia eu me sentir tão quente. Por fim, ele falou:
— Posso ajudá-la com a pomada quando você terminar o banho.
Inclinei a cabeça, deixando que meu cabelo caísse para a frente e flutuasse na superfície da água. Não tive tempo para planejar como cumprir meu dever, mas eu era bastante esperta para reconhecer o interesse no olhar de Ash. O motivo para ele ter ficado em vez de ir embora.

— Tenho que lavar o cabelo e depois acabo.

— Precisa de ajuda?

A oferta dele me surpreendeu. A palavra "não" veio tão rápida que quase a pronunciei. Em vez disso assenti com a cabeça.

Ash se afastou da porta, colocando o frasco em uma prateleira dentro da sala de banho. Ele se adiantou, ajoelhando-se atrás da banheira. Passou o cabelo para trás da orelha, tirou o olhar das minhas costas e me encarou.

— Dói muito?

Engoli em seco.

— Nem tanto assim.

— Você mente tão bem — murmurou ele. — E com tanta facilidade.

Respirei fundo, olhando para a frente.

— Poderia ter sido pior.

— Vou ter que discordar de você. — As pontas dos dedos dele roçaram na curva do meu braço, enviando um forte arrepio por toda minha pele. Ele prendeu meu cabelo, afastando os fios dos ombros. — Incline a cabeça para trás.

Olhei para a água cheia de sabão e perdi o fôlego. Meus mamilos estavam à mostra e, perto como ele estava e alto como era mesmo de joelhos, sabia que também estavam à mostra para ele.

O Primordial da Morte.

Que estava prestes a lavar meu cabelo.

— Sera? — chamou ele suavemente, com o hálito no topo da minha cabeça.

Outro arrepio percorreu meu corpo quando ouvi meu nome. Inclinei a cabeça para trás, com a mente tão acelerada que sequer conseguia entender no que estava pensando.

Ash pegou um dos jarros e começou a derramar a água sobre a extensão do meu cabelo.

— Tenho algumas perguntas para você.

— Também tenho perguntas para você. — Meu coração voltou a bater descompassado conforme eu ficava sentada ali, repleta do instinto imbuído em mim que exigia que eu aproveitasse o momento e o usasse a meu favor. A outra metade não tinha ideia do que fazer. Uma parte de mim ficou completamente desnorteada com aquele gesto, paralisada por ele. Ninguém nunca havia feito aquilo por mim desde que eu era criança e Odetta lavava meu cabelo.

— Tenho certeza que sim. — Ele passou a mão em volta da minha nuca, apoiando minha cabeça. — Vou começar primeiro. Como foi sua vida nos últimos três anos?

A pergunta me fez estremecer.

— Como a vida de qualquer Princesa.

— Não acredito nisso nem por um segundo. Você é muito confiante com a adaga e a espada para uma Princesa.

— Pensei que já tivéssemos concordado que você não conhece tantas Princesas assim — retruquei.

— Conheço o suficiente para saber que a maioria não lutaria destemidamente contra um Caçador nem saberia como fazê-lo. Alguém treinou você — afirmou ele, molhando os fios na parte de trás da minha cabeça.

— Eu fui treinada — admiti, sabendo que se mentisse seria ainda mais óbvio que tinha algo a esconder.

— Com que armas?

— Todas.

— Por quê?

— Minha família queria garantir que eu fosse capaz de me defender sozinha.

— Você não tinha Guardas Reais para fazer isso? — perguntou ele. — Incline a cabeça um pouco mais para trás.

— Ninguém quer depender de Guardas. Eles queriam se assegurar de que eu permanecesse viva para cumprir o acordo. — Para manter o equilíbrio, levantei os braços e me apoiei nas laterais da banheira. Arqueei as costas quando inclinei a cabeça mais para trás.

— Perfeito. Isso é... perfeito — disse ele com a voz mais rouca conforme a água caía sobre o restante do meu cabelo. — Quem treinou você?

— Um cavaleiro. — Meu corpo inteiro percebeu que a água escorria pelos meus seios até lamber minhas costelas. — É minha vez de fazer uma pergunta.

— Vá em frente. — Ash se aproximou de mim, pressionando o corpo frio contra as minhas costas. A pele rosada dos meus mamilos começou a formigar.

Aquilo era bem diferente das vezes em que Odetta lavava meu cabelo. Completamente. Fechei os olhos.

— Você achou mesmo que eu tivesse seguido com minha vida e me esquecido do acordo?

— É o que eu esperava. — Ash deixou o jarro de lado para pegar uma das garrafas no carrinho.

Fiquei irritada.

— E nunca lhe ocorreu que não, já que você foi convocado mais três vezes? — perguntei.

— Do que você está falando?

A confusão na voz dele tornou ainda mais difícil controlar meu temperamento.

— Você foi convocado mais três vezes depois que... — De repente, compreendi tudo. Comecei a me virar para encará-lo.

— Não se mexa — Ash ordenou.

Fiquei imóvel, não porque ele ordenara, mas porque a rouquidão havia voltado à sua voz. Abri os olhos e virei a cabeça o suficiente para ver o calor do seu olhar queimando a pele do meu peito. Minha pulsação acelerou enquanto eu me esforçava para dar sentido àquela informação.

— Os Sacerdotes das Sombras não o convocaram?

— E por que o fariam? Eles sabiam da minha decisão, assim como você. Se você voltasse, eles ignorariam o pedido ou te agradariam fingindo me convocar. — Ele começou a ensaboar meu cabelo. — Mas por que você ou sua família tentariam me convocar outra vez?

Senti as bochechas corarem quando percebi que havia exposto um segredo bastante vergonhoso com minhas perguntas.

— Eu não contei a ninguém o que você me disse naquela noite.

O Primordial ficou em silêncio.

— Fiquei surpresa e desapontada — consegui dizer uma meia verdade. — E com vergonha de dizer a eles que você havia me rejeitado.

— Não foi pessoal.

— É mesmo? — Reprimi uma risada.

— Não foi. — Ele teve o cuidado de não puxar meu couro cabeludo enquanto passava o sabão com cheiro de baunilha pelos fios. — Você tem um cabelo lindo. Parece o luar. É deslumbrante.

— Acho que vou cortar tudo.

Ash deu uma risada.

— Você cortaria mesmo, não é?

Não respondi, mas fechei os olhos enquanto os dedos dele massageavam os fios e meu couro cabeludo. De alguma forma, o toque relaxou os músculos do meu pescoço.

— Você é bom nisso. Costuma lavar o cabelo alheio com frequência?

— É minha primeira vez.

— A minha também — admiti em um sussurro, e senti suas mãos pararem de se mover por um segundo antes de continuarem com a lavagem suave. No torpor agradável de seus cuidados, lembrei-me de algo que ele havia me dito. As suspeitas sobre sua experiência voltaram à minha mente, assim como o que me dissera sobre sua idade, sobre como era mais jovem do que eu imaginava.

— Há certas coisas que precisamos discutir depois que você estiver acomodada — avisou ele antes que eu pudesse perguntar sobre sua idade. — Mas há algo que quero que entenda: você não fez nada de errado para me impedir de cumprir o acordo.

Abri os olhos.

— Você só mudou de ideia e não precisava mais de uma Consorte?

— Muito menos uma Consorte que me apunhala — ressaltou ele.

Fiz uma careta ao ouvir a provocação em sua voz.

— Vai mencionar isso toda hora?

— Sempre que puder.

— Que maravilha — murmurei, revirando os olhos apesar da curiosidade cada vez maior. — Agora gostaria de ter apunhalado você ainda mais forte.

— Que grosseria.

— A maioria das pessoas acha que é uma grosseria deixar sua Consorte esperando no trono por três anos seguidos — retruquei. — Mas o que eu sei da vida?

Ash deu uma risada baixa e rouca.

Estreitei os olhos.

— Não sei o que falei de tão engraçado assim.

— Você não falou nada engraçado. — Ele tirou os dedos do meu cabelo. — Só que você é muito franca. E eu acho isso...

— Se você disser "divertido"... — adverti.

— Interessante — respondeu ele. — Acho você interessante. — Ele inclinou a cabeça, fazendo várias mechas de cabelo caírem em sua bochecha. — E inesperada. Não era assim que me lembrava de você.

— Você não ficou por perto tempo suficiente para saber quem eu era ou como sou — afirmei.

— O que senti quando vi você sentada no trono com aquele vestido me disse tudo que eu precisava saber.

Retesei o corpo.

— Eu odiava aquele vestido com todas as fibras do meu ser.

— Eu sei — revelou ele. — Feche os olhos. Vou enxaguar seu cabelo.

Fiz o que ele pediu enquanto o jarro raspava no piso de pedra.

— O que você quer dizer com isso? E como foi que minha imagem sentada no trono com aquele vestido lhe disse alguma coisa sobre mim?

— Ela me disse que você parecia disposta a ser embalada e ofertada a um estranho — respondeu Ash enquanto começava a enxaguar o sabão do meu cabelo. — E que parecia ansiosa para ser entregue a alguém, mesmo que não tivesse poder de decisão. Nem escolha.

Puxei o ar com força, detestando ter de concordar com o que ele havia dito.

— Você podia ter olhado para mim e visto alguém tão corajosa a ponto de cumprir um acordo com o qual nunca concordou.

— Eu vi isso também. — Ele levantou as mechas do meu cabelo, enxaguando o sabão. — Sabia que você era corajosa. Sabia que devia ser honrada.

Meu estômago ficou agitado. Honrada. Há honra no que devo fazer? Sim e não.

— Mas não foi isso que senti quando olhei para você — continuou ele. — O que senti na garganta foi o gosto amargo do medo. O sabor ácido da angústia e da desesperança. E a salinidade da determinação. Foi isso que senti quando vi você. Uma garota que mal era mulher forçada a cumprir uma promessa com a qual nunca concordou. Eu sabia que você não queria estar ali.

A precisão de suas palavras me abalou, incluindo a parte de mim que ficara aliviada quando ele me rejeitou. Mas não havia como ele saber disso.

— Você conseguiu descobrir tudo isso olhando para mim só por alguns segundos? — Forcei uma risada. — Dá um tempo.

— Sim. — Ele entrelaçou os dedos nos fios do meu cabelo para tirar o resto de sabão. — Eu senti tudo isso.

— Você não faz ideia do que eu estava sentindo...

— Na verdade, sei, sim. Sei exatamente o que você estava sentindo na época e o que está sentindo agora. Sua raiva é quente e ácida, mas sua incredulidade é fria e azeda como limonada. Há algo mais — disse ele enquanto eu sentia o coração palpitar e abria os olhos. — Não é medo. Não consigo identificar muito bem, mas posso sentir o gosto. Eu consigo sentir o gosto das suas emoções. Nem todos os Primordiais são capazes de fazer isso, mas eu sempre fui, assim como aqueles que carregam o sangue da minha mãe nas veias.

Capítulo 24

Minhas mãos escorregaram da banheira para a água gelada enquanto meu coração disparava.

— Sério? — sussurrei.

— Sim.

Puxei o ar repetidas vezes.

— Você sabe o que estou sentindo?

— Nesse momento, só incredulidade.

— Parece... — Fiquei feliz por estar sentada. — Parece ser uma habilidade bastante invasiva.

— É, sim — Ash concordou, colocando o jarro de lado. Ele não se mexeu. Nem eu. — É por isso que raramente a uso de propósito. Mas às vezes um mortal ou mesmo um deus sente algo com tanta intensidade que não consigo evitar captar seus sentimentos. Foi o que aconteceu quando olhei para você. Suas emoções chegaram até mim antes que eu pudesse bloqueá-las. Percebi que, por mais disposta que parecesse, você não estava.

O que você fez, Sera?

O grito de pânico da minha mãe ecoou em meus ouvidos. Fechei os olhos quando fui acometida por uma dolorosa constatação. Sir Holland estava errado. Minha mãe estava certa. Aquela voz traiçoeira dentro de mim estava certa. *Foi* culpa minha.

Senti um aperto no peito e um nó na garganta conforme balançava a cabeça. Não. Isso também não era verdade. Não foi só culpa minha. Abri os olhos.

— Eu estava... assustada. Eu ia me casar com o Primordial da Morte — falei com a voz rouca. — Estava me sentindo ansiosa. E é claro que me sentia sem esperanças. Sentia que não tinha controle. Mas eu estava lá. Estava lá mesmo assim. — Nada disso era mentira. — Sabia o que era esperado de mim e estava disposta a cumprir o acordo. Você não estava.

Ash ficou calado, mas senti seu olhar em mim, nas minhas costas.

— Não, eu não estava. Eu não precisava de uma Consorte forçada a se casar comigo. E se você estava ou não disposta a levar o acordo adiante não muda o fato de que não havia sido uma escolha sua. Nunca foi.

— É uma escolha *minha* honrar o acordo — argumentei.

— É mesmo? — desafiou ele. — Sua família teria permitido que você se recusasse a cumpri-lo? Que recusasse um Primordial? Você está me dizendo que estava em posição de recusar? Uma em que a expectativa não tivesse sido imbuída em você desde que nasceu? Nunca houve consentimento na sua escolha.

Deuses! Ele tinha razão. Eu sabia disso. Sempre soube. Mas não esperava que ele, dentre todas as pessoas, reconhecesse ou se preocupasse com isso, ainda mais porque era o acordo que ele havia feito. Mas aquilo não mudava nada. Não mudava o que o acordo havia feito com o reino, o que meu nascimento indicava nem o que devo fazer.

Abri a boca e então a fechei quando fui tomada por um tipo diferente de emoção. Respeito. Por ele. Pelo ser que eu precisava matar para salvar meu reino e pelo Primordial que sem querer se tornou a fonte da minha infelicidade. Como poderia *não* o respeitar por não estar disposto a participar de algo em que eu não tinha uma escolha de verdade?

A confusão se seguiu, pois ele não havia considerado nada disso quando definiu os termos do acordo. Ele poderia ter fixado qualquer preço, mas escolheu aquilo.

Outro pensamento me ocorreu e levantei a cabeça tão rápido que repuxei a pele das costas.

— Você está lendo minhas emoções agora?

— Não — respondeu ele. — É verdade. Sei que preciso manter as barreiras erguidas quando estou perto de você.

Não sei se Ash estava sugerindo que eu era emotiva demais. Apesar disso, fiquei grata por ele manter...

— O que você quer dizer com *barreiras*?

— É como a Colina ao redor de Haides e seus terrenos, só que aqui dentro. — Ele tamborilou o dedo na lateral da minha cabeça. — Você as constrói mentalmente. É uma espécie de escudo.

— Parece ser difícil.

— Demorei muito tempo para aprender.

— Há algo que não entendo — admiti depois de um momento. — Por que você pediu uma Consorte? Quando fez o acordo, podia ter pedido qualquer coisa.

— A resposta que você quer ouvir é muito complicada.

— Está sugerindo que não sou inteligente para entender?

— Estou sugerindo que é melhor termos essa conversa quando você estiver completamente vestida.

— E você não correr o risco de eu tentar afogá-lo? — provoquei.

Ash riu enquanto torcia o excesso de água do meu cabelo.

— Isso também. — Usando um dos grampos que tirei, ele enrolou meu cabelo e o prendeu para que as pontas não caíssem de volta na banheira. — Espero que meus serviços tenham correspondido às suas expectativas.

Minha mente logo se voltou para outro tipo de *serviço* e tive vontade de dar um soco na minha cara. Com força.

— Até que foram razoáveis.

Minha resposta arrancou outra risada dele.

— Se já tiver acabado — disse ele, levantando-se —, posso passar a pomada nas suas feridas.

Ainda estava perplexa com sua habilidade de ler emoções e irritada pela recusa em responder por que havia pedido uma Consorte. Mas segurei as bordas da banheira. A água espirrou para fora quando me levantei e me virei para onde ele estava.

Seu peito ficou tão imóvel que não sabia se ele havia parado de respirar, mas os fios brancos e luminosos em seus olhos de prata derretida se agitaram descontroladamente. A intensidade de seu olhar era escaldante.

Atração. Desejo. Ash estava definitivamente atraído por mim. Ele me queria. Lembrei-me de que era algo que podia usar a meu favor.

— Estou molhada.

— Cacete — balbuciou ele, acompanhando com o olhar as gotas d'água que desciam pelos meus seios e barriga e se dirigiam ainda mais para baixo, por entre minhas coxas.

Minha pele começou a formigar em todos os lugares por onde o olhar dele seguia.

— Você pode me ajudar com isso?

As pontas das presas ficaram visíveis quando ele entreabriu os lábios.

— Encrenca — murmurou ele com a voz grossa. — Você é encrenca, *liessa*.

Algo belo e poderoso...

Não pude deixar de me sentir assim enquanto estava parada ali.

— Uma toalha — expliquei, tirando com a mão algumas gotas d'água logo abaixo do umbigo. — Pensei que pudesse me passar uma toalha.

Ele repuxou o canto dos lábios enquanto acompanhava minha mão com o olhar.

— Sim. — Ele estendeu a mão sem tirar os olhos de mim e pegou uma toalha da prateleira. — Posso ajudar.

Saí da banheira com o coração acelerado. Inclinei a cabeça para trás assim que ele se aproximou. Ash não disse nada enquanto eu pegava a toalha.

— Não — disse ele, abaixando o queixo. — Você pediu minha ajuda.

Surpresa, fiquei de pé enquanto Ash passava a toalha no meu braço esquerdo e depois no direito, plenamente consciente de que ele estava me observando. Senti um peso nos seios conforme ele deslizava a toalha pelo meu abdômen, onde minha mão esteve antes, e depois pelo meu quadril. Senti a pele quente como quando afundei na banheira fumegante, só que aquele calor invadiu minhas veias e se acumulou em meu sangue.

— Não sei se você vai gostar do que vou dizer. Não a culparia se não gostasse — avisou ele. — Pelo menos agora sei o que sente quando toco em você. — Ash passou a toalha pelo meu abdômen e entre meus seios. Os pelos do seu braço roçaram em meus seios, me arrancando um suspiro. — Esse som que você faz? Não é forçado.

Não, não era.

Ash arrastou a ponta das presas sobre o lábio inferior enquanto passava a toalha sobre meus mamilos latejantes. Estremeci ao sentir um redemoinho de prazer intenso.

— Você não me deixa fazer isso porque é seu dever ou o que se espera de uma Consorte. — Ele se moveu ao meu redor, passando a toalha pelas minhas costas com cuidado para evitar os vergões. — Você me permite tocá-la porque gosta disso.

Era verdade. Não deveria ser. Eu não deveria gostar de nada disso. Deveria permanecer distante daquela parte do meu dever. Calculista. Mas não podia negar o tremor de *expectativa* que percorria meu corpo. Não podia negar que queria desesperadamente *sentir*. Como quis no lago quando eu era só Sera e ele era só Ash, exatamente como ele havia dito antes.

— Você está lendo minhas emoções?

— Não preciso. — A toalha macia deslizou pela minha lombar. — Sei disso pelo rubor na sua pele e o modo como ela se retesa nos lugares mais interessantes. Pela dificuldade na sua respiração e como seu pulso acelera.

— Meu pulso? — sussurrei, sentindo as pernas estranhamente fracas.

— Sim. — Senti o hálito frio dele no meu ombro nu. — Posso percebê-lo. É algo que até mesmo um deus consegue sentir. É um traço predatório.

Estremeci em reação às suas palavras e onde a toalha vagava agora, seguindo a curva da minha bunda. Minha pele praticamente vibrou quando a tensão aumentou, dessa vez abaixo do meu umbigo, e então ainda mais para baixo.

— Você deseja meu toque. — Ele desceu a toalha pelas minhas pernas e depois voltou para cima, entre elas. Senti seu hálito na lombar. Fechei os olhos, mas minha imaginação forneceu a imagem que eu não conseguia enxergar: o Primordial da Morte ajoelhado atrás de mim. — E esse desejo? — Ele escorregou a mão coberta pela toalha por entre as minhas coxas, deslizando sobre a carne latejante ali. Dei mais um suspiro conforme ele passava a mão para a frente e para trás, esfregando suavemente. — Não tem nada a ver com acordo nenhum.

Não tinha mesmo.

— E o que... O que isso...? — Engoli em seco quando a pele fria do braço dele roçou na minha carne aquecida, nem um pouco *seca*. — O que isso muda? Você me disse que continua não precisando de uma Consorte.

— Não preciso. — Ash afastou aquela maldita toalha dali, deslizando-a para o lado e depois na curva do quadril. Ele se levantou conforme escorregava a toalha entre minhas coxas outra vez. Estremeci ao sentir a pele fria do seu antebraço no baixo-ventre enquanto ele movia a toalha em círculos suaves e curtos. — Mas não significa que eu não esteja interessado em certos aspectos da união. — A ponta fria dos seus dedos roçou no meu braço quando ele se aproximou o suficiente para que eu sentisse suas coxas contra a parte de trás das minhas. — Assim como não significa que você não esteja interessada nesses mesmos aspectos.

A absoluta arrogância da suposição dele me irritou e me deu coragem.

— Há poucas coisas que acho tão interessantes assim nesses aspectos.

— É mesmo? — A mão coberta pela toalha continuou se movendo de modo lento e provocante.

— Sim. — Meus quadris estremeceram e então começaram a se mover, seguindo o comando dele. *O comando dele*. Deuses! Eu deveria ficar preocupada com a rapidez com que perdi o controle da sedução. E ficaria. Mas só mais tarde.

— Acho que está mentindo de novo — murmurou ele, com o vislumbre de um sorriso no tom de voz. — Você está tão interessada como quando me implorou para te beijar no lago.

— Sua memória é falha. Eu te dei *permissão* para me beijar.

Seus dedos roçaram no meu seio conforme ele movia a mão para cima e para baixo no meu braço e continuava deslizando a toalha entre as minhas pernas.

— Ou exigiu que eu te beijasse.

— Seja como for, não é a mesma coisa que implorar.

— Mas dá no mesmo — murmurou ele.

— Não, não dá. — Afastei as pernas, dando-lhe melhor acesso.

— Sério?

— Sério. — Abri os olhos e olhei para baixo, passando pelos meus mamilos entumecidos até a toalha presa ao redor do pulso dele.

— Mentindo tão bem, de novo.

— Não estou mentindo. Você é confiante demais... — Engasguei quando ele largou a toalha e seus dedos frios substituíram o tecido macio, pressionando o feixe de nervos ali. — Deuses! — arfei, tomada por uma profusão de sensações conforme a tensão se intensificava tanto que perdi o fôlego.

— Não — murmurou ele, girando o polegar sobre a saliência sensível. — Você não está nem um pouco interessada em certos aspectos. — Ele mergulhou um dedo em mim, separando a carne.

Dei um gritinho, agarrando o braço dele. Não havia me esquecido da oposição surpreendente da frieza dele contra o meu calor, mas a lembrança não lhe fazia justiça. Estremeci.

— Lembro-me de quando você me mostrou do que gosta. Revejo a imagem toda hora na minha mente. Poderia escrever a porra de um livro inteiro sobre isso agora. — Seu polegar continuou se movendo. — Quando bato punheta, lembro como você segurou minha mão contra seu corpo no lago.

— Bons deuses! — ofeguei. — Você... Você faz mesmo isso?

— Mais vezes do que deveria admitir. — O dedo dele entrava e saía de mim, me aproximando cada vez mais do êxtase.

De repente, toda a tensão se desfez de modo tão rápido e inesperado quanto um relâmpago. O clímax veio forte, veloz e surpreendente. Se Ash não tivesse passado o outro braço em volta da minha cintura, era bem provável que as ondas poderosas de prazer tivessem feito minhas pernas cederem sob meu peso.

Os dedos de Ash desaceleraram, mas foi só depois que meus quadris pararam de se contorcer que ele tirou a mão de mim. Um bom tempo se passou enquanto ele me segurava ali, com nossos corpos se tocando só da cintura para baixo. Nenhum dos dois disse nada, e eu não fazia ideia do que ele estava pensando. Mas quando meu corpo esfriou, percebi que minha tentativa de o seduzir havia falhado espetacularmente. Eu é quem havia sido seduzida.

*

Sentei-me na cama de frente para as portas fechadas da varanda, com a parte de cima do roupão que mantinha fechado amontoada junto aos cotovelos.

Ash se aproximou de mim, destampando o frasco que havia trazido.

— A pomada vai parecer fria no começo — avisou, sentando-se atrás de mim. — E depois vai ter um efeito anestésico.

Assenti, sentindo-me meio balançada pelo que havia acontecido na sala de banho. Ele se afastara antes mesmo que eu tivesse a chance de recuperar o controle da situação, com o sinal de sua excitação grossa e dura contra a calça conforme tirava o roupão do gancho e o entregava a mim. A contenção de Ash quando se tratava do próprio prazer era impressionante.

O toque dos dedos dele afastando os cachos que haviam se soltado do meu coque me trouxe de volta ao presente. Um cheiro picante e adstringente alcançou minhas narinas.

— Do que é feita essa pomada?

— Milefólio, arnica e outras plantas nativas do Iliseu — respondeu. Respirei fundo quando a pomada tocou numa das feridas. — Desculpe.

— Tudo bem. — Inclinei o queixo. — Não doeu. Só é fria.
Ash moveu a mão, espalhando o bálsamo em minha pele. Ele não precisava fazer isso. Não precisava lavar meu cabelo. Ambos os gestos eram gentis, mas não combinavam com o que ele havia feito com os deuses na Colina. O que não me impediu de apreciar seu toque. Deuses! Eu *deveria* ficar envergonhada, mas não fiquei. Talvez porque minha mente reconhecesse que eu estava destinada a fazer coisas muito piores.

Por alguma razão, sentada ali de forma obediente, lembrei-me do que queria perguntar quando estava na sala de banho.

— Quantos anos você tem? De verdade?

— Pensei que já tivéssemos concordado que minha idade não importava — disse ele, repetindo minhas palavras de volta para mim.

— Não importava quando eu não sabia quem você era.

— Ainda sou a mesma pessoa que se sentou com você no lago. — Seus dedos cobertos de pomada deslizaram pelos meus ombros. — Você sabe disso, não sabe?

Era mesmo?

— Como eu vou saber?

— Pois deveria — respondeu ele quando a frieza da pomada começou a desaparecer, substituída pela dormência que havia prometido antes.

— Nós podemos até não ser estranhos, mas será que nos conhecemos de verdade? — argumentei. — Você falou como se matar devesse sempre afetar uma pessoa, deixar uma marca que jamais desaparece. Mas você... — Franzi os lábios. — Eu não te conheço nem um pouco.

— Você me conhece melhor do que a maioria das pessoas.

— Duvido muito.

— Nunca falei sobre a primeira pessoa que matei com mais ninguém além de você — revelou, tirando a mão das minhas costas. Ouvi a tampa girando no frasco. — Ninguém sabe que foi alguém próximo a mim. — Ele segurou a gola do roupão, levantando-o para cobrir minhas costas e ombros. — Nada do que eu disse a você no lago era mentira.

— Se tudo o que você disse era verdade, então por que há deuses empalados na sua muralha? — indaguei, apertando a faixa em volta da cintura enquanto me virava para encará-lo. Não senti dor nenhuma com o movimento. — Como matar pode deixar uma marca quando você faz coisas assim?

— Você acha...? — A aura branca atrás das pupilas vazou para o tom prateado dos olhos dele. Era um efeito bonito, mas um tanto aterrorizante. — Você acha que eu fiz aquilo com eles?

— Quando perguntei por quê, você me disse que eles serviam como um lembrete de que a vida é frágil, até mesmo para um deus.

A incredulidade ficou evidente em seu rosto.

— Como foi que essas palavras me incriminaram? — Sua expressão logo suavizou. — Sim, eles servem como um lembrete, mas não meu.

Olhei para ele, atônita. Será que ele estava falando a verdade? Não sei o que teria a ganhar mentindo sobre algo assim.

— Se não foi você, então quem fez aquilo?

O redemoinho em seus olhos diminuiu quando ele estendeu a mão e pegou um dos cachos que havia caído sobre o meu ombro.

— Eu não sou o único deus Primordial, *liessa*.

— Quem foi então? Quem estaria disposto a irritar o Primordial da Morte?

— Você não tem o menor problema em tentar me irritar ou discutir comigo.

— Não estou discutindo com você.

Ash arqueou a sobrancelha.

— Tenho a impressão de que toda conversa que temos beira a discussão.

— Foi você quem começou a discutir comigo. — Olhei para ele. De cílios baixos, ele parecia absurdamente concentrado em desembaraçar a massa de cachos.

Ele repuxou um canto dos lábios quando conseguiu esticar um dos cachos.

— Você está discutindo comigo agora.

Joguei os braços para cima.

— Só porque você está dizendo... Deixa pra lá.

Ash soltou a mecha de cabelo, parando de sorrir quando seu olhar encontrou o meu.

— O que você sabe sobre a política do Iliseu?

A pergunta me pegou desprevenida.

— Pouca coisa — admiti. — Sei que os Primordiais governam as Cortes, e que os deuses respondem a eles.

— Cada Corte é um território dentro do Iliseu com terra mais do que suficiente para que todo Primordial e seus deuses passem seu tempo como bem entenderem. E todo Primordial tem poder o bastante para fazer o que quiser. — Ele se levantou da cama e foi até a mesa. Havia uma garrafa que não estava ali antes e dois copos. — Mas não importa quanto um ser seja poderoso, sempre há aqueles que desejam mais poder. Que acham que o que têm não basta.

Um calafrio percorreu minha coluna quando ele puxou a rolha da garrafa. Em seguida, derramou o líquido âmbar em dois copos curtos.

— E tais seres gostam de provocar outros Primordiais. Ver até onde podem ir. O quanto podem provocar antes que o outro revide. De certo modo, não deixa de ser uma fonte de divertimento para eles. — Ele voltou com os copos. — Uísque?

Peguei o que ele me ofereceu.

— Está me dizendo que outro Primordial fez isso porque estava entediado?

— Não. Não foi por tédio. — Ele se virou de costas para mim, tomando um longo gole da bebida. — Foi para ver até onde poderiam me provocar. Alguns Primordiais gostam disso.

O gosto defumado do uísque desceu surpreendentemente suave na minha garganta.

— Sei que vou parecer repetitiva, mas não consigo entender por que alguém faria isso. Você é o Primordial...

— Da Morte. Sou poderoso. Um dos mais poderosos. Posso matar mais rápido que a maioria. Posso infligir um castigo prolongado que dura até depois da morte. Sou temido por mortais, deuses e Primordiais, incluindo aqueles que me *provocam*. — Ash me encarou enquanto tomava outro gole da bebida. — E o motivo da provocação tem a ver com a pergunta com a qual você parece tão obcecada. Bem, uma das *duas* perguntas que fez várias vezes. A que tem uma resposta muito complicada e que era melhor não responder enquanto você estava tomando banho.

Demorei um pouco para entender.

— Por que você não cumpriu o acordo?

Ele confirmou com a cabeça.

— Porque não fui eu que o fiz.

O choque me invadiu enquanto eu abaixava o copo lentamente até à cama.

— O quê?

— Não fui eu. Eu não era o Primordial da Morte naquela época. — A tensão ficou estampada no rosto dele. — Era o meu pai. Foi ele quem fez o acordo com Roderick Mierel. Foi ele quem exigiu a primeira mulher da linhagem para ser sua Consorte.

Capítulo 25

Fiquei encarando Ash conforme o que ele dizia ecoava na minha cabeça. A negação surgiu de imediato pelo significado daquilo. Queria me agarrar à negação, mas Ash havia me dito no lago que nem todos os Primordiais eram os originais.

Só não pensei que ele estivesse se referindo ao Primordial da Morte.

Minha mente ficou a mil.

— Seu pai era o Primordial da Morte? Foi ele quem fez o acordo?

— Sim. — Ash olhou para o copo quase vazio. — Meu pai era muitas coisas.

Era.

— Ele morreu?

— Não é sempre que um Primordial morre. A perda de um ser tão poderoso causaria uma reação em cadeia sentida até mesmo no plano mortal. Poderia até desencadear um evento com o potencial de desenredar o tecido que une nossos planos. — Ele agitou o líquido que sobrou no copo. — A única maneira de evitar que isso aconteça é ter seu poder, o éter, transferido para outra pessoa que possa suportá-lo. — Ele parou de sacudir a mão. — Foi o que aconteceu quando meu pai morreu. Tudo o que era dele foi transferido para mim. As Terras Sombrias. A Corte. As responsabilidades.

— E eu? — perguntei com a voz rouca.

— E o acordo que ele fez com Roderick Mierel.

Soltei o ar bruscamente quando o mais estranho turbilhão de emoções se apoderou de mim. Fiquei definitivamente aliviada, pois, se o acordo não tivesse sido transferido para Ash, eu não teria como deter a Devastação. Mas então me dei conta de que, se não tivesse sido, o acordo teria sido rescindido em favor de Lasania na época da morte do Primordial. Não tinha. Era evidente que havia passado para Ash. E o que senti não era alívio, mas uma emoção que não queria reconhecer. E não podia.

Ash pousou uma perna sobre a outra.

— Beba, *liessa*. Parece que você está precisando.

Eu precisava de uma garrafa inteira de uísque para continuar com aquela conversa, mas tomei um gole moderado. Fiquei surpresa por ter me contido. Ocorreu-me algo assim que coloquei o copo em cima da mesa.

— Você me disse que havia Primordiais mais jovens do que alguns deuses. Estava falando de você mesmo, não é? — Quando ele assentiu, segurei o copo com força. — Você estava vivo quando ele fez o acordo? — Logo desejei não ter perguntado aquilo, porque, se ele não estivesse vivo e agora tivesse de morrer por algo que seu pai havia feito, isso tornava tudo ainda pior.

— Eu tinha acabado de passar pela Seleção, um momento em nossas vidas em que nosso corpo começa a entrar na maturidade, retardando o envelhecimento e intensificando o éter. Eu devia ser... — Ele franziu os lábios — ... um ano mais novo do que você é agora.

Saber que Ash ao menos estava vivo não melhorou as coisas. Ele tinha a minha idade. Lembrei-me do que ele havia me dito no Salão Principal. *A escolha acaba hoje. E por isso, eu sinto muito.* Deuses! Não era só a perda da minha escolha, mas a dele também. Ash não havia escolhido aquilo. Tive vontade de vomitar.

Ele inclinou a cabeça

— Você está surpresa?

Fiquei tensa.

— Você está lendo minhas emoções?

— Um pouco do seu choque atravessou minhas barreiras, mas elas continuam erguidas. — O olhar dele encontrou o meu. — Eu juro.

Acreditei nele, pois se manter afastado das minhas emoções seria uma coisa *gentil e decente* de se fazer.

Tomei outro gole.

— É claro que estou surpresa. Bastante. Você não é tão velho quanto pensei que fosse.

Ele arqueou uma sobrancelha escura.

— Há alguma diferença entre duzentos anos e dois mil para um mortal?

Ele já não havia me perguntado isso quando estávamos no lago?

— Sim. Por mais bizarro que possa parecer, há uma diferença. Duzentos anos é muito tempo, mas dois mil é impensável.

Ash não disse nada, o que me deu tempo para tentar entender as coisas, entender por que o pai dele faria aquilo.

— E sua mãe...?

Ash arqueou ainda mais a sobrancelha.

— Você diz isso como se não tivesse certeza de que eu tenha mãe.

— Imagino que tenha.

— Ainda bem. Por um momento tive medo de que pensasse que sou filho de chocadeira.

— Não sei nem como responder a isso — murmurei. — Seus pais não estavam mais juntos?

— Estavam.

Abri a boca e então a fechei antes de tentar de novo.

— E eles gostavam um do outro?

Ash inclinou o queixo.

— Eles se amavam muito, pelo que me lembro.

— Então tenho certeza de que compreende por que estou confusa que seu pai tenha pedido uma Consorte quando já tinha uma.

— Ele não tinha mais uma Consorte quando fez o acordo — corrigiu Ash calmamente. — Minha mãe... Ela morreu durante o parto.

Entreabri os lábios conforme o pesar crescia dentro de mim, uma tristeza que não queria sentir por ele. Tentei reprimir a emoção, mas não consegui. Ela se instalou no meu peito como uma rocha.

— Não lamente. — Ele esticou o pescoço de um lado para o outro. — Eu não disse isso para fazê-la sentir pena de mim.

— Eu sei — falei, pigarreando. Resisti à vontade de perguntar como eles haviam morrido. Queria saber, mas o instinto me dizia que, quanto mais eu soubesse sobre suas mortes, mais difícil seria fazer o que deveria. — Foi por isso que você nunca cobrou o acordo.

— Você não deu seu consentimento.

O nó de tensão se apertou ainda mais no meu peito quando deveria ter afrouxado, assim como o conhecimento de que não havia sido ele quem fez o acordo que me transformou no que eu era: uma assassina. Um acordo que havia me arrancado todas as escolhas que eu poderia fazer. Um acordo que havia colocado minha vida em um caminho que culminaria na minha morte.

Mas, deuses, como queria que fosse ele quem tivesse feito o acordo. Assim poderia me agarrar a isso. Poderia me convencer de que ele ia receber o que merecia. Poderia justificar minhas ações.

— Você também não — afirmei categoricamente, olhando para ele.

Ele me observou daquele seu jeito intenso. Em seguida desviou o olhar.

— Não, eu não consenti.

Olhei para a bebida, mas não senti mais vontade de vomitar. Em vez disso, tive vontade de chorar. E, deuses, quando foi a última vez que chorei?

— Você sabe por que seu pai pediu uma Consorte?

— Já me fiz essa pergunta milhares de vezes. — Ash riu sem humor. — Realmente não tenho ideia de por que ele fez isso. Por que pediria uma mortal para ser sua Consorte. Ele morreu amando minha mãe. Não faz o menor sentido.

Não fazia mesmo, o que tornava tudo muito mais frustrante.

— Por que você não foi me procurar para me dizer isso? — perguntei. Não teria mudado nada, mas quem sabe? Talvez pudéssemos ter encontrado outra maneira.

— Eu pensei nisso, mais de uma vez, mas, quanto menos contato tivesse com você, melhor. Era por isso que Lathan ficava de olho em você.

De olho em mim?

— Aquele que foi morto?

— Ele era um guarda de confiança — respondeu Ash, e notei que não se referiu a ele como um amigo. — Lathan sabia sobre o acordo que meu pai fez e sabia que eu não tinha intenção de cumpri-lo. Mas não significa que os outros não acabariam descobrindo que uma mortal havia sido prometida como minha Consorte. Seja por causa da sua família comentando sobre o acordo ou porque você foi marcada ao nascer, nascida em uma mortalha por causa disso.

Perdi o fôlego quando senti um arrepio na nuca.

— E essa marca, embora invisível aos mortais e à maioria das pessoas, às vezes pode ser sentida. Ela deixaria alguns deuses curiosos a seu respeito. — Ash tirou o pé de cima da mesa. —

Foi Lathan quem notou a atividade dos deuses em Lasania, os que vimos naquela noite.

— Os que mataram os irmãos Kazin e o bebê? E depois Andreia?

— Ficamos preocupados que eles tivessem sentido a marca e a estivessem procurando.

Senti o estômago revirar.

— Você acha que eles morreram por minha causa? Por que os deuses estavam me procurando?

— No começo achei bem possível. — Ele tamborilou os dedos no joelho. — Mas as pessoas que eles mataram não faziam muito sentido nem se encaixavam em um padrão, a não ser pela possibilidade de que tivessem um deus em sua árvore genealógica. Foi a única coisa que consegui descobrir. Eles não eram semideuses, mas podiam ser descendentes de um deus.

— Semideuses? — repeti, franzindo o cenho.

— Os filhos de um mortal e um deus — explicou ele. — Agora, se um semideus tiver um filho com um mortal, a criança também terá uma marca, mas não será um semideus.

Foi então que compreendi. Havia crianças nascidas de um mortal e um deus, mas eram raras. Ou pelo menos era nisso que eu acreditava.

— Nunca ouvi ninguém os chamar assim antes.

— É como os chamamos por aqui. Alguns deles herdam certas habilidades divinas, caso o pai ou a mãe seja muito poderoso. A maioria dos semideuses mora no Iliseu — prosseguiu, com os lábios franzidos. — Mas parece que você só teve contato com a costureira. E até onde sabemos, o que foi feito com ela não foi feito aos outros.

Fiquei um pouco aliviada. Não queria o sangue deles nas minhas mãos — elas já estavam bastante sujas.

— E quanto aos irmãos Kazin? E Magus? Parece que ele era um guarda, mas não sei se já o vi ou se ele tinha um posto em Wayfair.

Um olhar reflexivo surgiu no rosto de Ash.

— Ainda assim, se você não conhecia nem ele, nem a costureira muito bem, não vejo como suas mortes possam estar relacionadas a você.

Eu também não. Mas também parecia próximo demais de mim.

— Você descobriu mais alguma coisa sobre o que eles fizeram com Andreia?

— Nada. Ninguém nunca ouviu falar de algo assim nem mesmo vindo de um mortal com um deus na linhagem. E, sim, acho essa falta de informação extremamente frustrante.

Deve ser raro que um Primordial não consiga descobrir alguma coisa. Tive outra ideia.

— Lathan era mortal?

Ash suspirou pesadamente.

— Ele era um semideus. Eu deveria ter corrigido sua suposição.

Mas será que era necessário? Semideus ou mortal, uma vida era uma vida.

— Como foi que ele morreu?

— Ele tentou detê-los. — Suas feições eram indecifráveis conforme ele olhava pelas portas da varanda. — Lathan foi dominado, pois estava em menor número. Ele sabia que seria difícil, mas tentou mesmo assim. — Ash terminou a bebida. — Seja como for, não fui procurá-la porque não queria me arriscar a revelar quem você era para aqueles que tentariam usá-la contra mim.

— Seus inimigos? — perguntei. — Aqueles deuses servem à Corte de um Primordial que gosta de provocar você?

— Sim.

— Mas por que um Primordial ou deus acharia que o que acontece comigo o influenciaria?

— E por que não? Eles não teriam como saber das minhas intenções em relação a você, ainda mais se não tivessem conhecimento do acordo que meu pai fez. — Ash olhou de volta para mim. — Não teriam nenhum motivo para duvidar que você fosse importante para mim.

Ele tinha razão.

Percebi naquele instante que passei a vida toda acreditando que o Primordial da Morte fosse um ser frio e apático por causa do que ele representava. Eu estava errada. Ash não era nada disso. Ele sabia que toda morte deixava uma marca. Entendia o poder da escolha. Até pensei no que Aios havia me dito: ela deveria ter uma boa razão para se sentir segura ao seu lado e confiar nele. Ash se importava, e eu podia apostar que havia mais de um osso decente em seu corpo. E nada disso me ajudava. De jeito nenhum.

Meu dever era maior do que eu, maior do que o que eu sentia. Mas não foi Ash quem me impôs aquele dever.

— Obrigada — sussurrei, e as palavras ainda pareciam estranhas em meus lábios. Doeu um pouco para pronunciá-las dessa vez.

O olhar dele se voltou para mim.

— Pelo quê?

Dei uma risada curta.

— Por esse osso decente que você tem no corpo.

Um ligeiro sorriso surgiu em seu rosto.

— Está com fome? Sei que os cozinheiros mandaram um pouco de sopa, mas posso pedir mais do que você quiser comer.

Gostaria que ele se recusasse a me dar comida.

— Estou bem. — Passei o dedo sobre a borda chanfrada do copo. Outra pergunta surgiu do ciclone interminável das minhas dúvidas. — Há alguma consequência para você? — Uma dose surpreendente, indesejada e totalmente hipócrita de preocupação brotou dentro de mim. — Quer dizer, até onde sei, um acordo requer o cumprimento de todas as partes envolvidas.

— Não há nenhuma consequência, Sera.

Olhei para Ash. Ele respondeu sem hesitar. Talvez até rápido demais, mas não era da minha conta. De forma alguma.

— Há quanto tempo Lathan estava de olho em mim?

— Só nos últimos três anos, depois que você ficou mais ativa — respondeu ele. — Está com raiva por saber disso?

Era muito estranho saber que alguém estava de olho em mim sem meu conhecimento. É claro que eu não gostava disso, mas não era tão simples assim.

— Não tenho certeza — admiti. — Não sei se devo ficar com raiva ou não. — Se bem que aquilo me fez pensar em todas as coisas estranhas e idiotas que Lathan deve ter testemunhado. Fazia sentido que ele não sentisse necessidade de ficar de olho em mim antes da noite do meu aniversário de dezessete anos. Antes disso, eu só havia saído de Wayfair para ir até os Olmos Sombrios e em raras ocasiões. — Por que pediu para ele fazer isso? Você não me conhecia. Você não fez o acordo. Não tem nenhuma obrigação comigo.

— É uma boa pergunta. — Os olhos de nuvens de tempestade de Ash se fixaram nos meus. — Se não tivesse feito isso, eu não estaria lá naquela noite para impedi-la de atacar aqueles deuses. Eles teriam matado você. E talvez fosse um destino melhor do que esse.

Senti a pele enregelada enquanto ele sustentava meu olhar. O ar rareou no meu peito.

— Mas aqui estamos nós. Você está nas Terras Sombrias. E logo será conhecida como minha Consorte — concluiu Ash. — Meus inimigos também serão seus.

*

O sono chegou muito rápido depois que Ash saiu, deixando-me com ainda mais perguntas. Esperava ficar deitada na cama remoendo tudo que ele havia me contado, mas ou estava exausta, ou queria fugir de tudo que havia descoberto. Dormi profundamente e senti que havia se passado muito tempo até que eu acordasse. Não sei que horas eram. O céu continuava cinza e cheio de estrelas. De repente, senti uma leve dor nos ombros. Quando olhei no espelho, vi que os vergões pareciam bem menos vermelhos e inchados. O que quer que houvesse naquela pomada que Ash havia usado era um verdadeiro milagre.

Apertei a faixa do roupão, fui até às portas da varanda e as abri. O céu cinzento estava estrelado e sem nuvens conforme eu seguia até o parapeito com vista para a copa de folhas cor de sangue e as luzes brilhantes da cidade logo adiante.

Havia descoberto tanta coisa que minha mente passava de uma informação para outra, mas sempre voltava para um detalhe: não foi Ash quem fez o acordo.

Respirei fundo e fechei os olhos enquanto me apoiava no parapeito. Foi o pai dele, por razões que só ele conhecia. Senti um mal-estar na boca do estômago. Não era justo que Ash pagasse com a própria vida por algo que seu pai havia feito. Não era justo que eu pagasse com a minha.

Nada disso era justo.

Pressionei a pedra lisa contra as mãos conforme me segurava com força no parapeito. No entanto, nada havia mudado. Não poderia mudar. A Devastação precisava ser detida, e Ash... Ele era o Primordial da Morte, aquele que detinha o acordo agora. Eu tinha que cumprir meu dever. Se não fizesse isso, Lasania sucumbiria. As pessoas continuariam morrendo. Haveria mais famílias como os Couper, não importava quem assumisse a Coroa.

Uma vida era mais importante do que a de milhares de pessoas? Milhões? Mesmo que fosse a vida de um Primordial? Mas o que aconteceria se eu tivesse êxito? Se ele se apaixonasse por mim e eu me tornasse sua fraqueza, que tipo de fúria sua morte infligiria sobre os planos? Quantas vidas seriam perdidas até que outro Primordial tomasse seu lugar? Um Primordial que não tivesse um osso gentil e decente no corpo. Que não dava valor à liberdade e ao consentimento. Um Primordial que não interferia quando os outros se deleitavam com a violência. Que não se importava com os descendentes assassinados que tinham apenas uma gota de sangue divino nas veias.

— Deuses — sussurrei, sentindo um nó no estômago. Como eu poderia fazer isso? Como poderia esconder dele essa bagunça de emoções, impedindo-a de atravessar as barreiras que ele construiu em torno de si mesmo?

Como não poderia?

O povo de Lasania é mais importante do que minha aversão pelo que devo fazer. É mais importante do que Ash. E do que eu mesma.

Abri os olhos e me afastei do parapeito assim que um movimento no pátio lá embaixo chamou minha atenção. Examinei o térreo, prendendo a respiração quando reconheci a silhueta alta e larga de Ash. Mesmo de longe eu sabia que era ele. Uma brisa atravessou o pátio, soprando as mechas soltas do seu cabelo ao redor dos ombros. Seus passos eram longos e firmes conforme caminhava sozinho, seguindo na direção das árvores vermelho-
-escuras.

O que ele estava fazendo?

Uma batida na porta me arrancou dos meus devaneios. Sabendo que não era Ash, levei a mão até a coxa, por hábito, mas não havia nenhuma adaga ali. Nenhuma arma de verdade. Fui até a porta e descobri que era Aios.

Ela entrou suavemente no quarto com uma muda de roupas pendurada no braço.

— Que bom que está acordada — disse ela. — Estávamos começando a ficar preocupados. Você dormiu o dia todo.

O dia todo?

Pestanejei quando um homem mais novo entrou atrás dela, fazendo uma reverência na minha direção antes de colocar um prato coberto e um copo em cima da mesa. O cheiro de comida alcançou minhas narinas, agitando meu estômago vazio. Ele manteve a cabeça baixa, com boa parte do rosto oculta atrás de uma mecha de cabelo louro. Aios seguiu direto para o armário e o abriu enquanto eu observava o rapaz se virar para sair, percebendo que ele se apoiava mais sobre a perna direita. Foi só quando estava fechando a porta atrás de si que ele ergueu o olhar, e eu vi que seus olhos eram castanhos, sem nenhum brilho de éter neles.

— Não sabia o que você queria comer — começou Aios. — Então pedi para prepararem um pouco de tudo. Por favor, coma antes que esfrie.

Atordoada, fui até a mesa e levantei o cloche, revelando uma pilha de ovos macios, algumas fatias de bacon, um pãozinho e uma tigela de frutas. Olhei para a comida por um bom tempo sem conseguir me lembrar da última vez que havia comido ovos quentes. Sentei-me devagar, encarando o copo de suco de laranja. Por alguma razão, senti um nó na garganta. Fechei os olhos, lutando contra as emoções. Eram só ovos e bacon. Só isso. Quando tive certeza de que havia recuperado o controle, abri os olhos e peguei o garfo. Provei os ovos e quase soltei um gemido. Queijo. Havia queijo derretido neles. Quase devorei o monte de comida em menos de um minuto.

— Aposto que vai gostar de saber que consegui encontrar algumas roupas para você — anunciou Aios enquanto pendurava as peças dentro do armário.

Forcei-me a comer mais devagar e olhei para ela por cima do ombro. Lembrei-me do brilho em seus olhos.

— Você é uma deusa, não é?

Aios me encarou com um arquear de sobrancelhas.

— Na maioria dos dias.

Abri um sorriso.

— E o rapaz que estava aqui? Ele é um semideus?

Ela balançou a cabeça e se voltou para o armário, pendurando o que parecia ser um suéter cinza.

— Você já conheceu algum semideus?

— Não que eu saiba — admiti, pensando em Andreia. — Não sei muita coisa sobre eles.

— O que gostaria de saber? — perguntou ela, virando-se para mim.

— Tudo.

Aios riu baixinho, um som caloroso e alegre.

— Acabe de comer e eu te conto.

Pela primeira vez não me importei que me dissessem o que fazer. Parti o pão torrado e amanteigado enquanto Aios dizia:

— A maioria dos semideuses são mortais. Eles não têm a essência dos deuses nas veias. Portanto, vivem e morrem como qualquer outro mortal.

Lembrei que Ash havia me dito que a maioria dos semideuses morava no Iliseu.

— Eles costumam habitar o plano mortal?

— Alguns, sim. Outros preferem morar no Iliseu. Geralmente os semideuses com éter nas veias têm um deus poderoso como mãe ou pai. O éter é transmitido para eles.

Será que era o caso dos irmãos Kazin? Será que um deles, ou até mesmo o bebê, tinha éter suficiente nas veias para torná-los semideuses? O bebê com o *pai* desconhecido? Ou será que tinham só um resquício de éter no sangue? Seja como for, por que aqueles deuses os matariam?

— Durante os primeiros dezoito a vinte anos de vida, eles vivem vidas mortais — continuou Aios, chamando minha atenção de volta para si. — Podem nem saber que têm sangue dos deuses nas veias. Mas logo saberão.

— Por causa da Seleção? — arrisquei, pegando uma fatia de bacon.

Ela assentiu.

— Sim. Eles começam a passar pela Seleção. É quando alguns descobrem que não são totalmente mortais.

Arqueei as sobrancelhas.

— Deve ser um jeito e tanto de descobrir isso.

— Imagino que sim. — Ela inclinou a cabeça, fazendo com que várias mechas compridas do cabelo ruivo caíssem sobre o ombro. — Mas a maioria não sobrevive à mudança. Eles ainda têm corpos mortais, sabe? À medida que a Seleção se inicia e o éter começa a crescer e se multiplicar, infiltrando-se em cada parte deles, o organismo deles não é capaz de facilitar o processo e eles acabam morrendo.

— Uau. — Balancei a cabeça, soltando a fatia de bacon de volta no prato. — O éter é como uma erva daninha crescendo descontroladamente em seus corpos.

Aios deu uma risada surpresa.

— Suponho que seja um jeito de enxergar as coisas. Mas para alguns é um belo jardim. Aqueles que sobrevivem à

Seleção envelhecem bem mais lentamente do que os mortais. Basicamente três décadas da vida de um mortal equivalem a um ano para um semideus.

Que mortal vivia até os cem anos? Odetta devia estar perto disso.

— Para mim é a mesma coisa que ser imortal.

— Os semideuses podem viver por milhares de anos se tomarem cuidado. Eles são suscetíveis a pouquíssimas doenças. Mas não são tão imunes a ferimentos quanto os deuses e Primordiais — explicou ela. — É por isso que a maioria dos semideuses que sobrevive à Seleção mora no Iliseu.

Fazia sentido. Uma pessoa de quinhentos anos que parecesse ter vinte certamente chamaria a atenção. Devia ser por isso que acreditávamos que os filhos de mortais e deuses, os semideuses, eram tão raros. Um pensamento me ocorreu e revirou meu estômago.

— Primordiais podem ter filhos com mortais?

Ela negou com a cabeça.

— Um Primordial é um ser completamente diferente nesse sentido.

Tomei um gole do suco para esconder o alívio. Eu poderia levar meses ou até mesmo anos para cumprir meu dever. Não queria trazer uma criança para esse mundo só para deixá-la órfã como Ash, como de certa forma eu também era.

Minha mão tremeu levemente quando coloquei o copo em cima da mesa.

— Então como alguns sobrevivem e outros não?

— Depende de eles terem ou não ajuda de um deus — respondeu Aios, estendendo a mão para brincar com a corrente em volta do pescoço. — É a única maneira de um semideus sobreviver.

— E como um deus o ajudaria?

Aios sorriu com um brilho malicioso nos olhos dourados.

— Talvez você ache a informação bastante escandalosa.

— Duvido muito — murmurei.

Ela riu outra vez.

— Bom, tudo bem então. — A bainha do suéter largo esvoaçou em volta dos seus joelhos conforme ela se aproximava de mim. — Eles precisam se alimentar de um deus.

Inclinei-me para a frente.

— Presumo que você não esteja falando do tipo de comida que acabei de consumir?

— Não. — Seu sorriso se alargou conforme ela levava o dedo até os lábios rosados. Ela deu uma batidinha com a unha numa presa delicada. — Eles não têm presas, mas precisam de sangue. Bastante no início. E depois, quando a Seleção estiver completa, só de vez em quando.

— Todos os deuses precisam se alimentar? — perguntei. — Desse jeito?

Ela se sentou na cadeira em frente a mim.

— Sim.

Senti o estômago revirar. Sabia que eles podiam morder os outros, mas não que era algo que precisassem fazer.

Seu sorriso se desvaneceu um pouco.

— Isso te incomoda?

— Não — disparei. — Quer dizer, a ideia de beber sangue me deixa um pouco enjoada.

— Como seria normal para a maioria dos seres que não são como nós.

Mas eu também me lembrei do arranhar das presas de Ash na minha pele. Senti o rosto corado.

— Todos vocês se alimentam de mortais?

Aios arqueou a sobrancelha, me estudando.

— Poderíamos fazer isso. Seria a mesma coisa que nos alimentar de um deus.

Meu olhar se voltou para o belo rosto de Aios. De quem será que Ash se alimentava?

— Primordiais também?

— Eles não precisam se alimentar, a menos que tenham passado por algum tipo de enfraquecimento. — Os dedos dela voltaram para a corrente. — O que não é muito frequente.

— Ah — murmurei, não muito entusiasmada com o alívio que senti. Um pensamento veio à mente. — Acontece alguma coisa ao mortal quando um Primordial ou deus se alimenta dele?

— Não. Não se tomarmos cuidado. É claro que um mortal pode sentir os efeitos da alimentação mais do que qualquer um de nós, e se bebermos muito... Bem, seria uma tragédia se não fossem terceiros filhos e filhas. — Ela apertou os lábios, tensa. — É proibido Ascendê-los, mesmo para salvá-los.

Fui tomada pela curiosidade.

— Por quê?

Rugas de tensão surgiram ao redor de sua boca.

— Eles se tornariam o que chamamos de falsos deuses, seres com poder divino que não foram feitos para carregar tamanho dom e fardo. Eles são algo completamente diferente.

Fiz uma careta, pensando que aquilo não era exatamente uma resposta.

— Mas para responder à sua pergunta original — continuou ela, mudando de assunto — sobre o rapaz que estava aqui. Seu nome é Paxton e ele é completamente mortal.

Mais perguntas me vieram à mente. A surpresa me invadiu.

— O que um mortal está fazendo aqui?

— Muitos mortais moram no Iliseu — respondeu Aios, e ficou evidente que ela achava que isso era de conhecimento geral.

— São todos amantes? — Brinquei com a faixa do roupão, pensando que Paxton parecia ser muito novo para isso.

— Alguns fizeram amizade com um deus ou se tornaram seus amantes. — Ela encolheu os ombros. — Outros possuem talentos que atraíram um dos deuses. Para muitos, vir para o Iliseu era uma oportunidade de recomeçar. Seus caminhos são todos diferentes.

Uma oportunidade de recomeçar. Meu coração disparou no peito. Não seria bom? Olhei para meu prato. Eu não tinha como recomeçar nem outros caminhos. Nunca tive.

— Posso perguntar uma coisa? — sussurrou Aios, e eu olhei para cima, assentindo com a cabeça. — Você já sabia? — Ela havia chegado mais perto e abaixado o tom de voz. — Você sabia sobre o acordo antes que ele fosse buscá-la?

— Sabia.

— Ainda assim deve ter sido complicado lidar com isso. — Aios entrelaçou as mãos. — Saber que havia sido prometida a um Primordial.

— Foi, mas aprendi há algum tempo que, quando você não consegue lidar com alguma coisa, você *dá um jeito* — falei. — É o que tem de fazer.

Um olhar distante surgiu no rosto de Aios conforme ela assentia lentamente.

— Sim, é o que tem de fazer. — Ela limpou a garganta, levantando-se abruptamente e indo até o armário. — A propósito, dei um jeito de encontrar dois vestidos que acho que vão servir. Mas Nyktos mencionou que você prefere calças a vestidos.

Levantei-me devagar e avancei timidamente. Ele havia se lembrado de mencionar isso a Aios?

— Não consegui arranjar nenhuma legging, mas essas outras calças devem caber em você. — Aios puxou um calça marrom-clara e depois uma preta que havia pendurado. — Espero que sirva.

— Na verdade, prefiro calças largas a leggings. São mais grossas e têm bolsos.

Ela assentiu, examinando os itens que havia pendurado no armário.

— Aqui tem blusas de manga comprida, coletes e suéteres. São bem simples — disse ela, passando a mão sobre um tecido sedoso e claro. — Há duas camisolas e algumas roupas de baixo básicas. Imagino que logo terá muito mais peças para escolher. — Ela se virou para mim e entrelaçou as mãos de novo. — Precisa de mais alguma coisa?

Abri a boca, relutante em deixá-la ir embora. Havia passado a maior parte da vida sozinha e por conta própria. Mas aquele quarto era enorme, e não havia nada familiar ali. Neguei com a cabeça.

Aios havia acabado de se dirigir para a porta quando eu a detive.

— Tenho mais uma pergunta.

— Sim?

— Você é da Corte das Terras Sombrias? — perguntei.

Ela balançou a cabeça.

— Eu era da Corte de Kithreia.

Demorei um pouco para me lembrar do que me ensinaram sobre as diferentes Cortes.

— Maia — falei, surpreendendo-me por me lembrar do nome da Corte da Primordial do Amor, da Beleza e da Fertilidade. — Você servia à Primordial Maia?

— Em certa época.

A curiosidade tomou conta de mim. Jamais soube de algum deus ter abandonado o Primordial que nascera para servir.

— Como acabou aqui?

Aias retesou os ombros.

— Como disse antes, era o único lugar que eu sabia que seria seguro.

Inquieta, não a impedi quando ela se virou para sair. Embora ficasse aliviada por saber que Aios se sentia segura ali, será que era realmente seguro quando aqueles que gostavam de *provocar* o Primordial da Morte haviam pendurado deuses na muralha?

Foi então que percebi que Ash não tinha me contado quem fez aquilo com os deuses.

Virei-me para o armário. As roupas de baixo não passavam de pedaços de renda que imaginei que a maioria das pessoas acharia indecente. Passei pelos vestidos, encontrando uma fina alça de couro ao lado do restante das roupas. Peguei um suéter e uma calça e vesti.

Depois de encontrar um pente e passar um tempo absurdo desfazendo os inúmeros nós do cabelo, fiz uma trança, lembrando-me do que Ash havia me dito. Cabelos que se pareciam com o luar.

Que coisa boba de se dizer.

Voltei para o quarto e fiquei olhando para a porta. Será que eu estava trancada ali?

Bons deuses! Se tiverem me prendido ali, eu... Nem sei o que faria, só que teria algo a ver com encontrar o objeto pesado mais próximo e bater na cabeça de Ash com ele.

Meu coração disparou quando fui até a porta, com os pés descalços sussurrando sobre o piso frio. Coloquei a mão na maçaneta de bronze. Respirei fundo e a girei.

Não estava trancada.

Fiquei aliviada e abri a porta...

Engasguei. Havia um deus de cabelos louros e pele clara no meio do corredor, de frente para o quarto. Estava vestido como antes, com uma roupa preta adornada por arabescos prateados no peito e uma espada curta presa ao lado do corpo.

— Ector — gritei. — Oi.

— Olá.

— Posso ajudá-lo com alguma coisa?

Ele balançou a cabeça e permaneceu onde estava, com os pés plantados no meio do corredor como uma árvore.

Espera aí.

Puxei o ar bruscamente.

— Duvido que você esteja parado aí porque não tem nada melhor para fazer, não é?

— Tenho muito mais o que fazer — respondeu ele.

— E ainda assim você está de guarda do lado de fora do meu quarto?

— É o que parece.

A raiva fervilhou dentro de mim, ameaçando transbordar. De que adiantava uma porta destrancada quando *ele* havia colocado um guarda do lado de fora do meu quarto?

— Você está aqui para garantir que eu não saia dos meus aposentos.

— Eu estou aqui para sua segurança — corrigiu Ector. — Além disso, ouvi dizer que você tem uma certa tendência de perambular por áreas perigosas.

— Eu não tenho a tendência de perambular.

— Desculpe. Talvez eu tenha ouvido mal e você tenha o hábito de entrar nos lugares sem se certificar de que sejam seguros.

— Ah, bem, agora eu *sei* que você falou com Ash.

— Ash? — repetiu Ector. Ele arqueou as sobrancelhas. — Não sabia que vocês dois eram tão íntimos.

Ah, não? *Não é o que sou pra você.* Foi o que Ash me disse quando o chamei de Nyktos.

Bufei, irritada. Aquilo não importava.

— Se eu quisesse sair do meu quarto agora mesmo, você me impediria?

— No momento, sim.

— Por quê?

— Porque se alguma coisa acontecesse com você, imagino que Nyktos ficaria aborrecido.
— É mesmo?
Ector deu de ombros.
— E mais tarde? — indaguei.
— Aí vai ser diferente, e vamos ter que esperar para ver.
— Esperar para ver? — Dei uma risada áspera. Inacreditável — Onde ele está?
— Ele está ocupado no momento.
— E imagino que não possa ser interrompido?
Ector assentiu.
— Então o que devo fazer? — perguntei. — Ficar no meu quarto até que ele não esteja mais ocupado?
— Não sei muito bem o que você deve fazer. — Seus olhos cor de âmbar encontraram os meus. — E para ser sincero acho que nem *ele* sabe o que fazer com você.

Capítulo 26

Na manhã seguinte, sentei-me na cama com a cara amassada e perplexa quando uma mulher entrou no meu quarto depois de bater na porta uma única vez.

— Trouxe algo para você comer — anunciou ela, passando rapidamente pela cama com os cabelos curtos cor de mel batendo no queixo arredondado.

Pisquei os olhos devagar, ainda sonolenta. As mangas compridas e fluidas da blusa branca escorregaram por seus braços quando ela colocou um prato coberto e uma jarra em cima da mesa, revelando uma adaga fina de lâmina preta presa no antebraço. Não era a única. A mulher tinha outra adaga presa à coxa coberta pela calça comprida. Fiquei tensa conforme o restante do sono desaparecia com a visão das armas.

— Quem é você? — indaguei.

— Meu nome é Davina. A maioria das pessoas me chama de Dav. — Ela se virou. — E suponho que devo chamá-la de *meyaah Liessa*.

Fiquei boquiaberta e de cabelo em pé. Mas não foram as palavras dela que provocaram a reação. Foram seus *olhos*.

Um tom de azul vibrante que rivalizava com o Mar de Stroud contrastava com as pupilas pretas e verticais. Pupilas que me fizeram lembrar do dragontino que tinha visto na estrada a caminho das Terras Sombrias, só que os olhos dele eram vermelhos.

Ela olhou para mim sem nem piscar.

— Está tudo bem?

— Você é uma dragontina? — disparei.

Ela arqueou a sobrancelha.

— Esta é uma pergunta meio indelicada. Mas, sim, eu sou.

A princípio, a única coisa que me passou pela cabeça foi como alguém mais ou menos da minha altura e mais magra do que eu poderia se *transformar* em algo do tamanho do dragontino que eu tinha visto. Por outro lado, não conseguia sequer imaginá-la se transformando em algo do tamanho de Reaver, que era bem menor. Ainda assim.

Então me dei conta de que ainda a estava encarando, boquiaberta. Senti o rosto corar.

— Desculpe. Foi grosseria da minha parte perguntar isso. É só que... — Eu não sabia o que dizer.

Ela assentiu, mas não sei se aceitou ou não meu pedido de desculpas. Baixei o olhar para a adaga na sua coxa.

— O que significa *meyaah Liessa*?

A sobrancelha dela pareceu se erguer ainda mais na testa.

— Significa *minha Rainha*.

Meu corpo todo estremeceu.

— Sua Rainha?

— Sim — confirmou ela com a fala arrastada. — Você é a Consorte, não é? Sendo assim, não deixa de ser uma Rainha.

Eu entendia isso, embora parecesse estranho até mesmo reconhecer algo do tipo. Mas Ash... Outro choque percorreu meu corpo. Ash havia me dito que *liessa* significava muitas coisas, todas belas e poderosas.

Uma Rainha seria poderosa. Uma Consorte *era* poderosa.

— Tem certeza de que está bem? — perguntou Dav.

— Acho que sim. — Balancei a cabeça ligeiramente e empurrei as cobertas para o lado. — Onde está...? — Estava prestes a chamá-lo de Ash, mas então me lembrei da reação de Ector.

— Onde está o Primordial? — Eu não o tinha visto desde que o avistei entrando naquela floresta de cores estranhas.

— Ocupado.

Retesei a coluna.

— Ainda?

— Ainda.

Disse a mim mesma para respirar fundo e manter a calma. Não conhecia aquela mulher. Além disso, ela era uma dragontina e seria melhor não a irritar. Então me forcei a controlar o tom de voz.

— Ele está ocupado com o quê?

Por um momento, pensei que Dav não fosse me dar mais detalhes do que Ector, mas então ela disse:

— Ele estava nos Bosques Moribundos lidando com as Sombras.

Bosques Moribundos? Sombras?

— Tenho a nítida impressão de que você não vai gostar de eu ter mais perguntas — comecei, e um ligeiro traço de humor surgiu no rosto sério dela. — Mas o que são os Bosques Moribundos e as Sombras?

Ela me estudou por um bom tempo.

— Os Bosques Moribundos são... bosques moribundos. Árvores mortas. Grama morta. — Ela fez uma pausa. — Tudo morto.

Estreitei os lábios, embora achasse que tinha merecido ouvir aquilo.

— Então deveriam ser chamados de Bosques Mortos.

O senso de humor reluziu em seus olhos azuis.

— Eu também já disse isso um monte de vezes.

Relaxei um pouco e o roupão caiu em volta das minhas pernas conforme eu me levantava.

— E as Sombras?

— São almas que entraram nas Terras Sombrias, mas que se recusam a atravessar os Pilares de Asphodel para enfrentar o julgamento pelos atos cometidos em vida. Elas não podem voltar para o plano mortal nem entrar no Vale, então ficam presas nos Bosques Moribundos. Elas ficam perdidas, querendo viver mas incapazes de voltar à vida.

— Ah — sussurrei, engolindo em seco. — Que coisa horrível.

— É mesmo — concordou ela. — Ainda mais que são levadas à loucura pela fome e sede eternas. Elas começam a querer morder todo mundo.

Arqueei as sobrancelhas até o meio da testa. Morder todo mundo?

— Não costumam causar muitos problemas, mas às vezes saem dos Bosques Moribundos e vão até Lethe — explicou. — Então Nyktos precisa tirá-las de lá. É diversão garantida.

— Diversão garantida — repeti.

— Agora, se me der licença, eu tenho muito o que fazer. — Dav foi até a porta. — E não tem nada a ver com responder perguntas. Sem querer ofendê-la. — Ela parou diante da porta e fez uma reverência. — Tenha um bom dia, *meyaah Liessa*.

Dav saiu do quarto, fechando as portas atrás de si.

— Uau — murmurei, olhando para a mesa. Dei uma risadinha. Apesar da hostilidade da dragontina, eu até que gostava dela.

Horas se passaram sem nem sinal de Ash. Foi Ector quem trouxe um almoço leve e depois o jantar. Ele não ficou no quarto, ignorando minhas perguntas como fazia toda vez que eu abria a porta e o encontrava parado no corredor.

A noite caiu mais uma vez, e, quando pisei na varanda e olhei para cima, o céu tinha um tom mais escuro de ferro, e as estrelas e luzes da cidade pareciam mais brilhantes. As folhas da floresta lá embaixo estavam vermelho-escuras, quase pretas.

Duas noites atrás fui dormir um pouco irritada e ontem à noite, mais do que apenas um pouco. Quando acordei de novo hoje de manhã, há pouco menos de trinta minutos, e encontrei Ector parado lá fora mais uma vez, passei de irritada para *furiosa*.

O deus, por outro lado, me deu um aceno bastante satisfeito.

Uma pequena parte de mim se perguntava o que Ector havia feito para merecer ficar postado do lado de fora da minha porta. Ele devia estar perdendo a cabeça. Pelo menos eu estava. A única coisa que me mantinha sã e me impedia de quebrar objetos aleatórios dentro daquele quarto silencioso e grande demais era andar de um lado para o outro — isso e fazer planos.

Tudo bem. *Planejar* não é a melhor palavra para descrever o que eu estava fazendo. Mas planejar que objeto pesado eu poderia usar para golpear a cabeça de Ash enquanto andava de um lado para o outro me oferecia uma satisfação perturbadora. Nenhuma dessas fantasias me ajudaria a seduzir o Primordial, mas como eu poderia começar a fazê-lo se apaixonar por mim quando ele me mantinha trancada nos meus aposentos?

Em seguida avistei o jovem dragontino chamado Reaver. De vez em quando eu o via no pátio, geralmente com Aios ou um dos guardas desconhecidos, saltando no chão e tentando voar com as asas finas. Observei-o das sombras da varanda, fascinada.

Uma batida na porta chamou minha atenção. Corri até lá e a abri, mas logo parei. O deus que estava na soleira da porta não era nem Ash, nem Ector.

— Olá. — O deus fez uma reverência solene. — Não sei se você se lembra de mim...

— Saion — interrompi. — Você estava lá, no Salão Principal.

— Isso mesmo. Como tem passado? — perguntou educadamente. — Espero que melhor do que na última vez que a vi.

Na última vez que ele me viu eu estava enfiando um chicote na garganta de alguém.

— Muito melhor — respondi com sinceridade. As marcas que o chicote havia deixado nas minhas costas não eram mais vergões salientes, mas listras vermelhas que já não doíam.

— Fico feliz em saber. — A pele lisa e negra da cabeça dele reluzia sob a luz do corredor. — Quer tomar café da manhã?

— O que eu quero é sair desse quarto.

— A oferta de café da manhã, se a aceitar, requer que saia do quarto. — Ele voltou para o corredor e deu um passo para o lado. — Sim ou não?

Hesitei por um instante. Não conhecia Saion, mas sabia que precisava sair daquele quarto antes que começasse a amarrar os lençóis e tentasse descer dali pela varanda.

— Sim.

— Perfeito. — Saion esperou até que eu estivesse no corredor e então fechou a porta. — Siga-me, por favor. — Desconfiada, fiz o que ele pediu, desejando ter alguma arma enquanto o seguia, examinando os arredores. Descemos o amplo corredor em direção à escada. Saion não disse nada e, já que eu não era boa em bater papo, gostei do silêncio.

Um nervosismo me invadiu quando chegamos ao primeiro andar. A entrada bem iluminada estava vazia. Olhei para as portas duplas de madeira, sem postigo e pintadas de preto.

— Espero que não esteja planejando fugir — observou Saion.

Virei a cabeça na direção dele.

— Não estou.

— Ótimo. Estou com um pouco de preguiça de ir atrás de você — admitiu ele, repuxando os cantos dos lábios. O sorriso era encantador e tão perfeito quanto o restante de suas feições, mas o olhar penetrante me fez duvidar da sua sinceridade. Saion fez um sinal para que eu o seguisse pela abóbada. — E

Nyktos ficaria bastante irritado comigo se soubesse que você havia conseguido escapar sob minha guarda.

Por que ele acha que eu fugiria?

— Se Nyktos está tão preocupado que eu fuja, então ele é quem deveria ficar de olho em mim.

— Que interessante. Foi exatamente o que disse a ele.

— Sério? — perguntei sem acreditar, observando o aposento além do arco pontiagudo. Havia portas em ambos os lados, mas as paredes eram pretas e nuas. A única coisa ali era um pedestal branco no meio da sala, mas não havia nada sobre ele.

— Sério.

Olhei de relance para ele.

— E como ele reagiu?

Saion deu um sorriso casual, mas não menos encantador conforme entrávamos em outra sala.

— Ele resmungou alguma coisa sobre me dar de comer a Nektas.

Arregalei os olhos. Espero que ele esteja brincando.

— O que os dragontinos comem?

— Eu é que não sou, isso é fato — respondeu ele. — E Ash disse isso na frente de Nektas, que alegou não ter o menor interesse em me comer, graças aos deuses.

O corredor se dividiu em dois, indo em direções opostas. Logo adiante, havia duas portas tão afastadas uma da outra que cada sala poderia pertencer a uma casa diferente. Mas foi o que estava entre elas que chamou minha atenção. Comecei a andar mais devagar. Duas colunas pretas emolduravam um pequeno vestíbulo que dava para uma câmara circular iluminada por centenas de velas. Lembrei-me do Templo das Sombras e senti um arrepio na espinha à medida que nos aproximávamos. A luz dourada das velas rompeu a escuridão da câmara, lançando um brilho de fogo sobre os imensos blocos de pedra das sombras assentados sobre um estrado. Era o trono. *Tronos*, na verdade. Havia dois, lado a lado, com os encostos esculpidos na forma de asas grandes e abertas que se tocavam nas pontas.

Os tronos do Primordial e da Consorte. Eram assustadoramente lindos.

Ergui o olhar e vi que o teto era aberto. Não havia vidro nem nada do tipo. Será que nunca chovia ali?

Saion seguiu na direção da câmara à esquerda da sala do trono, e achei meio difícil tirar os olhos dos tronos. Ele abriu a porta.

— Depois de você.

Senti o aroma de várias especiarias assim que entrei na sala, examinando tudo de uma só vez. As paredes eram nuas, exceto por algumas arandelas. Não havia Magia Primordial ali. As chamas das velas lançavam uma luz suave nas paredes lisas de ébano. Havia uma mesa no meio da sala circular tão grande quanto a da sala de banquetes em Wayfair. Cerca de uma dúzia de velas de tamanhos variados estavam acesas no centro da mesa, mas vi um brilho prateado sobre os pratos e copos cobertos.

Olhei para cima e perdi o fôlego. O teto em forma de cúpula era feito de vidro e era a luz das estrelas que incidia sobre a mesa. Fiquei boquiaberta.

— Que linda.

Virei-me, ofegante. Ash estava a poucos metros de mim. Vestia uma roupa toda preta, com a túnica sem nenhum enfeite. Os cabelos estavam soltos, suavizando os ângulos das maçãs do rosto e o maxilar delineado.

Assustada com sua aparição repentina, esbarrei numa das cadeiras aladas.

— É mesmo — sussurrei. Não havia como negar a beleza misteriosa da câmara cavernosa. — É uma sala muito bonita.

Um sorriso de lábios fechados surgiu no rosto de Ash enquanto seu olhar, tão parecido com a luz das estrelas, passava por mim.

— Nem havia reparado na sala.

Demorei um pouco para entender o que ele quis dizer com aquilo. Olhei para mim mesma, surpresa. Eu não estava de vestido, mas com uma blusa de mangas compridas e um colete parecido com o que Dav usava. Olhei para ele e fui tomada por uma onda de emoções conflitantes conforme seu olhar se demorava nos cordões do colete, no corte da blusa e então se desviava para a calça justa. Fiquei irritada por inúmeros motivos, começando por ter permanecido presa nos meus aposentos e terminando com a inspeção descarada dele. Mas também senti outra emoção, algo mais defumado e quente, enquanto ficávamos ali em silêncio, parecendo absorver um ao outro. Ash se aproximou mais e seu olhar intenso e caloroso provocou um arrepio de percepção e expectativa em mim.

Dei um salto ao ouvir o som da porta se fechando. Foi só então que percebi que Saion havia nos deixado. Despertei do feitiço em que me encontrava.

— Você mandou seu lacaio trancar a porta ou não é necessário, já que está aqui?

— Espero que não chame Saion assim na frente dele — respondeu Ash suavemente. — Você vai acabar com a minha paz se fizer isso.

— E por acaso eu pareço me importar com sua paz? — retruquei. No momento em que as palavras saíram da minha boca, amaldiçoei a mim mesma. Não deveria demonstrar minha irritação. Era melhor deixar pra lá. Ser maleável. Compreensiva. Tanto faz. Qualquer uma dessas coisas me ajudaria.

— Você está irritada comigo.

— Qual é a surpresa? Você me trancou nos meus aposentos como se eu fosse uma prisioneira.

— Trancá-la nos seus aposentos foi um mal necessário.

Respirei fundo. Não adiantou de nada.

— Não há nada *necessário* em me tornar sua prisioneira.

Os olhos dele ficaram cinza como aço.

— Você não é minha prisioneira.

— Não foi assim que me senti.

— Se você acha que ficar trancada nos seus aposentos por um dia ou dois é igual a ser uma prisioneira, então não faz ideia do que é ser mantida em cativeiro — respondeu ele friamente.

— E você faz?

A pele dele se afinou e suas feições ficaram mais proeminentes.

— Conheço muito bem a sensação.

Calei a boca. Por essa eu não esperava.

A expressão de Ash se suavizou quando ele quebrou o contato visual comigo.

— A comida está esfriando. — Ele avançou, puxando a cadeira para a direita. — Sente-se — disse ele. — Por favor.

Afastei-me da cadeira e ocupei o assento que Ash me ofereceu, repetindo mentalmente o que ouvira. Ele havia sido mantido em cativeiro? Mesmo sendo jovem em comparação com os outros, Ash ainda era poderoso. Quem poderia ter feito isso?

Ash foi até o meu lado e estendeu a mão por cima do meu ombro, começando a levantar as tampas enquanto eu me recusava a reconhecer como ele cheirava bem. Uma variedade de alimentos foi revelada sob cada tampa. Bacon. Salsicha. Ovos. Pão. Frutas.

— Quer água? Chá? Limonada? — ofereceu ele, apontando para um grupo de jarras. — Uísque?

— Limonada — respondi distraidamente. Observei-o servir o suco no copo e depois colocar um pouco de tudo no prato: bacon, salsicha, ovos, frutas e dois pãezinhos. Em seguida ele colocou o prato na minha frente.

O Primordial da Morte estava me servindo. E parecia achar que eu precisava comer por cinco. Uma risada quase histérica subiu pela minha garganta, mas eu a reprimi quando ele se serviu do que parecia ser uísque e se sentou na cabeceira da mesa à minha esquerda. O posicionamento me surpreendeu. Minha mãe e meu padrasto se sentavam em lados opostos da mesa. O assento à direita de um Rei ou, em alguns casos, da Rainha, costumava ser reservado para o Conselheiro ou outro cargo de autoridade.

Ash estendeu a mão e pegou um objeto enrolado em um pano. Perdi o fôlego quando ele o desembrulhou, revelando uma adaga de pedra das sombras embainhada. A que ele havia me dado de presente.

— Esqueci de te dar isso na última vez em que a vi. — Ele me entregou a adaga. — A bainha e a tira são ajustáveis. Devem servir.

Olhei para a adaga com o coração acelerado. Ele estava me entregando uma arma que eu poderia usar para acabar com sua vida. A lâmina que havia me dado antes.

Fazendo tudo ao meu alcance para ignorar o aperto no peito, estendi a mão e a peguei. O roçar da minha pele com a dele enviou uma onda suave de energia pelos meus dedos. Com as mãos ligeiramente trêmulas, levantei a perna direita e passei a tira em volta da coxa, prendendo a bainha.

— Obrigada — sussurrei, as palavras com gosto de fuligem na minha língua.

Não houve resposta por um bom tempo, e então Ash disse:

— Não pretendia deixar você sozinha no quarto por tanto tempo. Não foi minha intenção.

Meu olhar disparou para o dele.

— Então o que você pretendia fazer?

— Certamente não a fazer se sentir uma prisioneira. Você não é minha prisioneira. E nunca será. — Ele desviou o olhar para o copo. — Surgiu um imprevisto.

Ash pareceu sincero.

— E você não confia em mim para andar à solta pelo palácio?

Ele arqueou a sobrancelha.

— Você está falando sério? — Franzi os lábios e achei que Ash fosse sorrir, mas então ele disse: — Garantir que você ficasse a salvo enquanto eu estava ocupado foi tudo em que consegui pensar na hora. Seja como for, eu gostaria... — Ele pigarreou. — Eu gostaria de me desculpar por tê-la chateado.

Fiz uma careta.

— Parece até que doeu se desculpar.

— E doeu mesmo.

Estreitei os olhos.

Ele olhou de volta para mim.

— Desculpe, Seraphena.

O jeito que ele disse meu nome, meu nome completo, pareceu até um pecado. Desviei o olhar tão rápido que várias mechas deslizaram sobre os ombros e caíram no meu rosto. Tinha deixado o cabelo solto imaginando que pudesse ajudar, já que Ash parecia gostar tanto dele.

— Não gosto de ficar trancada. Presa em algum lugar, escondida e... — *Esquecida*. Escondida e esquecida. — Só não gosto disso.

— Eu soube — disse ele por fim, e eu suspirei suavemente. — De acordo com Ector você foi bastante enfática ao expressar seu descontentamento.

— Nunca mais faça isso. — A expressão *por favor* não foi dita, mas eu a senti em todos os ossos do corpo.

Espera...

— Você consegue ler minhas emoções. E quanto aos meus pensamentos?

Ele franziu o cenho.

— Graças aos Destinos não consigo ler seus pensamentos.

Fiquei aliviada, mas... *Graças aos Destinos?* Olhei para ele de relance, deixando aquele comentário de lado.

— Você me disse que a habilidade de ler emoções vinha da linhagem da sua mãe, não foi?

— Sim — confirmou ele, pegando o copo. — A família dela descende da Corte de Lotho, a Corte do Primordial Embris.

Fiquei interessada.

— Qual é o nome da sua mãe?

— Mycella.

— É um nome bonito.

— É, sim.

Baixei o olhar para o prato.

— Deve ser difícil não a ter conhecido. Eu não conheci meu pai, então... — Apertei os lábios. — Você pode visitá-la? — perguntei, supondo que ela tivesse passado para o Vale.

— Não.

Olhei para ele, pensando no meu pai.

— Há alguma regra contra isso? Visitar entes queridos que já faleceram?

— Enquanto Primordial da Morte, corro o risco de destruir a alma do mortal que ficar na minha presença por um longo período de tempo, ao menos daqueles que já passaram pelo julgamento. É uma questão de equilíbrio, para evitar que o Primordial da Morte crie sua própria versão da vida. Não há uma regra contra isso para os deuses e demais mortais, mas não seria muito sensato. Visitar entes queridos que seguiram em frente pode fazer com que tanto o sobrevivente quanto o falecido fiquem presos, desejando o que nenhum dos dois pode ter, seja continuar vendo o ente querido ou voltar ao mundo dos vivos. Pode até levá-los a deixar o Vale, o que nunca acaba bem.

Pensei nos espíritos dos Olmos Sombrios. Aqueles que se recusaram a entrar nas Terras Sombrias. Eles nunca pareciam felizes, apenas tristes e perdidos. Será que aqueles que deixavam o Vale se transformavam nas Sombras que Dav tinha mencionado? Seja como for, não ia querer que isso acontecesse com o pai que não cheguei a conhecer. Não ia querer que acontecesse com ninguém.

A não ser com Tavius.

Não me importaria se ele tivesse tal destino.

Ash se inclinou para a frente. Não o ouvi se mexer. Não o vi se mexer. Era como se eu tivesse sentido que ele havia se aproximado, o que não fazia o menor sentido. Mas quando olhei para ele, vi que estava certa. Ele estendeu a mão e enrolou os dedos nas mechas de cabelo que havia caído no meu rosto, passando-as por cima do meu ombro.

— A comida está esfriando.

Assenti enquanto ele se recostava de volta na cadeira. Não sei por quê. Senti-me uma boba e o vi colocar quase a mesma quantidade de comida em seu prato, só que exagerando no bacon.

— Quer dizer que você come comida? — perguntei, lembrando sem querer da conversa que tive com Aios.

Ele ergueu o olhar.

— Sim — respondeu ele, dando ênfase à palavra. — Não consigo sobreviver só com as almas dos condenados.

Eu o encarei.

— Eu estava brincando. — Os lábios dele se contraíram. — Sobre a parte de comer almas.

— Espero que sim — murmurei. — Não sabia se os Primordiais precisavam comer ou... — Forcei-me a encolher os ombros.

— Nós podemos ficar um bom tempo sem comida, bem mais do que um mortal. — Ele tomou um gole de uísque. — Mas no final das contas acabamos ficando fracos. E se continuarmos a enfraquecer, podemos nos tornar outra coisa.

— O que isso quer dizer?

Os olhos dele encontraram os meus mais uma vez.

— Coma e eu te conto.

Arqueei a sobrancelha.

— Você está me subornando?

Ash deu de ombros enquanto se servia de um pedaço de salsicha.

— Chame como quiser, contanto que funcione.

Ser coagida a fazer qualquer coisa, mesmo que fosse comer quando estava com fome, não estava no topo da minha lista de coisas preferidas. De qualquer forma, servi-me de uma garfada de ovos porque a curiosidade era sempre muito mais poderosa.

— Satisfeito? — perguntei com a boca cheia.

Ele repuxou um canto dos lábios. Um pedaço de ovo pode ter voado da minha boca e caído no meu prato.

Todo o treinamento pelo qual passei foi um desperdício. Eu era péssima em seduzir.

Mas então ele abriu um sorriso largo, e fiquei surpresa que mais comida não caiu da minha boca. O sorriso dele, o modo como iluminava suas feições e deixava seus olhos da cor de mercúrio, era de tirar o fôlego.

Ash deu uma risada.

— Muito.

— Excelente.

Ele mastigou um pedaço de salsicha, ainda sorrindo.

— Nós podemos enfraquecer — explicou, depois de engolir, e minha mão começou a tremer. — Devido à fome. Ou a um ferimento — continuou ele. — Entre outras coisas.

Tomei um gole rápido da limonada, tendo uma boa ideia do que eram essas *outras coisas*.

— E então?

— E então, quando ficamos fracos por causa de algo como a fome, nós podemos nos tornar algo mais primitivo. Algo *primordial*. — Ele engoliu a comida. — Sabe a aparente humanidade que temos? Essa fachada se desfaz e o que somos por baixo se torna a única coisa que podemos ser. — Seus olhos de tempestade encararam os meus. — É melhor ficar bem longe de nós se isso acontecer.

Um calafrio desceu pela minha espinha.

— Isso só acontece com os Primordiais?

Ash baixou os cílios volumosos e balançou a cabeça.

— Um Primordial já foi um deus, *liessa*. Um deus de linhagem poderosa, mas ainda assim um deus. O que acontece com um Primordial pode acontecer muito mais rápido com um deus.

— Ah — sussurrei, mal sentindo o gosto agridoce do bacon. — Mas então basta você se *alimentar*, certo? Assim isso não aconteceria.

— Eles podem fazer isso.

O jeito que ele disse aquilo chamou minha atenção.

— *Você* também.

— Também — confirmou, colocando o garfo ao lado do prato. — Mas eu não me alimento.

Franzi o cenho.

— Nunca?

— Não mais.

Fiquei confusa.

— Mas e quando está fraco?

Ele me encarou.

— Eu me asseguro de que isso não aconteça.

E quando o apunhalei? Aquilo não o enfraqueceu em nada? E por que ele não se alimentava? Nenhum de nós falou por um bom tempo, parecendo concentrados na comida.

Quando limpei os dedos no guardanapo, não consegui mais me conter.

— Você já foi feito prisioneiro?

Não obtive resposta. Ash manteve o olhar fixo conforme deslizava o polegar sobre a borda do copo.

— Já fui muitas coisas.

Torci o guardanapo nas mãos.

— Isso não é exatamente uma resposta.

Ash se virou para mim.

— Não, não é.

Reprimi a frustração, deixando o garfo ao lado do prato antes que fizesse algo irracional com ele. Precisava saber o que Ash quis dizer com aquilo, e não só por curiosidade mórbida. Eu havia entendido que os Primordiais provocavam uns aos outros, mas como um deles podia ser mantido em cativeiro?

Além disso, queria estar enganada. Queria que não fosse aquilo que ele quis dizer. Pensar nele — em qualquer pessoa — como prisioneiro sem motivo me deixava enjoada e me fazia simpatizar com ele. Mas eu não podia fazer isso.

— Não seria mais fácil se nós nos conhecêssemos? Ou você prefere continuar como estranhos?

— Eu não prefiro continuar como estranhos. Para ser sincero, Sera, eu preferiria que fôssemos tão íntimos quanto no lago. — Os olhos dele encontraram e se fixaram nos meus enquanto eu perdia o fôlego. O calor invadiu minhas veias quando ele passou a ponta das presas pelo lábio inferior. Eu também queria aquilo. Por causa do meu dever, é claro. — Quero muito isso, mas algumas coisas não estão abertas à discussão, Seraphena. Essa é uma delas.

Desviei o olhar, sentindo os ombros tensos quando comecei a pressioná-lo. Mas reprimi meu desejo. Não só porque saber mais sobre ele poderia acabar sendo perigoso para o meu dever, mas também porque havia coisas que eu acreditava que não estavam abertas à discussão. Minha mãe. Tavius. A noite em que bebi a poção para dormir. A verdade sobre como eram as coisas lá em casa. Eu entendia que era muito difícil falar sobre certas coisas.

Um gemido baixo chamou a minha atenção. Inclinei-me para a frente quando uma pequena cabeça oval e marrom-esverdeada apareceu sobre a borda da mesa.

Fiquei boquiaberta quando vi o filhote de dragontino esticar o pescoço comprido e esguio e bocejar.

Ash olhou para cima com a sobrancelha arqueada.

— Ora. Nem sabia que ela estava aqui.

Larguei o guardanapo.

— Qual é o nome dela?

— Jadis. Mas agora ela gosta de ser chamada de Jade — respondeu Ash enquanto a dragontina batia as asas sobre a mesa e examinava os pratos. — Estou surpreso que tenha demorado tanto. Jade costuma acordar assim que sente o cheiro da comida.

A dragontina deu um gritinho e colocou as garras dianteiras em cima da mesa. Eram minúsculas, mas já afiadas a ponto de arranhar a madeira. Suas asas eram finas e quase transparentes, e eu podia jurar que seus olhos tinham dobrado de tamanho quando ela deu uma olhada no restante da comida.

— Quantos anos ela tem?

— Fez quatro há algumas semanas. É a mais nova. Reaver, o que estava com Lailah no outro dia, tem dez — disse ele, e a dragontina subiu em cima da mesa. Ash suspirou. — Jadis, você sabe que não deve subir na mesa.

A pequena dragontina virou a cabeça na direção do Primordial e emitiu um trinado baixinho. Um sorriso surgiu no rosto de Ash.

— Desce.

Arregalei os olhos quando a dragontina bateu com a pata traseira na mesa e deu um gritinho agudo.

— Desce da mesa, Jadis — repetiu Ash com um carinho paciente.

A dragontina suspirou e pulou para baixo. Suas asas espetadas apareceram sobre a beirada da mesa enquanto ela soltava um gemido bastante insatisfeito.

Ash deu uma risadinha.

— Vem aqui, pirralha.

Jadis saltou da cadeira e suas garras se chocaram contra o piso de pedra. Ash se inclinou para o lado, estendendo o braço.

— Ela não sabe voar — explicou enquanto Jadis pulava em seu braço e depois em seu colo. Jadis deu um trinado, com os olhos grudados no prato de bacon. — Ainda vai levar alguns meses até conseguir equilibrar seu peso no ar por algum tempo. Reaver só está aprendendo a voar agora.

Vi Ash estender a mão e pegar uma fatia de bacon.

— Você consegue entendê-los na forma de dragontinos?

— Passei bastante tempo perto deles para entendê-los quando estão assim — explicou ele enquanto Jadis mastigava alegremente. — Durante os primeiros seis meses de vida, eles permanecem na forma mortal, e então se transformam pela primeira vez. Costumam ficar na forma de dragontino nos primeiros anos. Não significa que você nunca os verá na forma mortal, mas me disseram que é mais confortável assim. Eles amadurecem exatamente como um deus ou Primordial, ou como um mortal nos primeiros dezoito anos de vida. Mas durante esse tempo, alcançam um crescimento rápido na forma de dragontino. Dentro de alguns anos, eles terão quase o tamanho de Odin e, na maturidade, o tamanho de Nektas.

Era difícil imaginar a coisinha que estava comendo bacon ali crescendo até ficar do tamanho do imenso dragontino que havia nos recebido quando entrarmos nas Terras Sombrias. Lembrei-me de Davina.

— Como eles passam de algo do tamanho de um mortal para o tamanho de Nektas? — Fiz uma careta. — A menos que ele também seja um homem enorme...

— Nektas é do meu tamanho — disse ele. Ash era grande, mas não para um dragontino. — É de imaginar que seria doloroso, mas me disseram que é como tirar roupas apertadas demais.

Deveria haver alguma Magia Primordial envolvida.

— Quantos anos eles vivem?

— Muitos anos.

— Tanto quanto os deuses?

— Alguns, sim. — Ele olhou de relance para mim. — Reproduzir é bastante complicado, ou pelo menos foi o que me disseram. Podem-se passar vários séculos sem que um filhote nasça.

Vários séculos.

Recostei-me na cadeira, engolindo em seco.

— Já chega. — Ash afastou o prato quando Jadis tentou tirá-lo da mesa. — Nektas vai me queimar vivo se descobrir que eu te dei bacon.

— Nektas é o pai dela?

— Sim. — Sua voz ficou embargada quando Jadis levantou a cabeça e olhou para ele. — A mãe dela morreu há dois anos.

Senti um aperto no peito. Meu coração doía só de pensar em algo tão pequeno sem mãe.

Jadis inclinou a cabeça e seus olhos cor de cobalto encontraram os meus. Ela cantarolou, levantando as asas.

— Ela quer ir para o seu colo — informou Ash. — Tudo bem?

Assenti imediatamente e Ash a colocou no chão. Ela foi rápida, chegando até o meu lado e subindo nas patas traseiras.

— O que eu faço?

— É só estender o braço. Ela vai se agarrar sem usar as garras. Ainda bem que já passou dessa fase — acrescentou ele com um murmúrio.

Caramba.

Fiz o que Ash falou e Jadis se agarrou ao meu braço sem hesitação. Suas patas eram frias conforme ela subia no meu braço e depois pulava no meu colo.

A dragontina olhou para mim. Eu olhei para ela.

Jadis soltou um balido e sacudiu a cauda sobre a minha perna.

— Pode acariciá-la. Jadis não é uma serpente — Ash falou baixinho, e, quando olhei para ele, vi que escondia o canto da boca com os dedos. Era evidente que não havia se esquecido da minha reação às cobras. — Ela gosta de receber carinho embaixo do queixo.

Torcendo para que ela não achasse meu dedo tão saboroso quanto o bacon, fiz um carinho de leve sob seu queixo. As escamas eram irregulares onde eu imaginava que as cristas acabariam crescendo ao redor do pescoço. Ela dobrou as asas para trás e fechou os olhos.

Abri um sorriso, impressionada com a criatura.

— Não consigo acreditar que vi um dragontino, que estou tocando em um deles — admiti, sorrindo mais ainda quando ela inclinou a cabeça para trás. — Li a respeito dessas criaturas nos livros que contam a história dos planos e até já vi alguns desenhos. São sempre descritos como dragões e não dragontinos, mas acho que a maioria das pessoas não acredita que existam. Não sei nem se eu acreditava, para falar a verdade.

— É melhor assim — comentou Ash. — Acho que nenhum dos dois sobreviveria muito tempo no plano mortal, nem dragontino, nem mortal.

Concordei, sentindo o pescoço de Jadis vibrar de encontro ao meu dedo. Os mortais tinham a tendência de destruir as coisas que nunca tinham visto ou que temiam.

— Tenho uma pergunta que me parece meio inapropriada para fazer na frente dela.

Ash riu baixinho.

— Mal posso esperar para ouvir.

Seria melhor se ele não risse. Eu gostava muito do som da sua risada.

— Eles comem...? — Apontei para mim mesma com a mão livre.

Ele sorriu de novo, outra coisa que gostaria que não fizesse.

— Eles são caçadores por natureza, então comem quase tudo, incluindo mortais e deuses.

— Que maravilha — murmurei.

— Não precisa se preocupar com isso. Você teria que deixar um dragontino furioso para que ele quisesse te comer. Não somos tão saborosos quanto pensamos. Muitos ossos e pouca carne, pelo que parece.

— Nossa, que bom! — Sorri quando Jadis pressionou a cabeça minúscula de encontro ao meu dedo. — Como eles agem como seus guardas?

Ash permaneceu calado por alguns momentos.

— Eles sabem quando um Primordial do qual se tornaram próximos foi ferido. Conseguem sentir. E o defendem em certas situações.

— Que tipo de situações?

Ele terminou o uísque.

— Qualquer coisa que não envolva demais Primordiais. São proibidos de atacar outro Primordial.

— Será que Nektas sabe o que fiz no plano mortal quando você se aproximou de mim sem se anunciar?

— Está falando de quando me apunhalou no peito? — Ash perguntou, com um sorriso.

— Não sei por que você está sorrindo.

Os olhos dele tinham mudado. Não estavam girando de novo, mas ficaram mais claros até assumir um tom de estanho.

— Sua relutância em dizer o que fez me dá esperanças de que não precisarei temer outro ataque.

— Não contaria muito com isso se fosse você — murmurei. De repente, desejei pensar melhor antes de falar alguma coisa. Por vários motivos.

Ash riu, porém, e sua reação também me divertiu. Além disso, senti algo muito parecido com vergonha.

— Para responder à sua pergunta, sim, Nektas soube que alguma coisa havia acontecido — disse ele, e meu coração disparou contra as costelas. — Mas sentiu que não fui gravemente ferido.

— Eu apunhalei você... — Jadis me cutucou quando parei de movimentar a mão. Voltei a acariciá-la.

— Foi só uma ferida superficial.

— Só uma ferida superficial? — gaguejei, ofendida.

— Se você *tivesse* conseguido me ferir gravemente, Nektas teria ido atrás de mim.

— Até mesmo no plano mortal?

— Até mesmo lá.

Graças aos deuses eu não o ferira gravemente. Caso contrário, não passaria de um monte de cinzas a essa altura.

— Como ele pôde sentir?

— Ele é vinculado a mim. — Ash fez uma pausa. — Todos que moram aqui são vinculados a mim. Assim como os dragontinos das outras Cortes são vinculados aos demais Primordiais.

Engoli em seco ao ouvir a confirmação de que não sobreviveria àquilo.

— Preciso controlar melhor minha raiva.

Ash deu uma risada.

— Não sei, não. Sua raiva é...

— Se você disser "divertida", vou falhar agora mesmo em controlá-la.

O sorriso de Ash em resposta despertou outra emoção em mim, uma que eu esperava que ele não conseguisse sentir no momento.

— Eu ia dizer que é interessante.

— Não tenho certeza se é melhor. — Continuei coçando o queixo de Jadis, deixando o desconforto de lado. — Não sabia sobre a parte do vínculo.

— Claro que não. Os mortais não precisam desse conhecimento. — Alguns momentos se passaram. — Ela não é tão assustadora quanto o pai, é?

— Não. — A dragontina continuava vibrando alegremente. — Ela é adorável.

— Vou me lembrar de que disse isso quando ela estiver do tamanho de Nektas.

A provocação fez meu coração disparar dentro do peito. Ela demoraria vários anos para ficar do tamanho de Nektas. E se meus planos forem bem-sucedidos, nenhum de nós estaria ali para ver isso.

— Presumo que tenha terminado de tomar o café da manhã, certo? — perguntou Ash, arrancando-me dos meus devaneios. Assenti com a cabeça. — Ótimo. Nós precisamos conversar, e eu prefiro fazer isso longe de qualquer objeto quebrável que você possa ou não querer jogar em mim.

Capítulo 27

Ash pegou Jadis assim que nos levantamos, o que foi ótimo já que parecia que eu não ia gostar nada do que ele ia me dizer.

A pequena dragontina se atirou sobre os ombros dele, com as patas dianteiras e traseiras estendidas e as asas abaixadas. Tive que parar de olhar para Jadis, pois ela parecia ridícula e ao mesmo tempo adorável.

Saion esperava por nós no corredor.

— Aqui — disse Ash, estendendo a mão e tirando Jadis do ombro. — Nós interrompemos sua soneca matinal, por isso ela precisa de outra.

O deus franziu a testa e segurou o corpo mole da dragontina.

— E o que devo fazer com ela? — Ele segurou Jadis do jeito que eu imaginava que alguém seguraria uma criança que tivesse sujado as fraldas.

Jadis soltou um gritinho para ele.

— Niná-la até que durma — sugeriu Ash, e eu pestanejei. — Ela gosta disso.

Saion olhou para o Primordial, perplexo.

— Ninar Jadis? Até que durma? Sério?

— É o que faço. — Ash deu de ombros. Também fiquei olhando para ele, boquiaberta. — Sempre funciona. Se não fizer isso, ela não vai querer dormir. Então vai ficar mal-humorada, e você não vai querer que isso aconteça. Ela já consegue soltar algumas faíscas e chamas.

— Que maravilha — murmurou Saion, colocando a dragontina em cima do braço.

— Divirta-se. — Ash fez um sinal para que eu o seguisse, mas demorei um pouco para colocar as pernas em movimento.

Olhei por cima do ombro conforme descíamos o corredor à direita e vi Saion balançando os braços para a frente e para trás.

— Acho que ele não sabe o que significa ninar alguém.

Ash deu uma espiada e riu baixinho.

— Jadis o ensinará logo, logo.

Desviei o olhar do que devia ser uma das coisas mais estranhas que eu já tinha visto em toda a minha vida.

— Acho que é um bom momento para discutir seu futuro aqui — anunciou ele enquanto passávamos pela sala do trono.

— Você parece ameaçador.

— Pareço, é?

— Sim. — Dei um suspiro. — Alguém já te disse que você leva jeito para decoração?

— Eu sou minimalista.

Isso era um eufemismo.

Fiquei imaginando como seriam seus aposentos particulares. Provavelmente só os itens básicos. Uma mesinha de cabeceira. Um armário. Uma cama enorme. Mas parecia que ia além do minimalismo. Não havia quadros ou esculturas, nem flâmulas ou quaisquer sinais de vida. As paredes eram tão frias e duras quanto ele, então talvez fosse só seu jeito mesmo.

Nervosa, não percebi que Ash havia parado de andar até esbarrar nas costas dele. Engasguei.

— Desculpe.

Ash estremeceu, sibilando entre dentes. Aquele *som*. Meu olhar disparou para o rosto dele. Existiam rugas de tensão ao redor da sua boca e seus olhos haviam escurecido para um cinza de aço, a aura branca brilhando atrás das pupilas. O instinto insistiu que eu recuasse, pois o som que ele tinha feito parecia vir de um animal ferido. Será que ele havia se machucado?

Estendi a mão na direção dele por um tipo diferente de instinto, como fiz quando encontrei o lobo kiyou. Pensei imediatamente nas Sombras.

— Você está bem?

— Não faça isso — vociferou ele.

Congelei, com a mão a poucos centímetros de Ash. Senti as bochechas corarem conforme puxava a mão para trás. A dor do constrangimento foi mais profunda, tornando-se uma fatia amarga de rejeição. Mas era bobagem, disse a mim mesma. Não me importava se ele de repente não tivesse mais interesse no meu toque. Só precisava que ele o quisesse, e havia muita diferença entre as duas coisas.

— Eu estou bem. — Ash tensionou o maxilar e virou a cabeça para o outro lado. — Já deveria saber que você não presta atenção ao seu redor.

— Não achei que fosse tão nervoso — retruquei. — Já posso dizer que foi sensato da sua parte me tirar da sala de jantar. E muito imprudente me devolver minha adaga.

Ele arqueou a sobrancelha.

— Por quê? Devo me preocupar que um objeto afiado seja enfiado no meu peito?

— Entre outras coisas — murmurei.

Ash inclinou a cabeça e então vi quando aconteceu, quando seus olhos mudaram. Não era tanto a cor, mas as sombras atrás deles. Elas se retraíram até que seus olhos ficassem da cor de uma nuvem de tempestade.

— Tenho de admitir que fiquei interessado na parte sobre as *outras coisas* em sua declaração.

Um arrepio de irritação e calor percorreu meu corpo, agitando aquele lado imprudente e impulsivo dentro de mim que deveria ter tudo a ver com meu dever, mas que parecia não ter nada a ver com isso. Encontrei seu olhar quando me aproximei dele o suficiente para sentir a frieza do seu corpo.

— Bem, você não vai ter nenhuma chance de descobrir o que são essas coisas se continuar se afastando de mim.

Uma fagulha de éter cintilou em seus olhos. Em seguida, ele baixou os cílios.

— Agora estou realmente interessado.

— Duvido muito.

Ash ficou imóvel outra vez, como havia feito no lago e quando me levantei da banheira. Nada nele se mexia. Nem mesmo seu peito.

— Acha que não? — perguntou ele baixinho.

Senti a pele formigar com um sentido aguçado de percepção. Tive vontade de recuar. Era o jeito que ele olhava para mim, como um predador que tinha avistado sua presa. Sabia que era melhor ficar de boca fechada, mas as palavras dele queimavam minha pele, e minha boca tinha uma ideia completamente diferente do que fazer.

— O que eu acho é que você fala demais. Parece não ter nenhum interesse além de me tocar, não importa o que diz fazer com as mãos e...

Ash se moveu tão depressa quanto um relâmpago, bloqueando meu caminho.

— Deixe-me esclarecer uma coisa.

Meus olhos voaram para os dele. Os fios de éter haviam se infiltrado em suas íris. Ele deu um passo na minha direção. Dessa vez eu me afastei.

Ele repuxou um canto dos lábios e abaixou o queixo.

— Na verdade, *preciso* esclarecer uma coisa.

— Tudo bem. — Engoli em seco quando ele avançou. Não me dei conta de que continuei me afastando dele até que minhas costas pressionassem a pedra fria da parede nua atrás de mim.

Ash levantou o braço e colocou a mão ao lado da minha cabeça. Ele se aproximou de mim o suficiente para que o ar que eu respirava tivesse cheiro de frutas cítricas.

— Meu interesse em você vai muito além das palavras.

Um arrepio percorreu meu corpo conforme ele passava as pontas dos dedos pela minha bochecha. Senti a língua presa. Ash era tão alto que, quando ficava perto assim de mim, só havia ele e mais nada.

— Meu *interesse* em você é uma necessidade muito real e poderosa. — Os dedos dele deslizaram pela curva do meu queixo e depois pela linha do pescoço, e então se detiveram sobre minha pulsação descontroladamente acelerada. — É quase como se tivesse se tornado algo próprio. Uma entidade tangível. Eu me pego pensando nisso nos momentos mais inconvenientes — confessou, com o hálito dançando em meus lábios. Contra todo o bom senso, senti a expectativa contraindo meus músculos. — Me pego pensando no seu gosto em meus dedos com muita frequência.

Respirei um ar inebriante quando senti a pele arrepiar. Espalmei as mãos contra a parede.

— Eu tento não pensar nisso — continuou ele, inclinando a cabeça e abaixando a voz para pouco mais de um sussurro. — As coisas já são bastante complicadas entre nós, não é?

Não disse nada, só fiquei ali, com o coração martelando dentro do peito, aguardando.

— Mas quando estou perto de você, a última coisa que quero é ser descomplicado. — Os lábios de Ash contornaram minha bochecha, me arrancando um suspiro assim que se aproximaram da minha orelha. — Ou controlado. Ou *decente* — murmurou ele, e estremeci com o toque decadente e úmido da sua língua na minha pele. — O que quero é sentir seu gosto na minha língua outra vez. O que quero é estar tão fundo dentro de você que vou esquecer até do meu próprio nome. — Os dentes afiados dele se fecharam no lóbulo da minha orelha. Meu corpo inteiro estremeceu, e não foi nada forçado. — E nem preciso ler suas emoções para saber que você quer o mesmo.

Uma urgência desavergonhada se apoderou de mim e eu nem me dei ao trabalho de tentar encontrar forças para não gostar daquilo — dele e do seu toque.

— Portanto, tenha isso em mente da próxima vez que duvidar da veracidade do meu interesse — advertiu ele. — Porque eu não vou te imprensar contra uma parede. Vou te botar de costas, debaixo de mim, e *nenhum* dos dois vai se lembrar dos nossos malditos nomes. — Ele deu um beijo na minha pulsação acelerada. — Entendeu, *liessa*?

Tive de me esforçar para recuperar a voz.

— Sim.

— Ótimo. Ainda bem que estamos entendidos — concluiu ele, bem devagar, e então deu um passo para trás. — Então, também pensei em lhe mostrar o palácio. — Continuei encostada na parede, sentindo os joelhos estranhamente bambos e o coração acelerado. Ash tinha um sorriso presunçoso nos lábios. — Isso é, se você estiver pronta, é claro.

Retesei o corpo, com os olhos faiscando para o dele. Seu sorriso havia se alargado. Saí do meu estupor e desencostei da parede.

— Não gosto de você.

— É melhor assim — afirmou ele enquanto se afastava de mim. Fiz uma careta para suas costas. — A maioria dos aposentos desse andar não está em uso. — Ele avançou e eu tive de segui-lo. — A cozinha fica no fim desse corredor, e no final do outro fica o Salão Principal. Como a maioria dos aposentos, ele também não é usado.

Finalmente consegui me recompor.

— E seus escritórios?

— Fica logo ali. — Ash apontou para um par de portas dentro de uma alcova escura. — E é um escritório apenas.

O interesse despertou dentro de mim conforme Ash seguia em frente.

— Será que só contém uma escrivaninha e algumas cadeiras? Ele olhou para mim por cima do ombro.

— Você é vidente?

Bufei.

Um leve sorriso voltou ao seu rosto quando ele olhou para a frente.

— Tem o necessário.

Uma escrivaninha e algumas cadeiras eram o necessário. Mas se ele fosse como um governante mortal, então devia passar bastante tempo naquela sala. Lembrei das estatuetas de vidro que revestiam as paredes do escritório do meu padrasto. Será que ainda estavam lá ou minha mãe as havia tirado dali?

Ash seguiu até outra alcova e abriu as portas duplas.

— Essa é a biblioteca.

Uma luz foi acesa assim que Ash entrou no enorme aposento, lançando um brilho amarelado sobre as fileiras de livros que preenchiam as paredes. A estante ia do chão ao teto, e os livros de cima só eram acessíveis por uma escada deslizante que percorria um trilho ao longo das prateleiras superiores. No meio da sala, vi o único indício de cor em todo o palácio: dois sofás compridos e vermelho-escuros posicionados um de frente para o outro. Parecia haver dois retratos acima de algumas velas acesas na parede dos fundos, mas estavam muito longe para que eu conseguisse distinguir qualquer detalhe.

— Quantos livros! — Fui para a esquerda. Muitas das lombadas estavam cobertas por uma fina camada de poeira.

— A maioria pertencia ao meu pai. Outros eram da minha mãe. — Ash foi para o meio da sala, me observando enquanto eu caminhava entre as prateleiras. — Não há muito material de leitura estimulante. Grande parte são de registros, mas ali atrás há alguns romances que acredito que minha mãe colecionava. — Ele fez uma pausa. — Você gosta de ler?

Assenti com a cabeça, olhando para ele. Ash estava parado com as mãos cruzadas atrás das costas.

— E você?

— Quando era mais novo, sim.

— Mas agora não? — Desviei os olhos dele. Algumas das lombadas estavam escritas em um idioma que eu não conseguia nem começar a decifrar.

— A fuga que a leitura me proporcionava infelizmente não existe mais — respondeu, e me virei para perguntar do que ele queria fugir quando Ash voltou a falar: — Você pode usar a biblioteca sempre que quiser.

Assenti, de olho nele.

— Não sei qual parte disso o fez pensar que eu jogaria objetos afiados em você.

O sorrisinho presunçoso voltou ao seu rosto.

— Essa parte: você pode circular livremente pelo palácio e seus arredores como quiser, mas há condições.

— Regras? — tentei entender.

— Acordos — emendou ele.

— Não sei como você pode chamá-los de acordos se eu não concordei com nada — ressaltei.

— É verdade. Suponho que seja o que espero que se tornem.

— E se eu não concordar?

— Então acho que serão regras de que você não vai gostar.

Estreitei os olhos.

— Quais são essas *condições*?

— O primeiro acordo, assim *espero*, é que você é livre para ir a qualquer lugar dentro do palácio e seus arredores, como disse antes, mas não deve entrar na Floresta Vermelha sem mim.

Aquilo me surpreendeu.

— Pensei que fosse dizer para eu não entrar nos Bosques Moribundos por causa das Sombras.

Ele arqueou a sobrancelha.

— Vejo que alguém andou falando demais.

Dei de ombros.

Ash cruzou as mãos atrás das costas.

— Às vezes as Sombras vagam até a Floresta Vermelha. Não acontece com frequência — explicou.

Fiquei feliz por saber disso, já que não parecia haver nenhuma muralha entre a Floresta Vermelha e o palácio.

— Então por que só posso entrar com você? Sua presença mantém as Sombras afastadas?

— Infelizmente não.

Pensei novamente na reação dele quando esbarrei em suas costas.

— Você se machucou quando estava lutando com elas? Ouvi dizer que mordem as pessoas.

— Alguém *realmente* andou falando demais — observou ele. — Elas mordem e arranham.

Senti um arrepio na espinha.

— E as mordidas são capazes de perfurar sua pele?

— Minha pele não é impenetrável, como você sabe muito bem.

Revirei os olhos.

— Era uma adaga de pedra das sombras.

— Objetos afiados, sejam dentes ou adagas, podem perfurar minha pele e a pele de um deus.

— Foi isso que aconteceu com as suas costas? — Eu me aproximei dele.

Ele não respondeu por um bom tempo.

— Foi.

— E por que não sarou?

— Você faz muitas perguntas.

— E daí?

Um ligeiro sorriso surgiu no rosto dele.

— Temos um acordo? — replicou Ash.

— Você não me disse por que não posso entrar lá sem você.

Os olhos dele encontraram os meus.

— Porque é bem provável que morra se o fizer.

— Ah. — Pisquei os olhos. — O que mais existe lá dentro...?

— O segundo acordo é que você pode entrar na cidade se quiser — prosseguiu, e me calei. — Mas só depois de eu apresentá-la como minha Consorte. E se tiver uma escolta.

— Tenho mais perguntas.

Ash me lançou um olhar imperturbável.

— Óbvio que tem.

— Por que tenho que esperar até ser apresentada como sua Consorte?

— Todos os mortais que chamam Lethe e as Terras Sombrias de lar têm minha proteção. Mas a proteção de um Primordial só vai até certo ponto. Os deuses das outras Cortes podem entrar em Lethe. Enquanto minha Consorte, um deus ou Primordial teria que ser muito idiota para mexer com você. Até mesmo aqueles que gostam de me provocar — explicou. — Mas até lá você será vista como mais uma mortal.

Não gostei nada daquilo.

— Porque os mortais estão na base da hierarquia?
— Você sabe a resposta.
Franzi os lábios.
— Que ótimo.
Um músculo se contraiu no maxilar dele.
— E espero que saiba que eu também não acredito nisso, não como alguns acreditam.
Sabia, mas preferia não saber. Porque se ele visse os mortais como inferiores tornaria mais fácil o que eu precisava fazer.
— Por que uma mulher adulta que foi apresentada como sua Consorte precisaria de escolta? — questionei.
— Por que uma mulher adulta entraria em casas alheias sem confirmar antes que estavam vazias? — rebateu ele.
Fechei as mãos em punhos.
— Você fala disso como se fosse um hábito.
— E não é?
— Não.
O olhar que Ash me lançou me dizia que ele duvidava muito disso.
— Quer seja ou não um hábito perigoso e imprudente seu, você não está familiarizada com a cidade e seus habitantes, e eles não estão familiarizados com você. E embora a maioria dos Primordiais e deuses saibam que é melhor não ferir a Consorte, alguns não seguem as regras nem têm qualquer decência.
— É uma regra? Não ferir a Consorte?
Ele assentiu.
— É, sim.
— E essa regra já foi quebrada?
— Só uma vez — respondeu ele. Fiz menção de perguntar quem a quebrara, mas Ash continuou: — O próximo acordo...
— Há mais acordos? — disparei.
— Ah, sim, há mais alguns — confirmou ele.

Olhei para Ash de cara feia.

— Você só pode estar brincando.

— Haverá ocasiões em que posso receber visitantes. Convidados que não gostaria que ficassem perto de você — informou. — Essas ocasiões podem ser inesperadas.

Meu maxilar começou a doer com a força com que o cerrei.

— Mas quando acontecerem, você deverá voltar para os seus aposentos e ficar lá até que eu ou um dos meus guardas vá buscá-la.

Retesei o corpo. Nenhuma das regras dele deveria me incomodar. Minha mãe insistiria que aquele momento exigia submissão absoluta. Cumprir aquelas regras certamente me ajudaria com meu dever. Mas minha pele ficou tensa de um jeito nada agradável. Havia passado a vida inteira atrás de um véu, mesmo quando não era mais obrigada a usá-lo. Escondida como se fosse motivo de vergonha. Esquecida.

— Por que isso te deixa triste? — perguntou Ash.

Virei a cabeça na direção dele e sussurrei:

— O quê?

Ele abaixou o queixo outra vez.

— Você ficou triste.

— Eu fiquei irritada.

— Sim, isso também. Mas também ficou...

— Eu não... — Senti um nó no estômago. — Você não está lendo as minhas emoções, está? — Como ele não respondeu nada, a raiva me atravessou como uma flecha. — Pensei que você tivesse me dito que não fazia isso.

— Tento não fazer. Mas acho que minha guarda estava baixa, e o que você sentiu foi como... — Ele pareceu procurar a palavra certa enquanto eu berrava por dentro. — Não consegui bloquear suas emoções.

460

Respirei bruscamente. Não queria que ele soubesse que o que me dissera havia me deixado triste. Não queria que ninguém soubesse disso.

— Há mais regras?

— Não é exatamente uma regra — disse ele depois de uma longa pausa. — Mas temos que falar sobre sua coroação como Consorte.

Fiquei meio enjoada. Não sei por que aquilo me deixava nervosa, mas deixava.

— Quando vai acontecer?

— Daqui a duas semanas.

Duas semanas. Deuses! Engoli em seco e cruzei os braços sobre a cintura.

— E como será? — perguntei.

— Como uma celebração. Deuses de alto escalão virão de outras Cortes. Talvez até Primordiais. Você será coroada diante deles. — Ele olhou de relance para mim. — Vou pedir a uma costureira de Lethe que faça um vestido apropriado para você.

Fiquei tensa.

— Espero que não se pareça em nada com aquele vestido de noiva.

— Não tenho a menor intenção de exibi-la para a Corte e todos os habitantes do Iliseu — respondeu ele, e não tive como negar o alívio que senti. — Ela também poderá providenciar com um guarda-roupa completo.

Assenti, com a cabeça a mil.

— Eu vou...? — Respirei fundo e então soltei o ar lentamente. — Eu vou Ascender como acontece com os Escolhidos ao serem considerados dignos?

Sombras onduraram sob sua pele. Aconteceu tão depressa que pensei que estivesse imaginando coisas.

— O que você sabe sobre a Ascensão, *liessa*?

Encolhi os ombros.

— Não muito. Só que o Primordial da Vida concede vida eterna aos Escolhidos.

Ash franziu o cenho, mas logo suavizou a expressão.

— E como você acha que alguém Ascende?

— Não sei — admiti. — O segredo do ato é extremamente protegido.

Fios de éter se infiltraram em seus olhos.

— A Ascensão requer que o sangue de um mortal seja drenado do corpo e substituído pelo de um deus ou Primordial. Nem sempre é uma transição bem-sucedida — explicou, e me lembrei do que havia aprendido sobre os semideuses e a Seleção. — Mas aqueles que são Escolhidos nascem em uma mortalha. Eles já possuem alguma marca, a essência dos deuses, nas veias. O que permite que completem a Ascensão, se ela for ocorrer.

Olhei imediatamente para a boca de Ash. O que um mortal se tornava depois que era Ascendido? Sabia que não se tornavam deuses, mas essa não era a pergunta mais importante.

— Minha Ascensão vai acontecer nesse momento?

O éter brilhou intensamente nos olhos dele.

— Você não vai Ascender. Vai continuar mortal.

Fui tomada pela surpresa e fiquei olhando embasbacada para ele, embora soubesse que não importava se eu Ascenderia ou não. Não pretendia que nenhum de nós dois continuasse ali por tempo suficiente para sequer começar a compreender algo como a imortalidade. Mas ele não sabia disso.

— Como você pode ter uma Consorte mortal? Já houve alguma antes? — perguntei. Se sim, não havia sido documentado.

— Nunca houve uma Consorte mortal. Mas não foi uma escolha sua. Nem minha — afirmou, e a dor da rejeição foi tão ridícula que tive vontade de dar um soco na minha cara. —

Além disso, jamais forçaria alguém a viver praticamente uma eternidade *disso*.

Disso.

Ele pronunciou a palavra como se estivesse falando do Abismo. Por um momento, não compreendi, mas havia tanta coisa que eu não sabia sobre o Iliseu e sua política — os deuses e Primordiais que ultrapassavam os limites uns dos outros, e no que exatamente isso implicava, além do que já tinha visto a caminho do palácio.

E era mais uma coisa que não importava. Ele não precisava estar aberto à ideia de me Ascender. Só precisava me amar.

Nervosa, ergui o olhar para ele.

— Há mais alguma regra, Vossa Alteza?

Um sorrisinho surgiu no rosto dele, incitando meu mau humor.

— Por que acho tão excitante você se referir a mim desse jeito?

— Porque você é um misógino arrogante e controlador? — sugeri antes que conseguisse me conter.

Ash deu uma risada, e eu podia jurar que minha visão tinha começado a ficar vermelha.

— Sou arrogante, sim, e posso até ser um pouco controlador. Mas não sinto ódio pelas mulheres nem tenho a necessidade de controlá-las mais do que a um homem.

Olhei para ele, impassível.

— Há mais alguma regra? — repeti.

— Você está irritada. E, não, eu não estou lendo seus pensamentos. Está óbvio.

— Estou irritada, sim. — Dei as costas para ele e voltei a contornar as prateleiras. — O que você chama de acordos são regras, e eu não gosto de regras.

— Quem diria — comentou ele.

— Não gosto que você pense que pode estabelecer regras como se tivesse... — O bom senso finalmente me veio à cabeça, me levando ao silêncio.

Ash arqueou a sobrancelha.

— O quê, *liessa*? Como se eu tivesse o quê? Autoridade? Era isso que você ia dizer? E parou de falar porque se deu conta de que realmente tenho?

Apertei os lábios. Não foi por isso, mas também deveria ter sido.

— Eu tenho autoridade. Sobre você. Sobre todos aqui e sobre todos os mortais dentro e fora desse plano, mas não é por isso que tenho essas condições — continuou ele quando cheguei ao fim das prateleiras, perto dos retratos. — Elas servem para ajudar a mantê-la em segurança.

— Eu não preciso desse tipo de ajuda — afirmei, olhando para os retratos. Um deles era de um homem. O outro, de uma mulher.

— Uma das coisas mais corajosas a se fazer é aceitar a ajuda dos outros.

— É o que você faz? — perguntei, olhando para a mulher. Ela era linda. Cabelos ruivos da cor de vinho tinto, quase idênticos aos de Aios, emolduravam um rosto oval de pele corada. Suas sobrancelhas eram marcadas e os olhos, prateados e penetrantes. Tinha as maças do rosto salientes e a boca carnuda. — Você costuma aceitar a ajuda dos outros?

— Não com a frequência que deveria. — A voz dele estava mais próxima.

— Então talvez não saiba se é uma coisa corajosa ou não. — Voltei a atenção para o homem e, embora suspeitasse que já sabia quem eram aquelas pessoas, não estava preparada para o quanto ele se parecia com o Primordial atrás de mim. Seus cabelos pretos alcançavam os ombros. Eram um pouco mais escuros do que os de Ash, e a pele era do mesmo tom de bronze. As mesmas feições, na verdade. Queixo forte e maçãs do rosto angulosas. Nariz reto e boca larga. Era como olhar para uma versão mais velha e menos refinada de Ash, cortesia das feições mais suaves da mulher. — São seus pais, não são?

— Sim. — Ele estava bem atrás de mim agora. — Esse é meu pai. Seu nome era Eythos — disse ele, e repeti o nome em silêncio. — E essa é minha mãe. — Ele veio até o meu lado, e um bom tempo se passou. — Eu me lembro do meu pai. Da voz dele. As lembranças se desvaneceram ao longo dos anos, mas ainda consigo ver seu rosto em minha mente. Já minha mãe... É só por isso que sei como ela era.

Esforcei-me para conter o nó na garganta, cruzando os braços sobre a cintura outra vez.

— É difícil visualizar o rosto dela, não é? Quando não está parado na frente dessa pintura.

— É, sim.

Podia sentir seu olhar em mim.

— Há um retrato do meu pai nos aposentos particulares da minha mãe. O único que restou. É estranho porque todos os retratos dos outros Reis estão pendurados no salão de banquetes. — Respirei fundo, esperando aliviar aquele aperto na garganta. — Acho que minha mãe sofre demais ao vê-lo. Ela o amava. Estava *apaixonada* por ele. Quando ele morreu, acho... acho que levou uma parte dela consigo.

— Imagino que sim. — Ash ficou calado por um momento. — O amor é um risco desnecessário e perigoso.

Olhei para ele com o coração pesado.

— Você realmente acha isso? — Pensei em Ezra e Marisol e o que saiu da minha boca foi a verdade, mas não a *nossa* verdade. — Eu acho o amor lindo.

— Eu sei que é. — Ash olhou fixamente para os pais. — Minha mãe morreu porque amava meu pai, assassinada enquanto eu ainda estava em seu ventre.

Meu corpo inteiro enrijeceu quando ouvi aquelas palavras. Até mesmo meu coração.

— É por isso que sou chamado de Abençoado. Ninguém sabe como sobrevivi ao parto — continuou ele, e eu senti um aperto no peito. — O amor causou suas mortes muito antes que qualquer um dos dois desse o último suspiro. Antes que meu pai conhecesse minha mãe. O amor é uma bela arma, muitas vezes empunhada para controlar o outro. Não deveria ser uma fraqueza, mas é o que se torna. E os mais inocentes sempre pagam por isso. Nunca vi nada de bom vir do amor.

— Você. Você veio do amor.

— E você realmente acha que sou bom? Você nem imagina as coisas que fiz. As coisas que são feitas aos outros por minha causa. — Ash se virou para mim. Seus olhos tinham um tom duro de ferro. — Meu pai amava minha mãe mais do que qualquer coisa nesses planos. Mais do que deveria. E ainda assim não conseguiu mantê-la a salvo. É por isso que tenho essas condições. Essas *regras*, como você gosta de chamá-las. Não se trata de tentar exercer autoridade sobre você ou controlá-la. Trata-se de tentar fazer o que meu pai não foi capaz. Trata-se de garantir que você não tenha o mesmo destino que minha mãe.

Capítulo 28

Mais tarde naquela noite, depois de ter jantado sozinha nos meus aposentos, peguei uma manta macia e fui até a varanda.

Joguei-a sobre os ombros e fiquei de pé ao lado do parapeito. O dia havia passado em um borrão conforme eu revirava mentalmente o que Ash me dissera sobre seus pais, sobre o amor.

Dei um suspiro trêmulo conforme olhava para o pátio cinza. Sua mãe havia sido morta enquanto ele ainda estava no ventre dela. Eu não podia...

Senti um nó na garganta. Não foi preciso nenhum salto de lógica para entender que a única vez em que a regra relativa às Consortes havia sido quebrada foi na ocasião da morte da mãe dele.

Do seu assassinato.

A dor aumentou, pressionando meu peito enquanto eu olhava para as folhas que escureciam lentamente na Floresta Vermelha. Quem será que matou a mãe dele? Será que foi a mesma pessoa que matou seu pai? E foi assim que ele ficou tão fraco a ponto de ser morto? Porque amava a esposa mais do que qualquer coisa nos planos? Só pode ter sido outro Primordial. Qual deles, eu não tinha como saber. Só sabia o que havia sido escrito a seu respeito pelos Sacerdotes e mortais, e a pouca informação que havia não era suficiente para que eu formasse uma opinião.

Será que foi por isso que o pai de Ash pediu uma Consorte? Mas se a esposa já havia sido assassinada, então por que ele procuraria uma noiva mortal, alguém que seria ainda mais vulnerável?

Ou alguém por quem ele não teria medo de se apaixonar?

Mas isso também não fazia sentido, pois seu amor pela esposa já tinha feito estragos.

Ela estar viva ou morta não mudaria nada.

Não fazia sentido. Devia haver algum motivo para seu pai ter feito o que fez. Mas será que importava?

Não, sussurrou a voz que parecia uma mistura da minha com a da minha mãe.

O que fazia sentido era a possibilidade real de que Ash fosse... que ele fosse incapaz de amar devido ao que acontecera aos seus pais. Não duvidava nem um pouco de que ele acreditasse em cada palavra que havia me dito sobre o amor, e isso era triste.

E assustador.

Porque se ele não se permitisse amar, o que eu poderia fazer para mudar isso? Ora, eu não conseguia nem me controlar para não ser antagônica por mais de alguns minutos.

Jamais devia ter sido a primeira filha a nascer depois do acordo. Qualquer pessoa ou qualquer coisa seria mais adequada àquela tarefa do que eu. Até mesmo um jarrato.

Uma sensação aguda de desespero tomou conta de mim conforme eu me sentava na beira do sofá-cama, de frente para a Floresta Vermelha. As folhas tinham assumido um tom escuro de preto-avermelhado, um sinal de que a noite havia caído. Sentada ali, fiquei pensando sobre o que havia feito naquela noite antes que Ash viesse me buscar. Antes do que aconteceu com Tavius.

Havia ajudado Marisol porque amava Ezra. É claro que não era o mesmo tipo de amor partilhado entre os pais de Ash, mas... O amor realmente levava as pessoas a fazer coisas idiotas. Como será que Ash reagiria ao meu dom, ao saber que eu poderia impedir que uma alma atravessasse para as Terras Sombrias, devolvendo-a com saúde ao próprio corpo?

Enquanto Primordial da Morte, duvidava muito que ele ficaria feliz com isso.

Um movimento no pátio me arrancou dos meus devaneios. Reconheci novamente a silhueta alta de Ash. Como da última vez, ele estava sozinho enquanto desaparecia na escuridão carmesim da Floresta Vermelha.

*

Três dias depois, aquela dor persistente voltou às minhas têmporas junto com alguns vestígios de sangue quando escovei os dentes. A dor não era intensa como no dia em que Sir Holland me deu o chá que preparara, mas parada ali sob as sombras da sala do trono, cercada pelos guardas do Primordial, temi que piorasse. Não me lembrava de quais eram as ervas que estavam na bolsinha que Sir Holland havia deixado para mim.

Passei o peso de um pé para o outro, percorrendo com os olhos o estrado elevado de pedra das sombras até chegar ao Primordial sentado em um dos tronos. Meu corpo se retesou assim que o vi. Vestido de preto com um brocado em tons de ferro ao redor do colarinho erguido e uma faixa de tecido ricamente trançada numa linha estreita e diagonal sobre o peito, ele parecia ter sido conjurado das sombras de uma noite estrelada. Ash olhou para um homem que caminhava pelo meio da sala na direção do estrado. Não usava coroa enquanto presidia a Corte, reunindo-se com os habitantes de Lethe. Nenhuma flâmula havia sido erguida atrás dos tronos. Não existia grandeza cerimonial. Os guardas na alcova não usavam fardas nem adornos, mas estavam armados até os dentes. Cada um tinha uma espada curta presa ao quadril e uma espada longa embainhada nas costas, com o punho apontado para baixo e inclinado para o lado para facilitar o acesso. De seus peitos pendiam adagas curvas. Todas as lâminas eram de pedra das sombras.

— Você costuma se remexer tanto assim? — sussurrou uma voz à minha direita.

Fiquei parada, cessando a movimentação insistente enquanto olhava de esguelha para Saion. Ele estava de olhos fixos no estrado.

— Quem sabe? — respondi em voz baixa.

— Falei que não deveríamos tê-la deixado entrar aqui — comentou Ector à minha esquerda.

Atrás de mim, Rhain deu uma risada.

— Está preocupado que Papai Nyktos fique chateado com você por tê-la deixado entrar aqui e o mande para a cama sem jantar?

Arqueei as sobrancelhas. *Papai Nyktos?*

— Não é comigo que ele vai ficar irritado — comentou Ector, observando o homem tão atentamente quanto Saion. — Mas com vocês dois, pois fui o único a ter objeções a isso.

— Não somos um time? — perguntou Saion. — Se um de nós cair, todos cairemos juntos.

Ector abriu um sorriso.

— Eu não faço parte de nenhum time.

— Traidor — murmurou Rhain.

Revirei os olhos.

— Ninguém pode me ver. Duvido que ele saiba que estou aqui.

Saion olhou para mim com a sobrancelha arqueada. Ele, assim como os outros dois deuses, estava tão armado quanto os guardas diante de nós.

— Não há uma única parte de Nyktos que não saiba exatamente onde você está.

Um calafrio de apreensão percorreu meu corpo quando, naquele exato momento, o Primordial sentado no trono virou a cabeça na direção da alcova escura. Pude sentir seu olhar penetrante através da fileira de guardas do lado de fora da alcova. Prendi a respiração até que ele tirasse os olhos de mim.

Tive a impressão de que teria problemas mais tarde, embora não achasse que estava quebrando nenhuma regra. Presidir a Corte não era a mesma coisa que receber um convidado inesperado. Pelo menos esse foi meu raciocínio conforme eu observava o homem parar diante do Primordial e fazer uma reverência. Não sabia que Ash presidiria a Corte hoje. Em minha defesa, pensei que ele e seus guardas fossem entrar de novo numa sala localizada atrás do estrado, algo que o peguei fazendo várias vezes nos últimos três dias — e que me deixou extremamente curiosa sobre o que acontecia lá, o que era discutido.

Estava vagando pelo palácio silencioso e vazio, como vinha fazendo nos últimos *três dias,* quando o vi entrando na sala do trono com vários guardas outra vez e decidi segui-lo. Dei dois passos para dentro da sala antes que Saion aparecesse do nada e bloqueasse meu caminho. Pensei que fosse me expulsar dali, mas não o fez.

E então, ali estava eu. Era o tempo mais longo que passei na presença de Ash desde a biblioteca. Não houve mais jantares ou cafés da manhã compartilhados. Nem visitas surpresa. Ele se juntou a mim no dia anterior quando eu estava sob uma das escadas ao ar livre observando Aios e Reaver. Parou para perguntar como eu estava e então foi embora. Alguns minutos depois, eu o vi cavalgando portões afora montado em Odin e acompanhado de vários guardas.

Não preciso nem dizer que não fiquei só inquieta, mas também irritada e uma centena de outras coisas. Mas principalmente frustrada. Como poderia seduzi-lo se nunca o via?

É claro que todas as noites eu ficava olhando para aquelas malditas portas que conectavam nossos quartos. Em mais de uma ocasião fiquei parada diante delas, imaginando se deveria bater. Mas toda vez que fazia isso, eu me lembrava do que ele havia me dito sobre o amor e me recolhia para a cama.

Não pensava nos motivos, e sim no fracasso absoluto que aquilo estava se tornando.

O homem de cabelos escuros se levantou até ficar de pé.

— Vossa Alteza — cumprimentou ele.

— Hamid — respondeu Ash, e uma súbita rajada de vento soprou pela sala, agitando as chamas das velas.

Ergui o olhar para o teto aberto e vi um dragontino voando lá em cima. Eles ficavam rondando o tempo todo enquanto o povo se postava diante do Primordial para falar sobre remessas recebidas, chegadas de outras Cortes e discussões entre inquilinos. Era tudo surpreendentemente mundano.

Exceto pelos dragontinos.

— O que posso fazer por você? — perguntou Ash.

— Eu não... Eu não preciso de nada, Vossa Alteza. — Hamid apertou as mãos enquanto olhava nervosamente para o Primordial.

— Ele é mortal? — perguntei.

— É, sim. — Ector inclinou a cabeça. — Como você sabe?

Dei de ombros. Era difícil de explicar, mas o homem não tinha o senso quase inerente de confiança ou a arrogância que os deuses e Primordiais pareciam ter no modo como se portavam.

— Mas há algo que me preocupa — continuou Hamid, olhando para cima através de uma mecha de cabelos escuros. — E embora espere que não seja nada, temo que possa ser.

— O que é? — Ash tamborilou os dedos no braço do trono.

— Há uma jovem que é nova em Lethe. O nome dela é Gemma.

— Sim. — Ash parou de mexer os dedos. — Eu sei quem é. O que tem ela?

— Eu a vi todos os dias no último mês. Ela entra na padaria e sempre pede uma fatia de torta de chocolate com morangos — explicou Hamid e, por um instante, imaginei a delícia de tal guloseima. — É uma garota muito quieta. Muito educada. Não faz muito contato visual, mas imagino... Bem, não importa. — Ele respirou fundo. — Faz alguns dias que não a vejo. Perguntei por aí. Ninguém sabe onde ela está.

Ash ficou completamente imóvel no trono, assim como os deuses ao meu redor.

— Quando foi a última vez que a viu?

— Há quatro dias, Vossa Alteza.

— Você notou se havia alguém com ela em alguma ocasião? Ou viu alguém que possa ter se interessado pela garota? — perguntou Ash.

O mortal balançou a cabeça.

— Não, não vi.

— Vou mandar investigar. — Ash lançou um rápido olhar na direção das alcovas. — Obrigado por trazer isso à minha atenção.

Saion se afastou imediatamente. Ele olhou por cima do ombro para Rhain e depois para mim, e então disse:

— Se me der licença...

Antes que eu pudesse dizer alguma coisa, ele e Rhain saíram da alcova e seguiram na direção da entrada da sala. Virei-me para Ector com uma careta.

— Quem é essa tal de Gemma?

Ector cerrou o maxilar.

— Ninguém.

Nem por um segundo acreditei que ela não fosse ninguém. Caso contrário, não incitaria aquele tipo de reação em Ash.

Fiquei ainda mais interessada quando vi Hamid sair da sala e Theon entrar.

Não via o deus desde o dia em que cheguei. O sorriso casual e o ar de provocação sumiram conforme ele se dirigia rapidamente para o estrado. Assim como os outros deuses, carregava uma espada curta presa ao quadril e uma longa pendurada nas costas. Theon foi até o estrado e Ash se inclinou para a frente. O que quer que tenha dito foi muito baixo para que eu pudesse ouvir, mas percebi que alguma coisa estava acontecendo porque Ash lançou outro olhar rápido na direção da alcova.

— Fique aqui — ordenou Ector antes de sair.

Ansiosa, vi-o passar pela fileira de guardas e subir os degraus do estrado. O vento agitou as chamas novamente quando outro dragontino sobrevoou o palácio, dando um rugido alto e estridente. Fiquei toda arrepiada quando Ector se inclinou na direção de Ash. O deus olhou para Theon e então assentiu. Em seguida, deu meia-volta assim que Ash se levantou do trono. Comecei a dar um passo à frente quando Ector saltou do estrado e voltou para o meu lado.

— Venha — chamou ele, estendendo a mão na minha direção, mas se detendo antes de tocar em mim. — Precisamos ir.

Certas coisas nunca mudam. Franzi o cenho.

— O que está acontecendo?

— Nada.

Não queria segui-lo, mas senti uma súbita tensão no ar que me dizia que era melhor obedecer.

Fui, notando que Ector andava à minha esquerda, me imprensando contra a parede. No instante em que saímos no corredor, parei de andar.

— O que está acontecendo? E não me diga que não é nada. Tem alguma coisa errada.

— Houve uma chegada inesperada. — O deus de cabelos louros franziu os lábios. — Sua Alteza afirmou que você está ciente do que fazer nesses casos.

Fechei as mãos em punhos.

— Sim, estou.

— Ótimo. — Ele me conduziu pelo corredor amplo. — Gostaria de voltar para o seu quarto?

— Na verdade, não.

Ector arqueou a sobrancelha.

— Então a única opção... — Ele parou de andar, entrando na alcova e abrindo um par de portas — ... é a biblioteca.

Olhei para o espaço mal iluminado. O aposento era um pouco maior do que meu quarto, mas havia uma atmosfera pesada e sombria ali — uma tristeza que se agarrava às paredes e cobria os livros enfileirados na estante, assim como a fina camada de poeira, infiltrando-se no piso e no ar. Meu olhar recaiu sobre os retratos à luz de velas no fundo da sala. Será que era Ash quem as acendia todos os dias, substituindo-as quando queimavam até o fim? Será que ia até ali com frequência, para que a lembrança do pai permanecesse fresca? Para que pudesse dar um rosto ao nome da mãe?

Entrei e logo fui cercada pelo cheiro de livros e incenso, e recebida pela tristeza. Encarei Ector.

— Devo ficar aqui até que possa voltar a vagar por aí?

— Basicamente. Duvido que ela tenha algum interesse na biblioteca — respondeu ele, e fiquei completamente imóvel. — Alguém vai avisá-la quando você estiver livre para voltar a vagar por aí.

Meu coração disparou dentro do peito. *Ela.*

— Quem... Quem é a convidada?

— Uma amiga de Nyktos — respondeu ele sem emoção na voz, e não me pareceu que fosse alguém de quem Ector gostasse. Mas ele também não parecia gostar muito de mim. Seus olhos luminosos encontraram os meus. — Lembre-se do que concordou em fazer.

— Eu me lembro.

Ector ficou olhando para mim enquanto fechava lentamente as portas da biblioteca. No momento em que ouvi o clique das dobradiças, fui até lá e aguardei.

Quem era *ela*?

Melhor ainda, quem era a mulher que Ash não queria perto de mim? Senti uma acidez no estômago, mas não podia ser ciúme. Estava mais para uma raiva indignada. Para alguém que dizia pensar no meu *gosto* em momentos inapropriados, ele não havia demonstrado nenhum interesse em mim nos últimos três dias. Tampouco demonstrou qualquer *interesse* em receber prazer, algo que os homens sempre desejavam. Será que era porque vinha encontrando prazer em outro lugar, apesar da impressão que tive sobre sua experiência?

A última coisa que eu precisava era de competição quando não podia conquistar o coração dele com minha personalidade esfuziante. Minhas opções eram limitadas.

Além disso, eu seria sua Consorte. Se ele estivesse *interessado* em outras mulheres, podia ao menos fazer isso em outro lugar.

Abri a porta e espiei o corredor, surpresa por não encontrar Ector parado ali. Não perdi nem um segundo. Fechei as portas silenciosamente atrás de mim e entrei no corredor. Assim que me aproximei do escritório de Ash, ouvi vozes.

— Ultimamente tem sido muito difícil conseguir uma reunião com você. — Uma voz aveludada soou pelos corredores.

— É mesmo? — disse Ash.

Praguejei baixinho, examinando rapidamente o corredor. Corri até uma alcova e encostei o corpo contra a parede fria de pedra.

— Sim — respondeu a mulher. — Estava começando a levar para o lado pessoal.

— Não é nada pessoal, Veses. Só tenho andado ocupado.

Veses? A Primordial dos Rituais e da Prosperidade? Senti a garganta seca e me esgueirei em direção ao espaço estreito entre a coluna e a parede. Ela era muito celebrada durante as semanas que antecediam o Ritual, em ritos conhecidos somente pelos Escolhidos. Muitos faziam preces a ela pedindo boa sorte, mas era arriscado. Veses podia ser vingativa, distribuindo infortúnios para aqueles que considerava indignos de bênçãos.

— Ocupado demais para mim? — perguntou Veses, com um tom de voz afiado e suave. Será que ela era um dos Primordiais que gostava de provocar Ash?

— Até mesmo para você — respondeu Ash.

— Agora eu fiquei ofendida. — Sua voz se tornou tão afiada quanto uma lâmina quando os dois passaram pelo meu campo de visão. — Aposto que você não teve intenção de fazer isso.

Ash apareceu primeiro. Estava desarmado, como estivera na sala do trono. Mas levando em conta do que era capaz, não sei se isso significa que ele encara Veses como uma ameaça ou não.

— Você já deveria saber que nunca ofendo ninguém sem intenção.

A Primordial deu uma risada, e eu cerrei os dentes ao ouvir aquele som meloso. Um segundo depois, ela passou em frente à abertura estreita. Se Ash era a personificação da meia-noite, ela era a própria luz do sol.

Os cabelos dourados caíam sobre seus ombros estreitos em ondas grossas e perfeitamente cacheadas, chegando até a cintura incrivelmente fina e marcada por um vestido um pouco mais claro que os cabelos. O tecido diáfano se ajustava a um corpo esguio. Olhei para minhas calças pensando que uma das minhas pernas devia ser do tamanho das duas dela.

Ergui o olhar no instante em que ela se virou para Ash e gostaria de ter continuado olhando para minha perna, pois nenhum dos quadros e pinturas dela que eu tinha visto lhe fazia justiça. Sua pele macia era lisa e corada, sem sardas. A linha do nariz e o formato da testa eram delicados, como se ela tivesse sido feita com o mesmo vidro soprado das estatuetas que revestiam o escritório do meu padrasto. E sua boca era carnuda, fazendo um beicinho perfeito da cor de damasco. Ela era incrivelmente linda.

Não gostei daquela Primordial.

Eu não gostava dela, embora soubesse muito bem que meus motivos eram bastante mesquinhos.

— Não — comentou Veses, levantando o braço nu. Ela usava um bracelete de prata semelhante ao de Ash em torno do bíceps fino. Sua mão subiu pelo braço dele. — Você só ofende de propósito.

— Você me conhece bem.

Ash abriu a porta do escritório. Agora eu *realmente* não gostava dela.

Nem dele.

Nem de ninguém.

— Será que conheço mesmo? Se fosse verdade eu não teria ficado tão surpresa com o boato que ouvi. — Seus dedos finos alcançaram o bracelete de prata ao redor do braço dele.

Em uma das raras ocasiões na minha vida, dei atenção à cautela e fiquei onde estava. Ela era uma *Primordial*. Uma Primordial que podia causar má sorte com um toque dos dedos. E só os deuses sabiam o quanto eu já era azarada. Ainda assim tive que me esforçar para continuar escondida ali.

Ash olhou para ela. Veses era quase da sua altura, então os dois estavam praticamente se encarando.

— Que boato é esse que você ouviu?

Veses brincou com o bracelete enquanto eu me perguntava o quanto uma adaga de pedra das sombras cravada no peito machucaria uma Primordial.

— Ouvi dizer que você tem uma Consorte.

Fiquei boquiaberta e me encostei contra a coluna.

Um sorrisinho surgiu nos lábios de Ash.

— As notícias correm.

A Primordial parou de mexer os dedos e ficou olhando para Ash. Um ligeiro brilho prateado ondulou sobre sua pele. Suas feições delicadas se retesaram.

— Então é verdade? — perguntou, e acho que não parecia nem um pouco contente.

— É verdade.

Ela não disse nada por um bom tempo.

— Que intrigante.

— É mesmo? — O tom blasé de Ash me irritou.

— É, sim. — Veses deu um sorriso de lábios fechados. — Aposto que não sou só eu que vai achar isso intrigante, Nyktos.

Ash flexionou um músculo no maxilar quando Veses tirou a mão do seu braço e passou por ele, entrando na escuridão do escritório. Ash a seguiu, com a mão sobre uma das portas. Ele parou na soleira da porta e se virou.

E olhou fixamente para a alcova.

Encostei-me na parede, de olhos arregalados. Ash sabia que eu estava ali. Mas que merda! Com o coração acelerado, esperei até ouvir a porta se fechando antes de espiar entre a coluna e a parede. O corredor estava vazio.

Uma nova explosão de raiva me invadiu quando saí de baixo da alcova. Ash esteve tão ocupado nos últimos dias que mal o vi, mas ele tinha tempo para aquela tal de Veses? Tudo bem que ela era uma Primordial, mas ainda assim.

Passei correndo pela biblioteca até as escadas que havia descoberto nos fundos há alguns dias e saí de fininho pela porta lateral perto da cozinha para o mundo cinzento das Terras Sombrias. Não ventava hoje. O ar estava parado, estagnado. Ergui o olhar e notei que não havia nuvens. Nunca havia nuvens, mas as estrelas brilhavam lá em cima, cobrindo o céu inteiro.

Atravessei o pátio e olhei para a Colina alta e imponente. Como esperava, não havia guardas ali. Nunca os vi daquele lado. Eles costumavam patrulhar a frente, a parte oeste e a parte norte da Floresta Vermelha, que dava para Lethe.

A grama cinzenta estalava sob minhas botas conforme eu avançava. Não sabia para onde estava indo. Só sabia que não podia passar nem mais um segundo na biblioteca empoeirada e triste, nos meus aposentos ou no palácio nu e vazio onde me sentia tão invisível quanto em Wayfair.

Era besteira. Tudo que eu precisava era ser vista por Ash, mas ainda era um fantasma. Um nada.

Não percebi como estava perto da Floresta Vermelha até me deparar com uma das folhas de sangue. Diminuí os passos e as examinei, curiosa. Nunca tinha visto uma folha em um vermelho tão vivo antes. Nem um tronco da cor do ferro. O que será que as deixara dessa cor? Avancei alguns metros para onde era proibida de ir. Lembrei-me do aviso de Ash, mas será que a floresta era tão perigosa assim já que nenhum portão ou muro a separava de Haides?

Olhei por cima do ombro e não vi nem sinal de Ector. Com Saion e Rhain investigando a mulher desaparecida em Lethe, não havia ninguém para voltar ao palácio e contar o que eu estava fazendo.

E até parece que eu não podia cuidar de mim mesma enquanto Ash estava ocupado com Veses, fazendo só os deuses sabiam o quê.

Uma pontada de dor ameaçou voltar às minhas têmporas quando estendi a mão para tocar na folha de um galho baixo. A textura era suave e macia, parecida com veludo. Passei o polegar pela folha maleável, lembrando-me de Ash fazendo o mesmo com uma mecha do meu cabelo.

Será que Ash era tão fascinado com o cabelo de Veses como parecia ser com o meu? Imagino que sim. Os cachos dela eram grossos e sedosos e não se pareciam com um ninho de rato.

— Eu sou péssima — murmurei, revirando os olhos enquanto abaixava a mão e avançava.

Não me surpreenderia se ele *manifestasse interesse* em Veses no escritório. Era óbvio que eu havia entendido errado o que ele havia dito sobre sua experiência. O jeito como ele me beijou e me tocou deveria ter sido prova suficiente de que tinha bastante habilidade — uma habilidade que eu podia apostar que Veses conhecia muito bem. Franzi os lábios.

Um grito estridente de dor me parou no meio do caminho. Olhei para cima quando algo alado e prateado colidiu com as folhas vermelhas, caindo no chão com um estrondo. Um *falcão*. Era um enorme falcão prateado. Um segundo pássaro desceu lá de cima, desviando assim que me viu. Nem sabia que havia falcões no Iliseu, muito menos nas Terras Sombrias. Só os vi raras vezes sobrevoando o topo dos Olmos Sombrios.

De olhos arregalados, vi o falcão tentar levantar uma asa nitidamente quebrada. Havia sangue em seu pescoço e barriga conforme ele se remexia sobre a grama cinzenta. Ele grasnou lamentavelmente, debatendo-se e enterrando as garras escuras na terra.

Qual era o problema com animais feridos e eu? Por que eu sempre...?

O calor pulsou no meu peito, súbito e intenso. O formigamento do éter inundou minhas veias, me deixando atordoada. Era como se eu estivesse perto de um ser que havia morrido, mas aquele falcão ainda estava vivo.

Confusa, olhei para minhas mãos quando uma leve aura surgiu, piscando suavemente entre meus dedos e sobre minha pele. Assim como quando toquei em Marisol.

Só que Marisol estava morta.

— Que diabos...?

Olhei para o falcão enquanto meu peito latejava e um impulso tomava conta de mim. Uma exigência que zumbia, me impelindo adiante. Ajoelhei-me ao lado do falcão antes de perceber o que estava fazendo. Pude ver o branco dos seus olhos quando ele voltou o olhar selvagem do céu para mim.

O falcão parou de se mexer. Sabia que ele ainda estava vivo, embora não parecesse respirar. Era o *dom*. Ele sabia. De alguma forma, eu sabia que o falcão ainda estava vivo, mesmo que não me atacasse com garras que podiam facilmente rasgar minha pele.

Uma onda de energia dançou sobre minhas mãos enquanto o calor se acumulou ali. Não sabia o que estava acontecendo nem entendia aquele instinto poderoso, mas parecia ser algo antigo. Ancestral. Como a sensação sombria e oleosa quando fui forçada a me ajoelhar diante da estátua de Kolis e encarar Tavius. Era inegável, e não havia nada que eu pudesse fazer a não ser obedecer. Coloquei a mão sobre a barriga exposta do falcão esperando que ele continuasse parado.

O zumbido ardeu intensamente no meu peito e a luz ao redor das minhas mãos se iluminou por um segundo antes que o brilho passasse por cima do falcão, faiscando e crepitando conforme se infiltrava e rastejava pela terra.

Dei um suspiro trêmulo enquanto o falcão se contorcia, emitindo um lamento agudo. Entrei em pânico. Não conseguia ver o falcão debaixo de todo aquele brilho. E se eu tivesse feito algo errado? E se tivesse matado o pássaro? Nesse caso, jamais tocaria em outra coisa.

Uma asa áspera e pesada se endireitou e desceu, roçando na minha mão. Assustada, puxei o braço para trás e caí sentada. A aura retrocedeu e o falcão...

Ele se levantou, tentando erguer as duas asas. A envergadura do falcão era enorme, e eu me lembrei das histórias que Odetta havia me contado sobre aquela ave de rapina. Como elas conseguiam pegar pequenos animais e até mesmo crianças. Não tinha acreditado nela. Ao ver um tão de perto, não me restavam dúvidas.

O falcão virou a cabeça na minha direção. Assegurei-me de não fazer movimentos bruscos enquanto ele me encarava com os olhos pretos cheios de inteligência. O falcão gorjeou baixinho, em um canto impressionante que me fez lembrar dos dragontinos.

E então levantou voo.

Fiquei sentada no chão, perplexa. Meu toque havia curado a ave? Nunca tinha feito aquilo antes — se bem que nem tinha tentado. Olhei atônita para minhas mãos conforme aquele calor inebriante percorria meu corpo, aliviando a tensão no meu pescoço e ombros. Será que meu dom estava mudando? Evoluindo? Não acho que tenha sido sempre assim, pois já havia estado perto de animais e pessoas feridas antes. Não me senti daquele jeito quando Tavius estava chicoteando o cavalo e interferi, mas desta vez pude *sentir* que a ave ainda estava viva. Assim como podia sentir uma morte acontecer. E quanto a Odetta? Meu dom veio à tona enquanto ela estava dormindo. Pensei que havia sido por causa do medo, mas talvez tenha me enganado. E se meu dom estivesse me incitando a curá-la? Levei as mãos até a grama, fechando-as.

A grama.

Olhei para baixo. A grama era cinza como a Devastação, só que macia. Respirei fundo, reconhecendo o cheiro de lilases podres. Ergui o olhar sobre as ervas daninhas que tomavam conta do solo da Floresta Vermelha. A imagem das árvores que vi assim que entrei nas Terras Sombrias voltou à minha mente. Os Bosques Moribundos. Seus galhos eram retorcidos e sem folhas, e o tronco também era cinza, de um tom mais escuro de aço, exatamente como aqueles. Assim como as árvores infectadas pela Devastação em Lasania.

— Merda — sussurrei.

Como eu não havia reparado nisso antes? Aquilo era a Devastação? Uma possível consequência do não cumprimento do acordo? Ou será que era outra coisa?

Um galho se partiu e logo percebi que não era Ash nem algum de seus guardas. Nenhum deles teria feito barulho. Ouvi mais um estalo e o cheiro de lilases podres se intensificou.

Levei a mão até a adaga embainhada na coxa conforme me levantava do chão e olhava ao redor.

O espaço entre as árvores de folhas vermelhas não parecia certo. Apertei os olhos. As sombras ali eram mais densas e *avançavam* sob a luz das estrelas. Calças escuras. Pele cerosa. Crânios nus e bocas largas demais, só que costuradas.

Reconheci-os imediatamente. Caçadores.

Capítulo 29

Senti o estômago revirar e corri para uma árvore baixa e cheia de folhas. Fiquei sob os galhos, esperando que não tivessem me visto, e fiz uma conta rápida. Havia cinco deles. Deuses! Permaneci imóvel conforme eles avançavam em formação de V.

O que eles estavam fazendo nas Terras Sombrias?

Ash insinuara que estiveram no plano mortal à sua procura. Será que estavam procurando por ele de novo? Era evidente que o haviam encontrado, então por que estavam ali?

Certifiquei-me de não fazer nenhum barulho enquanto desembainhava a adaga de pedra das sombras. Não queria chamar a atenção deles, pois nunca mais queria ver suas bocas abertas.

Lembrei que Ash os tinha atacado primeiro, então havia uma boa chance de que eles seguissem em frente mesmo se tivessem me visto. Vi-os se aproximar sem sequer me atrever a respirar fundo. *Continuem. Continuem andando assustadoramente...*

O Caçador mais próximo virou a cabeça na minha direção. Os outros pararam de andar ao mesmo tempo e se viraram para mim.

— Droga — sussurrei, me endireitando. O Caçador que parou primeiro inclinou a cabeça. — Oi...? — Os outros quatro levantaram a cabeça. — Só estou dando um passeio —

continuei, segurando o galho com força. — Só isso. Podem continuar fazendo seja lá o que estejam fazendo e...

O primeiro Caçador deu um passo à frente, estendendo a mão para o punho da espada presa às costas.

Puta merda.

Puxei o galho para trás e depois soltei. O ramo estalou para a frente, acertando o rosto do Caçador. A criatura cambaleou para trás, soltando um grunhido abafado. Não perdi tempo — não depois de saber o que podia sair da boca daquela coisa. Lembrei-me das instruções de Ash: cabeça ou coração. Mirei no coração, pois não queria chegar nem perto daquela boca. Saí correndo de baixo dos galhos. Ou pelo menos tentei, mas meu pé ficou preso em alguma coisa, uma raiz ou pedra exposta.

— Merda!

Tropecei, perdendo o equilíbrio. Estendi o braço e espalmei a mão no peito do Caçador para me apoiar. Sua pele parecia fria e exangue, como massa de modelar. Estremeci. Meu toque pareceu afetar a criatura. Ela arregalou os olhos e deu um gemido baixo. Os demais emitiram o mesmo som quando cravei a adaga bem fundo no peito do Caçador. Ele se sacudiu todo, mas sem fazer barulho dessa vez. Puxei a adaga e me virei para os outros quando o primeiro começou a definhar, desmoronando até virar uma fina camada de pó que fedia a lilases podres.

Havia mais quatro Caçadores. Minhas probabilidades não eram lá muito boas, mas não me permiti entrar em pânico e enterrei a adaga no peito do próximo Caçador. Girei o corpo, sentindo os músculos tensos. As criaturas não brandiram as espadas, mas avançaram sobre mim. Uma selvageria se apoderou de mim conforme a adrenalina aumentava, acolhendo a *luta*. O gasto de energia. Talvez até mesmo a matança. Vai saber.

Abri um sorriso.

— Podem vir.

Dois Caçadores avançaram, e eu disparei entre eles. Girei o corpo e chutei um deles no peito. O Caçador tropeçou assim que me virei e enterrei a adaga em seu coração. Uma mão fria apertou meu braço. Estremeci e girei o corpo, esbarrando no Caçador. Suas unhas surpreendentemente afiadas rasgaram a pele do meu braço, arrancando sangue. Sibilei de dor e dei uma cotovelada no queixo dele, jogando sua cabeça para trás. A criatura me soltou, e o apunhalei no peito com toda a força.

Enquanto ele implodia, dei uma olhada no meu braço. Alguns vergões surgiram onde ele havia me arranhado, expelindo gotículas de sangue.

— Desgraçado — disparei.

Um grito abafado chamou minha atenção e me virei a tempo de ver alguma coisa agarrar o Caçador pelas pernas e arrastá-lo para dentro da *terra*.

Cambaleei para trás, olhando para onde o caçador havia desaparecido no solo cinzento e revirado.

O que aconteceu? Mas que diab...?

Nacos cinzentos explodiram do chão e voaram pelos ares. Vários gêiseres irromperam de uma só vez, cuspindo terra e grama. Ergui a mão quando pequenas pedras começaram a cair em cima de mim. Assim que abaixei o braço, outra parte do solo entrou em erupção bem na minha frente.

E o que saiu daquele buraco assombraria meus pesadelos pelo resto da vida.

Pulei para trás e olhei para o que certamente não era um Caçador. A criatura *parecia* já ter sido mortal quando se agachou na beirada do vão, olhando para mim. *Parecia* era a palavra-chave. Sua pele era desbotada, de um tom cinza como giz, exceto pelas manchas escuras, quase pretas, sob os olhos. As bochechas eram encovadas e os lábios, pálidos. As vestes outrora brancas estavam empoeiradas e esfarrapadas, penduradas sobre ombros e quadris ossudos, revelando pedaços de pele exangue.

Aquilo era uma Sombra?

Nesse caso, Davina e Ash haviam se esquecido de mencionar que elas viviam sob a maldita *terra*.

Recuei cuidadosamente, segurando a adaga com mais força à medida que mais criaturas apareciam, saindo incrivelmente rápido do chão, rápido demais para algo que parecia tão morto. Vi quatro delas, e todas estavam agachadas, olhando para mim com as narinas dilatadas. Estavam *farejando* o ar. Um gemido baixo e gutural veio de uma delas. Virei-me na direção do som conforme continuava a me afastar. Era uma mulher. Mechas de cabelo escuro e fibroso pendiam de seu crânio. Ela se levantou.

— Não se aproxime — avisei, e a mulher se deteve. Meu coração disparou dentro do peito. Se fossem mesmo Sombras, não sabia se deveria matá-las. Ninguém havia mencionado o que implicava lutar contra elas.

A mulher olhou para mim — todas olharam para mim, parando de farejar. Aquele som grave e rouco veio de outra criatura, aumentando até virar um lamento agudo. Fiquei toda arrepiada. Ela parecia estar com *fome*.

A criatura abriu a boca, repuxando os lábios sobre as presas. Ninguém havia mencionado *presas* quando me disseram que as Sombras podiam morder. Por que elas tinham presas? Por que Andreia as desenvolveu depois da morte? Era isso que acontecia com os semideuses?

E por que diabos eu estava pensando nisso agora?

O lamento terminou em um assobio, e foi bem nessa hora que decidi que não queria me meter naquela briga. Comecei a dar meia-volta e só então percebi como estava longe do palácio.

Ash ia ficar puto comigo.

Mas aquele não era o problema nem a preocupação mais urgente. A criatura avançou com as mãos em garra e a boca escancarada.

Eu não tinha tempo para fugir.

Revidei o ataque e cravei a adaga em seu peito. A área encovada deu lugar à lâmina, e uma substância vermelho-escura e cintilante que fedia a Devastação e decadência espirrou na minha mão. Sangue. Era *sangue* cintilante. Suas pernas se dobraram. Arfei sob o peso morto do corpo da criatura. Desprevenida, quase caí com ela, mal conseguindo puxar a lâmina e manter o equilíbrio. Ela permaneceu onde havia caído, com as pernas retorcidas sob o corpo, a boca aberta e os olhos fixos no nada. Aguardei, mas ela não virou pó como os Caçadores.

Levantei a cabeça quando ouvi outro assobio, e meu sangue gelou nas veias. Mais quatro criaturas surgiram no meio das árvores, vindas de rachaduras no solo que eu nem havia reparado antes.

Ash ia mesmo ficar muito puto da vida comigo.

Uma delas avançou com presas à mostra. Esquivei-me sob seu braço e chutei-a na perna. Um osso se quebrou, deixando meu estômago revirado. Não havia chutado com *tanta* força assim, mas ela continuou vindo na minha direção, arrastando a perna disforme atrás de si. Disparei e enterrei a adaga em seu peito. A criatura começou a cair.

Ela colidiu em mim e me derrubou no chão. Virei-me de costas. Um rosto medonho surgiu a poucos centímetros do meu, estalando as presas. Espalmei a mão em seu peito, mantendo-a afastada de mim. Puxei a adaga e senti um grito de frustração subir pela garganta quando a arma permaneceu onde estava.

Ai, deuses! Ela estava *presa* na criatura que havia caído em cima de mim.

Puxei a adaga com toda força, sentindo o braço tremer sob a pressão da criatura que continuava mordiscando o ar. Sabia que, se aquelas presas chegassem perto de mim, rasgariam minha pele. Comecei a entrar em pânico e contorci o corpo, conseguindo enfiar a perna debaixo da criatura. Coloquei o joelho em sua cintura, diminuindo o peso sobre o meu braço. A adaga deslizou um pouco. Puxei de novo...

Dedos frios e *esfolados* se cravaram no meu tornozelo e me puxaram com força. A adaga se soltou do peito da criatura, assim como minha mão. Senti o gosto amargo do terror na garganta e brandi a adaga, cravando a lâmina na lateral da sua *cabeça*. O sangue escuro e fétido espirrou no meu rosto. Arfei, soltando a adaga enquanto a outra criatura me puxava pelo chão, afundando os dedos esfolados na minha panturrilha e coxa. Mudei de posição para tentar golpear a criatura e vi as demais avançarem sobre nós. Não havia tempo. Mesmo que eu matasse mais uma ou duas, não seria suficiente. Eu sabia disso, mas continuei brandindo a adaga.

Uma rajada de ar frio e uma fúria gélida rugiram através das árvores, sacudindo as folhas vermelhas. A criatura que segurava minha perna foi subitamente puxada para trás.

Ash.

Tive um vislumbre da expressão severa em seu rosto quando ele jogou a criatura para o lado, empalando-a em um galho baixo.

Olhei para cima, ofegante.

— Não. — Ash me cortou enquanto se virava para mim. — Não quero ouvir nem uma palavra.

Eu me levantei.

— Como é que é?

— Caso não saiba contar, já são quatro palavras. — Ash pegou outra criatura pelo pescoço, mas não a jogou para o lado.

Ele a ergueu no ar e a aura prateada veio à tona, fluindo para seu braço. — Quero que fique calada.

Abri a boca quando a energia crepitante saiu de suas mãos e percorreu o corpo da criatura. Uma rede de veias se iluminou sob a pele da coisa como se fosse feita de fogo branco. Ela uivou e explodiu em chamas prateadas. Calei a boca, cambaleando para trás com as mãos rígidas. Pulei para o lado conforme a criatura ardente e as chamas se desvaneciam no ar.

— Eu quero...

— Eu quero que você fique em silêncio — repetiu Ash, golpeando o rosto de outra criatura. A energia prateada passou por cima dela, e a coisa gritou. Ele a empurrou para o lado, e ela girou, se debatendo e caindo no chão. — E que pense muito bem sobre o que acabou de fazer.

Pestanejei.

— Também quer que eu fique de castigo em um canto?

Ash virou a cabeça na minha direção, e eu senti um nó no estômago. Os olhos dele brilhavam mais do que as estrelas.

— Vai te ajudar a pensar melhor? — Ele agarrou outra criatura pelo ombro, pegando-a sem sequer olhar para ela. — Se sim, então por favor, vá ficar de castigo em algum canto.

— Eu não sou criança — retruquei enquanto a criatura pegava fogo e gritava.

— Graças aos deuses! — Ele caminhou na direção da coisa empalada na árvore.

— Então não fale comigo como se eu fosse.

Ash pousou a mão sobre a cabeça da coisa que tentava mordê-lo. O éter se derramou sobre a criatura, destruindo-a.

Em seguida ele olhou para mim.

— Não seria necessário se você não agisse como se fosse incapaz de cumprir suas promessas. — A floresta ficou em silêncio à nossa volta. — O que foi que eu falei sobre esses bosques? Já esqueceu do que eu disse que aconteceria se entrasse aqui?

— Bem, eu não esqueci. É só que...

Ash me encarou com expectativa, as narinas dilatadas e os olhos me fulminando.

— *Você* entra aqui! — argumentei. — Já o vi entrar aqui duas vezes.

— Eu não sou você, Sera. — Ele deu um passo à frente. — Você sabe o que há nessa floresta? No lugar que a proibi de vir? Que você concordou em não vir? Você sabe o que existe aqui que torna as folhas das árvores vermelhas? — indagou ele conforme o brilho em seus olhos se dissipava.

Olhei para os corpos que restaram ali.

— Sombras?

Ele deu uma risada dura.

— Essas coisas não são Sombras. Você está na Floresta Vermelha, onde o sangue dos deuses sepultados encharca as raízes de todas as árvores. São árvores de sangue.

Senti um calafrio e tentei resistir à vontade de subir numa das árvores vermelhas só para me afastar daquela terra.

— Por que há deuses sepultados aqui?

— O sepultamento é uma punição — respondeu ele, e não consegui evitar o horror que senti. Ele estreitou os olhos. — Uma punição que a maioria das pessoas consideraria muito branda pelas atrocidades que cometeram.

Eu teria que acreditar nele.

— Como foi que eles se libertaram? Isso acontece com frequência?

— Não deveria. — Ele me lançou um olhar penetrante. — Esses aí não estavam sepultados há muito tempo — afirmou, e não queria nem pensar nos deuses que já estavam sepultados há séculos. — Mas todos estão tão perto da morte quanto possível sem estarem realmente mortos. Geralmente são presos por magia e não deveriam ser capazes de se livrar das amarras.

Deuses eram extremamente poderosos. Não podia sequer imaginar o que poderia ser usado para contê-los.

— Do que são feitas as amarras?

— Dos ossos de outros deuses e de Magia Primordial — respondeu ele, e fiquei enjoada. — São colocados em cima dos deuses e usados para amarrar seus pulsos e tornozelos. Se lutarem contra as amarras, os ossos se cravam em sua pele.

Olhei para as folhas da árvore.

— É a punição que faz com que seu sangue mude a cor das folhas?

— Nesse caso, sim.

Arqueei as sobrancelhas.

— Onde quer que um deus ou Primordial esteja sepultado ou seu sangue seja derramado, haverá uma árvore de sangue. Serve como um memorial ou sinal de alerta — explicou ele. — De qualquer modo, não é uma terra que se deva perturbar.

— Bom saber — murmurei. — Mas eu não mexi na terra.

— Mexeu, sim — afirmou ele, com os olhos brilhando mais uma vez. — Você sangrou.

A princípio não entendi, tendo me esquecido dos arranhões. Olhei para meu braço.

— Não foi quase nada.

— Não importa. Uma única gota é capaz de despertar os deuses que não estão profundamente sepultados. Eles são atraídos por qualquer coisa viva e você, *Iiessa*, está muito viva. Se eu não tivesse chegado bem na hora, eles a teriam devorado por inteiro.

Me devorado por inteiro? Estremeci, pensando que estava certa ao não mencionar os Caçadores.

— Eu estava lutando contra eles...

— Bem mal — interrompeu ele. — Eles a teriam dominado. E tudo isso... — Ele estendeu a mão, fazendo um gesto abrangente. — Tudo que eu fiz para mantê-la a salvo teria sido *em vão*.

Respirei fundo.

— Preciso lembrá-lo de que nunca pedi que fizesse nada para me manter *a salvo*?

— Não, mas lidar com você me faz lembrar de um certo ditado.

— Mal posso esperar para ouvi-lo — murmurei, embainhando a adaga.

— A estrada para o inferno é cheia de boas intenções — declarou. — Já ouviu isso antes?

— Parece algo bordado numa almofada.

Ash me lançou um olhar nem um pouco impressionado.

— O que você está fazendo aqui, afinal de contas? — indaguei. — Pensei que estivesse *ocupado* com uma visitante inesperada.

— Estou muito ocupado com minha convidada. E, ainda assim, aqui estou eu, salvando você — retrucou ele. — Outra vez.

Não sei qual parte daquela afirmação me deixou mais irritada. A parte em que ele se referia a Veses como convidada ou o fato de ter me salvado. Outra vez.

— Estou com muita vontade de te apunhalar de novo.

Ele repuxou um canto dos lábios.

— Uma parte de mim gostaria muito de vê-la tentar. No entanto, estou muito ocupado entretendo minha convidada

— Entretendo? — Dei uma risada ao mesmo tempo em que sentia um aperto no peito. — Como você está entretendo uma convidada dentro do escritório? Com uma *conversa* estimulante e todo o seu *charme*?

O sorriso dele se tornou tão frio quanto sua fúria.

— Aposto que você se lembra muito bem do quanto sou charmoso.

Senti as bochechas corarem.

— Tenho tentado me esquecer do seu charme exagerado.

— Não foi você que acabou de me chamar de charmoso? — Seus olhos assumiram um tom profundo de mercúrio.

O calor da raiva e de algo bem mais poderoso escaldou minha nuca.

— Eu só estava sendo *jocosa*.

— É claro que estava.

— Estava, sim...

— Não tenho tempo para isso agora. — Ele olhou por cima do ombro e gritou: — Saion!

O deus surgiu do meio das árvores de folhas vermelhas de lábios franzidos e olhos arregalados.

— Sim? — disse ele bem devagar.

Ai, meus deuses! Ele estava escondido ali o tempo todo? E quando é que havia voltado?

— Você pode garantir que ela volte para o palácio o mais rápido possível sem arranjar mais encrenca no caminho? E quando terminar, por favor, vá buscar Rhahar. Precisamos verificar as tumbas — informou Ash, me lançando um longo olhar de advertência. — Eu ficaria muito agradecido.

— Parece ser uma tarefa razoavelmente simples — respondeu o deus.

Ash bufou.

— É, parece. Mas garanto que não será.

Dei um passo à frente, ofendida.

— Se a floresta é tão perigosa assim, então por que não há nenhum portão ou muralha ao seu redor?

O Primordial olhou por cima do ombro.

— Porque a maioria das pessoas tem o bom senso de não entrar na Floresta Vermelha depois de ser avisada. — Ele estreitou os olhos. — Com ênfase em *maioria*.

— Que grosseria — murmurei.

— E o que você fez foi tolice, então estamos quites. — Ash se virou e começou a se afastar antes que eu pudesse responder qualquer coisa. Ele passou por Saion e disse: — Boa sorte.

Fiquei boquiaberta.

Saion arqueou as sobrancelhas e me encarou. Nenhum dos dois se mexeu até que Ash desaparecesse no meio das árvores.

— Bem, isso é meio constrangedor.

Cruzei os braços sobre o peito.

— Espero que você não dificulte as coisas — acrescentou ele. — Tive um dia infernal hoje.

Senti uma vontade infantil de sair correndo e tornar o dia dele ainda mais infernal. Mas não queria continuar no mesmo terreno onde deuses estavam sepultados, então comecei a andar apressadamente como a adulta que era.

Ele arqueou a sobrancelha e sorriu.

— Obrigado.

Não disse nada conforme passava por Saion, que me alcançou bem rápido. Ele permaneceu em silêncio por alguns segundos abençoados.

— Como foi que você acabou sangrando?

— Não sei — menti. — Devo ter me cortado em algum galho. Vocês encontraram a mulher desaparecida? — perguntei, mudando de assunto.

— Não.

— Você acha que alguma coisa...? Opa. — Senti uma tontura repentina.

Saion parou ao meu lado.

— Você está bem?

— Sim, eu... — Uma dor lancinante explodiu dentro de mim, jogando meu corpo para trás. Cambaleei quando a ardência subiu pelo meu braço e peito com uma intensidade e rapidez impressionantes. Olhei para baixo, atônita, esperando ver uma flecha se projetando do meu corpo, mas não vi nada além dos três arranhões no meu antebraço e as linhas finas e pretas que irradiavam das marcas e se espalhavam pela minha pele.

— Merda! — exclamou Saion quando esbarrei numa árvore. Ele segurou minha mão, e eu mal senti a estranha onda de energia do seu toque. — O que causou essa marca? E não se atreva a me dizer que foi uma árvore. Uma árvore não causaria isso.

Tentei engolir, mas minha garganta parecia estranhamente apertada.

— Eu... Havia Caçadores na floresta. Germes. Um deles... — Senti um gosto estranho de flores na boca. Um formigamento percorreu meus braços e pernas. — Eu... eu não estou me sentindo muito bem.

— Um deles arranhou você? — O éter pulsou atrás das pupilas dele. — Sera, você foi arranhada? — Saion levou a cabeça até o meu braço e *farejou* a ferida.

— Por que... Por que você está me cheirando? — Minhas pernas cederam sob meu peso. Luz explodiu atrás dos meus olhos e ouvi Saion grunhir:

— *Puta merda.*

E então desmaiei.

Capítulo 30

Acordar foi como lutar contra um denso nevoeiro. Foi difícil me agarrar aos vislumbres de lembranças que passavam sem parar por um vazio nebuloso. Uma mulher desaparecida. Uma bela Primordial de vestido amarelo-claro. Um falcão prateado ferido. Deuses sepultados e famintos e Caçadores. Um Caçador me arranhou, e aconteceu alguma coisa comigo. Fiquei tonta. Senti uma dor súbita e intensa e então desmaiei.

A neblina se dissipou quando despertei, percebendo que estava deitada de bruços e com algo macio sob a bochecha. Senti um gosto diferente na boca, amargo e doce ao mesmo tempo.

Inalei com força, sentindo os músculos tensos conforme deslocava o peso para os antebraços, me preparando para levantar...

— Eu não faria isso se fosse você.

Ao ouvir a voz desconhecida, meus olhos se abriram e se fixaram no homem sentado ao lado da cama. Ele tinha cabelos compridos e pretos, quase tão compridos quanto os do deus Madis, e entremeados por mechas ruivas. Os fios caíam sobre os ombros da camisa larga com o colarinho aberto. Não consegui determinar sua idade. Suas feições eram amplas e proeminentes, com algumas rugas ao redor dos olhos. Estava praticamente esparramado na poltrona, com as pernas estendidas e cruzadas na altura dos tornozelos, os pés descalços apoiados na cama e os cotovelos nos braços da cadeira, as mãos penduradas em ambos os lados. Não achei que alguém poderia parecer mais relaxado, mas havia uma tensão inconfundível sob sua pele marrom, como se ele pudesse entrar em ação a qualquer momento.

Enquanto o observava, percebi três coisas ao mesmo tempo. Primeira: nunca tinha visto aquele homem antes. Segunda: estava completamente *nua* sob o lençol, mas não me lembrava como aquilo havia acontecido nem por quê. E terceira: seus olhos... Havia algo *estranho* neles. As íris tinham um tom de vinho e as pupilas eram fendas estreitas e verticais parecidas com as de Davina. Meu coração disparou. Ele era um dragontino.

O homem não estava sorrindo nem franzindo a testa. Não havia nada suave em suas feições. Ele simplesmente olhava para mim de onde estava sentado. Fiquei toda arrepiada.

— A toxina já deve ter sido eliminada do seu corpo — informou. — Mas se você quiser se sentar, faça isso bem devagar, só por precaução. Se desmaiar de novo, vai acabar perturbando Ash.

Ash.

Aquele dragontino era a primeira pessoa que eu ouvia se referir ao Primordial pelo apelido.

— Quem é você? — murmurei, com a garganta áspera e seca.

— Já nos encontramos antes.

Meu coração acelerou mais ainda.

— Na estrada, quando cheguei?

Ele assentiu.

— Eu sou Nektas.

Estudei-o outra vez. Ele era um homem grande, talvez tão alto quanto Ash, mas não conseguia imaginá-lo se transformando na criatura imensa que tinha visto na estrada. Olhei por cima do seu ombro, passando pelo dossel da cama onde cortinas brancas e diáfanas haviam sido amarradas. Existiam apenas sombras na escuridão do quarto.

— Onde está Ash?

— Ele está verificando as tumbas. — Nektas inclinou a cabeça levemente, e uma mecha comprida de cabelos pretos e ruivos caiu em seu braço direito. — Segundo ele, estou aqui para garantir que você não acorde e se meta em mais alguma confusão.

Parecia mesmo algo que *ele* diria.

— Eu não me meto em confusão.

Nektas arqueou a sobrancelha.

— É mesmo?

Achei melhor ignorar a provocação.

— Será que quero saber porque estou nua?

— A toxina estava saindo pelos seus poros. Sua roupa estava imunda e você, toda coberta de gosma. Ash imaginou que não fosse querer acordar naquele estado — explicou. — Aios tirou sua roupa e te deu um banho.

Bem, já era um alívio. Mais ou menos.

— Que tipo de toxina?

— O tipo que os Germes carregam nas entranhas. Ela se espalha através de suas bocas e unhas. — Ele *ainda* não havia piscado os olhos. — As listras pretas em seu braço foram o primeiro sinal. Quando Saion a trouxe para cá, as marcas já cobriam seu corpo inteiro. Tem sorte de estar viva.

Senti um nó no estômago e olhei para meu antebraço. Não havia mais listras ali, só alguns leves arranhões rosados.

De repente lembrei-me do que Ash havia dito sobre as serpentes que saíram da boca dos Caçadores. A mordida era tóxica. Ele havia se esquecido de mencionar que as unhas dos Germes também eram.

— Quanto tempo fiquei desacordada?

— O dia todo — respondeu ele.

Meu coração bateu forte mais uma vez.

— Por que não morri?

— Ash tinha um antídoto — informou Nektas. — Uma poção derivada de uma planta que costumava crescer nos arredores das Terras Sombrias, perto do Rio Vermelho. A erva impede a propagação da toxina, fazendo o corpo expeli-la. Restou muito pouco da poção. A decisão de dá-la a você salvou sua vida, o que foi uma surpresa e tanto.

Sinceramente eu não tinha ideia de como responder a isso.

— Acha que ele deveria ter me deixado morrer?

Um sorriso de lábios fechados surgiu em seu rosto.

— Seria melhor para ele se não tivesse dado poção a você.

Ergui o olhar para o dragontino.

— Porque assim ele estaria livre do acordo?

Nektas assentiu, confirmando que era um dos poucos que sabia a respeito do acordo.

— Sim, ele estaria livre de você.

— Uau — murmurei.

— Não tive intenção de ofendê-la — emendou ele. — Mas esse acordo não foi uma decisão dele.

Sustentei seu olhar imperturbável.

— Nem minha.

— E, no entanto, aqui estão vocês. — Nektas arqueou as sobrancelhas. — E ele salvou sua vida quando fazia todo sentido deixá-la morrer.

Fiquei sem fôlego, o que dificultou seguir as instruções de Sir Holland.

— Ele deve ter se sentido mal — argumentei, sem saber por que estava falando aquilo em voz alta para o dragontino. — Por causa do acordo. Ele sente que tem uma certa obrigação.

Nektas deu um leve sorriso.

— Acho que a decisão de Ash não teve nada a ver com o acordo. Nem essa, nem nenhuma de suas decisões mais recentes.

*

Aios chegou logo após a partida de Nektas. Depois de me deixar atordoada, o dragontino saiu para a varanda, e fiquei segurando o lençol de encontro ao peito enquanto Aios pegava um roupão cor de creme feito de um tecido macio. Meus pensamentos pulavam de uma coisa para outra.

Tudo o que Ash havia feito — e estava fazendo — era por causa do acordo. Não acreditava nem um pouco que ele não sentisse certa obrigação em relação a mim, um senso de responsabilidade que eu pretendia explorar.

Ainda sentia o gosto amargo na boca quando Aios me entregou o roupão.

— Você está bem? — perguntou. Seu rosto estava mais pálido que o normal. Havia uma ruga de preocupação na testa dela.

— Nem parece que fui envenenada — admiti, amarrando a faixa do roupão em volta da cintura.

— Que bom. — Ela pegou um monte de travesseiros, afofando-os e depois os apoiando na cabeceira da cama. — Vou pegar algo pra você beber.

— Não precisa fazer isso.

— Eu sei. — Aios foi em direção à mesa, arregaçando as mangas do suéter. — Há muitas coisas que não preciso fazer, mas que faço mesmo assim. Essa é uma delas. Uísque ou água?

Acomodei-me na pilha de travesseiros.

— Uísque. Uma dose vai me cair bem.

Um sorrisinho surgiu em seus lábios. Ela pegou uma garrafa de cristal, derramou o líquido cor de âmbar em um copo curto e trouxe a bebida para mim.

— Se isso não fizer mal ao seu estômago, imagino que conseguirá comer alguma coisa em breve.

Dei um gole na bebida, desfrutando do calor que descia pela minha garganta e desabrochava no meu peito.

— Obrigada.

Nektas entrou pela varanda.

— Ele está vindo.

Senti as mãos tremerem. O dragontino não precisou dizer quem estava vindo para que eu soubesse que era Ash. Fui tomada pelo nervosismo e tomei um bom gole do uísque, acabando com metade do copo. Engoli e ergui o olhar.

Nektas estava me encarando.

— Quer mais uma dose? — perguntou Aios, sorrindo.

— Não. Não seria muito sensato.

— Por que não? — perguntou o dragontino.

— Porque é mais provável que eu reforce aquela história de me meter em confusão — admiti. O que saiu da minha boca em seguida só pode ter sido o efeito da bebida já começando a soltar minha língua. — A outra Primordial ainda está aqui?

— Não. — O sorriso sumiu do rosto de Aios. — Veses já foi embora.

— Por enquanto — acrescentou Nektas. — Ela vai voltar.

— É verdade — murmurou Aios, olhando para as portas fechadas.

Nenhum dos dois parecia gostar muito de Veses. Ector também não. Quando as portas se abriram, suas reações à menção da Primordial caíram no esquecimento. Todo o meu ser se concentrou em Ash assim que ele entrou no quarto, principalmente o nó de calor no meu peito. Podia jurar que ele zumbia alegremente conforme o olhar do Primordial se prendia ao meu.

E tinha certeza de que aquele calor não era culpa do uísque.

Aios e Nektas seguiram até a porta, mas o dragontino se deteve.

— Ela está preocupada que o consumo de álcool a instigue a se meter em confusão.

Fiquei boquiaberta.

— Achei melhor avisar — concluiu Nektas.

— É sempre bom estar preparado — murmurou o Primordial, e eu estreitei os olhos em sua direção. O dragontino deu uma risada grave e rouca enquanto fechava a porta. Ash não desviou o olhar de mim.

Olhei sobre a borda do copo para ele, tomando um gole *delicado*.

— Parece que fui erroneamente rotulada como encrenqueira.

— Erroneamente? — Ash se aproximou da cama. Ele não se sentou na cadeira, mas na beira da cama ao meu lado.

Assenti com a cabeça.

Ele me observou atentamente.

— Como está se sentindo? Apesar do uísque?

— Acho que normal. — Baixei o copo para o colo. — Nektas disse que você me deu uma poção.

— Dei.

— Não me lembro disso.

— Você oscilava entre despertar e perder a consciência. Eu usei de persuasão — explicou ele, e respirei fundo. — Se não o fizesse você teria morrido. Sinto muito por forçá-la. Foi necessário, mas não é algo que goste de fazer.

Encarei-o, sentindo um zumbido estranho no peito que não tinha nada a ver nem com o calor, nem com o uísque. Pensei no amigo que Ash precisou matar.

— Você está falando a verdade.

— Estou.

— Obrigada — murmurei, pensando no que Nektas havia me dito.

Ash me encarou com atenção.

— Não precisa agradecer.

— Pensei que fosse apreciar uma demonstração de gratidão.

— Não quando se trata da sua vida.

Senti um calafrio e ergui o copo, tomando outro gole enquanto Ash me observava.

— Nada incomoda você? — perguntou ele.

— Como assim?

— Você quase morreu, mas parece nem se incomodar com isso.

— Deve ser por causa do uísque.

— Não, não é — retrucou Ash.

Estreitei os olhos.

— Você está lendo minhas emoções?

— Um pouco. — Ele inclinou a cabeça. — Só por alguns segundos.

— Você deveria parar de fazer isso, mesmo que só por alguns segundos.

— Eu sei.

Encarei-o por um instante.

— Vou parar. — Um ligeiro sorriso surgiu em seu rosto. — Como você se tornou tão forte, *liessa*?

Liessa. Será que ele também chamava Veses assim? Controlei-me para não perguntar.

— Não sei.

— Você deve saber.

Balancei a cabeça, olhando para o copo quase vazio.

— Foi necessário.

— Por quê?

Abri a boca, mas logo a fechei.

— Não sei. Enfim... — Engoli em seco, mudando de assunto. — Então, os deuses sepultados não estavam sozinhos lá na Floresta Vermelha.

— Fiquei sabendo — respondeu ele secamente. — Por que não me contou? Eu vi os arranhões. Podia ter feito alguma coisa antes que a toxina se espalhasse em seu corpo.

Quer dizer que ele não teria voltado para Veses?

— Achei que já estivesse bastante irritado por causa dos deuses. Pensei em te contar sobre os Caçadores mais tarde.

Ash não pareceu concordar nem um pouco com minha decisão.

— Se soubesse que as unhas deles eram envenenadas, eu teria dito alguma coisa — observei.

— Se você não estivesse onde não deveria, isso não seria um problema.

Bem, nisso ele tinha razão.

— Só pra você saber, eu tentei me esconder dos Caçadores. Eles estavam indo para o palácio quando me viram. — Olhei de volta para Ash. — Por que acha que estavam aqui?

— Essa é uma boa pergunta. Os Caçadores raramente vêm às Terras Sombrias. — Ele me encarou. — Tem certeza de que foi esse tipo de Germe que você viu?

Confirmei com a cabeça, tomada pela inquietação. Será que o que fiz na floresta atraiu os Caçadores? Eles apareceram nos Olmos Sombrios logo depois que curei o lobo kiyou. Mas como poderiam saber?

Tomei outro gole.

— Você foi até as tumbas? — perguntei.

— Fui.

— Descobriu como eles se libertaram das amarras?

— Alguém deve tê-los libertado com muito cuidado.

Arregalei os olhos.

— Quem faria uma coisa dessas?

— Meus guardas são bons homens e mulheres. Leais a mim. Além do mais, nenhum deles ia querer fazer isso, pois sabem que seria um verdadeiro desastre se os deuses conseguissem sair das tumbas — explicou ele. — Outros deuses talvez tentassem só para ver o que aconteceria. Um deles podia estar tentando libertar determinado prisioneiro quando mudou de ideia, selando novamente a tumba. — Ash fez uma pausa. — Se isso não tivesse acontecido hoje, é bem provável que os deuses que foram libertados atacassem a próxima pessoa que abrisse a tumba.

— Quer dizer que você me deve um agradecimento?

— Eu não iria tão longe assim.

Imaginei que não.

Senti o peso do seu olhar sobre mim e o encarei. Assim como Nektas, ele parecia à vontade, mas havia uma certa tensão perigosa em seu semblante. Lembrei-me do que havia descoberto antes da chegada dos Caçadores e do que Ash me contara a respeito das Terras Sombrias quando estávamos no lago.

— Por que, com exceção da Floresta Vermelha, é tudo tão cinza aqui? Nem sempre foi assim, não é?

— Não — confirmou ele. — Mas as Terras Sombrias estão morrendo.

Senti um aperto no peito.

— Porque o acordo não foi cumprido?

Ele franziu os lábios.

— Não.

Fiquei surpresa. Quer dizer que não era como a Devastação? Não tive chance de perguntar.

— Por que você foi até a floresta, Sera? — perguntou Ash. — Eu já tinha te avisado. A parte que leva à cidade é segura, mas só isso. Você não devia ter entrado lá sozinha.

— Eu não pretendia... — comecei a falar e então suspirei. — Não foi de propósito.

— Você entrou na floresta. Como não foi de propósito?

Não podia contar a ele sobre o falcão.

— Não foi como se eu tivesse decidido fazer isso.

— Ah, não? — desafiou Ash. — Porque tenho a impressão de que você não dá ponto sem nó.

A irritação me dominou.

— E eu tenho a impressão de que você sabe muito pouco sobre mim para chegar a essa conclusão — retruquei. — É bom que saiba que eu dou muitos pontos sem nó, tá?

— Ora — disse ele bem devagar, franzindo os lábios. — Mas que alívio.

— Tanto faz. Eu não teria ido lá fora se... — Eu me contive bem a tempo. — Estava entediada e cansada de ficar presa nesse lugar.

— Presa? Você tem tudo isso aqui. — Ele estendeu as mãos. — E pode ir aonde quiser dentro do palácio...

— Menos em seu escritório — deixei escapar, e não havia nada para culpar além do maldito uísque. Os olhos dele assumiram um tom de aço, e eu acrescentei rapidamente: — Não sei se você já passou muito tempo na biblioteca, mas não é o lugar mais excitante do mundo.

— E você acha que meu escritório é?

Bufei como um porquinho.

— Aposto que foi há bem pouco tempo — respondi, levantando o copo só para perceber que havia acabado com a bebida.

— O que você quer dizer com isso? — indagou ele quando comecei a me inclinar na direção da mesinha de cabeceira.

Ash pegou o copo de mim e o colocou sobre o colo.

Arqueei as sobrancelhas.

— Sério? Aposto que seu escritório tem sido *bastante* estimulante e charmoso nos últimos dias.

Ele se recostou na cadeira e deu uma risadinha.

— Puta merda.

— O que foi? — Segurei a ponta do lençol que fazia um montinho em cima do meu colo.

— Você está com ciúmes.

Calor subiu pelo meu pescoço.

— Desculpe, acho que não ouvi direito.

Ash riu outra vez, mas o som acabou rápido demais conforme ele se inclinava na minha direção.

— Você está mesmo com ciúmes. Foi por isso que entrou naquela maldita floresta.

— O quê? Não foi por isso que fui até lá.

— Mentira.

Arregalei os olhos conforme a raiva se misturava ao constrangimento e, infelizmente, ao uísque.

— Quer saber de uma coisa? Tudo bem, eu estava mesmo com ciúmes. Você tem estado ocupado demais para falar comigo por mais de cinco segundos nos últimos dias, me deixando sozinha, como sempre. Caminhando pelo pátio sozinha. Jantando sozinha. Indo para a cama sozinha. Acordando sozinha. Estou começando a me perguntar o que foi que eu fiz para merecer ficar *sempre* sozinha.

Ele arregalou os olhos, perplexo. Nada do que saiu da minha boca precisava ser compartilhado. Não foi uma encenação. Um estratagema. Era a verdade, e eu não conseguia mais me conter.

— Eu só vejo outra pessoa quando um dos seus guardas tenta me seguir discretamente ou alguém me traz comida — continuei.

Em algum momento Ash havia entreaberto a boca, mas não sei em reação a quê nem sabia mais o que estava dizendo. Eu parecia um vulcão em erupção.

— Então, sim. Eu estava presa aqui, sozinha, enquanto o meu futuro *marido* estava ocupado fazendo sei lá o quê com uma Primordial que parece cheia de intimidade com ele. Ora, é claro que fiquei com ciúmes. Isso te deixa contente? Te diverte? Seja como for, é tão irrelevante que nem chega a ser engraçado.

Ash me encarou.

— Por que você acha que merece ficar sozinha?

De tudo o que eu disse, foi *naquilo* que ele prestou atenção?

— Não sei, me diga você. Eu não faço ideia. Talvez haja algo de errado comigo. Talvez minha personalidade seja uma grande decepção — respondi, começando a me afastar dos travesseiros. — Quer dizer, eu sou encrenqueira e tagarela...

— Opa. — Ash se mexeu, colocando a mão no outro lado da minha perna. A parte de cima do corpo dele me impedia de me mexer, a menos que eu quisesse tentar derrubá-lo de lado. — Quer fazer o favor de continuar sentada?

— Não quero ficar sentada. *Detesto* ficar parada. Preciso me mexer. Estou acostumada a me movimentar, a estar sempre fazendo alguma coisa — retruquei. — E não quero falar sobre isso. Aposto que você também não, já que está tão ocupado...

— Não estou ocupado agora.

— Tanto faz.

Os olhos dele se iluminaram.

— Então talvez queira saber que não gosto de passar nem um segundo na presença de Veses.

— Sério? — Dei uma risada seca que fez minhas costas doerem. — Ela é linda.

— E daí? Que importância tem a beleza quando ela é tão venenosa quanto uma víbora? Não só não confio em Veses, como não gosto dela. Ela é... — Um músculo se contraiu em seu maxilar. — Ela é da pior espécie.

— Então o que ela estava fazendo aqui? — *Por que a deixou tocá-lo?* De algum modo, consegui me conter e não fazer essa pergunta, graças aos deuses.

— Você sabe muito bem. Ela ouviu dizer que eu tinha uma Consorte e ficou curiosa.

— E por que ela se importa com isso?

— Por que você se importa?

Calei a boca.

O éter se iluminou atrás das suas pupilas, e ele ficou calado por um instante.

— Não queria que você se sentisse sozinha aqui. Não sabia se você precisava ou não de espaço, então disse aos outros para te darem algum tempo. Foi culpa minha. — Ele estava mais perto, e seu cheiro me provocava. — Mas é verdade, eu realmente tenho evitado você.

Senti uma pontada no estômago.

— Não precisava que você confirmasse o que acabei de dizer.

— Mas não é porque você seja encrenqueira ou tagarela. Na verdade, acho esses traços estranhamente sedutores — admitiu ele.

— Quem em sã consciência acharia isso sedutor?

— É outra boa pergunta — respondeu Ash, e comecei a franzir a testa. — Mas tenho te evitado porque, quando fico perto de você por mais de alguns minutos, meu interesse logo ofusca meu bom senso. E essa é uma distração, uma complicação, à qual não posso me dar o luxo.

Senti um estranho aperto no peito que não entendi muito bem.

— Mentira.

— Você acha mesmo?

— Não sei o que acho, mas sei que palavras não significam nada. — Retribuí o olhar dele e não sei se foi meu dever que me fez dizer aquilo ou algo igualmente terrível. — Então, como disse antes, quando se trata do seu *interesse*, você só fala, *Nyktos*. Era disso que eu...

Ash agiu tão rápido que senti sua mão na minha bochecha e seus lábios nos meus antes que pudesse recuperar o fôlego. Não havia nada suave, doce ou lento no modo como ele segurava meu rosto. Seu beijo me marcou em questão de segundos, e eu reagi sem hesitar, sem pensar. Puxei a frente da sua túnica e retribuí o beijo com a mesma ferocidade.

Ele estremeceu e então se levantou, apoiando o peso na outra mão conforme se inclinava sobre mim. Nossos corpos não se tocaram, mas ele me manteve ali, apoiada contra a pilha de travesseiros, com os sentidos a mil. Sua língua rolou sobre a minha, e um som primitivo escapou dele quando fiz o mesmo.

Ele ergueu a cabeça, ofegante.

— Sabe o que é mais difícil, *liessa*? Nem sei por que estou lutando contra essa necessidade. Você aceitaria, não é?

— Sim — sussurrei sem a menor vergonha ou culpa. Era verdade, mesmo que não houvesse acordo ou dever a ser cumprido. O que deveria ter me deixado apavorada.

— Eu quero você. — Os lábios dele roçaram nos meus. Um tremor percorreu meu corpo conforme as pontas dos seus dedos seguiam do meu pescoço até o ombro. — Você me quer. — Os dedos dele seguiram o V do roupão, deslizando sobre a curva dos meus seios.

— *Sim*.

— Então por que não podemos fazer isso? — Seu polegar roçou no meu mamilo entumecido enquanto ele apalpava meu seio. — Não precisa ser uma complicação. Talvez até torne o acordo entre nós mais fácil — ponderou ele, escorregando a mão do meu seio latejante e descendo a inclinação da minha barriga. — Talvez assim não precise me preocupar com você vagando pela Floresta Vermelha.

— Eu não vaguei de propósito — falei, com a pulsação acelerada.

— Não. Só sem querer. — Ele mordiscou meu lábio enquanto deslizava a mão por dentro do roupão. A sensação da sua pele fria na minha barriga me deixou ofegante. — Abra as pernas para mim, *liessa*.

Obedeci.

— Será que essa será a única vez que você faz o que peço sem lutar?

— É bem possível.

A risada de Ash brincou nos meus lábios conforme ele escorregava os dedos frios entre minhas pernas, me arrancando um suspiro.

— Cacete — murmurou ele, roçando os lábios nos meus. — Você está tão gloriosamente molhada. — Ele passou o dedo pela umidade em movimentos lentos e provocantes e então o enfiou em mim. Dei um gemido e puxei sua camisa. — E faz sons igualmente gloriosos. Parecem até uma canção.

Meu corpo estremeceu quando ele começou a mover o dedo. Remexi os quadris, mas então ele se deteve.

— Não. — Ele levantou a cabeça e esperou até que eu abrisse os olhos. — Não se mexa, *liessa*. — Ele enfiou o dedo de volta, o mais fundo que pôde. — Você pode estar se sentindo bem, mas seu corpo já passou por muita coisa hoje.

— Acho que não consigo ficar parada. — O sangue corria veloz pelas minhas veias conforme ele arrastava o polegar pelo feixe de nervos.

— Então teremos que parar. — O olhar de Ash se fixou no meu, e ele enfiou mais um dedo, ganhando mais espaço. — Você não goza nos meus dedos, e eu não sinto seu gosto outra vez. Não vai querer que eu pare, vai?

— Não. — Puxei a túnica dele.

— Então não se mexa.

Com o coração disparado, vi-o se afastar um pouco. Seu olhar deixou o meu e desceu lentamente pelo meu peito arfante até chegar ao roupão aberto na altura do umbigo. Ele podia ver a parte mais íntima do meu corpo, bem mais do que na margem enluarada do lago ou quando estava atrás de mim na sala de banho. Não havia como esconder nada. Não que eu quisesse, embora estivesse completamente à mercê dele e tentando de tudo para continuar parada enquanto ele movia os dedos mais rápido, girando o polegar sobre o feixe de nervos latejantes. Vi-o observando a si mesmo, deslizando os dedos compridos e escorregadios por entre minhas pernas abertas. Nunca tinha visto nada tão erótico em toda minha vida.

Senti o corpo tenso quando um gemido ofegante me fez entreabrir os lábios. Meus quadris se agitaram e Ash os apertou, pressionando minha carne para que eu permanecesse imóvel. Um terremoto me atingiu.

— Assim — disse ele com um tom de voz quase gutural que eu nunca tinha ouvido antes. — Consigo sentir você.

O olhar ávido dele escaldou minha pele, deixando meu sangue em brasas. Meu corpo inteiro pareceu se retesar ao mesmo tempo. Seus dedos bombearam dentro de mim, e eu comecei a tremer. Ele deu um gemido rouco quando me desfiz, perdida nas ondas de prazer e jogando a cabeça para trás. O êxtase me invadiu, aliviando os músculos tensos e desanuviando meus pensamentos. Não me senti vazia, não do jeito com que estava dolorosamente familiarizada. Não do jeito que me fazia sentir sozinha, indigna e desumana. *Eu*. Quem quer que eu fosse. Eu ainda estava ali, e o toque suave dos lábios de Ash nos meus era um lembrete disso.

Eu ainda estava ali quando ele tirou os dedos de dentro de mim e ergueu a mão. Tive um vislumbre provocante das presas conforme ele enfiava os dedos na boca. Meu corpo inteiro reagiu à visão, se retesando.

Um sorriso surgiu em seu rosto quando ele abaixou a mão e depois a boca, me beijando de modo suave e devagar. Havia algo *carinhoso* nos beijos superficiais, quase hesitantes. E também pervertido, pois eu podia sentir meu gosto nos lábios dele.

Continuei a afundar nos travesseiros, sentindo o corpo mole conforme sua boca deixava a minha. Ele afastou uma mecha de cabelo do meu rosto.

— Trinta e seis.

Abri os olhos.

— O quê?

— Sardas — respondeu ele, com as bochechas mais coradas que o normal. — Você tem 36 sardas no rosto.

Senti aquele zumbido estranho no peito.

— Você contou?

— Sim. — Ash afastou o corpo para trás. — Contei no dia em que você chegou aqui. Depois contei de novo para ter certeza de que estava certo. E estava. — Ele ajeitou a faixa solta do meu roupão. — Espero que não reste mais nenhuma dúvida sobre meu interesse em você.

— Não, não resta.

— Ótimo.

E era mesmo. Eu deveria me sentir bem. Sua atração por mim era verdadeira. Era um passo na direção que eu precisava tomar. Ainda assim me senti desconfortável.

Ele me encarou, e o lento redemoinho do éter teve um efeito quase hipnótico sobre mim.

— Preciso me limpar e trocar de roupa.

Franzi o cenho e comecei a perguntar por que quando ele se levantou e vi que sua calça estava mais escura na área da pélvis. O tecido parecia úmido. Ele havia... gozado? Meus olhos dispararam para os dele. Eu não havia tocado em Ash, nem ele havia se tocado.

Um sorriso enviesado surgiu em seus lábios carnudos.

— Como disse antes, espero que não reste nenhuma dúvida sobre meu interesse.

Fiquei sem palavras enquanto ele se dirigia para as portas que uniam nossos aposentos. Ash se deteve e olhou para mim.

— Já volto.

Não falei nada quando ele destrancou a fechadura e abriu a porta, desaparecendo na escuridão do quarto. Observei-o fechar as portas em silêncio, estranhando que uma maçaneta e um pedaço tão fino de madeira separassem nossos aposentos.

Fechei os olhos e afundei nos travesseiros. Não achei que ele fosse voltar, e era melhor assim. Eu não estava me sentindo bem. Devia ser o uísque e o que quer que houvesse naquela poção.

O clique suave da porta me fez abrir os olhos poucos minutos depois. Olhei para cima e me esqueci de tudo assim que me deparei com Ash.

Ele havia tomado banho e vestido uma calça preta folgada e uma camisa branca com as mangas arregaçadas e o colarinho aberto. Seu cabelo estava úmido e penteado para trás dos traços marcantes do rosto.

E ele havia voltado. Como disse que faria.

Meu coração disparou no peito.

Ash parou na beira da cama.

— Sei que você precisa descansar. E sei que deveria deixá-la em paz, mas... — O peito dele subiu com uma respiração profunda. — Se não tiver problema, eu gostaria de ficar aqui com você. Só isso. Só ficar aqui.

Assenti, sentindo a garganta seca e um nó no estômago.

— Por mim tudo bem.

Ash não se mexeu pelo que me pareceu uma eternidade, o que me fez pensar se ele achava que eu fosse recusar. Mas então deitou o corpo comprido ao meu lado na cama. Ele se virou de frente para mim, e eu devo ter parado de respirar quando seu olhar encontrou o meu.

— Você está bem? — perguntou ele depois de alguns momentos.
— Sim — murmurei.
Ash arqueou a sobrancelha.
— Tem certeza?
— Aham.
Ele abriu um sorriso.
— Você parece estar congelada.
— Pareço?
— Sim, parece.
— Não foi minha intenção. — Senti as bochechas corarem. — É só que nunca me deitei com ninguém antes.
— Sério? — perguntou ele, cheio de dúvida. — Pensei que sim.
— Não... *Espera*. — Arregalei os olhos. — Você está falando de sexo? Sim. Eu já fiz sexo. — Retesei o corpo. — Isso te incomoda?
— Não. — Ele deu uma risada e colocou a mão entre nós dois na cama. — Então o que você quis dizer com isso?
— Quis dizer que nunca fiquei deitada na cama com ninguém. Nunca dormi nem descansei ao lado de outra pessoa antes — expliquei. — Nunca.
— Nem eu. — Os olhos dele tinham um tom suave de cinza, com o brilho do éter suavizado atrás das pupilas.
— Você nunca dormiu ao lado de alguém?
— Não. Nem nada do tipo, para falar a verdade. Nem com Veses. Nem com ninguém. Eu nunca me *deitei* com ninguém antes.
Embora já suspeitasse que Ash não tivesse muita experiência com base no que havia me dito no lago, fiquei chocada mesmo assim. Pensei que ele ao menos tivesse *alguma* experiência.
— Por que não? — perguntei e imediatamente me encolhi. — Desculpe. Não é da minha conta...

— Acho que é, sim — disse ele, e eu senti aquele maldito redemoinho estranho de novo. Ash pegou a ponta da trança caída sobre o meu braço. — Não sei. Nunca deixei que as coisas chegassem a esse ponto. Parece muito arriscado ficar tão íntimo de outra pessoa.

Senti uma pontada de tristeza no peito, indesejada, mas ainda assim presente. Podia ser por causa dos outros Primordiais, mas achei que tivesse mais a ver com o que havia acontecido com os pais dele.

Pensei nos deuses na muralha.

Pensei em como Nektas era o único que ouvi chamá-lo de Ash. Não sei se isso significava alguma coisa ou não, mas ele havia dito que era arriscado ficar íntimo de *outra pessoa*.

— Você tem amigos — afirmei. — E quanto a Ector? Rhain? Saion...

Ele me encarou enquanto passava o polegar pela minha trança.

— São guardas leais. Confio neles.

Eu podia apostar que, embora ele se referisse a Lathan como amigo, era apenas uma palavra para ele, sem nenhum significado. Senti um nó na garganta enquanto olhava para a cicatriz em seu queixo. A vida dele parecia ser tão solitária quanto a minha.

E talvez tenha sido por isso que perguntei aquilo. Uma pergunta para a qual não sabia muito bem se queria ouvir a resposta, mesmo que precisasse.

— Por que está correndo esse risco agora?

Ele ergueu os cílios volumosos e seus olhos cinzentos como aço se fixaram nos meus.

— Porque não consigo me conter, apesar de saber que deveria. Mesmo sabendo que vou acabar me odiando por isso. Mesmo que você acabe me odiando.

Capítulo 31

— Você consegue — incentivou Aios, com as mãos unidas sob o queixo. — É só pular.

O dragontino preto-arroxeado oscilou na beira da rocha, com as asas de couro bem abertas. Prendi a respiração quando Reaver pulou, levantando as asas. Abaixo da pedra, Jadis girava o corpo verde-amarronzado num círculo animado. Reaver mergulhou precariamente, e Aios e eu demos um passo adiante até que o vimos passar por cima das nossas cabeças com um trinado de vitória.

— Graças aos deuses! — murmurei, suspirando conforme ele subia e pairava no ar. Fiquei admirando Reaver alçar voo, temendo que ele caísse de repente. — Acho que nunca fiquei tão tensa em toda minha vida.

Aios riu baixinho enquanto passava uma mecha do cabelo acobreado sobre o ombro.

— Eu também. — Ela olhou para mim. — Como você está hoje?

— Muito bem. — Jadis gorjeou, correndo pelo pátio e levantando um pó cinza enquanto seguia Reaver. Olhei para o braço. — Os arranhões estão quase imperceptíveis.

— Você deu sorte de ter tomado logo o antídoto — comentou Aios, observando o dragontino. — Mais alguns minutos e poderia ter sido tarde demais.

Assenti distraidamente, e meus pensamentos se voltaram para meu quarto e Ash. As emoções que senti eram as mais variadas, da estranha sensação de zumbido até uma inquietação profunda. Eu havia adormecido ao seu lado na noite anterior. Não sei exatamente em que momento. O silêncio reinou entre nós enquanto ele brincava com minha trança. Também não sei quanto tempo ele ficou ao meu lado. Ash já tinha ido embora quando acordei, mas seu cheiro permaneceu nos travesseiros e lençóis. Acho que talvez tenha passado a noite toda comigo.

O que era um bom sinal. Um ótimo sinal.

Mordisquei o lábio inferior e me virei para Aios e os dragontinos. A deusa tinha aparecido de manhã cedo com o café e se juntou a mim nos meus aposentos. Depois ela me perguntou se eu queria acompanhá-la num passeio. De algum modo, fomos parar ali com os dragontinos, e fiquei imaginando se Ash tinha alguma coisa a ver com isso. Se havia dito a Aios que eu não precisava de espaço. Não perguntei porque o assunto parecia um pouco constrangedor. Além disso, ainda não conseguia acreditar que havia admitido me sentir como se tivesse feito algo para merecer ficar sozinha.

Maldito uísque!

Jadis disparou pelo pátio, tentando ganhar velocidade para levantar voo, algo que já havia tentado várias vezes. Aios foi atrás dela e Reaver pousou ao lado da rocha. Ele ficou me observando de longe, estreitando os olhos. Havia uma expressão reflexiva em seu rosto, quase desconfiada. Estendi a mão na direção dele enquanto Jadis o espiava por trás de uma das minhas pernas. Reaver inclinou a cabeça para o lado e passou as asas para trás.

— Você é muito desconfiado, não é? — comentei, abaixando a mão e me lembrando do dia anterior.

Voltei a olhar para Aios. Ela havia pegado Jadis pelo braço e estava levando a dragontina birrenta para longe da rocha alta.

— Posso fazer uma pergunta?

— Claro.

— É sobre aquela Primordial. Veses — comecei, e Aios se retesou de leve enquanto Reaver alçava voo outra vez. — Tive a impressão de que ninguém aqui gosta dela, e Ash me disse que ela era da pior espécie. Ela teve alguma coisa a ver com os deuses na muralha?

Uma brisa soprou pelo pátio, agitando as mechas do seu cabelo enquanto Aios soltava o braço de Jadis e se endireitava.

— Não. Não que eu saiba. Mas ela não é muito bem-vista nas Terras Sombrias. Veses pode ser bastante vingativa quando é irritada ou ignorada. — Aios deu uma risada tensa. — Já conheceu alguém que acha que tem direito a tudo que quiser? Veses é assim. E esse direito se estende às pessoas. Muitos deuses e deusas gostariam de ser o objeto da sua afeição. E muitos o são. — Ela se virou para mim, colocando uma mecha de cabelo atrás da orelha. — Mas ela fica obcecada por aqueles que percebe que não pode ter. E se não conseguir, tende a ficar bastante ressentida.

— E ela quer Ash? — deduzi.

— Só porque ele nunca lhe deu esse tipo de atenção — respondeu Aios. — Para ela é pessoal. Mesmo que ele nunca tenha demonstrado interesse em ninguém até você chegar.

Até você chegar.

Meu estômago se contraiu ao mesmo tempo em que meu coração disparou. Ignorei ambas as reações.

— Ela já machucou alguém por causa da falta de interesse de Ash?

— Acho que não, mas ela pode tornar as coisas difíceis pra ele. Embora não seja apreciada por muitos, Veses é bem relacionada. — Aios franziu o cenho. — Sabe, acho que ela não foi sempre assim. Pelo menos, foi o que ouvi dizer. Quando eu era mais nova, Mycella me contou muitas histórias sobre Veses, sobre como costumava ser gentil e generosa, concedendo boa sorte a deuses e mortais mesmo que não tivessem rezado por isso. Ela é muito velha. Já passou da hora de ir descansar, então não sei se sua natureza se deve em parte a viver uma vida tão longa.

Duas coisas chamaram minha atenção.

— Mycella? Você está falando da mãe de Ash?

Ela assentiu, e um sorriso triste surgiu em seu rosto.

— Nós éramos parentes distantes. Primas, como diriam os mortais. Uma de suas tias ou tios era da Corte de Kithreia. Eu era muito nova quando ela foi assassinada.

Era por isso que ela se sentia segura ali? Por causa do parentesco com Ash? Olhei para baixo quando Jadis pulou em cima do meu pé.

— O que você quer dizer com descansar? Tipo ir dormir?

— Para alguns, sim. Para outros, é como se aposentar. Sabe, os Primordiais podem ser imortais, e esse tipo de vida é inconcebível para a maioria dos deuses, embora alguns tenham se tornado tão poderosos que também sejam imortais. E tanto tempo assim pode apodrecer sua mente. — Aios cruzou os braços sobre o peito enquanto observava Reaver planar pelos ares. — Ver o mundo ao seu redor ser destruído e reconstruído várias vezes. Não ver nada novo. Não se surpreender mais e se acostumar tanto com a perda que até mesmo a ideia do amor não é mais emocionante.

Senti a pele arrepiar sob a túnica preta e tentei imaginar como deveria ser viver tanto tempo a ponto de já ter visto de tudo.

— Quanto mais tempo um Primordial ou deus viver, maior o risco de se tornar mais éter do que pessoa. Alguns conseguem lidar com a imortalidade melhor do que outros, mas no fim das contas ela acaba afetando a todos nós. Há maneiras de evitar isso, e uma delas é entrar em um sono profundo. Hibernar. Mas poucos o fizeram — explicou ela. — Quem não quiser hibernar pode entrar no que chamamos de Arcadia, um lugar parecido com o Vale. Um jardim, por assim dizer. Permite paz para o Primordial e a Ascensão de outro.

— É outro plano? — perguntei enquanto Jadis se espreguiçava, colocando uma garra no meu outro pé. Não fazia ideia do que a pequena dragontina estava fazendo.

Aios confirmou com a cabeça.

— Mas Veses não pode fazer isso. Nenhum deles pode.

Comecei a perguntar o motivo quando ela olhou por cima do meu ombro na direção do palácio. Um sorriso voltou às suas feições sérias.

— Bele!

Olhei para trás e vi duas pessoas atravessando o pátio, ambas vestindo túnicas pretas com um bordado prateado ao longo do colarinho e do peito.

A que presumi ser Bele era alta e esguia, com a pele marrom-clara reluzente como as areias luminosas na costa do Mar de Stroud. Os cabelos da cor da meia-noite caíam sobre os ombros numa trança grossa. Seus traços eram surpreendentemente angulosos, com os luminosos olhos castanhos faiscando com o brilho do éter. Carregava espada curta presa ao quadril, e pude ver a curva de um arco sobre seu ombro.

Ao seu lado havia um homem de pele negra com a túnica sem mangas ajustada aos ombros e peito largos. Seu cabelo escuro era cortado rente à cabeça. Havia algo familiar em suas belas feições e na boca impassível.

O sorriso de Aios se alargou à medida que eles se aproximavam. O homem olhou para mim enquanto Bele se adiantava para dar um abraço rápido e apertado em Aios.

— É tão bom te ver! — exclamou Aios, dando um passo para trás e apertando os braços de Bele. — Você está longe há tanto tempo que eu estava começando a me preocupar.

A deusa de cabelos escuros deu uma risada.

— Você já deveria saber que não precisa se preocupar comigo.

— Eu me preocupo com todos vocês quando estão longe daqui. — Um pouco da alegria sumiu do tom de voz de Aios, dando-me a impressão de que era verdade.

— Vou ganhar um abraço também? — perguntou o homem quando Bele deu um passo para trás, com os olhos castanho-escuros reluzentes de éter.

— Eu o vi hoje de manhã, Rhahar. — Aios arqueou a sobrancelha, e eu logo reconheci o nome: era um dos deuses que foram verificar as tumbas com Ash. — Mas você quer mesmo um abraço?

— Na verdade, não.

Aios deu uma risada e avançou mesmo assim, dando um abraço igualmente apertado no deus. Não achei que ele pudesse parecer mais desconfortável com os braços presos ao lado do corpo e não pude deixar de sorrir quando Jadis finalmente saltou de cima dos meus pés e caminhou na direção de Bele.

— Olá, Jadizinha. — Bele se abaixou e coçou o queixo da dragontina.

— Puta merda! É Reaver voando lá em cima? — Rhahar apertou os olhos para o céu estrelado.

— Sim. — Aios olhou por cima do ombro enquanto Reaver voava em círculos ao redor da Colina. — Ele pegou o jeito hoje, finalmente.

— Você deve ser ela — observou Bele. Desviei o olhar de Reaver e a encarei. A deusa me observava cheia de curiosidade. — Nossa futura Consorte.

Senti dificuldade de respirar, mas assenti.

— É o que parece.

Bele deu um sorriso breve antes de colocar a mão direita no peito e fazer uma reverência. O gesto me pegou desprevenida. Ninguém havia feito aquilo antes.

— Não precisa fazer isso — deixei escapar conforme ela se endireitava. — Quer dizer, eu ainda não sou a Consorte. Pode me chamar de Sera.

— Só porque não é oficial não quer dizer que você não mereça respeito pela sua posição — afirmou Bele e então se virou lentamente para Rhahar.

Rhahar franziu a testa para ela.

— O que foi?

A deusa arqueou as sobrancelhas e apontou uma unha pintada de preto para mim. Retesei o corpo, sentindo as faces corarem.

— Não é realmente necessário...

— É, sim — interrompeu Bele, olhando para mim. — Se não demonstrarmos respeito à sua posição, nenhuma das Cortes o fará. E se eles não a respeitarem, é pouco provável que você sobreviva à coroação, seja Consorte do Primordial ou não.

Abri a boca, mas não fazia ideia de como responder àquela afirmação nada reconfortante.

— Sabe, ela tem razão — ponderou Rhahar, olhando para mim. — Há boatos a seu respeito por toda parte. Muitos ficaram curiosos e confusos sobre o motivo de Ash ter escolhido uma mortal como Consorte.

Continuei sem saber o que dizer.

— Então tá — disse Aios com um suspiro. — Que primeiro encontro mais constrangedor!

— Mas é verdade. Alguns deuses estão apostando quanto tempo ela continuará viva — informou Bele.

Fiquei chocada.

— Sério?

Bele confirmou com a cabeça, olhando para a adaga de pedra das sombras presa à minha coxa.

— Mas Rhahar me disse que você sabe lutar.

Virei-me para ele e me deparei com Jadis pulando atrás de Reaver, mordiscando sua cauda. Acho que nunca tinha visto nada mais estranho. Ou adorável.

— Soube que se defendeu sozinha dos deuses sepultados — comentou ele. — Ela sabe lutar.

— Maravilha. — Bele sorriu, cruzando os braços.

— Bom — falei, balançando a cabeça. — Parece que essa coroação será divertida.

Rhahar deu uma risada áspera e seca.

— Será um evento e tanto, isso é certo.

Sua risada atingiu aquele acorde de familiaridade de novo. Olhei para ele com atenção. O rosto orgulhoso e o formato dos olhos me lembravam de...

— Você é parente de Saion?

Um ligeiro sorriso surgiu nos lábios dele.

— Saion é meu primo. Isso quando admito que o conheço — respondeu, com os olhos escuros aguçados. — Aliás, ele me contou o que você fez com um chicote.

Meus olhos se arregalaram.

Bele inclinou a cabeça para o lado.

— O que você fez com um chicote? — Ela olhou para Aios. — Você sabe?

Aios negou com a cabeça.

— Ela enfiou o cabo do chicote na garganta de um babaca — respondeu Rhahar, e Aios se virou na minha direção.

— Sério? — perguntou Bele, com um brilho no olhar.

Passei o peso de um pé para o outro.

— Sim, mas ele mereceu.

O sorriso de Bele se alargou, e Jadis deu um grasnado triste conforme Reaver levantava voo novamente. Mas havia algo mais no olhar de Bele, algo que não consegui definir muito bem.

— Não é comum que uma Consorte seja tão violenta.

Retesei o corpo.

— Você conhece muitas Consortes?

— Conheço.

— Mortais?

Ela me deu um sorriso tenso.

— Não.

— Então... — Pigarreei. — Admito que não sei muito sobre o Iliseu ou o funcionamento interno das Cortes. Devo ficar preocupada com a coroação?

Aios franziu os lábios.

— Bem...

Um grito de alerta atraiu minha atenção de volta para os dragontinos. Reaver batia as asas descontroladamente, tentando descer. Senti um nó no estômago. Jadis se equilibrava na beira da rocha, levantando as asas quase translúcidas enquanto se inclinava para a beirada.

— *Deuses!* — Disparei para a frente, conseguindo agarrá-la pela cauda enquanto passava o braço sob a barriga da dragontina. Com o coração disparado, segurei-a de encontro ao peito enquanto ela gorjeava freneticamente. — Você ainda não sabe voar — falei, sem saber se Jadis conseguia me entender ou não. — Podia ter quebrado a asa.

Bele bateu com a mão no peito.

— Destinos! Quase infartei agora!

— Infartar? Acabei de ver minha vida passar diante dos olhos. — Rhahar parecia abalado enquanto Reaver fazia um pouso desajeitado perto da rocha. — Nektas ia cortar nossos pescoços. Isso depois de nos carbonizar.

Franzi os lábios ao imaginar a cena e me abaixei para colocar a dragontina, que esperneava, no chão. Reaver estava bem ali, aos berros. Não sei o que ele estava comunicando a ela, mas não me parecia *nada* bonito. No momento em que a soltei, ela se jogou nos braços do dragontino maior.

— Acho que já chega de diversão ao ar livre pra você. — Aios saiu atrás de Jadis.

Meu coração ainda estava acelerado quando Bele disse:

— Para responder à sua pergunta sobre a coroação... Você deve ficar preocupada? A resposta é sim — aconselhou ela, e eu me virei para a deusa. — Aliás, posso te dar um conselho? Aconteça o que acontecer, não demonstre medo.

*

O conselho de Bele permaneceu comigo enquanto eu estava de pé no meu quarto só de roupa íntima, e uma mulher desconhecida me rodeava com uma fita de pano na mão.

Seu nome era Erlina. Ela era mortal, e achei que devia estar na terceira década de vida. Era uma costureira de Lethe e estava ali para tirar minhas medidas. Não só para o vestido da coroação, mas também para que eu tivesse um guarda-roupa composto por mais do que peças emprestadas e avulsas.

— Pode levantar o braço, Vossa Alteza? — perguntou Erlina suavemente.

Ao relembrar o que Bele havia me dito, reprimi a vontade de dizer a ela que não precisava se dirigir a mim de modo tão formal. Como pretendia continuar viva para cumprir meu dever, levantei o braço.

Vi Erlina subir em um banquinho que trouxera consigo e esticar a fita ao longo do meu braço, com as mangas de sua blusa azul esvoaçando. Em seguida, ela se virou e anotou as medidas num caderno grosso com capa de couro.

Meu olhar seguiu para as portas fechadas dos meus aposentos, onde sabia que Ector devia estar a postos. Ele havia me levado até lá depois de me avisar que a costureira havia chegado. Ainda não tinha visto Ash e, quando perguntei onde ele estava, me disseram que o Primordial estava nos Pilares.

Será que estava julgando as almas das pessoas? Se sim, como deve ser ter tanta responsabilidade? Quanta pressão! Imaginei que fosse como decidir usar meu dom.

— O outro braço — pediu Erlina. Quando arqueei a sobrancelha, um sorrisinho surgiu em suas feições delicadas e quase travessas. — Acredite se quiser, mas algumas pessoas têm braços e pernas de tamanhos diferentes. É raro e normalmente devido a algum ferimento, mas acho melhor verificar.

— Sempre aprendendo alguma coisa — murmurei.

— Mesmo comprimento. — Erlina acenou com a cabeça enquanto media meu braço. Depois passou para os meus ombros, que eu já sabia que eram mais largos do que os da maioria das mulheres. E certamente mais largos do que os dela. Ela era bem pequena. — Sabia que o pé tem quase o mesmo comprimento do antebraço?

Pestanejei.

— É mesmo?

Ela olhou para mim por trás dos cílios volumosos.

— É, sim.

— Bom. — Olhei para meu antebraço. — Agora quero conferir.

— Todo mundo quer quando descobre. — Ela pulou do banco e foi até o caderno. Os cabelos castanho-escuros que Erlina havia prendido num coque alto se soltaram um pouco quando ela se virou para mim. — Ouvi dizer que você gosta mais de calças do que de vestidos.

Fiquei surpresa, pois parecia que Ash tinha, mais uma vez, se lembrado do que eu havia dito.

— É verdade. Foi... — Parei de falar antes que me referisse ao Primordial como *Ash*. — Foi Nyktos que disse isso a você?

— Sim. Ele me falou quando passou na loja na semana passada — respondeu ela, e senti um nó no estômago. Na semana passada. Parecia que eu estava ali há muito mais tempo e, ainda assim, como se tivesse sido ontem que me ajoelhei na carruagem diante de Marisol. — Eu teria vindo antes, mas estava atrasada terminando outros projetos.

— Não tem problema — assegurei a ela.

Outro sorriso breve surgiu em seu rosto.

— Vou fazer o vestido primeiro, junto com algumas blusas e coletes, pois são mais rápidos de costurar do que calças. — Ela começou a colocar o caderno em cima da mesa, mas então se deteve. — Você prefere calças largas ou leggings? Antes que responda, a que estou vestindo é uma legging. — Ela puxou o tecido preto. — São quase tão grossas e duráveis quanto as outras calças, só que bem mais confortáveis e macias. Pode tocar.

Estendi a mão, passando os dedos pelo tecido surpreendentemente flexível.

— Não achei que fossem leggings. As que estou acostumada são bem mais finas.

— E questionavelmente transparentes — acrescentou ela, e concordei. — Foi por isso que perdi um tempo enorme procurando um tecido que fosse tão eficiente quanto o das demais calças. Com todos os alfaiates e costureiras em ambos os planos, seria de esperar que já tivessem melhorado a funcionalidade das leggings. Não que haja algo de errado com as calças em geral, mas prefiro um cós que não deixe marcas na minha pele.

Abri um sorriso.

— Leggings então.

— Perfeito. — Ela subiu no banco de novo.

Enquanto Erlina passava a fita debaixo dos meus braços para medir meu tórax, pensei mais uma vez no que Rhahar e Bele me contaram. Se a notícia de que Ash havia escolhido uma mortal como Consorte já tinha chegado às outras Cortes, será que o povo de Lethe também sabia?

E o que eles achavam disso?

Disse a mim mesma que não importava, pois não fazia diferença. Eu não seria uma Consorte de verdade. Minhas responsabilidades eram com Lasania. Eu era a Rainha deles, mesmo que nunca usasse a coroa. Mas perguntei mesmo assim porque não consegui me conter.

— Eles já ouviram falar de você. — Erlina desceu do banco para anotar os números. — Obviamente muitos ficaram curiosos. Acho que ninguém esperava que Sua Alteza escolhesse uma mortal como Consorte.

— É compreensível.

— Mas eles estão animados. *Emocionados* é a palavra mais adequada. E honrados — continuou Erlina rapidamente, com um ligeiro rubor na pele marro-clara das bochechas. Ela segurou o caderno de encontro ao peito. — Há muitos mortais em Lethe — acrescentou, me surpreendendo mais uma vez. — Sua Alteza ter escolhido uma mortal é como um reconhecimento para nós. Apesar de ser um Primordial, ele nos vê como iguais e, bem, não há muitos como ele por aqui. Muitas pessoas mal podem esperar para conhecê-la oficialmente.

Senti um aperto no peito e acenei com a cabeça. Não queria pensar que Ash via os mortais como iguais. Não porque me parecesse ridículo, mas porque eu achava que era verdade.

Limpando a garganta, perguntei:

— E o povo está emocionado que ele vá se casar?

— Mas é claro! — Um sorriso largo surgiu no rosto dela. — Queremos que ele aproveite a vida, que seja feliz.

Senti o estômago revirar.

— O povo das Terras Sombrias respeita Nyktos?

Ela franziu o cenho e, em seguida, teve um lampejo de compreensão.

— Deve ser difícil acreditar que nos afeiçoamos tanto ao Primordial da Morte. Antes de vir para as Terras Sombrias, eu teria rido só de pensar nisso, mas... — Uma sombra cruzou seu semblante conforme ela inclinava o queixo e vinha até o meu lado. — Havia muitas coisas que eu não sabia na época. De qualquer modo, Sua Alteza é leal a nós. — Os olhos castanhos dela encontraram os meus. — E nós somos leais a ele.

Muitas dúvidas surgiram em resposta ao que ela havia me contado, assim como a inquietação que se instalou no meu peito.

— De onde venho, muitos não respeitam a Coroa. Não têm motivo pra isso.

Ela passou a fita em volta da minha cintura.

— De onde você é? — perguntei.

Ela levou a fita até os meus quadris.

— De Therra.

Eu não sabia muito sobre Therra, exceto que consistia principalmente em terras agrícolas com bem menos cidades do que Lasania.

— E mora aqui há muito tempo?

— Acho que depende do que se considera *muito tempo* — respondeu ela, afastando-se para anotar as medidas. — Deixei o plano mortal quando tinha 18 anos, mas não vim para as Terras Sombrias até estar perto dos 19. Estou aqui desde então. Já são 13 anos.

— Onde você estava antes de vir pra cá?
Erlina se ajoelhou, esticando a fita ao longo da minha perna.
— Na Corte de Dalos.
Arregalei os olhos.
— Você estava na Cidade dos Deuses? Com o Primordial da Vida? Não sabia que havia mortais lá. Além dos Escolhidos, quer dizer.
— Não há — afirmou ela, quieta por um momento. — Pelo menos não quando eu estava lá.
A confusão tomou conta de mim enquanto a fita fria pressionava a parte interna da minha coxa.
— Então como você...? — Parei de falar.
— Eu era uma Escolhida.
Olhei para ela em silêncio por um segundo.
— Era?
Erlina confirmou com a cabeça.
— E não é mais? Você não Ascendeu?
Um sorriso tenso surgiu no rosto dela.
— Não, graças aos deuses.
Entreabri os lábios e me lembrei imediatamente da reação de Ash quando mencionei a Ascensão dos Escolhidos. Ele havia deixado de me contar alguma coisa, isso era bem óbvio.
— Tenho tantas perguntas!
Ela se deteve, olhando para mim com os olhos arregalados. Por um segundo, pensei ter visto medo em seu olhar. Pavor. Depois de um bom tempo, ela passou para a outra perna, medindo a costura interna. Erlina não disse mais nada enquanto terminava as medições e só voltou a falar para perguntar quais cores eu preferia. Saiu logo depois, correndo do quarto como se ele estivesse cheio de fantasmas.
Deslizei os braços pelo roupão, perplexa com o que ela havia me contado e com o que não quis explicar em detalhes. Eu

havia acabado de amarrar a faixa quando uma batida soou na porta do quarto.

— Sim? — gritei.

A porta se abriu e me deparei com Ash. Fui invadida por aquela estranha sensação vibrando no peito assim que o vi. Ele vestia as mesmas roupas pretas com bordado prateado de quando estava na Corte. Seus cabelos castanho-avermelhados estavam puxados para trás da nuca, emprestando um contorno agudo à beleza rústica do seu rosto.

Eu não o via desde que adormeci ao seu lado. Será que foi por isso que senti um rubor na pele?

Ash tinha parado logo depois da porta, com o olhar prateado fixo em mim, nos meus dedos enrolados em volta da faixa. Vi o redemoinho do éter em seus olhos antes que ele voltasse a se mexer, fechando a porta atrás de si.

— Vi que Erlina acabou de sair. Pensei em ver como você estava, saber se foi tudo bem.

Ver como eu estava? Por que ele faria isso? Ou era algo que as pessoas normais faziam? Eu não tinha ideia e também não sabia por que isso provocava uma sensação esquisita no meu peito. Despertei do meu devaneio.

— Foi tudo bem.
— Ótimo.

Assenti.

Ash ficou parado ali, assim como eu, sem falar nada. Lá no fundo, sabia que era a oportunidade perfeita para fortalecer sua atração por mim. Eu não vestia nada além de minúsculas peças de renda por baixo do roupão. Podia soltar a faixa e deixar que ele se abrisse. Perguntar sobre o que Erlina havia me contado faria pouco em favor da minha causa. Mas eu queria entender como uma Escolhida tinha ido parar nas Terras Sombrias.

— Erlina era uma Escolhida.

A mudança em seu semblante foi rápida e impressionante. Ele cerrou o maxilar e franziu os lábios.

— Ela não me contou muita coisa além disso — acrescentei rapidamente, não querendo lhe causar problemas. — Por que ela não Ascendeu?

Rugas de tensão surgiram ao redor de sua boca.

— É isso que os mortais pensam que acontece com os Escolhidos?

Retesei o corpo.

— Sim, foi o que nos ensinaram. Os Escolhidos passam a vida inteira se preparando para o Ritual e a Ascensão. Eles servem aos deuses para todo o sempre.

— Não, não servem — afirmou categoricamente. — O que você sabe sobre o Ritual e os Escolhidos não passa de mentiras. — Ash flexionou um músculo no maxilar. — Sabe o Ritual que vocês celebram, que honram com festas e banquetes? O que vocês estão comemorando é a morte da maior parte deles. Nem sempre foi assim. Antes, os Escolhidos eram Ascendidos e serviam aos deuses. Mas já não é dessa forma há muito tempo.

Senti a pele enregelada.

— Não entendo.

— Nenhum Escolhido é Ascendido há centenas de anos. — Os olhos de Ash tinham a cor do céu das Terras Sombrias. — A partir do momento em que um Escolhido chega ao Iliseu, ele é tratado como um objeto que pode ser usado e trocado, manuseado como um brinquedo e até quebrado.

O horror se apoderou de mim enquanto eu o encarava, perplexa. Grande parte de mim continuava em negação. Não conseguia acreditar naquilo.

Não conseguia... Deuses! Não conseguia entender. Não podia nem pensar que aqueles homens e mulheres que passavam a vida toda de véu e sendo preparados para servir aos deuses de uma forma ou de outra eram tirados do plano mortal só para serem *mortos*. O sorriso do jovem Escolhido voltou à minha mente. Era tão largo. Tão genuíno e *empolgado*.

E devia haver milhares de Escolhidos como ele. *Milhares*.

— Por quê? — sussurrei, sentindo o estômago embrulhar conforme me sentava no sofá.

— Por que não?

Inspirei, mas o ar não chegou aos meus pulmões.

— Isso não é resposta.

— Concordo. — Os olhos dele rodopiaram lentamente.

— Então por que os Escolhidos são levados se não serão Ascendidos para servir aos deuses e ao Primordial da Vida?

— Não sei por que o Ritual ainda é realizado — respondeu ele, e não tinha certeza se acreditava nele. — Mas eles servem aos deuses, Sera. Servem aos seus caprichos. E muitos desses deuses fazem o que querem com os Escolhidos simplesmente porque podem. Porque para alguns deles isso é tudo o que conhecem. Isso não é desculpa. De jeito nenhum. Mas enquanto os mortais continuarem realizando o Ritual, mais Escolhidos terão o mesmo destino.

Uma raiva avassaladora me invadiu e me levantei antes mesmo de perceber o que estava fazendo.

— Os mortais continuam realizando o Ritual porque os deuses nos pedem isso. Porque nos dizem que os Escolhidos irão servi-los. Você fala como se fosse culpa nossa, como se pudéssemos dizer não a deuses e Primordiais.

— Não acho que seja culpa dos mortais — corrigiu ele.

Cerrei os punhos ao lado do corpo e dei um passo para trás. Afastei-me de Ash antes que acabasse fazendo algo imprudente, como pegar a mesinha de centro e jogá-la em cima dele. Atravessei o quarto, parando junto às portas da varanda. Será que Kolis não sabia que isso estava acontecendo? Ou não se importava? Baixei os olhos para as mãos. Não podia acreditar que ele não se importasse. Ele era o Primordial da *Vida*. Mas como poderia não saber? Ele era o mais poderoso dos Primordiais. O Rei dos Deuses.

— Como o Rei dos Deuses permiti uma coisa dessas? — perguntei, lembrando-me da imagem dele no Templo do Sol. *Você, Escolhido, é digno.* Estremeci.

— Mas por que você acha que deveria ser proibido? Só porque ele é o Primordial da Vida? — retrucou Ash, mordaz. — Acha que ele se importa?

Virei-me para ele. Não consegui deduzir nada de sua expressão.

— Sim, acho.

Ash arqueou a sobrancelha.

— Então você sabe menos sobre os Primordiais do que eu pensava.

Meu coração martelou dentro do peito.

— Você está mesmo sugerindo que Kolis não se importa que os Escolhidos sejam brutalizados?

O olhar gélido de Ash encontrou o meu.

— Eu não me atreveria a sugerir que seu Primordial da Vida possa ser tão cruel.

Uma explosão de fúria me dominou.

— Por que ele permitiria uma coisa dessas? Por que alguém faria isso? — Lembrei-me do que Aios havia me dito. — Não pode ser porque viveram tanto tempo que essa é a única maneira de encontrarem prazer ou divertimento.

— Não sei como responder a essa pergunta nem dizer se é devido à perda da humanidade ou simplesmente porque eles veem os mortais como inferiores. Não sei o que corrompe e apodrece a mente a ponto de provocar esse tipo de comportamento. Não sei como alguém sente prazer na dor e na humilhação dos outros.

— Ash se aproximou de mim. — Gostaria que você não tivesse ficado sabendo disso. Ao menos por enquanto. É melhor não ter conhecimento de certas coisas.

— Para quem não está envolvido, talvez. Mas para os Escolhidos? Suas famílias? Eles acreditam que isso seja uma honra. As pessoas *desejam* ser Escolhidas, Ash. Como isso pode ser certo?

— Não é.

— Precisamos impedir isso — afirmei. — O Ritual. Toda a encenação dos Escolhidos. Isso precisa acabar.

Algo parecido com orgulho brilhou nos olhos dele, mas desapareceu tão depressa que não tive certeza.

— E como você propõe fazer isso? Acha que os mortais simplesmente acreditariam se descobrissem a verdade?

— Não se viesse de outro mortal. — Nem precisei pensar a respeito. — Mas eles acreditariam em um deus. Acreditariam em um Primordial.

— Você acha que eles acreditariam no Primordial da Morte?

Calei a boca.

— Mesmo que outro Primordial fosse até eles e lhes mostrasse o que acontece, haveria resistência. É muito mais fácil ser enganado do que reconhecer que foi enganado.

Encarei-o, estudando as linhas frias e os ângulos do seu rosto. Suas palavras eram verdadeiras, embora fosse uma verdade triste e cruel.

— E o que você faz a respeito?

Ele me encarou.

— Eu não fico parado sem fazer nada, mesmo que seja o que pareça. Prefiro assim. — Fios de éter crepitavam ao longo das suas íris. — É assim que mantenho pessoas como Erlina vivas.

— Você a salvou? Trouxe-a pra cá?

— Eu só a escondi, como fiz com outros Escolhidos. Tento trazer o máximo que posso pra cá sem chamar atenção — explicou, com a escuridão se acumulando sob a pele.

Só a escondeu? Como se não fosse nada. Mas será que bastava? A resposta era não. Milhares de pessoas haviam sido Escolhidas ao longo dos anos. Mas já era alguma coisa.

— Ainda há risco pra eles? — perguntei. — Não podem ser reconhecidos? Outros deuses vêm até Lethe.

— Há sempre o risco de que alguém os reconheça. Eles sabem disso. — Ash flexionou um músculo no maxilar enquanto olhava para a lareira vazia. — Tivemos muita sorte até agora.

— Até agora — repeti baixinho, pensando na mulher que havia desaparecido e como Ector pareceu relutante em falar sobre ela. — A mulher que desapareceu é uma Escolhida? Gemma?

Os olhos cor de ferro dele se voltaram para mim.

— Sim.

— E ela não foi encontrada?

— Ainda não.

Senti um aperto no peito.

— Acha que o desaparecimento dela tem alguma relação com um deus tê-la reconhecido enquanto Escolhida?

— Acho que sim. Ou ela foi reconhecida, ou viu um deus que conhecia e achou melhor se esconder por uns tempos.

Ou seja, era possível que Gemma tivesse visto um deus que a reconheceria e ficado com tanto medo que entrou em pânico.

— Para onde ela pode ter ido?

— De um lado de Lethe está a baía. A Floresta Vermelha faz fronteira com o lado sul, e os Bosques Moribundos circundam os lados oeste e norte. Mandei guardas vasculharem a floresta, mas se ela entrou lá...

Ash não precisava concluir. Se Gemma tivesse ido para a floresta, era pouco provável que ainda estivesse viva. Não podia acreditar que uma única gota do meu sangue havia despertado os deuses sepultados. E mesmo que ela não os despertasse, ainda havia as Sombras e os Caçadores. Os Escolhidos eram treinados em defesa pessoal. Não tanto quanto eu, mas sabiam como empunhar uma arma. Mas eu duvidava muito que fosse suficiente.

Não podia sequer imaginar o que Gemma havia enfrentado enquanto Escolhida para fazê-la correr tamanho risco. A raiva e a repugnância pesaram no meu peito junto com uma boa dose de negação. Balancei a cabeça.

— Parte de mim não quer acreditar em nada disso — admiti. — Eu acredito, mas é que...

Ash me observou atentamente como se estivesse tentando entender alguma coisa.

— Não sei por que isso a surpreende.

Olhei para ele.

— Como não surpreenderia?

— Você acha que os mortais são os únicos capazes de cometer atrocidades? De ferir as pessoas só porque podem? De manipular e abusar dos outros? Os Primordiais e deuses também são capazes disso. Capazes de fazer coisas muito piores por raiva, tédio ou por pura diversão e prazer egoístas. Você não pode sequer imaginar o que somos capazes de fazer.

O que *somos* capazes de fazer? Desviei o olhar, apertando os lábios. Ash se incluiu na declaração, embora estivesse tentando salvar os Escolhidos. Ele não seria capaz disso. E eu estava ali para matá-lo. O que aconteceria com os Escolhidos então? Mesmo que ele só conseguisse salvar uma pequena porcentagem deles.

Deuses!

Senti um aperto no peito. Não podia pensar neles. Não podia pensar no que *poderia* acontecer quando sabia o que *iria* acontecer com o povo de Lasania se não cumprisse meu dever. Engoli em seco.

— Você me disse que isso acontece com a maioria dos Escolhidos. Além dos que você escondeu, outros sobreviveram?

— Segundo aqueles que me ajudam a trazer os Escolhidos e colocá-los em relativa segurança, parece que alguns deles desapareceram.

— O que você quer dizer com isso? Eles não podem simplesmente desaparecer.

— Mas desaparecem. — Ash retribuiu meu olhar. — Não há o menor indício de que tenham sido mortos, mas muitos Escolhidos nunca mais foram vistos. Eles simplesmente desapareceram.

Capítulo 32

Na hora de dormir, fiquei rolando na cama e só consegui cair no sono por alguns minutos antes de acordar e me dar conta de que estava encarando as portas dos aposentos de Ash.

O que havia descoberto me assombrava, não importava o quanto tentasse impedir. A verdade sobre o que acontecia com os Escolhidos. O conhecimento de que os deuses eram capazes de tamanha crueldade. A possibilidade de que Kolis, o maior Primordial de todos, estivesse ciente disso. Tudo isso girava na minha cabeça, embora nada disso pudesse importar para mim.

— Só Lasania — sussurrei para o quarto silencioso.

Deitei-me de costas e fiquei olhando para o teto de pedra das sombras. Mas e se eu conseguisse? E se eu detivesse a Devastação? Do que estaria salvando Lasania quando o Primordial da Vida e os deuses que o serviam não se importavam em brutalizar os Escolhidos? A resposta parecia simples. Havia milhões de pessoas em Lasania e só alguns milhares de Escolhidos. Seria justo sacrificar algumas pessoas para salvar a maioria? Não sei, mas sabia que a morte de Ash provocaria muitas outras quando o poder Primordial fosse liberado para encontrar um novo lar. Não sabia por que sequer estava pensando nisso.

Dei um gemido e me deitei de lado. Eu não continuaria viva depois de cumprir meu dever. Seria destruída, com alma e tudo.

Os Escolhidos não eram problema meu. A política do Iliseu não era problema meu.

Virei-me de costas e depois de lado novamente antes que a frustração finalmente me tirasse da cama. Afastei as cobertas e me levantei enquanto puxava a manga minúscula da camisola que Aios havia colocado no meu armário no primeiro dia. Puxei-a por cima do ombro e caminhei descalça pelo piso de pedra. Peguei a manta de pele no encosto da espreguiçadeira e a ajeitei sobre os ombros, saindo para a varanda sob o silêncio da noite nas Terras Sombrias. Fui até o parapeito, segurando a manta junto ao corpo conforme uma brisa soprava as mechas soltas do meu cabelo, jogando-as no meu rosto. As folhas vermelho-escuras da Floresta Vermelha se agitavam além do pátio. Quantos deuses foram sepultados lá? Mais uma pergunta aleatória que iria...

— Também não consegue dormir?

Arfei e me virei na direção da voz de Ash. Ele estava sentado no sofá-cama junto às portas da varanda. O brilho prateado das estrelas incidia sobre o braço apoiado no joelho dobrado e no peito largo e despido. Meu coração bateu ainda mais forte quando fui tomada por uma vontade muito estranha de correr de volta para o quarto e me atirar debaixo das cobertas. De alguma forma, consegui não fazer isso.

— Não tinha te visto — disse por fim, corando. Era óbvio que não. — E não, não estou conseguindo dormir. — Afastei-me do parapeito. — Há quanto tempo está aí?

— Há cerca de uma hora. Talvez mais.

— Está tudo bem? — perguntei.

Ele assentiu.

— De certa forma.

Dei mais um passo à frente.

— O que você quer dizer com *de certa forma*?

— De certa forma as coisas estão bem porque estou vivo — respondeu ele depois de alguns minutos e, embora a maior parte do seu semblante estivesse envolto nas sombras, senti a intensidade do seu olhar. — Posso imaginar por que você não está conseguindo dormir depois do que descobriu hoje.

— Minha mente não desliga.

— Sei bem como é.

Olhei para ele atentamente.

— Você pensa muito sobre os Escolhidos?

— O tempo todo. — Ele fez uma longa pausa. — Tem certeza de que está bem?

Ash já havia me perguntado isso durante um jantar tranquilo. Estava preocupado sobre como eu lidaria com o que havia descoberto sobre os Escolhidos. E eu... Bem, não era comum que as pessoas me fizessem essa pergunta.

— Sim. — Deslizei o pé ao longo da pedra lisa. — Posso ser propensa à impulsividade, como Sir Holland costumava dizer, mas também tenho uma mente bastante prática.

— É mesmo?

Lancei um olhar sombrio na direção dele.

— O que estou tentando dizer é que sei lidar com as coisas. Conseguirei lidar com o que descobri hoje.

Ele me estudou das sombras.

— Sei que vai. É o que você faz. Lida com o que quer que seja jogado em seu caminho.

Dei de ombros.

Ele ficou calado e então perguntou:

— Gostaria de se juntar a mim?

Senti o coração aos pulos.

— Claro.

— Você não parece muito decidida — observou ele, e pude ouvir um sorriso em sua voz.

— Não, eu estou decidida. Só fiquei surpresa — admiti.
— Por quê?

Dei de ombros outra vez e fui até Ash, dizendo a mim mesma que era uma surpresa boa. Querer que eu ficasse ali com ele deveria ter algum significado. Sentei-me ao seu lado e fiquei olhando para a frente.

Ash permaneceu em silêncio por alguns minutos.

— Eu não estava te evitando hoje. Fui até os Pilares.

— Não achei que estivesse. — Olhei para ele e fiquei tensa ao me lembrar de algo que minha mãe havia me ensinado. *Os homens não gostam de dar satisfação pelo tempo que não passaram com você*, dissera. E levando em consideração o que havia feito no dia anterior, eu deveria ter me lembrado daquele conselho que ignoraria em outra situação. — Quer dizer, você não tem que me dar satisfações sobre onde estava.

Ash sacudiu os dedos na frente do joelho dobrado.

— Depois da noite passada, acho que tenho, sim.

Olhei para o topo das árvores além da muralha, resistindo à vontade de encostar a mão em suas bochechas para ver se estavam tão quentes quanto eu imaginava.

— E acho que também tenho de admitir que um dos motivos pelos quais não consigo dormir é porque não paro de olhar para aquelas malditas portas dos seus aposentos.

Voltei a encará-lo.

— E então fiquei deitado imaginando por que coloquei você nos aposentos ao lado dos meus. Parecia uma boa ideia — continuou, e senti um frio na barriga. — Agora já não tenho mais certeza. Passei um bom tempo pensando que tudo que precisava fazer era andar alguns metros e aquele quarto não estaria vazio. Você estaria ali.

Meu coração disparou e senti o estômago revirar.

— E isso é tão ruim assim?

— Ainda não me decidi.

Dei uma risada, desviando o olhar.

— Bem, acho que também preciso admitir que estava olhando para aquelas *malditas* portas, pensando que estava a poucos metros de distância de você e...

— E o quê? — perguntou ele, com a voz rouca.

— E não me importo de me deixar levar por más ideias — falei.

Ash deu uma risada.

— Não se importa mesmo, não é?

Abri um sorriso e puxei a manta até o queixo.

— Tenho bastante talento em me deixar levar por más ideias. — Pigarreei, procurando algo para dizer. — Conheci Rhahar e Bele hoje.

— Eu sei

Arqueei as sobrancelhas enquanto olhava para ele por cima do ombro.

— Como?

— Eu a vi quando fui falar com os guardas. Estava ocupado, mas sabia muito bem onde você estava. Com quem estava. Quando foi embora.

— Bom, isso é meio assustador.

— Além disso, também conversei com Rhahar e Bele. — Ele avançou o suficiente para que a luz das estrelas acariciasse seu rosto. Havia um sorriso divertido em seus lábios.

Sua boca era muito expressiva.

— Descobri algo interessante com eles hoje.

— Sobre as apostas que os deuses das outras Cortes estão fazendo? — perguntou Ash.

Suspirei.

— Sim.

— Eles não deviam ter contado isso a você. Rhahar e Bele costumam falar sem pensar.

— Bem, já que eu faço o mesmo, não posso usar isso contra eles — observei. — Onde Bele estava? Aios se comportou como se ela estivesse longe daqui há muito tempo.

— Bele é uma caçadora. De informação. Tem um talento todo especial para passar despercebida, então costuma perambular pelas outras Cortes tentando descobrir informações que possam ser úteis.

— Úteis pra quê?

— Você tem muitas perguntas.

— Você tem muitas respostas. — Olhei para ele com atenção. — Ela ajuda a tirar os Escolhidos de Dalos?

— Sim — confirmou ele.

Refleti a respeito.

— Eles sabem sobre o acordo que seu pai fez?

— Não, mas tenho certeza de que suspeitam de que nem tudo é o que parece.

Acenei com a cabeça lentamente. Imagino que qualquer um que conheça Ash tenha ficado cheio de dúvidas quando ele apareceu de repente com uma Consorte mortal.

— Como foram as coisas nos Pilares? Havia almas pra você julgar?

— Sim, e as coisas foram ao mesmo tempo boas e ruins. A escolha nunca é fácil. A vida é importante, *liessa*, mas o que vem depois é a eternidade. Sei que muitos veem as coisas em preto e branco. Acreditam que, se você fizer isso ou aquilo, será recompensado com o paraíso ou punido. — Ele ergueu a mão, afastando uma mecha de cabelo que havia caído em seu rosto. — Nunca é tão simples assim. Há pessoas que fazem coisas horríveis, mas não significa que sejam más.

Virei-me para ele, puxando a perna para cima do sofá-cama.

— Você diz isso porque vê a alma exposta após a morte. Consegue saber.

— Sim, mas ainda vejo a mácula de tudo o que fizeram. Isso ofusca muito do bem, mas há tons de cinza que não são tão fáceis de julgar quanto uma pessoa que reza aos deuses para acabar com a vida dos outros.

Arqueei as sobrancelhas.

— As pessoas rezam por isso?

— Perdi a conta de quantas vezes alguém foi ao Templo das Sombras querendo convocar um deus para que causasse a morte de outra pessoa. Eu... — Ele suspirou lentamente. — Houve um tempo em que eu atendia a essas convocações.

Congelei. Os deuses muitas vezes atendiam às convocações, mas ele devia ser como o pai.

— Eu entrava no Templo das Sombras e ouvia o que os mortais me diziam. Ouvia os favores que me pediam, as vidas que queriam que eu tirasse. Sabia imediatamente que eram más pessoas. Mimadas e podres até o âmago — continuou ele. — Eles pediam a morte em troca de lucro ou por alguma mesquinharia. Seus motivos eram uma pestilência que eu não podia deixar que se espalhasse. Eles não saíam mais do Templo.

Soltei a manta. Tive a impressão de que sabia por que eles não saíam de lá.

— E havia os outros. — Ele tinha parado de sacudir os dedos, que pendiam rígidos do joelho. — Aqueles que pediam a morte de alguém porque queriam se livrar de um empregador violento ou de um pai abusivo. Pessoas que foram levadas ao extremo e não viam outra opção porque não havia nenhuma. Mesmo que não tivessem feito mal aos outros, a intenção continuava lá. Deviam ser punidas? Deviam ser tratadas de forma diferente? E aqueles que matam para defender a si próprios ou aos demais? Eles não são como os outros, mas seus crimes são os mesmos.

— Como você sabe o que fazer?

— Tudo o que posso fazer é olhar para a vida deles como um todo. Toda vez que sentencio uma alma, eu me pergunto se foi a decisão certa. Estou punindo alguém que não merece? Ou deixando que alguém se safe muito fácil? Sempre me pergunto isso, mesmo sabendo que nunca terei respostas.

— Não consigo nem imaginar como deve ser tomar uma decisão dessas — admiti. — O que você fazia por aqueles a quem atendia? Pelas pessoas que pediam a morte de alguém porque estavam sendo feridas?

— Eu não fazia um acordo. Nunca faço acordos, mas concedia o favor que me pediam. — Ele flexionou um músculo no maxilar enquanto continuava olhando para a frente. — Eu encontrava a pessoa e acabava com sua vida. Dizia a mim mesmo que não gostava daquilo, que estava extirpando o mal do plano.

— E não era verdade? — perguntei. — Você fazia isso, mas não de um jeito perverso. O que você apreciava era a justiça, era saber que eles nunca mais poderiam machucar outra pessoa, e que era você quem se certificava disso.

Ash olhou de volta para mim e assentiu.

— É uma coisa estranha para você conhecer.

A manta escorregou pelos meus braços, juntando-se nos meus cotovelos.

— Por que parou de fazer isso?

— Porque as mortes já não deixavam mais uma marca — respondeu ele. — E comecei a gostar disso, principalmente do momento em que eles se davam conta de quem eu era quando atendia às convocações ou os visitava em casa. A constatação de que eu não só tiraria sua vida, mas ficaria com sua alma por toda a eternidade. Foi aí que parei, quando me afastei e passei a deixar que os deuses atendessem às convocações. É Rhahar quem costuma fazer isso agora.

Dei um suspiro trêmulo.

— Como você sabia que estava chegando a esse ponto?

Ele não disse nada por um momento, mas senti seu olhar em mim.

— Não é algo que se possa descrever com palavras. Você simplesmente sabe.

Você simplesmente sabe. Juntei as duas pontas da manta, com as palavras entaladas na garganta.

— Você está lendo minhas emoções agora?

— Não — respondeu ele. — Deveria?

Neguei com a cabeça, sem querer saber o que ele poderia captar de mim. Nem sabia muito bem o que estava sentindo.

— Eu também já matei.

Ash não disse nada, mas senti seu olhar em mim.

— Homens, principalmente. Homens maus. — As palavras saíram ásperas da minha garganta. — Abusadores. Viciados. Estupradores. Assassinos. Nunca me propus a fazer isso. Não acordei em um belo dia e decidi tirar a vida de alguém. Eu ajudava minha meia-irmã a salvar crianças em perigo e às vezes acontecia. Ou então minha mãe...

— Sua mãe? — Aquelas duas palavras caíram como chuva gelada entre nós.

Confirmei com a cabeça.

— Ela me usava para mandar mensagens, do tipo que não seria considerado um ato da Coroa. — Sabia que não tinha porque compartilhar nada disso. Duvidava muito que fosse ajudar em minha causa, mas parecia que um selo havia se aberto dentro de mim, deixando escapar palavras que nunca havia dito antes. — Quer dizer, não é que eu não tivesse controle sobre mim mesma. Eu tinha. Sei que às vezes deixava as coisas chegarem a um ponto em que me convencia de que era necessário. — Pensei em Nor. — Que era em legítima defesa. Mas, para ser sincera, eu queria acabar com a vida deles. Queria fazer justiça. — Um cacho caiu sobre meu rosto quando dei de ombros outra vez. — O mais engraçado é que eu ficava imaginando se você saberia. Você sabia?

— Não — respondeu ele, e eu não sei ao certo se isso fazia eu me sentir melhor ou pior. — Ser o Primordial da Morte não significa que eu saiba quem tira uma vida ou não enquanto está vivo. Não funciona assim.

Assenti lentamente.

— Às vezes fico imaginando se alguma coisa me capacitou a fazer isso, sabe? Porque nem todo mundo tem essa capacidade. Minha meia-irmã não seria capaz. Acho que nem minha mãe seria. E fico imaginando se é por causa do acordo, do modo como fui criada, ou se há algo de errado comigo. Se essa capacidade de desligar as emoções e tirar a vida de alguém a sangue frio sempre existiu dentro de mim.

— O que você quer dizer com *o modo como foi criada*?

— Ser treinada para me defender sozinha — respondi sem rodeios, pois não era necessariamente uma mentira. Mas era um alerta de que eu devia estar falando demais. Ainda assim, mais palavras saíram da minha boca. Eu não podia culpar o uísque dessa vez. — Não sei se já senti essas marcas das quais você falou. Talvez algumas vezes, mas logo me obrigava a não pensar mais no que havia feito. E era fácil. Fácil até demais. Eu me sentia um monstro.

As pontas dos dedos dele roçaram na minha bochecha, enviando uma onda de energia em minha pele. Surpresa, ergui o queixo conforme ele juntava os cachos, colocando-os atrás da minha orelha.

— Você não é um monstro.

Deuses! Se ao menos ele soubesse...

— Já fiz coisas monstruosas que... que faria de novo. — *E que ainda vou fazer.* — Veja só o que fiz com Tavius.

— Aquele desgraçado mereceu. — Os olhos de Ash reluziram. — E quando sua alma sair do fosso, vou fazer coisa muito pior com ele.

A satisfação que senti ao ouvir isso foi uma boa indicação de que havia algo de errado comigo.

— O que você quer dizer com fosso?

— O Fosso das Chamas Eternas — explicou. — Eu me certifiquei de que sua alma fosse levada pra lá. Ele vai arder nas chamas até que eu o liberte.

Ah.

Caramba.

— Mas essas coisas monstruosas devem ter salvado a vida de outras pessoas — acrescentou, e perdi o fôlego. Sir Holland havia me dito algo parecido depois da primeira vez que minha mãe me fez mandar uma mensagem.

Tive vontade de perguntar como ele julgaria minha alma, mas achei melhor não saber.

Os dedos dele percorreram a curva da minha bochecha.

— De uma coisa eu sei, *liessa*. Um monstro não se importaria de ser um monstro.

Senti dificuldade para respirar. Nunca tinha pensado por esse lado e fiquei tocada. Não sei muito bem o motivo nem por que isso nunca me ocorreu antes, já que era uma ideia relativamente simples. Mas não havia pensado, e não era como se suas palavras apagassem os atos que cometi. Ash tinha razão. Na maior parte. Suas palavras, porém, afugentaram um pouco da escuridão que residia lá no fundo da minha mente. E quando inspirei parecia ser o primeiro ar fresco que eu respirava há um bom tempo. Quis agradecer a ele por isso.

Sem muita reflexão ou motivação, soltei a manta e me mexi, diminuindo a distância entre nossas bocas. Beijei-o, e seus lábios se abriram imediatamente para minha língua. Ele tinha gosto de uísque e da hora mais fria da noite. Senti seu corpo tremer quando coloquei a mão em seu peito. Mudei de posição outra vez, passando as mãos sobre seus ombros e subindo em seu colo. A sensação da sua pele através do tecido fino da camisola foi um choque para meus sentidos. Ash estremeceu enquanto afundava a mão nos meus cabelos. Inclinei-me sobre ele, guiando-o até que estivesse deitado no sofá-cama. O Primordial da Morte me obedeceu sem hesitação ou questionamento. Beijei-o, me perdendo na sensação dos seus lábios, no gosto da sua boca e na pressão do seu pau contra meu ventre, desfrutando de todas as sensações. Sentindo o cuidado com que ele enredava os dedos em meus cachos, o toque suave da sua mão nas minhas costas e o gemido profundo que soltou quando afastei a boca da sua. Ouvindo o suspiro que ele deu quando beijei sua cicatriz e depois a pele sob o queixo.

Segui a curva do seu pescoço com os lábios e a língua, satisfeita quando o vi jogar a cabeça para trás sobre o braço do sofá-cama. Meus lábios tocaram na tinta em sua pele. Levantei a cabeça e, sob a luz das estrelas e com tamanha proximidade, consegui distinguir o que eram aquelas marcas tatuadas.

— São gotas — constatei, passando o dedo por cima de algumas delas. Olhei para ele. — Que tipo de gotas?

— De sangue — respondeu ele. — Representam gotas de sangue. Mas a tinta vermelha não pega na minha pele. É muito difícil deixar uma cicatriz na pele de um deus, e ainda mais difícil na de um Primordial. Mesmo com tinta preta é preciso aplicar um pouco de sal até que pegue.

Soltei o ar por entre os dentes.

— Deve doer.

— Não é um processo muito agradável.

Inclinei a cabeça e beijei uma delas.

— O que significam?

Ash permaneceu em silêncio por um bom tempo.

— Elas representam alguém que perdeu a vida pelas minhas próprias mãos, por minhas ações ou por causa de uma decisão que tomei ou deixei de tomar.

Fiquei imóvel, olhando para a tinta.

— Deve haver centenas de gotas. Talvez até *milhares*.

— Elas são um lembrete de que toda vida pode ser facilmente extinta.

Aquele lembrete. Senti um aperto no peito e um nó na garganta.

— Você não é responsável pelo que os outros fazem.

— Você não tem como saber disso, *liessa*.

Balancei a cabeça.

— As pessoas que cometeram tais atos é que são responsáveis.

Ash não disse nada, e eu *tive certeza* de que a maioria das gotas de sangue tatuadas em sua pele era de vidas perdidas, não de vidas que ele havia tirado. Olhei para o redemoinho que descia pela sua cintura e desaparecia sob o cós da calça. Será que alguma das gotas representava Lathan, o amigo morto por Cressa e os outros dois deuses? Seus pais? Os deuses que estavam pendurados na muralha? Os Escolhidos que ele não conseguiu salvar? Devia haver dezenas de gotas só naquela parte do seu corpo, e tanta perda assim seria um lembrete doloroso demais para não desmoronar sob a peso do que eu sabia que só podia ser uma culpa equivocada. Eu não conseguiria me manter de pé se carregasse um fardo tão pesado assim.

Ash devia ser a pessoa mais forte que eu conhecia.

Arqueei as costas e beijei o peito dele, traçando os contornos definidos do seu abdômen. Podia ver como cada beijo, cada roçar dos dedos que acompanhavam minha boca arrancavam um suspiro ofegante dele, um estremecimento. Desci um pouco mais, com os lábios dançando ao redor do seu umbigo conforme deslizava pelo corpo de Ash. Meus mamilos roçaram no membro duro, fazendo com que seu corpo estremecesse e o meu se contraísse. Acomodei-me entre suas pernas, mordiscando a pele acima da cintura. Meus dedos deslizaram sobre seus quadris e depois para o cós da calça.

— O que você está aprontando? — perguntou Ash, com a voz grave e rouca.

— Nada. — Tracei uma fileira de beijos, encontrando a tinta que fluía sobre seus quadris.

Ele enredou os dedos pelo meu cabelo, afastando as mechas do meu rosto.

— Não é o que parece, *liessa*.

— Só estou explorando — respondi.

— E o que exatamente está explorando?

Levantei a cabeça e perdi o fôlego. Seu corpo inteiro estava rígido. Os músculos do abdômen e tórax, do pescoço e maxilar. Sua pele havia afinado, exibindo um vestígio das sombras abaixo. Seus olhos brilhavam como estrelas enquanto ele me observava.

— Você — sussurrei, com o coração acelerado. — Mas posso parar se você quiser.

Ele segurou a parte de trás da minha cabeça.

— É a última coisa que quero — admitiu, e comecei a sorrir.

— Não faça isso.

— O quê?

— Sorrir pra mim — murmurou ele, com o prateado rodopiando em seus olhos.

— Por que não?

— Porque quando você sorri, não há nada que eu não permitiria que fizesse comigo.

Abri um sorriso largo.

— Porra. — Ele deixou escapar um gemido. Dei uma risada leve e espontânea que fez eu me sentir bem mesmo quando Ash estreitou os olhos para mim. — Isso também não.

Meu sorriso estava ainda mais largo.

— Quer dizer que posso fazer qualquer coisa agora?

— Qualquer coisa — confirmou ele, com os olhos agitados fixos em mim.

Mordi o lábio enquanto olhava para ele, para onde, mesmo na escuridão, eu via seu pau esticando o tecido da calça.

— Qualquer coisa?

Ash assentiu com a cabeça.

Fiquei de joelhos.

— Não se mexa — pediu Ash.

Parei de me mexer.

— Pensei que pudesse fazer qualquer coisa.

— E pode, só que agora posso ver o que você está vestindo.

— Qual é o problema com...? — Olhei para mim mesma e parei de falar. O brilho das estrelas deixava o tecido da camisola quase transparente, revelando a tonalidade mais escura dos meus mamilos e a região normalmente oculta entre as minhas pernas. — Ah.

— Se quiser usar essa camisola toda noite, não vou reclamar — disse ele com a voz embargada, e comecei a sorrir outra vez. — Você é linda, Seraphena.

Senti um aperto no peito que ameaçava estilhaçar aquele momento com a realidade, com a responsabilidade. Não queria deixar que isso acontecesse.

Só queria aproveitar o momento com aquele ser bonito, forte e *gentil*.

— Obrigada — sussurrei, tirando a mão do seu abdômen. Deslizei os dedos sobre o tecido macio da calça e sobre seu pau rígido. Fechei a mão em volta dele por cima do tecido, e todo seu corpo estremeceu. Olhei para ele. Seus lábios estavam entreabertos, e pude ver as pontas das presas.

— Então posso fazer *qualquer coisa*? E se eu quiser...? — Acariciei o membro com o polegar e fiquei excitada com a sensação. — E se eu quiser te beijar? — Deslizei o dedo para cima, alisando a cabeça curva. A respiração dele parecia uma canção. — Bem aqui?

— *Porra* — repetiu ele.

— Isso se enquadra em *qualquer coisa*?

O peito dele subiu e desceu pesadamente.

— É a primeira coisa na minha lista.

— A primeira coisa?

— E a última. A segunda é você usar essa camisola toda noite.

Dei outra risada, estiquei o corpo e o beijei, desfrutando da brincadeira, da proximidade que nunca havia sentido quando tinha intimidade com outra pessoa. Talvez porque não se tratasse de aproveitar alguns minutos de prazer para não pensar em mais nada. Nem se tratava do meu dever. Era sobre mim e Ash. Só nós dois, e era... *divertido*.

Ele levou as mãos até minha cintura quando enfiei a mão sob o cós da calça. Senti-o estremecer quando meus dedos roçaram na pele fria e dura. Ouvi seu gemido e fechei a mão ao redor dele, estremecendo conforme a movia ao longo do membro. Ele ergueu os quadris e eu interrompi o beijo, sentindo uma onda de prazer intenso assim que ele fixou os olhos luminosos nos meus. Ele sequer piscava enquanto eu deslizava a mão em seu pau. Eu também não queria piscar, fascinada pela tensão em torno da sua boca e maxilar e pelos fios de éter que crepitavam em seus olhos. Com a pulsação acelerada, desci mais uma vez, passando a mão sobre o peito e abdômen de Ash, onde as sombras tinham ficado mais densas sob a pele, criando um efeito marmoreado fascinante.

Alcancei sua calça e puxei o cós. Ash levantou os quadris para que eu pudesse puxá-la até as coxas. Só então desviei o olhar dele e encarei seu pau. Senti uma excitação intensa e sedutora dentro do peito. A pele era mais escura ali, e ele parecia ainda mais grosso e duro conforme eu levava a mão até a ponta da cabeça brilhante e depois descia por todo o comprimento.

Ele era lindo.

Mechas de cabelo caíram sobre meus ombros e bochechas quando inclinei a cabeça. Beijei-o logo abaixo da cabeça, e seus quadris estremeceram. Dei beijos curtos e rápidos por todo seu pau e então o lambi, com a respiração acelerada combinando com a dele. Senti as pontas dos seus dedos na bochecha conforme roçava os lábios sobre aquele ponto aparentemente sensível. Ergui o olhar quando Ash pegou os cachos, afastando-os do meu rosto. Acho que ele mal respirava. Nossos olhares se encontraram, e eu senti os cantos dos lábios se curvarem num sorriso enquanto fechava a boca sobre a cabeça do seu pau.

O corpo inteiro de Ash reagiu. Ele ergueu os quadris, arqueou as costas e dobrou a perna conforme eu o tomava na boca.

— Malditos deuses! — rosnou ele.

Tomei-o o mais fundo que pude, girando a língua sobre a pele e deixando que minha mão alcançasse o restante. Seu gosto salgado era inebriante. O modo como ele dançava ao longo da minha língua era afrodisíaco. Chupei seu pau, surpresa por estar gostando tanto daquilo. Talvez fosse por causa do momento ou dos gemidos roucos de Ash. Ou do jeito que ele segurava meus cabelos, puxando os fios e depois soltando. Ou como se esforçava para manter as estocadas dos quadris curtas e suaves. Podia ser por causa das suas mãos trêmulas. Ambas as mãos, tanto a que estava nos meus cabelos quanto aquela na nuca. Talvez fosse só por causa dele. Por minha causa. Senti-me subitamente poderosa ao fazer o próprio Primordial da Morte es*tremecer.*

— Sera — grunhiu ele, com a mão firme na minha nuca. — Eu não... eu não vou aguentar mais.

Minha pele corou. Movi a mão mais rápido e chupei com mais força, e ele enroscou a mão no meu cabelo enquanto remexia os quadris, se esfregando na minha palma, na minha língua.

Ash já não estava só erguendo os quadris. Ele me levantou e tentou me afastar.

— Sera, *liessa*...

Rocei os dentes sobre aquele ponto sensível e, em vez de tentar afastar minha boca de novo, ele se esfregou contra mim, arqueando o corpo inteiro. Senti o membro contra a minha mão enquanto ele puxava a perna para cima. Ash se retesou. Seu gemido grave e gutural me incendiou quando ele gozou, latejando e pulsando.

Os músculos dele demoraram a relaxar, e eu segui os indícios do seu corpo, afastando a mão e a boca. Dei um beijo na tatuagem em seus quadris e levantei a cabeça enquanto puxava a calça dele de volta para o lugar.

Ash estava me encarando com um olhar selvagem. Não disse nada enquanto me puxava, me tirando do meio das pernas. Ele me deitou em cima do próprio corpo e, antes que eu conseguisse entender o que estava fazendo, fechou os lábios sobre os meus e mudou de posição para que eu ficasse deitada embaixo dele. Não foi um beijo suave. Foi um beijo intenso e avassalador, e eu sabia que ele não sentia só o meu gosto nos lábios, mas o seu próprio. A pressão dos lábios e cada movimento da sua língua eram uma declaração de gratidão. De *adoração*.

E eu não me senti mais um monstro.

Capítulo 33

Aos poucos comecei a perceber o cheiro fresco e cítrico, o peso macio e quente da manta de pele e a frieza em diversas áreas do meu corpo. Continuei sonolenta enquanto me aconchegava ao corpo comprido e rígido atrás do meu e ao braço firme sob a bochecha.

Ash.

Não me atrevi a me mexer e continuei deitada, com os sentidos desanuviando de imediato e se concentrando na sensação dele, da sua pele contra a minha. Ash me abraçava, e não havia nem um centímetro entre nossos corpos. Senti seu peito subindo e descendo a cada respiração. Seu braço pesado repousava na minha cintura como se ele quisesse me manter ali. Foi um pensamento extravagante, que logo se perdeu na sensação doce e cálida que percorria meu corpo. Uma das coxas dele estava entre as minhas, com o tecido macio da calça pressionando uma parte muito íntima de mim. Senti a pulsação acelerada, e também uma sensação de encanto.

Nunca fui abraçada assim por tanto tempo — nem acordada, nem dormindo. Sabia que tinha caído no sono antes dele, então Ash podia ter me acordado. Podia ter me levado de volta para o quarto ou me deixado ali fora. Em vez disso, ele me cobriu com a manta e dormiu ao meu lado. Outra vez. Ash tinha me beijado até que eu não conseguisse mais ficar de olhos abertos.

E também nunca fui beijada assim antes. Era como se ele não conseguisse se conter. Como se não pudesse passar nem um segundo sem os lábios nos meus. Nunca me senti tão desejada ou *necessária*. Foi assim que ele me beijou, como se precisasse fazer isso. Ele me beijou do jeito que Ezra tinha olhado para Marisol quando percebeu que ela ficaria bem.

Parecia que alguma coisa havia mudado naqueles instantes antes do sono. Como se algo além da luxúria estivesse crescendo entre nós. Havia respeito e acho que uma certa compreensão. Ele podia até ser um Primordial, mas nós éramos estranhamente parecidos em certos aspectos, o que nos conectava de uma forma que o acordo que seu pai havia mediado não fazia.

Senti um calor no peito muito parecido com as ocasiões em que eu usava meu dom, só que diferente e mais intenso. Era emocionante e novo.

E *assustador*.

Pois parecia quente, verdadeiro e *desejado* demais. E eu não podia desejar isso. Talvez eu até merecesse aproveitar o momento, mas não por muito tempo. Muita coisa dependia de eu cumprir meu dever. Não podia me deixar levar pela sensação de ser *desejada*. O que eu precisava fazer era mais importante do que eu, do que Ash.

Mesmo que ele carregasse na própria pele o lembrete de tantas vidas perdidas.

Senti uma pontada de dor assim que abri os olhos e vi a mão dele fechada ao redor da manta. Toquei nele bem devagar, passando as pontas dos dedos em sua mão, seguindo os tendões e ossos fortes.

Parei de me mexer quando alguma coisa se moveu, se *balançando* na direção do sofá-cama de encontro aos meus pés cobertos. Olhei para baixo e arregalei os olhos. Jadis estava encolhida como uma bolinha ao lado dos meus pés.

Pisquei os olhos, mas a dragontina continuava ali, com as asas dobradas junto ao corpo.

— Mas que coisa! — sussurrei.

— Ela está aí há um bom tempo — respondeu uma voz suave.

O choque tomou conta de mim. Procurei a origem da voz e olhei na direção do parapeito da varanda. O que vi me fez imaginar se eu ainda estava dormindo.

Descalço e sem camisa, Nektas estava empoleirado no parapeito, o que deveria ser impossível de tão estreito. Ele parecia bem à vontade, como se não tivesse medo de escorregar e cair lá embaixo.

Como foi que ele chegou ali? A posição parecia estranha para alguém que tivesse vindo de dentro do palácio.

— Também estou aqui há um bom tempo — acrescentou ele, com a voz baixa. Arqueei as sobrancelhas. — Estava procurando minha filha. Imaginei que ela estaria onde quer que Ash estivesse. Só não esperava encontrar você com ele.

Não consegui nem pensar no que dizer.

Uma mecha de cabelos pretos e ruivos caiu sobre seus ombros quando ele inclinou a cabeça para o lado. Aqueles olhos vermelhos estranhamente belos olharam para o Primordial atrás de mim.

— Nunca o vi dormir tão pesado. Nem quando era bebê. Qualquer barulhinho o acordava.

Fiquei surpresa enquanto a mão debaixo da minha permanecia relaxada e imóvel.

— Você já o conhecia nessa época? — perguntei, sem conseguir imaginar Ash bebê.

— Conhecia os pais dele. Eu os chamava de amigos e chamo Ash de filho — respondeu ele, endireitando a cabeça. Nektas me encarou. — Acho que vou chamá-la de filha.

Eu só podia estar dormindo.

— Por quê?
— Porque você lhe deu paz.

*

Ash acordou logo depois que o dragontino pulou do parapeito e pousou no chão lá embaixo. Como a adulta que eu era, fingi que ainda estava dormindo enquanto ele tirava o braço de baixo de mim e se sentava ao meu lado. Ele ficou parado ali. Meu coração começou a palpitar quando senti os dedos dele na bochecha, passando alguns cachos soltos para trás. Então pareceu parar de bater quando senti a pressão fria dos seus lábios na têmpora.

Aquilo foi tão *gentil*.

Não queria que ele fosse gentil.

Não queria que Nektas me chamasse de filha.

Não queria dar paz a Ash.

— *Liessa*. — O sono deixava sua voz rouca. — Se você continuar fingindo que está dormindo, Jadis vai começar a mordiscar seus dedos.

Abri os olhos de supetão.

— Minha nossa!

Senti seu hálito fresco na bochecha quando ele deu uma risada.

— Detesto perturbar seu descanso fingido.

— Eu não estava fingindo. — Olhei para ele e vi uma suavidade em seus olhos de prata derretida. Meu coração deu outro salto bobo dentro do peito.

— Que mentirosa — provocou ele. — Preciso me preparar para começar o dia. — Distingui uma certa relutância em sua voz que me fez imaginar se ele preferia continuar ali. — Preciso ir para a Corte hoje de manhã e acho que você não vai gostar de ouvir isso — acrescentou enquanto Jadis se espreguiçava aos meus pés. — Mas você não pode aparecer lá novamente.

Ele estava certo. Abri a boca.

— Você não foi oficialmente anunciada como minha Consorte — continuou antes que eu pudesse fazer uma objeção. — É muito arriscado até lá.

— Você espera que eu fique trancada nos meus aposentos...?

— Trancada, não — interrompeu ele. — Mas fique em seus aposentos até que a Corte termine. Você não vai ter que ficar escondida por muito mais tempo, *liessa*.

Escondida.

Esforcei-me para conter a decepção. Precisava concordar, tornar as coisas mais fáceis para ele. *Ser* mais fácil para ele. Mas detestava ficar *escondida*.

— E depois? Você vai para os Pilares? Ou então fazer outra coisa? Devo continuar escondida também? — perguntei, e Ash se retesou. — Ou posso sair do quarto contanto que um dos seus guardas de confiança esteja de olho em mim?

Ele mudou de posição e se sentou do outro lado, com os pés no piso de pedra. Jadis levantou a cabeça e bocejou.

— Sei que esse arranjo não é perfeito.

— Esse *arranjo* não pode continuar, isso sim — retruquei enquanto a dragontina subia pelas minhas pernas e se espreguiçava, levantando as asas finas. — Será arriscado mesmo depois que eu for sua Consorte.

— Bem menos.

— E se não for? E se um Primordial tentar me usar para te provocar?

Ash olhou para mim por cima do ombro.

— Então reavaliamos a situação.

— Não. — Sentei-me, sustentando seu olhar enquanto ele arqueava as sobrancelhas. — Passei a maior parte da vida me escondendo. Sei que faz sentido manter a discrição nesse momento, mas não posso fazer isso para sempre. Você decidiu cumprir o acordo porque eu não estava mais em segurança no plano mortal. Mas se também não estou segura em seu palácio, então de que adianta ficar aqui, Ash?

O éter pulsou atrás das suas pupilas.

— Você *está* mais segura aqui. Lá fora, no plano mortal, qualquer deus poderia encontrá-la. E agora que se sabe que aceitei uma Consorte mortal, você não terá nenhuma proteção entre eles. Além disso, é bem provável que acabe entrando em outra casa sem checar se está vazia antes.

Fui tomada pela irritação e estreitei os olhos.

— Eu sei me defender sozinha.

— Isso não é o bastante — afirmou ele.

— E daí? Então eu morro e fim de papo.

Os olhos dele faiscaram.

— Você não dá o menor valor à própria vida, Sera?

— Não é isso que estou dizendo. — Estendi a mão e acariciei o queixo de Jadis enquanto ela se sentava junto ao meu quadril.

— Então o que você está dizendo?

O que eu estava dizendo? Vi Jadis fechar os olhos e levantar a cabeça.

— Não sei.

— Sério?

Apertei os lábios.

— É só que eu sei que a minha morte é inevitável...

— Você é mortal, Sera. Mas a maioria dos mortais não vive como se sua vida já estivesse perdida.

Bem, só que a minha estava.

Minha vida já estava perdida antes mesmo do meu nascimento.

*

O clima estava pesado quando Ash, com Jadis empoleirada em seu ombro largo, e eu nos separamos. Acho que não era porque eu não queria ficar nos meus aposentos, mas sim com a notável falta de valor que eu dava à minha própria vida.

Mas como poderia dar valor a uma vida que nunca foi verdadeiramente minha?

Voltei para meu quarto me sentindo exausta. Acabei concordando com o pedido de Ash, algo que devia ter feito de imediato.

Vesti o roupão. Esfregando o queixo dolorido, sentei-me no sofá e tentei entender por que tinha discutido com Ash. Eu não gostava de ficar escondida. Estava *cansada* disso. E não pretendia ficar escondida pelo tempo que fosse necessário para cumprir meu dever, independentemente de todos os riscos. Mas não foi só isso que me deixou incomodada.

Foi como compartilhei coisas com ele que nunca havia falado em voz alta antes. E como suas palavras haviam afastado um pouco da minha escuridão. Foram as tatuagens na pele de Ash e o que representavam. E como a noite passada não teve *nada* a ver com meu dever, e sim com o que Nektas havia me contado. Tudo isso me deixou tonta, fora de mim.

Era como se eu precisasse fazer algo que me parecia impossível de maneiras que jamais havia imaginado.

Depois de algum tempo, fui para a sala de banho e me arrumei. Estava com dor de cabeça, então deixei os cabelos soltos e segui até o armário. Como a maioria das minhas roupas estava para lavar, só me restava usar um dos vestidos.

Forcei-me a ser grata por ainda ter roupas limpas e coloquei um vestido simples de mangas compridas de um belo tom de azul-cobalto. Vesti a saia, prendendo a adaga na lateral da bota. Tinha acabado de ajustar as fitas do corpete apertado quando uma batida soou na porta. Esperando que meus seios não escapassem do vestido, encontrei Ector parado no corredor com a mão apoiada no punho da espada.

— Está encarregado de ficar de guarda na porta dos meus aposentos de novo?

Algumas mechas de cabelo louro caíram sobre sua testa quando ele inclinou a cabeça para o lado.

— Se eu mentisse, você acreditaria em mim?

— Não.

Um sorrisinho surgiu em seus lábios.

— Achei que você gostaria de passear pelo pátio, já que tive a nítida impressão de que não gosta de ficar no quarto.

— Você teve essa *nítida impressão* depois de me ouvir reclamando por ter que ficar no quarto? — perguntei.

— Talvez.

Eu preferia mil vezes ir lá fora a ficar no quarto, mesmo com dor de cabeça.

— *Sua Alteza* me disse que devo permanecer no quarto.

Ector arqueou a sobrancelha quando me ouviu dizer *Sua Alteza*.

— Se não nos aproximarmos dos portões ao sul, ninguém a verá.

— Tudo bem.

Saí para o corredor, fechando a porta atrás de mim.

Parecendo reprimir um sorriso, ele assentiu e apontou para o final do corredor, onde havia uma escada simples que dava para uma das muitas entradas laterais do palácio.

— Depois de você.

Comecei a avançar, mas só dei alguns passos antes de pensar numa coisa. Olhei para o deus que caminhava ao meu lado.

— Ele disse que eu podia ir para o pátio?

Não havia a menor necessidade de explicar quem *ele* era.

— Talvez — respondeu Ector, abrindo a porta pesada.

Conforme descíamos a escada estreita e sinuosa, recusei-me a reconhecer que Ash havia pensado em mim, embora soubesse o quanto ele estava irritado. Saímos para o ar fresco perto de uma área desprotegida da Floresta Vermelha. Não tinha nenhuma vontade de me aproximar daquele lugar outra vez, por isso virei à esquerda na direção do local onde Reaver havia aprendido a voar. Ficava na seção oeste da muralha, perto dos portões da frente, mas ninguém nos veria ali.

Caminhamos ao longo da Colina em silêncio por alguns minutos. Lá em cima, um guarda fazia patrulha.

— Todos os guardas são deuses ou...?

— Há deuses e mortais — respondeu ele. — Há até semideuses também.

— Como alguém se torna um guarda aqui?

— Por opção. Os guardas passam por um treinamento intensivo. Geralmente só precisam se preocupar com as Sombras, mas de vez em quando outra coisa vem até a muralha.

— Outra coisa?

Ector assentiu, de olhos atentos. Seu rosto era sereno, mas ele examinava o pátio o tempo todo, como se esperasse que um deus sepultado fosse sair do chão a qualquer momento.

A única coisa que veio correndo na nossa direção foi um filhote de dragontino que disparou de uma porta lateral, seguida por uma Davina exasperada e um Reaver bem mais calmo.

— Olá! — Ajoelhei-me enquanto Jadis passava por Ector e colocava as garras dianteiras nos meus joelhos dobrados. — O que você está aprontando?

— Me deixando de cabelo em pé — reclamou Davina quando Reaver parou ao lado de Ector. — No momento em que viu vocês dois passarem por uma das janelas, ela começou a dar um chilique.

Sorri, acariciando o queixo da dragontina e recebendo um ronronar em troca.

— Saímos para passear um pouco. Posso tomar conta dela.

Reaver resmungou, virando a cabeça em forma de diamante para mim.

— Posso tomar conta dos dois — emendei. — Mas só se você — continuei, olhando para Jadis — prometer não saltar das coisas.

A pequena dragontina gorjeou.

— Cavalo dado não se olha os dentes. — Davina deu meia-volta, balançando o rabo de cavalo elegante enquanto seguia na direção do palácio. — Divirta-se.

Olhei para Ector enquanto Jadis esbarrava em Reaver.

— Não sei se ela gosta muito de mim.

Ector deu uma risada.

— Ninguém sabe se Dav gosta mesmo de alguém ou se está prestes a atear fogo na pessoa.

— Que bom que não é pessoal — murmurei enquanto seguíamos atrás dos dragontinos. — Os dragontinos nos entendem quando falamos com eles?

— Entendem. Bem, às vezes Jadis não consegue... prestar atenção por tempo suficiente... — Ele parou de falar, franzindo a testa enquanto Jadis tentava morder a própria cauda. — Para ouvir.

Abri um sorriso quando a dragontina parou de repente e avançou sobre a cauda de Reaver.

— Ela parece a mistura de um cachorrinho com uma criança.

— É, mas nem um cachorrinho, nem uma criança podem cuspir fogo.

Estremeci.

— Nisso você tem razão.

À medida que caminhávamos, meus pensamentos se voltaram para o que havia descoberto sobre os Escolhidos.

— Você conhecia Gemma? — perguntei.

Ector pestanejou e olhou de esguelha para mim.

— Que pergunta aleatória.

— Eu sei. — Entrelacei as mãos. — É que eu estava pensando nela, nos Escolhidos. Ash me contou a verdade sobre eles.

O deus ficou calado por um momento.

— Aposto que foi um choque e tanto.

— Foi mesmo. Metade de mim não consegue acreditar nisso.

— E a outra metade?

— A outra metade quer botar fogo em tudo — respondi, erguendo o olhar quando uma sombra imensa recaiu sobre nós. Um dragontino verde-escuro pairou no céu, soltando um chamado grave e retumbante que foi respondido instantes depois por outro dragontino, que voava ainda mais alto. Senti o olhar de Ector sobre mim e o encarei. — O que foi?

— Nada. — Ele seguiu em frente, de olho em Reaver enquanto o dragontino alçava voo logo acima de Jadis. — Para responder à sua pergunta, eu não conhecia Gemma muito bem. Ela veio para as Terras Sombrias há bem pouco tempo, só uns dois meses.

Então era bem provável que ainda estivesse arisca. Senti uma tristeza no peito e suspirei.

— Há nuvens aqui? Chuva?

Ector arqueou a sobrancelha ao ouvir outra pergunta incrivelmente aleatória.

— Não. É sempre assim. — Ele ergueu a cabeça na direção do céu cinzento. — Depois de todos esses anos, eu já devia ter me acostumado a não ver as nuvens e o sol. Mas não me acostumei.

Fui pega de surpresa.

— Você não é daqui?

Ele negou com a cabeça.

— Mas estou aqui há tanto tempo que é o único lar de verdade do qual me lembro. Quer dizer, exceto pelo céu azul de Vathi.

— Vathi? — Franzi o cenho, tentando me lembrar dos diferentes locais dentro do Iliseu. — É na Corte de Attes?

— É na Corte do Primordial dos Tratados e da Guerra e do Primordial da Paz e da Vingança — respondeu ele, referindo-se também ao Primordial Kyn. — Só fiquei lá por um ou dois séculos.

Dei uma risadinha.

— Só um ou dois séculos?

Ele riu.

— Sou muito mais velho do que pareço.

— Mais velho do que Ash? — perguntei.

— Centenas de anos mais velho do que ele.

— Uau — murmurei.

— Estou bem pra minha idade, não? — perguntou ele, com um olhar zombeteiro.

Confirmei com a cabeça.

— Você conheceu os pais dele?

— Sim. Eu conhecia Eythos e Mycella muito bem.

Virei-me para ele, parando sob a sombra de uma torre imponente quando Jadis veio até mim. Ela puxou as saias do meu vestido e ficou esfregando o tecido na bochecha. Não tenho ideia do que a dragontina estava fazendo, mas decidi deixá-la continuar.

— Nektas deu a entender que também era íntimo dos pais dele.

— Era, sim. — Ector olhou de relance para mim. — Quando foi que ele te disse isso?

— Hoje de manhã.

Vi Reaver pousar atrás de Ector.

— Quando você estava com Nyktos? — Ele riu baixinho quando arregalei os olhos. — Vi vocês dois hoje de manhã quando fui falar com ele.

— Ah — sussurrei, sentindo as bochechas coradas sabe-se lá por quê. Olhei para a área sul da Colina, de onde um guarda gritava uma ordem para abrir os portões. Nektas e Ector conheciam o pai de Ash e pareciam íntimos do Primordial, mas nenhum dos dois sabia por que seu pai havia feito o acordo. — Vocês acham que fazer um acordo desses era do feitio de Eythos?

Ector não respondeu por um bom tempo.

— Eythos amava Mycella, amava ainda mais mesmo depois que ela foi assassinada. Ele nunca se casaria de novo, mas... — Ector apertou os olhos e respirou pesadamente. — Para falar a verdade, Eythos era muito inteligente. Estava sempre fazendo planos. Ele devia ter um bom motivo.

Mas que motivo era esse? Qual era o sentido disso?

— Sabe, eu também vigiava você — continuou Ector, olhando para mim. Ele estremeceu quando arqueei as sobrancelhas até o meio da testa. — Não é tão sinistro quanto parece. O que quis dizer é que às vezes me juntava a Lathan quando ele ficava de olho em você. Foi assim que soube como você era quando fui procurá-la para te dar a adaga.

— Não sabia disso. — Soltei um longo suspiro. — Nem sei como me sinto sobre isso, sobre alguém me observando enquanto eu não fazia a mínima ideia.

— É. — Ector coçou o queixo distraidamente. — Bem, acho que não adianta saber que tínhamos boas intenções.

— Adianta — disse a ele. — E não adianta...

Um grito do outro lado do pátio nos pegou de surpresa. Em seguida ouvimos outro berro. Congelei.

— O que está acontecendo?

— Não sei, mas está vindo do portão sul. — Ector começou a avançar, mas então praguejou baixinho. — Posso confiar que vá ficar aqui?

— Claro.

Ele estreitou os olhos.

— Tenho a impressão de que vou me arrepender disso, mas fique aqui — ordenou ele. — Já volto.

Assenti obedientemente enquanto Reaver esticava o pescoço na direção do tumulto.

— Vou ficar quietinha aqui.

Com um último olhar de advertência, Ector se virou e correu, desaparecendo atrás de uma das torres do palácio.

Ajoelhei-me e tirei Jadis de cima de Reaver.

— Desculpe — falei, estendendo o outro braço na direção de Reaver enquanto ela dava um trinado agudo. — Mas vocês dois vêm comigo.

Reaver se virou para mim, estreitando os olhos vermelhos.

— Tenho a impressão de que você obedece a ordens tão bem quanto eu — comentei. — Mas espero que venha comigo. Quero bisbilhotar e ver o que está acontecendo. Você não?

Ele olhou para os portões ao sul e assentiu enquanto Jadis subia no meu braço esquerdo. Levantei-me, esperando que ela se segurasse firme. Reaver pegou impulso e alçou voo ao lado de onde Jadis estava empoleirada. Com ele ali, a dragontina se acalmou, esticando o pescoço para descansar a cabecinha ao lado das garras de Reaver. Contornamos o lado oeste do palácio bem próximos à muralha, passando por vários guardas que lançaram olhares curiosos na minha direção. Era a primeira vez que eu me aproximava deles, pois só tinha visto a maioria dos guardas na Colina. Até onde eu sabia, nenhum deles entrava no palácio.

Mais à frente, os portões estavam se fechando. Havia um grupo de pessoas reunidas em volta de uma carroça e logo avistei

Ector no meio da multidão. Ele se inclinou sobre a parte de trás da carroça. Rhahar estava ao seu lado.

— Nós a encontramos a cerca de um quilômetro do Monte Rhee. Foi Orphine quem a viu — informou Rhahar conforme eu avançava, espiando por entre a multidão reunida ali. Senti um formigamento agudo no peito e perdi o fôlego. O calor latejante me deixou paralisada. Havia uma silhueta embrulhada na parte de trás da carroça.

Rhahar passou a mão pelos cabelos raspados.

— Era mais rápido trazê-la pra cá do que levá-la até os Curandeiros. Mandei Orphine buscar ajuda, mas, como você pode ver, as coisas não parecem nada boas.

Os ombros de Ector se contraíram quando ele estendeu os braços na direção da carroça.

— Não mesmo. — Ector se inclinou, pegando o pacote nos braços. Ele se voltou, passando por mim, e então seu olhar disparou na minha direção. — É claro que você não me deu ouvidos.

Fiz menção de responder, mas então vi a mulher enrolada num cobertor — primeiro o braço fino e flácido e depois os dedos delicados manchados de sangue e as unhas quebradas.

Bons deuses!

Bile subiu pela minha garganta enquanto o calor pulsava mais uma vez no meu peito. O rosto dela era uma massa de pele inchada e manchada de sangue, com a carne aberta nas bochechas e testa. Seus lábios estavam cortados e o nariz, torto, obviamente quebrado.

— Quem é essa?

— Gemma — informou Ector, com o maxilar cerrado.

Fiquei paralisada de terror. Ector passou por mim, flexionando um músculo no maxilar enquanto seguia por baixo de uma das escadas. Virei-me e vi Aios sair no pátio. Ela parou bruscamente, apertando a mão sobre a garganta.

— Aquela é...? — Ela olhou para Rhahar. — Foram as Sombras?

— Parece que sim — respondeu Rhahar.

Aios entrou em ação.

— Vou pegar algumas toalhas e suprimentos. Vai levá-la para a câmara lateral?

— Sim. — Ector olhou por cima do ombro para Rhahar enquanto Aios se virava, correndo por baixo de outra escada. — Vá buscar Nyktos.

— Agora mesmo. — A deusa saiu correndo.

— Sera — chamou Ector ao passar por mim, dirigindo-se para a porta que dois homens de armadura mantinham aberta. — Você precisava voltar para os seus aposentos.

Sim, eu precisava.

Precisava mesmo porque aquele calor se derramava pelo meu peito e invadia minhas veias, como quando tinha visto o falcão prateado ferido, só que de um jeito ainda mais forte e intenso. O instinto que acompanhava meu dom me dizia que Gemma... que aquela Escolhida estava morrendo. Podia sentir meu dom emergindo. Precisava me afastar dali.

Mas segui Ector por um corredor estreito, com as garras de Jadis apertando meu ombro e Reaver voando logo adiante. Eu o segui porque não era justo. Não conhecia aquela mulher, mas sabia que ela havia passado a vida toda atrás de um véu, presa e sendo preparada. E para quê? Para ser entregue a deuses que abusariam dela? Não era *justo*.

Uma porta se abriu e uma luz foi acesa, lançando um brilho forte sobre as paredes onde havia feixes de ervas pendurados para desidratar. Ector colocou Gemma em cima da mesa com cuidado, mas ela deu um gemido.

— Desculpe — lamentou ele baixinho, tirando o braço debaixo dela e afastando as mechas ensanguentadas de cabelos que deveriam ser ruivos ou louros quando limpos. O cobertor se abriu e respirei fundo, vendo que a frente da blusa dela estava encharcada de sangue das feridas na garganta e peito.

Ector levantou a cabeça e fixou os olhos prateados em mim.

— Você não deveria estar aqui.

Recuei um passo e Jadis gorjeou baixinho. Abri a boca, mas não consegui dizer nada enquanto olhava para ela. Uma pontada de propósito me invadiu enquanto Reaver se dirigia para o canto da sala, dobrando as asas para trás.

— Bons deuses! — exclamou uma voz rouca. Olhei por cima do ombro e vi a deusa Lailah entrando por outra porta, com as tranças pretas presas em um coque. Ela deu um passo para trás, com a pele negra assumindo uma palidez acinzentada. — Malditas Sombras!

— Pois é — grunhiu Ector enquanto o irmão de Lailah entrava ali.

Theon se deteve, inflando as narinas com uma expressão tensa no rosto. Foi então que meu peito explodiu de calor como no instante em que...

Respirei fundo e olhei de volta para Gemma.

— Ela está morta.

— Você não tem como saber disso — retrucou Ector. — Não há nenhum... — Ele parou de falar assim que se virou para ela. Seus braços caíram ao lado do corpo.

Eu estava certa. Mesmo que nada parecesse ter mudado, eu sabia que ela estava morta, assim como sabia que o falcão estava ferido. O calor no meu peito era uma força poderosa invadindo minhas veias. Jadis deu um trinado alto, roçando as asas na parte de trás do meu pescoço. Reaver levantou a cabeça e soltou um berro, chamando a atenção dos gêmeos.

— Qual é o problema deles? — perguntou Theon.

— Não sei. — Ector olhou do dragontino para Jadis, que berrava em cima do meu ombro. — Nunca vi nenhum dos dois agir assim antes.

Rhain foi o primeiro a chegar da Corte, praguejando, mas ninguém o ouviu sob a algazarra dos dragontinos. O calor vibrante reagia ao *instinto*, um instinto que eu nunca havia sentido com tanta intensidade antes. Fiquei inquieta quando Jadis cutucou minha cabeça com a sua. Reaver deu um berro, chamando a dragontina, e me perguntei se eles sabiam o que estava acontecendo dentro de mim, se conseguiam sentir.

Jadis começou a descer, e eu tive a presença de espírito de impedi-la de pular. Peguei seu corpo trêmulo e a coloquei no chão. Ela correu até Reaver e se aninhou sob a asa dele.

Eu precisava fazer alguma coisa. Acabaria revelando meu dom, e não sei quais seriam as consequências, mas já havia ficado parada e deixado que ela morresse quando poderia ter impedido isso. Poderia tê-la curado. Não podia continuar parada ali.

Rhain dizia alguma coisa a respeito de Ash quando Saion apareceu do nada e seguiu na direção da mesa. Ele olhou para Gemma, balançando a cabeça conforme eu me aproximava. Fui até a mesa com os sentidos aguçados. Mais perto da mulher, mesmo com todo o sangue e a pele mutilada, pude ver que ela não devia ser muito mais velha do que eu.

— Você está *brilhando* — murmurou Ector, e Saion levantou a cabeça. Os gêmeos se viraram para mim. Um tênue brilho prateado descia pelas mangas do vestido até minhas mãos.

— Que porra é essa? — sussurrou Theon.

Respirei fundo e senti o cheiro de lilases. Lilases recém--desabrochados. E o cheiro vinha de mim. Alguém falou alguma coisa, mas não sei quem nem o quê. Não conseguia ouvir mais nada com aquele zumbido nos ouvidos e o impulso, o *chamado*, que se instalava nos meus músculos, sobrepondo-se a todo pensamento racional. Notei que Lailah e Theon deram um passo para trás, e Saion e Ector ficaram olhando para mim, atônitos.

— *Sera* — a voz de Ash reverberou através do zumbido.

Ergui o olhar. Ele estava na soleira da porta, com Rhahar logo atrás. Os olhos prateados do Primordial estavam arregalados e os fios de éter que giravam através das íris eram tão luminosos quanto o brilho que irradiava das minhas mãos. Ash parecia tão incrédulo quanto os demais, parado ali enquanto o calor sussurrante se derramava pelo meu corpo.

Meu coração começou a bater descompassado. Eu não podia conter o calor nem o sufocar ou apagar como havia feito várias vezes antes.

— Não posso ficar parada sem fazer nada — sussurrei, embora ele não fizesse a menor ideia do que eu estava falando. Ash não sabia disso. Não havia contado a ele. E talvez devesse ter contado, mas agora era tarde demais.

Reaver deu outro berro estridente na sala silenciosa. Ector praguejou baixinho quando o éter prateado começou a girar em volta dos meus dedos. Com a garganta seca e o pulso acelerado, pousei a mão trêmula no braço de Gemma.

— Puta merda — sussurrou Saion, esbarrando contra a parede. As ervas balançaram acima dele. — Vocês *sentiram* isso, não sentiram? Todos nós sentimos.

Não sei do que Saion estava falando. Também não desejei nada. Não tive a presença de espírito para fazer isso em meio ao turbilhão de pensamentos.

A luz cintilante fluiu dos meus dedos e se assentou sobre Gemma numa onda intensa. Perdi o fôlego quando o éter se infiltrou em sua pele, enchendo suas veias até que se tornassem visíveis como uma teia de aranha ganhando vida ao longo da carne pálida e da pele machucada.

— Mas que...? — Aios entrou na sala, segurando uma bacia de água de encontro ao peito. Ela parou de supetão, abaixando a bacia lentamente.

O brilho prateado ao longo da pele de Gemma era tão intenso quanto a luz do sol em um dia de verão. O peito dela subiu com uma respiração profunda e entrecortada que pareceu percorrer seu corpo inteiro. Afastei a mão. O brilho pulsou e suavizou, se dissipando lentamente até que percebi...

A pele dela estava lisa e inteira nas faces agora coradas. O corte na testa havia se curado, deixando uma cicatriz rosada para trás. A ferida na garganta havia se fechado, deixando só uma marca estriada de mordida. Gemma abriu os olhos. Castanhos. Ela me encarou e então seus olhos se fecharam. Seu peito subiu e desceu com uma respiração profunda conforme ela dormia, entreabrindo os lábios curados para expirar.

— Você — sussurrou Ash com a voz rouca. Olhei para ele e nunca o tinha visto tão perplexo, tão exposto. — Você carrega a brasa da vida dentro de si.

Capítulo 34

A brasa da vida.

Você carrega a brasa da vida dentro de si, sussurrou a voz de Sir Holland na minha cabeça. *A esperança. A possibilidade de um futuro.*

Reaver soltou outro berro incomum e estridente, que logo foi repetido por Jadis. Do lado de fora do palácio, um chamado mais grave respondeu em um coro que sacudiu as ervas penduradas nas paredes.

A única pessoa que parecia capaz de se mexer era Aios. Ela se aproximou e colocou a bacia em cima da mesa. Em seguida, olhou de relance para mim e tomou o pulso de Gemma.

— Ela está viva.

— Era isso — constatou Ash, com as sombras rodopiando vertiginosamente sob a pele. Olhei em sua direção e ele era tudo que eu via. Observei a incredulidade dar lugar à surpresa, uma surpresa que se transformou em algo tão poderoso e reluzente quanto *esperança*. Senti um nó tão apertado na garganta que não sei nem como conseguia respirar. — Foi isso que ele fez.

— Cacete! — exclamou Saion, e achei que ele fosse desmaiar.

— Fez o quê? — perguntou Theon enquanto eu levava a mão ao peito. — Quem fez o quê?

Ash se empertigou. Seu olhar permaneceu fixo em mim.

— Ninguém comenta o que viu nessa sala. Ninguém. Gemma não estava tão ferida quanto pensamos. Digam o mesmo a ela. Se alguém me desobedecer, passarei a eternidade me certificando de que se arrependa dessa decisão. Todos entenderam?

Suas palavras dissiparam o estupor da sala. Um por um, os deuses demonstraram entender perfeitamente.

— Ótimo. — Ash ainda não havia tirado os olhos de mim. — Theon? Lailah? Por favor, levem Gemma para um dos quartos no segundo andar.

Os gêmeos se apressaram em obedecer à ordem do Primordial. Ambos lançaram olhares desconfiados na minha direção, olhares cheios de cautela e assombro. Vi Theon tomar Gemma nos braços, ainda adormecida.

Lailah pegou a bacia.

— Para limpá-la — explicou. — Ela vai precisar.

— Obrigado — agradeceu Ash, com o olhar penetrante em mim. Senti a pele toda arrepiada. — Ector?

O deus gaguejou.

— S-Sim?

— Certifique-se de que os guardas estejam a postos nos quatro cantos da Colina e na baía. Em seguida, mande os guardas da Encruzilhada nos avisar imediatamente se *qualquer pessoa* chegar de outra Corte. Vá agora — ordenou Ash, ainda me encarando. — E vá *depressa*.

Fiquei alarmada quando Ector partiu imediatamente.

— Por que... Por que você está fazendo isso?

As sombras continuaram se acumulando sob a pele de Ash, que *não* tirava os olhos de mim.

— Eu senti o que você acabou de fazer. Todos nós sentimos.

— Nós também — acrescentou Nektas, me sobressaltando. Ergui o olhar e o vi entrar pelo corredor por onde eu havia passado. Estava sem camisa e com os longos cabelos pretos entremeados por mechas ruivas despenteados pelo vento. Sua pele parecia mais dura do que antes, com as escamas mais definidas. Será que havia acabado de se transformar?

Vi Jadis se afastar de Reaver e correr na direção do pai. Ele se abaixou e a pegou no colo.

— Não estou entendendo.

— Houve uma reverberação de poder — explicou Ash, e eu voltei a atenção para ele. Afastei-me da mesa, onde o sangue de Gemma formava uma poça. — Uma reverberação gigantesca, *liessa*, que deve ter sido sentida em todo o Iliseu por muitos deuses e Primordiais. Com certeza alguns deles virão atrás da origem.

Senti o estômago embrulhado.

— Não sabia que isso podia causar uma reverberação de poder. Suponho que não seja lá muito bom.

— Depende de quem a sentiu. — Uma expressão predatória surgiu no semblante de Ash. — Pode ser muito ruim.

Entreabri os lábios e estendi a mão na direção da adaga. Segurei o punho por cima do tecido do vestido.

— E quando saberemos disso?

Ash percebeu minha movimentação e abriu um sorriso frio e selvagem.

— Em breve. — Ele deu um passo na minha direção. — Não foi a primeira vez que você fez isso, foi?

Fiquei tensa.

— *Liessa* — continuou Ash, quase ronronando conforme abaixava o queixo e contornava a mesa. Olhei de relance para os outros deuses e dragontinos, mas duvidava muito que qualquer um deles fosse intervir. — Já senti isso antes. Ao longo dos anos. Nunca com tanta intensidade, e não sabia o que era. Não conseguia sequer identificar exatamente de onde vinha.

Retesei o corpo. Ele já havia sentido isso antes?

— E tenho certeza de que não fui o único a sentir — prosseguiu enquanto as sombras começavam a se acumular debaixo da mesa, virando em sua direção. Com o canto do olho, vi Nektas gesticular para que Reaver fosse até ele. — A noite no lago, *liessa*. Senti isso pouco antes de encontrar você. Senti isso na noite antes de ir buscá-la. — A área atrás dele começou a ficar tão nebulosa que já não conseguia mais ver Nektas. — E há pouco tempo, no dia em que você entrou na Floresta Vermelha e os deuses sepultados saíram da terra.

Meu coração disparou dentro do peito.

— Até onde sei, os Caçadores já foram atrás de você duas vezes — observou Ash, e eu estremeci. — Sim. — Ele assentiu. — Deve ser isso que estão procurando. Assim como Cressa e os outros dois deuses também.

— O quê? — Senti um aperto no peito. — Você me disse que era...

— Era o que eu achava até o momento. — Ash estava a poucos metros de mim, com as sombras atrás de si assumindo a forma de asas. — Agora sei que eles estavam procurando a origem da reverberação de poder, e que os mortais acabaram envolvidos nisso de algum modo.

— Por quê? Por que eles se importam? Por que machucá-los se fossem a origem?

— Porque é uma reverberação que não deveria ser sentida no plano mortal. — Os olhos rodopiantes dele encontraram os meus. — Nem no Iliseu, aliás. Se eu a tivesse sentido numa parte do Iliseu mais próxima do plano mortal, também teria ido atrás da origem. Muitos tomariam o tipo de poder que acabei de sentir como uma ameaça. — Ele balançou a cabeça. — Você tem muita sorte, *liessa*.

Não me senti nem um pouco sortuda naquele momento.

— Por que não me contou sobre isso? — Como não respondi, ele inclinou a cabeça. — Não fique calada agora, *liessa*. — Um sorriso dolorosamente frio surgiu em seus lábios. Cerrei os dentes. — Onde está toda aquela sua coragem estúpida?

— Talvez você a esteja assustando — sugeriu Aios de algum lugar atrás das asas de sombras pulsantes.

— Não, Sera não se assusta tão fácil assim. — Ash estava parado na minha frente, tão perto de mim que eu podia sentir o cheiro de frutas cítricas e ar fresco. Inclinei a cabeça para trás. — Ela é destemida. Não é verdade, *liessa*?

— Sim, eu sou — consegui dizer.

Sua pele se afinou conforme ele abaixava a cabeça. Senti seu hálito gelado no rosto.

— Então por que não me contou sobre esse seu talento?

— Porque você é o Primordial da Morte — bradei. — Imaginei que não fosse gostar de saber que eu roubava almas de você. Pronto, essa é a verdade. Então se afaste de mim.

Alguém fez um som engasgado, mas Ash... Deuses! Ele deu uma risada rouca e sombria.

— Quer dizer que você já trouxe alguém de volta à vida antes.

— Só uma vez... Bem, duas vezes se contar com essa. Só usava meu dom com animais. Nunca com mortais. Era uma regra minha — divaguei. — Até que eu a quebrei. Foi na noite antes de você ir me buscar, mas foi a única vez. E no outro dia, havia um falcão prateado ferido. Foi por isso que entrei na Floresta Vermelha. Toquei nele e seus ferimentos sararam. Foi a primeira vez que isso aconteceu, e parecia que... parecia que eu sabia que ele só estava ferido, e não morrendo. Foi outra primeira vez. Nem sabia que ia funcionar. Nem sei como acabei com esse... esse dom.

— Mas eu sei. — O hálito dele resvalou nos meus lábios, provocando uma mistura inusitada de nervosismo e expectativa. — Sei muito bem de quem você herdou a brasa da vida. Do Primordial da Vida.

Eu já imaginava.

— De Kolis?

Ouvi o som áspero de um xingamento na sala, e Ash deu uma risada gélida.

— Do meu pai.

Todo o meu ser se concentrou nele.

— O quê?

— Meu pai era o verdadeiro Primordial da Vida. — Os dedos frios de Ash tocaram na minha bochecha. — Até que seu irmão roubou o título dele. O irmão gêmeo. Kolis.

Capítulo 35

Passamos para a sala atrás dos tronos. Era uma espécie de sala de guerra, com numerosas espadas e adagas penduradas nas paredes. Havia uma longa mesa oval no centro, com a madeira cheia de entalhes e ranhuras, como se punhais tivessem sido cravados na superfície em mais de uma ocasião. Muito provavelmente por um dos deuses sentados ali naquele momento. Ector já tinha voltado quando entramos na sala, acompanhado de Bele, que tentava sem sucesso fingir que não estava me encarando abertamente.

Rhain e Saion, junto com Rhahar, também não estavam se saindo muito bem nisso. Todos eles me encaravam. Até Nektas, que ficou no canto. Ele não tinha vindo direto para a sala. Quando se juntou a nós, entendi por quê. Foi quase tão chocante quanto descobrir que o pai de Ash havia sido o Primordial da Vida.

Aninhada no peito de Nektas, havia uma menina de cabelos escuros vestida com uma camisola larga e enrolada num cobertor. Era Jadis, que se parecia muito com uma criança mortal de cinco anos de idade. Pude ver dois pezinhos descalços debaixo do cobertor.

— Fui buscar o cobertor — explicou Nektas, passando por mim enquanto a carregava. — Ela queria o próprio cobertor.

Fiquei olhando para Jadis e imaginando se era por isso que ela estava esfregando o tecido do meu vestido no rosto hoje cedo quando estava na forma de dragontina.

Reaver permaneceu como dragontino, alerta e parado ao lado de Nektas.

Aios colocou um copo de uísque na minha frente, mas nem toquei na bebida. Olhei para Ash. As sombras haviam se dissipado de sua pele, mas ele me observava com a mesma intensidade de quando voltara depois de ver como Gemma estava passando. Ela tinha sido examinada pelo Curandeiro que chegara em algum momento enquanto estávamos na outra sala. Não sei o que Ash disse a ele para ocultar a gravidade dos ferimentos.

Suspirei e encarei Ash. Meu estômago continuava revirado.

— Então quer dizer que Kolis é seu tio? — Minha voz soou muito distante.

Ash confirmou com a cabeça.

— Eles eram gêmeos. Idênticos. Um destinado a representar a vida e o outro, a morte. Meu pai, Eythos, era o Primordial da Vida, e meu tio Kolis, o Primordial da Morte. Eles governaram juntos durante eras, como deveriam.

Um calafrio percorreu minha pele e soltei os braços ao lado do corpo.

— O que aconteceu?

— Meu tio se apaixonou.

Por essa eu não esperava.

— Acho que tem mais coisa nessa história.

— Sempre tem — confirmou Aios, sentada ao lado de Bele.

— Tudo começou há muito tempo. Centenas de anos atrás, se não quase mil. Muito antes de Lasania se tornar um reino. — Ash se sentou na cadeira ao meu lado, na cabeceira da mesa. — Não sei se a relação entre meu pai e meu tio sempre foi tensa ou se já houve paz entre os irmãos em algum momento.

Mas sempre houve uma certa rivalidade entre os dois. Meu pai não era completamente inocente, mas pelo que sei havia inveja. Afinal de contas, meu pai era o Primordial da Vida, adorado e amado tanto por deuses quanto por mortais.

Nektas assentiu.

— Ele era um Rei justo, gentil e generoso, e curioso por natureza. Foi ele quem concedeu uma forma mortal aos dragões.

Virei-me para Ash de olhos arregalados, e meu coração começou a palpitar.

Havia um sorriso distante no rosto do Primordial. Um sorriso bonito, mas triste.

— Ele era fascinado por toda forma de vida, especialmente pelos mortais. Mesmo depois de se tornar o Primordial da Morte, meu pai ficava admirado com tudo que eles conseguiam realizar no que, para o Iliseu, era um período de tempo muito curto. Ele costumava interagir com os mortais, como muitos Primordiais faziam naquela época. Já Kolis era... Ele era respeitado e temido enquanto Primordial da Morte em vez de acolhido como um passo necessário na vida, uma porta para a próxima etapa.

Rhahar franziu o cenho.

— Sempre me perguntei se os mortais não teriam tanto medo da morte se a encarassem de outra forma: não como um fim, mas como um recomeço.

Talvez, pensei, engolindo em seco. Mas a morte era uma incógnita. Ninguém sabia como seria julgado ou o que o aguardava. Era difícil não ter medo disso.

— Quando Kolis visitava o plano mortal, os mortais que o viam se encolhiam de medo e se recusavam a encará-lo, ao passo que corriam para cumprimentar seu irmão gêmeo. Imagino que isso o afetasse — explicou Ash, com o sorriso se tornando irônico, e eu imaginei que também deveria afetá-lo. — Numa dessas viagens ao plano mortal, Kolis viu uma jovem mortal colhendo flores para o casamento da irmã ou algo do tipo.

— Espera aí. O nome dela era Sotoria? — Minha mente disparou. — A jovem que caiu dos Penhascos da Tristeza?

— A própria — confirmou Bele, e eu fiquei atordoada mais uma vez.

Balancei a cabeça.

— Ninguém sabe se a lenda de Sotoria é verdadeira.

— É, sim. — Bele sorriu de leve. — Kolis a viu e se apaixonou no mesmo instante.

Pestanejei, olhando de volta para Ash enquanto recordava o que Sir Holland havia me contado sobre Sotoria. Ele me disse que um deus a tinha assustado. Será que aquela parte da lenda havia se perdido ao longo dos anos?

— De qualquer modo, ele ficou absolutamente encantado com Sotoria — continuou Ash. — Tanto que saiu das sombras das árvores para falar com ela. Naquela época, os mortais conheciam a aparência do Primordial da Morte. O rosto dele era retratado em quadros e esculturas. Sotoria sabia quem ele era quando se aproximou dela.

Ah, deuses...

— Eu sei o que aconteceu. Ela se assustou, saiu correndo e caiu do precipício.

Saion arqueou as sobrancelhas escuras.

— Que romântico, hein?

Estremeci.

— Ele a trouxe de volta à vida, não foi?

— Trouxe. — Ash inclinou a cabeça. — Como você sabe disso?

— Faz parte da lenda. Não é uma parte muito conhecida e ninguém sabe que foi Kolis, mas eu esperava que não fosse verdade.

— É verdade, sim. — Ash coçou o queixo e se empertigou. — Kolis ficou desesperado e de coração partido. Ele chamou o irmão, convocando Eythos para o plano mortal. Implorou para que Eythos trouxesse Sotoria de volta à vida, algo que ele poderia fazer e já havia feito no passado. Mas meu pai tinha regras específicas para conceder a vida — explicou ele, e eu me remexi na cadeira, pensando nas regras que havia criado, mas falhado em seguir. — Uma das regras era não tirar nenhuma alma do Vale. Veja bem, a tradição de queimar o corpo para libertar a alma é algo mortal, um ato mais para o benefício daqueles que ficaram para trás do que para quem já faleceu. A alma deixa o corpo imediatamente após a morte.

— Não sabia disso — murmurei.

— Você não teria como saber. — Ele deu um suspiro. — A maioria dos mortais que não se recusa a deixar o plano mortal como aqueles que permanecem nos Olmos Sombrios, passa pelos Pilares de Asphodel muito rápido. Alguns se demoram um pouco por um motivo ou outro. Embora Sotoria tivesse morrido muito jovem e repentinamente, ela aceitou a morte. Sua alma chegou nas Terras Sombrias, passou pelos Pilares e entrou no Vale em poucos minutos. Ela não se demorou.

Dei um suspiro trêmulo. Será que Marisol havia se demorado? E Gemma? Afundei na cadeira.

— Então quer dizer que a alma não fica presa? Os mortais não precisam esperar?

— A maioria, não — respondeu Ash, e eu me lembrei das almas que exigiam seu julgamento. — Meu pai se recusou a tirar uma alma do Vale. Era errado, proibido tanto por ele quanto por Kolis. Tentou lembrar ao irmão de que ele havia concordado em nunca fazer algo do tipo. Como não deu certo, meu pai o lembrou de que não era justo conceder a vida e depois recusá-la a outra pessoa de mesmo valor. Mas acho que esse era um dos defeitos do meu pai. Ele acreditava ser capaz de decidir quando uma pessoa era digna. Enquanto Primordial da Vida, talvez fosse mesmo. Talvez tivesse uma habilidade inata que lhe permitia fazer esse julgamento e decidir que Sotoria não era uma das escolhidas, ao passo que outra pessoa poderia ser. Não sei o que o fazia decidir quando usar tal poder.

Senti um aperto no peito.

— Foi por isso que não usei meu dom com um mortal até aquela primeira vez. — Era difícil continuar, sentindo o olhar de Ash e de todos os outros deuses em mim. — Não queria ter esse tipo de poder, a capacidade de tomar uma decisão dessas. E sempre senti que, uma vez que o fizesse, o conhecimento de que poderia usar tal poder a qualquer momento que me fosse apresentada uma escolha... Bem, não sei se isso me torna uma pessoa fraca ou errada, mas não quero ter tanto poder assim.

— Esse poder é uma bênção, Sera. E uma maldição — observou Nektas, atraindo meu olhar para si. — Reconhecer isso não é uma fraqueza. Deve ser uma força, pois a maioria das pessoas não perceberia a rapidez com que tal poder pode se voltar contra si mesmas.

— Meu pai não percebeu — disse Ash, e eu olhei de volta para ele. — Se nunca tivesse usado o dom da vida com um mortal, então Kolis não esperaria que o fizesse. Mas ele usou, e sua recusa foi o que iniciou tudo isso. Centenas de anos de dor e sofrimento para muitos inocentes. Centenas de anos que meu pai lamentou suas decisões.

Um calafrio percorreu minha espinha.

— O que aconteceu?

— A princípio, nada. Meu pai acreditava que Kolis havia aceitado sua decisão. Eythos conheceu minha mãe nessa época. Ela se tornou sua Consorte e a vida era... normal. Mas, na verdade, havia um relógio em contagem regressiva. Kolis passou os próximos anos, décadas, tentando trazer Sotoria de volta à vida. Ele não podia visitá-la, não sem arriscar a destruição da alma dela.

— Mas ele descobriu uma maneira?

— De certa forma. — Ash expirou pesadamente.

— Depois de anos de pesquisa, Kolis se deu conta de que só havia uma maneira — interveio Rhain, olhando para a mesa. — Só o Primordial da Vida seria capaz de trazer Sotoria de volta. Então ele descobriu uma maneira de tomar o título para si.

— Como? — arfei.

— Não sei — admitiu Ash, balançando a cabeça. — Ninguém sabe. Só Kolis e meu pai sabem, e um deles se recusa a falar sobre isso, enquanto o outro não está mais aqui para contar.

— Kolis foi bem-sucedido — informou Ector. — Ele conseguiu trocar de lugar com o irmão gêmeo, mudando o destino dos dois. Kolis se tornou o Primordial da Vida e Eythos, o Primordial da Morte.

— O ato foi catastrófico — acrescentou Nektas, mudando Jadis de posição. — Matou centenas de deuses que serviam tanto a Eythos quanto a Kolis, e enfraqueceu inúmeros Primordiais, até mesmo matando alguns deles e forçando os próximos na linhagem a se elevarem da divindade para o poder Primordial. Muitos dos meus irmãos também foram mortos. — O semblante de Nektas se tornou mais severo conforme ele dava um beijo rápido na cabeça de Jadis. — O plano mortal sofreu com terremotos e tsunamis. Muitas áreas foram destruídas. Grandes porções de terra se separaram, algumas formando ilhas enquanto outras afundaram nos oceanos e mares. O caos durou por um bom tempo, mas Eythos logo descobriu por que o irmão havia feito o que fez. Ele alertou Kolis para não trazer Sotoria de volta. Disse que ela estava em paz na próxima etapa da vida. Que já tinha se passado muito tempo e que, se ele fizesse isso, Sotoria não voltaria como era antes. Seria um ato abominável, uma perturbação no frágil equilíbrio entre a vida e a morte.

Cruzei os braços sobre a cintura.

— Por favor, me diga que Kolis não fez isso.

— Ele fez — afirmou Nektas.

— Deuses! — Fechei os olhos, triste e horrorizada por Sotoria. Sua vida já havia sido tirada dela, e saber que sua paz também lhe fora arrancada me enojava. Era uma violação inconcebível.

— Sotoria voltou à vida, mas, como meu pai havia alertado, ela não era mais a mesma. Não voltou má nem nada do tipo, mas melancólica e horrorizada com o que lhe fizeram — continuou Ash baixinho, repetindo o que Sir Holland havia me dito. — Quando ela morreu pela segunda vez, meu pai fez algo para garantir que o irmão jamais pudesse encontrá-la de novo, algo que só o Primordial da Morte é capaz de fazer. Com a ajuda da Primordial Keella, ele marcou a alma de Sotoria.

Inclinei-me na direção dele.

— O que isso significa?

— Eles designaram a alma dela para o renascimento — respondeu Aios. — O que significa que a alma de Sotoria nunca entra nas Terras Sombrias, renascendo continuamente após a morte.

— Eu... — Balancei a cabeça. — Quer dizer que Sotoria está viva? Ela se lembra das vidas passadas?

— As lembranças das vidas passadas não devem ser grande coisa, isso se ela tiver alguma, mas Kolis continua à sua procura. Graças ao que meu pai e Keella fizeram ao marcar sua alma, Sotoria renasce em uma mortalha. Kolis sabe disso. E ainda está atrás dela.

Respirei fundo.

— Ele a encontrou alguma vez?

— Até onde sei, Sotoria permaneceu fora de seu alcance. — Ash olhou para o lado, cerrando o maxilar. — Espero que tenha sido assim em todas as suas vidas.

Quis perguntar se ele sabia quem Sotoria era, mas saber sua identidade me parecia outra violação e um risco para sua alma. Ela já havia sofrido demais.

— Então seu pai fez isso para mantê-la a salvo.

— O que ele fez por Sotoria não era o ideal. Certas pessoas podem dizer que, de certa forma, foi até pior. Mas era a única coisa que pôde fazer para tentar mantê-la em segurança.

— Kolis sempre foi assim?

Ash se voltou para Nektas.

— Kolis sempre teve um lado imprudente e selvagem. Uma mania de grandeza que acreditava ser devida a ele — respondeu o dragontino. — Mas houve um tempo em que Kolis amava os mortais e seus deuses. Até que ele começou a mudar. Acho que nem podemos culpar sua idade por isso. A deterioração tomou conta dele muito antes de o perdermos.

Minha mente parecia prestes a explodir.

— Meu pai e Keella pagaram caro por isso ao longo dos anos. — O olhar de Ash se fixou em mim. — Além de odiar meu pai, Kolis passou a desprezá-lo e prometeu vingança.

Fiquei tensa tentando me preparar para o que estava por vir. Era difícil de acreditar, de pensar em Kolis — que fui criada para acreditar que era o gentil, benevolente e imperfeito Rei dos Deuses — como um monstro egoísta.

Mas agora sabia por que ele não fazia nada para impedir o tratamento abominável aos Escolhidos.

— Foi Kolis quem matou minha mãe, assassinando-a ainda grávida de mim — confidenciou Ash, sem emoção na voz. — Fez isso porque achava justo que meu pai perdesse o amor da sua vida assim como ele. Kolis destruiu a alma da minha mãe, matando-a de forma definitiva.

Levei a mão à boca, horrorizada. Senti um ímpeto de negar o que ele dizia, de não acreditar naquilo. Mas não seria certo. Seria injusto e errado forçar Ash a provar o que eu instintivamente sabia ser verdade. A tristeza deixou minha garganta em brasas e levou lágrimas aos meus olhos. Já era horrível demais que os pais dele tivessem sido assassinados, mas descobrir que o assassino era alguém da família? Achei que fosse vomitar.

Ash engoliu em seco.

— Assim como aconteceu com sua mãe, acredito que a morte dela tenha levado uma parte do meu pai consigo.

Tive vontade de ir até Ash e tocar nele, confortá-lo — algo que não sei se já havia sentido antes. Eu nem saberia como fazer isso, então levei a mão ao peito e continuei sentada.

— Sinto muito, de verdade. Sei que isso não muda nada. E sei que você não quer ouvir isso, mas eu gostaria de poder mudar as coisas de alguma forma.

Os olhos cinzentos e tempestuosos dele encontraram os meus, e então Ash acenou com a cabeça.

Baixei a mão para o colo.

— Como os outros Primordiais permitiram uma coisa dessas? Como nenhum deles, além de Keella, interveio quando Kolis tomou o lugar do seu pai? Quando ele trouxe aquela pobre garota de volta à vida?

— Kolis destruiu todos os registros da verdade — explicou Ector do outro lado da mesa. — Tanto no Iliseu quanto no plano mortal. Foi então que o Primordial da Morte passou a não ser retratado. Ele fez de tudo para esconder o fato de que não estava destinado a ser o Primordial da Vida. Mesmo quando ficou evidente que havia algo errado, que ele estava perdendo a capacidade de criar e sustentar a vida.

— Como assim?

— Esse não era o destino dele, assim como o de Primordial da Morte nunca foi o do meu pai — explicou Ash. — Eu nasci no meio disso, tive o destino reformulado. Mas Kolis forçou isso a si mesmo e ao meu pai. Os poderes de vida que ele ganhou foram temporários. Levou séculos para que seus poderes diminuíssem e, a essa altura, meu pai já estava morto, e Kolis havia dominado outros tipos de poder. Mas nenhum Primordial nasceu depois de mim. Ele não consegue conceder a vida. Não consegue criá-la.

Foi então que entendi uma coisa.

— É por isso que os Escolhidos não Ascendem mais?

— Sim — confirmou Bele com um aceno de cabeça. — Mas ele não pode acabar com o Ritual, pode? Provocaria perguntas demais. E assim o equilíbrio se tornou ainda mais instável.

— Para que lado? — perguntei.

— Da morte — respondeu Ash. Senti a pele enregelada. — A morte de tudo. Tanto aqui como no plano mortal. Pode levar séculos para que o plano mortal seja completamente destruído, mas já começou. Não pode haver dois Primordiais da Morte, mas é o que está acontecendo, pois lá no fundo é isso o que Kolis é.

Meus deuses!

— Só os Primordiais e alguns deuses sabem o que Kolis fez, o que ele é de verdade — continuou Ash. — A maioria dos Primordiais é leal a ele, seja por apatia ou porque suas ações os elevaram ao poder Primordial. E quanto aos outros que acham o que ele fez impensável? Eles não agem, seja por medo ou por excesso de cautela e inteligência.

— Inteligência? — Fiquei incrédula. — Que tal covardia? Eles são Primordiais! Kolis pode ser o Rei, mas é só um...

Ash inclinou a cabeça.

— Você não está entendendo, Sera. Os poderes que Kolis roubou diminuíram até o ponto de se tornarem quase inexistentes, mas *ele* não está mais fraco. Ele é o Primordial mais antigo. O mais poderoso. Poderia matar qualquer um de nós. E depois? Um novo deus não pode surgir. Não sem a Vida. E isso teria um impacto no plano mortal. Em seu lar. Não há nada que possamos fazer. — Ele se inclinou na minha direção. — Pelo menos era nisso que eu acreditava. Meu pai nunca contou a mim nem a mais ninguém por que fez o acordo. É um mistério há mais de duzentos anos. Mas ele tinha um bom motivo. — Ash estudou meu rosto. — Ele nos deu a chance de fazer alguma coisa.

Balancei o corpo para a frente e para trás.

— Como o quê? O que posso fazer com apenas uma brasa de vida além de trazer os mortos de volta? — perguntei, dando uma risada abafada. — Tudo bem, eu sei que parece impressionante e tal...

— Só parece? — Saion deu uma gargalhada. — *É* impressionante, isso sim.

— Eu sei, mas como isso vai mudar as coisas? Como vai desfazer o que o Kolis fez?

Ash tocou na minha mão, provocando aquele choque familiar.

— O que Kolis fez não pode ser desfeito. Mas sabe o que o meu pai fez ao colocar uma brasa da vida em você? Escondida numa linhagem mortal esse tempo todo? Ele se certificou de que existisse uma nova chance para a vida.

— Não deve ser só isso — comentou Rhahar, encostado na parte de trás da cadeira do primo. — A maioria dos Primordiais não estava viva quando Eythos era Rei. Alguns de nós sequer haviam nascido naquela época.

Rhain e Bele levantaram a mão.

— Mas não acredito que ele tenha feito isso só para que uma brasa da vida Primordial ainda exista. — Rhahar balançou a cabeça. — Deve significar algo mais.

— Concordo — afirmou Saion, olhando para mim.

— Mas o quê? — Olhei ao redor da sala.

— Essa parte ainda é um mistério. — A mão de Ash escorregou da minha quando ele se inclinou para trás. — Em que está pensando?

Dei uma risada, arregalando levemente os olhos.

— Acho que não vai querer saber.

— Vou, sim.

Vi Saion arquear as sobrancelhas, cheio de dúvidas.

— Espera aí. É a brasa da vida do seu pai. Quer dizer que somos parentes?

Ash deu uma risada.

— Bons deuses, não! Não é nada disso. Seria como beber o sangue de alguém. Não cria nenhum laço de parentesco.

— Ah, graças aos deuses! Porque isso seria... — Parei de falar ao ver os olhares cheios de expectativa esperando que eu continuasse. Pigarreei. — É só que... Sei lá. Não consigo imaginar o que mais meu dom poderia significar, como poderia ajudar. A alma do seu pai também foi destruída? — perguntei, pensando que, se não tivesse sido, talvez valesse a pena arriscar contatá-lo, mesmo que Ash não pudesse fazer isso. Foi então que me dei conta. — Se fosse possível, você já teria mandado alguém entrar em contato com ele.

— A alma dele não foi destruída. — A pele de Ash havia afinado e os fios de éter giravam em seus olhos novamente. — Kolis reteve um pouco da brasa da morte dentro de si, assim como meu pai reteve um pouco da brasa da vida. Poder suficiente para que Kolis capturasse e aprisionasse a alma de alguém. Ele tem a alma do meu pai.

— Deuses! — balbuciei, sentindo o estômago revirar de náusea. Fechei os olhos por um instante. — Seu... Seu pai está consciente nesse estado?

— Acho que não, mas não sei se é o que digo a mim mesmo para conseguir lidar com isso — admitiu ele. Um momento se passou, e o éter diminuiu em seus olhos. Ash respirou fundo e então se virou para Ector. — Agora sabemos por que as papoulas voltaram.

— O quê? — Olhei de um para o outro.

Ash olhou de volta para mim.

— Você se lembra daquela flor da qual te falei?

— A planta temperamental que o faz se lembrar de mim? — Eu me lembrava, sim.

Rhain abafou uma risada com a mão enquanto Ash confirmava com a cabeça.

— Elas não são como as papoulas do plano mortal. Além dos espinhos venenosos, são mais vermelhas do que alaranjadas e crescem abundantemente no Iliseu. Deuses! — Ele passou o polegar pelo lábio inferior. — Fazia centenas de anos que elas não brotavam aqui, mas alguns dias após sua chegada uma papoula desabrochou na Floresta Vermelha.

Lembrei-me de ver Ash atravessando o pátio e entrando sozinho na Floresta Vermelha. Mais de uma vez. Então era isso que ele havia ido verificar.

— Mas eu não fiz nada.

— Acho que você não precisa fazer nada, basta estar aqui — observou Nektas, passando a mão pelas costas de Jadis, que se remexia em seus braços. — Sua presença está trazendo a vida de volta pouco a pouco.

Isso me parecia... inacreditável, mas então lembrei-me de algo que Ash havia me dito antes.

— Você me disse que os efeitos de não haver um Primordial da Vida já podiam ser sentidos no plano mortal.

Ash assentiu.

— Sabe o que você chama de Devastação? Foi o que aconteceu nas Terras Sombrias. É uma das consequências de não haver um Primordial da Vida.

Fiquei olhando para ele enquanto meu coração parecia prestes a parar de bater. A princípio, não pensei em nada, em absolutamente nada. Não devia ter ouvido direito. Ou então não entendi.

— A Devastação é consequência do prazo de validade do acordo que seu pai fez com Roderick Mierel.

Ash franziu o cenho e colocou o braço em cima da mesa arranhada.

— Isso não tem nada a ver com o acordo, Sera.

O choque me dominou, me deixando completamente atordoada.

— Eu não entendo. Tudo começou depois que nasci. Foi quando a Devastação surgiu e o clima começou a mudar. As secas e a neve que cai do céu. Os invernos...

— O acordo *tinha* um prazo de validade porque o que meu pai fez ao clima não era natural. Não poderia continuar daquele jeito para sempre. — Ash me observou com atenção. — Mas o clima simplesmente voltaria ao estado original, com condições mais sazonais como em algumas áreas do plano mortal. É claro que duvido que fizesse tanto frio como em Irelone, não onde Lasania está situada, mas nada tão severo assim.

Meu coração disparou. Havia um zumbido em meus ouvidos. Mal ouvi Saion quando ele disse:

— O clima foi afetado pelo que Kolis fez. É por isso que o plano mortal vem sofrendo com um clima mais extremo, causando secas e tempestades. É um sintoma do desequilíbrio.

— O acordo não tem nada a ver com a Devastação? — murmurei, e Ash balançou a cabeça. Queria negar o que ele estava dizendo, acreditar que era só um truque.

— Você achava que as duas coisas estivessem relacionadas? — perguntou Ash.

Senti as pernas bambas.

— Nós sabíamos que o acordo expirava com meu nascimento. Foi aí que a Devastação apareceu. Foi o que nos disseram, geração após geração. Que o acordo terminaria e as coisas voltariam a ser como antes.

— E voltaram mesmo — afirmou Ash. — O clima voltou ao estado original anos atrás. Mas como Saion explicou, tem sido mais extremo por conta do desequilíbrio. Todo o plano mortal tem apresentado padrões climáticos estranhos.

— A Devastação ter começado quando você nasceu me parece apenas coincidência — afirmou Rhain. — Mas pode ser que haja alguma ligação com seu nascimento e com o que o pai de Nyktos fez. Talvez o surgimento da brasa da vida tenha desencadeado alguma coisa. Só não sei por que isso faria com que a terra se tornasse estéril.

Ash se inclinou para mim.

— Mas isso não faz parte do acordo que meu pai fez. O que está acontecendo em Lasania teria acontecido mesmo que meu pai não tivesse feito acordo nenhum e vai acabar se espalhando por todo o plano mortal. E também pelo Iliseu.

— Na verdade, quer saber de uma coisa? Acho que Rhain tem razão. Pode ter a ver com o acordo, sim — interrompeu Aios, e eu me virei para ela. A deusa retribuiu meu olhar. — Mas não do jeito que você está pensando.

— O que acha que aconteceu? — perguntou Ash, olhando para a deusa.

— Talvez a Devastação, a consequência do que Kolis fez, tenha demorado tanto para aparecer porque a brasa da vida estava viva na linhagem Mierel ao longo dos anos. Quer dizer, o plano mortal é muito mais vulnerável às ações dos Primordiais. As consequências de não haver um Primordial da Vida deveriam ter sido sentidas muito antes disso, não? — Aios olhou ao redor da mesa. Houve alguns acenos de concordância. — A brasa da vida estava, de certa forma, protegida na linhagem, escondida ali. Mas quando você nasceu, a brasa da vida entrou num corpo mortal, um recipiente por assim dizer, que é vulnerável e tem data de validade.

— Você está falando da minha morte — murmurei.

Aios se retesou.

— Sim. Ou não — acrescentou ela rapidamente quando eu estremeci. — Talvez a brasa da vida simplesmente fique enfraquecida num corpo mortal, incapaz de conter os resultados do que foi feito. — Ela se recostou na cadeira com um ligeiro encolher de ombros. — Ou posso estar enganada e é melhor não darem ouvidos ao que estou dizendo.

— Não, pode ser que você tenha razão — ponderou Ash, pensativo. Achei que fosse vomitar quando ele se virou para mim, me avaliando por alguns minutos. — O que está acontecendo, Sera?

Eu não podia responder.

— Você está mais do que surpresa. — O éter escorreu para as íris dele. — Há sensações demais para que só esteja confusa por causa de um mal-entendido.

Mal-entendido? Dei uma risada engasgada. Sabia que ele devia estar captando e lendo minhas emoções, mas não me importei. Acho que nem *ele* seria capaz de decifrar o que eu estava sentindo.

Um calafrio percorreu meu corpo, acabando com qualquer chance de negação.

O que eles diziam fazia sentido. Naquele dia na Floresta Vermelha, eu havia notado como as Terras Sombrias eram parecidas com a Devastação em Lasania — a grama cinzenta e morta; os esqueletos de galhos retorcidos e desprovidos de folhas; o cheiro de lilases podres que permeava a terra destruída.

Mas isso significava que... Ah, deuses! Se o acordo não era responsável pela Devastação, então não havia nada que eu pudesse fazer. Pior ainda: ela se espalharia por todo o plano mortal. E se Aios estivesse certa, era porque eu nasci. Porque aquela brasa estava viva num corpo que acabaria por perecer e morrer, levando consigo a brasa da vida. O relógio que estava em contagem regressiva esse tempo todo não era do prazo de validade do acordo. Era do *meu* prazo de validade.

Levei a mão à barriga sentindo o estômago agitado conforme me levantava, incapaz de continuar sentada ali. Afastei-me da mesa.

— Sera. — Ash se virou na cadeira na minha direção. — O que está acontecendo?

Afastei os cabelos do rosto, puxando as mechas para trás. Não vi Ash. Não vi mais ninguém naquela sala. Tudo o que vi foram os Couper deitados na cama, lado a lado, com os corpos cobertos de moscas. Em seguida, vi inúmeras famílias como aquela. Centenas de milhares. Milhões.

— Achei que poderia deter a Devastação — sussurrei, sentindo um nó na garganta. — Foi a isso que dediquei minha vida. Minha vida inteira! Achei que poderia acabar com ela. Tudo o que fiz. A solidão. A *porra* do Véu dos Escolhidos. O treinamento para me transformar em *nada*. A maldita preparação. — Passei a mão pelo rosto. — *Valia* a pena. Eu salvaria meu povo. Não importava o que acontecesse comigo no final...

Ash surgiu diante de mim e levou as mãos frias até minhas bochechas.

— Vocês achavam que cumprir o acordo acabaria com a Devastação?

Dei outra risada estrangulada.

— Não. Nós achávamos...

Faça-o se apaixonar. Torne-se sua fraqueza. Acabe com ele.

Estremeci ao ser inundada pela sensação intensa de poder *respirar* de verdade, como me senti quando Ash não me levou na primeira noite em que fui apresentada a ele. *Alívio*. Mas dessa vez o motivo era diferente. Eu não precisaria manipulá-lo. Não precisaria fazer com que ele se apaixonasse por mim e depois machucá-lo. Ou matá-lo.

O rosto dele surgiu diante de mim, com ângulos agudos e sulcos sob as bochechas. Cabelos castanho-avermelhados e belos olhos rodopiantes. As feições de um Primordial que não era nada como eu pensava ou queria acreditar. Atencioso e gentil apesar de tudo o que perdeu, apesar de toda a dor que sentiu — e que teria transformado a maioria das pessoas em um monstro. Um homem de cuja companhia eu havia começado a *gostar*. Um homem por quem havia começado a me *importar*, mesmo antes de saber quem ele era enquanto conversávamos no lago. Uma pessoa que fez eu me sentir *alguém*. Como se eu não fosse uma tela em branco, um recipiente vazio, alguém que só havia nascido para matar.

Eu não precisava mais fazer o que não queria. E, deuses! Eu não queria machucá-lo. Não queria nem ser capaz de fazer uma coisa dessas. E não precisava ser. O alívio foi tão avassalador e poderoso que tanta emoção ameaçava me engolir. A única coisa que impediu que isso acontecesse foi a mesma que senti na noite em que ele não foi me buscar.

Culpa. Uma culpa amarga e implacável.

Milhões de pessoas morreriam, mesmo que eu não precisasse tirar a vida dele. Não era uma bênção nem um alívio de verdade.

— Sera — sussurrou Ash.

Ergui o olhar para ele, sentindo a respiração presa no peito enquanto ele deslizava o polegar pelo meu rosto, afastando uma lágrima. Os fios de éter em seus olhos brilhantes enfeitiçaram os meus.

— Não acho que Sera pensasse que poderia salvar seu povo ao se tornar sua Consorte. — A voz de Bele soou como uma rachadura, lembrando-me de que não estávamos a sós e despedaçando algo profundo dentro de mim quando o éter parou de girar nos olhos de Ash. — Acho que ela descobriu como desfazer um acordo em favor de quem o solicitou.

Ash não disse nada, ficou simplesmente me encarando. Alguém praguejou baixinho. Ouvi o arranhar das pernas das cadeiras contra o piso de pedra. E então *senti*. O tremor nas mãos de Ash e a onda de energia que se derramava na sala crepitando sobre minha pele. Eu *vi* sua pele afinar e as sombras se reunirem ali embaixo.

— Você acreditava que o futuro de Lasania dependia do acordo, de que você o cumprisse, mas não como minha Consorte. — A voz dele soou tão baixa e suave que me deixou toda arrepiada. — Você sabe como desfazer um acordo em favor daquele que o solicita?

Todo o meu ser implorava para eu mentir. Uma dose surpreendente de autopreservação me invadiu. Era a decisão mais inteligente, mas eu estava tão cansada de mentir, de me *esconder*.

— Sei.

Ash puxou o ar bruscamente. As sombras se desprenderam dos cantos da sala e se reuniram ao redor dele, ao nosso redor.

— Foi por isso que voltou para o Templo das Sombras depois que eu a rejeitei? Por isso que queria cumprir um acordo com o qual nunca concordou?

Outra fissura rasgou meu peito.

— Sim.

O éter faiscou nos olhos dele quando a luz começou a atravessar as sombras rodopiantes que serpenteavam às suas costas. Meu hálito se condensou entre nós.

— Seu treinamento, sua *preparação*. — As pontas das presas apareceram quando ele entreabriu os lábios. — Tudo que você fez, desde o dia em que nasceu até esse exato momento, foi para se tornar minha fraqueza?

Senti um aperto no peito. Não consegui responder. Era como se todo o ar tivesse sido sugado para fora da sala e o que restasse fosse frio e denso demais para respirar. Senti um calor que começou nas profundezas do meu ser e subiu até a garganta conforme as sombras entremeadas de éter se moldavam atrás dele, formando duas asas.

Eu estava prestes a morrer.

Percebi no instante em que olhei para aqueles olhos vazios e mortos. Não podia nem o culpar por isso. Eu estava diante de Ash porque pretendia matá-lo. Sempre soube que minha morte viria por suas mãos ou porque eu havia acabado com sua vida.

— Você — sibilou ele, a voz soando como um sussurro da noite conforme Ash deslizava a mão pelo meu queixo. Ele espalmou a mão na lateral do meu pescoço e inclinou minha cabeça para trás. Já não estava mais olhando para Ash. Era um Primordial à minha frente. O Primordial da Morte. Agora ele era Nyktos para mim. — Você já deveria saber que não se safaria disso, mesmo que conseguisse me matar. Estaria morta no instante em que tirasse a maldita lâmina de pedra das sombras do meu peito.

— Ash — chamou Nektas, com a voz soando próxima.

O Primordial não se mexeu. Ele sequer pestanejou, mas manteve os olhos fixos em mim.

— Você não dá nenhum valor à própria vida?

Estremeci.

— *Ash* — repetiu Nektas enquanto Reaver emitia um som suave.

O éter faiscou em seus olhos. A massa de sombras desabou ao seu redor conforme ele me soltava. Ash ficou parado ali por um momento, com uma expressão severa no rosto, e depois deu um passo para trás.

Com as pernas bambas e o coração disparado, desabei contra a parede.

— Eu... eu sinto...

— Não se desculpe, porra — rosnou Nyktos. — Não se atreva...

Uma trombeta soou em algum lugar lá fora, ecoando por todo o palácio. Outra soou logo em seguida. Afastei-me da parede.

— O que foi isso?

— Um aviso. — Nyktos já estava se afastando de mim. — Estamos sendo sitiados.

Capítulo 36

— A reverberação de poder foi sentida — avisou Bele, já de pé.

Afastei-me da parede enquanto os demais deuses se levantavam.

— Acham que pode ser Kolis?

Ninguém olhou para mim, exceto Nektas.

— Kolis não viria pessoalmente — respondeu o dragontino enquanto Jadis levantava a cabeça, bocejando. — Ele mandaria outros em seu lugar.

— Se Kolis viesse atrás de você, Sera, você conseguiria o que procura com tanto afinco. — Nyktos olhou para mim por cima do ombro. — Sua morte.

Senti um aperto no peito quando a frieza de suas palavras recaiu sobre mim. Fiquei atordoada. Não tinha como negar.

— Saion, descubra o que puder. Vou encontrá-lo no estábulo depois. Rhahar, Bele, vocês vão com ele. Não mencionem nada do que descobriram aqui. Nem uma palavra — ordenou Nyktos. — Entendido?

Os três obedeceram, saindo rapidamente da sala. Nenhum deles olhou na minha direção.

— Vou levar os filhotes para um lugar seguro. — Nektas fez um sinal para que Reaver o acompanhasse. — Só por precaução, caso eu esteja certo sobre quem chegou à costa. Vamos encontrá-lo assim que eles estiverem em segurança.

Nyktos assentiu, de costas para mim, enquanto Nektas se dirigia até a porta. Jadis se despediu sonolenta ao passar com a cabeça apoiada no ombro do pai. O aceno, não sei por que, ficou cravado como uma lâmina no meu peito. O olhar que o pai dela me lançou congelou a faca ali.

Acho que vou chamá-la de filha.

Dei um suspiro trêmulo. Duvidava muito que Nektas ainda se sentisse assim. E por que sentiria? Eu havia chegado ao Iliseu planejando matar o Primordial que ele considerava um filho.

Aios se levantou, lançando um olhar rápido na minha direção.

— Vou dar uma olhada em Gemma, ver se as sirenes não a acordaram e cuidar dela caso tenham.

— Obrigado — respondeu Nyktos, tirando uma espada curta da parede. Ele a prendeu no quadril e pegou uma adaga em seguida, enfiando-a dentro da bota. Depois colocou uma espada comprida e embainhada atrás das costas, com o punho para baixo.

— O que vamos fazer com ela?

Virei-me para Ector, que tinha feito a pergunta.

— Posso ajudar — ofereci.

Nyktos me encarou enquanto Rhain arqueava as sobrancelhas. Não havia nada além de uma frieza infinita em seu olhar. Lutei contra a vontade de me afastar dele.

— Estou falando sério — afirmei num tom de voz firme. — Fui treinada com espadas e arcos.

Ele fez um muxoxo de desdém.

— Claro que foi.

Estremeci quando as palavras mordazes se cravaram ainda mais fundo no meu coração, deixando um tipo particular de marca. O nó voltou à minha garganta e as lágrimas aos meus olhos quando uma amargura brotou dentro de mim. Não consegui respirar. A emoção obstruía minha garganta. Não podia permitir isso. Bloqueei a sensação. Bloqueei tudo. *Inspire*. Visualizei a mim mesma atrás do véu. Foi mais difícil do que antes e o véu imaginário me pareceu frágil e transparente como nunca havia sido. *Prenda*. Virei uma tela em branco, um recipiente vazio que não podia ser magoado por palavras ou ações que não fossem minhas.

Soltei o ar.

— O perigo veio às Terras Sombrias por minha causa. Não vou ficar pra trás sem fazer nada quando posso lutar. — Ergui o queixo, sustentando o olhar gélido de Nyktos. — Não represento uma ameaça ao seu povo.

Ele inclinou a cabeça.

— Você não representa uma ameaça a mim.

Fiquei tensa, mas foi só isso.

— Eu posso ajudar, mas faça o que quiser. Me prenda ou me leve com você. Seja como for, você está perdendo tempo.

Nyktos abaixou o queixo e me encarou.

— Embora a ideia de prendê-la seja bastante tentadora, não há tempo para garantir que você fique trancada e não fuja. Então você vem comigo. — Em um piscar de olhos ele surgiu diante de mim. Retesei o corpo, conseguindo me manter firme. — Mas se você fizer *qualquer coisa* que coloque meu povo em risco, ficar presa vai ser o menor dos seus problemas.

Reparei os olhares de incredulidade que Rhain e Ector trocaram e não duvidei de Nyktos nem por um segundo.

— Eu não quero ferir seu povo.

— Não. — Ele deu um sorriso de escárnio. — Só a mim.

O véu escorregou do meu rosto.

— Também não queria te fazer mal.

— Me poupe — vociferou ele, me puxando pela mão. A onda de energia foi como um zumbido intenso. Seu aperto era firme, mas não doloroso, conforme ele me levava para fora da sala.

Nyktos me conduziu pelos tronos e para fora do estrado. Ector e Rhain estavam bem atrás de nós. A câmara escura estava estranhamente silenciosa, exceto pelo barulho das nossas botas. Era difícil acompanhar seus passos de pernas compridas. Fiz de tudo para impedir que minha mente voltasse para aquela sala e ficasse remoendo os motivos de ele ter passado a ser Nyktos para mim. Não podia sequer pensar nisso conforme nos aproximávamos do vestíbulo. Ele andava tão depressa que não vi a ligeira elevação no chão, o degrau entre a câmara aberta e o vestíbulo, e tropecei.

Nyktos apertou minha mão, me apoiando para que eu não caísse de cara no chão duro de pedra das sombras.

— Obrigada — murmurei.

— Não me agradeça — retrucou ele.

Apertei os lábios quando o véu escorregou mais ainda. A raiva dele não era nenhuma surpresa. Eu não podia nem iria culpá-lo por isso. Foi minha incapacidade de continuar naquele vazio que me fez sentir um aperto no peito.

Saion entrou apressadamente pelas portas abertas e parou assim que nos viu.

— Há algum incidente na muralha ao longo da baía. — Ele olhou para as nossas mãos dadas, mas não esboçou nenhuma reação. — Ainda não sei o que é. Rhahar está preparando Odin. Bele foi na frente.

— Sabe se há algum ferido? — perguntou Nyktos, avançando.

— Um dos navios menores emborcou — informou Saion, um passo atrás de nós. Mais à frente, Rhahar conduzia o enorme corcel cor da meia-noite na direção dos demais cavalos. — O resgate precisou ser interrompido quando um dos barcos virou.

— O que na baía seria capaz de emborcar navios? — perguntei.

— Não deveria haver nada — respondeu Nyktos, me surpreendendo, já que eu nem esperava ouvir uma resposta.

— Aquelas águas estão mortas há anos. Poucas coisas conseguem sobreviver ali por muito tempo — acrescentou Rhain. — Além disso, são escuras como breu.

— O que torna um resgate ainda mais difícil — observou Saion. — Se não impossível. Qualquer um, deus ou mortal, que entrar naquelas águas é bem provável que nunca mais saia.

Um calafrio percorreu meu corpo quando Nyktos tomou as rédeas de Rhahar. Ele se virou para Ector.

— Preciso que pegue uma capa com capuz pra mim e me encontre nos portões da baía.

Ector lançou um olhar na minha direção, com a testa franzida. Parecia querer dizer alguma coisa, mas pensou melhor.

— Claro. — Ele se virou, correndo na direção de uma das muitas entradas laterais escondidas sob as escadas.

— Os outros portões da cidade já foram trancados? — perguntou Nyktos.

— Os guardas estão fazendo isso agora, de acordo com um deles — confirmou Saion. — Também começaram a evacuar quem mora perto da baía, levando-os para o interior dos portões.

Virei-me para Odin sem saber como montar em um cavalo daquele tamanho. Teria que descobrir, pois não era idiota de pedir uma montaria própria. Peguei a sela enquanto Nyktos segurava meus quadris, me erguendo com uma facilidade surpreendente.

Comecei a agradecer, mas calei a boca e passei a perna sobre a sela, me acomodando.

— Ela vem mesmo conosco? — perguntou Rhain, subindo no dorso do próprio cavalo.

— Quer ficar pra trás e garantir que ela permaneça onde quer que a coloquemos? — Nyktos montou atrás de mim, e eu cerrei o maxilar.

— Não — respondeu Rhain.

— Então ela vem conosco. — Nyktos estendeu a mão e puxou as rédeas de Odin. — Segure firme.

Segurei a correia com força um segundo antes de Odin se lançar em um galope que rapidamente ganhou velocidade, espalhando terra e poeira pelos ares. Por instinto, inclinei-me para a frente conforme Nyktos guiava Odin ao redor de Haides e ao longo da Colina. Saion e Rhain nos acompanhavam lado a lado. Atravessamos um portão estreito e galopamos pelo chão de terra batida que brilhava por causa dos cacos de pedra das sombras. Árvores de galhos nus e retorcidos, que se pareciam com as árvores mortas que vi quando entrei nas Terras Sombrias, ladeavam a estrada. Uma névoa se reunia e escoava ao redor dos troncos cinzentos. Avistei a Colina por entre os galhos retorcidos e cheios de folhas cor de sangue, tão alta que não conseguia nem ver o topo das muralhas. Torres elevadas surgiram por entre as árvores, espaçadas a centenas de metros de distância uma da outra antes que a Colina parecesse fluir para longe da estrada a perder de vista.

Nyktos guiou Odin com precisão para a direita, saindo da estrada. Ele se inclinou para a frente, pressionando o peito nas minhas costas. A sensação do seu corpo frio contra o meu ameaçou colapsar meus sentidos e acabar com o meu ínfimo autocontrole. O contato era... Deuses! Não podia nem pensar nisso enquanto disparávamos por entre as árvores de sangue. A névoa branca ficou mais densa e agitada como num frenesi. A névoa — o éter — subiu cada vez mais, deixando meu coração agitado como se ele também estivesse em frenesi.

— Vamos pegar um atalho. — Nyktos levou o braço para a minha cintura, me segurando firme. — Talvez seja melhor fechar os olhos.

Arregalei os olhos de repente.

— Por quê...? — Respirei fundo quando as árvores desapareceram diante de nós e o próprio chão pareceu cair num nebuloso abismo de *nada*.

Um grito ficou preso na minha garganta quando Saion saiu em disparada, cavalgando com o corpo agachado em cima de um corcel preto quase do tamanho de Odin. Os dois *desapareceram*. Comecei a me encostar contra o corpo de Nyktos...

Odin saltou no meio da névoa.

Por um momento não havia nada além da névoa branca e da sensação de estar voando. Não consegui sequer respirar naqueles segundos de ausência de peso.

O impacto da aterrissagem de Odin expulsou todo o ar dos meus pulmões, jogando-me para trás contra o corpo firme e inflexível de Nyktos.

O Primordial se agarrou a mim conforme cavalgávamos a uma velocidade vertiginosa pela camada de éter, com os cascos de Odin trovejando nas rochas. Eu não conseguia enxergar nada, apenas névoa por toda parte. Mas se fôssemos cair da encosta de uma montanha ou seja lá o que estávamos descendo, eu é que não ia morrer de olhos fechados.

Odin deu outro salto e então nos livramos da parte mais espessa do éter, correndo por trechos de grama cinzenta e terra dura. Demorei para entender o que estava vendo quando Rhain e Rhahar se juntaram a nós, permanecendo ao nosso lado. Avistei quem acreditava ser Saion cavalgando ao longo da muralha, onde a névoa se reunia em nuvens mais finas.

Olhei de volta para a montanha nebulosa e vi dezenas de guardas a cavalo, emergindo da parede de névoa. Nyktos berrou ordens que não consegui ouvir sobre o estrondo dos cascos.

Avistei um portão de pedra fechado logo adiante e, no alto da Colina, tochas brilhavam na muralha, onde eu podia ver as silhuetas distantes dos guardas, todos voltados para o que havia lá fora.

Nyktos diminuiu a velocidade de Odin, parando a uma certa distância do grupo de guardas. Um deles se adiantou. Apertei os olhos e reconheci Theon, um dos poucos deuses que não estava presente quando minha traição foi descoberta. Duvidava que demoraria muito tempo para que ele e a irmã ficassem sabendo de tudo. Ou será que os demais obedeceriam à ordem de Nyktos de não falar sobre o que haviam testemunhado?

— Tem alguma coisa na água — comentou Theon, pegando as rédeas de Odin sem nem olhar na minha direção. — O que quer que seja, veio do mar e atravessou um dos nossos navios de suprimentos. Partiu a porra do navio ao meio.

— Puta merda — rosnou Nyktos, pulando do cavalo. Ele se virou imediatamente, estendendo os braços na minha direção sem dizer nem uma palavra. Aceitei sua ajuda, surpresa que ele ainda fosse atencioso, apesar de toda a fúria. — Alguma ideia do que seja?

— Ainda não — respondeu Theon.

Nyktos deu um passo e então se retesou no instante em que senti um latejar no peito, um calor. Sob a luz das estrelas, as sombras começaram a se erguer da névoa fina que corria pelo chão. Ele fechou os olhos e suas feições pareceram se aguçar.

— Morte — sussurrei.

Ele se virou para mim, abrindo os olhos.

— Você consegue sentir?

Engoli em seco e confirmei com a cabeça.

— Eu sinto a morte.

Ele flexionou um músculo no maxilar.

— O que está sentindo são as almas se separando dos corpos.

Theon praguejou baixinho, e eu olhei para Nyktos, não tendo pensado que, enquanto Primordial da Morte, ele seria capaz de sentir aquilo, de sentir a morte no instante em que ela acontece.

Assim como eu.

Gélida, virei-me quando Ector chegou, cavalgando na nossa direção. Ele parou o cavalo, dispersando a névoa, e jogou uma capa preta para Nyktos. O Primordial acenou em agradecimento e então se virou para mim, ajeitando o tecido macio sobre meus ombros enquanto guardas subiam as escadas da muralha.

— Você vai ficar com Ector e Rhain — avisou Nyktos conforme Ector descia do cavalo. Ele puxou o capuz sobre minha cabeça.

Olhei de relance para os deuses, que não pareciam nada satisfeitos com isso, mas assenti.

— Fique com eles — ordenou. Estendi a mão para os botões da capa, mas ele foi mais rápido. Seus dedos os abotoaram depressa e então ele me encarou com os olhos ainda surpreendentemente brilhantes. — Lembre-se do meu aviso.

Theon franziu o cenho ao ouvir o tom de voz do Primordial, mas o olhar penetrante de Rhain o silenciou.

— Eu me lembro — afirmei.

Nyktos sustentou meu olhar por mais um instante e então se virou para Rhain e Ector.

— Garantam que ela permaneça viva.

Ele foi até Odin, montou e seguiu na direção dos guardas. Vi-o sair a galope, com fios de sombras cortando a névoa conforme ele se inclinava na sela para pegar um arco e uma aljava com um dos guardas. Saion, Rhahar e Theon foram atrás dele. Os portões se abriram e ele saiu. Só os dois deuses e mais outro, que estava encapuzado como eu, se afastaram dos guardas a cavalo e seguiram em frente.

— Ele vai ficar bem, não vai? — perguntei quando Rhain se aproximou, com os cabelos ruivo-alourados ao vento. — Ir lá fora só com três deuses? Será que eles vão ficar bem?

— Você realmente acha que vou acreditar em sua preocupação?

Olhei para ele.

— Nyktos vai ficar bem?

— Ele é o Primordial — respondeu Rhain. — O que você acha?

O que eu achava era que ele estava vivo. Portanto, podia ser ferido. Além disso, deuses podiam ser mortos.

— Você não deveria estar aqui — afirmou Ector.

— Mas estou. — Virei-me para os degraus e comecei a avançar, colocando novamente aquele véu imaginário. — O que será que há na água?

Ector passou por mim, chegando primeiro aos degraus. Ele olhou por cima do ombro.

— Você acredita em monstros?

Senti um nó no estômago.

— Depende.

Ele abriu um sorriso irônico antes de virar o rosto. Olhei de esguelha para Rhain, que também estava olhando para a frente. Segui os dois depressa, sem parar para pensar na altura da muralha.

— O que quer que faça — começou Rhain quando nos aproximamos do topo —, não vá morrer, por favor. Tenho certeza de que Nyktos quer ter essa honra.

— Não é o que eu tinha em mente — retruquei.

— Ele não vai matá-la — emendou Ector, lá da frente. — Ela carrega a brasa dentro de si.

Rhain suspirou, e foi então que me dei conta de que Ector tinha razão: Nyktos não ia me matar. Não antes de descobrir o que eu era capaz de fazer com a brasa além trazer os mortos de volta à vida. Mas e se fosse só isso? Será que ele me mataria? Condenando o plano mortal a uma morte ainda mais rápida, se Aios estivesse certa? Ou será que me manteria presa, a salvo daqueles que querem me fazer mal e daqueles que ele acredita que eu poderia machucar?

Meu estômago revirou conforme eu caminhava pelo terraço amplo. Ao longe não havia nada além de colinas e vales. Não vi Nyktos e nenhum dos guardas. Acompanhei a curva da muralha, apertando o passo enquanto olhava para ambos os lados, vendo que estávamos entrando em alguma parte da cidade, um bairro de prédios baixos e atarracados que me lembravam dos armazéns da Carsodônia. Segui em frente, observando as construções desinteressantes até que finalmente me deparei com a cidade dentro das Terras Sombrias.

Perdi o fôlego assim que a vi. Era maior do que eu esperava.

Até onde a vista alcançava, a luz das estrelas incidia sobre os telhados de casas e lojas empilhadas ao redor de becos estreitos e sinuosos, lembrando-me muito da Travessia dos Chalés. Pequenos pontos da luz de velas ou lamparinas a gás brilhavam ao longo das ruas e janelas. Não havia Templos ali — não que eu tivesse visto, pelo menos — e uma boa parte da cidade se destacava na encosta de uma colina onde as construções desciam até o sopé.

— Quantas pessoas moram aqui? — perguntei enquanto Ector caminhava à nossa frente.

— Umas cem mil. — Rhain se aproximou de mim. — Ou perto disso.

Bons deuses! Não podia imaginar. Será que a maioria eram deuses ou mortais? Quantos deles eram Escolhidos...?

Um estrondo veio lá debaixo. Das ruas, os berros ficaram cada vez mais altos, misturando-se aos gritos. Senti um aperto no peito e fui até o parapeito mais próximo, assim como Rhain e Ector. Apoiei as mãos na pedra áspera e me inclinei, apertando os olhos para a escuridão.

Uma multidão corria pelas ruas estreitas, algumas a pé e outras a cavalo ou em carruagens. Fiquei horrorizada conforme elas avançavam, empurrando-se e caindo no chão, bradando umas por cima das outras no meio do alvoroço.

— Elas estão fugindo do porto — gritou Ector, se afastando do parapeito. — Merda! Pensei que aquela região tivesse sido evacuada.

— É o que os guardas estavam fazendo. — Rhain correu ao longo da muralha, observando o horizonte. — Mas que porra será que está na água?

Ouvi guardas berrando ordens, tentando acalmar o povo e restaurar a ordem, mas seus gritos foram abafados pelo pânico. Os berros de dor eram agudos, e eu me encolhi e me afastei do desastre que se desenrolava lá embaixo. As pessoas estavam se machucando no meio daquela bagunça e acabariam morrendo no desespero para chegar à segurança dos terrenos do castelo.

Forcei-me a recuar e sair do parapeito, com as saias do vestido farfalhando entre as pernas. Não podia deixar que a brasa assumisse o controle de novo. Os guardas dispararam ao longo da muralha a leste enquanto eu corria atrás de Ector e Rhain, alcançando a área que dava para a baía. Nenhum dos guardas prestou atenção em mim; ou não se deram conta de que eu estava ali, ou não se importaram, concentrados no que acontecia lá embaixo. Saí em outro parapeito, passando por escudos, aljavas e arcos não utilizados. O vento rançoso soprou dentro do capuz, levantando as mechas de cabelo e jogando-as sobre meu rosto conforme a superfície cintilante da baía se assomava logo adiante.

O que vi me fez lembrar do que tinha visto uns dez anos atrás, quando dois navios que transportavam petróleo saíram do porto e colidiram. Ezra e eu subimos nos penhascos para observar os homens que o Rei Ernald havia mandado para conter o derramamento. O navio afundou e o óleo se derramou nas águas, enfurecendo Phanos, o Primordial dos Céus e dos Mares. Ele explodiu do mar em um ciclone aterrorizante, seu rugido de fúria criando uma onda de choque que fez nossos ouvidos sangrarem. Destruiu todos os navios no porto em questão de segundos. Centenas de pessoas morreram — afogadas, jogadas dos prédios lá embaixo ou simplesmente deixaram de existir, junto com dezenas de navios.

As águas estão livres de poluentes desde então.

Mas Phanos não estava ali agora, até onde eu sabia. E ainda assim o que vi fez meu coração disparar dentro do peito. Na baía, um navio de suprimentos havia sido partido em dois, bem no meio, e afundava nas águas violentamente agitadas.

Outro navio oscilava na baía enquanto os marinheiros lutavam com o cordame da embarcação, berrando uns para os outros. Existiam botes de madeira, possivelmente de homens que foram ajudar os outros no navio naufragado, virados sobre as águas agitadas. Não vi ninguém nadando ou pisando na água e me lembrei do que Nyktos e eu sentimos quando chegamos aos portões.

Morte.

Havia alguma coisa naquelas águas. Os guardas enfileirados ao longo da muralha encaixaram e apontaram as flechas naquela direção.

— Puta merda! — Rhain parou de supetão na minha frente.

Avistei-os assim que saíram da superfície escura e reluzente da baía.

Fiquei boquiaberta. Bons deuses! Eram do tamanho de cavalos e subiam pela lateral dos navios com os corpos musculosos brilhando como petróleo. Os navios atracados no porto tremeram como se fossem mudas de plantas. A madeira rachou e se estilhaçou sob suas garras, e os pés fizeram buracos nos conveses.

Só os tinha visto em ilustrações nos livros grossos a respeito deles no Iliseu, mas sabia que eram dakkais, uma raça de criaturas perversas e carnívoras que nasceu nos poços sem fim localizados em algum lugar do Iliseu.

Sem rosto, exceto pelas bocas escancaradas e cheias de dentes afiados, dizia-se que os dakkais eram uma das criaturas mais cruéis que existiam no Iliseu.

— O que eles estão fazendo aqui? — perguntei, olhando para Rhain.

— Dakkais são como cães de caça capazes de farejar éter. São atraídos por ele. — O olhar luminoso do deus recaiu sobre mim. — Alguém os mandou aqui atrás de você.

Virei-me para as docas. Um horror doentio se instalou no meu estômago. Os dakkais logo chegariam à cidade e não havia nada entre eles e as casas na colina, onde muitos tentavam desesperadamente buscar abrigo. Eles vieram atrás de mim, mas pessoas inocentes poderiam morrer...

Um clarão súbito e incandescente atravessou os céus, ofuscando minha visão por um segundo. Cambaleei contra o muro de pedra quando os guardas soltaram um grito de guerra. Eles subiram na ameia da muralha, se ajoelhando e mirando seus arcos e flechas.

O som estridente de um grito me fez olhar de volta para o porto bem a tempo de ver uma flecha atingir um dakkai na cabeça. Ele caiu para trás e explodiu até virar *pó*, como os Caçadores. Outra flecha atingiu um segundo dakkai que alcançava o topo do penhasco — um penhasco que não tinha *nenhuma* proteção. As flechas vinham de lá. Dei meia-volta e minhas pernas quase cederam sob o peso do corpo.

Cinco enormes corcéis pretos irromperam da névoa, estilhaçando pedregulhos sob os cascos conforme desciam a ribanceira. *Nyktos*. Ele e os outros quatro subiram no lombo dos cavalos, agachando-se para disparar flechas contra os dakkais. O encapuzado, que havia se juntado aos demais assim que saíram pelos portões, ficou de pé em cima do cavalo. A força da descida íngreme ergueu seu capuz, revelando uma trança grossa da cor da hora mais escura da noite. Foi uma mulher que disparou a próxima flecha, montada em seu cavalo.

— Maldita Bele — murmurou Rhain com um sorriso enquanto subia numa saliência ali perto, puxando a flecha com força. — Será que ela não se cansa de se exibir?

Aquela era Bele?

Uma saraivada de flechas foi lançada, e entrei em ação. Peguei um arco e uma flecha de uma aljava próxima, encaixando-a rapidamente como Sir Holland havia me ensinado tantos anos atrás.

Quando Nyktos avançou, puxei o arco para trás e mirei, disparando uma flecha. Vários dakkais corriam atrás dos marinheiros que haviam chegado ao píer sem saber que os navios eram muito mais seguros. Soltei outra flecha e a vi cortar a noite, acertando a parte de trás da cabeça de um dakkai. Franzi os lábios quando a criatura se despedaçou até virar pó.

— Quem? — perguntei, encaixando mais uma flecha. Não conseguia entender o que estava testemunhando. — Quem você acha que os mandou aqui?

Rhain disparou um segundo depois de mim. Ele virou o corpo para pegar outra flecha.

— Dakkais são animais de estimação da Corte de Dalos.

Perdi o fôlego. Kolis. Ainda não havia processado muito bem o que descobri a respeito dele. Disparei, acertando uma das feras que chegava ao penhasco.

Outros dakkais repararam nos marinheiros que corriam de volta para os navios. Um homem gritou quando um dakkai se lançou sobre ele, agarrado à lateral do barco. Deixei a flecha voar, atingindo o dakkai nas costas antes que descesse sobre o homem. A criatura explodiu assim que caiu nas águas.

Preparei outra flecha, mirei e disparei sem parar conforme uma horda de criaturas atacava o navio e seus marinheiros, e os cavalos chegavam à beira do penhasco. O homem que cavalgava na frente ficou de pé em cima do cavalo, chamando minha atenção enquanto eu encaixava mais uma flecha. Nyktos saltou de Odin, girando o corpo em pleno ar. Caiu agachado no chão e, por um segundo, fiquei impressionada com tal proeza.

E com certa inveja.

— Que exibido — murmurei, jogando o corpo para a frente assim que Odin disparou na direção dele, pulando no ar.

Nyktos ergueu a mão, fechando-a em punho, e Odin se tornou uma sombra, uma que se envolveu no braço de Nyktos, mergulhando na pele ao redor do bracelete prateado.

— Mas que porra...? — sussurrei, com os olhos arregalados.

— É a primeira vez que o vê fazer isso? — perguntou Ector do outro lado de Rhain. — Belo truque de mágica, hein?

— Como isso sequer é possível? — indaguei.

— Odin não é um cavalo comum — respondeu Ector.

— Não brinca — retruquei.

Nyktos girou o corpo, chamando minha atenção. O bracelete prateado cintilou em seu bíceps quando ele pegou um dakkai com as próprias mãos e ergueu a enorme criatura. Em seguida, jogou a coisa no chão, plantando uma bota em seu pescoço. Levando a mão ao peito, desembainhou a espada curta com uma lâmina que brilhava feito um luar de ônix. Ele desceu a arma com um golpe rápido e o dakkai deixou de existir.

Bele pousou perto dele e caminhou a passos largos, com a capa perdida em algum lugar. O corcel que ela montava correu para longe das docas, acompanhado pelos demais cavalos que se afastavam dos dakkais. Ela estendeu a mão para trás, soltando a flecha presa ao quadril. Estava de calça e com os braços à mostra, sem nenhum bracelete, e longe demais para que eu pudesse distinguir suas feições. Nyktos deve ter dito algo a ela porque sua risada nos alcançou, soando como sinos de vento. Os guardas ficaram imóveis na extensão da muralha enquanto ela pegava impulso e saltava no ar, acertando um dakkai com o punho — não, com algum tipo de arma. O dakkai se despedaçou, e ela caiu onde ele estivera antes.

— Acho que estou apaixonado — disse Ector, e achei que também tinha me apaixonado por ela. Rhain fez um muxoxo.

Um dakkai disparou pelas docas, saltando no ar. Theon deu uma rasteira nele, derrubando-o no chão e cravando a espada em seu peito.

— Agora acho que eu é que estou apaixonado — murmurou Rhain enquanto Theon girava o corpo, despedaçando o dakkai que havia chutado antes.

Carreguei outra flecha e avistei Nyktos mais uma vez. Ele plantou o pé no peito de um dakkai, empurrando a coisa para trás com uma força impressionante e fazendo-a derrapar vários metros. Saion derrubou a criatura enquanto se virava e enfiava a espada em outra.

Bele parecia estar se divertindo enquanto acabava com os dakkais que atacavam os homens no navio — marinheiros que agora estavam paralisados. Soltei a corda do arco e fiquei olhando até ter certeza de que ela havia acertado a cabeça de uma das criaturas antes de pegar outra.

— Há mais deles! — gritou um guarda ao fim da muralha. — Vindo para terra firme.

Nyktos se virou no instante em que vários dakkais surgiram da baía aos berros e invadiram as docas, quebrando pedaços de madeira com as garras.

Um dos dakkais avançou contra Nyktos por trás, e eu desviei a mira e soltei a flecha.

Assim que o Primordial se virou, a flecha atingiu o alvo, derrubando a criatura.

Nyktos levantou a cabeça e se virou para onde eu estava com uma precisão irritante.

Minha mão tremia quando desviei o olhar e peguei outra flecha. Duvidava muito que ele fosse me agradecer por isso.

— Vários dakkais acabaram de emergir — bradou um guarda, correndo ao longo da muralha. — Estão indo para os portões.

— Vá agora! — ordenou Nyktos.

Bele saiu em disparada e rapidamente desapareceu atrás da esquina de um prédio enquanto gritos de alarme soavam pelos ares. Levantei-me do parapeito e vi dezenas de dakkais invadindo as docas, saindo da baía como uma maré de morte.

— Bons deuses — murmurou Rhain. — São muitos.

Com o coração acelerado, pulei para a frente e mirei. Acertei um deles, e outros três tomaram seu lugar. Vasculhei as docas de olhos arregalados. Vi Nyktos empurrar um dakkai para trás enquanto outro o atacava pela lateral. Fiquei com um grito preso na garganta quando ele tropeçou. Disparei uma flecha e acertei o dakkai.

— Por que ele não está usando seu poder? Por que nenhum deles está usando éter?

— Os dakkais podem sentir o éter, se alimentam dele. Isso atrairia ainda mais deles — explicou Rhain, jogando uma aljava vazia de lado. — Nyktos e os outros ficariam cercados.

Dei um suspiro e olhei para minha aljava quase vazia.

— A muralha! — gritou um guarda. — Na muralha!

Olhei para baixo e senti um nó no estômago. Cerca de uma dúzia de dakkais escalava a muralha, socando a pedra com os punhos e quebrando-a para se firmar na superfície lisa.

Bons deuses!

Eles se moviam depressa, subindo vários metros por segundo. Em instantes os dakkais chegariam ao topo e nos esmagariam.

Capítulo 37

Virei-me para a aljava e peguei uma flecha. Restavam só mais algumas, nem de longe o suficiente. Voltei para o vão na ameia enquanto encaixava a flecha e disparava, acertando a cabeça lisa e brilhante de um dakkai. Ele caiu da muralha, transformando-se em pó enquanto outro tomava seu lugar. Um grito ali perto me deixou apavorada conforme eu alinhava uma flecha e puxava a corda bem esticada. Procurei por Nyktos e o avistei perto da margem da água, completamente cercado.

Do nada, o céu e a baía além da ameia sumiram. Por um momento não consegui entender o que havia acontecido. Um segundo depois vi um clarão de dentes brancos e afiados do tamanho do meu dedo e percebi que os dakkais não eram completamente sem feições. Havia duas fendas finas no lugar das narinas, que se alargaram quando as criaturas farejaram o ar.

Arfei e soltei a corda do arco. A flecha perfurou a boca do dakkai, derrubando-o para trás. Outro grito rouco ecoou ao meu redor enquanto eu girava o corpo, sentindo o peito latejar com a brasa da vida. Peguei uma flecha e me virei, com as mãos firmes, embora meu coração martelasse dentro do peito.

Meu capuz escorregou e estremeci, caindo sentada quando um dakkai veio por cima da muralha e pousou no parapeito. Algumas pedrinhas se soltaram e caíram no meu rosto enquanto ele farejava o ar como um cachorro atrás de uma raposa.

Nunca mais pensaria num cão de caça da mesma forma.

A criatura estendeu o braço musculoso e deu um soco no arco. A arma se partiu ao meio. O pânico cravou as garras geladas no meu coração enquanto eu levantava a saia e desembainhava a adaga da bota. Girei o corpo e brandi a arma para cima, cravando a lâmina no peito do dakkai com toda a força. Ela encontrou resistência contra a pele dura feito concha, mas o impulso do golpe a fez acertar o alvo. A criatura uivou e jogou a cabeça para trás, dissipando-se numa névoa fina. A umidade atingiu minhas bochechas e braços, e a névoa do que restava do dakkai logo foi engolida por outra besta que se lançava sobre a muralha, farejando ruidosamente. Meu coração disparou. Alguém deu um berro quando senti seu hálito quente e rançoso no rosto. Uma flecha perfurou o peito do dakkai, derrubando-o do parapeito da Colina.

Virei-me de joelhos e me levantei bem a tempo de ver Rhain jogando o arco de lado para soltar a espada. Ele enfiou a lâmina em outro dakkai que havia subido a Colina. Girei o corpo assim que ouvi um grunhido. Ector estava imprensado contra a parede do parapeito, contendo uma criatura que tentava morder seu pescoço. Puxei as saias do vestido, saltei para a mureta e troquei a adaga de mão para segurá-la pela lâmina. Joguei o braço para trás enquanto me esgueirava pelo parapeito atrás de Rhain e então a atirei. A arma acertou as costas do dakkai e, um segundo depois, caiu aos pés de Ector enquanto virava pó.

Ector levantou a cabeça e seus olhos arregalados me fitaram.

— Obrigado.

Assenti, recuperei a adaga e endireitei o corpo, virando-me para o parapeito. Os dakkais continuavam passando por cima da muralha. Havia guardas caídos no chão, com gargantas e abdomens dilacerados e sangue acumulado em poças. Meu peito se aqueceu conforme a brasa sentia os ferimentos e procurava as mortes. Alguns dos guardas mortos deviam ser deuses. Engoli em seco, contendo a brasa.

Com o coração disparado, girei o corpo no instante em que um dakkai escalava a muralha. Avancei e enterrei a adaga direto no alvo. A névoa úmida atingiu meus braços enquanto eu espiava por cima da muralha. Meu coração deu um salto dentro do peito quando dezenas de criaturas invadiram as docas. Procurei Nyktos e os demais deuses, mas não consegui encontrar nenhum deles em meio à massa de corpos musculosos e escorregadios. Havia apenas três deles contra uma horda de dentes e garras, e eles só podiam usar suas lâminas?

— Que se dane — murmurei.

Afastei-me da muralha e dei meia-volta, procurando as escadas mais próximas. Ao avistá-las, segui na direção dos degraus íngremes.

— Aonde você pensa que vai? — indagou Ector.

— Lá pra baixo.

— Você não pode descer! — gritou Rhain.

— Pois tente me impedir.

Esquivei-me quando um dakkai se lançou por cima do parapeito. Praguejei e me agachei, enterrando a adaga na lateral da besta. Voltei a me levantar no instante em que Rhain pulava no parapeito atrás de mim. A expressão em seu rosto não deixava dúvidas de que ele ia tentar fazer o que eu o havia desafiado. Dei meia-volta, determinada a ser mais rápida do que o deus.

Um estrondo baixo ecoou a oeste, vindo da direção da névoa que tínhamos atravessado. Ergui a cabeça quando o som se transformou num rosnado retumbante que sacudiu as pedras soltas e quebradas.

— Finalmente, porra — murmurou Ector.

Algo escuro e largo tomou forma na parede distante de névoa, *algo* imenso e alado. Fiquei toda arrepiada quando outro surgiu na névoa, seguido de mais outro. Perdi o fôlego quando um rosnado apavorante ecoou acima dos gritos e berros.

Um enorme dragontino cinza e preto saiu da névoa a uma velocidade surpreendente. *Nektas.* Ele voou por cima da muralha, roçando a ponta das asas numa das torres e soltando um rugido ensurdecedor. Girei o corpo, acompanhando seu voo conforme ele descia bruscamente e abria a bocarra. Um fogo prateado irrompeu dele num rugido crepitante. Uma torrente de fogo atingiu a costa e as docas, queimando e destruindo as criaturas conforme Nektas planava na direção da baía. Ele subiu e se virou, voltando no instante em que outra bola prateada de chamas iluminava as águas mortiças.

— Abaixe-se! — gritou Rhain, segurando meu braço e me puxando para o topo da muralha enquanto algo eclipsava as estrelas no céu.

Um ar rançoso e com cheiro de lilases soprou acima de nós, agitando as pontas da minha capa. A Colina inteira tremeu quando um dragontino pousou na borda do parapeito de onde eu estivera disparando. Levantei a cabeça no momento em que o dragontino cor de ônix esticava o pescoço, soltando fogo prateado na muralha de pedra das sombras e queimando os dakkais que subiam por ali. Um dragontino idêntico pousou alguns metros mais abaixo, sacudindo a muralha de novo. Seriam os gêmeos? Quais eram os nomes deles mesmo? Orphine e Ehthawn. Uma enorme bola de chamas prateadas irrompeu lá do alto, atingindo as docas enquanto um dragontino preto e marrom voava sobre a muralha.

Rhain agarrou a parte de trás da minha cabeça, forçando-a para baixo enquanto a cauda espetada do dragontino deslizava pela Colina, jogando espadas e arcos caídos lá embaixo. Outra explosão de fogo prateado iluminou o mundo.

— Bons deuses! — sussurrei.

— É — concordou Rhain, com a fala arrastada. — Os dragontinos não prestam muita atenção à sua volta. Principalmente Orphine.

Reparei.

Seu irmão, Ehthawn, pulou do parapeito, planando até o chão. Rhain tirou a mão da minha cabeça, e eu tomei isso como um sinal de que era seguro me levantar. Fiquei de pé e cambaleei, sentindo as pernas bambas. Ector fez a mesma coisa a algumas ameias dali. Havia fissuras profundas na pedra do parapeito onde o dragontino havia cravado as garras.

O fogo prateado iluminou o chão lá embaixo quando um dragontino disparou contra um grupo de dákkais. Nektas sobrevoou a baía, e procurei os sobreviventes. Avistei Theon primeiro, perto das docas carbonizadas. Depois Saion e Rhahar mais acima, na área dos penhascos. Meu coração já acelerado agora palpitava. Onde será que estava...?

O jato de fogo se dissipou, e então vi Nyktos seguindo na direção da muralha com a espada ao lado do corpo. Ele devia me odiar agora, sabendo o que sabia, mas fiquei aliviada ao vê-lo de pé. O vento agitado pelos dragontinos soprou as mechas de cabelo sobre seu rosto manchado de vermelho. Sangue. Nyktos havia se ferido hoje à noite. Ele inclinou a cabeça para trás e olhou para o topo da Colina até onde eu estava. Perdi o fôlego, embora soubesse que ele só estava conferindo se eu ainda estava viva.

Não porque se importasse.

Nem porque ainda me achasse impressionante.

Mas por causa da brasa da vida.

Senti um aperto no peito que preferi ignorar. Dei um passo para trás quando Orphine virou a cabeça para o lado e para cima, repuxando os lábios num rugido baixo de advertência. Virei-me para o infinito céu estrelado: uma nuvem obscurecia a luz incandescente e se expandia depressa. Só que não havia nuvens nas Terras Sombrias.

— Saiam da Colina! Saiam da Colina! — alguém gritou.

Uma trombeta soou de algum lugar da muralha, e Orphine se lançou da Colina, voando para o alto.

Uma bola de fogo prateado irrompeu lá de cima, quase acertando a dragontina. Caí no chão da Colina, rolando de costas quando o fogo atingiu a torre, sacudindo toda a estrutura. O vento soprou forte sobre a Colina quando Orphine colidiu com um dragontino carmesim. Fiquei chocada quando ela cravou as garras traseiras na lateral do seu corpo e tentou morder o pescoço da besta muito maior do que ela.

— Porra — rosnou Rhain, me puxando pelo braço até que eu ficasse de pé. — Temos que sair da Colina.

— Por que eles estão lutando? — Minhas botas escorregaram pela pedra quando ele me tirou do parapeito.

Os dois dragontinos eram uma massa de asas e dentes afiados rodopiando pelo ar.

— Os dragontinos são vinculados a um Primordial, Sera. — Ele levantou a cabeça quando o dragontino carmesim deu um berro estridente. — Não a todos os Primordiais.

Eu sabia disso, mas não conseguia acreditar que estava vendo dois deles se digladiarem.

— Mas pensei que eles não tivessem permissão para atacar outros Primordiais.

— Não quer dizer que não possam atacar a Corte. — Ele me colocou à sua frente. — Ou que todos os Primordiais sigam essa regra.

Tive a impressão de que sabia a qual Primordial aquele dragontino pertencia.

— Kolis?

Rhain não me respondeu conforme corríamos pela Colina, seguidos de perto por Ector. Os dois dragontinos lutavam acima de nós, chicoteando as caudas pontiagudas no ar. O dragontino carmesim girou o corpo bruscamente, desvencilhando-se de Orphine e a derrubando na área da Colina em que estávamos antes. A pedra das sombras rachou com um estrondo. O impacto me deixou cheia de medo e apreensão pela dragontina, mas Orphine se contorceu e cravou as garras na pedra antes de deslizar para o outro lado da Colina. Olhei adiante e me deparei com as escadas.

— Rápido — gritou Ector. — Mais rápido!

Uma rajada de vento soprou atrás de nós, agitando minha capa e vestido. Virei a cabeça sobre o ombro, e meu coração disparou. O dragontino carmesim saltou da beira da Colina, vindo atrás de nós. As cristas contornando sua cabeça vibraram quando ele abriu as poderosas mandíbulas. O terror me dominou. No meio da escuridão, uma luz prateada faiscou no fundo de sua garganta.

Nesse instante, chamas prateadas atingiram o dragontino carmesim, tirando-o do curso. Tropecei assim que vi Nektas sobrevoar a Colina, arqueando as imensas asas acima de nós. Ele disparou contra o dragontino inimigo num ataque implacável enquanto o levava até o chão aos berros. O dragontino caiu pesadamente, fazendo os guardas se encostarem na parede da escada para não cair.

Rhain diminuiu a velocidade, segurando firme no meu braço enquanto Nektas descia e pousava no chão ao lado do dragontino caído. Ele circulou o outro, que tentava se equilibrar, arrastando a cauda sobre a grama cinzenta e desigual. Em seguida, soltou um rosnado, arranhando o chão com as garras afiadas e grossas. Os guardas pararam de descer as escadas. Rhain e Ector também, e senti uma pulsação quente no peito quando um movimento lá embaixo chamou minha atenção.

O Primordial da Morte avançou, com a espada pegajosa ao lado do corpo reluzindo sob a luz das estrelas. O sangue vermelho-azulado escorria das bochechas e da camisa preta rasgada no peito, mas seus passos eram largos e seguros. Nektas soltou um rugido ensurdecedor. Ao longo da Colina, Ehthawn pousou ao lado da irmã, cutucando-a com a asa enquanto ela encarava o dragontino carmesim.

E foi então que aconteceu.

O dragontino carmesim estremeceu e cintilou. Faíscas de luz prateada irromperam pelo corpo trêmulo conforme ele jogava a cabeça para trás. A cauda grossa e espetada foi a primeira a desaparecer, e então seu corpo se encolheu rapidamente: garras e asas viraram pernas e braços e as escamas sumiram sob a pele queimada e em carne-viva do tórax e abdômen. Os chifres afundaram nos ombros e as cristas se alisaram, substituídos por uma massa de cabelos castanhos encaracolados.

Havia um homem nu deitado ali, com o corpo parecendo um caleidoscópio de carne carbonizada e feridas profundas e purulentas. Bile subiu pela minha garganta. Não sei como ainda estava vivo. Ele se virou de costas, afastando-se de Nektas, e se virou para o Primordial.

O dragontino sacudiu os ombros conforme emitia um murmúrio gorgolejante. Estava rindo deitado ali, *rindo* diante da Morte.

— Ah, Nyktos, meu rapaz — balbuciou o dragontino entre uma risada áspera e outra. — Você tem algo que não deveria ter, e sabe muito bem como são as coisas. Vai ficar tão encrencado quando ele...

— Cale a porra da boca — rosnou Nyktos, brandindo a espada. Com um golpe firme e preciso, ele cortou a cabeça do dragontino.

*

Sob o olhar atento de Ector e Rhain, fiquei aguardando sob os tronos, sentada na beira do estrado. Nyktos ordenou que eles me levassem de volta ao palácio, e achei que a decisão tinha a ver com todos os mortos e feridos ao meu redor. Ele não queria que eu usasse a brasa na frente de tantas pessoas e, com a adrenalina da luta se dissipando, eu não queria arriscar perder o controle.

Os dois deuses não sabiam muito bem o que fazer comigo e passaram a viagem de volta discutindo se deveriam me levar para meus aposentos ou para uma das celas sob a sala do trono. Eu tinha outros planos conforme ficava ali, tamborilando no joelho o lado reto da lâmina curva de pedra das sombras.

Eu queria estar ali quando Nyktos voltasse.

Era uma decisão idiota, já que seria melhor sumir de seu caminho. Mas não ia me esconder do que ele sabia que fui treinada para fazer, e tampouco dele.

Além disso, Nyktos estava ferido. Queria me certificar de que estivesse bem. Não importava como ele se sentia a meu respeito agora que sabia a verdade. Eu estava tomada pela preocupação. Quando desci as escadas não tive tempo de saber se ele estava gravemente ferido. Então fiquei sentada ali com Ector e Rhain, os dois guardas mais de olho na adaga do que qualquer coisa. Eles podiam acabar comigo usando éter, mas sabiam que Nyktos não queria que eu morresse. E agora sabiam como eu era ágil com uma lâmina.

Depois que voltamos somente Aios passou por ali para avisar aos deuses que Gemma acordara quando Hamid foi visitá-la — o homem que a dera como desaparecida na Corte —, mas voltara a dormir logo depois. Enquanto esteve consciente, Aios não achou que Gemma soubesse o que eu havia feito, mas não tínhamos como ter certeza.

Aios não me dirigiu a palavra, e fiquei um pouco magoada. Gostava dela, mas Nyktos era da sua família e, mesmo que não fosse, eu tinha a impressão de que ela veria uma traidora toda vez que olhasse para mim.

Inspire.

Prendi a respiração até meus pulmões começarem a arder e então soltei o ar lentamente. Será que eu me arrependia do que estava disposta a fazer para salvar meu povo, apesar de não os ajudar em nada? Como poderia me arrepender? E como poderia *não* me arrepender? Mas meu estado emocional em frangalhos era a menor das minhas preocupações no momento. Além de talvez estar enganada sobre Nyktos não me matar, outro Primordial havia mandado dakkais e um dragontino atrás de mim depois de ter sentido o uso da brasa da vida. E se esse Primordial fosse Kolis? O Rei dos Deuses? Ele podia não ser capaz de criar a vida, mas ainda era o mais antigo e poderoso de todos os Primordiais. Se me quisesse morta, então eu morreria.

Mas a pergunta era: quantas pessoas teriam que morrer até lá? Fechei os olhos e pensei nos irmãos Kazin. Não usei a brasa da vida naquela noite, mas ela latejava intensamente no meu peito depois que matei Lorde Claus. Não sei muito bem o que aconteceu na noite em que Andreia Joanis foi assassinada, mas além dos mortais e semideuses, deuses também foram mortos. E haveria mais mortes.

O estranho zumbido no meu peito me alertou para o retorno de Nyktos. Ainda não entendia essa sensação nem por que ela existia, mas abri os olhos e enfiei a adaga na bota segundos antes que ele entrasse na sala do trono. Nyktos havia limpado o sangue do rosto, mas ainda tinha cortes em sua bochecha e pescoço. Não sangravam mais com aquele tom vermelho-azulado, mas as feridas não tinham sarado como quando o apunhalei.

Ele não estava sozinho. Nektas caminhava ao seu lado, sem camisa como no início do dia. Ou da noite? Não fazia ideia de quanto tempo havia se passado. Saion também estava com ele, diminuindo os passos conforme Nyktos se aproximava.

Quando deslizei do estrado e me levantei, com as pernas surpreendentemente firmes, tudo o que vi foi a frieza com que ele havia golpeado o dragontino com a espada. Seus olhos desalmados, gélidos e prateados agora estavam fixos em mim.

— Não sabíamos o que fazer com ela — admitiu Ector, quebrando o silêncio tenso. — Sugeri levá-la de volta para seus aposentos.

— Já eu imaginei que uma cela seria um lugar mais apropriado — acrescentou Rhain do outro lado do estrado enquanto Nektas parava no meio do corredor. — No entanto, ela ficou sentada aqui o tempo todo balançando a adaga que você lhe deu de presente e, já que você parece querer mantê-la viva, é por isso que estamos aqui.

Repuxei os cantos dos lábios para baixo. Eu não estava *balançando* a adaga. Nyktos se deteve a alguns metros de distância.

— Está machucada? — disparou ele.

Neguei com a cabeça.

— Mas você, sim...

Dei um suspiro assustado quando Nyktos surgiu diante de mim, tendo se movido mais rápido do que meus olhos conseguiam acompanhar. Antes que eu pudesse me afastar, ele enganchou o braço sob minha coxa direita e levantou minha perna. Fiquei surpresa e comecei a tombar para o lado. Ele passou o outro braço em volta da minha cintura para me apoiar. Não fazia ideia do que ele estava fazendo, mas não conseguia me mexer nem pensar enquanto encarava seus olhos vazios.

— Hã... — murmurou Rhain.

Sem dizer nada ou quebrar o contato visual, ele deslizou a mão pela minha coxa. Um formigamento agudo seguiu o movimento da sua mão, e eu perdi o fôlego. Ele abriu um sorriso enquanto seus dedos frios roçavam no meu joelho agora exposto. O que ele estava...?

Ele sustentou meu olhar conforme se abaixava, fechando os dedos ao redor do punho da adaga. Em seguida tirou-a dali.

— Não quero outra adaga cravada no meu peito.

— Ah, certo — disse Rhain. — Agora faz sentido.

Nyktos me soltou, e eu tropecei na beirada do estrado. O ar saiu dos meus pulmões enquanto ele se afastava de mim.

— Eu não pretendia fazer isso.

— É mesmo? — Ele enfiou a adaga no cós da calça, na parte de trás. — Não era *exatamente* isso que você pretendia fazer?

Não disse nada. Afinal, o que eu poderia responder? Seu sorriso se alargou enquanto me encarava, e precisei me controlar para não tentar defender o indefensável.

— Foi Kolis quem mandou os dakkais e o dragontino?

— Foi — confirmou ele.

Olhei para o rasgo em sua camisa. Será que a ferida ainda estava sangrando? A pulsação quente se acendeu no meu peito.

— Então ele já sabe que estou aqui.

— Ele sabe que há *alguma coisa* aqui — corrigiu Nyktos. — Mas não sabe qual é a origem do poder, e é assim que pretendo manter as coisas.

Meu coração deu um salto idiota.

— Porque você acredita que seu pai fez outra coisa além de esconder a brasa da vida na minha linhagem.

Ele franziu os lábios.

— Sei que ele deve ter tido outro motivo além de manter a brasa viva. Se fosse só isso, ele não teria escondido a brasa no corpo de uma mortal. E até que eu descubra o motivo, Kolis não vai colocar as mãos em você.

Senti uma pontada profunda e ardente no peito enquanto apertava as mãos. Forcei minha voz a ficar firme.

— E até lá?

— Veremos.

Ou seja, se descobrisse que a brasa da vida era só isso, Nyktos podia muito bem decidir acabar comigo. Mas não achei que me mataria. Ele não faria isso com o plano mortal se houvesse sequer uma chance de que Aios estivesse certa.

— Não foi isso que eu quis dizer.

Ele arqueou a sobrancelha.

— Ah, não?

— Será que Kolis vai mandar outros investigarem a origem? — perguntei.

— Acho que teremos uma breve trégua — respondeu ele.

Lembrei-me da provocação do dragontino.

— E quanto a você? O que ele fará com você por esconder a origem do poder?

Suas feições se aguçaram.

— Isso não é da sua conta.

— Que palhaçada.

Nyktos arregalou os olhos e o éter invadiu suas íris.

— Como é que é?

— Você disse que não era da minha conta. E eu respondi que isso é uma *palhaçada* — repeti, e o Primordial inclinou a cabeça para o lado. Atrás dele, Nektas se aproximou em silêncio. — Quantas pessoas morreram hoje à noite?

O Primordial não respondeu.

— Quantas? — insisti.

— Pelo menos vinte — respondeu Saion da frente da sala, com a voz ecoando no ambiente. — Ainda estamos esperando notícias sobre baixas em Lethe.

Estremeci. Vinte pessoas. Sem contar com os feridos.

— Não finja que se importa com as pessoas daqui — rosnou Nyktos, dando um passo na minha direção.

Contraí todos os músculos do corpo conforme a raiva se apoderava de mim.

— Não estou fingindo. Não quero que as pessoas morram por minha causa.

Ele abaixou o queixo.

— Somente eu. Não é mesmo?

Senti um gosto amargo e ácido na boca e uma ardência no peito. Abri e fechei as mãos, sem saber o que fazer.

Éter faiscou nos olhos de Nyktos.

— É vergonha o que sinto em você? — Ele deu uma risada muito diferente das que eu tinha ouvido antes. — Ou é tão boa atriz assim? Acho que é. — Nyktos me estudou, repuxando os lábios com desdém. — E acho que se esqueceu de mencionar a atuação, além de fazer más escolhas, na lista dos seus muitos... *talentos*.

Respirei fundo e senti a garganta em brasas. Não passou despercebido o que ele estava querendo dizer: nós dois na varanda. O golpe me cortou tão fundo que esqueci que não estávamos a sós.

— E agora finge estar ofendida? — Nyktos balançou a cabeça e repuxou os lábios de novo. O nojo estampado ali acabou comigo. — Isso é baixo até pra você.

Dei um jeito de abrir a boca.

— Pare de ler minhas emoções, porra! — gritei, e Saion se afastou da parede, de olhos arregalados. — Ainda mais quando você nem acredita no que está lendo, seu babaca!

Nyktos ficou imóvel. Completamente *paralisado*.

E só isso já devia ter me indicado que eu *finalmente* havia ido longe demais. Mas já havia passado dos limites, de *todos* os limites.

— Acha mesmo que eu queria fazer isso com você? Ou com qualquer pessoa? Até onde sabíamos, era a única maneira de salvar nosso povo. Foi o que me disseram. A minha vida toda. Era tudo que eu sabia. — Minha voz falhou, e eu respirei fundo, tensa. — Eu pediria desculpas, mas você não acreditaria em mim. Não o culpo por isso, mas não se atreva a insinuar que o que fiz com você foi só fingimento nem que o que estou sentindo é mentira quando passei toda minha maldita vida sem poder querer ou sentir nada por mim mesma! Não quando passei os últimos três anos me *odiando* pelo alívio que senti quando você me rejeitou, porque assim não precisaria fazer o que se esperava de mim.

Nyktos ficou me encarando.

O silêncio inundou a sala, e eu me dei conta de que estava tremendo. Meu corpo inteiro tremia. Nunca havia falado aquelas palavras em voz alta antes. Nunca. Meu coração martelou dentro do peito e senti um nó crescendo na garganta, ameaçando me sufocar.

— Eu sei o que sou. Sempre soube. Sou da pior espécie. Um verdadeiro monstro — murmurei, com a voz rouca. — Mas *jamais* me diga como me sinto.

Nyktos sequer pestanejou.

O dragontino se aproximou de Nyktos, passando os olhos vermelhos de mim para o Primordial. Nektas se inclinou e falou baixo demais para que eu pudesse ouvir. Com a atenção fixa em mim, seu peito subiu com uma respiração rápida e profunda.

Um bom tempo se passou, e então ele finalmente desviou o olhar de mim e se voltou para Nektas.

— É melhor você ficar na muralha. Caso eu esteja enganado a respeito da trégua.

Nektas balançou a cabeça.

— Há outros na muralha. Eles estão de vigia — relatou o dragontino.

— Prefiro ter você lá.

— E eu prefiro não sair do seu lado — retrucou o dragontino.

— Não agora.

— Eu estou bem — afirmou o Primordial, com a voz baixa. — Já te disse isso umas três vezes.

— Cinco, na verdade. — Nektas se manteve firme. — Mas não preciso dizer que o conheço bem demais.

Tudo que eu havia acabado de gritar para o Primordial caiu no esquecimento. Voltei a atenção para os rasgos na túnica dele. As manchas escuras no tecido haviam se *espalhado* ao longo do seu peito.

Ector saltou do estrado.

— Quanto desse sangue é seu?

— A maior parte — admitiu ele, e Nektas deu um rosnado baixo de desaprovação.

— Merda — murmurou Rhain, juntando-se a Ector no chão. — Suas feridas não estão sarando?

— Está a fim de morrer hoje à noite? — vociferou Nyktos.

Saion arregalou os olhos e encarou o chão, sem dizer mais nada.

— Eu poderia tentar — comecei a dizer, e Nyktos virou a cabeça na minha direção. — Meu dom, a brasa, funcionou com o falcão ferido.

— A brasa da vida não é tão poderosa assim para funcionar em mim ou em um deus — explicou ele. — Além disso, não sei se confio em você a ponto de deixar que tente fazer isso.

Eu me encolhi. *Duas vezes.*

Nyktos inflou as narinas quando respirou fundo, desviando o olhar.

— Só preciso limpar as feridas, o que pretendo fazer se isso os deixar mais tranquilos — concluiu.

— Isso não me deixaria mais tranquilo — respondeu Nektas.

— Azar o seu. — Nyktos olhou de cara feia para o dragontino. Ele começou a se afastar e então olhou para mim, com o maxilar cerrado. Em seguida, voltou-se para Nektas. — Coloque-a num lugar seguro, onde não possa fazer nenhuma das tolices que possa estar planejando. Ela não dá nenhum valor à própria vida.

Abri a boca, mas Nektas interrompeu o que eu ia dizer.

— Isso eu posso fazer.

— Perfeito — rosnou o Primordial e deu meia-volta, batendo as botas com força no piso de pedra das sombras conforme saía da sala do trono.

Quando não pude mais vê-lo, virei-me para Nektas.

— Ele está muito ferido?

— Não precisa fingir na nossa frente — retrucou Ector.

Virei-me para o guarda e apontei o dedo em sua direção.

— O que foi que eu disse sobre não me dizerem como me sinto? Isso vale pra você também — disparei, e Ector arqueou as sobrancelhas, surpreso. Voltei-me para os demais. — Para todos vocês.

Todos, incluindo o dragontino, olharam para mim.

Saion pigarreou.

— Ele ficou cercado nas docas e na costa. Os dakkais acertaram vários golpes.

Rhain trocou um olhar preocupado com Ector.

— Foi muito feio?

— O suficiente para que precise se alimentar — respondeu Nektas. — Mas ele é teimoso demais pra isso.

— Merda! — exclamou Ector, passando a mão pelo rosto.

Senti o estômago embrulhado quando me lembrei do que Nyktos me contou durante nosso primeiro café da manhã.

— O que vai acontecer se ele não se alimentar? Será que vai se transformar em algo perigoso? Ele mencionou algo assim antes.

Nektas inclinou o queixo.

— Ele está tão fraco que pode acabar seguindo por esse caminho.

Rhain praguejou de novo.

— Mas mesmo que isso não aconteça, ele continuará fraco — prosseguiu Nektas. — E é a última coisa de que precisamos nesse momento.

Afastei os cabelos despenteados do rosto.

— Por que ele se recusa a se alimentar?

O olhar de Nektas encontrou o meu.

— Porque ele foi forçado a se alimentar até matar uma pessoa. É por isso.

Entreabri os lábios. Recuei um passo para me distanciar do que Nektas havia me dito. Mas então me lembrei do que falamos naquele café da manhã e de como tive a impressão de que ele havia sido aprisionado. Fechei os olhos.

— Kolis o manteve em cativeiro?

Um longo período de silêncio se passou antes que Nektas respondesse:

— Kolis fez todo tipo de coisa com ele.

O peso que senti no peito estava a ponto de me derrubar no chão.

— Como podemos fazê-lo se alimentar?

— Não podemos — respondeu Rhain. — Só podemos esperar que ele se recupere.

— Na verdade, acho que podemos fazê-lo se alimentar — observou Nektas, e eu abri os olhos e o vi me observando. — Ele está tão furioso que talvez até se alimentasse de você.

Pisquei os olhos repetidamente.

— Não sei muito bem como me sinto sobre a casualidade com que você sugeriu isso.

O dragontino arqueou as sobrancelhas.

— Mas?

Mas Nyktos estava fraco, e isso era a última coisa de que precisavam. Ele precisava se alimentar, e, se eu estava pronta para ser queimada viva por um dragontino depois de matá-lo, então podia muito bem me preparar para isso.

— Tudo bem — concordei com um suspiro.

Seus perturbadores olhos vermelhos se fixaram nos meus.

— É a sua decisão? Você pode se recusar. Ninguém aqui vai obrigá-la a fazer isso ou usar sua recusa contra você.

Não sabia se alguém o faria, mas eles tinham coisas muito piores para usar contra mim. Poderia recusar, mas, se Nyktos não tivesse descoberto a verdade, eu teria me oferecido. E, lá no fundo, eu sabia que não tinha nada a ver com o acordo, e sim porque não queria que ele sofresse.

— É a minha decisão — respondi, olhando para Nektas. — Vou tentar. Tenho certeza de que posso dizer algo para irritá-lo.

Nektas abriu um sorriso.

— Tem certeza disso? — perguntou Rhain. — Ela veio aqui para matá-lo.

— *Ele* a trouxe aqui — corrigiu Nektas rapidamente, me surpreendendo. Só não sabia qual era a diferença. — Tem uma ideia melhor?

Rhain olhou de relance para mim.

— Não. — Ele fez uma pausa. — E se ele a matar?

— Bem — disse Ector lentamente enquanto passava por mim —, então acho que não teremos mais que nos preocupar com ela tentando matá-lo.

— Eu não vou tentar matá-lo — vociferei.

— *Agora* não — insistiu Ector.

— Vamos. — Nektas fez um sinal para que eu o seguisse e fui atrás dele, lançando um olhar fulminante para Ector.

Saion me deu um sinal de positivo quando passamos por ele.

— Vou torcer e rezar por você.

Nem me dei ao trabalho de responder. Segui Nektas até a escadaria dos fundos, surpreendentemente calma. Quando começamos a subir os degraus, perguntei:

— Orphine está bem?

— Vai ficar — respondeu ele, e foi tudo o que dissemos até chegarmos no andar certo.

— Fiquei surpresa por você ter sugerido isso — admiti. — E se ele ficar com raiva de você?

— Nyktos me disse para colocá-la num lugar seguro. — Nektas abriu a porta e a segurou para mim. — É o que estou fazendo.

Franzi o cenho e passei por ele. Nektas parou diante da porta do meu quarto.

— Ele não vai atender se você bater, mas aposto que a porta entre os aposentos está destrancada.

Fiquei encarando a porta.

— Acha mesmo que vai dar certo? Talvez ele esteja irritado demais para fazer isso.

— Vou te fazer uma pergunta. — Nektas esperou até que meu olhar encontrasse o dele. — Você ainda o mataria se soubesse que isso não salvaria seu povo?

Abri a boca. A palavra *sim* subiu pela minha garganta, mas parou ali. Não saiu pela minha boca, pois eu não sabia se teria feito isso. Não podia dizer que sim.

— Esse é o motivo — concluiu Nektas, abrindo a porta. — Acho que ele também sabe.

Eu não tinha tanta certeza assim, mas não era o momento para refletir sobre o que eu havia admitido e o que aquilo significava. Entrei nos meus aposentos e olhei imediatamente para a porta do quarto dele. Não perdi tempo, para que nenhum vestígio de bom senso tomasse conta de mim. Só parei para tirar as botas e meias. Havia uma camada fina de sangue dakkai sobre elas, e eu não queria que se espalhasse por todo o quarto. Fui até a porta entre nossos quartos e virei a maçaneta.

Nektas tinha razão. Estava destrancada.

Um calafrio percorreu minha espinha quando a porta se abriu, revelando uma passagem curta e estreita e um quarto vazio e mal iluminado logo adiante. Permaneci calma conforme fechava a porta atrás de mim e entrava de fininho, sentindo o piso frio de pedra sob os pés. Entrei no quarto que cheirava a frutas cítricas e, como suspeitava, só tinha o básico: uma cama grande e duas mesas de cabeceira; um armário e alguns baús; uma mesa com cadeira; um sofá comprido. E mais nada.

Minha certeza vacilou quando olhei para a porta entreaberta no outro lado do quarto. Vi uma banheira de porcelana. Adentrei no espaço cavernoso, sentindo a garganta seca assim que vi Nyktos na sala de banho.

Ele estava na frente da penteadeira, com a calça desabotoada pendendo dos quadris, apoiando-se na beira da pia com os dedos pálidos. O Primordial passava uma toalha úmida pelo peito ensanguentado, exibindo os dentes conforme sibilava de dor. Seus ferimentos, graves e chocantes, teriam sido fatais para um mortal. O fato de que ele parecia não ter notado minha presença era mais uma confirmação de como estava fraco. Por um momento, só consegui ficar olhando para o sangue cintilante que descia pelo contorno definido do seu abdômen. Como ele ainda estava de pé?

— Nyktos — sussurrei.

Ele ficou parado na pia, de cabeça baixa. A toalha encharcada de sangue ficou imóvel sobre o peito. Lentamente, ele levantou a cabeça e olhou para mim. Senti um nó no estômago. Havia uma palidez em sua pele que não existia antes. O brilho atrás das pupilas estava mais fraco do que eu já tinha visto.

— Lembro-me nitidamente de dizer a Nektas para colocar você em um lugar seguro e onde não pudesse se meter em encrenca — observou Nyktos.

— É o que ele acha que fez.

— Não, não foi.

Engoli em seco quando seu olhar penetrante se fixou em mim. Bons deuses! Os olhos dele estavam tão *opacos*.

— Você precisa se alimentar.

— E você, a última pessoa que quero ver no momento, precisa dar o fora daqui — disparou ele.

Senti a coluna rígida.

— Você precisa se alimentar — repeti. — É por isso que estou aqui.

Ele virou a cabeça para o lado de um jeito estranho e animalesco. Predatório.

— Não ouviu o que eu disse?

— Ouvi, sim. — Aproximei-me dele, parando assim que ele entreabriu os lábios para exibir as presas. Meu coração disparou dentro do peito. — Eu não estaria aqui se você se alimentasse como... como os outros Primordiais.

A toalha escorregou da sua mão e caiu no chão. Ele não pareceu notar.

— E como você sabe o que os outros Primordiais fazem?

— Eu não sei, mas imagino que eles façam questão de não enfraquecer — respondi. — Para que sejam capazes de proteger o próprio povo.

Nyktos tirou a mão da pia, dedo por dedo, enquanto se endireitava e se virava para mim. Seus movimentos não eram nada normais: estavam suaves demais, calculados demais.

— Você realmente não tem medo da morte, não é?

— Sempre soube que teria uma morte prematura, de um jeito ou de outro — admiti.

— Como? — A voz dele era mais sombria do que qualquer coisa agora, densa e gélida. — Como você sabia que ia morrer?

— Imaginei que morreria pelas suas mãos ou por um dos seus guardas se...

— Se conseguisse me enfraquecer? Se eu me apaixonasse por você? — Ele *flutuou* até a porta da sala de banho. Fiquei toda arrepiada. — Se conseguisse me matar?

Assenti.

Ele endireitou a cabeça, movendo-se daquele jeito estranho e fluido, e ficou me encarando por alguns minutos tensos. Os sulcos em suas bochechas se tornaram mais proeminentes.

— Você precisa dar o fora daqui.

— Mas não vou.

— Fora! — rugiu ele, e eu me encolhi ao ouvir o som gutural, assustada. Um tremor percorreu o corpo dele. — Se você não der o fora, vou me alimentar de você e te foder ao mesmo tempo — alertou ele.

Senti uma explosão perturbadora de calor ao ouvir aquelas palavras. Algo que eu precisaria analisar depois.

— É uma promessa? — Arqueei a sobrancelha. — Ou mais conversa fiada?

Nyktos deu um rosnado baixo que eu jamais imaginaria saindo de sua garganta. Senti a nuca toda arrepiada, e o instinto me incitou a me afastar.

— *Imprudente* — sibilou ele.

— Acho que você já sabe que esse é um dos meus *talentos*.

O éter pulsou nos olhos dele, brilhando por um segundo.

— Eu posso acabar te matando. Você entende isso? Não me

alimento há décadas. Não posso confiar em mim mesmo nesse momento. Entendeu, *liessa*?

Liessa.

Algo belo e poderoso.

Rainha.

Ergui o queixo, deixando meus cabelos caírem sobre os ombros. Seus olhos opacos acompanharam as mechas conforme eu exibia o pescoço.

— Você não vai me matar.

— Sua tola — ronronou ele, entreabrindo os lábios, ofegante.

— Talvez, mas ainda estou aqui.

— Que seja então.

Dei um suspiro. Só isso. Depois de um breve suspiro, Nyktos se lançou sobre mim, afundando a mão nos meus cabelos para puxar minha cabeça para trás. Ele me atacou tão rapidamente quanto as víboras nos Penhascos da Tristeza, cravando as presas no meu pescoço.

Capítulo 38

A súbita explosão dupla de dor pungente fez meu corpo inteiro estremecer. O calor da mordida me invadiu com uma intensidade surpreendente. Nyktos segurou meus cabelos e ombros com força enquanto me imprensava contra a parede. Segurei os braços dele, cravando as unhas na pele fria.

Não havia para onde ir nem como escapar dali. Um grito subiu pela minha garganta, mas eu não tinha fôlego para berrar. Não conseguia respirar com o fogo que consumia minhas entranhas. Arqueei as costas quando ele deu um chupão com força no meu pescoço, bebendo meu sangue em goles impressionantes.

E então tudo *mudou*.

Segundos depois que as presas dele perfuraram minha pele, ele aliviou o aperto no meu ombro. O fogo da sua boca no meu pescoço não desapareceu quando ele fechou a mão atrás da minha cabeça, mas se tornou outra coisa, algo tão avassalador e poderoso quanto a dor. O calor dos lábios que se moviam avidamente no meu pescoço passou para uma pulsação latejante nas minhas veias, que se instalou nos meus seios e entre minhas pernas. A força do fluxo pulsante e aquecido era chocante, invadindo e contraindo meus músculos até que ficassem tensos.

Nyktos deu um gemido conforme esfregava o corpo contra o meu e deslizava a mão pelo meu corpete, fechando os dedos ao redor das amarras na parte central. Ele mudou de posição e enfiou a coxa grossa entre as minhas. Foi então que senti seu membro longo e grosso contra o baixo-ventre.

Vou me alimentar de você e te foder ao mesmo tempo.

Estremeci quando uma onda de calor úmido me inundou. Eu estava de olhos abertos, mas não via nada enquanto sua boca repuxava meu pescoço. Meu sangue estava em chamas, e eu joguei a cabeça contra a parede, amortecida pela mão dele. Dei um gemido, e ele chupou com mais força. Senti os goles com cada fibra do meu ser. Meu corpo reagiu por instinto. Em vez de tentar me afastar dele, levei a mão até as mechas macias do seu cabelo e o puxei para perto, segurando sua boca ávida contra o pescoço, querendo ser devorada pela intensidade que se formava no meu corpo. Querendo ser devorada por *ele*. Remexi o corpo sem pensar, me esfregando em sua coxa grossa. A tensão dentro de mim irrompeu de repente e o prazer me invadiu em ondas arrebatadoras. Eu me balancei e estremeci durante um êxtase intenso.

Arfei, ofegante e trêmula. Assim que as ondas diminuíram, a tensão pulsante aumentou mais uma vez no meu pescoço conforme ele se alimentava, percorrendo meu corpo com um formigamento agudo. Meu coração disparou à medida que a tensão pungente voltava a crescer no meu âmago.

Ele deu um rosnado grave e retumbante em meu pescoço que deveria ter me deixado preocupada, mas eu já havia perdido toda a cautela. Puxei os cabelos dele. Nyktos afundou os dedos no tecido fino do meu corpete. Perdi o fôlego quando ele puxou a frente do vestido com força. O som do tecido se rasgando ardeu nos meus ouvidos, me deixando ainda mais excitada. Ele rasgou o vestido do corpete até a cintura, exibindo meus seios e barriga. As mangas do vestido arruinado escorregaram pelos meus braços. Dei um gritinho quando meus mamilos roçaram a frieza do seu peito ensanguentado. Soltei os cabelos dele e tirei as mangas do vestido. O tecido se acumulou nos meus quadris.

Eu queria sentir mais. Queria senti-lo. Eu simplesmente *queria*.

Nyktos afastou a cabeça do meu pescoço, e eu me deparei com olhos rodopiantes da cor do mercúrio. Estavam brilhantes e cheios de vida. Nenhum dos dois disse nada conforme minha atenção se voltava para os lábios vermelhos como rubi. Meu olhar desceu até o peito manchado de sangue, que já havia começado a sarar e cicatrizar. E ainda mais para baixo, até as feridas irregulares que agora não passavam de vergões cor-de-rosa sobre os músculos definidos do seu abdômen.

O que meu sangue fez por ele foi um verdadeiro milagre. Talvez até mais do que a brasa da vida. Ou pelo menos foi o que me pareceu naquele momento.

Olhei mais para baixo e me senti enfraquecer. Mas acho que não teve nada a ver com Nyktos se alimentar de mim. Seu pau latejante estava visível através da braguilha da calça e a cabeça se projetava em direção ao umbigo. A ponta gotejava um líquido perolado à medida que se contraía.

Nyktos me lançou um olhar rodopiante tão intenso que parecia uma carícia física nos meus seios e barriga. Olhei para o sangue vermelho-azulado espalhado acima do meu umbigo e em meus seios.

Ele tirou a mão dos meus cabelos, puxando os cachos para a frente sobre o ombro. As mechas caíram sobre meu seio enquanto ele fechava a mão em torno do volume ali. Dei um gemido ofegante, e ele voltou os olhos para os meus.

Demorei um pouco para me lembrar de como falar.

— Você bebeu o bastante?

— Vai ter que bastar — respondeu ele, com a voz rouca, cheia de necessidade, faminta. Ele passou o polegar sobre a saliência entumecida de carne e então se afastou de mim. Senti a perda do seu calor imediatamente enquanto ele olhava para o meu corpo parcialmente exposto, com os sulcos nas bochechas implacáveis.

— Tem que bastar.

Olhei para o peito dele. O ferimento que infligi a ele na noite em que encontramos Andreia havia sarado imediatamente.

Ele não tinha bebido o bastante.

Mas eu estaria mentindo se dissesse que esse foi o único motivo que me incitou a fazer aquilo. Que não teve nada a ver com o *desejo* que eu sentia por ele, um desejo que não tinha mais relação com um dever que já não importava mais.

Eu queria isso. Eu o queria. Para mim. Sem motivo nenhum além de mim mesma. E ele também queria isso, mesmo que me odiasse.

Com o coração disparado, estendi a mão e deslizei o vestido pelos quadris, levando consigo a roupa íntima minúscula. Saí da pilha de roupas e fiquei diante dele, completamente nua.

Ele estremeceu.

— Sera...

Com a garganta seca, coloquei a mão entre os seios e deslizei os dedos pela barriga, atraindo seu olhar para logo abaixo do meu umbigo. Ele entreabriu os lábios, exibindo as presas de novo. A visão provocou uma dor latejante no meu pescoço, um lembrete da dor e do prazer da sua mordida.

— Você não bebeu o bastante.

Nyktos não disse nada, mas ficou ofegante.

— Você prometeu. — Meu pulso disparou quando levei os dedos até o meio das pernas e os esfreguei contra a carne quente ali. Inspirei o ar que ele soltou bruscamente, com as bochechas coradas. — Você prometeu se alimentar de mim e me foder ao mesmo tempo.

Ele ficou completamente imóvel enquanto eu me tocava, deslizando o dedo pela umidade e me lembrando da sensação dos seus dedos dentro de mim. Enfiei um dedo...

Nyktos se moveu tão rápido que parecia um relâmpago em meio a uma tempestade violenta. Ele se lançou sobre mim, pegou minha mão e a puxou para si. Em seguida, fechou a boca em volta do meu dedo, arrancando um gemido de mim conforme o chupava. Ele me encarou e soltou minha mão. A fome em seu olhar me deixou toda arrepiada.

— Eu prometi — concordou ele, com a voz rouca de desejo.
— Eu te avisei o que ia acontecer.
— Avisou.

Ele repuxou o canto dos lábios e me atacou novamente. Dessa vez, cravou as presas na carne do meu seio, logo acima da pele rosada do mamilo. O choque de dor foi tão intenso quanto antes, impressionante em sua completude. Não conseguia pensar em mais nada enquanto ele passava o braço ao redor da minha cintura e me erguia, fechando a boca sobre o mamilo. Ele chupou e bebeu com *vontade*, provocando uma onda de dor temporária seguida por um prazer brutal e devastador por todo o meu corpo. Ele apoiou minha cabeça antes que ela pendesse para trás, me segurando contra si. Senti a cabeça do seu pau no meu âmago latejante assim que ele se virou.

Mal me dei conta das minhas costas pressionadas contra algo macio e quente. Apertei a parte de trás da cabeça de Nyktos, segurando-o ali. Só consegui me concentrar no peso frio do corpo dele em cima do meu, na sensação da sua boca faminta no meu seio e como ele se mexia, puxando as calças para baixo conforme se alimentava. Nesse meio tempo, o quarto começou a girar, e o meu corpo *faiscou* e ficou em brasas.

Enquanto repuxava a pele e bebia meu sangue, ele deslizou o polegar pelo meu lábio inferior. Virei a cabeça e tomei o dedo dele na boca. Chupei com vontade, como ele fazia no meu seio.

O gemido retumbante que ele deu provocou outra explosão de prazer em mim. Havia um gosto estranho em seu polegar; parecia mel, só que mais espesso e defumado. De repente percebi que deveria ser o sangue dele. Soltei seu dedo com muita relutância. Ele passou a mão pelo contorno do meu queixo e pescoço e, em seguida, deslizou a mão do meu outro seio até o meio dos meus quadris, provocando um arrepio em mim assim que se instalou entre minhas coxas. Afundei os dedos em seus cabelos quando senti seu pau duro e frio contra minha carne quente. Nyktos estendeu a mão entre nossos corpos para se guiar. Perdi o fôlego assim que senti a estocada. A dor de senti-lo me penetrando era divina. Arfei, arqueando os quadris. Ele parou por um momento e então entrou por completo. Joguei a cabeça para trás e dei um gritinho, trêmula.

Os chupões no meu seio diminuíram de intensidade conforme ele permanecia enterrado dentro de mim. Ele afastou a boca, acabando com a intoxicante sensação de ser devorada que eu estava sentindo por todo o corpo. O deslizar da língua úmida e fria pelo meu mamilo entumecido arrancou outro suspiro rouco de mim. Ele levantou a cabeça, e eu abri os olhos. Nossos olhares se encontraram e permaneceram ali pelo que me pareceu uma eternidade, e então ele olhou para onde nossos quadris se encaixavam.

— Linda — sussurrou ele, e eu senti um calor no peito, no coração.

Uma gota de sangue caiu do seu lábio — uma gota do *meu* sangue — em cima do meu outro seio. Ele se abaixou e passou a língua sobre a saliência de carne para lamber a gota. E então continuou, fechando a boca sobre a pele enrugada ali. Gemi e remexi os quadris.

Nyktos deu um gemido entrecortado e olhou para baixo de novo, apertando meus quadris. Ele mudou de posição e se retirou, centímetro por centímetro, só para voltar a entrar em mim por inteiro. Meu gemido de prazer se perdeu no dele. Arqueei as costas e fechei os olhos outra vez. Por um momento, meus sentidos ficaram a mil por hora. Nyktos era uma presença tremenda no meu corpo, me preenchendo até que não restasse nada além de uma sensação de plenitude que me fazia contorcer os dedos dos pés.

— Meus deuses! — sussurrei.

Deslizei as mãos na pele fria dos seus ombros e bíceps, sentindo um tremor percorrer seu corpo conforme ele passava a mão sob minha cabeça. Abri os olhos e respirei fundo.

Ele estava completamente imóvel, com as feições aguçadas e tensas. Faíscas brilhantes de éter rodopiavam em seus olhos prateados, as sombras se agitavam sob a pele.

— Nyktos?

Um calafrio percorreu o corpo dele e a silhueta sombria e nebulosa das asas de sombras se formou sobre seus ombros. Os músculos se projetaram ao longo do seu pescoço enquanto ele esticava a cabeça para o lado e lutava contra seu verdadeiro ser, quem ele era sob a pele. Toquei em sua bochecha, e os fios de éter desaceleram em seus olhos.

Outro estremecimento sacudiu seu corpo inteiro.

— Eu... eu nunca senti nada assim antes — confessou.

Senti um nó na garganta. Era a primeira vez dele, e eu não sabia o que fazer com essa informação. Fiquei com os olhos cheios de lágrimas porque também parecia uma primeira vez para mim, e eu não entendia muito bem o porquê. Mesmo assim, queria que ele soubesse disso.

— Eu também não — sussurrei, e os olhos dele se voltaram para os meus.

Nyktos olhou para mim. Sua expressão estava tão tomada de desejo que eu não conseguia ler mais nada nela.

— Não minta pra mim agora, embora você seja tão boa nisso.

— Não estou mentindo — jurei. Queria que ele acreditasse em mim. Era a verdade. — Também nunca senti isso antes. Nunca.

Ele flexionou um músculo no maxilar.

— Não tenho muito controle sobre mim mesmo no momento — afirmou ele com a voz embargada. — Não quero te machucar.

— Você não vai me machucar.

Uma pulsação percorreu seu corpo inteiro, e eu a senti bem dentro de mim.

— Você não tem como saber disso. Eu mesmo não sei.

— Você não me machucou quando se alimentou — argumentei, passando o polegar pelo seu queixo. — Não vai fazer isso agora.

— Sua fé em mim... — Ele enroscou a mão nos meus cabelos — ... é admirável, mas imprudente.

— E seu receio é equivocado — retruquei, levando as pernas até os quadris dele. Perdemos o fôlego. Pressionei os joelhos contra a lateral do corpo dele e o deitei de costas, um ato que só foi bem-sucedido porque o peguei desprevenido, e que expulsou o ar dos meus pulmões, me enchendo de prazer conforme a mudança de posição intensificava a sensação dele, trazendo-o ainda mais fundo dentro de mim. Espalmei as mãos no peito dele para me apoiar. — Mas eu sou mesmo *imprudente*.

Ouvi o rosnado de Nyktos retumbando à minha volta.

— Bons deuses! — Ele olhou para mim conforme eu jogava os cabelos para a frente e as mechas roçavam em seu peito. As feridas haviam sumido ali e estavam quase imperceptíveis em seu abdômen.

Fui tomada pelo alívio assim que olhei para ele. Seus olhos pareciam um caleidoscópio de prata. A expressão no rosto havia perdido um pouco da tensão, mas eu ainda podia ver as sombras sob sua pele, causando um belo efeito marmoreado. Remexi os quadris de modo hesitante, balançando o corpo para a frente.

— É assim que... É assim que você pretende me matar?

— Não. — Ergui o corpo até que só a ponta do seu pau ficasse dentro de mim e então deslizei para baixo até que não houvesse mais nem um centímetro entre nós.

— Tem certeza? — perguntou ele. — Porque acho que pode conseguir. — Ele levou uma das mãos até a minha cintura e segurou meu cabelo com a outra, prendendo-o atrás enquanto eu remexia os quadris. Ele sustentou meu olhar e então se voltou para a massa de cachos que segurava antes de passar para os meus seios e finalmente para onde nossos corpos se encontravam. — E acho que vou gostar dessa morte.

Com o coração disparado, joguei a cabeça para trás e fechei a mão em seu pulso. Levei a mão dele até a boca, dei um beijo na palma e a deslizei sobre o seio. Estremeci, balançando o corpo num ritmo lento e torturante conforme deslizava seus dedos exploradores pela barriga até chegar aonde estávamos unidos. Esfreguei os dedos dele contra o feixe sensível de nervos ali, dando um gritinho quando um prazer intenso ecoou de dentro de mim.

— Caralho — gemeu ele, erguendo os quadris da cama e me levantando. — Você é maravilhosa, *liessa*.

Liessa.

Joguei a cabeça para a frente e abri os olhos. As palavras dele, a fricção de cada retirada e subsequente retorno dos dedos provocantes causaram uma tempestade de sensações em mim que rapidamente se transformaram num maremoto de tensão. Eu estava quase lá, fechando os dedos em torno dos dele e cravando as unhas em seu ombro enquanto Nyktos me acompanhava, erguendo os quadris contra os meus. Logo não havia mais nenhum senso de ritmo conforme nos movíamos um contra o outro. Foi puro instinto, impulsionado por um desejo mútuo que nos levava cada vez mais perto da beira do abismo em que caí. Gritei seu nome quando a tensão se desfez e as ondas de prazer se espalharam pelo meu corpo. Joguei o corpo para a frente, apoiando ambas as mãos em seu peito enquanto ele dava estocadas rápidas e profundas. Senti um choque de prazer quando ele passou os braços em volta de mim, puxando meu peito de encontro ao seu. Ele me segurou firme e me deitou na cama, dando uma última estocada bem funda. E então gozou, com a cabeça enterrada no meu ombro e estremecendo de prazer.

Fiquei abraçada a ele, passando os dedos pelas suas costas enquanto os tremores de prazer ainda sacudiam meu corpo. Ele permaneceu ali por um período indefinido de tempo, com o corpo apoiado sobre o braço, mas pesado mesmo assim. Foi um momento que apreciei, ao qual me entreguei. A proximidade, o modo como ainda estávamos unidos. O nada entre nós dois, o cheiro dele e o meu. A maneira como eu era simplesmente Sera naqueles momentos, e ele era só Ash para mim. Foi isso que devorei. Avidamente. Nós dois. Porque, como no lago, eu sabia que não ia durar.

E não durou.

Nyktos levantou a cabeça lentamente. Parei de mover as mãos pelos músculos fortes das suas costas. Ele ficou me encarando. Será que estava contando minhas sardas outra vez? Vendo se haviam mudado misteriosamente? Ou será que ia me beijar? Eu queria que ele me beijasse.

Ele baixou os cílios, escondendo os olhos, e então saiu de cima de mim e se deitou ao meu lado na cama.

Não me mexi. Por minutos a fio. Não consegui. Fiz de tudo para engolir o nó na garganta e emendar as rachaduras no meu coração. Realmente pensei que ele fosse me beijar? Depois do que havia descoberto? Ele me queria, tanto meu sangue quanto meu corpo. Ele precisava disso tanto quanto eu precisava saber como era tê-lo dentro de mim. Mas isso não incluía beijos. Beijar parecia muito mais íntimo e proibido agora.

Engoli em seco e me virei para ele. Nyktos estava deitado de costas, com um braço jogado acima da cabeça e o outro estendido entre nós dois. Não estava olhando para o teto, mas sim para mim.

— Como? — indagou Nyktos. — Como consegue ser tão convincente?

Fiquei tensa, pensando que ele estava falando sobre o que tínhamos acabado de compartilhar. Mas então me dei conta de que ele não estava olhando para mim. Ele estava me observando, me espiando. Fazendo uma leitura.

— Você está lendo minhas emoções.

— Bom, isso não é nada perto do que você pretendia fazer comigo — retrucou ele. — Não é mesmo?

— Não deixa de ser uma grosseria — retruquei.

— Suponho que não, mas você não respondeu à minha pergunta. Como consegue ser tão convincente? — perguntou Nyktos. — Também te ensinaram isso?

Uma explosão de raiva me invadiu.

— Ninguém me ensinou a forçar emoções.

Ele arqueou a sobrancelha.

— Não mesmo? Seja sincera, Sera. Não é parte da sedução? De me fazer amá-la? Me fazer acreditar que sente algo por mim?

A culpa diminuiu um pouco da minha raiva, mas não toda.

— Em primeiro lugar, nós não sabíamos que você era capaz de ler as emoções dos outros. Se soubéssemos, então é bem provável que eu tivesse aprendido a sentir algo tão profundamente que até começasse a acreditar que era verdade.

Os olhos dele se iluminaram com um brilho prateado.

— Segundo, por que eu fingiria o que estou sentindo agora?

Não faria a menor diferença. Não salvaria meu povo, mesmo que eu pudesse matá-lo — ressaltei. — E, por fim, preciso lembrá-lo de não me dizer o que estou sentindo?

Nyktos cerrou o maxilar, mas levou algum tempo antes de virar a cabeça para o outro lado.

Olhei para os traços firmes em seu rosto, lutando contra a vontade de gritar. De berrar até ficar com a garganta em carne viva. De algum modo, consegui me conter.

— Você bebeu sangue suficiente? Fale a verdade.

Um segundo se passou.

— Mais do que suficiente.

— Ótimo. — Meus cabelos embaraçados caíram sobre os ombros quando me sentei.

Ele ficou alerta enquanto eu procurava algo para vestir. Minha roupa estava arruinada, mas pelo menos eu só tinha que passar pela porta. Comecei a seguir até a beirada da cama.

— Aonde você pensa que vai?

Parei e olhei para ele por cima do ombro.

— Para o meu quarto.

Ele estreitou os olhos.

— Por quê?

— Por que não? — Senti um aperto no peito. — Ou serei levada para outro lugar? Para aquelas celas que você falou? — Retesei o corpo. — Se sim, posso pelo menos pegar uma roupa que você não tenha rasgado?

Foi então que uma coisa estranha aconteceu. Ele pareceu relaxar. Um ligeiro sorriso surgiu em seus lábios, suavizando os ângulos do rosto.

— É, eu rasguei aquele vestido todo.

Olhei para ele, dividida entre a incredulidade e uma centena de emoções variadas.

— Não sei qual é a graça.
— Essa vai ser a minha recordação favorita por anos a fio.
Estreitei os olhos para ele.
— Ora, que bom pra você. Mas não tenho tantas roupas assim para que alguém as arranque do meu corpo.
Ele voltou os olhos de prata derretida para mim.
— Você não reclamou na hora — ronronou ele. — Se bem me lembro, você estava desesperada para se livrar daquele vestido.
Estava mesmo, mas isso não vinha ao caso. Ele estava me provocando? Ou será que...? Meu coração bateu acelerado. Não podia ser. Atrevi-me a espiar abaixo da sua cintura e fiquei chocada. Ele estava mais do que levemente duro, o que era *impressionante*. Será que aquilo era comum com os Primordiais? Senti os músculos se contraírem dentro de mim e ergui o olhar de volta para o dele.
Os olhos dele encontraram os meus e então baixaram.
— Você está sentada ao meu lado, gloriosamente nua, e eu estou olhando *de propósito*.
— Eu estou vendo — comentei acidamente, irritada com ele e comigo mesma, pois não fiz nada para me proteger do seu olhar. Além do mais, eu gostava que ele estivesse olhando para mim.
Ele repuxou um canto da boca e passou os dentes — as presas — pelos lábios.
— Acho fascinante uma marca minha em suas partes *inomináveis*.
Olhei para baixo e dei um suspiro de surpresa ao ver a pele rosa-arroxeada e as duas perfurações. Um raio de excitação percorreu meu corpo inteiro quando me lembrei das estocadas do seu pau e dos chupões da sua boca.
— Pervertido — balbuciei sem entusiasmo.

— Não posso discordar de você. — Ele virou a cabeça para o outro lado. — Não vou levá-la para uma cela.

— Ah, não?

— Por que eu faria isso? — respondeu ele, fechando os olhos.

— Você precisa descansar. Eu também. Precisamos nos preparar para o que está por vir.

Kolis.

Engoli em seco. Eu havia me esquecido disso depois que decidi alimentar Nyktos.

— Descansar significa dormir, Sera, o que exige que você se deite, a menos que consiga dormir sentada. Eu acharia isso impressionante — continuou ele. — Mas também seria uma distração.

Abri a boca, mas não sabia muito bem o que dizer.

— Você quer que eu durma com você?

— Eu quero que você descanse. Se você estiver ao meu lado, não preciso me preocupar com o que possa fazer.

Não sei o que Nyktos temia que eu fizesse se ele não estivesse ali, mas estar ao seu lado em um estado tão vulnerável quanto o sono parecia a última coisa que ele deveria querer, já que não acreditava que a culpa que eu sentia era verdadeira. Que a relutância em cumprir meu dever não passava de uma *boa* mentira.

— Você não tem medo?

— De quê?

Balancei a cabeça e desviei o olhar dele.

— Ah, sei lá. De que eu o ataque?

Nyktos deu uma gargalhada.

Arqueei as sobrancelhas.

— Não sei por que você acha essa sugestão engraçada.

— Porque é.

Não me mexi.

— Vá dormir, *liessa*.

Aquela palavra outra vez, uma palavra que eu sabia que não podia mais significar algo belo e poderoso para ele. Não podia significar Rainha. Eu jamais seria sua Consorte. Uma palavra que agora não passava de zombaria. Ou pior ainda, que nunca significou nada para ele.

Senti uma dor inesperada e sombria no peito ao me dar conta do quanto isso me incomodava.

A raiva explodiu tão rapidamente quanto a dor.

— Quer saber?

Ele deu um suspiro.

— O quê?

— Vá se foder. — Sabia que era uma coisa infantil de se dizer, mas tanto faz. Comecei a me levantar da cama indecentemente grande, ficando de joelhos sobre o colchão.

Nyktos não estava tão relaxado quanto pensei. Ele entrou em ação surpreendentemente depressa, apertando minha cintura com o braço e passando a mão em volta do meu queixo para inclinar minha cabeça para trás. Meu coração disparou com a sensação do seu pau rígido e latejante atrás de mim e do seu hálito na minha orelha. Meu coração deu outro salto no peito, pois eu sabia como seria fácil para ele liberar toda sua fúria sobre mim. Ainda assim, não senti medo, só calor.

O corpo dele estava *quente*.

Arregalei os olhos e relaxei em seus braços. O peito contra os meus ombros, o abdômen rígido contra as minhas costas e o membro grosso dele: tudo estava *quente*.

— Quer saber por que acho sua sugestão tão engraçada? — perguntou Nyktos antes que eu pudesse dizer alguma coisa. O braço em volta da minha cintura se moveu, e eu senti seus dedos no baixo-ventre, seus dedos *quentes*. — Quer? — indagou ele no meu silêncio, passando o polegar pelo meu lábio inferior e levando os demais dedos até o V no meio das minhas pernas.

— Não. — Umedeci os lábios, dividida entre a vontade de dizer como ele estava quente e uma necessidade bem diferente, vinda em um péssimo momento. — Mas aposto que vai me contar. Você adora ouvir a própria voz.

Ele deu uma risada grave e rouca que reverberou em mim enquanto seus dedos desciam ainda mais, roçando no meu feixe de nervos. Meus quadris se contraíram e ele deu outra risada, dessa vez mais suave.

— Você gosta dos meus dedos dentro de si, não gosta?

Meus mamilos ficaram entumecidos quando ele passou o dedo sobre aquele ponto sensível. Desta vez, meus quadris estremeceram. Ele deu um ronco grave e áspero, deslizando o dedo pela umidade acumulada ali.

— E acho que tem uma coisa que você gosta ainda mais do que meus dedos — comentou ele suavemente, separando a carne inchada. — Não é verdade?

Esfreguei o corpo contra ele por reflexo, encolhendo os dedos dos pés quando ele enfiou o dedo dentro de mim e pressionou o pau duro contra minha bunda.

— E daí? — desafiei. Ele remexeu os quadris atrás de mim, contra o meu corpo. — Sabe o que eu acho? Você esqueceu o que ia dizer.

— Ah, pode acreditar que não esqueci, *liessa*. — Senti o hálito dele no pescoço sobre a marca de mordida ali. Outro raio de excitação percorreu meu corpo. Ele continuou se esfregando contra mim, enfiando e tirando o dedo distraidamente, enquanto eu acompanhava seus movimentos, e a cada movimento, seu pau descia um pouco mais, até que eu o senti batendo contra a mão dele e contra mim. — Só estava fazendo você esquecer.

Congelei.

Nyktos mudou de posição, colocando meus antebraços e abdômen contra o colchão. Minha pulsação acelerou quando senti o corpo dele nas costas. Com uma mão no meu queixo e a outra entre minhas pernas, ele forçou minha cabeça para trás até que eu arqueasse os quadris e continuou mexendo o dedo enquanto deslizava ao polegar por aquele feixe de nervos, arrancando gemidos de mim.

— A sugestão é engraçada porque você não pode me machucar. — O hálito estranhamente quente dele ainda pairava sobre a marca no meu pescoço. — Você jamais conseguirá me enfraquecer a ponto de se tornar uma ameaça.

Perdi o fôlego quando o significado de suas palavras me invadiu em meio à excitação. Entendi o que ele queria dizer com aquilo. Eu não era uma ameaça porque ele jamais me amaria.

Talvez a imprudência dentro de mim tenha me incitado a retrucar. Mas talvez tenha sido a dor no meu peito. Virei-me para ele.

— Tem certeza disso?

O som que ele fez foi a mistura de uma risada com um rosnado. Em seguida, ele inclinou a cabeça. Retesei o corpo quando senti as pontas afiadas das presas no pescoço, logo acima das marcas que já estavam ali. Mas ele não perfurou a pele. Ele me prendeu ali conforme — *ah, deuses!* — conforme seu pau duro e quente substituía o dedo, entrando e esticando minha carne mais uma vez. A sensação me fez perder o fôlego. O domínio total e absoluto com que ele me prendia ali com as presas e a pressão interminável me arrebatavam numa onda perversa e devassa de calor.

Agora não houve movimentos lentos ou hesitantes. Ele me fodeu enquanto pressionava os dedos contra mim, esfregando o feixe de nervos. Cada estocada mais forte fazia com que suas presas arranhassem meu pescoço, mas ele não rompeu a pele. Nem sequer uma vez. E, deuses, como eu queria que ele fizesse isso, mas não tinha como eu assumir o controle dessa vez. Agora era ele quem estava no controle, e a lutadora dentro de mim, a parte sem vergonha, se deu conta disso e se submeteu.

E foi *glorioso*.

Deuses! Ele aprendia rápido.

As estocadas de Nyktos eram profundas e firmes, não deixando espaço para mais nada além da sensação do seu pau. Seus quadris se esfregavam contra minha bunda enquanto ele me mantinha naquela posição, com a cabeça inclinada para trás, o pescoço vulnerável e os quadris arqueados. E quando senti o polegar dele pressionando meus lábios, abri a boca e o deixei entrar.

E então o mordi com força.

— Porra — grunhiu ele no meu pescoço.

Dei uma risada gutural e fechei os lábios em torno do polegar dele, chupando a carne que havia acabado de morder. Um segundo depois percebi que havia tirado sangue. O choque foi deixado de lado assim que senti um formigamento na língua e o gosto de mel defumado. Era o sangue *dele*. Não muito, talvez uma gota. Engoli, estremecendo ao sentir o gosto decadente. Eu deveria ter ficado perturbada por provar o sangue dele, mas dei um gemido e remexi os quadris contra ele.

Ele deu um tapa na minha bunda que provocou outra explosão de prazer pecaminoso pelo meu corpo.

— Safada — murmurou ele.

E então me fodeu. Nyktos me tomou para si de um jeito que eu não sabia que queria ser tomada. Ele esfregou o corpo contra o meu de maneira frenética e selvagem. O êxtase me invadiu, provocando ondas e mais ondas de um prazer latejante. Dei um gritinho e joguei a cabeça contra o ombro dele. Ele finalmente mudou a mão de lugar para afastar os cachos emaranhados do meu rosto conforme eu tremia e me contorcia por inteiro. Ele me seguiu no clímax com um grito rouco, estremecendo o corpo atrás de mim.

Nyktos me segurou ali, com o peito grudado às minhas costas enquanto virava a cabeça para o lado. Os lábios dele tocaram na minha pele, e então senti um beijo na marca que ele havia deixado ali. Foi a minha vez de estremecer, e eu tive certeza de que nenhum de nós seria mais o mesmo.

Capítulo 39

Acordei com uma leve dor nas têmporas e sabendo que estava sozinha antes mesmo de abrir os olhos. Senti a ausência do corpo dele abraçado ao meu. Nós adormecemos assim, deitados de lado: eu de costas para o peito dele e com seus braços ao meu redor.

Na quietude dos seus aposentos, não sabia muito bem o que pensar sobre isso. Ou sobre qualquer coisa. Era tudo... Bem, era tudo uma confusão só. Tudo. Desde o que meus ancestrais haviam descoberto e o que estava prestes a acontecer com Lasania — com todo o plano mortal, e até mesmo com o Iliseu —, até o pai de Nyktos ser o verdadeiro Primordial da Vida e ter escondido a brasa da vida em mim, a verdade a respeito de Kolis, e essa... essa história entre mim e Nyktos.

Pelo menos ele se alimentou. Será que era por isso que seu corpo estava quente? Ou era algo mais? Não fazia ideia, mas parece que ele não pretendia me trancar numa cela.

Até entenderia se me prendesse. Quem não o faria? Mas acho que eu não aguentaria. Por outro lado, Nyktos tinha razão. Eu não era uma ameaça para ele, e não tinha nada a ver com despropositada tentativa de o matar.

Senti um aperto no peito quando virei o rosto e senti o cheiro dele. Abri os olhos e me deparei com as paredes vazias. O que eu ia fazer agora? Não podia consertar as coisas com Nyktos, pois não havia nada para consertar. Eu não sabia se o Primordial era capaz de amar alguém. Ou se eu era. Mas queria ter sua amizade, seu respeito. Queria que ele fosse Ash e eu, Sera. Mas isso não ia acontecer. Eu não podia salvar meu povo. Mas e se pudesse? E se a brasa da vida tivesse sido colocada em mim por outro motivo? Mas o que poderia ser? E o que aconteceria com as pessoas que viviam ali até que descobríssemos? Haveria mais ataques, e talvez até o próprio Kolis viesse para as Terras Sombrias. O Rei dos Deuses viria atrás de Nyktos. Eu tinha a impressão de que ele já havia feito isso antes. E embora Nyktos não acreditasse em mim, eu me importava com o que acontecia com ele e com as pessoas que moravam ali.

Quais eram minhas opções? Pensar numa maneira de me entregar a Kolis? Ele me mataria, o que apressaria a morte do plano mortal se o que Aios dissera fosse verdade. Eu apenas ganharia tempo para as Terras Sombrias, mas nem isso era certo. Eu não estava entre a cruz e a espada: estava sendo dilacerada por elas.

Por outro lado, não conseguiria nada se continuasse deitada numa cama que nem era minha.

Com a cabeça doendo, sentei na cama e estremeci com a sensibilidade. Fazia um tempo que não me envolvia em tais atividades, e nunca havia sido assim. Olhei para baixo e mordi os lábios ao ver as feridas de mordida no seio enquanto inspecionava a pele do pescoço com delicadeza. Também estava sensível, mas não doía. Um calafrio percorreu meu corpo quando comecei a me levantar e reparei no roupão estendido ao pé da cama. Fiquei olhando para a peça de roupa, incrédula. Nyktos deve ter buscado o roupão no meu quarto. E eu...

Dei um tapa na minha cara. Doeu. Mas o que mais doeu foi a maldita *consideração* dele mesmo agora. E eu planejara acabar com aquela gentileza. Planejara matá-lo. E não importava se eu o teria feito ou não. Era a intenção que contava.

Senti os olhos cheios de lágrimas, um soluço preso na garganta e um aperto no peito. *Não vou chorar*, disse a mim mesma. *Não vou chorar.* Chorar não resolveria nada. Só ia piorar minha dor de cabeça. Precisava me recompor, levantar dali e descobrir o que fazer. Concentrei-me nos exercícios de respiração de Sir Holland até que a pressão atrás dos olhos e a sensação de ardência e asfixia diminuíssem. Então me levantei e vesti o roupão. Coloquei um pé na frente do outro e deixei para trás o quarto frio e vazio de Nyktos, que esteve cheio e quente por um curto período de tempo.

*

Havia acabado de sair da sala de banho depois de usá-la rapidamente quando Paxton bateu na porta. O jovem estava parado ao lado de diversos baldes de água fumegante, de cabeça baixa e com os cabelos louros ocultando a maior parte do rosto.

— Sua Alteza imaginou que você fosse gostar de um banho aquecido — informou ele, com as mãos entrelaçadas. — Então eu trouxe água quente.

Surpresa com o gesto por vários motivos e sem entender como Nyktos sabia que eu havia voltado para meu quarto, *quase* precisei me estapear outra vez. Mas não o fiz. Em vez disso, abri a porta.

— Que gentileza a dele e sua, em trazer todos esses baldes até aqui em cima.

— Ele trouxe a maioria — corrigiu Paxton, e arqueei as sobrancelhas ao espiar o lado de fora. O corredor estava vazio. O jovem olhou para mim, e eu tive um vislumbre dos seus olhos castanho-escuros. — Ele precisou ir para a Corte, Vossa Alteza.

— Não precisa me chamar assim — respondi antes de me lembrar do conselho de Bele.

— Você será a Consorte dele. É assim que devo me referir a você.

Senti a garganta seca. Paxton não sabia de nada. O que será que diria ao povo dali? Ele ergueu levemente o queixo.

— Além disso, você é uma Princesa, não é? Foi o que Aios me disse.

— Sou, sim. — Um sorriso irônico surgiu em meus lábios. — Mas apenas por um breve momento.

Isso atraiu um olhar rápido e curioso de Paxton enquanto ele pegava dois baldes.

— Você já nasceu Princesa?

— Sim — respondi, pegando um balde.

— Então será sempre uma Princesa — retrucou ele. — E pode deixar os baldes comigo. Não precisa carregá-los.

— Eu posso fazer isso.

— Deixa comigo. — Ele passou por mim, levando os baldes para a sala de banho com firmeza apesar do andar vacilante.

Era difícil ficar parada ali sem fazer nada quando eu tinha dois braços funcionais.

— E se eu pegar só um?

— Prefiro que não o faça.

Eu já estava com o balde na mão. O suspiro de exasperação que ele deu quando me viu foi impressionante.

— Há quanto tempo mora aqui, Paxton? — perguntei, mudando de assunto.

— Pelos últimos dez anos — respondeu ele, segurando o balde com firmeza apesar dos braços tão pequenos. — Desde que eu tinha uns cinco anos de idade. Antes disso eu morava em Irelone.

Então ele tinha 15 anos. Virei-me enquanto ele voltava para o corredor para pegar mais dois baldes.

— Sua família está aqui?

— Não, Vossa Alteza. — Ele passou por mim, deixando mais dois baldes no corredor. Resisti à vontade de pegar os dois e peguei apenas um. — Meus pais morreram quando eu era bebê.

— Sinto muito. — Juntei-me a Paxton na sala de banho, onde ele pegou a água de mim e começou a despejá-la na banheira.

— Nem me lembro deles, mas obrigado mesmo assim. — Ele sumiu no corredor e voltou depressa com o último balde.

— Como veio parar aqui? — perguntei.

— Bem, meu tio não ficou muito feliz em ter mais uma boca para alimentar, então acabei batendo carteiras nas ruas. — Paxton despejou a água na banheira. — Vi um homem com uma capa bem cortada e achei que seria um bom alvo. — Ele se endireitou. — No final das contas, era Sua Alteza.

Fiquei boquiaberta.

— Você roubou a carteira do Primordial da Morte?

Paxton olhou para mim por trás dos cabelos.

— Eu *tentei* roubar.

Olhei para ele, embasbacada.

— Não sei se rio ou bato palmas pra você.

Um ligeiro sorriso surgiu em seu rosto enquanto ele recolhia os baldes vazios.

— Sua Alteza teve praticamente a mesma reação. Em minha defesa, eu não sabia quem ele era.

— Então ele te trouxe pra cá?

— Acho que ele olhou pra mim e ficou com pena. — Paxton encolheu os ombros, sacudindo os baldes vazios. — Moro com os Karpov desde então.

Não fazia ideia de quem eram os Karpov e tinha a impressão de que havia muito mais por trás da aventura que levara o órfão para as Terras Sombrias. Também imaginei que o plano mortal ficaria chocado ao saber que o Primordial da Morte era bem mais generoso e misericordioso do que a maioria da humanidade, que provavelmente entregaria o jovem batedor de carteiras às autoridades. O que era tão surpreendente quanto desanimador.

— Ouvi rumores sobre o que você fez, sabe? — disse Paxton, arrancando-me das minhas reflexões. A tensão me invadiu, aumentando minha enxaqueca.

— O quê?

— O que você fez ontem à noite na Colina — respondeu ele, e eu senti um pouquinho de alívio. — Todo mundo está comentando que a Consorte mortal estava lá em cima, disparando flechas e matando aquelas bestas. — Havia algo semelhante à aprovação em seus olhos arregalados, mas o alívio durou pouco. — Teremos orgulho em chamá-la de nossa Consorte.

Paxton fez uma reverência apressada e saiu, fechando as portas atrás de si enquanto eu ficava parada ali, me odiando ainda mais.

— Merda — murmurei. — Sou uma pessoa horrível.

Cansada, voltei para a sala de banho e vasculhei os potes e cestas nas prateleiras. Peguei uma esfera branca de sais de banho com cheiro de frutas cítricas que me lembrava de Nyktos e senti as notas ácidas de bergamota e tangerina. Coloquei os sais na água e o vi efervescer imediatamente, espalhando bolhas de espuma sobre a superfície da banheira.

Levantei-me e olhei de relance para o espelho. A mordida no meu pescoço não estava visível atrás dos tufos de cachos. Virei-me, tirando o roupão e pendurando-o no gancho dentro do armário. Coloquei uma toalha macia no banco e parei para fazer um coque no cabelo, enfiando meia dúzia de grampos nele para mantê-lo preso e seco. Não tinha forças para lidar com cabelo molhado. Sibilei quando entrei na água morna e mergulhei o corpo ali. Músculos que nem percebi que estavam tensos e doloridos relaxaram instantaneamente. Com os joelhos dobrados rompendo a superfície da água, abaixei-me e pousei a cabeça na borda da banheira. Estava bem mais cansada do que imaginava, e não sabia se era por causa da alimentação de Nyktos ou de todo o resto. Provavelmente tudo isso.

Fechei os olhos e deixei meus pensamentos vagarem enquanto o calor da água, o cheiro reconfortante e o silêncio aliviavam minha dor de cabeça, me embalando. Comecei a cair no sono.

Um baque distante e suave perturbou minha tranquilidade, me tirando do abençoado esquecimento. Empurrei o corpo contra o pé da banheira, me levantando enquanto abria os olhos.

Vi algo preto. Só isso: o vislumbre de algo fino e escuro diante do meu rosto. Joguei o braço para cima por puro reflexo. A faixa me pegou e puxou para trás, e eu a segurei com os dedos conforme alguém puxava o tecido apertado em volta do meu pescoço.

Capítulo 40

Uma sensação de incredulidade me invadiu, um momento de absoluta imobilidade em que meu cérebro e corpo ainda não haviam entendido o que estava acontecendo. *Por que* aquilo estava acontecendo.

O choque do tecido apertando minha traqueia, apesar de os meus dedos estarem no caminho, me tirou do estupor. Ouvi um palavrão quando alguém torceu a faixa. Meu coração disparou conforme meus ombros eram imprensados contra a banheira. De olhos arregalados, tentei respirar, mas só um fiapo de ar passou pela minha garganta. Virei-me, estendendo a mão para trás e segurando um braço, um pulso quente e firme. Por instinto, cravei as unhas na carne ali. O homem praguejou de novo com uma voz grave e gutural enquanto meus olhos vagavam pelas paredes escuras da sala de banho. Ele afrouxou o aperto, permitindo que uma quantidade maior de ar alcançasse meus pulmões, e aproveitei para segurar a faixa, impedindo que ela se fechasse completamente ao redor do meu pescoço.

— Não resista — murmurou o homem, empurrando minha cabeça para baixo. — Vai ser mais fácil se você não lutar.

Não lutar? Meu coração bateu descompassado conforme meus ombros escorregavam para dentro da banheira. Se ele afundasse minha cabeça, já era. Disso eu sabia. Meu queixo afundou e o pânico invadiu minha mente. *Pense, Sera. Pense.* Plantei os pés contra a banheira para me segurar ali. *Pense, Sera...* Deparei-me com o banco. De madeira. Se eu conseguisse quebrá-lo, poderia usá-lo para me defender.

— Sinto muito — grunhiu o homem. — Mas preciso fazer isso. Sinto muito...

Soltei o braço do agressor e me joguei contra a lateral da banheira. A água espirrou sobre a borda enquanto eu me esticava, roçando os dedos na toalha.

Ele deu um puxão para o lado, fazendo meus pés escorregarem pela banheira. A maldita toalha enganchou em alguma coisa, derrubando o banco. A madeira retiniu contra o piso de pedra, e o homem me empurrou para baixo com mais força. Afundei, cuspindo um bocado de água morna com sabão. O pânico e o medo se transformaram em raiva, uma fúria pulsante e intensa, e essa raiva superou o terror que me acometia, desanuviando meus pensamentos. Empurrei o pé da banheira com toda força.

As mãos sobre a minha cabeça tremeram sob a explosão de força. Emergi, com a água e os cabelos deslizando pelo rosto. Tossi e joguei a cabeça para trás, acertando o queixo de alguém.

— Merda — grunhiu o homem, escorregando para trás.

Ignorei a dor aguda na coluna e continuei em movimento enquanto o agressor tentava recuperar o equilíbrio nas poças d'água que se acumulavam ao redor da banheira. Virei o corpo para o lado, jogando o braço sobre a lateral da banheira. Senti a porcelana contra a pele nua enquanto enfiava a cabeça sob a repentina abertura entre a faixa e meu pescoço. Joguei a faixa ao lado da banheira, seguindo-a até o chão molhado. Ofegante, girei de joelhos, mas não consegui ir muito longe.

Um corpo colidiu com o meu, me empurrando para o chão e enterrando o joelho no meio das minhas costas.

— Sai de cima de mim! — gritei. E, por um breve e terrível momento, fui levada de volta para aquela manhã em que Tavius me prendeu daquele mesmo jeito. O gosto amargo do pânico ameaçou voltar e me dominar por completo.

Não. Não. Não...

De repente, o homem saiu de cima de mim e praguejou. Não sei se ele havia escorregado na água, mas logo puxei a perna do banco com a mão livre. A trégua foi breve. Suas mãos se fecharam ao redor do meu pescoço enquanto eu balançava o banquinho e golpeava a cabeça dele, tomada por uma satisfação selvagem. Ele soltou meu pescoço e berrou. Rastejei e bati o banco com toda força na borda da banheira. O impacto o partiu ao meio, me deixando com uma perna de ponta afiada na mão.

O agressor tentou me agarrar, mas eu estava molhada e escorregadia, e ele não conseguiu me segurar. Com um grito, girei o corpo e golpeei a madeira quebrada na direção dele. Acertei na lateral do abdômen. O homem uivou, tropeçando para trás e escorregando nas poças d'água. Ele caiu de mau jeito, batendo com a cabeça na borda da banheira e desabando no chão, imóvel. Foi quando finalmente pude vê-lo. Cabelos escuros e encaracolados. Pele corada. De meia-idade. Achei que ele me parecia vagamente familiar. Do nada, uma rajada de vento gelado entrou na sala de banho, deixando o ar carregado. Arranquei a madeira do corpo do homem e me agachei, erguendo o olhar quando as sombras começaram a se desprender das paredes e a sair dos cantos da sala como se tivessem sido evocadas conforme as portas se abriam.

— *Nyktos* — sussurrei, caindo de joelhos no chão.

O Primordial surgiu diante de mim num segundo, mal olhando para o homem junto à banheira. As sombras pulsavam sob a pele fina dele. Listras brilhantes de éter se agitavam em seus olhos.

— Sera.

Por um momento pensei ter ouvido uma preocupação genuína em sua voz e visto um medo verdadeiro em seus olhos, mas devia ser resultado do meu próprio temor.

— Você está bem? — Ele fechou as mãos ao redor dos meus braços.

Engoli em seco e confirmei com a cabeça.

— Como soube? — No instante em que fiz a pergunta, eu me lembrei. — Por causa do meu sangue.

— Eu senti. — Ele se aproximou de mim e afastou os cabelos grudados no meu rosto. Suas feições se aguçaram ainda mais. — Senti o gosto do seu medo.

Ouvi passos se deterem do lado de fora da sala de banho e Saion rosnar:

— *Destinos!*

Olhei por cima do ombro de Nyktos e vi Ector na soleira da porta, ao lado de Saion. Seu rosto empalideceu quando o deus viu a cena diante de si.

— Ter seu sangue em mim veio a calhar. — Nyktos baixou o olhar até meu pescoço e cerrou o maxilar.

— Como meu sangue permite que você sinta minhas emoções quando não estou por perto?

— Só aquelas mais intensas.

— Parece meio invasivo — murmurei.

Os olhos prateados e rodopiantes dele encontraram os meus.

— Metade de mim está espantada e um tanto perturbada por você sentir raiva *disso* agora. — Ele fez uma pausa e olhou de novo para meu pescoço. — E a outra metade... — Ele não terminou, mas as sombras se espalharam pelo chão, forçando Ector a dar um passo para trás. O deus se voltou para o Primordial.

A reação dele... Será que Nyktos estava mesmo preocupado? E importava se estivesse? Porque eu era valiosa para ele no momento. Não, eu não: o que havia dentro de mim era importante. É claro que ele estava preocupado com a possibilidade de perder a brasa da vida e qualquer outra coisa que seu pai possa ter feito.

— Me dê uma toalha. — Nyktos mudou de posição, protegendo meu corpo com o dele, mas havia tanta névoa ao seu redor que eu duvidava muito que os deuses conseguissem enxergar alguma coisa. — Essa não — censurou ele enquanto Saion se aproximava para pegar a toalha que estava em cima do banco. — Uma toalha limpa.

— É claro. — Um momento depois Saion entregou uma toalha a ele.

Nyktos a colocou sobre meus ombros, mas não me soltou. Ele manteve a toalha fechada e afastou do meu rosto algumas mechas de cabelo encharcado. O éter reluzia nos olhos dele e nas listras que dissipavam as sombras rodopiando ao seu redor.

— Ele tentou estrangular você? — perguntou Nyktos num tom de voz suave, suave até demais.

— Tentou — respondi, reprimindo um estremecimento. — Mas falhou, como pode ver.

Minha resposta não pareceu tranquilizar o Primordial, que deslizou os dedos ternamente pelo meu pescoço.

— É melhor que sua pele não fique com hematomas.

Olhei para ele. Nyktos disse aquilo como se pudesse de alguma forma transformar seu desejo em realidade, e eu não sabia por que ele se importava.

— Estou bem — repeti, segurando a toalha logo abaixo das mãos dele. — Quer dizer, acho que nunca mais vou tomar outro banho na vida, mas estou bem.

Nyktos olhou para mim com a testa levemente franzida.

— É o Hamid — murmurou Saion, e eu o vi se virando para o homem caído no chão. — Mas que porra é essa?

O nome era familiar. Demorei um pouco para me lembrar dele.

— O homem que foi à Corte reportar o desaparecimento de Gemma?

Hamid soltou um gemido, e olhei para ele por cima do ombro de Nyktos.

— Ele ainda está vivo — constatou Saion ao mesmo tempo em que Ector se aproximava.

Nyktos se afastou de mim.

— Não...

Aconteceu muito rápido. Um raio de energia prateada cruzou a sala de banho até atingir Hamid. Arfei, assustada, jogando o corpo para trás. Nyktos passou o braço em volta da minha cintura para me firmar antes que eu caísse. Ele me encostou contra o peito e se levantou, me trazendo consigo. A aura de éter engoliu o homem, crepitando e estalando, até só restar uma fina camada de cinzas.

— Não sei se vou conseguir usar essa sala de banho outra vez — murmurei, e Saion arqueou as sobrancelhas, me encarando.

Nyktos respirou fundo e as sombras se afastaram dele, recuando para as paredes e cantos.

— Você o matou.

— E não deveria? — Ector abaixou a mão. — Ele tentou matá-la e, por *algum motivo*, você não ficou muito entusiasmado com a ideia.

— Eu teria apreciado sua morte *depois* de falar com ele. — Nyktos olhou de cara feia para o deus, e foi então que percebi que o homem não tinha sido simplesmente morto. Sua alma havia sido destruída. — Agora não temos mais como interrogá-lo.

— Merda. — Parece que Ector também se deu conta disso. Ele passou a mão pelos cabelos. — É melhor pensar antes de agir.

— Você acha? — vociferou Nyktos.

Ector se encolheu.

— Desculpe?

— Você vai limpar essa bagunça — Nyktos ordenou a Ector antes de me tirar da sala de banho.

— Com prazer — respondeu o deus. — Acho que vou precisar de um balde e esfregão. Talvez de uma vassoura... — Ele parou de falar sob o olhar penetrante do Primordial. — Ou posso usar algumas toalhas e coisas assim.

Comecei a olhar por cima do ombro, mas Nyktos me levou até a espreguiçadeira e Rhain entrou no quarto, parando de repente.

— Será que vou querer saber? — perguntou Rhain, com a espada na mão.

— Hamid tentou matar Sera — explicou Saion da porta para a sala de banho.

A confusão ficou evidente no rosto de Rhain enquanto ele embainhava a espada.

— Por que Hamid faria uma coisa dessas?

— É o que eu gostaria de saber. — Nyktos me sentou na espreguiçadeira. As brasas se acenderam na lareira silenciosa, fazendo com que eu estremecesse. Voltei-me para ele de olhos arregalados. — Magia Primordial — respondeu ele distraidamente como se tivesse simplesmente acendido uma vela. — Onde está seu roupão?

— Não sei.

Ele pegou uma manta e então se deteve.

— Não precisa soltar o pedaço de madeira, mas a toalha, sim — informou suavemente, e eu pestanejei, percebendo que ainda estava segurando a perna quebrada do banco. — Não tem ninguém olhando.

Naquele momento não me importava se toda a Corte das Terras Sombrias me visse nua. Soltei a toalha, e o peso quente e macio da manta caiu sobre meus ombros. Segurei as pontas do tecido com uma mão só pois não estava pronta para me separar da única arma que tinha.

— Queria ter minha adaga — murmurei para ninguém em particular.

Todos eles, incluindo Nyktos, olharam para mim como se eu tivesse sofrido algum ferimento na cabeça. Dei um suspiro.

— Como ele entrou aqui? — Rhain voltou para a porta dos meus aposentos e a examinou. — Não há nenhum sinal de arrombamento.

— Eu a deixei destrancada. — Fechei os olhos por um instante. — Pensei que haveria alguém de guarda.

— Eu também — murmurou Rhain, olhando por cima do ombro para Nyktos.

Virei-me para o Primordial, igualmente confusa. Ele não se certificou de que houvesse alguém lá fora para garantir que eu não fizesse nada?

Nyktos flexionou um músculo no maxilar.

— Eu ainda não havia chegado a essa parte.

— Ele teve uma manhã agitada — explicou Saion, entrando na conversa. — Primeiro Nyktos teve de assegurar a você e aos outros que cacarejavam ao seu redor como galinhas de que ele estava bem, depois foi verificar os danos à Colina.

Não sabia o que pensar sobre me manter prisioneira não ser sua prioridade.

— Houve danos à Colina?

— Quase nada — respondeu Nyktos.

— E quanto às mortes? — perguntei.

Ele olhou de volta para mim. Por um momento achei que não fosse responder. Ou que talvez me acusasse de não me importar.

— Houve alguns ferimentos, mas nada fatal.

Soltei o ar suavemente, acenando com a cabeça. Pelo menos eram boas notícias.

— Então... — pronunciei a palavra bem devagar, encarando o Primordial. — Um completo estranho acabou de tentar me matar.

— É o que parece — concordou Nyktos, passando o polegar no meu queixo antes de se dar conta do que estava fazendo. Ele abaixou a mão e se levantou. Alguns segundos se passaram. — Ele te disse alguma coisa?

— Só que sentia muito e que precisava fazer isso — contei a eles.

— Por que será que ele achava que precisava fazer isso? — perguntou Rhain. — Ora, eu jamais pensaria que ele fosse capaz de fazer algo do tipo.

— Você o conhecia bem?

— Bem o suficiente para saber que era um homem quieto e reservado. Gentil e generoso — respondeu Rhain. — E que odiava Kolis tanto quanto qualquer um de nós.

Concentrei-me nessa informação.

— Ele morava aqui há muito tempo?

Nyktos confirmou com a cabeça.

— Hamid era um semideus que nunca chegou a Ascender. Ele não tinha éter suficiente nas veias, mas sua mãe queria fazer parte de sua vida. Ela era uma deusa.

— Era? — sussurrei.

— Ela foi assassinada há muitos anos. — Nyktos não deu mais detalhes. E nem precisava.

— Kolis?

— Ele destruiu sua alma — informou Nyktos, e senti um vazio no peito. — Não sei por quê. Ela vivia em outra Corte na época. Pode ter sido qualquer coisa, uma ligeira percepção de desprezo ou recusa em obedecer-lhe. Ele garantiu que Hamid soubesse dos detalhes de sua morte.

— Deuses — sussurrei, enojada.

Saion olhou de relance para mim e reparou a marca no meu pescoço, a marca que Nyktos havia deixado ali. Levantei a manta.

— Será que ele descobriu o que Sera planejava?

Fiquei tensa.

— Impossível — rebateu Rhain. — Ninguém se atreveria a falar do que ela pretende fazer.

— *Pretendia* — murmurei, mas ninguém pareceu me ouvir.

— Você sabe muito bem que nenhum de nós desobedeceria às ordens dele. Ninguém iria querer irritá-lo — observou Ector, colocando a cabeça para fora da sala de banho. — E, ao contrário de mim, Nyktos pensaria antes de destruir nossa alma só para poder continuar nos torturando depois de mortos.

Mas por que um mortal que nunca falou comigo achava que precisava me matar? Foi então que me lembrei de uma coisa.

— Ele veio ver como Gemma estava durante o ataque ou logo depois — falei, e Nyktos se virou para mim. — Aios disse que Gemma ficou acordada por pouco tempo e que não conseguiu descobrir se ela sabia o que havia acontecido. E se ela soubesse e tivesse dito algo a Hamid quando Aios não estava por perto?

— É bem possível — afirmou Nyktos.

— Gemma ainda está aqui. — Ector passou por Saion, carregando uma pilha de toalhas nos braços. — Ela estava dormindo quando a vi, logo antes de me encontrar com vocês lá embaixo. Então faz o quê? Menos de trinta minutos?

Nyktos se dirigiu a Rhain.

— Procure Aios e veja se Hamid ficou a sós com Gemma. Peça a Aios para ficar com ela, mesmo que ainda esteja dormindo. Depois dê uma olhada na casa de Hamid e na padaria onde trabalhava. Veja se consegue descobrir alguma coisa relevante.

— Pode deixar. — Rhain olhou para mim, fez uma reverência e saiu rapidamente do quarto.

Eu ainda estava pensando no que Gemma poderia ter dito a Hamid.

— Mas mesmo que Gemma tenha percebido que havia morrido e que eu a trouxera de volta à vida, por que Hamid tentaria me matar? Ele estava preocupado com ela. Não ficaria feliz por ela estar viva?

— Seria o esperado. É uma boa pergunta para a qual eu adoraria ouvir a resposta. — Nyktos lançou um olhar fulminante para Ector, que examinou o chão com grande interesse. O Primordial voltou a atenção para mim. — Tem certeza de que está bem? — perguntou, e confirmei com a cabeça. Ele veio na minha direção mesmo assim. — Deixe-me ver seu pescoço outra vez.

Permaneci imóvel enquanto os dedos dele passavam meus cabelos para trás do ombro, tentando desesperadamente não pensar em como ele havia me tocado antes, como havia me abraçado. Ele ergueu o olhar para o meu e, quando falou, achei que sua voz parecia mais densa e rica.

— Acho que você não vai ficar com hematomas.

— Você está lendo as minhas emoções *de novo*?

Nyktos não disse nada enquanto soltava meu cabelo, deslizando os dedos pela minha bochecha, os dedos quentes.

— Meus deuses! — disparei.

Nyktos olhou para a perna do banco na minha mão como se estivesse com medo de eu a usar contra ele, o que era tão absurdo que me dava até vontade de tentar.

— O que foi?

— Sua pele está quente — falei, tendo me esquecido disso até aquele momento. — Ela está quente desde ontem à noite, depois que você... — Parei de falar quando Ector olhou para nós dois com uma expressão curiosa no rosto. — Bem, desde ontem à noite. É porque você se alimentou?

Nyktos franziu o cenho.

— Não. A alimentação não mudaria nada. Minha pele sempre foi fria. A pele de Kolis também deve ser.

— Bem, não é mais — constatei. — Não percebeu? — Quando ele negou com a cabeça, olhei para os outros dois deuses. — *Vocês* não repararam?

Saion deu uma risada.

— E por que repararíamos?

— É bastante perceptível.

— Só se o tocarmos — rebateu Ector. — E nenhum de nós fica tocando em Nyktos. Ele não gosta disso.

Arqueei as sobrancelhas e olhei para Nyktos.

— Não foi o que pareceu.

— Bem, ele gosta do seu tipo de toque — afirmou Ector. Surpreendentemente senti o rosto corado.

Nyktos se virou para o deus.

— Está querendo morrer hoje? — rosnou, e comecei a me perguntar a mesma coisa.

— Estou começando a achar que sim — murmurou Ector, passando a pilha de toalhas para um braço só. — Mas me deixe tocar em você para ver se ela está dizendo a verdade.

Revirei os olhos.

— Por que eu mentiria sobre isso?

— Por que não questionaríamos tudo que sai da sua boca agora? — retrucou Nyktos.

Eu tinha uma centena de réplicas na ponta da língua, mas fiquei sem reação. A acusação era justificada, mas a frieza em seu tom de voz me lembrou tanto da minha mãe que me deixou atordoada.

Ector seguiu na direção de Nyktos enquanto o Primordial me encarava com uma expressão misteriosa no rosto. Lembrei-me dos exercícios de respiração de Sir Holland e me concentrei em Ector.

O deus tocou na mão de Nyktos e arregalou os olhos no mesmo instante.

— Puta merda, sua pele está *quente*!

— Isso não faz sentido. — Nyktos ainda estava me encarando. Eu podia sentir seu olhar. — Deve ser por causa do seu sangue.

— Se for, não é como se eu tivesse feito isso de propósito.

— Não foi o que eu quis dizer.

— Tem certeza? — Arfei, soltando a perna do banco quando uma dor aguda atravessou meu crânio e mandíbula, deixando um latejar em seu rastro.

Nyktos se aproximou de mim.

— Você está bem?

— Aham — consegui dizer, pressionando a mão contra o rosto. Apertei os olhos para as luzes subitamente brilhantes demais.

— Sua cabeça está doendo?

— Ou é o seu rosto? — perguntou Ector.

— Um pouco. — Puxei o ar enquanto a dor se instalava na minha têmpora e sob os olhos. — É só uma dor de cabeça. Está tudo bem. Não era melhor irmos ir para... Opa — murmurei, piscando os olhos enquanto o chão parecia girar sob os meus pés. — Que estranho.

Nyktos surgiu ao meu lado de repente. Ele me segurou pelo braço, mas eu mal senti a energia do seu toque.

— O quê?

— O chão — respondi, e ele franziu a testa mais ainda.

— Você está tonta? — perguntou Nyktos, e comecei a acenar com a cabeça, percebendo que era estupidez fazer isso quando a dor ficou mais forte. — Bebi muito do seu sangue...

— Não é isso — falei. — Já tive enxaqueca antes. Às vezes nas têmporas e sob os olhos e outras, na mandíbula.

Sua expressão mudou.

— Com que frequência você tem dor de cabeça?

— De vez em quando. Mas só foi tão intensa assim uma vez. Acho que deve ter algo errado com meus dentes. Sai um pouco de sangue quando escovo — revelei.

Ector abaixou as toalhas e ficou me encarando.

— Quando foi que isso começou?

— O sangue? — perguntei, estremecendo.

— Tudo — exigiu Nyktos.

— Não sei. Há uns dois anos. Não é nada demais. Minha mãe também tem enxaqueca de vez em quando, então talvez seja hereditário.

Nyktos tinha uma expressão estranhamente severa no rosto conforme olhava para mim.

— Não tenho tanta certeza disso.

— O que mais poderia ser? — perguntei.

— Impossível — arfou Saion, e eu nunca tinha visto o deus tão inquieto assim. — Sei em que você está pensando, mas é impossível.

— O quê? — perguntei apesar da dor latejante. — O que é impossível?

— O que estou pensando é *realmente* impossível, mas acho que sei o que pode ajudar — anunciou Nyktos, voltando-se para os deuses. Bastou um olhar para que eles saíssem do quarto. — Por que você não se deita um pouco? Eu volto já.

Pela primeira vez não discuti com ele e assenti. Nyktos foi até a porta e então parou.

— Vou colocar um guarda do lado de fora do quarto — avisou, com a cabeça ligeiramente abaixada. — Você estará segura.

Nyktos saiu antes que eu pudesse dizer alguma coisa e, com toda a dor de cabeça, não consegui entender o que ele estava dizendo nem o que achava ser impossível. Lembrei onde estava o roupão, fui até o armário e o vesti. No caminho de volta para a cama, parei para pegar a perna quebrada do banco. Havia sangue na madeira, e, com um guarda a postos lá fora ou não, eu é que não iria me arriscar.

Subi na cama e afundei o rosto na pilha de travesseiros. No entanto, não fiquei sozinha por muito tempo. Nektas chegou logo após a partida de Nyktos. Ele não disse nada, mas minha cabeça martelava demais para que eu me incomodasse com seu silêncio.

O dragontino foi até a varanda e deixou a porta entreaberta. Às vezes, quando abria os olhos, eu o via passar na frente da porta como se estivesse conferindo se estava tudo bem comigo.

Não demorou muito para que ele entrasse no quarto e anunciasse que Nyktos estava chegando.

— Você consegue sentir a presença dele? — perguntei, com metade do rosto ainda enfiada entre os travesseiros. Nektas confirmou com a cabeça e parou no meio do quarto. — Por causa do vínculo?

A pergunta me rendeu outro aceno de cabeça.

— Você gosta de ser vinculado a um Primordial?

Ele confirmou mais uma vez.

— Para a maioria dos dragontinos é uma escolha. — Nektas olhou para mim sem sequer pestanejar. — Assumimos o vínculo de livre e espontânea vontade, e por isso o encaramos como uma honra. Assim como o Primordial.

Para a maioria dos dragontinos?

— O vínculo foi transferido do pai para ele?

— Não. Não é assim que funciona. Quando seu pai morreu, o vínculo foi cortado. Os dragontinos vinculados a Nyktos o fizeram por vontade própria.

— E os dragontinos que não fazem parte da *maioria*? — perguntei, estremecendo quando o latejar na cabeça me disse para ficar quieta.

Nektas não respondeu de imediato.

— O vínculo pode ser forçado, como quase tudo mais. Alguns dragontinos não têm escolha.

— E quanto ao dragontino de ontem à noite? O carmesim?

— Não sei se ele decidiu se vincular ou não, mas sei que Kolis não oferece uma escolha.

A porta se abriu antes que eu pudesse perguntar como Kolis ou qualquer Primordial podia forçar um vínculo. Nyktos entrou com uma caneca enorme na mão. Seu olhar recaiu sobre mim e não se desviou mais.

— Obrigado — ele agradeceu a Nektas. Em seguida me perguntou: — Como você está?

— Melhor.

— Ela está mentindo — alertou Nektas.

— Como você sabe? — murmurei.

— Os dragontinos têm o olfato apurado. — Nyktos se sentou ao meu lado. — Além da visão e da audição.

— Dor tem cheiro?

— Tudo tem cheiro — respondeu Nektas enquanto eu o encarava com ironia. — Cada pessoa tem um cheiro particular.

— Eu tenho cheiro de quê? — perguntei.

— Você tem cheiro de... — Ele respirou fundo, e eu repuxei os lábios. — Você tem cheiro de morte.

Olhei para ele da pilha de travesseiros, boquiaberta.

— Que grosseria.

Nyktos pigarreou, abaixando a cabeça.

— Ele deve estar se referindo a mim.

— Estou mesmo — confirmou o dragontino.

Olhei para Nyktos e então me dei conta do que ele queria dizer. Senti um calor subindo pelo pescoço.

— Mas eu tomei banho...

— Só isso não vai levar o cheiro embora — rebateu Nektas.

Fiquei olhando para os dois.

— Esse comentário é ainda mais grosseiro.

Nektas inclinou a cabeça e inflou as narinas para farejar o ar outra vez.

— Você também tem cheiro de...

— Pode parar — avisei. — Já mudei de ideia. Não quero mais saber.

Nektas pareceu um pouco desapontado.

— Trouxe algo pra você beber que acho que pode aliviar a dor de cabeça — informou Nyktos. — Não tem um gosto muito bom, mas funciona.

Sentei na cama e peguei a caneca.

— É um tipo de chá? — perguntei, fechando os dedos ao redor da xícara quente. — Uma vez Sir Holland preparou um chá pra mim quando tive uma dor de cabeça muito forte.

— É um chá, sim, mas duvido que seja o mesmo — respondeu Nyktos. — É para aliviar a dor.

— O chá dele fez minha dor de cabeça passar. — Cheirei o líquido escuro. — O cheiro é igual. — Tomei um gole, reconhecendo o gosto doce, terroso e mentolado. — O gosto também. Casta? Hortelã-pimenta? E mais outras ervas que não me lembro agora? Ah, vou adivinhar: preciso beber tudo enquanto ainda está quente?

A surpresa estampou o rosto de Nyktos.

— Isso mesmo.

— É o mesmo chá, graças aos deuses. — Tomei um bom gole e depois me forcei a engolir o restante do líquido.

— Impressionante — murmurou Nektas.

— E também doeu um pouco — admiti, sentindo os olhos e a garganta arderem. — Mas funciona, então vale a pena.

Nyktos pegou a caneca vazia da minha mão.

— Tem certeza de que é o mesmo chá?

— Tenho. — Voltei a me deitar de lado na cama. — É o mesmo, sim. Sir Holland me deu uma bolsinha com ervas extras caso a dor de cabeça voltasse.

— Ele te contou porque achava que o chá aliviaria a dor? — Nektas quis saber.

— Não que eu me lembre. — Enfiei as mãos debaixo do travesseiro. — Minha mãe tem enxaqueca, então talvez ele tenha achado que eu estivesse passando pela mesma coisa e deduzido que o chá poderia me ajudar.

— Mas isso não faz o menor sentido. — Nyktos franziu o cenho e colocou a caneca em cima da mesinha de cabeceira. — É impossível que um mortal saiba como preparar esse tipo de chá.

Arqueei a sobrancelha, já sentindo a dor diminuir.

— O chá é especial ou algo do tipo?

— Não é conhecido no plano mortal. — Nektas olhou de relance para o Primordial e então se voltou para mim. — Tem certeza de que esse tal de Sir Holland é mortal?

— Tenho. — Dei uma risada. — Ele é mortal, sim. — Olhei para os dois. — Talvez o chá seja mais conhecido do que vocês imaginam.

— E talvez você esteja enganada sobre esse tal de Sir Holland ser mortal — retrucou Nektas.

— Quando foi que as dores de cabeça começaram mesmo? — interrompeu Nyktos. — Você disse que foi há dois anos, né?

Olhei de volta para ele.

— Não sei. Talvez um ano e meio atrás? Quase dois?

— Então não foi exatamente há dois anos — ressaltou Nyktos.

— Desculpe. Minha cabeça estava explodindo quando fui interrogada antes.

Nyktos contraiu os lábios como se estivesse reprimindo um sorriso.

— E ela não costuma ser tão intensa quanto a de hoje?

— Não. Geralmente consigo ignorá-la, e ela passa rapidamente. Hoje foi a segunda vez que tive uma dor de cabeça tão forte assim.

Nyktos olhou para mim com atenção, estudando meu rosto como se estivesse à procura de alguma resposta.

— E o sangramento ao escovar os dentes?

— É mais raro — respondi. — Acha que tem algum problema com meus dentes? Certa vez meu padrasto...

— Não é uma cárie — interrompeu Nektas.

— Você também consegue sentir o cheiro de cárie? — retruquei.

— Para falar a verdade, consigo — respondeu.

— Ah. — Afundei um pouco mais nos travesseiros. — Isso é meio nojento.

— Pode ser — confirmou o dragontino.

— Não importa se uma cárie tem mau cheiro ou não — disse Nyktos, e eu estreitei os olhos. — Aliás, o que você está sentindo não é enxaqueca.

— Não sabia que o Primordial da Morte também era um Curandeiro — murmurei.

Ele me lançou um olhar inexpressivo.

— Você já está se sentindo melhor, não está? Fale a verdade dessa vez.

— Estou.

— Então é isso. — Ele olhou para Nektas, e o dragontino assentiu. — Acho que o que você está sentindo é um sintoma da Seleção.

— O quê? — Sentei na cama, estremecendo quando o latejar se intensificou por um momento e então desapareceu. — Impossível. Meus pais são mortais. Eu não sou uma semideusa...

— Não é o que estou sugerindo — interrompeu Nyktos, com um sorriso leve no rosto. — Acho que a brasa da vida que foi colocada em você está causando efeitos colaterais semelhantes aos da Seleção. Você está na idade.

— Um pouco atrasada — acrescentou Nektas.

Fiz uma careta para o dragontino.

— Não estou entendendo.

— Os semideuses passam pela Seleção porque têm éter nas veias. A brasa que meu pai colocou em você é o éter, o que, por sua vez, alimenta seu dom. E é tão poderoso a ponto de causar sintomas que podem ser debilitantes sem a combinação certa de ervas, que foi descoberta há muito tempo por um deus com um talento especial para misturar poções. Levou centenas de anos, ou pelo menos foi o que meu pai me disse. Uma poção nascida da necessidade, já que nenhum outro remédio conhecido conseguia aliviar as dores de cabeça e outros sintomas que acompanhavam a Seleção — explicou Nyktos. — É dada a todos os deuses que começam a passar pela Seleção e a todos os semideuses que conhecemos. — Ele repuxou os cantos dos lábios para baixo. — É por isso que eu adoraria saber como um mortal conhecia essa poção.

Eu também. Mas havia coisas muito mais importantes que eu gostaria de saber.

— Quer dizer que vou passar pela Ascensão?

— Creio que não — admitiu Nyktos. — É só uma brasa da vida, uma brasa de éter. Mais poderosa do que a que seria encontrada num semideus, mas você não é descendente dos deuses. Não faz parte de você. Talvez tenha esses sintomas por mais algumas semanas ou meses, no máximo, e então eles desaparecerão. Você vai ficar bem.

Fiquei aliviada, ainda mais depois do que tinha aprendido com Aios a respeito da Seleção. Olhei para Nyktos, brincando com as pontas do cabelo. À medida que passava, a dor era substituída por inúmeras perguntas e palavras que eu tinha vontade de dizer.

Nektas pigarreou.

— Se vocês me derem licença...

O dragontino não esperou por uma resposta, deixando Nyktos e eu a sós no quarto. O Primordial ficou me observando como sempre fazia, mas havia uma certa cautela em seu olhar.

— Se começar a ter dor de cabeça de novo ou qualquer coisa que não pareça normal, o chá vai impedir os sintomas de se agravarem — explicou ele. — Por isso não demore para tomar.

— Pode deixar — respondi, enrolando um cacho em volta do dedo.

Ele ficou ali sentado por um momento e então começou a se levantar.

— É melhor descansar um pouco. Sei que o chá pode deixá-la cansada.

— Eu sei, mas...

Nyktos arqueou a sobrancelha e ficou esperando que eu continuasse.

Respirei fundo.

— Eu queria falar com você sobre...

— Sobre a noite passada?

— Ahn, não, mas suponho que em parte, talvez.

— O que aconteceu ontem à noite jamais voltará a acontecer — garantiu Nyktos, e parei de mexer no cabelo. O caráter definitivo das palavras recaiu sobre mim como um golpe. — Você estará segura aqui. Será a minha Consorte, conforme planejado.

Minhas mãos escorregaram do cabelo.

— Você ainda me quer como sua Consorte?

Um sorriso tenso surgiu nos lábios dele.

— Não se trata do que eu ou você queremos, e sim do que deve ser feito. Se não prosseguirmos, isso por si só levantará muitas suspeitas.

Meu coração começou a martelar dentro do peito.

— Serei sua Consorte só de fachada?

Ele inclinou a cabeça.

— Você esperava outra coisa? Acha que meu interesse por você acaba com todo o meu bom senso? Ainda mais depois de descobrir sua traição?

O ar que respirei queimou minhas entranhas.

— Não espero nada de você. Não espero seu perdão nem sua compreensão. Só queria uma chance de...

— De quê? De se explicar? Não é necessário. Sei tudo o que preciso saber. Você estava disposta a fazer qualquer coisa para salvar seu povo. Eu respeito isso. — Suas feições eram tão severas quanto as paredes que se fechavam ao meu redor. — E também *respeito* até onde você estava disposta a ir para cumprir seu dever. Mas com que propósito? Amor nunca fez parte disso.

Eu sei. Deuses! Já sabia disso, depois de tudo que ele havia passado. Só não estava disposta a admitir para mim mesma. Não era amor que eu procurava. Nunca foi. Ainda assim, era difícil falar o que eu queria. As palavras eram tão simples, tidas como certas por tantas pessoas.

— Amizade — sussurrei enquanto um calor subia pelo meu pescoço. — Podemos ser amigos.

— Amigos? Mesmo que eu considerasse uma coisa dessas, jamais pensaria em você. É impossível confiar em você, não duvidar ou questionar todos os seus pensamentos e atitudes. Afinal de contas, você foi moldada e preparada para ser o que achava que eu queria. Você não passa de um recipiente que estaria vazio não fosse pela brasa da vida que carrega dentro de si.

Estremeci, sentindo a pele, o corpo... tudo, dormente.

Os olhos de Nyktos brilharam, e então ele deu as costas para mim.

— Como disse antes, você estará segura aqui. Será minha Consorte de fachada até descobrirmos o que meu pai pretendia fazer com você. Mas é só isso. Não há nada mais a discutir, nada mais a ser dito.

Capítulo 41

Na manhã seguinte, sentei-me junto à lareira apagada, olhando para a lenha queimada que restava ali. Esfreguei as mãos sobre os joelhos. A calça havia sido lavada e entregue a mim junto com o café da manhã por Davina, que não falou muito comigo. Não sei se era normal ou se ela havia descoberto a verdade, apesar dos avisos de Nyktos para manter tudo em segredo.

A única coisa boa que veio com a comida quase intocada era a faca de manteiga que a acompanhava. A faca não machucaria um deus, mas eu tinha certeza de que conseguiria ferir um mortal, então a roubei, enfiando-a dentro da bota.

Não havia dormido muito bem naquela noite, mesmo depois da poção. A ideia de comer alguma coisa não despertou meu interesse.

Lembrei-me da última vez em que me senti tão *vazia*. Foi quando tomei aquele sonífero. Não era só por causa de Nyktos, mas da verdade a respeito de Kolis. Da ameaça que eu representava para as Terras Sombrias. Era por minha causa. E de Tavius, Nor, Lorde Claus e todos os outros. Da falta que eu sentia de Ezra e Sir Holland. De como queria dizer à minha mãe que eu não era a causa da Devastação. E de como eu queria que Nyktos fosse só Ash.

Exausta, brinquei com as pontas da trança. Também era por saber que o passado jamais poderia ser desfeito. Não poderia ser perdoado. Não poderia ser esquecido.

Uma batida na porta me arrancou dos meus pensamentos. Levantei-me.

— Pois não?

— Sou eu, Aios.

Dei a volta na espreguiçadeira, surpresa.

— Pode entrar.

A porta se abriu, mas não foi só ela que entrou no quarto. Bele, que estava no corredor quando Davina viera mais cedo, também entrou. Pelo jeito, a deusa estava de guarda, e eu não sabia se ela estava ali para manter a mim ou aos demais em segurança.

— Você precisa vir comigo — anunciou Aios.

Fiquei tensa e desconfiada.

— Para onde?

— Lugar nenhum. — Atrás dela, Bele estava com os braços cruzados sobre o peito. Meu olhar se fixou em suas armas, muito melhores do que uma faca de manteiga insignificante. — Eu disse a ela que Nyktos quer que você fique em seus aposentos, mas Aios não me deu ouvidos, como sempre.

A deusa ruiva não estava prestando atenção no momento.

— Gemma está acordada.

— Ah. — Olhei para as duas. — É uma boa notícia, não é?

— Sim — respondeu Aios enquanto Bele dava de ombros.

— Ela disse por que foi para a floresta?

— Gemma viu um deus que visitou a Corte de Dalos e ficou com medo de ser reconhecida. Então entrou em pânico, correu para os Bosques Moribundos, se perdeu e acabou esbarrando com as Sombras. Ela se escondeu por algum tempo antes de ser encontrada, mas não é por isso que estou aqui — respondeu Aios. — Ela afirma não saber o que aconteceu depois, o que você fez.

— Isso também é bom... — Parei de falar quando Aios cerrou o maxilar. — Ou não?

— Na minha opinião ela está mentindo. Acho que ela sabe muito bem o que você fez e acho que contou para Hamid — explicou Aios. — Contei a Gemma o que Hamid havia feito, e ela perdeu a cabeça, dizendo que era culpa dela. É por isso que estou aqui. Quero que conte a ela o que fez.

— Se faz diferença pra alguém, não acho que seja uma boa ideia — anunciou Bele.

— Ninguém se importa — respondeu Aios. — Acho que, se for confrontada com o fato de que sabemos que ela morreu, Gemma vai revelar o que disse a Hamid.

Não tinha certeza se ia funcionar, mas estava disposta a tentar. Seria bom ter uma resposta para alguma coisa. Por outro lado...

— Você confia em mim a ponto de me deixar sair do quarto?

Aios franziu o nariz.

— Com o que deveria me preocupar? Está planejando fazer alguma coisa?

— Mais alguma coisa — acrescentou Bele.

— Não, não estou — afirmei.

— E não tem nenhuma arma com você, tem? — perguntou Aios.

— Não. — Eu não considerava a faca de manteiga como uma arma.

— Então por que não confiaria em você?

Arqueei as sobrancelhas.

— Além do óbvio?

— Foi o que perguntei a ela — acrescentou Bele.

Aios deu um suspiro.

— Olha, ficou bem evidente, pelo menos pra mim, que você não queria fazer o que achava que precisava fazer. Não quer dizer que eu concorde com suas ações ou que não esteja desapontada. Parecia que você o deixava... — Ela ergueu o queixo. — Enfim, não é como se não tivéssemos bastante experiência em cometer atos terríveis por achar que não tínhamos escolha.

Por um momento não consegui dizer nada.

— Você já conspirou para matar alguém que não lhe ofereceu nada além de bondade e segurança?

Aios retribuiu meu olhar.

— Já devo ter feito coisa pior. Todos nós, aliás — afirmou categoricamente. — Agora quer vir comigo?

Suspirei.

— É, quero.

— Obrigada. — Aios se virou, com as saias do vestido cinza esvoaçando a seus pés.

Puxei as mangas do suéter para baixo e a segui até o corredor, imaginando o que Aios poderia ter feito que seria pior do que aquilo. O que Bele poderia ter feito, porque ela não havia discordado daquela afirmação. Foi só quando chegamos ao segundo andar que perguntei:

— Onde está Nyktos? E quantos problemas vocês duas vão ter por me deixarem sair dos meus aposentos?

— Ele está em Lethe — respondeu Bele conforme caminhávamos pelo corredor amplo e silencioso. — Aconteceu alguma coisa. Não sei muito bem o quê, mas acho que não é nada grave — acrescentou ela quando abri a boca. — Só espero que ele não fique sabendo da nossa excursão.

— Não vou dizer nada — garanti.

— Espero que não — observou Bele, parando diante de uma porta branca. Ela abriu sem bater e entrou.

Aios balançou a cabeça ao ouvir o suspiro assustado que veio do interior do pequeno cômodo. Segui a deusa e dei uma boa olhada em Gemma.

Bons deuses!

Ela estava sentada na cama, com as mãos no colo, e seus ferimentos haviam sumido completamente. Não havia cortes profundos na testa nem nas bochechas. A pele do seu pescoço estava intacta, e eu podia apostar que a do peito também.

Nunca tive chance de ver o que meu toque fazia. A maioria das feridas dos animais não era tão visível, e eu não tinha visto a que tirara a vida de Marisol. Essa tal de brasa... Deuses! Era tão milagrosa quanto o que meu sangue havia feito por Nyktos.

Entrei no quarto enquanto Bele fechava a porta atrás de mim e percebi que os cabelos de Gemma, agora sem sangue, eram louro-claros, só alguns tons mais escuros do que os meus. E eu estava certa: ela não devia ser muito mais velha do que eu, o que significava que havia passado mais tempo na Corte de Dalos do que a maioria, pois não estava nas Terras Sombrias há muito tempo.

Gemma olhou primeiro para Aios e então seu olhar pousou em mim. Seu corpo inteiro se retesou.

— Trouxe alguém que acho que você precisa conhecer — informou Aios enquanto se sentava na cama ao lado de Gemma. — Esta é Sera.

A mulher não tirou os olhos de mim e um calafrio percorreu seu corpo. Os olhos castanhos dela estavam incrivelmente arregalados. Cheguei perto da cama.

— Não sei se você me reconhece — comecei. — Mas eu...

— Eu a reconheço — sussurrou ela. — Sei o que você fez.

Aios deu um suspiro.

— Bem, foi mais fácil do que eu esperava. — Ela se virou para Gemma. — Você podia ter me contado a verdade.

— Eu sei, sei que sim, mas eu não devia ter dito nada a Hamid. Ele está morto por minha causa. É culpa minha. Sinto muito. Não tive a intenção de contar nada a ele. — As lágrimas escorriam pelas bochechas de Gemma enquanto seu corpo tremia. — Fui pega de surpresa e não parei para pensar. Sei que... Deuses! Sei que é melhor não dizer *nada*.

— Tudo bem. — Aios fez menção de tocar no braço da mulher, mas se deteve quando viu Gemma se encolher. — Não vamos te machucar. — Atrás de mim, Bele fez um som baixo de discordância, e Aios lançou à outra deusa um olhar de advertência. — Nenhuma de nós vai te machucar.

— Não é de vocês que tenho medo.

— Eu sei. Você tem medo de Kolis — constatou Aios baixinho, e eu me virei para ela. A empatia em sua voz vinha da experiência, assim como o olhar assombrado que eu tinha visto em seus olhos.

Gemma parou de tremer, mas ficou ainda mais pálida.

— Eu não posso voltar pra lá.

— Não será preciso — prometeu Aios.

— Mas foi por minha causa que Hamid a atacou. Sua Alteza não vai mais me deixar ficar aqui. — Ela segurou o cobertor com tanta força que os nós dos seus dedos ficaram brancos.

— Você disse a Hamid para me atacar? — perguntei.

Ela balançou a cabeça.

— Bons deuses, não!

— Então duvido que Nyktos a responsabilize — afirmei, e os olhos dela dispararam para os meus. A esperança e o medo de acreditar nessa esperança estavam estampados em seu olhar. — Ele não vai forçá-la a ir para onde não quer — continuei, e tinha certeza de que era verdade. — Não precisa ter medo disso.

Aios assentiu.

— Ela está falando a verdade.

Senti uma dor no peito ao ver como Gemma queria desesperadamente acreditar nisso.

— Só o tempo vai provar que eu digo a verdade, e espero que você nos dê esse tempo e não faça nada imprudente outra vez — falei, reconhecendo a ironia de repreender um ato irresponsável. — O que disse a Hamid?

Ela respirou fundo e baixou o olhar para as próprias mãos.

— Eu sabia que estava morrendo — confessou ela baixinho. — Quando o outro deus me encontrou, percebi que estava morrendo pois não conseguia sentir os braços dele ao meu redor. E eu... eu sei que morri. Senti a morte, senti quando saí do meu próprio corpo. Não houve nada por alguns instantes e então vi dois pilares tão altos quanto o céu com uma luz brilhante e quente entre eles.

Fiquei tensa. Ela estava falando dos Pilares de Asphodel e do Vale. Será que Marisol também havia passado por isso? Eu sabia que a alma dela não permaneceria muito tempo no limbo. Nesse caso, será que ela percebeu que foi trazida de volta à vida? Engoli em seco, esperando que Ezra conseguisse demovê-la dessa ideia ou, pelo menos, garantisse que nunca falasse sobre isso. Caso contrário, Marisol poderia colocar as duas em perigo, ainda mais se um deus que servia a Kolis ficasse sabendo disso.

— Senti minha alma flutuando na direção dos pilares quando fui puxada para trás — continuou Gemma. — E percebi que alguém tinha me trazido de volta à vida. — Ela se virou para mim. — Sei que foi você. Senti seu toque. E quando olhei pra você, eu logo soube. Não consigo explicar, mas tenho certeza disso. Ele está à sua procura.

— Kolis? — indagou Bele, e Gemma se encolheu de novo ao ouvir o nome dele. A mulher concordou com a cabeça. — Como você sabe?

— Eu fui... — Gemma puxou o cobertor para perto da cintura. — Eu fui a Escolhida preferida dele por algum tempo. Ele me mantinha... — Ela engoliu em seco, esticando o pescoço, e

Aios fechou os olhos. — Ele me mantinha sempre por perto. Dizia que gostava do meu cabelo. — Gemma estendeu a mão e tocou distraidamente numa das mechas claras. — Kolis não parava de falar sobre um poder que sentia. O tempo todo. Estava obcecado e faria qualquer coisa para encontrá-lo. Essa *presença*. Sua *graeca*.

— *Graeca*? — repeti.

— É uma palavra da antiga língua dos Primordiais — respondeu Bele. — Significa vida, creio eu.

— E amor também. — Aios havia aberto os olhos. Ela franziu o cenho, olhando para mim. — A palavra tem dois significados.

— Como *liessa*? — perguntei, e ela assentiu. — Bem, ele obviamente está se referindo à vida. — Imaginei que Kolis ainda acreditasse que estava apaixonado por Sotoria. — Ele sentiu as reverberações de poder que causei ao longo dos anos. Já sabemos disso.

— Bem, nós suspeitávamos disso — corrigiu Bele. — Mas não tínhamos certeza até a noite em que os dakkais apareceram.

Passei o peso de um pé para o outro.

— E foi isso que disse a Hamid?

Gemma soltou o ar.

— Eu não entendia o que Kolis queria dizer quando falava sobre sua *graeca*. Até ver você e me dar conta de que havia me trazido de volta à vida. Contei a Hamid que deveria ser você que Kolis estava procurando, que a presença que ele sentia era você e que estava aqui, nas Terras Sombrias. — Ela balançou a cabeça e engoliu em seco. — Sei o que aconteceu com a mãe de Hamid. Ele me contou. Eu devia ter pensado melhor. Hamid odiava Kolis, mas também tinha medo dele, um verdadeiro pavor de que ele viesse para as Terras Sombrias e machucasse mais alguém.

— Então foi por isso — constatou Bele, jogando a trança por cima do ombro. — Ele achou que estava protegendo as Terras Sombrias, garantindo que Kolis não tivesse nenhum motivo para vir até aqui. Tentou acabar com o chamariz. Não posso culpá-lo por pensar assim.

Virei-me para ela.

— Levando em conta que eu era o tal do chamariz, eu o culpo, sim.

— É compreensível — brincou a deusa.

Mas eu também entendia a linha de raciocínio de Hamid. Eu faria a mesma coisa. No entanto, ser o alvo das intenções assassinas de alguém, por mais nobres que fossem, não era algo fácil de esquecer.

Foi assim que soube que Nyktos jamais esqueceria. Não que eu precisasse sentir na própria pele para saber disso.

Com um aperto no peito, afastei esses pensamentos assim que pensei numa pergunta que achei melhor não fazer na frente de Gemma. Por que Kolis não veio para as Terras Sombrias?

Gemma voltou a falar, atraindo minha atenção.

— Não imaginei que a *graeca* fosse uma pessoa. Ele não falava disso como se fosse um ser vivo, e sim como um objeto, um bem que lhe pertencia.

Parece que Kolis não via os seres vivos como qualquer outra coisa além de objetos.

— Ele mencionou o que pretendia fazer com a *graeca* quando a encontrasse? — perguntou Aios.

— Acho que já sabemos a resposta — respondeu Bele secamente.

Tive de concordar com ela. Kolis não era capaz de conceder a vida. Ele veria a brasa de tal poder como uma ameaça e tentaria apagá-la.

— Não. Ele nunca me disse nada, mas... — Ela olhou para nós. — Ele estava fazendo alguma coisa com os Escolhidos. Não com todos, mas com aqueles que desapareceram.

Lancei um olhar aguçado para ela. *Eles simplesmente desapareceram.* Foi o que Nyktos havia me dito.

— O que quer dizer com isso?

— Havia rumores entre os Escolhidos sobre os que estavam lá há muito tempo. Kolis fez alguma coisa com eles.

— Com os que desapareceram? — perguntou Bele, dando um passo à frente.

Gemma concordou com a cabeça.

— Eles não estavam bem quando voltaram — revelou ela, e fiquei toda arrepiada. — Estavam *diferentes*. Frios. Sem vida. Alguns deles passaram a ficar dentro de casa e só saíam durante a noite. Seus olhos mudaram. — Ele olhou para nós com um olhar distante. — Ficaram da cor da pedra das sombras. Pretos. E sempre pareciam famintos.

As palavras dela me fizeram lembrar de alguma coisa, algo familiar.

— O *olhar* deles era assustador. — A voz de Gemma não passava de um sussurro apavorado. — O modo como eles pareciam acompanhar todos os seus movimentos, cada batida do seu coração. Eles eram tão aterrorizantes quanto Kolis. — Ela soltou o cobertor. — Ele os chamava de renascidos. De Espectros. Dizia que eram um projeto em andamento. — Ela deu uma risada fraca. — Certa vez eu o ouvi dizer que só precisava da sua *graeca* para aperfeiçoá-los.

Aios olhou por cima do ombro para Bele e depois para mim. Parecia que Gemma não tinha mais nada a dizer, mas mesmo que tivesse, não seria hoje. A mulher parecia prestes a perder o juízo. Depois de Aios garantir que ela estava a salvo ali e Gemma parecer acreditar nela, nós nos despedimos.

Parei na porta ao me lembrar de uma coisa. Encarei Gemma enquanto Aios e Bele esperavam por mim no corredor.

— Me desculpe.

A confusão ficou estampada em seu rosto.

— Pelo quê?

— Por trazê-la de volta à vida se não era isso que você queria — falei.

— Eu não queria morrer — admitiu Gemma depois de um momento. — Não foi por isso que fui para os Bosques Moribundos. Eu só não queria voltar pra lá. Não queria mais ter medo.

*

Parei no corredor a alguns metros da porta de Gemma. As deusas me encararam.

— O que vocês acham que são os renascidos, esses tais de Espectros?

— Não sei. — Bele se virou para mim, encostada na parede. — Nunca ouvi falar de nada do tipo e pode acreditar quando digo que tentei descobrir o que aconteceu com os Escolhidos que desapareceram.

— Espero que a expressão "renascidos" não seja literal. — Aios esfregou as mãos nos antebraços. — Pois não quero nem pensar que Kolis tenha encontrado alguma maneira de criar a vida.

— E que, de alguma forma, tenha a ver com você — acrescentou Bele, apontando o queixo na minha direção.

— Obrigada pelo lembrete — murmurei, mas isso me fez lembrar da pergunta em que tinha pensado no quarto de Gemma. — Por que Kolis não veio para as Terras Sombrias? Por que não veio pessoalmente quando eu trouxe Gemma de volta à vida?

— Ele não pisa nas Terras Sombrias desde que se tornou o Primordial da Vida — respondeu Bele. — Acho que não pode. Mas não fique muito aliviada com isso — acrescentou, notando o suspiro que dei. — Como acabou de ver, ele não precisa vir até aqui para causar estragos. E não sabemos ao certo se não pode mesmo fazer isso.

Assenti, refletindo sobre o que Gemma havia nos contado.

— Quer dizer que Kolis sabe sobre a brasa da vida. Ele pode não saber como foi criada, mas sabe que existe. E acredita que pode usá-la de alguma forma, o que suponho que Eythos não levou em consideração.

O Aios inclinou a cabeça para trás.

— A essa altura, duvido que até mesmo os Destinos saibam por que Eythos colocou a brasa da vida em sua linhagem.

Retesei o corpo, pois o que ela disse me fez recordar algo familiar. Franzi a testa, vasculhando minhas lembranças até ver Odetta diante de mim.

— Os Destinos — sussurrei. — Os Arae.

— Isso mesmo. — Aios olhou para mim. — Os Arae.

Meu coração disparou quando me virei em sua direção.

— Minha velha ama, Odetta, me disse que fui tocada pela morte e pela vida no nascimento. Ela afirmava que só os Destinos poderiam me responder por quê. Sempre achei que ela estivesse sendo... Bem, dramática demais. Afinal de contas, como Odetta saberia o que os Destinos podem ter dito ou sabido? Mas e se ela estivesse falando a verdade? E se os Destinos souberem? Será possível?

— Até onde sei, os Destinos não sabem de tudo. — Bele desencostou da parede, com os olhos brilhantes. — Mas sabem mais do que a maioria.

— Onde está Odetta agora? — perguntou Aios.

— Ela faleceu recentemente. — Senti uma dor no peito. — Deve estar no Vale. Os dragontinos podem chegar até ela de alguma forma? — perguntei, lembrando-me do que Nyktos havia me dito. — Espera aí. Se os Destinos sabiam dos planos de Eythos, então Nyktos não saberia também? Ele não teria ido procurá-los?

Bele deu uma risada.

— Os Primordiais não podem fazer exigências aos Arae. Não podem sequer tocar neles. É proibido para manter o equilíbrio. Nyktos jamais pensaria em fazer isso. Duvido que até mesmo Kolis pensaria nisso, e ele não costuma se importar com regras, quaisquer que sejam.

— Precisamos encontrar Nyktos — afirmei, olhando de uma para a outra. — Ele precisa ser informado sobre Odetta e os renascidos.

— Você sabe em que lugar de Lethe ele está? — perguntou Aios, começando a descer o corredor. Eu a segui.

— Sei, mas estou de guarda.

— Então vamos levá-la conosco. — Aios olhou de esguelha para mim. — Você vai se comportar, não vai?

Dei um suspiro.

— Não entendo por que todo mundo espera que eu faça alguma coisa... — Parei de falar quando as duas me encararam. — Quer saber? Deixa pra lá. Eu vou me comportar.

— Nyktos vai ficar muito irritado — murmurou Bele quando chegamos à escada em espiral e começamos a descer os degraus.

Vai mesmo. Eu não queria voltar para os meus aposentos e ficar sozinha com meus pensamentos e o vazio que sentia, mas...

— Vocês vão ter muitos problemas por causa disso?

— Não depois de ele ouvir o que temos a dizer. — Aios deslizou a mão sobre o corrimão liso.

— Você só diz isso porque nunca fez nada para irritá-lo.

— É verdade — confirmou ela rindo conforme contornávamos o primeiro andar e o vasto saguão surgia diante de nós. — Mas qual é a pior coisa que ele pode fazer?

Bele bufou.

— Sua decepção por si só já é insuportável...

As enormes portas do saguão se abriram de repente, batendo nas grossas paredes de pedra das sombras.

Bele parou na minha frente, estendendo o braço e impedindo Aios de avançar.

— Mas que porra é essa?

Parei atrás delas enquanto alguém entrava pelas portas abertas. Fiquei paralisada quando me dei conta da aura tênue e radiante que a cercava.

Era aquela deusa.

Cressa.

Capítulo 42

Cressa usava um vestido diferente, da cor das peônias espalhadas pelo estrado do Templo do Sol. Sob a luz brilhante do candelabro, o tecido era quase transparente. Eu podia ver a reentrância do seu umbigo, a tonalidade mais escura dos mamilos, a...

Tudo bem, eu podia ver coisas demais.

Mas isso não importava. Aquela vadia estava presente quando Madis matou o bebê. Levei a mão até a coxa direita, mas não encontrei nada ali.

— O que você está fazendo aqui? — indagou Bele.

Cressa olhou para as escadas, curvando os lábios rosados em um sorriso.

— Bele — disse ela, e fiquei furiosa ao ouvir sua voz. — Faz tempo que não a vejo. — Ela abaixou o queixo. — Aios? É você mesmo? Você parece bem. Aposto que Kolis vai adorar saber disso.

Aios se retesou, e então tudo aconteceu rápido demais. Cressa ergueu a mão, lançando um clarão de luz intensa e prateada. Éter. O raio de energia deixou o ar carregado conforme seguia na direção das escadas. Bele empurrou Aios para o lado e eu avancei, agarrando-a pelo ombro, mas a explosão de poder ricocheteou na pedra das sombras.

— Aios! — gritei quando o éter a atingiu, arrancando um grito de dor dela. A energia prateada desceu por seu corpo em ondulações cintilantes, do abdômen aos pés. A deusa desmaiou, quase me derrubando consigo enquanto eu caía sentada.

O corpo de Aios ficou flácido nos meus braços, mas a brasa da vida não pulsou no meu peito.

— Ela está viva — sussurrei, com a voz rouca, enquanto a deitava de lado no chão. — Ela está viva...

— Continue abaixada — ordenou Bele antes de se virar, segurando o corrimão. A deusa se lançou sobre ele, aterrissando agachada no andar de baixo.

Fiquei abaixada, com a mão no ombro de Aios, e espiei pelo corrimão. Bele se levantou com uma aura prateada ao seu redor conforme avançava empunhando uma espada. Apertei o ombro de Aios, esperando que ela pudesse sentir, e então comecei a descer as escadas, desejando ter uma arma mais apropriada do que uma faca de manteiga idiota. Existem inúmeras armas na sala atrás dos tronos, mas não havia como chegar até elas, a menos que eu voltasse lá para cima e subisse as outras escadas. Levaria muito tempo. Qualquer coisa poderia acontecer enquanto isso.

— Adoraria brincar com você. — Cressa ficou onde estava, com os braços ao lado do corpo. — Mas não tenho tempo pra isso.

— Ah, mas você vai arranjar. — Bele atacou, brandindo a espada em uma mão enquanto um clarão de éter saía pela outra.

Cressa foi surpreendentemente rápida, desviando-se de ambos os golpes. Ela girou o corpo, agarrando e torcendo o braço de Bele. Por sua vez, Bele se abaixou e chutou, acertando a lateral do corpo de Cressa. A deusa tropeçou, dando uma risada rouca.

— Ai, essa doeu. — Ela se endireitou, jogando para trás a juba de cabelos escuros. — Mas não tanto quanto isso aqui.

— Você tem razão. Isso vai... — Bele estremeceu e parou de falar de repente.

Cressa riu novamente.

— O que você estava dizendo?

Por um momento, não entendi o que havia acontecido, mas então vi Bele olhar para baixo. Segui seu olhar até a ponta de uma adaga que se projetava do peito dela. A incredulidade me invadiu quando Bele soltou a espada, que caiu no chão com um estrondo. Aquela adaga... Deuses! Era de pedra das sombras. Seria fatal se perfurasse o coração ou a cabeça de um deus, e a lâmina devia estar bem perto. Devia estar bem no *alvo*. E era impossível que Cressa a tivesse atirado.

Virei a cabeça na direção do átrio. Não vi ninguém, mas devia haver mais alguém ali. Alguém devia ter entrado por uma das outras portas.

— Vadia — sussurrou Bele, cambaleando para trás.

— Obrigada — disse Cressa, com um sorriso malicioso.

Bele se voltou para as escadas, caindo de joelhos no chão. A brasa se aqueceu no meu peito, me fazendo perder o fôlego. Ela estava gravemente ferida, e eu sabia que precisava tirar a adaga do seu peito. Ela ficaria quase paralisada, incapaz de se curar e completamente vulnerável, até que alguém a removesse.

Precisava removê-la. Levantei-me e fiquei de olho em Cressa, embora soubesse que havia alguém fora do meu campo de visão. Bele balançou a cabeça e apoiou o corpo numa das mãos, ofegante.

— Dá o fora...

Cressa deu um chute com o pé descalço, acertando o queixo de Bele até girar sua cabeça para o lado. A força do chute seria capaz de matar um mortal. Talvez tivesse quebrado o pescoço de Bele. Ela tombou para a frente, inconsciente, mas num estado mais deplorável do que Aios. Bele não se curaria com aquela adaga no peito. Eu *precisava* tirá-la de seu peito, e então a enterraria tão fundo no coração de Cressa que a vadia ia até engasgar.

Cressa voltou o olhar para a escada.

— Olá — disse ela, passando por cima de Bele com aquele sorriso zombeteiro nos lábios. — Você deve ser ela. A mortal aspirante à Consorte do Primordial da Morte. O plano inteiro estava se perguntando por que ele escolheria uma mortal, mas acho que já temos a resposta. Não é, Madis?

Uma rajada de ar agitou as mechas de cabelo nas minhas têmporas. Girei o corpo quando um borrão saltou sobre o corrimão, pousando atrás de mim. Tive o breve vislumbre de uma pele pálida. Uma túnica branca adornada em ouro. Olhos cor de âmbar. Cabelos compridos da cor da meia-noite...

Uma dor aguda explodiu na lateral da minha cabeça, e então não vi nada.

*

O choque do meu corpo caindo no chão duro me trouxe de volta à consciência. Abri os olhos e me deparei com um estrado elevado e dois tronos de pedra das sombras.

Virei a cabeça levemente, estremecendo ao sentir uma dor latejante no crânio. Pisquei para afastar os pontinhos brancos dos olhos. Pouco a pouco as silhuetas de Aios e Bele entraram em foco. As deusas estavam entre duas colunas, Aios deitada de lado e Bele de bruços, com a adaga ainda se projetando das costas. Haviam sido arrastadas até ali.

— Ela acordou — disse uma mulher. — Você não bateu nela com tanta força assim.

Cressa.

Virei de costas, ignorando a dor que irradiava pela minha coluna.

— Bem, eu a deixei cair. — Madis estava encostado em uma coluna, com os braços cruzados sobre o peito. — Você deveria me agradecer por não a ter matado acidentalmente, considerando como os mortais são fracos.

— Mas será que ela é tão mortal assim? — retrucou Cressa. Senti o estômago revirar quando ela surgiu diante de mim, com os cabelos pretos e grossos caindo em cascata sobre os ombros.
— Você é mortal?

Sentei-me com cuidado, puxando a perna direita. Engoli em seco, tentando aliviar a secura na garganta.

— Até onde sei, eu sou mortal, sim.

Cressa deu um sorrisinho, exibindo as pontas das presas.

— Não. Se é você que estamos procurando, não tenho tanta certeza disso.

A inquietação me invadiu quando ela se levantou e deu alguns passos para trás.

— Mas e se não for você? Ora, azar o nosso. — Cressa olhou para mim com olhos dourados e impiedosos. — Logo descobriremos se era você que os *viktors* estavam protegendo.

— *Viktors*?

Olhei para Bele e Aios. Como será que poderia chegar até elas, até Bele, pelo menos, para tirar a adaga? Eu tinha mais chance de conseguir fazer isso do que de ir até a sala atrás dos tronos.

Cressa arqueou a sobrancelha.

— Ele tem que chegar logo. — Madis olhou para a entrada da sala do trono. — Nyktos e os demais não vão continuar distraídos por muito tempo.

Senti um aperto no coração.

— O que você fez?

— Levei dezenas de Sombras para a cidade — respondeu Cressa, e senti um nó no estômago. — As coisas se complicaram bem mais rápido do que eu imaginava. Ele vai ficar ocupado por um bom tempo limpando aquela bagunça.

Bons deuses! Nem queria pensar no tipo de horror que as Sombras causariam às pessoas. Mas Nyktos já devia saber, afinal ele sentia minhas emoções, certo? Será que tive alguma emoção extrema? Acho que não e, pela primeira vez, amaldiçoei minha incapacidade de me apavorar facilmente. Olhei para Bele outra vez.

— Nem pense nisso, mortal — advertiu Cressa.

Voltei-me para ela.

— Eu tenho nome.

— Eu não dou a mínima.

— E eu não dou a mínima pra você — retruquei.

Ela abaixou a cabeça e estreitou os olhos. Em seguida, deu um passo à frente.

Madis descruzou os braços, e fiquei tensa quando ela se desencostou da coluna.

— Cuidado. Se for mesmo ela, e você a matar, vai se dar muito mal.

— Deuses! Espero que não seja você — zombou Cressa, mas eu não estava prestando atenção nela.

Eles não queriam me matar. Pensei no que Gemma havia me dito sobre Kolis e os Escolhidos desaparecidos que voltaram *diferentes*.

— Que diferença faz se estou viva ou morta? — perguntei, puxando a outra perna para cima. Avancei. Já que eles não podiam me matar, então eu poderia correr até Bele.

— Logo você descobrirá — respondeu Madis. — Mas acredite em mim quando digo que é melhor que não seja você. O que quer que Cressa queira fazer, e ela tem uma imaginação fértil...

— Tenho mesmo — confirmou Cressa.

— ... não é nada em comparação com o que a aguarda — concluiu Madis.

— Vocês ensaiaram isso? — perguntei. — Aposto que os dois passaram eras esperando o momento perfeito para serem tão clichês assim.

Cressa franziu os lábios.

— Você vai me testar, não vai? — Ela olhou para cima, por cima do meu ombro. — *Até que enfim.*

Olhei para a entrada da sala do trono e vi algo dourado. Cabelos e pele reluzindo com o sol, olhos parecidos com duas joias de citrino.

Era um deus alto de cabelos e olhos dourados. Ele entrou na sala do trono com as pernas compridas envoltas em uma calça preta, e uma camisa branca aberta no pescoço. Um sorriso surgiu em seu rosto quando me viu.

— Veja só. Olá — disse ele bem devagar, e fiquei tensa. O deus se ajoelhou na minha frente. O olhar dele estudou minhas feições.

— O que você acha, Taric? — indagou Cressa. Era o terceiro deus. Estavam todos ali.

— Acho que você finalmente conseguiu. — Ele me encarou, estendendo a mão na minha direção. — Ora, é exatamente como ele descreveu. Deve ser...

Reagi sem pensar, desembainhando a faca de manteiga quando ele me segurou pelo braço. Girei o corpo e enterrei a faca com toda a força...

O impacto da faca contra o peito dele estremeceu os ossos da minha mão e braço. A faca se partiu ao *meio*. Fiquei boquiaberta e puxei a lâmina arruinada para trás. Sabia que não causaria muito estrago, mas não achei que fosse acontecer algo assim. Bons deuses! Ergui o olhar para Taric.

— Uma faca de manteiga? É sério? — Ele arqueou uma sobrancelha dourada. — Está se sentindo melhor agora?

Ataquei outra vez, apontando a extremidade quebrada para o olho dele.

Taric segurou meu pulso, torcendo-o bruscamente. Cerrei os dentes ao sentir uma pontada de dor. Meus dedos se abriram num espasmo. A faca inútil escorregou da minha mão.

— Ela gosta de lutar — comentou Taric, colocando a mão na minha cabeça enquanto eu tentava dar uma cotovelada nele. — *Pare com isso.*

Meu cotovelo atingiu a parte de baixo do queixo dele, jogando sua cabeça para trás. Cressa deu uma risada quando Taric soltou um grunhido. Ele endireitou a cabeça, com os olhos bem abertos.

— Eu mandei *parar* — ordenou ele.

Recuei, tentando ganhar espaço para usar as pernas.

O deus praguejou baixinho e se levantou, segurando meus ombros e me colocando de pé. Desvencilhei-me dele e recuei um passo. Dei uma olhada rápida ao meu redor para me certificar de que os outros deuses não estavam por perto. Os dois continuavam junto às colunas.

Taric bufou.

— Quer mesmo fazer isso?

— Não — admiti, me preparando. — Mas vou tentar mesmo assim.

Ataquei primeiro, mas ele pegou meu pulso e empurrou com força. Voei para trás, derrapando pelo chão. Bati numa coluna de pedra com força suficiente para perder o fôlego.

— Você só está adiando o inevitável — comentou Madis enquanto Taric seguia na minha direção.

Desencostei da parede, girei o corpo e chutei, mirando no joelho dele, mas o deus desapareceu de repente. Tropecei, e por pouco não caí no chão.

— Você não pode lutar contra mim.

Dei meia-volta e encontrei o deus postado às minhas costas. Avancei, brandindo o punho. Mas ele sumiu de novo.

— E isso já está ficando chato.

Equilibrei-me e girei o corpo mais uma vez. Ele apareceu no meio da sala, com os braços cruzados sobre o peito. Agora eu estava começando a ficar com raiva. Peguei impulso na parede, ganhei velocidade e saltei...

Os braços dele me agarraram por trás, e eu dei um berro frustrado.

— Eu sou um *deus*.

— Parabéns — vociferei, jogando a cabeça para trás, atingindo seu rosto. O golpe provocou outra pontada de dor em mim e balancei as pernas até Taric me soltar.

Escorreguei, girando o corpo no último instante para cair de joelhos no chão. Fiquei de pé e me virei. O deus me agarrou pelo pescoço e me levantou, cravando os dedos na minha pele enquanto eu me debatia. Depois avançou, batendo minhas costas contra uma coluna. Arfei de dor quando ele me ergueu do chão e colocou o antebraço contra meu peito. Ele me imprensou com o próprio corpo, me prendendo ali para olhar bem nos meus olhos.

— Olhe para mim — ordenou, e sua voz... Deuses! Havia alguma coisa em sua voz. Ela rastejava sobre minha pele tentando encontrar uma maneira de entrar. — *Olhe para mim.*

Senti a voz dele cravar as garras afiadas em mim e seguir até minha mente, exigindo que eu obedecesse, que fizesse o que ele pedia. E parte de mim queria ceder a ela, mas lutei contra o impulso...

— Que interessante. — Havia uma curiosidade no tom de voz de Taric enquanto ele segurava meu queixo, forçando-me a encará-lo. — A persuasão não está funcionando com ela.

— Só pode ser ela! — exclamou Cressa. — Vamos levá-la e dar o fora daqui...

— Precisamos ter certeza. — Taric tirou a mão do meu pescoço e a fechou em torno do meu queixo. — E só tem um jeito de confirmar isso.

— Você sabe que é ela — argumentou Cressa, se aproximando de nós. — Só está sendo ganancioso. Idiota.

— É bem possível. — Taric deu um sorriso, exibindo as presas. Meu coração palpitou no instante em que as vi. — Mas sempre me perguntei qual seria o gosto da *graeca*. — Ele empurrou minha cabeça para o lado com força. — Parece que alguém já descobriu. — Senti a risada dele na garganta. — Ah, o Rei não vai ficar nada feliz com isso.

Não houve aviso nem tempo para me preparar. Do nada, ele me atacou, mergulhando as presas no mesmo lugar que Nyktos. Taric perfurou minha pele, e *doeu*. A dor era abrasadora, escaldando meus sentidos conforme ele bebia meu sangue, sugando com mais força do que eu achava ser possível. A mordida não se suavizou, não se tornou algo quente e sensual. Era uma dor interminável e latejante, que se intensificava cada vez mais, ultrapassando a pele até chegar ao meu sangue e ossos. O pânico me dominou e lutei contra Taric, mas o deus era forte demais. E estava grudado ao meu pescoço.

Meu corpo inteiro se retesou contra a parede conforme dedos mentais roçavam na minha mente e depois mergulhavam mais fundo, cravando-se nos meus pensamentos, nas minhas lembranças, no âmago do meu ser. Não sei como, mas ele estava descascando as camadas, vendo o que eu vi, ouvindo o que eu disse e o que outras pessoas me disseram. Ele estava entre meus pensamentos.

A dor explodiu *dentro* da minha cabeça, intensa e latejante. Parecia que meu crânio estava sendo estilhaçado. Senti um grito subir pela garganta. Pontinhos brilhantes invadiram minha visão enquanto minha garganta se fechava, silenciando o grito. A agonia disparou pela minha coluna, incendiando as terminações nervosas. Eu não conseguia respirar nem pensar ou me esconder da dor. Não havia véu para me refugiar nem recipiente vazio ou tela em branco. A dor se instalou dentro de mim, criando raízes e me despedaçando. Senti um gosto metálico na boca. O terror cravou as garras nas minhas entranhas. Nyktos estava errado. Eu *podia* ficar apavorada. Estava apavorada agora. Não conseguia aguentar mais. Afundei os dedos na pele de Taric. Não conseguia aguentar...

O *toque* de garras recuou de repente. Taric se afastou, e eu sequer senti a dolorosa retirada das presas ou o momento em que caí no chão. Fiquei deitada ali, com os olhos arregalados e os músculos em espasmos conforme o fogo se apagava da minha pele e se dissipava dos meus músculos.

— É ela? — indagou Cressa, soando distante e depois mais perto a cada palavra.

Minha visão desanuviou quando a sensação de ardência saiu do meu sangue e meus músculos relaxaram. Puxei o ar, fechando os dedos no chão conforme a dor ardente queimava meu pescoço e peito.

— Ah, deuses! É ela — arfou Taric. — Mas é muito mais... — Ele cambaleou para o lado, olhando para baixo. — Mas que porra é essa?

O chão estava *vibrando*. Observei a escuridão se acumular nas alcovas e se desprender das paredes, correndo pelo chão em direção à entrada. Tentei levantar a cabeça, mas os músculos do meu pescoço estavam todos flácidos. Um trovão sacudiu o palácio inteiro. Não. Não foi um trovão. Foi um *rugido*. Um dragontino.

Uma rajada de vento gélido soprou pela sala, deixando o ambiente carregado de poder.

Taric recuou um passo e se virou para a entrada da sala enquanto o ar estalava e chiava ao redor. Usei toda a energia que ainda restava em mim para me sentar e encostar o corpo contra uma coluna. Ofegante, respirei fundo e senti um cheiro cítrico e fresco. Perdi o fôlego.

Nyktos.

Uma massa agitada de sombras surgiu sob o arco da câmara, e o que vi não se parecia em nada com o Nyktos que eu conhecia.

A pele dele tinha a cor da meia-noite entremeada com o prateado do éter e era tão dura e lisa quanto a pedra da qual o palácio havia sido construído. Sua carne rodopiava por toda parte, dificultando ver se as feições eram as mesmas. Os arcos gêmeos atrás dele não eram mais asas de fumaça e sombras, mas sólidas e parecidas com as de um dragontino — só que as dele eram uma massa fervilhante preta e prateada. O poder faiscava em seus olhos tão cheios de éter que não dava para ver as íris nem as pupilas.

Eu só tinha visto vestígios daquilo antes, do que existia sob a pele de um Primordial. Ele era ao mesmo tempo aterrorizante e lindo.

Nyktos se elevou no ar, com as asas esticadas, os braços ao lado do corpo, as mãos abertas e o éter dançando nas palmas das mãos.

— Ajoelhem-se — ordenou ele. — *Agora.*

Capítulo 43

Os três deuses se ajoelharam diante de Nyktos, com a cabeça baixa em submissão. Não hesitaram nem por um segundo.

— Como se atrevem a entrar na minha Corte? — A voz de Nyktos ecoou pela sala, sacudindo o palácio inteiro. Percebi que Aios se mexeu, mas não consegui tirar os olhos dele. Nyktos avançou, movendo as asas silenciosamente. — E tocar no que é meu?

— Não tivemos escolha — arfou Cressa enquanto o vento soprava do teto, esvoaçando seus cabelos. Ela levantou a cabeça. Sua pele estava da cor de ossos esbranquiçados. — Nós...

— Todos temos escolha — rosnou Nyktos.

Cressa foi jogada para trás e então voou pelos ares. Vi Aios se sentar e rastejar na direção de Bele enquanto o corpo de Cressa se enrijecia. Ela abriu a boca num grito silencioso e, assim como com os guardas de Wayfair, Nyktos não precisou encostar um dedo nela. Fissuras profundas e implacáveis surgiram em suas bochechas lisas. Ela não desmoronou pouco a pouco, mas explodiu, estilhaçando-se até virar um pó fino e cintilante.

— E você escolheu mal — observou Nyktos, virando a cabeça na direção de Madis. — Junte-se à sua irmã.

O deus se virou, mas uma sombra entrou pelo teto aberto, uma enorme sombra cinza e preta. *Nektas*. O dragontino pousou sobre as patas dianteiras, batendo as garras na beirada do estrado. Suas asas se estenderam sobre os tronos conforme ele esticava o pescoço comprido para a frente. As cristas ao redor da sua cabeça vibraram quando ele abriu a boca. Um fogo prateado jorrou dele, engolindo Madis em questão de segundos.

Quando o fogo arrefeceu, não havia nada onde Madis estivera antes, nem mesmo cinzas.

Senti as mãos de alguém tocarem no meu braço e me sobressaltei. Virei a cabeça e me deparei com Saion agachado ali.

— Você está bem? — O olhar preocupado dele se voltou para meu pescoço. — Sera?

— Estou — respondi com a voz rouca, percebendo que Nyktos não havia chegado sozinho. Ector e Rhain estavam entrando pelas alcovas, empunhando suas espadas. — Bele. — Virei-me para onde ela e Aios estavam do outro lado. Senti um calor no peito que deixou minha pele enregelada. Bele estava deitada de costas, com a adaga caída no chão. Aios estava curvada sobre ela, segurando seu rosto.

O rugido de alerta de Nektas chamou minha atenção. Taric estava de pé, com o éter irrompendo nas veias e girando na pele nua dos bíceps e antebraços, crepitando e cuspindo faíscas prateadas. A luz saiu da sua mão, estendendo-se e solidificando até assumir a forma de uma... *espada*.

Uma arma feita de éter.

Bons deuses!

— Sério? — Nyktos parecia *entediado*. Ele desceu depressa, pousando na frente de Taric num piscar de olhos. Suas asas se dobraram para trás enquanto ele apertava o pulso do deus. A espada se projetou para o lado, crepitante. — Você já deveria saber que é melhor não tentar usar éter contra mim. — A voz dele estava fria e cheia de sombras. — Só vai conseguir me irritar.

O brilho do éter sumiu de Taric, e a espada se dissipou. O deus ficou parado ali, pálido apesar da pele reluzente.

— Você ao menos sabe o que tem aqui? — perguntou ele, começando a se virar para mim.

— Não olhe pra ela. Se fizer isso, não vai gostar nem um pouco do que vai acontecer. — Ele soltou o pulso de Taric e fechou a mão no pescoço do deus, forçando-o a virar a cabeça para o outro lado. — E eu sei muito bem o que tenho aqui.

— Então já deve saber que nada vai impedir Kolis de chegar até ela — zombou Taric, com o olhar voltado para mim mais uma vez.

— Ah, pronto, vai dar merda — murmurou Saion.

— O que foi que eu disse sobre olhar pra ela? — questionou Nyktos com o tom de voz suave demais. Senti um arrepio na espinha. O corpo inteiro de Taric estremeceu enquanto um grito rouco saía dos seus lábios. Os olhos dele ficaram vermelhos. Encolhi-me contra Saion, levando a mão à boca enquanto sangue jorrava dos olhos do deus. Taric soltou um gemido agudo enquanto seus olhos *derretiam*, escorrendo por suas bochechas em gotas grossas. — Não vá dizer que não avisei — disse Nyktos.

Estremeci, sentindo o gosto de bile na garganta. Nunca tinha visto nada assim. E nunca mais queria ver.

— Foda-se — murmurou Taric, tremendo. — Me mate. Vá em frente e me mate logo, *Abençoado*. Não importa. Ele não vai parar até destruir os dois planos. Você, mais do que qualquer um, já deveria saber disso. — Taric jogou a cabeça para trás, mostrando os dentes manchados de sangue conforme dava uma gargalhada. — Me mate. Leve minha alma. Não é nada em comparação com o que ele vai fazer com você, pois você não pode detê-lo. Assim como seu pai não deteve. Ele a terá... — Taric soltou um uivo de dor enquanto seu corpo inteiro se contraía.

A princípio não entendi o que havia acontecido, mas então vi o pulso de Nyktos contra o umbigo de Taric. A mão dele...

A mão dele estava *dentro* do deus.

Ele arrastou a mão pelo abdômen de Taric, cortando a carne por dentro. Um sangue vermelho-azulado e cintilante escorreu pela camisa do deus. Os sons... Os sons que ele fez...

Nyktos se inclinou para falar junto ao ouvido de Taric.

— Você me subestima se acha que não posso fazer coisa pior com você. — O Primordial abriu um sorriso, e eu congelei. — Sinto o cheiro do sangue dela em seus lábios. Não há nada que não farei com você por causa disso.

O corpo de Taric se retesou enquanto a mão de Nyktos subia pelo seu peito até chegar ao coração. Nyktos torceu a mão e então a tirou do corpo do deus. Taric tombou para a frente, caindo na poça de sangue com um baque.

Eu mal conseguia respirar quando o Primordial se virou. Os olhos completamente prateados dele pousaram em mim. Nossos olhares se encontraram. Saion apertou meu braço e então o soltou quando Nyktos respirou fundo. As sombras ao longo de suas pernas evaporaram à medida que o éter se desvanecia dos olhos dele.

Em questão de segundos Nyktos estava ajoelhado diante de mim. Tinha a mesma aparência de antes, a pele marrom reluzente e sem asas. O éter continuava girando freneticamente em seus olhos e sua pele se afinou quando ele examinou o lado dolorido do meu pescoço. Nyktos ergueu a mão, aquela encharcada de sangue. Dei um suspiro trêmulo.

Nyktos se deteve a alguns centímetros do meu rosto e me encarou. Em seguida, abaixou a mão.

— Eu não vou te machucar — disse ele. — Jamais.

Engoli em seco.

— Eu sei. — E sabia mesmo. *Sempre* soube disso, mas as palavras simplesmente saíram da minha boca enquanto eu olhava para ele. Era como se Saion não estivesse atrás de mim segurando meus braços. — É só que fiquei... fiquei *apavorada*. Aquele deus, Taric, fez alguma coisa. Ele entrou na minha cabeça e me viu. Ele viu tudo e... — Respirei fundo, sentindo uma pressão no peito.

— Eu sei. Ele examinou suas lembranças. Nem todos os deuses são capazes de fazer isso — explicou. — É uma maneira brutal de se descobrir as coisas. Ele não precisava te morder, mas é sempre doloroso. — As linhas ao redor de sua boca se apertaram conforme ele me observava. Dessa vez ele levantou a outra mão e acariciou minha bochecha. Sua pele continuava quente. — Não se esqueça, Sera. Você não é medrosa. Você pode até sentir medo, mas *jamais* será medrosa.

Dei outro suspiro, assentindo com a cabeça, e então senti um objeto duro na mão. Olhei para baixo e vi Nyktos colocar o punho da adaga de pedra das sombras na minha mão. A adaga que ele havia me dado e depois tomado de mim. Meus dedos se contraíram e depois se fecharam ao redor do cabo. Ergui o olhar para ele. Nyktos não disse nada enquanto deixava a arma ali. Ter a arma na mão me trouxe uma sensação de calma que aliviou o aperto no meu peito e desanuviou meus pensamentos. Sabia que o gesto significava alguma coisa. Não que ele tivesse voltado a confiar em mim, mas que sabia que eu precisava dela. Sabia que a adaga me acalmava. E tê-la de volta significava muito para mim. De verdade.

— Obrigada — sussurrei, e Nyktos fechou os olhos. Suas feições se contraíram.

— Nyktos — chamou Rhain com a voz áspera, como se estivesse cheia de cascalho.

Nyktos abriu os olhos e se virou para trás.

— O quê...? — Ele parou de falar e se levantou lentamente. — Não.

Vi Ector primeiro. Ele estava pálido, com os olhos estranhamente vidrados sob a luz das estrelas. Então reparei em Aios, balançando o corpo para a frente e para trás com o rosto úmido. Senti uma *pulsação*. Pouco a pouco, baixei o olhar até Bele. Ela estava quieta e pálida demais. Senti um aperto no peito e me inclinei em sua direção.

— Não — repetiu Nyktos, caminhando até eles.

— A adaga ficou no corpo dela por tempo demais. Ou atingiu seu coração quando nos trouxeram até aqui — informou Aios, com a voz trêmula. — Ela resistiu. Eu a vi lutar. Bele não... — Um som estrangulado silenciou o restante das palavras.

Nyktos se agachou ao lado de Bele. Ele não disse nada, mas tocou na bochecha da deusa. Seu peito subiu. Não havia fôlego nem palavras, mas a dor estampava seu rosto, brutal e de partir o coração.

Um trinado baixo chamou minha atenção para Nektas. Ele continuava em cima do estrado, com a cabeça baixa entre as garras dianteiras. Seus olhos vermelhos encontraram os meus.

— Eu... eu posso ajudá-la — falei, com o coração acelerado.

Nyktos balançou a cabeça.

— Você tem apenas uma brasa da vida dentro de si. É pouco para trazer um deus de volta à vida.

Levantei-me, ligeiramente tonta. Saion estava lá, com as mãos ainda nos meus braços.

— Mas posso tentar.

O Primordial balançou a cabeça de novo.

— Ela não pode tentar? — perguntou Aios, quase perdendo o fôlego. — Se não der certo, então que seja. E se houver uma reverberação de poder, podemos nos preparar. Mas precisamos tentar.

Meus passos estavam fracos, instáveis, mas senti a brasa se aquecer no meu peito, pulsando.

— Quero tentar. — Abaixei-me ao lado de Nyktos. Foi só então que Saion me soltou. — Preciso tentar. Eles vieram atrás de mim. Bele morreu por minha causa.

Nyktos virou a cabeça na minha direção.

— Ela não morreu por sua causa. Não coloque esse fardo em seus ombros — afirmou ele. Um momento se passou, e então seu olhar se voltou para os outros, que eu nem lembrava de estarem na sala. — Certifique-se de que os guardas da Colina estejam prontos para... Bem, para qualquer coisa — ordenou, olhando para Nektas.

O dragontino levantou a cabeça e soou um chamado. O som escalonado e agudo ecoou por toda a sala e logo foi respondido. Uma sombra surgiu na abertura no teto, seguida de mais outra conforme os dragontinos nas proximidades voavam até ali.

— Tente — pediu Nyktos.

Respirei fundo, pus a adaga no chão ao meu lado e pousei as mãos no braço de Bele. A pele dela tinha ficado absurdamente fria. Não sei se foi porque ela era uma deusa, mas a sensação me pareceu muito estranha. O fluxo do éter inundou minhas veias até chegar à pele. Um brilho suave se estendeu sob as mangas do suéter e cobriu minhas mãos. *Viva*, pensei. *Viva*. Queria que desse certo. Não sabia muito bem se Bele gostava de mim, mas ela tentou me defender. A deusa não se afastou e deixou que os deuses me levassem embora. Ela não merecia morrer desse jeito e...

E *Ash* não merecia ter mais uma gota de sangue tatuada na pele.

Viva.

A luz prateada inundou Bele e então penetrou em sua pele, iluminando as veias até que eu não conseguisse mais vê-la sob o brilho. Nada aconteceu. Aios abaixou a cabeça, com os ombros trêmulos, porque nada acontec...

O brilho faiscou e depois se expandiu, saindo de Bele numa aura intensa e poderosa que se tornou uma onda de energia. O vento rugiu ao nosso redor, agitando minhas roupas e cabelos. O chão tremeu. Tudo se sacudiu quando um raio de luz cruzou os céus acima do teto aberto. Um *relâmpago*. Nunca tinha visto relâmpagos ali.

A aura se desvaneceu. O vento e os tremores cessaram.

Nektas soltou um trinado baixo outra vez, e o peito de Bele subiu como se ela estivesse respirando fundo. Tirei as mãos dela, com medo de estar vendo coisas, mas seus olhos tremeram e os cílios subiram, revelando olhos da cor da luz das estrelas, brilhantes e prateados.

— Puta merda — sussurrou Rhain.

Nyktos estremeceu, colocando a mão no topo da cabeça dela.

— Bele?

Ela engoliu em seco.

— Nyktos? — sussurrou ela com a voz rouca.

Deu certo.

Graças aos deuses, tinha dado certo.

Um suspiro de alívio saiu do Primordial, de mim e depois de todos na sala. Aios avançou, pegando a mão de Bele e segurando-a firme entre as suas.

— Como você está? — perguntou Nyktos com a voz áspera.

— Cansada? Exausta. Mas acho que estou bem. — A confusão inundou sua voz conforme ela olhava para mim. — Você... Você tentou apunhalar aquele desgraçado com uma faca de manteiga?

— Sim — respondi, pronunciando a palavra com uma risada. — Não deu muito certo.

— Deuses — sussurrou ela, engolindo em seco de novo. — Eu... vi.

— Viu o quê? — perguntou Nyktos, passando a mão em sua testa.

Ela fechou os olhos.

— A luz — sussurrou. — Uma luz intensa e... Arcadia. Eu vi Arcadia.

Entrelacei as mãos contra o peito conforme os músculos de Bele relaxavam e sua respiração se aprofundava.

— Bele? — chamou Nyktos, tirando a mão da bochecha dela. Não houve resposta.

— Ela está bem? — perguntou Aios.

— Está dormindo — respondeu ele, olhando para a deusa. Passaram-se alguns momentos. — Só isso.

— Só isso? — ecoou Ector, dando uma risada rude. — Não foi só isso. — Ele estava de joelhos, com o éter pulsando intensamente atrás das pupilas enquanto olhava para mim com uma mistura de admiração e temor.

Lentamente Nyktos se voltou para mim.

— O que você fez é impossível. Uma simples brasa da vida é pouco para isso — arfou ele, estudando meu rosto como se estivesse procurando respostas. — Você não trouxe Bele de volta à vida. Você... você a Ascendeu.

Capítulo 44

Estava no escritório de Nyktos pela primeira vez e, como já suspeitava, o aposento só tinha o necessário, assim como seu quarto.

A mesa era enorme, feita de uma madeira escura com um ligeiro brilho vermelho sob a luz da luminária, o único objeto em cima dela. Havia uma cadeira atrás da mesa, e os únicos móveis na sala eram um aparador, uma mesa de canto e o sofá em que estava sentada. O estofado era cinza-claro e bastante almofadado. Parecia que eu estava afundando no assento. Era como se o sofá pudesse me engolir por inteiro enquanto eu olhava para as estantes vazias que revestiam as paredes.

Nyktos estava visitando Bele, que havia sido levada para um quarto no segundo andar. Não sei quanto tempo havia se passado, mas ainda não tinha soado nenhum alarme na Colina para nos alertar de um ataque iminente. Nem por isso estávamos tranquilos. Saion não conseguia ficar parado e andava de um lado para o outro da sala a cada dois minutos. Ector também, entrando e saindo do escritório. Os dois não paravam de lançar olhares na minha direção, olhares apreensivos. Olhei para Ector, que agora estava dentro do escritório. Ele olhou de volta para mim, mas logo desviou o olhar.

— Posso perguntar uma coisa a vocês? — falei, estremecendo um pouco por causa da dor na garganta.

Saion se virou para me encarar.

— Claro.
— Vocês estão com medo de mim?
Ector levantou a cabeça, mas não disse nada. Saion também não, mas por fim falou enquanto olhava para a adaga de pedra das sombras que Nyktos havia me devolvido. Eu a havia colocado no braço do sofá, ao alcance da mão.
— O que você fez hoje deveria ser impossível.
Suspirei, dobrando as pernas contra o peito enquanto afundava ainda mais nas almofadas.
Eu não havia trazido Bele de volta à vida. Eu a havia *Ascendido*.
— E por que isso os deixaria com medo de mim? — perguntei.
— Não estamos com medo — respondeu Ector, encostado no batente da porta aberta. — Estamos... nervosos. Inquietos. Perturbados. Confu...
— Já entendi — interrompi. — O que não entendo é por que vocês se sentem assim. Não posso ter Ascendido Bele. — Um cacho desfeito caiu no meu rosto. — Nem sequer compreendo o que isso significa para uma deusa.
O Saion deu um passo à frente, mas se deteve.
— Normalmente? Se fosse há centenas de anos e um Primordial da Vida Ascendesse uma deusa? Significaria... Qual é a palavra mesmo? — perguntou ele, olhando de relance para Ector.
— Significa entrar em uma nova etapa da vida. Uma transição.
— Que tipo de transição? Em que um deus pode se transformar? — Assim que disse isso, senti um aperto no peito. Lembrei-me do que Nyktos havia me dito. Os Primordiais já foram deuses. — Ela é uma Primordial agora?
— Não — respondeu Ector, franzindo a testa. — Pelo menos acho que não. Os olhos dela mudaram. Eram castanhos antes.

Você os viu. Agora são prateados. Como os olhos de um Primordial. E a onda de energia que saiu de Bele é o que acontece quando um deus Ascende. Mas ela não é uma Primordial.

— *Mas* não é mais uma simples deusa — observou Saion, cruzando os braços. — Houve uma mudança quando ela voltou a respirar. Uma explosão de energia que pude sentir. Todos nós sentimos. Aposto que ela está mais poderosa agora. Eu não estava vivo quando os Primordiais Ascenderam, mas...

Olhei para Ector.

— Você estava.

Ele assentiu lentamente, flexionando o maxilar enquanto atravessava a sala e se recostava na mesa.

— Foi o que senti. Aquela energia. Não foi tão intensa como quando um Primordial entra em Arcadia e um novo Primordial surge. Acho que não chegou a ser sentida no plano mortal, mas alguma coisa aconteceu. Ela pode até não ser uma Primordial, mas foi Ascendida, o que já é muito importante. E inesperado.

Senti que havia mais do que isso.

— E uma coisa ruim?

— Para o Primordial Hanan pode ser — respondeu Nyktos, entrando pelas portas abertas e me sobressaltando. Voltei a atenção para ele. Nyktos havia trocado de camisa e agora usava uma túnica branca larga, aberta no pescoço e por fora da calça. Estava desarmado, mas de que armas precisava? — Com a Ascensão, Bele pode desafiar sua posição de autoridade sobre a Corte de Sirta, e ele deve ter sentido isso.

Senti o estômago revirar e balancei a cabeça lentamente. Hanan era o Primordial da Caça e da Justiça Divina.

— Não sei o que dizer.

— Não há nada a ser dito. Você a trouxe de volta à vida. — Nyktos se aproximou de mim, parando a alguns metros de distância. Os fios de éter eram tênues em seus olhos. — Obrigado.

Abri a boca, mas fiquei sem saber o que dizer por um bom tempo.

— Ela está... Ela ainda está bem?

— Está dormindo. Desconfio que seja comum depois de algo assim, já que aconteceu o mesmo com Gemma. — Ele baixou o olhar. — Ainda não se limpou?

Nyktos havia ordenado que eu fosse levada até ali, então foi onde fiquei. Ele pareceu se lembrar disso porque retesou o corpo e se voltou para Ector.

— Pode buscar uma toalha limpa e uma bacia de água na cozinha pra mim?

Ector concordou com a cabeça, afastando-se da mesa. Nyktos permaneceu onde estava.

— Aios está com Bele, mas ela me contou o que Gemma confidenciou a vocês.

— Que bom. — Para ser sincera, eu já tinha me esquecido de tudo o que Gemma havia nos contado e o que constatei logo depois. — Ela falou sobre Odetta?

— Sim.

— Podemos falar com ela?

— Odetta faleceu há pouco tempo para isso — respondeu ele, e a decepção me invadiu. Suas feições se suavizaram. — Sua morte e recomeço são muito recentes. Pode fazer com que ela anseie pela vida, o que perturbaria sua paz.

— Eu entendo. — Senti uma emoção ao mesmo tempo doce e amarga. Eu gostaria de ver Odetta, mas não queria colocá-la em perigo. Espera um pouco. Estreitei os olhos para ele. — Você está fazendo aquilo de novo.

— Desculpe — murmurou ele, virando-se quando Ector voltou trazendo uma pequena toalha branca e uma bacia. — Obrigado.

O deus assentiu.

— Vou esperar por Nektas. — Ele deu meia-volta e então parou, virando-se para mim. Seu olhar encontrou o meu enquanto ele colocava a mão sobre o coração e fazia uma reverência. — Obrigado pelo que fez por Bele. Por todos nós.

Fiquei paralisada.

— Está surpresa com a gratidão dele? — perguntou Nyktos, colocando a bacia na mesa ao lado do copo intocado de uísque que alguém serviu para mim. — E não estou lendo suas emoções. Você está boquiaberta.

Fechei a boca, observando-o molhar a ponta da toalha e depois se ajoelhar na minha frente.

— O que está fazendo?

— Limpando você.

— Posso fazer isso sozinha. — Comecei a pegar a toalha enquanto Saion se dirigia à porta.

— Eu sei. — Ele se ajoelhou diante de mim. — Mas quero fazer isso.

Meu coração, meu coração tolo e idiota, disparou. Se estivesse sozinha teria me dado um soco no peito. Essa vontade dele devia ser fruto da gratidão, não do perdão. Nem da compreensão. Baixei as mãos para o colo.

— Então... ãhn, por que Ector está esperando por Nektas?

— Porque convoquei os Destinos, os Arae, caso Odetta *realmente* soubesse de alguma coisa.

Meu coração palpitou.

— Pensei que os Primordiais não pudessem comandar os Arae...

— Foi por isso que os convoquei. Eles podem não responder e, nesse caso, não posso forçá-los a nada.

Dei um suspiro suave.

— Você acha que Odetta sabia de alguma coisa? Que os Destinos estavam envolvidos?

— É bem possível. — Ele afastou com delicadeza minha trança desfeita. — Os Arae costumam agir nas sombras, mas...

Ergui o olhar para ele. Seu maxilar estava cerrado e o éter faiscava em seus olhos. Nyktos olhava para meu pescoço com rugas de tensão em torno da boca.

— Ele vai arder no Abismo por toda a eternidade. — Seu olhar disparou para o meu e então se desviou enquanto ele limpava a ferida com cuidado. — Odetta podia saber que os Destinos estavam envolvidos. — Ele voltou a se concentrar. — Como acabamos de ver, coisas estranhas acontecem. De qualquer modo, saberemos daqui a algumas horas se os Arae atenderem à minha convocação.

Tentei desesperadamente ignorar o roçar dos dedos dele e seu cheiro fresco e cítrico.

— Como você acha que Kolis e Hanan vão reagir a essa reverberação de poder?

Nyktos pareceu refletir a respeito.

— Sinceramente? Kolis devia saber que Taric e os outros deuses vinham aqui. A essa altura, aposto que já percebeu que estão mortos. A Ascensão de Bele deve ter perturbado Kolis e os demais Primordiais.

— Ela não gosta dessa palavra — comentou Saion.

Lancei um olhar enviesado ao deus.

Nyktos passou para uma parte limpa da toalha, mergulhando-a na água.

— Acho que Kolis vai esperar um pouco até descobrir com o que está lidando.

— E Hanan? Como acha que ele vai reagir?

— Hanan é velho. Ele sabe a verdade sobre meu pai e Kolis. — Nyktos passou a toalha sobre o ferimento, e eu estremeci ao sentir uma pontada de dor cortante. Ele se virou para mim. — Desculpe.

— Tudo bem — sussurrei, sentindo as faces coradas. — Não foi nada.

Nyktos olhou para mim por um bom tempo e depois voltou a limpar o sangue do meu pescoço.

— Hanan é muito reservado. Não sei o que pensa sobre Kolis, mas duvido que tenha gostado do que sentiu. Bele será uma *ameaça* para ele. Os demais Primordiais também vão ficar preocupados com a possibilidade de que algo aconteça a eles.

— Isso aconteceria com qualquer deus que eu trouxesse de volta à vida?

— É uma boa pergunta — comentou Saion, entrando na conversa. — Acho que não. O deus deve estar preparado para isso. Possivelmente já destinado a Ascender.

— Concordo — disse Nyktos. — Mas não podemos ter certeza, já que nem sabemos como isso foi possível.

— Mas por que não seria possível? — perguntei. — Morte é morte. Vida é vida. Os deuses e os mortais não são iguais nesse sentido?

Ele repuxou o canto dos lábios para cima, e todo o meu ser se concentrou naquele sorriso tênue. Mas sumiu rápido demais.

— Não, não são. Um deus é um ser completamente diferente, e é preciso muito poder para fazer isso. *Muito mesmo.* — Ele se levantou, pegando a bacia. — Taric e os outros deuses disseram alguma coisa a você?

Enquanto Nyktos colocava a bacia e a toalha em cima da mesa, pensei sobre o que eles me disseram, lembrando-me das pessoas que haviam matado.

— O que foi? — Nyktos se virou para mim.

— Como você disse depois de descobrir a respeito da brasa, acho que eles estavam procurando por mim em Lasania. Ou pela reverberação de poder — falei. — Eles me disseram que iam descobrir se era a mim que os *viktors* estavam protegendo.

— *Viktors*. — Nyktos olhou de relance para Saion e balançou a cabeça. — Faz muito tempo que não ouço falar deles.

— Eu também. — Saion franziu o cenho enquanto me avaliava. — Mas até que faz sentido que ela tivesse *viktors*, ainda mais considerando o que seu pai fez.

— Eles são quase mortais, nascidos para servir a um propósito — explicou Nyktos, sentando-se ao meu lado. — Proteger o mensageiro de uma grande mudança ou propósito. Alguns desconhecem seu dever, mas o cumprem por meio de vários acasos do destino, como estar no lugar certo na hora certa ou apresentar aqueles que estão destinados a zelar por outra pessoa. Outros estão cientes e fazem parte da vida de seus protegidos. Às vezes são chamados de guardiões. Em todo o tempo que ouvi falar deles, nunca soube que houvesse mais de um para proteger determinada pessoa.

— E você acha que os mortais assassinados por aqueles deuses eram *viktors*?

— É possível. Não é fácil que um deus ou Primordial sinta sua presença. Eles têm marcas, assim como os semideuses e descendentes de deuses — explicou Nyktos. — Você teria que suspeitar que eles pudessem ser *viktors* para sentir isso. E eu... eu não suspeitei.

E por que suspeitaria na época? Tudo que ele sabia era que seu pai havia feito um acordo, não o que ele havia feito.

— O que você quer dizer com *quase mortais*?

— Que eles não são nem mortais, nem deuses. Mas eternos, como os Destinos — respondeu Saion.

Arqueei as sobrancelhas.

— Bem, isso explica tudo.

Saion abriu um sorriso irônico.

— Eles nascem para cumprir um determinado papel, assim como os mortais, mas suas almas vivem várias vidas.

— Reencarnadas como Sotoria? — perguntei.

— Sim e não. — Nyktos se inclinou para trás. — Eles vivem como os mortais, servindo ao seu propósito. E morrem ou no processo, ou muito depois de o terem cumprido. Mas quando morrem, suas almas retornam ao Monte Lotho, onde estão os Arae, e recebem novamente a forma física. Eles ficam lá até ser sua hora de voltar.

— Quando renascem, eles não se lembram das vidas passadas, só de uma vocação que alguns podem ou não se dar conta. É uma maneira de os Destinos manterem o equilíbrio — acrescentou Saion. — Mas quando retornam ao Monte Lotho, as lembranças de suas vidas também voltam.

— De todas as vidas?

O deus assentiu, e dei um longo suspiro. Podia ser um monte de vidas para recordar, muitas mortes e perdas. Mas também muita alegria. Se os irmãos Kazin eram *viktors*, será que sabiam do seu dever? E quanto a Andreia ou aqueles cujos nomes eu sequer sabia? E quanto ao bebê?

E se fosse isso que Sir Holland era?

Minha respiração ficou presa dentro do peito. Será que ele era um *viktor*? Ele me protegeu com o treinamento e jamais desistiu de mim. Jamais. Além disso ele conhecia a poção. Fazia... fazia sentido. Tive vontade de chorar.

Recostei a cabeça na almofada. Era coisa demais para processar. E tudo aconteceu num curto período de tempo.

— Se quiser tomar banho ou descansar, ainda há tempo — sugeriu Nyktos.

Olhei para ele, sentindo um aperto no peito quando nossos olhares se encontraram.

— Gostaria de ficar aqui até sabermos se os Destinos vão responder. Eu não quero...

Não queria voltar para meu quarto. Não queria ficar sozinha. Tinha muita coisa na cabeça, muita coisa dentro de mim.

Um silêncio recaiu sobre a sala, e fechei os olhos. Não me lembro de ter caído no sono, mas devo ter cochilado. Quando dei por mim, senti um toque suave na bochecha, um *cutucão*. Pisquei os olhos e percebi que estava com a cabeça apoiada na coxa de Nyktos, olhando para os olhos vermelhos de um menino de uns nove ou dez anos de idade com cabelos louros desgrenhados da cor da areia.

Olhos vermelhos com pupilas finas e verticais.

— Oi — disse a criança.

— Olá — sussurrei.

Ele inclinou a cabeça, com a carinha de duende perplexa.

— Pensei que vocês estivessem mortos. — Mas que porra...?

— Mas não estão.

— Não? — Pelo menos eu achava que não.

— Vocês estavam dormindo — afirmou o menino com um aceno de cabeça. — Ele não me ouviu entrar. Ele *sempre* ouve.

Nyktos se remexeu, parecendo ouvi-lo. A coxa dele se contraiu debaixo da minha bochecha.

Deitei de lado, coloquei as mãos nas almofadas e estiquei as pernas. A criança me olhava com uma expressão muito séria para alguém tão jovem.

— Reaver — disse Nyktos, com a voz rouca de sono. — O que está fazendo?

Quase perdi o fôlego conforme olhava para o menino de cabelos louros, tentando conciliar a imagem dele enquanto dragontino com a de uma criança. De algum modo era mais estranho do que ver Jadis como uma garotinha.

— Estava vendo vocês dormirem — respondeu Reaver.

Franzi os lábios.

— Aposto que não é só isso — indagou Nyktos, inclinando-se para a frente. Com o canto do olho, vi o cabelo dele cair sobre a bochecha. — Você deve ter um bom motivo para estar aqui.

— Tenho. — Ele se empertigou na túnica sem mangas e na calça larga do mesmo tom de cinza que Nektas costumava usar. — Nektas me mandou aqui para buscar vocês. Ele está na sala do trono.

— Tudo bem. Já estamos indo.

Reaver assentiu com a cabeça e depois olhou para mim.

— Tchau.

— Tchau. — Dei um aceno desajeitado que nem sei se ele viu enquanto saía da sala com pernas pequenas e ágeis.

— Ele é...

— Intenso?

Dei uma risada estrangulada.

— É, sim. — Fui até a beira do sofá. — Desculpe — murmurei, achando que ele não devia ter gostado que eu o usasse como travesseiro. — Por ter dormido em cima de você.

— Tudo bem — assegurou Nyktos depois de um instante, e eu me virei em sua direção. Ele estava olhando para a frente com uma expressão impenetrável no rosto. — Eu não pretendia dormir, mas você precisava descansar. Nós dois precisávamos. — Em seguida, ele se levantou e me encarou. — Se Nektas o mandou até aqui, significa que os Destinos responderam à minha convocação.

Meu coração acelerou, e eu me levantei tão rápido que fiquei tonta. Dei um passo para trás, esbarrando no sofá.

Nyktos estendeu a mão, tocando no meu braço.

— Você está bem?

— Sim.

Os olhos dele estudaram os meus.

— Está com dor de cabeça?

— N-Não. Acho que me levantei rápido demais.

Nyktos me encarou.

— Acho que é por causa do sangue. — Ele flexionou um músculo no maxilar. — Foi tirado sangue demais de você. Seu corpo ainda não teve a chance de se recuperar.

— Eu estou bem — insisti quando comecei a me afastar, mas parei, observando a severidade das suas feições. — Não se sinta mal por se alimentar de mim.

Ele permaneceu calado.

— Você precisava do sangue. Fico feliz em poder fazer isso por você — falei. — Se estou um pouco tonta por causa da perda de sangue, é culpa de Taric, não sua.

Mesmo assim ele não disse nada.

Estava começando a me sentir meio boba. Talvez eu o tivesse interpretado mal.

— Enfim, só queria reforçar isso. É melhor irmos logo...

O único aviso que recebi foi o cheiro de frutas cítricas e ar fresco. Eu sequer o tinha visto diminuir a distância entre nós, mas senti a mão dele na bochecha e sua boca na minha no mesmo instante.

Nyktos me beijou.

A sensação dos seus lábios, lábios *quentes*, foi um choque inebriante para mim, e o modo como ele puxou meu lábio inferior com as presas me deixou toda arrepiada. Abri a boca, retribuindo o beijo tão ferozmente quanto ele me beijava. Seu beijo foi firme, exigente, assertivo. Meus sentidos entraram em choque. Fiquei tonta novamente, mas dessa vez por causa dele. O beijo mexeu comigo, e eu não queria que ele parasse. Estendi a mão em sua direção...

Nyktos tirou a boca da minha e deu um passo para trás, mantendo a mão na minha bochecha antes de se afastar. Ele parecia tão abalado quanto eu, com uma expressão excitada no rosto, os olhos numa tempestade de éter e o peito ofegante.

— Isso... — Nyktos engoliu em seco, fechando os olhos por um segundo. Quando tornou a abri-los, o éter havia parado de girar tão depressa. — Isso não muda nada.

*

As palavras de Nyktos permaneceram na minha mente junto com seu beijo conforme saíamos do escritório e seguíamos até a sala do trono. Senti um nó no peito como se alguém tivesse enfiado a mão dentro de mim e começado a apertar meu coração. Mas havia algo mais lá no fundo. Algo pequeno e tênue parecido com esperança. Não sabia nem o que pensar de tais emoções e, quando nos aproximamos da sala, deixei esses sentimentos para depois.

Rhahar e Ector estavam postados sob a abóbada da câmara, mas não estavam sozinhos. Havia um homem desconhecido entre eles, com os cabelos louros caídos sobre ombros largos envoltos por uma túnica cinza-clara acinturada. Seu rosto era envelhecido e bronzeado de sol. Havia uma deusa ao lado dele. Por causa da qualidade etérea de suas feições e do ligeiro brilho sob a pele marrom-clara, percebi o que ela era de imediato. Seus cabelos eram da cor do mel, poucos tons mais claros do que o vestido que usava, e seus olhos eram do tom de azul mais brilhante que eu já tinha visto. Ao nos aproximarmos, o homem colocou a mão no peito e fez uma reverência, assim como a deusa.

— Penellaphe?! — exclamou Nyktos, surpreso.

— Olá, Nyktos. — Ela se endireitou, deu um passo à frente e olhou de relance na minha direção. — Faz muito tempo que não nos vemos.

— Muito tempo mesmo — confirmou ele. — Espero que esteja tudo bem com você.

— Está, sim. — O sorriso de Penellaphe foi breve, desaparecendo assim que a deusa olhou para mim outra vez.

Nyktos seguiu o olhar dela.

— Essa é...

— Eu sei quem ela é — interrompeu Penellaphe, e eu arqueei as sobrancelhas. — É por causa dela que estou aqui.

— Por minha causa?

Penellaphe confirmou com a cabeça, olhando de volta para Nyktos.

— Você convocou os Arae.

— Convoquei, mas...

— Mas eu não sou uma Arae. Você já vai entender por que vim — disparou ela, recuando e entrelaçando as mãos. — Um dos Arae está à sua espera lá dentro. À espera de vocês dois.

A curiosidade estampava o rosto de Nyktos quando ele olhou para mim. Assenti, e Penellaphe se virou para o homem que a acompanhava.

— Você nos espera aqui? — pediu.

— É claro — respondeu ele.

Penellaphe inclinou a cabeça.

— Obrigada, Ward.

Olhei para ele quando passamos. Não sei se era um semideus ou mortal, mas não vi aura em seus olhos. Rhahar e Ector se afastaram quando Penellaphe passou por eles. Acelerei o passo quando Nyktos olhou para trás, andando mais devagar. Logo o alcancei e entrei na sala agora iluminada por velas.

Nektas se aproximou de nós, com os cabelos compridos presos e Reaver ao lado.

— Obrigado — disse Nyktos, parando para apertar o ombro do dragontino.

— Vamos esperar no corredor — respondeu Nektas, acenando na minha direção enquanto colocava a mão na parte de trás da cabeça de Reaver para que o menino seguisse em frente. — Por vocês dois.

Senti um nó na garganta. Não sei por quê. Talvez porque Nektas tivesse me incluído. Engoli em seco olhando para os tronos e o estrado. Talvez só precisasse dormir mais ou...

Fiquei paralisada de repente. Minhas pernas se recusavam a se mexer. Minha cabeça ficou vazia porque o que eu estava vendo, *quem* eu estava vendo de pé diante do estrado sob a luz suave das velas e das estrelas me pegou desprevenida. Não fazia sentido. Nenhum sentido. Meus olhos deviam estar pregando peças em mim.

Porque não podia ser Sir Holland.

Capítulo 45

— Não estou entendendo — sussurrei, voltando a andar e então parando a alguns metros de Sir Holland.

— Você o conhece? — Nyktos se aproximou enquanto olhava para o homem diante de nós.

— Conhece — confirmou Sir Holland, com os olhos escuros avaliando os meus. — Eu a conheço por quase toda sua vida.

— Ele me treinou — sussurrei. Queria tocá-lo, abraçá-lo, para ver se ele era real, mas não consegui me mexer. — É Sir Holland. Não sei como isso é possível.

— Pode me chamar de Holland — disse ele. — É o meu nome.

— Mas você... Por que está aqui? — A confusão me dominava enquanto Penellaphe passava por ele para entrar na câmara arejada. — Você é um *viktor*?

— Não. Não tenho essa honra — respondeu.

— Ele está aqui porque é um Espírito do Destino — constatou Nyktos friamente. — Ele é um Arae. Um Arae que tem se disfarçado de mortal. — Ele encarou Holland. — Agora entendo como você conhecia uma certa poção.

— Ele não é um espírito. — Para confirmar isso principalmente para mim, estendi a mão e encostei o dedo na pele negra do braço dele.

— Espíritos do Destino, os Arae, são como deuses. — Nyktos estendeu o braço, afastando minha mão de Holland. — Não são como os espíritos do seu lago.

Holland seguiu a mão de Nyktos com o olhar, curvando os lábios num sorriso.

Fiquei encarando atordoada. A parte pragmática da minha mente entrou em ação. De todos, Holland sempre acreditou... Ele sempre acreditou em mim. Sua fé inabalável agora fazia sentido. Não deixava de ser um choque, mas, depois de descobrir a verdade a respeito de Kolis, eu sabia que poderia lidar com isso. Poderia *entender*. E saber que ele estava bem já ajudava. Tavius não havia feito nada horrível com ele. Um monte de perguntas surgiu na minha cabeça. Em primeiro lugar quis perguntar se ele sempre soube que eu jamais conseguiria cumprir meu dever, mas reconheci que agora não era hora para isso.

— Quer dizer que você não foi enviado para o Arquipélago de Vodina?

— Eu fui, mas não me dirigi até lá — respondeu ele. — Sabia que minha vida no plano mortal havia chegado ao fim. Vim aqui para esperar.

— Porque sabia que viríamos falar com você?

Holland confirmou com a cabeça.

Aquilo era *irritante*. O que será que ele sabia? Mais do que eu queria que soubesse. Engoli em seco.

Ocorreu-me uma ideia.

— É por isso que você parecia não envelhecer.

— Não era por causa da bebida — brincou ele.

— Não me diga — murmurei.

Penellaphe riu quando parou ao lado de Holland, com o vestido assentando em volta dos pés numa poça de seda.

— Foi isso que ele disse?

Assenti, olhando para o homem que eu considerava um amigo. Um homem em quem eu confiava. Alguém que não era mortal. Ainda não sabia se deveria me sentir traída ou não.

— Há muita coisa que não entendo, mas isso realmente me pegou de surpresa.

— Acho que entendi — anunciou Nyktos, chamando minha atenção. Ele encarava Holland como se estivesse prestes a jogá-lo pelo teto aberto. — A ama falou a verdade. Os Arae estavam presentes no nascimento dela e você, sendo um deles, soube do acordo de alguma forma e tomou o lugar daquele que deveria treiná-la. — Ele fez uma pausa. — Para me matar.

— Para matar — corrigiu Holland.

— Não lhe ocorreu informá-la da inutilidade da tarefa? — questionou Nyktos, e fiquei feliz por ele ter tocado no assunto.

— Eu não podia fazer isso. Tudo o que podia fazer era treiná-la.

— Eu deveria te agradecer por isso — respondeu Nyktos, e eu já sabia que ele não ia agradecer coisa nenhuma. — Mas você é um Arae. Não tem permissão para intervir no destino.

— Ele não interferiu. — A deusa sorriu, e Nyktos lançou um olhar incrédulo em sua direção. — Pelo menos não tecnicamente — emendou ela.

— Nunca interferi diretamente — afirmou Sir Holland, e eu precisava parar de pensar nele como um cavaleiro quando ele era basicamente um *deus*. — Por isso não podia contar a você quem eu era nem que a Devastação não tinha relação com o acordo. Se o fizesse, isso sim seria uma interferência. Passei dos limites quando lhe dei o chá.

— Você passou dos limites só por ficar perto dela, então não venha com esse papinho semântico. — Nyktos cruzou os braços sobre o peito. — Embris sabe disso? Do seu envolvimento?

Meu coração disparou. Era por isso que Nyktos não parecia nada entusiasmado com aquela revelação. Se Embris soubesse, então poderia contar a Kolis a meu respeito.

— Se eu tivesse interferido, ele saberia. Mas Embris não tem conhecimento do acordo nem de quem é a fonte do poder.

— Espera aí. Como isso é possível? — perguntei, só me dando conta de uma coisa naquele momento. — Se os Arae servem à sua Corte, como ele não sabe do acordo, de tudo?

— Porque os Arae não servem a Embris. Eles só moram lá — explicou Nyktos, posicionando o corpo de modo que os quadris roçassem no meu braço. — Os Destinos não servem a nenhum Primordial.

— A não ser que ultrapassemos os limites — acrescentou Holland. — Ao interferir *diretamente*.

Tive que concordar com Nyktos que era só semântica, mas tinha perguntas mais urgentes a fazer.

— Por que você se envolveu? Você ficou comigo por muito tempo. Tantos anos... — Será que ele não tinha família? Amigos? Pessoas de quem sentia falta? Ou será que ia e voltava entre os planos?

— Foi muito tempo — confirmou Penellaphe. — Longos anos.

— Porque sabia que precisava fazer isso. Não foi fácil ficar fora por tanto tempo e com tanta frequência, mas era mais importante do que eu. Do que todos nós. — Holland se encostou numa coluna e ergueu o olhar para Nyktos. — Fiz isso porque conhecia seu pai. Eu o conheci quando ele era o verdadeiro Primordial da Vida. Eu o considerava um amigo.

Olhei para Nyktos, mas não consegui extrair nada da sua expressão.

— Você sabia o que ia acontecer com ele? — perguntou Nyktos.

Holland balançou a cabeça.

— Não. Os Arae não conseguem ver o destino de um Primordial. — A tristeza inundou sua voz. — Se eu conseguisse, não sei se ainda estaria aqui hoje. Acho que não conseguiria ficar sentado sem fazer nada.

Franzi o cenho.

— Você teria interferido? Qual é a punição para isso?

— Morte — respondeu Nyktos. — A definitiva.

Estremeci quando olhei de volta para ele, e o medo se assomou.

— Não tem problema você estar aqui? — Senti o roçar dos dedos de Nyktos contra os meus. O toque me surpreendeu, mas o contato suave foi tranquilizador. — Não é melhor ir embora?

— Os Arae não podem fazer nada para interferir em seu destino — informou Penellaphe. — Agora não mais. — As palavras pareciam um presságio e me deixaram enregelada.

— Então você já sabe por que o convocamos. Pode nos dizer por que meu pai fez isso? — perguntou Nyktos. — Por que ele colocaria tanto poder numa linhagem mortal? O que esperava conseguir com isso?

— A questão principal é *o que* seu pai fez — argumentou Holland. — Como você sabe, Eythos era o verdadeiro Primordial da Vida. Kolis não conseguiu tirar *tudo* dele. Seria impossível. Restaram algumas brasas da vida em Eythos, assim como algumas brasas da morte em Kolis. Quando você foi concebido, parte dessa brasa passou para você. Uma fagulha de poder. Não tão forte quanto a brasa que ficou em seu pai, mas o suficiente.

Nyktos balançou a cabeça.

— Não — retrucou ele. — Nunca tive essa habilidade. Sempre fui...

— Você não teria como saber que possuía uma brasa até passar pela Seleção. Mas seu pai a tirou de você antes que Kolis descobrisse que a possuía — continuou Holland. — Eythos sabia que Kolis o veria como uma ameaça, uma ameaça que o irmão faria de tudo para extinguir.

Os olhos de Nyktos começaram a se agitar lentamente.

— Meu pai... — Ele limpou a garganta, mas sua voz continuou rouca. — Ele tirou a brasa de mim para me manter a salvo?

Senti um aperto no peito quando Holland assentiu.

— Ele pegou a brasa, junto com a que restava nele, e a colocou na linhagem Mierel. — Os olhos escuros dele se voltaram para mim. — É isso que você tem dentro de si. O que restava do poder de Eythos e o que ele havia passado para Nyktos.

Abri a boca, mas não consegui dizer nada. O olhar igualmente chocado de Nyktos encontrou o meu.

— Eu tenho uma parte *dele* dentro de mim? E de seu pai?

— Você tem a *essência* do poder dele — explicou Penellaphe, e eu me virei para ela.

— Continua parecendo muito estranho e desconfortável — comentei.

Penellaphe desviou o olhar, franzindo os lábios antes de me encarar.

— Não quer dizer que você tenha uma parte de Nyktos ou do pai dele dentro de si nem que seja da família de alguma forma — confirmou ela, e graças aos deuses por isso, porque eu estava prestes a vomitar. — Você só tem a essência do poder deles. É como... Como posso explicar? — Ela franziu a testa, olhando de relance para Holland. — É como quando um deus Ascende um semideus. O semideus tem o mesmo sangue, mas não é parente do deus nem de ninguém da família. A única coisa que pode acontecer é que a essência reconheça sua origem.

— O que isso significa? — perguntei.

— É ainda mais difícil de explicar, mas imagino que seja como o encontro de duas almas destinadas a serem uma. — Ela olhou para Holland de novo, e meu coração disparou novamente. — Vocês dois podem ter se sentido mais à vontade um com o outro do que com os demais.

Dei um suspiro, me recostando no estrado. Não havia como negar que eu me sentia muito mais à vontade com Nyktos do que com qualquer pessoa. E que nunca tive medo dele.

— Eu... eu senti um... calor dentro de mim quando o vi pela primeira vez. Uma sensação de... de que algo estava certo. — Virei-me para Nyktos. — Não no Templo das Sombras, mas na Luxe. Não mencionei nada porque não sabia muito bem o que estava sentindo e me pareceu tolice. Mas naquela noite na Luxe, achei... achei difícil me afastar de você. Parecia errado. Não entendi por quê. — Voltei-me para Holland e Penellaphe. — Será que foi por isso?

— E eu achando que era por causa da minha personalidade encantadora — murmurou Nyktos baixinho. Lancei um olhar torto para ele. — Senti algo parecido. Um calor. Uma sensação de acerto. Mas não... não sabia o que significava.

Arregalei os olhos.

— Você sentiu?

Ele confirmou com a cabeça.

— Como disse antes, é como se duas almas feitas uma para a outra se unissem — prosseguiu Penellaphe.

Duas almas se unindo. Será que era por isso que eu deixava Nyktos tão *interessado*, apesar de ele não ter a menor intenção de cumprir o acordo? Será que era por isso que ele ficava em paz na minha presença? Será que isso explicava por que eu me sentia atraída por ele, embora acreditasse que precisava acabar com sua vida? Para mim, talvez no começo. Mas agora? Acho que não. Era por causa dele, de *quem* ele era. Da sua força e inteligência. Da sua bondade, apesar de tudo que tinha visto e sofrido. Da sua lealdade ao povo e às pessoas com quem se importava. Do modo como tirar uma vida ainda o abalava. De como ele fazia eu me sentir, como se eu não fosse um monstro, e sim alguém. Eu mesma, não o que fizeram de mim.

Mas e para Nyktos? Não importava. Ele sabia o que eu pretendia fazer. O que quer que tivesse guiado seu interesse era irrelevante.

— E você não sabe por que meu pai fez isso? O que ele esperava conseguir?

— Eu tive uma visão profética antes que seu pai fizesse o acordo com o Rei mortal — revelou Penellaphe, me surpreendendo. — Isso nunca havia acontecido comigo, então não entendi o que vi. Não entendi o significado das palavras na minha mente, mas sabia que elas tinham um propósito, que eram importantes. Ainda mais quando contei a Embris e ele me levou até Dalos. — Ela engoliu em seco. — Kolis me questionou por um bom tempo.

Fiquei tensa sentindo que o *questionamento* havia sido mais como um interrogatório doloroso.

— Kolis parecia acreditar que podia me forçar a entender, a chegar a uma compreensão. — Ela balançou a cabeça. — Como se eu estivesse escondendo um conhecimento dele. Mas não consegui entender o que vi e ouvi.

— Não é assim que as visões e profecias funcionam. Elas são raras, e seus receptores são apenas mensageiros, não escribas. — Holland apertou a mão dela, e não pude deixar de imaginar se havia algo entre os dois. Nunca ouvi falar que ele tivesse alguém, mas era óbvio que havia muita coisa que eu não sabia.

— Por fim, Kolis acabou desistindo. — As sombras sumiram dos olhos de Penellaphe conforme ela sorria para Holland. — Depois disso, fui para o Monte Lotho. Imaginei que, se alguém pudesse entender, seriam os Arae.

— Nós não fomos de muita ajuda no início. *Detestamos* profecias. — Holland deu uma risada seca. — Foi só quando Eythos veio perguntar se havia alguma coisa que pudéssemos fazer em relação ao irmão que me lembrei da profecia e do interesse de Kolis por ela. Contamos tudo a ele, que pareceu chegar a um certo entendimento.

— Como era essa profecia? — perguntou Nyktos. — Pode nos contar?

— O que vi foram imagens desconexas. Pessoas que não pareciam ser mortais governando o plano mortal, lugares que acho que ainda não existem.

— Como o quê?

— Como cidades arruinadas. Reinos destruídos e reconstruídos. Grandes e terríveis guerras entre Reis... e Rainhas. — Ela franziu o cenho. — Uma floresta de árvores cor de sangue.

Nyktos franziu a testa.

— A Floresta Vermelha?

Ela confirmou com a cabeça.

— Mas no plano mortal, e repleta de morte. Mergulhada nos pecados e segredos de centenas de anos.

— Bem... — falei, exalando lentamente. — Isso não me parece nada bom.

— Mas também a vi. Vi os *dois*. Uma Escolhida e um descendente dos Primeiros. — O éter faiscou nos olhos de Penellaphe quando ela olhou para mim. — Uma Rainha de Carne e Fogo. E ele, um Rei nascido de Sangue e Cinzas, que governava lado a lado com os homens. E eles... eles pareciam *combinar*. Eles me deram esperança.

Eu realmente não fazia ideia de quem eles eram nem do que aquilo significava, então só me restava acreditar no que ela estava dizendo.

— Você viu mais alguma coisa?

— Nada que eu consiga entender muito bem, mas me lembro das palavras. Jamais as esquecerei. — Ela olhou para baixo quando Holland apertou sua mão mais uma vez e depois a soltou. Em seguida, pigarreou. — *Do desespero das coroas de ouro e nascido da carne mortal, um grande Poder Primordial surge como herdeiro das terras e mares, dos céus e de todos os planos. Uma sombra na brasa, uma luz na chama, para se tornar o fogo na carne. Quando as estrelas caírem do céu, as grandes montanhas ruírem no mar e velhos ossos brandirem as espadas ao lado dos deuses, a falsa deusa será despojada da glória por duas nascidas do mesmo delito e do mesmo Poder Primordial no plano mortal. A primeira filha, com o sangue repleto de fogo, destinada ao Rei outrora prometido. E a segunda filha, com o sangue cheio de cinzas e gelo, a outra metade do futuro Rei. Juntas, eles vão refazer os planos e trazer o final dos tempos.*

Penellaphe fez uma pausa, olhando para mim com os olhos tão brilhantes quanto duas safiras.

— *E com o sangue derramado da última Escolhida, o grande conspirador nascido da carne e do fogo dos Primordiais despertará como o Arauto e o Portador da Morte e da Destruição das terras concedidas pelos deuses. Cuidado, pois o fim virá do oeste para destruir o leste e devastar tudo o que existe entre esses dois pontos.* — Ela deu um suspiro trêmulo. — É... é isso.

Fiz menção de dizer alguma coisa, mas me detive assim que olhei para Nyktos. Havia uma expressão pensativa e ao mesmo tempo incrédula no rosto dele.

— Que coisa mais... — Nyktos piscou os olhos lentamente. — Intensa.

Penellaphe deu uma risada suave.

— E não é?

Nyktos assentiu lentamente.

— Acho que podemos presumir que a última parte se refira ao meu tio. Kolis é o grande conspirador, o legítimo Portador da Morte. Ele, assim como meu pai, nasceu no oeste. — Nyktos olhou para mim. — Eles nasceram no plano mortal. Mais ou menos onde fica a Carsodônia nos dias de hoje.

— E a última parte da profecia diz que ele vai destruir todas as terras, de oeste a leste, incluindo o plano mortal? — perguntei, enxugando o suor das mãos nas coxas.

— Depende da definição de *Escolhido* — respondeu Holland. — Pode se referir aos escolhidos para servirem aos deuses ou... ou a pessoas como você, escolhidas para um propósito diferente.

— E o "nascido da carne e do fogo dos Primordiais" pode se referir a algum tipo de renascimento — ponderou Nyktos. — Não a um nascimento de verdade.

— Tudo bem, já entendi. Mas como isso se refere a Kolis? — perguntei. — Como ele pode despertar se já está... — Parei de falar.

— A não ser que ele vá hibernar — murmurou Nyktos, olhando para Holland e a deusa. — Isso nunca vai acontecer.

Holland inclinou a cabeça.

— As profecias são apenas uma possibilidade. Muitas coisas podem mudá-las e, pelo que entendo, nem todas as palavras devem ser entendidas literalmente. O problema é que muitas vezes não sabemos quais palavras são essas.

Dei um muxoxo de irritação.

— E quanto à primeira parte? Sobre o desespero das coroas de ouro? Será que é uma referência a Roderick Mierel? Ele estava desesperado, isso se ainda não fosse um Rei na época em que fez o acordo.

— Acredito que sim — confirmou Holland. — Eythos fez o acordo com Roderick pouco depois de saber da profecia. Mas repito: muitas coisas podem mudar uma profecia, alterando o significado e a intenção por trás de cada palavra.

— Ah, que ótimo — murmurou Nyktos, e eu quase caí na gargalhada.

Holland deu um sorriso solidário.

— Não há um único fio que trace o curso de uma vida ou como essa vida irá impactar os planos. — Holland abriu a mão, esticando bem os dedos. Engoli em seco quando inúmeros fios surgiram na palma da mão dele, finos como uma linha e de um tom cintilante de azul. — Há dezenas de fios para a maioria das vidas. Algumas pessoas têm centenas de destinos possíveis. Você, por exemplo. — Ele ergueu o olhar para mim, e eu engoli em seco. — Você já teve vários fios. Muitos caminhos diferentes. Mas todos terminaram do mesmo jeito.

Um calafrio percorreu minha espinha.

— Como?

— Às vezes é melhor não saber — respondeu ele.

Penellaphe se aproximou.

— Mas às vezes conhecimento é poder.

Assenti.

— Eu quero saber.

Um breve sorriso carinhoso surgiu em seus lábios, e então Holland disse:

— Todos os caminhos terminavam com sua morte antes de você completar 21 anos.

Fiquei pasma. Antes dos 21? Era... Deuses! Faltava pouco.

Nyktos deu um passo à frente, se colocando entre mim e os outros dois.

— Isso não vai acontecer.

— Você pode ser um Primordial — observou Holland, se virando para ele —, mas não é um Destino.

— O Destino que se foda — rosnou Nyktos. A pele dele tinha afinado, revelando as sombras rodopiantes ali por baixo.

— Quem me dera. — Holland deu um sorriso rápido, nitidamente despreocupado com a tempestade que se formava dentro de Nyktos. — A Morte sempre a encontra, de um jeito ou de outro. — Ele havia voltado a atenção para mim. — Seja pelas mãos de um deus ou de um mortal mal-informado. Pelas mãos do próprio Kolis, e até mesmo da Morte.

Fiquei imóvel, com o coração acelerado.

— *O que você disse?* — rosnou Nyktos.

— Há muitos fios — disse Penellaphe baixinho, olhando para Nyktos. Havia uma tristeza imensa em suas feições. — Muitas maneiras de a morte dela ser causada pelas suas próprias mãos. Mas essa aqui... — Ela levantou o dedo, quase tocando em um dos fios cintilantes, um fio que parecia ter se dividido em outro mais curto. — Essa aqui não foi proposital.

— Do que você está falando? — indagou Nyktos.

— Ela tem seu sangue nas veias, não tem? — perguntou Penellaphe.

Nyktos ficou tão quieto que eu não sabia se ainda estava respirando. Olhei de um para o outro.

— Não tenho o sangue dele nas veias. Ele não... — Respirei fundo. Na noite em que Nyktos se alimentou de mim, mordi seu polegar até sangrar. Senti o gosto dele. Vi o momento em que Nyktos se lembrou disso. Voltei-me para Holland. — Foi só uma gota, se tanto.

— Foi o bastante — afirmou Holland. — A brasa da vida em você é forte o suficiente para fazer com que tenha os sintomas da Seleção, mas não para que passe por uma mudança. Os sintomas teriam diminuído com o passar do tempo, mas não mais. Não com o sangue de um Primordial poderoso nas veias. Você vai passar pela Seleção.

— Não. — Nyktos balançou a cabeça, com fios de éter girando nos olhos. — Ela não pode. Sera não é uma semideusa. Ela é mortal...

— Na maior parte — sussurrou Penellaphe. — O corpo dela é mortal. Assim como sua mente. — Ela olhou para mim com olhos cintilantes. — Mas o que há dentro de você é Primordial. Não importa que seus pais fossem mortais. Você nasceu com a brasa não de um, mas de dois Primordiais. É isso que vai tentar emergir.

— Não pode ser. — Nyktos passou a mão pelos cabelos, afastando as mechas do rosto. — Deve haver uma maneira de impedir isso.

— Mas não há. — Agarrei meus joelhos enquanto olhava de Holland para a deusa. — Ou há? Alguma poção especial ou acordo que possa ser feito?

Holland balançou a cabeça.

— Não. Há algumas coisas que nem mesmo os Primordiais podem conceder. Essa é uma delas.

— Ela não vai... — Nyktos parou de falar e se virou para mim. Nunca o tinha visto tão pálido, tão *horrorizado*.

— Não é culpa sua. — Fiquei de pé, surpresa por minhas pernas não estarem bambas. — Fui eu que fiz isso. Não você. Além do mais, você não tinha como saber que isso aconteceria.

— Que imprudente e impulsiva — murmurou Holland.

Dei uma risada estrangulada.

— Bem, você sempre soube que esse é o meu pior defeito.

— Ou melhor qualidade — argumentou Holland. — Suas ações podem ter dado uma chance de concretizar o que quer que Eythos acreditasse ter ouvido na profecia.

Nyktos e eu olhamos para ele.

— O quê?

— Vejam esse fio. — Penellaphe apontou para o fio que havia se partido. — Olhem bem.

Nyktos abaixou a cabeça para olhar com atenção. A princípio não vi nada, mas quando apertei os olhos avistei a sombra de um fio, quase inexistente e sempre mudando de comprimento, estendendo-se mais do que qualquer um dos fios e depois encolhendo até ficar do comprimento dos outros.

— O que é isso? — perguntei.

— É um fio inesperado. Imprevisível. É o desconhecido. O que ainda não está escrito — explicou Penellaphe. — É a única coisa que nem mesmo os Destinos podem prever ou controlar. — Ela curvou os lábios num sorriso. — A única coisa que pode alterar o destino.

— E o que seria? — perguntou Nyktos, cerrando os punhos ao lado do corpo. — E como faço para encontrá-lo?

— Não pode ser encontrado — respondeu ela, e eu estava prestes a berrar de frustração. — Apenas aceito.

— Você precisa ser mais específica — vociferou Nyktos.

— Amor — respondeu Holland. — O amor é a única coisa que nem mesmo o destino é capaz de enfrentar.

Pisquei os olhos. Foi a única coisa que consegui fazer.

Nyktos parecia estar tão perplexo quanto eu, incapaz de formular uma resposta.

— O amor é mais poderoso do que o destino. — Holland abaixou a mão e um único fio continuou ali. Só o fio partido, e a sombra de um fio em constante mudança continuou reluzindo entre nós. — O amor é ainda mais poderoso do que o sangue que corre em nossas veias e igualmente inspirador e aterrorizante em seu egoísmo. Ele pode estender um fio apenas por força de vontade, tornando-se uma magia pura que não pode ser extinta pela biologia. Mas também pode partir um fio de modo inesperado e prematuro.

— O que você quer dizer com tudo isso? — perguntei.

— Seu corpo não é capaz de suportar a Seleção. Não sem o poder daquilo que é mais poderoso do que o destino e até mesmo da morte. — Holland olhou para Nyktos. — Não sem o amor de alguém para ajudá-la a passar pela Ascensão.

Lembrei-me do que Aios havia me contado sobre os semideuses e a Seleção.

— Você está falando do sangue de um deus, está me dizendo que preciso do sangue de um deus que me *ama*? — Eu mal podia acreditar que estava pronunciando aquelas palavras.

— Não de um deus. De um Primordial. E não de um Primordial qualquer. — Os olhos azuis de Penellaphe se fixaram em Nyktos. — Mas o sangue do Primordial ao qual a brasa pertencia. Isso e o poder do amor podem alterar seu destino.

Nyktos deu mais um passo para trás, com as sombras girando ao redor das pernas, e eu me sentei outra vez. Ou caí. Por sorte, aterrissei na beira do estrado. Com o coração apertado, observei Nyktos se virar lentamente na minha direção. Seus olhos brilhavam como o luar quando me encarou, e nem precisei do seu poder de ler emoções para saber que ele estava horrorizado. Tampouco precisava ser um Destino para saber que eu ia mesmo morrer. Nyktos jamais me amaria. Mesmo que eu não tivesse planejado matá-lo. Nyktos era incapaz de amar. Ele simplesmente não conhecia esse sentimento.

Ele sabia disso. *Eu* sabia disso.

— Não é justo — falei com a voz rouca, com raiva de *tudo*. — Fazer isso com Nyktos.

— *Comigo*? — murmurou ele conforme listras prateadas de éter surgiam nas sombras que giravam ao seu redor. — Não é justo com você.

— Não é justo com nenhum dos dois — observou Penellaphe suavemente. — Mas a vida, o destino e o amor raramente o são, não é?

Quis socar a deusa por me dizer algo que eu já sabia. Mas respirei fundo, fechando os olhos por um instante. Era muita coisa para digerir, muito conhecimento que, em última análise, era irrelevante e ofuscado pelo fato de que eu ia morrer mais cedo ou mais tarde, e de um jeito doloroso. A raiva voltou a faiscar dentro de mim, e eu me agarrei a ela. A queimação era familiar e parecia melhor do que a tristeza e a desesperança.

— E tem mais — afirmou Holland.

Dei uma risada. O som me pareceu estranho.

— É claro que tem.

— Você teve muitos destinos porque teve muitas vidas — prosseguiu.

— Muitas vidas? — repeti.

Holland assentiu, e então os fios cintilantes apareceram mais uma vez. Dezenas deles.

— O que significa isso? — Nyktos ergueu o olhar dos fios para Holland. — A alma dela renasceu?

Holland também olhou para os fios.

— Os Arae não sabem de tudo porque as ações de uma pessoa podem alterar o curso do destino. Como Sera fez com uma única gota de sangue. — Ele olhou para Nyktos. — E como seu pai fez junto com a Primordial Keella quando impediram uma alma de entrar nas Terras Sombrias, deixando-a renascer várias vezes.

— Você está falando de Sotoria — afirmei, e ele confirmou com a cabeça. — O que isso tem a ver comigo?

O olhar de Holland se voltou para mim.

— Você é uma guerreira, Seraphena. Sempre foi. Assim como ela aprendeu a ser.

Fiquei toda arrepiada.

— Não.

Ele balançou a cabeça.

— Você já teve muitos nomes.

— *Não* — repeti.

— Já viveu muitas vidas — continuou ele. — Mas foi da primeira vida que Eythos se lembrou quando respondeu à convocação de Roderick Mierel. Ele nunca se esqueceu dela.

Nyktos ficou novamente imóvel como se estivesse morto.

— Você não pode estar falando o que acho que está.

— Mas estou.

— Eythos era considerado impulsivo, mas era sábio — explicou Holland, com uma tristeza nos olhos. — Ele sabia qual seria o resultado das ações do irmão. Kolis não nasceu para ser o Primordial da Vida. Tais poderes e dons não podiam permanecer com ele. O que ele fez não foi natural. A vida não pode existir nesse estado. Eythos sabia que seus poderes acabariam, e acabaram. É por isso que nenhum Primordial nasceu desde então. Por isso que as terras do plano mortal estão começando a morrer. Por isso que nenhum deus subiu de hierarquia. Ele sabia que as ações de Kolis causariam o fim dos dois planos tal como os conhecemos.

— Seu pai queria mantê-lo a salvo — reafirmou Penellaphe. — Mas também queria salvar os planos. Queria dar uma chance aos deuses e mortais. Ele queria te vingar — disse ela, olhando para mim. Estremeci. — Então foi isso que fez. Ele escondeu a brasa da vida onde ela ficaria a salvo e cada vez mais poderosa até que um novo Primordial estivesse pronto para nascer... no único ser capaz de enfraquecer seu irmão.

— Eu não posso ser ela. De jeito nenhum. Não sou Sotoria. Eu sou... — Parei de falar assim que me dei conta do que ela havia me dito.

Até que um novo Primordial estivesse pronto para nascer...

— *"Nascido da carne mortal, uma sombra na brasa"* — repetiu Nyktos lentamente, e então seu peito subiu conforme ele respirava fundo. — O que Holland disse sobre nenhum deus subir de hierarquia é verdade. Isso não acontece desde que meu pai colocou a brasa em sua linhagem. Mas você fez isso.

— Eu... eu não tive a intenção — comecei a dizer. — Mas acho que esse é o menor dos nossos problemas no momento.

— Você tem razão. É o menor dos nossos problemas, mas esse é o *significado*. — Nyktos se voltou para o Destino. — Não é mesmo? É *ela*.

Holland confirmou com a cabeça.

— Toda a vida, em ambos os planos, só continuou a surgir porque a linhagem Mierel tinha a brasa dentro de si. Agora ela possui a única brasa da vida em ambos os planos. Ela é a razão pela qual a vida continua. — Os olhos de Holland encontraram os meus. — Se você morresse, não haveria nada além de morte em todos os reinos e planos.

O chão parecia se mover sob meus pés.

— Mas isso... não faz sentido.

— Faz, sim. — Nyktos se voltou para mim bem devagar. Seu olhar encontrou o meu e não se desviou mais. Ele sequer piscou. — É *você*. — A admiração ficou estampada em seu rosto, e ele arregalou os olhos e entreabriu os lábios. — Você é a herdeira das terras e mares, dos céus e de todos os planos. Uma Rainha em vez de um Rei. Você é a Primordial da Vida.

Agradecimentos

Agradeço à incrível equipe da Blue Box: Liz Berry, Jillian Stein, MJ Rose, Chelle Olson, Kim Guidroz e tantos outros, por ajudarem a dar vida ao universo de *Sangue e Cinzas*.

Agradeço também aos meus agentes, Kevan Lyon e Jenn Watson, e a minha assistente, Malissa Coy, pelo trabalho duro e apoio, e também a Stephanie Brown, por criar produtos incríveis.

Muito obrigada Hang Le, por criar capas tão lindas!

Um grande agradecimento a Jen Fisher, Stacey Morgan, Lesa, JR Ward, Laura Kaye, Andrea Joan, Sarah J. Maas, Brigid Kemmerer, KA Tucker, Tijan, Vonetta Young, Mona Awad e muitos outros que me ajudaram a manter a sanidade e o riso.

Agradeço ainda à equipe da ARC, pelo apoio e críticas sinceras.

Um grande agradecimento ao JLAnders, por ser o melhor grupo de leitores que uma autora pode ter, e ao Blood and Ash Spoiler Group, por tornar a fase de elaboração tão divertida e por vocês serem absolutamente incríveis.

Nada disso seria possível sem você, leitor. Obrigada.

Este livro foi composto na tipografia Adobe Caslon Pro,
em corpo 11,5/15,5, e impresso em
papel off-white no Sistema Cameron da
Divisão Gráfica da Distribuidora Record.